# 名相春秋

## 清初重臣魏裔介

魏重阳 ◎ 著

河北出版传媒集团公司
花山文艺出版社

图书在版编目（CIP）数据

名相春秋：清初重臣魏裔介 / 魏重阳著. —石家庄：花山文艺出版社，2010.12

ISBN 978-7-80755-923-8

Ⅰ.名… Ⅱ.魏… Ⅲ.历史小说—中国—当代 Ⅳ.I247.5

中国版本图书馆CIP数据核字（2011）第002188号

书　　名：名相春秋
　　　　　——清初重臣魏裔介
著　　者：魏重阳

书名题签：魏连科
选题策划：张采鑫
责任编辑：卢水淹
责任校对：李　鸥
装帧设计：胡彤亮
出版发行：花山文艺出版社（邮政编码：050061）
　　　　　（河北省石家庄市友谊北大街330号）
网　　址：http://www.hspul.com
销售热线：0311-88643226/32/35/43
传　　真：0311-88643234
印　　刷：大厂回族自治县正兴印务有限公司
经　　销：新华书店
开　　本：710×1020　1/16
字　　数：620千字
印　　张：32.25
版　　次：2011年1月第1版
　　　　　2011年1月第1次印刷
书　　号：ISBN 978-7-80755-923-8
定　　价：48.00元

# 清初名相魏裔介（代序）

族弟魏重阳的长篇传记小说《名相春秋——清初重臣魏裔介》即将付梓，嘱我作序。小说创作，我是门外汉，说不出个子丑寅卯。我想，忠实于历史事实的人物传记和传记小说的关系，应是历史真实和艺术真实的统一。历史人物传记必须忠实于史实，不允许添油加醋；而传记小说则在尊重历史事实的前提下，允许作家有更为广阔的创作空间，可以虚构故事情节和人物，不是胡编乱造，不是媚俗的戏说，而是服务于人物的历史定位，是为了更生动形象地来表现特定环境下的历史人物。

通读了这部小说，我认为作者在尊重历史事实的前提下，运用文学创作的艺术手法，成功地塑造了魏裔介这一人物形象，做到了历史真实与艺术真实的统一，这是很难得的！为了使读者有所参照，现将我论述魏裔介历史功绩的《清初名相魏裔介》（原载《影响中国历史进程的河北名人》一书），以文代序，供读者参考。

魏裔介（1616~1686），字石生，号贞庵，一号崑林，直隶柏乡（今属河北）人。清顺治三年（1646）进士，历官工兵二科给事中，迁太常寺少卿，擢左副都御史、左都御史、吏部尚书、秘书院大学士（宰相）兼吏部尚书、保和殿大学士兼礼部尚书，加太子太保，升太子太傅。卒谥文毅。

魏裔介入仕在清初，其时是一个特殊时期。明朝灭亡，清人入主中原，面对战乱之后、灾荒频仍的实际，需要正确的政策措施，来恢复生产、安定人心，稳定清朝的统治。在此背景下，魏裔介身为朝廷重臣，先后上疏二百余道，内赞政典，外筹军务，皆中机要。其奏疏在国计、民生、吏治、军事、文化等方面，作出了“突出的贡献”（王政尧：《康熙帝用人刍议》，《光明日报》1981年9月30日）。徐世昌《大清畿辅先哲传》说：“国初名相，无出其右者。”

# 一

清人入关后，初期仍沿用其在关外的统治政策，这一套在中原地区实施，严重阻碍社会的发展。如“跑马圈地”，清廷的王公贵族、功臣宿将，以及有权势的旗民，大肆圈占百姓的良田，作为放牧之地。河北以及山东、河南地区，大量土地被圈占，河北地区尤甚，致使中原地区的农业生产遭到极大的破坏，百姓失去土地，流离失所。北方著名大儒孙奇逢家在保定容城，土地被圈占，不得不迁往河南卫辉苏门山中，耕读授徒，即是一个典型的例证。一般失去土地的百姓，命运尤其悲惨。魏裔介在其《望望弃故里》一诗小序中说：“甲午（1654年）春，流民南走如蚁，有夫妇至滹沱河欲渡，舟子索值，无以应，遂并其子女赴河死。”

诗中说：“饥夫语饥妇，我当葬蛟鼍。尔携怀中雏，丐食行逶迤。饥妇更无语，长号赴奔涡。饥夫投其雏，指命同飞蛾。是时天地暗，惨色起嵯峨。饥民岸林立，咽泣空跌蹉。哀哉今之民，而不如驾鹅。”（《兼济堂文集》卷十七）这是一幅令人泣下的悲惨景象。于是魏裔介上《流民死伤堪悯疏》，历数流民的悲惨遭遇，请皇上速加赈济，并疏请停止圈占百姓土地，以塞祸源。魏裔介的奏疏被皇帝采纳，拨出二十万两白银，遣大臣分头加以赈济，活民众数十万人；同时，圈占土地也被禁止。魏裔介的奏疏，对恢复中原地区（特别是河北地区）的农业生产，稳定社会，起了极其重要的作用。

百姓的土地被圈占之后，无以为生，于是满族权势之家将他们掠为奴隶，残酷盘剥，奴隶们不堪忍受，纷纷逃亡。于是，清政府制定严厉的“逃人法”，使逃人求生无路，弱者死于沟壑，强悍者为匪为盗，甚至揭竿而起。魏裔介看到了这种局面会引起严重后果，于是他上疏道：“摄政王时，匿逃之法太严，犯者家长坐斩，天下嚣然丧其乐生之心。后宽其禁，责成州县，法至善也。若设此别有峻法，窃恐下拂人心，上干天和，非寻常法治小小得失而已。”顺治皇帝采纳他的建议，“遂宽其禁，中外大悦”。（《大清畿辅先哲传·魏裔介传》）

# 二

清朝初建，各种朝章制度尚不完备，对此，魏裔介提出不少建议，完善朝廷的典制。早在顺治五年（1648）魏裔介任工科给事中时即上疏皇帝，请求“即时讲学，开设经筵日讲”（《圣德与年俱进疏》），使硕学大臣为皇帝讲解经书致政之术，开启其心智，提高皇帝的治术，此是“万世治本”。同时，他担心年轻的皇帝“年岁既盛，则嗜欲日开；嗜欲日开，则聪明日淆”，易沉溺于声色狗马、异端邪说。他的建议被顺治皇帝采纳，形成清初的经筵日讲制度。

又如顺治九年时魏裔介任吏科右给事中，鉴于清初的“纲纪法度，尚须修明，礼乐政刑，实多缺失”的实际，指出皇帝不应“高居静摄”，而应“延访臣邻”、“亲承颜色”，向臣工面询政事的利弊，定出相应规章制度。因此，应定期朝见群臣。古代有“三六九之朝，有早晚之朝，有内朝，有外朝”，这些恐难做到，“惟逢五为期，驾临正殿”，“晋接部院科道本章”（《请举视朝大典疏》）。他的奏疏被采纳，于是形成逢五之日朝见群臣的制度。

凡此类被皇帝采纳的奏疏，尚有多道，以上举其二疏，以见一斑。

清顺治十八年，顺治皇帝去世。当时面临顺治皇帝葬于何地的问题，于是为大行皇帝选择陵寝地的任务就落在魏裔介身上。是年九月，魏裔介奉旨带领钦天监诸臣前往蓟州的遵化，匹马来往于马兰峪、狼儿窝、龙洞峪等处相视地形，同年再往蓟州，世祖皇帝的陵寝地才选定（《魏贞庵先生年谱》）。这就是著名的清东陵。

## 三

魏裔介又有着高明的军事眼光，能从战略的高度清醒地认识当时的军事形势。早在顺治十一年补官兵科给事中时，即上疏分析西南各路抗清势力，并提出相应策略。他奏言：刘文秀起川南，孙可望据贵州，李定国伺隙于西粤，张名振流氛于海岛。对付这几股抗清势力，要抓住关键，应先取四川，因四川是西南各路的门户，能坚守四川，其他各路的抗清势力就不可能有所作为。进而再进击势力稍弱的李定国；李定国被消灭，孙可望则势单力孤，云南、贵州地区的抗清势力就会土崩瓦解（《大清畿辅先哲传·魏裔介传》）。后来，清王朝对西南各路的抗清势力的用兵策略，正是按照魏裔介所策划的进军路线行事的。

清朝初年，朝廷将降清的吴三桂、尚可喜、耿精忠等分封于云南、福建、广东等地，吴三桂为平西王，据云南；尚可喜为平南王，据广州；耿精忠为靖南王，据福建。清廷本来想让他们镇守地方，作为南疆的屏藩，但他们手握重兵，渐生异心。特别是吴三桂，在他擒杀了南明永历帝以后，野心勃勃。魏裔介敏锐地觉察到，吴三桂可能构成对清廷的威胁，于是在康熙二年（1663）上疏朝廷，提出："滇、黔、川、楚边方辽远，不以满洲兵镇守要地，倘戎寇生心，恐鞭长莫及。荆、襄乃天下腹心，宜择大将领满洲兵数千驻防。无事则控制形势，可以销奸宄之萌；有事则提兵应援，可以据水陆之胜。"（《清史稿·魏裔介传》）这是"百年久远之计，而非徒今日之谋也。"话说得很明白，只差点出吴三桂之名了。对如此事关清廷安危的奏疏，竟然不予采纳！是朝廷担心这样做会刺激吴三桂？还是因循苟且、姑息养奸？不得而知。但魏裔介并不因为朝廷未采纳他的奏疏而作罢，继而又上疏，请将驻守武昌的湖广总督移驻荆州，以控制要害。这一建议遂被采纳。荆州是军事要地，历来是兵家必争之地。从以上奏疏中，我们可以看到，魏裔介为清廷安危的良苦用心。

事实的发展证明魏裔介的判断是正确的。清康熙十二年，吴三桂果然发动叛乱，朝廷上下，一片混乱。康熙皇帝平叛的第一个举措是派大将兼程赶赴荆州镇守，这与魏裔介十年前奏疏中所提出的举措毫无二致。这时朝廷才认识到，魏裔介有先见之明！可惜此时魏裔介已"告病还乡"了。

这时，魏裔介虽然告病还乡，却时刻关注着天下形势。对十年前自己的奏疏未被采纳，也只能深感痛心。但他并未置身事外，而是根据当时的形势作出自己的判断。朝廷的平叛大军南下，路过柏乡县，"有满汉中书舍人来谒，公询以方略，有江南人余说对曰：'进言者云，贼锋正锐，宜于守。'公曰：'是也。能守则后能战耳。'"（《魏贞庵先生年谱》）魏裔介只用了六七个字即概括了他以为当下应当采取的正确策略。事实的发展再一次证明了这一战略判断的正确。吴三桂叛兵迅速北进，陷落湖南各地，但他无法再越过荆襄。

《魏贞庵先生年谱》中所载满汉中书舍人来谒一事，耐人寻味。一个小小的满汉中书舍人，其职掌只不过是翻译满汉文件、通事而已，他来请教战守事宜，与其身份和职位不合。我以为，这绝非他的个人行为，很可能是奉了康熙皇帝或朝廷重臣的嘱托而来的。

## 四

魏裔介自服官以来，正色立朝，柴立不阿，居言官最久，对败坏吏治、结党营私、贪污腐败、弄权误国的官员，特别是高级官员，不顾个人安危，大胆加以检举。被其弹劾而受到惩治的高级官员，就有数人。

陈之遴，官至礼部尚书，加太子太保、宏文院大学士。此人虽身居高位，但人格卑微，鄙陋畏缩，招权纳贿，劣迹斑斑。魏裔介劾奏他“植党营私”，陈之遴被革职罢官，抄没家产，流放关外而死。

刘正宗，官至少傅兼太子太傅，文华殿大学士。其人气量狭隘，自以为是，且提拔叛党李昌祚，嘱巡抚耿焞为其弟刘正学升职，并且贪贿营利。魏裔介劾奏他“蠹国乱政”，顺治皇帝从宽发落，“从宽免死，籍没家产之半入旗，不许回籍”。

由魏裔介的弹劾，扳倒两位大学士，朝野上下，为之震栗。在魏裔介将要劾奏刘正宗时，曾承受着来自各方面的巨大压力。“初，太傅公为宪府时，以相臣刘正宗不忠，欲具疏论，人有以利害挠者，太夫人知之，曰：‘为国去蠹，宪臣责也。何疑？’疏上，几濒于危，赖天子谅公之忠，卒直公而斥正宗。”（沈德潜：《诰封一品夫人魏母王太夫人墓志铭》）

魏裔介参劾的另一大臣是张缙彦。此人在明朝就是兵部尚书；降清后，官至山东右布政使。张缙彦与刘正宗关系密切，他通过河南巡抚吴景道荐举，谋图高升。魏裔介参劾他“在明朝任中枢，养寇误国，有卢杞、贾似道之奸，而庸劣过之”。因而被罢官审讯。后又遭御史弹劾，免死，家产抄没，流放宁古塔而死。

魏裔介不仅参倒弄权误国的大臣，同时注意从制度上健全吏治，从根本上防止官员弄权腐败。特别是他任吏部尚书之后，力行兴利除弊之策，“吏治为之一新”。他先后上《请定督抚举劾疏》、《请立久任知府疏》、《举荐宜有实政疏》、《明藩臬之职掌疏》等，均被皇帝采纳，由此建立起一系列的荐举、用人、监督、久任之制度，对澄清清朝初年的官风吏治，起了重要作用。

## 五

魏裔介从清顺治三年（1646）考取进士，历仕顺治、康熙二朝。在顺治朝，魏裔介在仕途上春风得意，进士及第后，仅过了十二年时间便官至都察院左都御史（总检察长），时年仅四十二岁。在提拔他任都察院左副都御史时，顺治皇帝特意单独召见他，并说：“此番擢用，出朕之意，非有他人荐举。不可听人引诱，须力破党羽之习，以副眷注。”（《魏贞庵先生年谱》）并赐御制画作一幅、马一匹。魏裔介特别感奋，更加矢心为公。顺治皇帝这番话，表明他很赏识魏裔介的才能和人品。鉴于当时朝廷大臣结党之风严重，顺治皇帝特别告诫他不要结党。魏裔介更是侃侃立朝，不引援，不结党，退朝之后，闭门读书，门无私谒。凡有关国家的利害，魏裔介知无不言，顺治皇帝对他的奏疏，大都采纳，付诸实行。顺治皇帝曾召魏裔介至皇帝所御黄帷内，谈及唐太宗，并说唐太宗真是英明君主。魏裔介则回答："晚年无魏徵苦谏，遂穷兵高丽，至贻后悔。"（《大清畿辅先哲传·魏裔介传》）这段对话，表明君臣之间胸无芥蒂。顺治皇帝以唐太宗自期，魏裔介则以魏徵自任，真抒胸臆，规谏顺治皇帝，不可穷兵黩武。顺治皇帝又曾召魏裔介、梁清标至行幄中，谈论古今，备顾问，"君臣交孚，当时无与比也。"（引同上书）

魏裔介作为政治家，五十六岁正是政治上成熟的年龄，正可大有作为，为何便萌生退意？深层次的原因是什么？笔者以为，他在顺治朝是比较得意的，而被顺治皇帝破格提拔，君臣关系是比较融洽的，虽曾遭顺治罢斥，但他并不灰心，而且更加激励自己。康熙亲政后，除掉权奸鳌拜、班布尔善等，对涉嫌党附鳌拜的大臣，心存高度的警惕。李之芳虽然参劾魏裔介与班布尔善勾结于实无据，但在年轻的康熙皇帝心中却打下一个"结"，因而对魏裔介就不十分放心。封建社会的朝廷重臣，若要有所作为，必须取得皇帝的信任，这样才能展布其抱负，否则就无路效其力。虽然康熙将魏裔介补官保和殿大学士兼礼部尚书，加太子太保，但并不十分信任。实事求是地讲，当康熙年幼未亲政之前，鳌拜专权，势焰熏天。当时，辅政大臣们"论事辄争执，裔介调和异同，时有所匡正"（《清史稿·魏裔介传》）。以此办法来遏制鳌拜，以利朝局的稳定。魏裔介的良苦用心，反而招致康熙皇帝的疑心。正由于此，康熙皇帝对魏裔介的告病还乡之请，也不甚挽留，使朝廷"失去一位卓有建树的大臣"（王政尧：《康熙帝用人刍议》，《光明日报》1981年9月30日）。

事隔多年之后，康熙皇帝于康熙四十二年（1703）冬，"圣祖幸陕，驻跸太傅（因魏裔介为《世祖实录》总裁官，实录修成后，特升为太子太傅）第，眷念旧臣。"（《魏母王太夫人墓志铭》）这时，魏裔介已去世十七年之久。康熙皇帝似乎意识到在使用魏裔介的问题上有些不妥，用这种方法来弥补自己的失察。

在魏裔介逝世之后，康熙皇帝"赐祭葬如制"（《清史稿·魏裔介传》）。由于有人从中阻挠，朝廷迟迟不给魏裔介加谥号。清雍正年间，魏裔介获准入贤良祠。清乾隆元年（1736）遣官祭祀，乾隆二年追谥"文毅”，并“御制碑文表其墓”（乾隆三十一年修《柏乡县志》）。乾隆的御碑及魏裔介墓毁于20世纪“十年动乱”。

康熙对魏裔介的不公待遇，直到他儿子雍正和孙子乾隆才弥补了其父祖的失误。这对魏裔介的在天之灵及魏裔介的后人，也是一种慰藉。

## 六

清朝统治者为了维系其统治秩序，需要一种思想武器，根据当时思想界的情况，清朝统治者选择了理学。在最高统治者的倡导下，一大批朝廷高官致力于理学的研究，如魏裔介、魏象枢、熊赐履、李光地、汤斌等成为清初的理学名臣。

魏裔介一生著述甚丰，其理学著作主要有《圣学知统录》二卷、《圣学知统翼录》二卷、《周程张朱正脉》一卷、《约言录》二卷、《希贤录》十卷等。

魏裔介的史学著作有《鉴语经世编》七十二卷。魏裔介好为词章之学，为文醇雅，文宗韩愈，诗宗陶渊明、韦应物。著有《屿舫诗集》、《屿舫近集》、《兼济堂文集》等。另外又有《樗林三笔》、《明百家说》、《崑林小品》等。

吴梅村评价魏裔介的贡献时说，“魏裔介秉鸿骏魁杰之才”，“理学、文章、政事，三者殆兼而有之。”（《兼济堂文集序》）所论极是。

魏连科

2010年10月18日

（作者为河北省社会科学院历史所研究员，享受国务院特殊津贴专家，河北省省管优秀专家，书法名家。）

# 目 录

# 引 言

1643年（清崇德八年）8月，六岁的福临在盛京皇宫大政殿即位，改1644年为顺治元年。经诸王贝勒公议，推举努尔哈赤第十四子、和硕睿亲王多尔衮与济尔哈朗辅理国政。

明朝内忧外患，其政权摇摇欲坠。李自成率大顺军进逼京城，崇祯帝急令山海关总兵吴三桂率军入卫京师。吴三桂在进军途中，得知京师沦陷，立即退驻山海关。李自成修书招降，并犒银四万两，得到吴三桂应诺。当吴三桂得知李自成拘禁了他的父母和爱妾陈圆圆、拷掠明朝大臣，又疑虑反悔，随即返回山海关，击败接防的大顺军。并与多尔衮拜天盟誓，剃发归顺大清，导引清军入关。

清军兵临城下，李自成在武英殿仓促典礼，宣布即帝位。次日撤兵，逃往陕西。多尔衮率清军入城。

顺治元年九月，福临在多尔衮、济尔哈朗及文武大臣的跪迎下，与生母庄太后乘坐御辇进京，入主紫禁城。十月一日，举行定鼎燕京登基大典。福临祭告天地，即皇帝位。

顺治登基以后，大清政权面临重重危机：前明福王朱由崧、鲁王朱以海、桂王朱由榔、唐王朱聿键及其弟朱聿𨰻，先后在南京、绍兴、肇庆、福州、广州称帝，与大清分庭抗礼；各地民众抵抗清军，反清势力风起云涌；圈地日烈，“逃人法”竣，畿辅百姓背井离乡，民怨沸腾。

大权在握的摄政王多尔衮清醒地认识到，大清入主中原，要想统治全国，使天下之民归顺大清，在剿贼讨逆的同时，必须实行绥靖政策。于是他采取了一系列的积极措施，以维护其立足未稳的大清政权。一是保护明陵，为崇祯帝、后发丧；二是尊崇孔圣，进圣庙祭奠孔子；三是厚待前明王勋，对诸王勋戚给以礼遇；四是安抚明朝旧臣，归顺者原职录用；五是蠲免前明积逋，减轻赋税；六是重视科举，开科取士，广揽人才。一应政策的实施，使士子、百姓对清朝的敌视和怨愤，逐渐转变为认可和顺从。

出身官宦之家、书香门第的魏裔介，是崇祯十六年的举人。他生于明，长于明，看到明朝官吏腐败、生灵涂炭，贼寇四起，大厦将倾。他痛心疾首，万念俱灰。自小苦读诗书、立志报国、救世济民的他，一度心灰意冷，欲遁迹青山，了此一生。父亲劝道："你为有用之才，惜不逢时，何不蓄韬养晦，以待天下之清？"当他看到清廷一系列开明举措的实行，像在漫漫长夜看到了一丝光亮，那颗冰冻的心开始融化，使他重新燃起了希望之火。经过深思熟虑，他坚定了走科考入仕之路，酬报国济世之志的决心。他拜别了家人，与志同道合的挚友一起，上马挥鞭，满怀一腔热血，顶着凛凛寒风，义无反顾地踏上了征程……

# 一、赵州巧遇

顺治三年正月。

往年，一入正月就“春来寒去暖融融”了。今年却不然，仍是冰天雪地，寒气逼人。宽阔的洨河河面上坚冰如旧。已是午后了，冰面上仍是白茫茫一片冰霜。说是正月十六打春，时值初六，尚未出四九，难怪天寒地冻。真是节气不饶人。

沿洨河西行，一眼望去，一座雄奇壮观的大桥横跨于洨河之上。平缓的桥面，线条优美明快的大拱和四个小拱，绘成了一幅壮美的画面。大桥犹如长虹卧波，给人以空灵、秀逸之感。——这就是张果老的日月、柴王爷的五岳名山都压不垮的安济桥！宋人杜德源曾赞誉其“坦途箭直千人过，驿使驰驱万国通”，世人称之为“天下第一桥”。

走近安济桥，却是另一番景象。宽阔的桥面上挤满了逃难的人。有站着的、坐着的、躺着的；有搀扶老人的；有抱着小孩的；有穿棉袍戴皮帽的，也有身穿单衣的；有拉家带口的，也有孤身一人的。从人们的眼神里不难看出，他们愤怒、焦虑、恐惧、无奈。

桥的两头都有衙役和兵士把守，不许人们随便出入。官府把整个桥面当成了临时的羁押场所。把住两个桥头，人们是逃不出去的。从桥上跳下去更不可能，除非想死!

突然，桥的中段一阵嘈杂躁动，随之传来了哭叫声。原来人群中有一家三口，婆婆、媳妇和未满月的男婴。儿子怕被旗人掳去为奴，逃去两月有余，至今下落不明。剩下三口，田房都被圈占后，被强行驱赶离家，本想投奔赵州的一家亲戚，一路上忍饥挨饿，媳妇拖个未满月的身子，还没有来得及找到亲戚家门，就被官府的人押到桥上。数九寒天连惊带吓，急症突发，猝死在桥面上。婆婆见状，眼睛发直。还没等回过神来，两个身穿单衣的小子窜来，扒下媳妇的棉衣棉裤，只顾自己穿上保命。可怜媳妇身上只剩下裤头和肚兜，婴儿在襁褓里“哇哇”啼哭。奶奶这才呼天抢地地哭叫起来:

“挨千刀的圈地抢房子，儿子不知死活，媳妇死得这样惨，我也不活了！”

婆婆哭着、喊着，不顾一切地爬过去，从地上抱起孙子，撕心裂肺地大哭起来：“俺那可怜的孙子，俺那可怜媳妇呀……”人们都流下了同情的眼泪。有个好心人脱下了自己的披风，盖住了媳妇裸露的身子。两个扒衣服的小子还没等穿上抢来的棉衣，一个被愤怒的人们扔到了河里，另一个被打得只顾磕头，大喊饶命。

桥上刚出了人命，桥北头又闹了起来。几个衙役押着一个少妇，说是“逃人”,要送州衙审讯。少妇用力挣脱，边挣扎边喊：“谁说我是‘逃人’？平白无故诬陷好人！”

就在这时，从南门方向跑来一人，边跑边喊：“你们仗势欺人，诬陷良家妇女，是何居心？我妻子犯了什么王法？”说着就去拉那少妇。一个衙役冲男子当胸一拳，那男子被打倒在地，爬起来，怒目圆睁，气愤之极，开口斥责衙役：“你们谁没有妻子儿女？这样欺负一个弱女子，真是天良丧尽，猪狗不如！”

眨眼间围来了许多人。衙役们平日里横行霸道惯了，竟在众目睽睽之下被骂了个狗血喷头，哪里受得了？一个衙役举起木杖，照准男子头部就要劈下来，眼瞅着那个男子要大祸临头……

“住手!”一声断喝，衙役举起的木杖停在半空，人们都朝那边看去。

只见四位年轻后生端坐马上，一副不容侵犯、敢管天下事的神态。四人下马，一人走向前去。衙役见来人气宇轩昂，正气凛然，两道目光如闪电般直射过来。衙役木然地放下木杖，呆在那里。

来人问：“你们凭什么要逮这女子？”衙役答道：“她是‘逃人’。上头有令，见‘逃人’就抓，俺们是奉命行事!”

衙役说着，好像胆子又壮了起来，喝道：“把这一男一女统统给我绑起来！押到州衙一并审讯！”

“慢着!”来人并不示弱，质问道：“你们说她是‘逃人’，这可决非小事。如果真是‘逃人’，本人判罪不说，藏匿者、知情不报者都要连坐诛杀，连邻居都不放过。一个‘逃人’，要株连十几条人命，你们可要谨慎了。”

“俺们吃粮当差，自有分寸，不劳先生费心了。”班头有些不耐烦，催促道，“带走！”

“慢！刚才话已说尽，抓‘逃人’是要凭证据的！拿出证据来，人可以带走，拿不出证据，立马放人！”来人说话理直气壮，掷地有声！

“说得对！没有证据，谁敢随意抓人？”人们扭头望去，两个身着官服的人站在那里。众衙役连忙下跪，一个说：“不知二位大人驾到，小的知罪。”

二位是王知州和刘通判。二人对衙役们不屑一顾，扭头打量来人片刻，问道："不知几位何时到此，敢问到敝州有何贵干？"

来人不卑不亢，拱手道："烦扰二位大人了。我等奉命前去京师参加会试，我是柏乡魏裔介。"说着，指着另一位同行者说，"这位是我的好友，巨鹿杨犹龙，同赴京城参加会试。本想今日赶到贵衙加盖印信，好明日北上，不巧走到这里听到桥上嘈杂，又见班头拿人，不觉多问了几句，请大人见谅。"

王知州闻听此言，惶然道："哎呀呀！原来是柏乡魏公子驾到，魏家本是柏乡名门望族，魏公子淳德博才，下官早已耳闻。愿二位举人此次会试鱼跃龙门，金榜题名！"

王大人说完，呵斥仍跪地不起的众衙役说："还不起来，马上放人！真是行事鲁莽。"衙役慌忙爬起，就要去为少妇松绑。

"不！刚才已经说过，若无证据才放人。"魏裔介说着，走到衙役跟前，"请问，你们拿她，有何证据？"

王大人对班头道："对！刘班头，你们拿人有何证据，据实说来！"

刘班头一听这话，底气壮了许多："当然有证据！"说着，指着那位少妇说，"她的左额头上，有'逃人'烙记。"

众人大吃一惊，目光齐刷刷投向少妇。少妇头发蓬松，脸上泛起红晕，连忙低下头。

王大人对少妇说："把你的头发撩起来，看你是否有'逃人'烙记。"

那少妇慢慢撩起散乱的头发，她的额头确有小蝴蝶般一块红印。魏裔介走近少妇，定睛一瞧，突然哈哈大笑。说："什么'逃人'烙记，明明是一块胎痣。真是小题大做。请王大人验看。"

王、刘二位大人走上前去，仔细验看，的确是一块胎痣。王大人顿时火起，朝刘班头脸上狠狠打了两记耳光。呵叱道："没用的东西，蠢材！"然后指示另一个衙役："马班头，回衙后，对刘二杖责三十，责其回家种田，一生不得衙门当差。"

刘二耷拉着脑袋说："王大人，小的该打。等小的交代完公事，再打不迟。"

王大人道："快快讲来！"

刘二说："禀大人，刚才桥上出了人命，请大人前去察看。"

王大人听了此话，想起刚才在内衙商议难民之事时，差役报称桥上出了人命，随即赶来。遇到此事，耽搁了时间。经刘二提醒，忙对魏、杨二人说："二位先去敝衙用茶，下官去去就来。"说罢吩咐二差役引领魏裔介一行进州衙歇息，自带一班人奔大桥去了。

二差役躬身说："四位请。"魏裔介一行刚要离开，猛听到一声呼喊："几位请留步！"

魏裔介扭头看去，见少妇被那男子搀着，走上前来，双双跪在魏裔介面前，少妇说："多谢义士相救，不然……我……"说着，已泪流满面，泣不成声。

魏裔介忙把二人搀起。只听那男子惊喜地喊道："你是石生哥哥？"

魏裔介忙回头，仔细看那男子，不由地喊道："你是光昌？哎呀！本打算办完了差事去家里看你，不想在这里相见。"

二人此地相遇，喜不自胜。光昌忙喊那少妇："淑贞，他就是石生哥哥，快快拜过兄长！"

淑贞想要再跪，魏裔介连忙制止，说道："不必了弟妹，几年不见，光昌也有家室了。为兄今晚一定登门拜访。"

光昌说："多蒙哥哥相救，晚上让淑贞在家做几个菜，几位务必赏光！"

魏裔介把杨犹龙及其弟弟犹虎和自己的随从心宝，一一向光昌作了介绍。并说："我们还有公事要做，弟弟、弟妹先回家去吧！"

夫妻俩依依不舍地走了。魏裔介四人在二差役的引领下，来到了衙门客厅，坐下饮茶。

傍晚时分，王大人处理完桥上难民之事，回州衙来到客厅，见过客人。王大人坐下后，这才细细打量起面前的两位客人：

魏裔介三十来岁，头戴一顶狐皮帽，身穿藏青色直领棉袍，外罩貂皮坎肩。身材修长，阔额，浓眉，长目，鼻直口方，面色红润，气度不凡。杨犹龙中等身材，白净面庞，沉稳大方。心宝、虎子随从打扮，聪明伶俐，稚气未脱。

心宝和虎子来到王大人面前，跪下请安。王大人说："免了，免了，坐下用茶。"

"王大人公务繁忙，晚生登门叨扰，实感抱歉。"魏裔介说。

王大人忙说："快别说客气话了。若不是二位及时阻止，还不知属下要干出什么荒唐之事呢。不瞒二位，上头对圈地之事不管不禁，可真是苦煞百姓了。倒是对'逃人法'的施行越来越严厉，本官也是穷于应酬。咳，没法子！"魏裔介听着，心想这王大人还是位心系百姓的好官，心中顿生敬佩之情。

"请问王大人，桥上难民之事处理得怎么样了？"杨犹龙问道。

"这些下属呀，抓'逃人'也不看个时候。眼下虽已'破五'，但仍是天寒地冻。那些难民如果不及早解散，今晚在石桥上过夜，十有七八都要被冻饿而死。刚才已经吩咐属下，统统解散被押难民，在南门里支了三口大锅煮粥三日，以济难民。天灾可惧，人灾更为可怕。这些难民大都是从北边满城、雄县、保定过来的，说是家乡被旗人圈地占房，人们又不愿投充到旗人家为奴，无奈舍家撇业，失所流离。这样下去如何得了？ 眼下听说'圈地'就要圈到这边来了，直闹得人心惶惶。我看，这官是越来越难当了！"

"王大人体恤百姓疾苦，到时候总会有办法应付的。"魏裔介又问道，"桥上死人的事处置得怎样了？”

王大人答道：“听那婆婆说，他们是保定蠡县赵家庄人，姓陈，儿子现在不知死活，媳妇惨死，剩下个不满月的孙子，若不好好照顾，恐怕也活不了几天了。下官打算把祖孙二人安排到驿馆，现已在后堂歇息，孩子先由夫人照看，总不能眼瞅着孩子被冻死吧！”王大人喝一口茶，接着说，“那个扒衣服的小子被下了监，这也算救了他一命，否则身穿单衣在外面过夜，是断然挺不过去的。”

魏裔介见王大人对难民如此关怀备至，心中好生佩服。想了想说：“王大人，晚生为赵州百姓有您这样一位好官而感到欣慰。您看这样成不成，赵州城内馆驿街有位世交，就是午后在桥头的那夫妻二人，父母已亡，小两口相依为命。那婆婆如果有意，可去他家，祖孙俩也有个落脚的地方，孩子也有个照应。大人您看……”

话音未落，王大人立起身来说道：“那敢情好！来人，去请陈家婆婆，来客厅问话！”

不一会儿，王夫人亲自送陈婆婆过来，陈婆婆怀里抱着小孙儿。看上去，她的神情缓和了许多。见了王大人，双腿跪下，说：“谢天谢地谢王大人，您是好人，是好官！俺孙子能活下来，让他一生一世不忘大人的恩德，永生相报！”王夫人连忙将婆婆搀起。

王大人道：“陈婆婆，你儿媳我已差人葬在洨河南岸的林子坡，你可以放心了。请你过来是和你商量一件事。念你祖孙二人无依无靠，想给你找个善良人家，孙子也好有个照顾，你也可在家收拾些家务。如果将来找到你家亲戚以后，再作计较，你可愿意？”

“那是俺老婆子想都不敢想的好事！哪有不愿之理？不知是哪家贵人积德行善，愿意收留俺这一老一小？”婆婆问。

“是赵州城里张光昌家。家里只有小两口过日子。光昌和我家是世交。一会儿我过去告诉他们，明天一早就接你们过去，您看可好？”魏裔介说。

婆婆千恩万谢，随着王夫人走了。

魏裔介对王大人道：“大人忙了一天，也该歇息了，晚生告退。”王大人忙说：“此言差矣。今日几位帮了下官，哪有不吃饭之理。再说会试文本的印信还没办好，明日再走不迟。”王大人说着，差役上酒布菜，五人分宾主落座，心宝把盏，边喝边聊起来。

王大人道：“今日得见二位，荣幸之至。下官因巡察吏务，曾在柏乡小住几日。得知魏公子乃名门之后，祖上官至兵部侍郎、三边总督。祖父曾任山西道监察御史。令尊博学多才，通达时务，诗文卓绝，乃一方名士。魏公子虽出身望族，但毫无纨绔之态，性情醇厚，心地善良，行为端稳，正义凛然。杨公子端稳儒雅，不同凡响。下官谨具薄酒，祝二位鱼跃龙门，早穿进士朝服，为赵州扬眉！”魏裔介端杯立起道：“我等决不辜负大人厚望！”

“干！”大家一起端起酒杯，一饮而尽！

魏裔介接着说：“大人过誉了。目睹今日之事，大人体察民情，约束下属，实为以德施政。郑玄曾说，‘德行者内外之称，在心为德，施之为行。’王大人既有大德在心，又施德于民，察误即正，还公道于民，此为大官德也！”

杨犹龙接过话茬道：“有朝一日，我等若能如愿，定以大人风范为楷模，施德于民，施仁于政。为结识王大人，晚生再干此一杯！”

“谈起官德，使在下想起一位长辈。”魏裔介边夹菜边说，“这位长辈就是光昌兄弟的祖父张育华。他与我的祖父曾结金兰之好。张公曾任高平知县。蠲赋税，兴水利，办民学，除弊俗，常弃轿下田，与民同耕。因杨应龙叛乱，在大将军刘挺帐下主管军事。他屡建战功，死于阵前。敕封‘平播将军’。张公英雄壮举，实乃赵州一代英豪。其孙张光昌才学敏达，善诗能文，品行醇厚，是一位不可多得的人才。张家有这样一位传后之人，张公在天之灵也可瞑目了。”

王大人道：“请告知光昌，本衙正巧有录事一缺，看张公子是否愿意屈就，下官静等回音。”

“晚生只是说说而已，王大人何必当真？如果府上有缺，那晚生就代光昌谢谢大人了。”魏裔介说。

晚宴毕，四人谢过王大人，上马来到官驿街张光昌家。寒暄后落座。淑贞沏茶倒水，端出核桃、花生、红枣、毛栗，殷勤备至。

魏裔介把陈家祖孙之事告诉了夫妻二人，小两口欣然接受。光昌问道：“那祖孙二人是什么地方人？”

“听说是蠡县赵家村人。”魏裔介答道。

“什么姓？”光昌问。

“姓陈。”魏裔介答。

“他家老爷子是否叫陈锦友？”光昌问。

“不知道。光昌，你家在蠡县有亲戚吗？那婆婆说她家在赵州也有亲戚。是不是……”

“竟有这等巧事？”光昌边自语边踱步，猛然停下，大声说道，“是他们，对，是他们！赵家庄只有一户姓陈。”

光昌说着，上前握住魏裔介的手，问道：“祖孙俩现在何处？”

魏裔介答道：“现住在驿馆，是王大人安排的。”

光昌催促道：“哥哥，咱们快去把他们接来。淑贞，快去烧炕，把炕烧得越热越好！”

魏裔介见状，哈哈大笑说：“看把你急的，哥哥来了茶未曾喝一杯……”光昌自觉失态，慢慢坐下，说起了张、陈两家的事……

原来，光昌的祖父张育华与陈锦友是明万历己丑年同榜进士。后来二人同在刘挺帐下任参佐。两人情投意合，义结金兰。张公牺牲后，陈公悲痛欲绝，痛哭一日一夜，以胞弟身份戴孝扶柩回赵州，为兄守孝一年。终日以泪洗面，万念俱灰，更无心仕途。临行前将所带银两尽数留给张家。回乡后不足一年，忧郁而亡……

听了光昌的讲述，大家都很感动。杨犹龙感叹道："张、陈二公侠肝义胆，气壮山河。先辈之举，感天动地！"

魏裔介道："张、陈两家渊源甚深，如果陈家祖孙真是陈公后人，那就真称得上'天赐之缘'了！"

光昌夫妇和魏裔介等人一起赶到驿馆，来到陈婆房门前，屋里传来嘤嘤哭声。魏裔介敲门，一人进屋。陈婆慌忙起身。魏裔介问道："婆婆和孙儿可好？"

陈婆答道："多亏王大人，还请了奶妈，刚刚喂下。"

魏裔介又问："你家主公怎样称呼？"

陈婆答："我儿陈奎，他祖父名讳锦友，已殡多年了。"

魏裔介听罢忙喊："光昌，淑贞，快快进来与伯母相认！"

夫妻门外听得真切，话音未落，二人进屋，双双跪在陈婆面前。

陈婆不知所措："这……这……"

光昌含着泪说道："伯母，我是张育华的孙子啊！"

陈婆"啊"了一声，如梦方醒。三人抱头痛哭起来。

过了一会儿，陈婆拉起夫妻二人，欷歔着说："侄儿，侄媳，快快起来。离开家时，本来是想投奔你们的。只知道家在城里，还没来得及打听就被……"

"王大人到！"门帘掀起，王大人夫妇先后进屋，陈婆和光昌、淑贞一同跪地："谢大人和夫人救命之恩。"

王大人忙说："快快请起。眼下已是自己人了，哪有这么多客套。"

魏裔介说："大人，夫人，光昌就是婆婆要找的亲戚。陈、张两家的渊源极深，这次又是缘分使然，该到一起的，总归要到一起的。"

"有缘千里来相会，无缘对面不相识。"王大人道，"是一家人，即使经过千难万苦，最终都是要相聚的。"

"世上万般皆为缘。由缘而生，由缘而灭，由缘而分，由缘而合。这次张、陈两家相聚，既奇又巧，真是应了佛家的'随缘'二字。"杨犹龙说。

魏裔介说："记得《最胜王经·莲华喻赞品》中说'随缘所在觉群迷'。好多不好解释的事只要用'随缘'二字，便可迎刃而解了。"

"这下孩子有名字了，就叫缘吧。陈缘，怎么样？"王大人说完，大家都说好。

淑贞扯扯光昌的袖口，意思是该接伯母和小侄子回家了。光昌对王大人拱手道：“多亏大人、夫人精心照顾，不然，小陈缘就……”

“咳！人小命大。光昌，你的事，你兄长给你讲了吗？”王大人问。

光昌被问得莫名其妙，不知如何回答是好。

魏裔介忙说：“只顾忙伯母的事了，光昌的事我还没来得及告诉他。”魏裔介接着把王大人让光昌进衙当差的事给他说了，光昌高兴地说：“多谢大人美意，只是晚生才疏学浅，只怕给大人丢脸。”

王大人说：“明天到府上，随便写两个帖子，让几位大人看一下就行了，下官已和同知大人谈过了。”

光昌看着魏裔介，魏裔介点点头。光昌对王大人说：“谢王大人再造之恩!”

“又客气了。”王大人说着，从差役手中接过文件，递给魏裔介，说，“手续已办齐备……”

“哇……哇……”小陈缘突然大哭起来。淑贞慌忙接过孩子，瞅着他的小脸蛋儿说：“俺小陈缘想回家了，是不是？”大家都被淑贞的话逗乐了。

魏裔介、杨犹龙送王大人夫妇和张、陈两家走后，自回房间歇息……

第二天一早，魏裔介四人陪光昌夫妇及伯母、小陈缘一起来到林子坡陈缘母亲的坟上，烧了纸钱，上了供品。回去后在光昌家用过早饭，四人起程。光昌夫妇一直送到北门外。魏裔介拿出二十两银子递给光昌，光昌坚辞不收。魏裔介说：“你家也不富裕，又添了两口，过日子要紧！”光昌推辞不过，勉强收下。淑贞扭过头，擦去涌出来的泪水。

魏裔介别过光昌夫妇，四人上马，直奔正北而去……

湛蓝的天空飘着几片白云，无风无尘。魏裔介一行四人策马北行。前面一片片冬眠的麦田，黄里透着青。向后望去，却是白雪一片。心宝和虎子走在后面，二人并马前行，边走边谈。

“心宝，你是魏公子的家里人吗？”虎子问。

“不是！咳，说来话长。我到魏家侍从少爷，是偷来的缘分。”心宝小声答道，向前面挤了个眉眼。

“偷来的缘分？这就奇了。说给俺听听？”

“好吧！俺心宝本是尧山魏庄人，父母死得早，和奶奶相依为命。前年发大水，颗粒无收。眼看要过大年了，缸无一粒粮，我和奶奶平时只靠谷糠干菜度日，到了年关，更是饥饿难挨。看到奶奶挨饿受冻，面黄肌瘦的样子，心如刀绞一般。横下一条心，就是偷，也要让奶奶过年吃顿饱饭。大年三十，我就背起褡裢，一路向北，边走边讨着饭，掌灯时分就到了柏乡县城。过南关进南门，再向东拐，走进一条南北街。街里一片漆黑，只有街南头有一处灯火通明。走近一看，是魏家祠堂。里面大供桌上四炷大白蜡照得四壁亮堂堂的。供桌上有猪头、羊头、生鸡、鲜鱼，还有果品。我小心进屋一看，不成，有人守供。我就躲在外面的黑影里等着。我想，等守供人睡着了我再动手。一直等到午夜时分，见那守供人睡着了，我就进屋，一声不响地把猪头、羊头放进褡裢，又去拿鸡，不料胳膊碰倒了蜡烛，惊醒了守供人，我逃不及被捉住，把我送到魏府。

"我被带到厅堂，守供人禀明事由之后，退出房门。我偷眼看去，见公子放下手中书本，问道：'除夕之夜，为何不在家中侍奉父母，却来偷窃供品？'我大着胆子把家中境况和原由说了一遍，公子让我抬起头来，看了看说：'慈眉善目的，不像苟且之人。'这时，张太夫人进来，公子把原委向母亲诉说一遍，太夫人高兴地说：'这孩子还是个大孝子呢！这大过年的，备些年货，送给他回去过年吧。'公子吩咐用人，备了猪肉十斤、白面三十斤、纹银十两，还派了辆马车，连夜送我回到家里。"心宝骑在马上，乐颠颠地边走边说，心里美滋滋的。

"哼!你小子可遇到活菩萨了。那么多东西和钱，奶奶高兴了吧!"虎子说。

"高兴？哎，别提了！回家后奶奶不由分说，把我一顿好揍。说咱穷死饿死也不能犯偷！打累了，我才说了事情经过。奶奶听了老泪纵横，哭着说：'宝儿记住，你当牛做马一辈子，也报答不了柏乡魏家的大恩大德！'该是奶奶命不好，没出俩月，奶奶一病不起。奶奶死后，剩下我孤单一人，我就投奔了魏家。这不，闪过年儿刚破五，公子要进京赶考，我就当了随从，陪公子一起进京。哼!""哼"字刚出口，鼻孔里喷出个大泡来。

虎子瞥一眼心宝："臭美。"

心宝和虎子催马赶到前面去了，魏裔介和杨犹龙被落在后面。杨犹龙说："傍晚我们就能到真定府了。前些年你在真定恒阳书院读书，一定有不少同窗吧。"

一句话，勾起了魏裔介对往事的回忆……

魏裔介二十三岁那年，适逢真定府太守范程六开办恒阳书院，招贤纳士。从三十二城百名学子中选十八名进恒阳书院读书。通过考试，魏裔介居第一，梁清标、梁清宽、梁清远、杜子镇等均被选中。魏裔介自幼嗜书如命，就读恒阳书院后，犹如鱼游大海，鸟飞蓝天，读天下诗书，聚天地精华，评论经史文章，抒发壮志豪情！四年学满，范太守对魏裔介的品行及才学倍加赏识。因范太守擢升山西巡抚，特邀魏裔介同赴太原，魏裔介欣然与之同行。范太守后任蓟密总督，魏裔介跟其左右。后因应顺天乡试离开范公，于当年秋中举。

当时社会激烈动荡，风起云涌；各地义军揭竿而起，席卷全国；明朝政权摇摇欲坠，危在旦夕。魏裔介虽有济世救国之志，然而束手无策，无可奈何，只得题字抒怀："今寇盗纵横，生民涂炭，将何日而苏乎？"他对未来感到茫然。

魏裔介顺天中举后的第三年，清军入主中原，定都京师，改元顺治。多尔衮

车，一伙衙役小跑着跟在后面。大街上的人们纷纷躲避。囚车拐进了驿馆。

魏裔介等人站在那里，一股尘浪扑面而来。

囚车停在院里，车夫支起车承，卸下辕马，杂役将马牵走。兵丁、衙役放下刀枪，走出大门，拥进一家酒馆，猜拳行令，喝酒去了。

魏裔介等人走进驿馆大门，从囚车跟前走过。魏裔介和心宝停住脚步，向囚车看去。囚车里面锁着的是一个大汉。大汉膀大腰圆，蓬头垢面，络腮胡子上结满了冰凌碴子，棉衣破旧，棉絮外露。手脚被镣铐锁着，脖子和胸部有血迹。仔细看去，锁骨被铁丝穿透，铁丝连在铁链上，惨状不堪入目。

心宝不知是冷是吓，浑身不由自主地哆嗦起来。

魏裔介看到了大汉愤怒、乞求的目光。他摇摇头，叹口气，几人各自回屋歇息。魏裔介和心宝同屋。心宝要了热水，让少爷洗脚，魏裔介若有所思，问道："心宝，依你看，囚车里的人像不像歹人？"心宝答道："我看不像！这大冷的天，如果在囚车里过夜，还戴着镣铐，又不给饭吃，夜里非冻死不可。"

魏裔介站起身来说："走，过去看看。刚才路过，他看了我一眼，想说什么。从他的目光看，绝不是歹人。"

二人走出客房，来到木笼囚车跟前。

"你犯了何罪？"魏裔介问。

大汉说："我没犯罪，他们把我当'逃人'抓了，真冤死我了。我看二位是好人，我两天没吃东西了，能给我弄些东西吃吗？不然今夜一定会被冻死。我……"大汉欲言又止。

魏裔介忙吩咐心宝出去。片刻工夫，心宝拿回二斤牛肉、二斤烙饼、一斤烧酒。心宝用手喂过大汉，大汉狼吞虎咽，不一会儿就吃光了。

魏裔介问："可曾吃饱？"

大汉说："大恩不言谢，救人救个活。请恩人再拿这些东西让小民吃了才饱。"

心宝又跑一趟，带回三斤牛肉、三斤烙饼、二斤烧酒，大汉一口气吃个精光。说："小民不死，定报先生救命之恩。"魏裔介无奈地摇摇头，和心宝回屋去了。

魏裔介回到客房，站在窗前，借助月光，望那囚车，搓手踱步。自言道："上令各县定人头缉拿'逃人'，祸及无辜，冤枉良民，实属可恶！明日进见总督府臬司，禀明情况，澄清事实，有冤必雪，还百姓一个公道！"

五更梆敲过，周围一片寂静。猛然间"咔嚓"一声巨响，魏裔介和心宝都被惊醒。魏裔介忙穿衣下床，打开房门，刚想出去看个究竟，不料一个大汉旋风似的闯进门，把魏裔介撞了个趔趄。

大汉"噗通"一声，双腿跪地，说道："救命之恩，小民永世不忘。如果我能逃出去，日后定报大恩！”说完起身欲走。魏裔介道：“壮士，休走！”

大汉立在那里，左右为难。

“壮士莫慌，我来问你，他们抓你，说你是‘逃人’，可有证据?”魏裔介问。

“没有证据！我身无分文，腹中无食，他们见我衣服破烂，不问青红皂白，抓住就打。我怕他们抓我当夫，我还急着要去赵州找我母亲，我就放倒了两个差役，想逃走了事，不料他们人多，一拥而上，我又打翻了两个，终因寡不敌众，一伙差役把我摁倒绑了。我……”

这时，梁家兄弟和杨犹龙进了屋。

“你家住哪里?姓甚名谁？”魏裔介继续问。

“我是蠡县人，叫陈奎。”

“你就是陈奎？”魏裔介惊愕地睁大了眼睛。由于太突然了，魏裔介还是有些不大相信。又问道：

“你爷爷如何称呼？”

“我爷爷叫陈锦友。”

“你家在赵州有何亲戚?”

“赵州张育华和我爷爷是世交，当年我爷爷和张爷爷同朝为官，义结金兰，张爷爷死后，我爷爷辞官回家，没有一年就去世了。”

魏裔介长长嘘了口气，这时外面人声嘈杂，乱成一锅粥。有人喊：“凶犯跑了，抓逃犯啊！”

魏裔介开窗，看到囚车上的木笼散了架，木架七零八落，散落一地。成队的差役到处搜人。

陈奎抱拳说：“恩人，好汉做事好汉当，不能再连累你们了。我这就走！”

魏裔介忙说：“不可！”一把拉起陈奎道，“不要慌！既然不是‘逃人’，跑了就难以澄清事实。陈奎，我来问你，如果见了官，你可敢与他们对质？”

陈奎大声说：“怎么不敢！”

“那就好！”魏裔介对杨犹龙和梁家兄弟说：“一不做二不休，依我看，不如我们四人一起陪同陈奎，到总督府击鼓喊冤。由我们作证，我想定能还陈奎一个清白！”三人齐声赞同。

“砰”的一声，房门被踢开，闯进两名差役，发现陈奎就在这里，大喊：“凶犯在这里，快来人哪！……”

这时，外面走廊上站满了人。“喊什么喊？见了逃犯还不快给我拿下！我倒要看看，有谁胆敢窝藏逃犯！”随着话音，进来一个人，看服饰是个县令。又闯进两个差役，上前就要捉拿陈奎。陈奎怒目圆睁，拳头攥得“嘎嘎”响！

在这危急关头，魏裔介一步上前，护住陈奎，凛然道：“且慢！无凭无据，胆敢抓人，王法何在？”

“哈哈，胆子不小哇。竟敢窝藏罪犯，扰乱本县公务，你可知罪?”

“这是博野县令孙老爷，还不快快跪下！”一差役狐假虎威地喊道。

“在下只跪高堂父母，只跪当朝天子，给他下跪？哼哼，他担当得起吗？”魏裔介说，“心宝，拿出礼部封函给他看看。”

孙县令眨巴着眼睛，看了盖有礼部大印的封函，说道：“不知举人在此，多有得罪。”县令捋了下胡子，接着说，“不过总督府范御史范大人今日要亲自提审这名罪犯，下官不敢不从。来呀！把这名罪犯绑了。”

众差役一拥而上，要绑陈奎。梁清远、梁清宽和杨犹龙一起上前，拦住差役。梁清远说：“不必了，还是和我们一起到大堂吧。”

孙县令指着三人道：“你们也敢挡老爷的横？你们是什么人？”

“我们四人都是奉皇命进京赶考的举人，你也把我们绑了不成？”梁清宽说着，走到孙县令面前。

孙县令后退一步说道：“人犯暂且交给你们，咱们大堂上见。从你们手上跑了人犯，总督府拿你们是问。哼！”孙县令说着，溜出屋去，差役随后追出。

“哈哈哈哈，哈哈哈哈……”大家松了口气，开心地笑了。

陈奎望着诸位，不解地问：“几位侠士，我陈奎一个草民，几位竟对我如此庇护，你们……”

“百姓蒙冤，理当挺身而出。陈奎呀，你不认识我们，我们可早就知道你了。”魏裔介把在赵州与其母相遇之事简单述说几句，只是想让陈奎放心。

陈奎听后感动万分。又要下跪谢恩。魏裔介连忙拉住。说道：“心宝，快去药店买些药来，给陈奎治伤，再去买些食物，吃了早饭，咱们好去大堂跟他们对质。”

杨犹龙说：“陈奎真是好食量，听心宝述说，我还不敢相信呢！”陈奎听后，脸色微微泛红，不好意思地说：“在家都喊俺‘二牛’，俺能一人拉犁，一日耕地一亩。当年俺曾拜高阳翁世伦为师，习武六年，有一天和师兄弟打赌，俺一口气吃了这么大一只烤全羊。”陈奎比画着，引起伤口剧烈疼痛，疼得陈奎直咧嘴。

“哈哈哈哈哈……”大家不禁大笑。

“还外加两只烧鸡呢?”陈奎说。

大家开心地笑着。过了一会儿，杨犹龙给陈奎敷了药粉，大家吃着早饭，魏裔介提议道：“今日上堂，先要委屈陈奎了，陈奎要缚臂上堂。诸位说如何？”大家会意点头。

直隶总督府坐北朝南，府门九重石阶，斗拱飞檐。门外两根旗杆拔地而起，直插云霄。府门右首黑漆鼓架上放着一面红色牛皮大鼓。魏裔介一行簇拥着被反缚双臂的陈奎，来到鼓前立定，魏裔介刚要上前，却被杨犹龙拦住。杨犹龙举起鼓槌“咚、咚、咚”连擂三下。鼓声如闷雷滚过。街上的人们闻到鼓声，陆续围拢了过来。

几人走进总督府，来到大堂之下。一块“直隶总督府大堂”的横匾悬于大堂门楣之上。这七个阳刻烫金大字，字体浑厚，苍劲有力。魏裔介看后，觉得笔体似曾相识。细细琢磨，蓦然想起，此字正是前明重臣、先公赵南星所书。

“击鼓人上堂！”

魏裔介、梁清远、梁清宽、杨犹龙一起来到堂上。

大堂正堂之上，一幅书有“明镜高悬”的横匾，豁然醒目。横匾之下一面名曰“麒麟踏波”的巨幅彩画，庄重肃穆。麒麟灵目生光，金鳞生辉，四足稳踏于波涛之上，栩栩如生，使人望而生畏。

直隶按察使范程六端坐在大堂正中，为此案主审官。

魏裔介上前一步，拱手道；“赴京举人魏裔介、梁清远、梁清宽、杨犹龙见过大人。”

范成六猛然立起，脸上露出惊讶之色。魏裔介朝他微微点头，范成六方才缓缓坐下。

范成六吩咐道：“看座。”魏裔介四人在大堂左首坐下。

“四位举人联名告状，可有诉状？”范成六问。

“因事发突然，未曾写有诉状。”梁清远答。

“本官问你，状告何人？”范成六问。

“博野县令为官粗庸，治吏不严，无凭无据，随意拿人。以良民为‘逃人’，并怂恿差役滥用刑具，致人重伤。朗朗大清天下，朝廷命官，既不体恤百姓，又置大清律令于不顾，枉法害民，渎职纵吏。望大人依律审案，澄清事实，还民以公道。”魏裔介慷慨陈词。

范成六听罢控词，脸上露出愤慨之色。喝道：“传博野县令孙其祖、本案疑犯、并博野办差吏卒上堂！”

孙其祖上堂，朝范大人一揖到底：“博野县令孙其祖拜见御史大人。”范程六摆摆手道：“站立一旁。”

陈奎上堂，跪在堂案前叩首道：“蠡县草民陈奎拜见大老爷。”范程六吩咐松绑。

两名差役跪在陈奎一旁，叩首道：“奴役王虎、徐千拜过御史大人。”

“疑犯陈奎，抬起头来。”范成六说着，仔细端详陈奎，见陈奎面部方正，浓眉黑须，豹眼中透着怨气。

“孙县令，四位举人联名控你渎职纵吏，枉法害民，你可知罪？”范成六目光凛然，咄咄逼人。

“禀大人，去年入冬以来，上严令捉拿‘逃人’，年底前一人未获，下官怕难以复命，遂令下属十日内必擒‘逃人’，违令者杖责除名。前日下属禀报，擒拿‘逃人’一名，还说此犯顽劣不羁，竟然打伤差役多名。下官恐夜长梦多，又怕凶犯逃走，故命下属将凶犯装入木笼囚车，下官亲自押送至省府，因天色已晚，故宿于驿馆。不料今日凌晨凶犯竟自毁囚笼逃走。下官下令搜查，却发现凶犯藏匿于举人房中。御史大人明察。”

“陈奎，你既因‘逃人’之罪名被缉拿归案，快将你在何家旗主为奴，为何出逃，如实招来！”

陈奎辩道：“回禀老爷，陈奎不是什么‘逃人’，去年入冬，听说旗人在俺村要圈地圈房了，还听说旗人要从被圈的地主房主中挑选年轻力壮的男丁当夫，为旗人建围场、造寓所，三年不得回家。母亲怕俺被抓去，让俺出去躲一阵子。小民在外流浪两月有余，实在想家，就跑回村。看到村里已不成样子，家被圈占了，母亲媳妇不知去向，小民临走时母亲说过，实在不行就去投奔赵州亲戚。小民想她们定去赵州了，于是急于赶往赵州，与母亲相见。走到博野县博陵镇，被一伙官差拦住，他们二话不说就要绑俺。一是官差无理，二是俺思母心切，就和他们动了手。他们仗着人多，把俺绑了。逼俺上了囚车，用手镣脚铐把俺锁住，还用铁丝刺穿俺的锁骨，两天两夜不给饭吃。多亏遇到了恩人。不然……呜……呜……”陈奎说不下去，忍不住哭了起来。

范程六问道：“孙县令，本官问你，你们抓‘逃人’两个证据必须具备。一是‘逃人’所侍旗人户主是谁，要有旗人户主指名诉状；二是‘逃人’确有在此旗主家为奴之经历。你们认定陈奎是‘逃人’，可有旗人之指名诉状？陈奎究竟在何旗家为奴？何年何月为奴？何年何月何日出逃？你们可有证据？”

孙县令脸上沁出汗珠，支支吾吾道：“证据……嗯……是他们说……”孙县令转问二差役：“你们拿的陈奎，可……可曾有过证据？”

王虎说：“那天，我领着弟兄们奉命去抓‘逃人’，见陈奎衣服破烂，蓬头垢面，像个‘逃人’，就把他绑了。证据？……咹……咹……没有。”

“啪！”惊堂木猛然拍下，范程六怒目圆睁，手指孙县令喝道：“大胆孙其祖！无凭无据，枉法害民，怂恿下属，滥抓无辜。该当何罪!”

这时，徐千战战兢兢地说：“陈奎打人，把好几个弟兄都打伤了。”说着，抹起自己的胳膊，露出了一片擦伤：“我也被他打了。”

“禀大人，在下有话要说，请大人允准。”魏裔介说。

范程六点点头。魏裔介继续说：“你们无凭无据，随意抓人，实属无赖之举。陈奎思母心切，即使动手亦为义愤。鉴于此，在下以为，陈奎无错可究。孙县令，你身为一县父母，可曾知道‘逃人法’么？法中规定，凡藏匿、包庇‘逃人’者、知情不报者，不论老幼，斩立决。倘若陈奎被枉判‘逃人’之罪，冤枉的不止陈奎一人，按律，其家人、亲戚乃至邻居都要人头落地，连吃奶的孩子也难免一死。敢问孙县令，倘若陈奎冤案判定，几十个人命归黄泉。你面对冤魂，心中不愧么？”

整个大堂鸦雀无声。大堂外围观的百姓也安静异常，有的在擦眼泪。

魏裔介接着说：“孙县令，我再问你，大清律对滥用刑具者如何处罚，你明白么？”

孙县令答：“不甚明白。”

魏裔介接过来说：“大清刑律规定，因滥用刑具致伤者，以伤抵伤；致死者，以命抵命！”魏裔介说着，起身来到堂案前，扶起陈奎，把棉衣前襟拉开，露出血肉模糊的锁骨。愤然道，“范大人请看，众人请看，可怜陈奎，被一群丧尽天良，邀功请赏之徒，镣铐加身，锁进囚笼，两天两夜不给吃喝。天寒地冻，让陈奎在囚笼里过夜。若非有人搭救，陈奎必死无疑。更甚者他们恐其逃走，竟用铁丝穿透锁骨。此种刑罚只能用于十恶不赦的江洋大盗。你们竟将此刑用在无辜的百姓身上，真是惨无人道！你们良心何在？于心何忍哪！”魏裔介说完，由于愤怒，脸色涨红。杨犹龙和梁清宽上前，把魏裔介拉回坐下。

大堂外人群躁动，有人高喊：“这伙人禽兽不如，把他们的锁骨也穿了，不能便宜了龟孙子！”

“肃静，肃静！”范大人说着，外面静了下来。范大人继续说道：“下跪王虎、徐千，本官讯问，如实回答，如有隐瞒，夹棍伺候！”二人慌忙答道：“不敢不敢，小的一定如实禀报。”

范程六问；“陈奎锁骨被何人所穿？”王虎见抵赖不过，于是说：“回大人，陈奎的左锁骨是……是徐千穿的。”徐千听后面如土色，指着王虎说：“是他先穿的右锁骨。”

“啪！”范程六用力拍下惊堂木，正色道：

“鉴于今日堂审，本案情由业已澄清。本官当堂宣判：本案疑犯陈奎，本属无辜，因本官管束下属不力，使其无端受难，理当赔礼道歉。”

范程六站起身来，走到堂案之前，双手扶起陈奎，并向陈奎深鞠一躬，回到座位。继续宣判：

“拨付府银三十两，送陈奎作疗伤之用，以示抚恤。魏裔介等四位举人，见义勇为，挺身而出，救人于危难之中，并为其击鼓鸣冤，实为义举，堪称世人之楷模！中午特备酒席一桌，与君共饮，以示奖励。”

四举人离座，拱手致谢。并说：“应尽之分，不劳大人挂齿。”范程六神情庄重，继续宣判：

“孙其祖身为一县之主，渎职枉法，纵容下属，滥用刑具，伤及无辜，罪不可恕！杖责五十，打入府牢，听候发落。王虎、徐千，身为吏卒，肆意胡为，心狠手毒，良心丧尽。不严惩不足以平民愤，不施刑不足以肃律法。将王、徐二人镣铐加身，穿透锁骨，装入木笼囚车，不与饮食，游街示众三日，以儆效尤。宣判完毕，退堂！”

几名带刀侍卫将孙其祖和王虎、徐千押出堂去。范程六离开堂案，快步走到魏裔介等人面前，抑制不住由衷的喜悦，紧紧握住了魏裔介的手，激动地说：“定兴一别，一晃四载。当年风流倜傥、踌躇满志的书生，已成为济世恤民、见义勇为的侠士了。今日四位侠义之举，不愧为恒阳书院学子之所为。实在令我感慨万千哪！”

梁清宽说：“这都是您兴办书院之初衷，谆谆教导之结果呀！”

杨犹龙说：“若无大人淳朴之官德，精辟之见解，凌厉之作风，吾辈纵有天大的本事也是枉然。”

范程六看着杨犹龙说：“这位是……”

魏裔介介绍说：“巨鹿杨犹龙，是学生的挚友，同榜举人。”范程六高兴地说：“观其气质不凡，将来定会成就一番事业。”

杨犹龙忙说：“大人过奖了。”

范程六走到陈奎面前，从侍从手里接过银包，递给陈奎，说：“让你受苦了。这是你应受之资。愿你伤愈之后，与母亲早日团聚。”陈奎手捧银包，双膝跪地，早已泣不成声。

杨犹龙和梁清宽把陈奎慢慢扶起来。魏裔介对陈奎说：“眼下治伤要紧。心宝和虎子，扶陈奎回驿馆，好生伺候。”

“慢！”范程六说着，吩咐侍从道，“去请益生堂童老先生为陈奎医伤，所需银两从府银支取。”

魏裔介等人代陈奎谢了范程六，起身要走。范程六阻止说：“下官适才所言难道忘了？莲花池寒绿轩宴席已备。诸位可不要扫了我的兴致！”

三顶墨绿色官轿已在大堂前等候。大家上轿，向莲花池方向走去。范程六一行走进莲花池大门，来到水东楼下。

水东楼为单檐歇山式布瓦顶，造型别致。几人登上楼顶平台，视野开阔，莲池景色尽收眼底。凭栏远眺，几天来的郁闷心情一扫而光。

范程六说道：“这莲花池为元代汝南王张柔移镇时所开凿，初名叫香雪园。后因夏日荷花繁茂，美景无比，故改名莲花池。是历代达官显贵，文人墨客游玩抒情之所在。共有十二景供人观赏。是直隶全省的胜景所在。”

众人下楼南行，两通石碑矗立路旁。一是唐代书法家苏灵芝所书的《田琬德政碑》，笔法潇洒飘逸。另一通是明代王阳明诗碑，笔力雄健，气势非凡。

寒绿轩坐落在南塘的南岸，面阔五间，轩前有竹林。竹干翠绿依然，竹叶遇冬不落。虽被白雪覆盖，却挺拔依旧，别有一番情趣。临轩赏雪，观满园银装素裹，令人心旷神怡。

范程六介绍说："宋代欧阳修有'竹色君子赋，猗猗寒更绿'的诗句，'寒绿轩'就是取此意而得名的。"

范程六接着说："恒阳数载，深知诸位才学俊敏，德行纯素，不愧直隶之精英，天下之雄才。为诸位京师折桂，早日成为社稷栋梁，酒席已备多时，特为众英才壮行。望诸位开怀畅饮，不醉不休！"

众人入席，群情激昂，交杯换盏，倾吐心声，酒酣退席。

众人出寒绿轩，西行至藻咏亭。藻咏亭二层楼阁，四周庑廊，门前一对石狮，雄视莲池。以往文人雅士常在此吟诗作赋，故名"藻咏"。

众人出藻咏亭西行，过以宋代大文学家苏东坡"清篇留峡洞"之意题名的篇留洞，至取唐朝诗人杜甫"濯锦江边未满园"之意而修建的濯锦亭。又折回，过圆拱独孔的宛虹桥，至水心亭。

范程六介绍说："这水心亭原名叫临漪亭，是莲池的中心。重檐八角攒尖顶，高五丈余。是直隶最高最阔的观景凉亭。"众人顺底层围廊一周，然后随范程六上旋转式楼梯达顶层。凭窗眺望，园内景色历历在目，令人心旷神怡。

从水心亭下来，向西北，过五孔曲桥，又到汉白玉三孔拱桥之上。中间拱顶上为饕餮纹兽头，两侧栏板透雕荷花净瓶，用料考究，工艺精湛，堪为一绝。

过白玉拱桥，顺池边西南，至君子长生馆。此馆歇山式建筑，四周庑廊环抱，门上有董其昌所书的"君子长生馆"匾额，寓意"君子之德，与世长存"。馆南北有配房，北房曰"小蓬莱"，南房曰"小方壶"。台基向前伸向池中。夏日可凭栏赏荷。范程六说："此莲池藕不掘，莲不采，眼下叶枯莲垂，白雪覆盖，已看不到夏日胜景了。"

众人自长生馆出来，过响琴榭，来到高芬轩下。高芬轩在莲池正北，取"高芬远映"之意而得名。前有高大太湖石，石上篆书"太保峰"三字豁然醒目。轩内北墙上嵌有明万历皇帝的草书"龙飞"两个大字。轩后西有金丝黄古柏，东有古槐藤萝。众人走到轩后的碑刻长廊，被历代书法大家的碑刻所吸引。其中有晋代书圣王羲之、唐代草圣怀素及颜真卿、宋代米芾、明代王阳明和董其昌等书法大师的杰作。魏裔介等人酷爱书法，走进碑廊，像鱼入大海，尽情地吮吸着不尽的精华。

范程六引领众人，边赏景边畅谈。过观澜亭、洒然亭，不觉走出莲花池。众人乘轿回到总督府。魏裔介等人别过范程六，自回驿馆。

魏裔介走进房间，见心宝用热毛巾给陈奎擦脸。陈奎面色红润，精神好多了。见魏裔介进屋，忙要起身，被魏裔介按住。魏裔介问道："先生来过了么?"

心宝答道："童老先生医道高明，给陈奎割去腐肉，清洗伤口，还下了药捻儿。并交代说，隔一天再换一次药，伤一定会好的。”

魏裔介吩咐说：“心宝明天到街上，给陈奎置一套新行头，要见母亲了，太邋遢了哪成？再雇辆马车。等伤好了，送陈奎去赵州。”

杨犹龙等人来到房间，梁清远问：“石生兄，咱们何时进京？”

魏裔介说：“我本想进京前顺路到容城一趟，去拜望孙奇逢老先生，诸位意下如何？”

梁清宽说：“孙老先生乃北方大儒，博学纯德，声驰遐迩。我和三弟早有相见之意，只是无缘。”

杨犹龙说：“我友申涵光曾是孙老先生的学生。出门时，申涵光曾托我捎给孙老先生一封书信，正好借此机会转交孙老先生。”

过了两天，童老先生给陈奎换了药，高兴地说：“伤者年轻体壮，肉芽已长。不出三日，便可痊愈。”

杨犹龙说；“童老先生医道高深。似这等贯通伤，不出月余是断不能康复的！”

送走童老先生后，陈奎说：“想我陈奎无德无能，竟受恩人这般惠爱，陈奎没齿难忘。只是不能再拖累恩人了。等我去赵州见过母亲后再作计较吧。”说着，又要下跪。

魏裔介连忙将陈奎扶起。大伙见陈奎新衣新靴，头裹英雄巾，腰束武士带，双目生光，如打虎英雄一般。大家拍手叫好。魏裔介说；“陈奎思母心切，心宝准备马车，大家送陈奎一程吧！”

众人送陈奎至西城门外，陈奎挥泪跪别众位，上车直奔赵州去了……

# 三、徐水遇险

阴云密布，北风呼啸。路边一块顽石上刻有“乱石岗”三字。路北一片洼地，枯蒿丛生。南边岗坡上石头遍地，杂树成林。树木皮落枝枯，一片凄凉。

从徐水方向走来一顶官轿，两名随从策马护后，一路西行，朝乱石岗走来。

林中突然响起尖厉的哨音，几十名手持刀枪棍棒的人，从林子中窜出，顺岗坡冲了下来。把那顶官轿团团围住。轿夫见歹人来抢，扔下轿杆，早已逃远了。两个随从见人多势众，乖乖下马，不敢反抗。

一个首领模样的人走到官轿跟前，用刀尖挑开轿帘，喝道：“狗官，快快下轿，免受刀枪之苦。”

轿中之人慢慢走出，面露惊惧之色。看面前众人，虽衣着褴褛，却都是村夫模样，不像凶恶之徒，不觉心中诧异。

“狗官！还不报上姓名？”首领模样的人问道。

“下官杨凫岫，新任徐水知县……”

“什么上官下官，我看都是狗官赃官！今天等的就是你，给我绑了！”首领模样的人一声呼喊，几个人上来，把杨凫岫和两个随从一并绑了。

“住手！”一声断喝。人们扭头看去，几匹快马已驰近前。几人飞身下马，走到众人面前。

“朗朗乾坤，竟敢绑架朝廷命官，你们不怕掉脑袋吗？”杨犹龙厉声喝道。

“哼哼，不识相的来了。我看，你们虽是汉人，偏偏留着满人的辫子，忘了祖宗啦！没一个好人！都给我绑了！”

领头的说完，众人一哄而上，不管魏裔介等人如何挣扎、怒喝，都不济事，终被五花大绑。由众人押着，上岗坡，过树林，来到一座破庙前。

杨凫岫及魏裔介等人被他们连推带搡，撞进庙门，踉跄几步，跌倒在一堆柴草上。几个人上前，搜去他们身上所有银两。首领模样的人和另一个人嘀咕了几句，留下几个看守，其余的上马的上马，步颠的步颠，一溜烟没了踪影。

梁清宽和杨犹龙兄弟站起身来，气得直跳。虎子喊道：“你们这帮劫贼，欺负文弱书生，算什么本事！”良子破口大骂：“土匪，野种，不得好死！”骂完，呜呜大哭。

“咳，快不要闹了。咱们一路北上，尚未遇到风险，事已至此，静观其变吧。”魏裔介安慰着大家。

“你……你是……”杨皃岫盯着魏裔介，似曾相识，不禁问道。

魏裔介看着杨皃岫，迟疑片刻，突然说道：“想起来了。您是壬午顺天乡试主考杨大人。学生魏裔介，我们四人都是当年得中的举人，都是您的学生。您当年高风亮节，唯才是举的言行，我等至今记忆犹新。您……您不是在吏部任职吗？怎么……”

杨皃岫一脸苦笑，摇头说：“如今在朝为官难哪！清廷任用汉官，不分良莠。冯铨倚仗尚书之职，纠结朋党，欲与陈名夏分庭抗礼。在下深知冯铨为人，故不与之结盟。不料冯铨怀恨在心，将我四品官贬为六品知县。几日前刚到徐水就职。”

杨皃岫说着，愤懑之情溢于言表。迟疑一下，问道：“几位为何来到此地？竟为老夫遭此苦难。”

梁清远接过来说：“在下四人，欲赴京师参加会试，路过此地，见歹人绑架大人，岂能袖手而过？挺身而出也是读书人的本分，杨大人不必挂齿。”

杨皃岫说：“诸位博深才学老夫早已领教，其高尚情操也已深深叹服。眼下清廷任用的前明旧臣，不是结党营私、排除异己，就是精于世故、唯唯诺诺。皇上思贤若渴，利用此次会试，广选天下贤士，以充实朝臣。愿诸位会试得中，将来大展宏图！”

“感谢杨大人厚望。只是我们身陷囹圄，不知何时得以脱身。”杨犹龙气愤至极，却又无计可施。

梁清宽闭目不语，思索良久，突然说：“我看今日一伙人虽行为暴劣，却又不像行凶杀人之歹徒。把我们囚禁于此，究竟目的何在？”

杨皃岫说：“倒也是。刚才我也思索多时，看这伙人乡民装束，断不是土匪贼寇、残暴之徒。其中必有隐情！”

“依我看哪，天无绝人之路。今晚我们只能如此了。明日看他们如何处置。咱们一不杀人，二不越货，问心无愧，量他们也不能把我们怎么样了。”魏裔介说。

“嘿嘿，你们死期已到，不要说没用的话了。”一个看守的人说。

被绑的人闻听此言，不觉心头一震，个个茫然。

魏裔介面无惧色，坦然问道：“你说我们死期将到，我倒糊涂了。我们既没有行凶杀人，又没有干那伤天害理之事，为何要把我们置于死地？请你说明缘由，也好让我们死个明白。”

那人支支吾吾，半天也说不出个囫囵话来。另一个却说："都不要说话了，等明天三哥来了再说吧。再拿几条绳子，把他们都给我绑牢靠了。如果让他们跑了，咱们几个都别想活！"

几个人上前，捆的捆，绑的绑，忙活了一阵子。魏裔介他们几个，有的被绑在供桌腿上，有的被绑在庙柱上。庙门外还撒了两个岗。关了庙门，点着了棉柴，顿时有了暖意。跳跃着的火苗，照亮了整个庙堂，也映红了他们几个焦躁的面庞。

已是后半夜了，庙门外不时传来岗哨的咳嗽声。庙内静极了，只听到棉柴燃烧的毕剥声。几个看守用木棍拨拉着火堆，不时发出几声深深的叹息。

魏裔介双手被捆，早已麻木，挪动了一下双腿。他明白，其他人虽不做声，但谁都没有睡意。他有意缓和一下僵持的气氛，问道："杨大人，学生记得顺天壬午乡试，您是主考官，我记得副主考叫罗小逊，房考叫王大捷。那年共取举人九十六名，可对否？"

"裔介真是好记性。罗小逊和王大捷性情耿直，与下官私交甚厚。二人仍任原官。记得当年你得录科第一。中举后，你公车进京，具二疏。一曰招募之兵不可用，宜清理卫所，选将练卒；二曰民困已极，四方有瓦解之患，宜大蠲其积逋，以收拾人心，或许可以挽回局面。太常慧公读二疏后，称你为'王佐之才'。还引导说'但策虽善，恐时不能用，不如藏器以待时'。你的雄才大略，救世之策确实可嘉，然而当时明朝气数已尽，无可救药。壬午乡试，直隶人才辈出，却是前明的最后一次乡试了。"杨凫岫饶有兴致地说着。

"以杨大人这么说，今年的春闱，就是大清的首次会试。如果得中，我等就是大清的第一代进士了。杨大人，您说对么？"杨犹龙问。听其声调，不像是个落难之人。

"是的，是的。以诸位才识，定会如愿以偿的！"杨凫岫停顿片刻，继续说道："眼下朝廷各部急需人才，如果能有诸位这等德才兼备，而又胸怀天下之人辅佐朝务，真乃朝廷之大幸也！"

听杨凫岫的一席话，魏裔介等人踌躇满志，激情勃发，若不是处境尴尬，又要题诗作赋了。

几个人说着话，远处传来几声鸡鸣，庙外已显亮色。柴火将熄，几个看守正在打盹儿。良子和虎子想挣脱绳子救出众人，几经折腾，无济于事，二人急得满头大汗，一筹莫展。

一夜不得动弹，几人的双手都已发青，双腿肿胀难耐。两个好心的看守解开绑在桌腿和庙柱上的绳索，几个人可以活动了，心情也好了一些。

等待他们的究竟是什么结局？他们不得而知。他们的心绷得越来越紧……

荒野之上，白雪尚未化完，一丛丛干枯的蒿草在寒风中抖动。前面一片坟地，几棵枯树身弯杈秃。疾风吹过，传来阵阵鬼嚎般的尖叫声，令人头皮发紧。不时几声乌鸦哀鸣，更加恐惧、瘆人。

十几座新坟，十分扎眼。坟上白幡随风飘动，烧纸的白烟在坟地上空盘旋，纸钱飘洒满地。新坟前跪满了人，大都是村妇幼童。他们头戴孝帽，头缠孝帕，哭声不断。站着的是一群老者，有的手拄拐杖，有的被人搀扶着，缕缕白发被寒风吹散，老眼中满含热泪，露出凄凉、悲愤的目光。

一群年轻的后生，手持刀枪，头戴重孝，怒目而立。八名五花大绑的人被推到新坟之前。寒风仍在刮着，烟味呛得人们不住地咳嗽。

“大爷大婶，父老乡亲们!”首领模样的人开始喊话了。“咱韩庄人世世代代生活在这里。可恨满人圈地圈房，咱们祖宗的家业都被他们霸占了，这是要咱们的命啊！为了保护咱们的土地和房子，乡亲们和他们据理力争，狗日的县令带着旗兵，咱们十几位亲人都死在他们的屠刀之下。他们还说，限期十日，统统搬走，违者格杀勿论。呸！此仇不报，冤魂不容；此仇不报，天地不容；此仇不报，我韩三无颜面对乡亲父老！就是他。”韩三指着被五花大绑，跪在地上的杨皃岫喊道：“就是这狗官，带领满子兵，残害无辜……”

“冤有头，债有主！”魏裔介甩开臂膀，挣脱了看押人的手臂，抢前一步，朗声说道，“你看仔细了，他是不是你们要杀的人！”

杨犹龙和梁氏弟兄也都挺身上前。杨犹龙大声说：“你们这是好坏不分，良莠不辨。他是刚上任三天的新县令。你们滥杀无辜，天理难容！”

“哈哈哈哈！”韩三狂笑着，“滥杀无辜？是谁滥杀无辜？”韩三指着一片新坟，凄惨地说，“这里埋着我的父亲、弟弟、媳妇。他们有罪吗？”韩三由于过度悲愤，面部扭曲，声音颤抖。大声喊道，“弟兄们，抄家伙，杀了他们，替死去的亲人报仇！”

“不要啊！”虎子猛然上前，说道：“你们把我杀了吧，他们都是好人！放了他们，我愿意替他们去死！”良子也大声哭喊：“杀了我吧！他们都是读书人，不是杀你们的人，这个县令不是坏人，不能杀呀！呜……呜……”

“哼哼！新县令旧县令都是仇人，留辫子的决没有好人。统统杀了，一个不留。报仇雪恨，血祭亡灵！”韩三双眼通红，满脸杀气，抽出大刀，冲上前去。

九柄大刀高高举起，眼看九颗人头就要落地……

“刀下留人！”随着急促的马蹄声，两匹快马飞驰而至。几声马嘶，两个人飞身下马，一名大汉飞步过去，一把夺过韩三手中高高举起的大刀，一拳打在韩三的脸上。韩三一个趔趄，摔倒在地。韩三翻身挺起，冲着大汉，刚要发作，猛一愣神，失声喊道：“陈奎师哥，是你？你……”

“你个有眼无珠的家伙！你知道你要杀的是什么人吗？”陈奎眼里冒火。

“他们是仇人，是杀害亲人的凶手！”

“我们不是凶手！”虎子见来了陈奎，胆子壮了许多。大声辩解，“我们路过此地，见他们绑了杨县令，和他们理论，却被他们绑了来，还要杀我们的头，我们没有杀人，凭什么？”

“凭什么？就凭是满人的官，就凭留着满人的辫子，你们没一个好东西，都该杀！”

“放屁！”陈奎火气未消，抓着韩三的脖领，来到魏裔介等人面前。说道：“他们都是你师哥一家的救命恩人！”

韩三闻听，不觉一愣。陈奎忙给魏裔介解开绳索，见韩三愣在那里，喊道：“还不快去给恩人松绑！”韩三并不情愿地招呼弟兄们：“收起家伙，给他们松绑。”

韩三扭过身去，委屈万分。陈奎把自己和母亲遇难得救之事告诉了师弟。韩三发懵的头脑清醒了许多。想自己报仇心切，险些错杀了好人，心中羞愧难当。

原来，韩三和陈奎同在高阳拳师翁世伦门下习武六载，韩三敬仰师兄为人，陈奎视韩三如同胞兄弟。同为患难弟兄，偶然相遇，此情此景，使人哭笑不得。

这时，远处刀光闪闪，人喊马嘶，一队人马朝这里奔来。顷刻间把坟场团团围住。

半路遭劫后，轿夫急回县衙报了信。同知邓金玉闻报后，率兵卒赶到乱石岗，发现轿子扔在路边，人早已不知去向。因天色已晚，又在荒郊野外，当夜折回县衙。第二天，调集人马，直奔坟场而来。

邓金玉见杨皋岫无恙，心里一块石头落了地。一个武官手举佩刀，大声喊道：“大胆贼人无法无天，光天化日竟敢绑架朝廷命官。统统拿下！”

众官兵手握兵器，就要动手，乡民们刚刚放下的刀枪，又举了起来。双方剑拔弩张，怒目而峙。一场血战眼看不可避免。

在这千钧一发之际，魏裔介泰然处之。立在坟场中间，大声说：“今日之事，大家都是误会。我们四人都是进京赶考的举人。我们是抱着为民解难的决心才去京师应试的。路过此地，遭此不幸，本是缘分。我们亲眼看到乡亲们遭此大难，我们心里也很悲痛。这次进京，一定把乡亲们的苦难上报朝廷，力谏皇上收回成命，缓解百姓圈地之苦。”

乡民中一位白发老者，拄着拐杖站出来说：“到底是举人，说话中听。眼看人家人头都要落地了，还为咱穷百姓说话，真是大人大量。韩三大侄子，咱们听他的！”乡民们都大声附和着。

魏裔介继续说：“杨大人也不会怪罪你们。杨大人要和乡亲们说几句话。”

杨皋岫挺起腰杆，指着兵丁说：“还不放下刀枪！”

众兵丁忙收起武器。乡民们也放下了刀枪。杨皋岫对乡民们说：“咱们徐水原任县令已于前几日调离本县，县令由在下刚刚接任。昨日乘轿下乡体察民情，被贵庄乡民请到此地。目睹乡亲遭此横祸，使在下刻骨铭心。在下给众乡亲赔罪了！”杨皂岫说着，慢慢跪了下去。那位老者见状，老泪淌下，也跪了下去。乡民们纷纷跪地，哭声一片。

韩三本是个直肠汉子，刚才听到陈奎所说恩人之事，已觉后悔，想到刚才险伤人命，甚是后怕。又见魏裔介和杨大人如此大度，对自己的鲁莽行为不但不予追究，反而自责己过，韩三心中愧疚万分！他走过去，慢慢搀起杨大人，跪在地上，想起惨死的家人，看着险些成为自己刀下之鬼的好人，百感交集。强忍悲痛，吩咐人递来一个包裹。韩三将包裹递给杨大人，低下头说道：“里面装的是从大人轿中和几位身上搜到的银两，一并奉还。”

杨大人忙说：“轿中所带碎银百两，本是下乡接济难民所用，这银两送给贵庄，分给遇难家属，以表体恤之心。只是四位举人进京赶考不能没有盘缠，理应退还。”

“不必了！”陈奎说，“我来时所带银两足够用了，不必退还。”原来陈奎到赵州后，母子团聚。陈奎丧妻得子，一悲一喜。在光昌夫妇的陪伴下，陈奎抱着儿子，到妻子坟前痛哭一场。回家后母亲问他今后如何打算，陈奎说要在家侍奉老母。母亲闻听大怒，骂儿子不仗义。要他护侍恩人，一生一世，不离不弃。此话正和陈奎心意。过了两日，陈奎伤已痊愈，母亲拿出离家时所带积蓄，将其大部给了陈奎。陈奎拜别了母亲和光昌夫妇，和心宝一起，乘快马一路北上。中午时分，赶到徐水，在一家饭馆听人说，县官和几个过路的书生被劫持。二人大惊！这才一路赶来。

韩三带众乡民送杨皂岫和魏裔介等人来到官道。魏裔介与杨皂岫话别。杨皂岫上轿，一队人马簇拥着轿子，向西走去。魏裔介一行，别过众乡民，一起上马，一路北上，直奔京城而去……

# 四、茶楼遇君

初春的京师，虽没有多少暖气，风却不那么寒了。背阴处的雪开始融化，楼瓦上滴下来一排排的水珠，重重地滴在石阶上，慢慢地渗进街边的土里。微微的春意中还带着湿冷。

宣武门内大街上，人来车往。英亲王府大门的南面，是直隶会馆。会馆临街而建，两层楼房，墙面和窗户粉刷一新。大门之上嵌一匾额，大学士范文程所书的“直隶会馆”四个大字金光闪闪。门前车水马龙，来京师参加会试的举子们，进进出出，迎来送往，热闹非凡。

直隶会馆的斜对面，是福来饭庄。走进门来，烟味、热气、菜味、酒香扑面而来。店小二纯京味的吆喝声，食客的喧闹声，厨间传出的刀剁声和锅勺的敲击声，混合成饭店特有的热烈气氛，使人精神振奋，食欲大开。

二楼是个大敞间，比一楼安静了许多。阳面的大窗前，围着一张大台桌坐满了人。主位坐着翰林院编修梁清标，新剃的头泛着光，脑后的辫子直垂下去。直眉长目，鼻挺口方。身穿灰色圆领镶边丝质棉袍，面部露出抑制不住的喜悦。他边说话边给各位布菜。梁清标的左首，坐着魏裔介、梁清远、陈奎和心宝，右首是杨犹龙、梁清宽、虎子和良子。心宝和良子殷勤地给各位斟着酒。

大家吃着、喝着。酱肘子、脱骨鸡、红烧鲫鱼、酱煨大虾、双冬烩羊腩、红枣卤鹿脊。冷拼素炒，熏烤煎炸，满满一大桌子。最后上了一个尺盘，盘内平放着一个整猪脸，色泽红润，油光透亮。店小二说这道菜叫“鸿运当头”，吃了吉星高照，心想事成!

大家说着、笑着，谈到了一路上的经历，梁清标也谈了京师的近况和清宫轶事。梁清标举杯向陈奎敬酒，风趣地说：

“陈奎兄弟，这里没有烤全羊，你要可劲地吃，别犯拘束。不然饿着了大侠，清标可担当不起哟。”说得大家直笑。

陈奎赶忙立起，端起杯仰头喝下，抹了抹嘴，嘴唇动了几下，一句话没说出来，倒像个姑娘似的腼腆起来。心宝指着陈奎说：“到了京师倒发起呆来了，你那几拳砸碎大木笼的牛劲哪去了？”说得陈奎越发架不住了，朝着心宝直瞪眼。大家开怀大笑。

梁清标说：“今年的会试，是朝廷中的大事。皇上和摄政王深知良臣兴邦的道理。当朝满臣居功自傲，且无治国之能。汉官只求自保，不思进取，致使朝纲颓废，毫无起色。因此，朝廷决心重振科举，广选天下贤士，以充实朝臣，加强大清政权。为此，将龙潭湖边的贡院全部翻修一新，并扩建号舍六千间，以备这次会试之用。诸位真是好运气，赶上了好光景。清标祝你们鸿运当头，鱼跃龙门！”

杨犹龙起身抱拳道：“借玉立兄吉言，犹龙与各位兄长定会谨慎应试，绝不辜负为兄期望。”

梁清标点点头，深情地望着诸位。接着说道：“如今，京师也不太平。京畿的流寇、京师的地痞相互勾结，常在皇上的眼皮底下干些不三不四的勾当。你们可要小心喽。”大家听后，点头称是。

“大哥，今天是正月十五，京师可有热闹去处？”梁清宽问。

“忘了告诉你们，今晚正阳门大街有元宵灯会。今年的元宵灯会比往年好看多了，是专门为参加大清首次会试的全国各地的举子们助兴的。为此，朝廷还花了不少银子呢。到时候一起去逛灯会，行不行？”梁清标问道。

“噢!太好喽！”良子和心宝高兴得直跳脚。

“嚎什么嚎！爷吃顿饭也不得清静。再嚎，爷把你们从窗户扔到街上去。切！”对面的桌子上，一个人扭过身子，向这边吼着。良子和心宝都愣在那里。陈奎“噌”地立起。魏裔介示意，陈奎压住火气，坐了下来。

众人朝那边望去，四个人围着一张方桌，一人一个长板凳，有的一只脚跷在板凳上坐着，有的圪蹴在板凳上，又吃又喝，一看就不是善主儿。刚才骂人的那个转过身去，喝下一杯酒，另一个看到陈奎发怒的目光，挑衅说：“不服不是?看你眼珠子瞪得跟牛蛋似的，把爷惹急喽，把你的眼珠子抠出来当泡踩！”

陈奎一拳砸在桌子上，刚要发作，梁清远的手拍在陈奎的肩上，陈奎看到魏裔介投来的严厉目光，强压怒火，再次坐了下来。满堂的人都朝这边看，整个大厅顿时鸦雀无声。

“嗨！骂了人家，人家不和你们一般见识，也就罢了，还骂，存心找茬不是？”众人的目光随着话音移了过去。那张桌子坐着两位姑娘，两个男子。说话的是位小姑娘，看上去不过十四五岁。

“嘿嘿！是谁家的丫头没人要了，到爷这儿逞能来了？”无赖说着，眼皮不抬，咂了口酒说，“爷早就瞅上你了，这叫蛤蟆落到脚面上，不踢你倒呱呱上了。去，把她俩请上来，给爷倒酒。”两个人起身，窜过去，架起那位大姑娘的胳膊就往外拖。大姑娘奋力挣脱，又哭又喊。小姑娘飞身跃起，旋即一脚踢出，又劈一掌，两个无赖“哎哟”一声，不由地松开双手，蹲在地上。

“哟呵！看不出丫头片子手脚倒挺利索。过来，爷再教你两手儿。”两个无赖挽着袖子，一步步朝姑娘逼去……

“没有教养的东西!光天化日，凌辱弱女子，猪狗不如！”魏裔介气愤不已，挺身而立，目光犀利，正气凛然。

四个无赖愣在那里。领头的说：“今儿个我李三算是倒了血霉，处处遇到挡横的。奶奶的，都给我上！”四个人一起朝魏裔介这边扑了过来。看来，一场恶斗是躲不过去了。

陈奎顺手抄起一只长板凳，双手横握，右腿膝盖抬起，板凳猛然砸下。只听“咔嚓”一声响，又宽又厚的板凳顿时断为两截。陈奎将两截板凳顺势扔出，四个无赖刹步不及，统统被绊倒在地，杵了个饿狗扑食。围观的人见状，捧腹大笑。

陈奎不慌不忙地掸掸衣襟、拍拍手，说：“今儿个老子的手有点痒，都给我爬起来，谁再胡闹，老子把他的天灵盖抠下来，盛酒喝！”

四个人爬起来，看着地上的两截板凳，立刻傻了眼。李三强笑几下，拱着手对陈奎说：“嘿，嘿嘿，小的眼拙，您是佛儿！改日见您哪！”说完，扭身便溜。几个跟上，“噔噔噔”下楼去了。

两位姑娘和两个男子朝这边走了过来。一个男子作揖道：“多谢诸位相帮，不然小姐又要招事了，小的回去无法向老爷交代。”

大姑娘敛衽见礼说：“只怪小妹鲁莽，给先生惹了麻烦。”

梁清标回礼道：“你家妹妹小小年纪，泼辣率直，功夫了得，不可小觑呀！”

小姑娘径直来到魏裔介面前，歪着头瞅着魏裔介，然后一本正经地说：“看你斯斯文文的，倒有些胆气，说出话来铿锵有力，本姑娘爱听！”

魏裔介忙说：“解人危难，应尽之分。这帮人不是善辈，姑娘还是快快回家去吧！”

“你怕啦？”小姑娘瞥了魏裔介一眼，两手叉腰说：“本姑娘姓王名萱儿。今晚还要逛灯会，猜灯谜，你也要去哟！正阳门见！嘻嘻……”王萱儿说着，拉着邻居家姐姐，快步下楼去了。

“这帮赖皮，可恶之极。若不是陈奎镇住了他们，还不知发生什么事呢。”杨犹龙拍着陈奎的肩膀说。

“诸位在场，俺顾虑多了。搁以往，十个龟孙子也让俺给揍扁了。”陈奎说着，心里美滋滋的。

“今晚咱们别去看灯会了吧。我琢磨着，那几个小子不会就这么算了。”良子说。

“怕他咋的？蝼蛄叫就不种庄稼了？咱们一不惹事，二不怕事，这帮东西欺软怕硬，若被他们戗住了，会被他们欺到墙旮旯的。”陈奎说得头头是道。

梁清标说：“陈奎说得在理，灯会还是要去的，多加小心就是了。”说着，几人离座。梁清标继续说：“晚上在会馆吃元宵。明天我带你们去便宜坊吃焖炉烤鸭，就在这条街上。心宝、虎子，还有良子，你们都是头一次来京师吧。”陈奎忙说：“俺也是第一次来京师，到底是皇上待的地界儿，比乡下好玩儿多了。”

几个人边走边聊。出了饭庄，不觉走进了会馆大门……

西山的晚霞还未散尽，鞭炮声就陆陆续续地响了起来，一阵紧似一阵。月亮还未升起，无数个“二踢脚”在空中炸开，团团火光闪过，“嘎拉拉”响声不绝，余音不断。

高大雄伟的正阳门楼，在夜幕中像一块偌大的灰色屏障，矗立在大街的北端。酉时刚过，正阳门楼前，五个小瓮似的礼花瓶同时燃放，五束彩树般的礼花缓缓喷出。伴随着“呜呜”的闷响，五颜六色的礼花越喷越大，越喷越高。飞起的各种礼花在正阳门的上空炸开，像怒放的花朵一般，五彩缤纷，万紫千红，把正阳门楼映衬得美轮美奂，壮观无比。

“点灯喽！……”随着一声呼喊，从正阳门大街的北端，一声接着一声地向南传去。陆续点燃的灯笼像一道红流，从北向南，迅速蔓延过去。刹那间，整个正阳门大街成了红色的长河。成千上万只灯笼闪着红光，映红了夜空，映红了大街，映红了两旁的楼阁店铺，也映红了人们热情洋溢的笑脸。

满街的灯笼铺天盖地，多种多样。有方灯，有圆灯，有宫灯，有串灯，有云灯，有转灯，有柱形灯，有盘形灯，有八角灯，有六棱灯……

有乾坤灯、鸳鸯灯、牡丹灯、莲花灯、八仙灯、菩萨灯、太极灯、八卦灯……

还有福禄寿喜灯、五谷丰登灯、三羊开泰灯、吉祥如意灯。牛郎织女灯、嫦娥奔月灯、鱼跃龙门灯、天女散花灯、武松打虎灯、十八罗汉灯……

灯海之下，人头攒动。孩童们头戴虎帽，追逐戏耍；姑娘们红衣绿裤，笑逐颜开。举子们蓝衫长袍，温文尔雅，却掩饰不住内心的激动和好奇。

在玙璠轩珠宝店门前的石阶上，梁清标和魏裔介等人正在饶有兴致地观赏灯会。心宝、虎子和良子东跑西颠，指指点点，比比画画。陈奎却站在魏裔介身边，不离左右。不知心宝何时站在陈奎面前，指着北面，激动地说：“看，火龙！”大家转头看去……

随着沉闷的鼓镲声，数条火龙上下翻滚，时隐时现，由北向南，缓缓而来。人群开始向北涌动。梁清标一伙随着人群向前挪去。

陈奎和魏裔介在大街左首一家金碧辉煌的楼房前停下来。仰头看去，一块偌大横匾高悬于二楼抱厦之下，“清兴茶楼”四个大字十分醒目。一楼抱厦之上，砌有汉白玉护栏，栏内设有亭廊，专为观赏街景所用。

清兴茶楼对面是戏楼。宽敞的戏台设在二楼之上，面朝大街。戏台上张灯结彩，红灯高挂。偶尔传来丝竹声，大戏尚未开锣。

街上的人群涌动着。戏楼下，一个赤膊大汉，手握流星锤，打着场子。流星锤喷着火星，上下翻飞。人们纷纷闪躲，腾出一片空地。鼓乐队围场子站定，雷鸣般的鼓声响起。

二武士身穿黄色武士衣，头裹金箍英雄巾，手舞八环五彩球，打着小翻儿上场。二人一个亮相，两条巨龙腾空而起。龙头上的双睛目光炯炯，神气活现；龙身上的鳞片金光闪闪，光芒四射。随着彩球的上下翻滚、鼓镲阵阵紧催，巨龙似腾云驾雾，如翻江倒海，腾跃翻飞，快如闪电。随着“呼呼”声响，龙口喷出五彩火舌，龙脊射出绚丽火花。随着龙头的上下翻飞，巨龙化作两条火花四溅、五彩缤纷的火龙，光芒耀眼炫目，四下如同白昼。人群中爆发出一阵阵喝彩声……

魏裔介出神地看着舞动的火龙。火龙过后，是舞狮、高跷、旱船……

“嗨！看呆啦！”一声喊，把魏裔介吓一跳。魏裔介收回目光，见一个小姑娘站在面前，朝自己笑着。

“哦，是王萱儿姑娘。你怎么一个人跑到这里来啦？”魏裔介问道。

“你贵人多忘事。中午在福来饭庄不是说好的吗？来这里猜灯谜。我找你好一会儿了。”

王萱儿边说边用丝帕拭着额头的汗珠。魏裔介无奈地笑了一下，打量着这位初识的小姑娘。

她戴着一顶白色兔皮帽，刘海下一双机灵的大眼闪着光，圆圆的脸蛋儿、尖尖的下颏。身穿斜襟直领狐皮裹边绿色小袄，绿裤红靴。天真烂漫的神采，透出一股少女少有的执拗和傲气。

对面戏楼传来了锣鼓声，大戏开场了。戏目牌上写的是梆子腔：“武松打虎”。

魏裔介说：“先看戏吧，是武戏。”

“还有吊睛白额大虫，真好玩儿！”王萱儿跷着脚说。

“对！先看戏，还是武戏看着来劲！”陈奎高兴极了。

魏裔介看看四周，身边只剩下陈奎，别人不知何时走丢了。王萱儿蹦上石阶，挨着魏裔介站定。

茶楼上白玉栏杆内的亭廊里，一个服饰华贵的少年端坐在中间的椅子上，边看戏边欣赏着街景，七八个人站立两边。

“武松上场了。”王萱儿说。梆子板胡的优美旋律伴着武生高亢的唱腔，吸引着人们，喧闹的大街逐渐静了下来。

“哼哼！我说丫头啊，爷找了你半天，没想到你在这儿猫着哪。”李三站在石阶下，冲着王萱儿冷笑着。

王萱儿只顾看戏，听到话音，低头看去，见七八个人站在自己面前，一个个斜着腿儿、叉着腰，也斜着眼儿，冲自己怪笑。

王萱儿刚要说话，被魏裔介一把拦到背后。魏裔介大声喝道：“你们这帮不知羞耻的东西，竟这般无理纠缠，是何道理？”

亭廊上看戏的人听到喊声，都扶着白玉护栏朝下观看。

“真是狗拿耗子，多管爷的好事。不给你点颜色，不知道啥叫染坊。给我上！”李三挥着手说，几个痞子冲了过来。

“站住！朗朗乾坤，天子脚下，竟敢调戏民女，你们不知道还有王法吗？”魏裔介怒火中烧，义正词严。

“哼哼，王法，打听打听，京师这地界儿，大哥李应试就是王法!今儿个你是活腻歪了我看。”李三说。

王萱儿毫无惧色，一步上前，冲着无赖们说：“你们几个畜生，姑奶奶怕你们不成？”

李三上前，要拽王萱儿胳膊，王萱儿一掌掴去，李三“哎哟”一声，蹲在地上。他恼羞成怒，捂着脸吼道：“给我打呀！奶奶个熊！”

王萱儿拉开架势，冲上来的两个被她一脚一掌，打倒在地，其他几个蜂拥而上，把王萱儿团团围在中间。

陈奎站在那里，眉头耸起，拳头攥得“嘎嘎”响，用乞求般的眼神望着魏裔介。

魏裔介说：“这帮歹人欠揍，上！”陈奎一个箭步窜出，垫步上前，朝着一个无赖的臀部飞起一脚，那人的整个身子飞出，重重摔在王萱儿跟前。王萱儿左脚尖勾起他的下巴，右脚飞起，向他的脸上踢去。那人“哎唷”一声，仰面摔在地上。王萱儿和陈奎站在中间，一伙人合围上来，二人施展手脚，来一个揍一个，越战越勇。痞子们仗着人多，也不示弱，好一场打斗。

戏楼上的锣鼓越敲越急，楼下的打斗越打越猛。街上的人们放着大戏不看，都来这边瞧热闹了。有人喊：“这帮歹人忒可恨了，揍扁他们！”

陈奎和王萱儿越打越顺手，几个痞子都被打倒在地。围观的人们喊道：“打得好！打得好！”

李三和另一个从地上爬起来，像两只急眼的斗鸡，一起朝王萱儿这边逼来。陈奎上前，推开王萱儿，说：“王姑娘，你到那边去，让我来收拾这俩龟孙子。”

李三二人一起冲拳，拼命朝陈奎面门打来。陈奎不慌不忙，闪身躲过。两人收力不及，一个踉跄窜出，险些摔倒。众人哄然大笑。二人扭过身来，运足气力，又向陈奎打来。陈奎气运双臂，切开二人冲过来的拳头，双掌齐发，狠狠击到二人的鼻梁上，二人双双飞出丈把远，摔在地上。陈奎掸掸前襟，说："还不快滚！"

痞子们被打得龇牙咧嘴，晕头转向，爬起来，狼狈逃窜。

"打得好！打得好！哈哈哈哈……"茶楼亭廊上的少年拍手叫好，离开白玉护栏，转身走进屋内……

陈奎回到魏裔介和王萱儿面前，王萱儿说："大哥好功夫。"陈奎说："王姑娘小小年纪，临危不惧，身手矫捷，陈奎佩服！"

魏裔介说："清标他们不知到哪里去了，咱们去找找他们。"

三人刚要离身，从茶楼走出两个人来，走到魏裔介面前，拱手说道："三位慢走，借一步请到二楼说话。"

魏裔介迟疑片刻，便随二人进得茶楼，陈奎和王萱儿随后跟进。

上得二楼，三人被引进名叫"茗润"的雅间。魏裔介进来，被此处的豪华气派所吸引。

宽敞高阔的屋顶正中，吊一顶硕大的九龙鎏金灯盘，九颗点燃的红色蜡烛在龙头之上的琉璃盘内熠熠生光。四个屋角各放一盏蟠龙宫灯，从球形纱罩中透出红光，映得屋内肃穆而喜庆。正中一张大理石镶面的大圆桌上，摆放着精美的功夫茶具。右首的紫檀太师椅上，坐着一位长者，五十多岁年纪，体态丰腴，容光焕发，双目炯炯有神。坐在左首的那位，三十多岁，面色白皙，雍容华贵，像是位王爷。二人中间放着一张空着的紫檀描龙座椅。二人把目光一起投向了刚进屋的魏裔介身上。

魏裔介抱拳躬身道："小生魏裔介叨扰了。"

"不必拘礼，三位坐下说话。"长者微微欠身道。

魏裔介推辞不过，和王萱儿一起，在长者下首的椅子上坐下，陈奎在魏裔介身后立定。茶博士斟茶，一股"兰贵人"的醇香扑鼻而来。

"魏公子何方人氏，来京师何干哪？"长者笑眯眯问道。

"小生赵州柏乡人氏，特来京师参加会试，以报皇恩。"魏裔介答道。

"喔？老夫记得，真定府有个'恒阳书院'，你可知否？"长者问。

"小生在'恒阳书院'读书四载，范太守是书院的学监。"魏裔介回答。

"魏公子，梁清标可曾认识？"长者问。

"梁清标与小生是同窗好友。"魏裔介答道。"他的两个兄弟和小生一起赴京应试。刚才和他们几个一起赏灯，后来人多拥挤，走散了。"

坐在左首的那位王爷和长者小声说了句话，长者问："魏公子，去请梁家兄弟一起到此品茶如何？"

魏裔介对陈奎交代几句，陈奎出门，一侍从随后跟出。

王萱儿坐在那里品着茶，落落大方。眨着眼睛，想到今日和魏裔介萍水相逢，尚不知其姓名。听了二人对话，方才知道了他的籍贯、姓名，于是暗暗记在心上。

“魏公子，老夫问你，适才公子、小姐与歹人不幸遭遇，歹人穷凶极恶，为所欲为，你们就不惧他们吗？”长者问。

“哼！这些痞子，看着挺凶的，若怕了，他们就欺负你，揍了他们，他们倒怕了。他们这帮无赖，欺小凌弱，今天太便宜他们了！”王萱儿气呼呼地说。

“嗬！这位姑娘，人小胆气却大。听口音是京师人喽？家住哪里？令尊……”长者问。

“家住大栅栏，家父姓王名国顺，小女王萱儿。”王萱儿立起，抱拳答道。

“难怪王姑娘功夫超群，原来是前明刀圣王戢的传人，现任九门统领王国顺王大人的千金，可喜可贺。”长者摸着胡子笑着说。

“多谢爷爷夸奖!”王萱儿说着，心里舒坦极了。

“王姑娘，魏公子处处护着你，你们是亲戚还是……”

“我和魏大哥非亲非故，中午在福来饭庄用餐之时，这帮痞子找我麻烦，就是魏大哥帮我解的围。别看他文质彬彬，却有大侠风度。”王萱儿说着，皱起眉头，眨巴着眼睛，自言自语：“啧，好像在哪儿见过大哥，硬是想不起来，急煞人了……”

“哦，原来如此。”长者眯起眼睛，若有所思。少顷，问道：“魏公子，这堂堂京师，竟有这般歹徒寻衅滋事，污染街井，骚扰市民，公子对此有何见解？”

“小生以为，清平世界，岂能无蝇虫？滔滔江河，不可无泥沙。珍珠聚集，难免鱼目混其中；龙潭深邃，岂无鳖虾浑其水？纵为天子，也不能断定御座之旁无有奸宦佞臣。无奸诈小人何能称为芸芸众生，无地痞无赖岂可构成大千世界？”魏裔介从容答道。

“好一张利口！好大的口气！”话音未落，门帘掀起，从门内走出那位少年。看他十一二岁年纪，双目微睁，目光如电，眉宇间透出一股霸气。身穿黄缎圆领长袍，腰带上一块方形碧玉闪烁着耀眼的光芒。在座的人不由得站起身来。

少年走到描金椅前坐下，摆摆手，大家坐下。少年的目光投向魏裔介。长者欠身，指着魏裔介和王萱儿，向少年作了介绍。

少年呷了口茶，对魏裔介说道：“看你侠肝义胆，谈吐不凡，又仪表堂堂，果然不同凡响。”

少年又呷了口茶，继续说道：“想你十年寒窗，历尽艰辛，本次会试倘若金榜题名，美梦成真，顶戴花翎，补服加身，高官厚禄，荣华富贵，你可就春风得意，如愿以偿了。”

“孔子曰，学以致用。小生此次赴京应试，不为高官厚禄，不图荣华富贵，只愿倾其所学，竭尽其力，匡扶社稷，兴国安民！”魏裔介说。

“大清初定，百业待兴。三年来，为治国安邦，朝廷频颁多项政令。对此，你有何感受？”少年问。

“事关国事，岂敢妄言？”魏裔介答。

“但说无妨。”少年说。

“大清天子登基之后，剿灭反寇，礼葬明帝，加封孔圣，重用汉臣，减赋税，免积逋，尊师重教，兴办科举，广纳天下贤士，堪为明君之举。只是……”魏裔介说到这里，嗫嚅片刻，扫视一周，定一定神，继续说，“只是跑马圈地，毁坏良田，强占民宅，无辜村民，背井离乡。更有甚者家毁人亡，妻死子散，难民如蚁，民不聊生。北方大儒孙奇逢也难逃劫难，不得不逃离家园，奔走他乡。”魏裔介激动不已，发泄着心中的愤懑。

少年皱了一下眉头，盯着魏裔介说：“忧民之所忧，乃贤德之举。然此关国计民生之大事，非你等所能左右。”少年说着站起身来，离座来到长者身后，对魏裔介说：

“你纵然胸怀天下，忧国忧民，然此次会试，若是落榜不中，也是枉然！”少年瞅着魏裔介，指着长者说：“这位是范文程范大学士，钦定会试主考官。你何不趁此机会，找范大人通融通融，那不就稳操胜券了么？”

魏裔介听罢不由一愣。这位长者就是范文程大人？范程六曾托自己捎书信一封，要求亲呈长兄范文程。魏裔介摸一下衣襟内的书信，想到少年适才所言，顿觉蒙辱，一股火气从心头升起。但他强压怒火，出言铿锵：

“小生自幼苦读圣贤之书，又深蒙祖宗教训，光明磊落处事，堂堂正正做人。对阴秽苟且之事、袖商龌龊之举深恶痛绝。若依贵公子所言，清平世界何来清平？春闱圣洁之所，恐怕要成浑浊肮脏之地了！”

长者神态自若，手指轻轻弹着桌面。少年的嘴角嚅动了一下，脸上露出不易察觉的表情。

少年猝然站起，厉声喝道：“身为入闱举子，不在住所研读圣贤之书，以备会试，却逛街贪景，游手好闲，打架斗殴，惹是生非。你就不怕名落孙山吗？”

王萱儿听少年出言不逊，立起身来想要争辩几句，被魏裔介制止。魏裔介站起，一字一顿地说：

“圣上尊尚民俗，又体恤考生艰辛，御设元宵灯会与民同庆，共度佳节。此来观灯，本属圣上恩典，何道逛街贪景，游手好闲？歹徒行恶，少女蒙难，岂能见死不救？挺身而出，惩恶扬善，乃做人本分。袖手旁观，见死不救，岂是大丈夫所为？”

魏裔介看着范文程，继续说：“此次科考，是大清首次会试，圣上定会标新除弊，唯才是举！不是小生夸口，名落孙山的绝不是魏裔介！不劳贵公子操心了。”魏裔介说完，转过身来说：“王姑娘，咱们走！”

魏裔介快步走向房门，不料和急急进门的梁清标撞了个满怀。梁清标神态惶恐，一把推开魏裔介，朝那位公子倒身便跪：

“微臣梁清标叩见皇上！清标不知皇上驾到，罪该万死！”

一同进屋的梁清远、梁清宽、杨犹龙慌忙跪下。

魏裔介心中大惊，瞠目结舌，不知所措。跪在他身边的杨犹龙用力拉他袍角，魏裔介回过神来，转身下跪，王萱儿挨魏裔介一同跪下。

“呵呵，好一个傲气的书生！呵呵呵呵！哈哈哈哈！……”大清少年天子福临大笑着，拂袖走出茶间，范文程、安郡王爷、侍卫和太监匆匆跟随其后，下楼去了……

大家跪在那里，个个表情呆滞，气氛尴尬。刚才还侃侃而谈的魏裔介，面对这突如其来的变故，茫茫然不知所措。

梁清标虽然不知道刚才魏裔介对皇上都说了些什么，但从皇上的表情和语气中已经揣摩到，魏裔介言谈举止显然激怒了圣驾。梁清标的心情骤然沉重起来。

大伙儿都为魏裔介捏了一把汗。等待魏裔介的究竟是福，还是祸？

# 五、屈居三甲

阳春三月，春暖花开。

祈年殿往东，有个龙潭湖。暖融融的春风吹拂湖面，绿茵茵的湖水荡起涟漪。一群野鸭排行结队，漫游水上；几只鸳鸯成对成双，戏水清波。几只春燕自远方飞来，忽而湖面点水，忽而飞落岸边，瞬间衔起一块黑泥，飞向蓝天；一叶小舟从湖边漂出，一会儿桨划水面，一会儿网撒湖里，转眼收起一网鱼虾，放入舱中。东岸垂柳成行，一条条柳枝含润吐翠，垂向湖堤，隔岸远眺，犹如一层层淡绿色的轻烟，飘忽水上；北堤桃树成林，一树树桃花红如粉霞，竞相开放，一眼望去，好像一片片粉红色的云彩，飘浮岸边。此番美景，不由得使人想起朱庆馀《过耶懃》一诗：

春溪缭绕出无穷，两岸桃花正好风，
恰是扁舟堪入处，鸳鸯飞起碧流中。

秀美的春色，引来了不少游客。

龙潭湖的南面是贡院。明天就是会试之日，参加会试的举子们三五成群，前来贡院领取考舍号单，顺便来到龙潭湖畔，游湖观景，踏青赏春。

湖西岸地势开阔，墨绿色的春草吐着露珠，像毛毯一样铺满堤岸。心宝蛮有兴致地在草地上拣着什么。虎子和良子跑过来，心宝薅下一棵小草，说："这叫'老鸹草'，不怕脚踩，越踩长得越壮实。这是它长出的骨朵，叫'老鸹干粮'，可好吃呢！老家闹春荒，小孩都吃这个。"三个人一边吃着"老鸹干粮"，一边说着笑着"裔介兄，早就说要拜访范文程范大人，你硬是不去，范太守的书信你也不送，倘若皇上年轻气盛，眼里揉不得沙子，可就……"梁清宽忐忑不安地说。

"什么可就？身为皇上，几句实话都听不进去，堪能为君？气量若真是如此狭窄，裔介宁不为臣！"魏裔介说。

“听裔介兄说过，当时并无一句说错，我看不会有什么大不了的。”梁清远说。

“不知者不罪，谁知道他是皇上！说实话的人有罪，还要王法干什么？就是皇上，也是要听实话的嘛！”杨犹龙大大咧咧地说。

魏裔介说：“谢谢各位为我挂心。别想那些不愉快的事了。看这满湖春色，真是秀色可餐！那湖中成队的野鸭，成对的鸳鸯，悠闲自得，无忧无虑，和人相比，人活得是否太累了？”

“是啊，明日开考，咱们又要吃苦了。过一会儿领了号单，早些回去，好好歇息吧。”梁清宽说。

几个人身穿长衫，漫步在绿毯似的草地上，一路向南，边走边谈。不觉间来到了贡院前门。

贡院坐北朝南，北邻龙潭湖，南靠左安门，东可见城角楼，西可望祈年殿。贡院正门，两层楼阁，斗拱飞檐，黄瓦红壁，肃穆壮观。檐下一块匾额上，“贡院”两个正楷大字，豁然醒目。大门两侧各有两名带刀兵士把守。正门两旁，各设一鼓楼。进院门，过仪门，到龙门。过龙门再往前走，是明远楼。明远楼三层楼阁，高大宽阔。过明远楼是至公堂。再往前走，一堵高墙横在眼前，高墙中间设一圈门，黑色大铁门上，锁着一把几斤重的大铜锁。再往里就是贡院禁地了。里面设有戒慎堂、训导房、监试堂、提调堂、刻印所、受卷所、对读所、掌卷所、巡捕所、弥封所、厨房、灶房、库房。还有考务人等的住宿办公场所。最后是聚魁堂。

贡院的两侧是考场，也是贡院内最大的场所。龙门前东西各有侧门。东门通东文场，西门通西文场。从侧门进文场，东西一条长巷，长巷北侧是一排号门，门号以千字文的顺序编排。各号门均设木栅栏。各号门里有一条南北长巷，每条长巷设一百间考舍。考舍无门，深四尺，宽三尺。舍内有里外两块木板，外面木板由侧墙凸出的砖托支撑。砖托上下两层，白日考试，木板放在上面砖托上，和里面的木板成桌椅状；夜间睡觉，把木板放到下面砖托上，与里面的木板铺平，可当床用。墙上设龛，供考生置放油灯。

今年会试，共设三场，每场三日。三月初九日为第一场、十二日为第二场、十五日为第三场。考生入闱后，三日不得走出号舍，饮食有专人送到，夜晚和衣蜷身而卧。

明远楼前，考生云集。各省均设放号点，满考生放号点特设。拿到舍号的考生鱼贯而出。魏裔介一行走出贡院，经祈年殿，正阳门，一路上走街观景，谈笑风生，不知不觉，走回会馆。

……

已近中午，贡院大门两侧士兵林立，贡院四周五步一岗，戒备森严。贡院东文场天字十号考舍内，魏裔介放下笔，整理完最后一场的考卷，嘘了口气。站立起来，在狭小的考舍里，伸了伸疲惫的腰身。然后，斜躺在木板上，眯上眼睛，回忆着十天来三场考卷的试题。

考题均采用八股并试。第一场考四书。从《论语》、《大学》、《中庸》、《孟子》中分出三题。第二场考五经。从《易》、《书》、《诗》、《春秋》、《礼记》中分出五题。第三场策问题五道，策问范围是经史、时务、政治。虽是大清首次会试，除题量加大外，与前明考试文体大致相同。魏裔介对四书五经等早已熟背于心，写起文章来，轻车熟路，得心应手。对于策问之题，如对时务、政治之论述，尤其用心。抓住要义，切中主题，引经据典，依实述论。妙笔生花，洋洋洒洒。加上一手好字，字体工整洒脱，卷面整洁秀逸。魏裔介对自己的答卷充满自信。

"咚、咚、咚"三声鼓响，魏裔介提起考篮，手拿考卷，走出号舍，向号门走去。

一满族考生匆匆走来，与魏裔介擦肩而过。当此人走到七号考舍时，偷偷地向里投去一个小纸团，然后快步走向号门。满考生交了考卷，向号监嘀咕了几句。号监听后，急忙来到七号考舍，从木板底下搜出纸团。七号考生正在整理考卷，不知何故，被押出号舍，连同满考生一起出号门，来到至公堂，魏裔介感到事出蹊跷，随后跟进。

九门统领王国顺任会试总稽查官，现在正堂值班。号监押七号考生同满考生一起进来，号监将事由禀告完毕，并呈上纸团。

此次会试以来，考务顺利，相安无事。突然接到报案，王国顺好生烦恼。

"姓名，籍贯，舍号，如实报来！"王国顺喝道。

"学生苏文昌，福建泉州人，舍号是天字门七号。"苏文昌本不知纸团从何而来，却从自己舍号搜出，茫然答道。

"何人报案，细说端详。"王国顺又问。

"伊尔根觉罗额克。刚才出舍时，发现他藏匿纸团，恐他作弊，因此报案。"额克用半生不熟的汉话答道。

"大胆苏文昌！会试定制即为法令，号舍搜出只字片纸，即为作弊。"王国顺说。

"这……这纸团不是我的。我……我……"苏文昌急得语无伦次。

"人证物证俱获，不容抵赖！依据定制，予以除名!"

"大人息怒！"魏裔介说，"学生刚才看得明白，纸团确非苏文昌之物。"魏裔介把刚才之事说个明白，额克面露窘态。

王国顺听后，马上展开纸团，发现纸上只有满文，却无汉字。问道："苏文昌，你可懂满文？"

苏文昌答道："文昌自幼习练汉字，对满文从不知晓。"

"喔？"王国顺明白过来。看那额克，早已不见踪影。王国顺对苏文昌说："实情已经查明，险些栽赃于你。下官尚有一事不明，额克为何这样对你？"

苏文昌说："我想起来了，那日交卷后，走到龙门前，额克从后面匆匆赶来，撞掉了我的考篮，文具撒了一地，额克不但不道歉，还说我挡了他的路。我说他蛮不讲理，斯文扫地，众人大笑。他不太懂汉话，以为我骂了他，怏怏而去。今日之事，实属栽赃陷害。若不是这位兄长鼎力相助，学生定蒙不白之冤。"

"目睹之事，理当出面澄清事实。些许小事，何足挂齿。"魏裔介道。

"此言差矣。"王国顺说，"险些断了苏公子的前程，岂是小事？你的善举，不但救了苏公子，也帮了下官。否则将铸成大错……"王国顺说着，盯着魏裔介，问道，"请问贵公子大名。"

"学生魏裔介……"

"啊？……哈哈，哈哈哈哈……"王国顺听后，摸着黑胡茬子，兴奋异常。"路见不平，拔刀相助。见义勇为，大侠风度。不错，是那么回事。哈哈哈哈……"王国顺笑着，起身走到案前。

魏裔介看到大人失态之举，不觉茫然。问道："学生不知大人为何发笑？"

"魏公子不要见怪。只因小女萱儿在家常常念叨你，她对你十分敬佩。百闻不如一见，今日偶然谋面，果然名不虚传。"王国顺道。

眼前这位性格爽直的稽查大人正是王萱儿的父亲王国顺王大人。他身着武官官服，身材魁伟，浓眉黑须，双目炯炯有神，太阳穴凸起，中气充沛，不愧刀圣传人。魏裔介不禁对王国顺肃然起敬，深深一揖道："学生拜过统领大人！"

"不必客套啦！王某喜欢像魏公子这样的年轻人。品行端正，有气节。上了皇榜可别忘了请我喝喜酒呦！"一小吏在王国顺耳边嘀咕几句。王国顺忙说："因公务在身，恕不奉陪。"王国顺别过魏裔介和苏文昌，离开了至公堂。

梁清远等人匆匆赶到，见到魏裔介，都松了口气。魏裔介把苏文昌介绍给大家，几人一起走出贡院。

黎明时分。

高大雄伟的太和殿矗立在三层汉白玉殿基之上。殿前中间是宽阔的蟠龙玉雕御路，由广场地面直通殿基顶层。御路两旁是通向大殿的三段石阶。大红地毯铺满御路、石阶及平台。黄瓦红柱，丹陛玉墀，整个大殿威严壮观。在朝霞的映衬下，犹如琼宫仙阙，气势非凡。

太和殿前，銮仪卫设卤簿法驾。旗伞扇牌、旛幢铠髦如云，随风飘飘；杖枪棍戟、刀盾钺叉林立，银光闪闪。

新选贡士三百名，袍服冠靴，排立于丹陛之上。按中式名次，单号立于东侧，双号立于西侧。满汉文武百官身穿朝服，分立于丹陛内外。鸿胪寺官设黄案，一个在殿外丹陛之上正中，一个在殿内东侧。光禄寺安排试桌于殿内。百事齐备，只等皇上升殿，举行殿试，临轩发策。

忽而，长鞭炸响，鼓乐齐鸣。殿前人等齐跪于地。大清少年天子福临在太监、宫女、侍卫的簇拥下，步履红毡，缓步走上蟠龙丹陛。进大殿，升御座。摄政王多尔衮、济尔哈朗紧随其后，立于御座两旁。百官、贡士簇拥进殿，跪于殿下，山呼："吾皇万岁万岁万万岁！"呼声响彻大殿内外。

福临头戴双层顶戴皇冠，身着绛丝龙袍，锦绣披肩，腰缠玉带，足蹬乌靴。龙目微睁，皓齿朱唇，气质洒脱，雍容大气，端坐在龙椅之上。与当年登基时的幼稚之气相比，不可同日而语。

御座两侧，肃立十四名殿试读卷官。自左至右是范文程、刚林、祈克格、冯铨、宁完我、察不害、蒋元恒、胡世安、钱谦益、金之俊、谢启光、李元鼎、张绍先、戴明说。

"皇上驾临，殿试开举……"大太监吴良辅唱道。

大学士、会试总裁、殿试读卷官范文程立于殿前，手捧《圣旨》，高声宣读：

"奉天承运皇帝诏曰。即日殿试，临轩发策。策问三道。一曰满汉一体；一曰息养民力；一曰利化顽梗。钦此。"

"授卷！"吴良辅唱道。

范文程从殿内黄案上捧策题，授予礼部官，礼部官将策题置于丹墀黄案上，各读卷官及贡士行礼毕，贡士立于各自的试桌后面。礼部官散发题纸，贡士跪受。

福临抬一下身，整个大殿鸦雀无声。福临道："诸位贡士，此策题乃朕亲制，一谓今欲联汉满为一体，使之同心协力，欢然无间，何道而可？一谓今欲休养生息，使之复业力农，民足国裕，何道而可？一谓今欲使民革心向化，盗息民安，一定永定，又何道而可？尔等经书济世，直陈无隐，务期要言可行，不可四六旧套，朕将亲览焉。"

众贡士复跪，齐呼："遵旨！"

因魏裔介中会试第十二名，其试桌摆在左侧第一排。魏裔介提毫蘸墨，奋笔疾书。

福临离开龙椅，手扶吴良辅伸出的左臂，缓步走下三层丹陛，游览于试桌之前。多尔衮、济尔哈朗、范文程及读卷官们，紧随其后。福临走到一试桌前，见贴有"魏裔介"三字，顿然驻足，俯身凝视。脸上露出不易察觉的神情……

午夜，皇宫内。

小太监手提宫灯，前面引路，吴良辅弓腰跟进。后面跟着的是范文程等十四位读卷大臣。急匆匆进午门，过太和门，经外三殿，进乾清门，来到乾清宫前。大臣们宫外候旨，吴良辅进宫。

“皇上传旨，诸位大臣宫内觐见。”吴良辅传。

福临坐在御座之上，正与多尔衮叙谈，吴良辅立于一旁。范文程等大臣觐见，礼罢，福临道：“东暖阁叙话。”福临移驾东暖阁，分君臣坐定。

“诸位大臣，连日来为社稷选拔真才，废寝忘食，堪为辛苦。只是皇上思才心切，午夜召唤，亦为殿试之事。”多尔衮道。

“臣下负此重任，诚惶诚恐，不敢有丝毫懈怠。从三百份试卷中，依文、意、字、格四式，选出十份策对试卷呈上，请皇上御览。”范文程道。

“为国选士，关乎社稷，不可不慎。愿众位爱卿为朕广选贤才。不妨读几篇优秀文章，朕与摄政王一起听来。”福临道。

金之俊抽出一份考卷，读将起来。读完，又读一份。读完三份以后，众卿的目光一起投向福临。福临似有倦意，眯着眼睛说道：“平心而论，以上所读各文，文辞隽秀、练达；文意清晰、精到。无毫厘瑕疵，不失为秀文典章。然仍觉文无新意，属四六老套，并非朕所期盼之文章。难道众臣工所览策问之卷，竟无一有新意者？”

“启禀皇上，昨夜范大学士举荐一份考卷，颇有新意，只是……”刚林站起来说。

“只是什么？”福临问。

范文程站起身来道：“启禀皇上，此份答卷，除所答策问三题外，又附答一题，题曰：‘为君者，何道而可？’此题标新立异，直言不讳，但超越格式，违了章法，可惜……”

“什么可惜，念！”福临道。

范文程捧卷读道：

为君者，何道而可？

君者，天子也！替天行道，社稷之主宰。何为社稷？社者，民之祭神之所；稷者，百谷之长。故社稷乃天下万民之社稷，君乃天下万民之主宰。民之乐君乐，民之忧君忧，诚为君！

民为君之民，君乃民之君。君为民所思，为民所谋，躬行节俭，轻徭薄赋，民得食则生，有食则安，足食则乐。君受举国之敬仰，万民所拥戴。然前明之君不以民忧而忧，重赋繁税，滥徭苛捐，佞臣当道，宦官乱政，致使生灵涂炭，民不聊生，盗贼丛生，反寇蜂起。顷刻之间，朝廷倾覆，大明江山毁于一旦，君将不君。前明之鉴，犹可铭心！

政者，君之策也。策有正良误谬，君之智也。制策鼎政，君必慎焉。策良则政通，政通则民和，民和则业兴，民和业兴则国运繁盛。大清入主中原，力扫群寇，匡扶社稷，替天行道；减轻赋税，蠲免积逋；礼葬明帝，尊汉俗崇孔圣；振兴科举，广纳天下贤士。一应政举，均为贤明之君策！君亲制策问三题，切中时事，一针见血，均为社稷之大政。足见君之智睿，令天下臣民所崇拜！

君为天，民为地。君为万乘之尊，民为社稷之基。览策问试卷，三题融会贯通，相辅相成，缺一而不全。然臣以为，息养民力最为重要。民安则盗息，顽梗即化。民安居乐业，革心向化，才能满汉一体，欢颜无间。由此可见，民至重也！

明君者，海纳百川，虚怀若谷，从谏如流。明君易得直臣，得直臣则政通人和。

君至圣，然万全之策鲜焉。大政之策并非均为良策。臣斗胆直谏，圈地之策，害民扰政。若不及早禁止，势必危及大清社稷矣！满人恣意圈占土地，强占民宅，变良田为牧场，废民房建寓所。汉民失所流离，背井离乡。难民如蚁，怨声载道。北方大儒孙奇逢也难逃此劫，远逃他乡。臣非亲眼目睹，岂敢妄言！

圣贤之君，爱民如子，恤民、怜民。圈地之弊，给予君之子民诸多苦难，君岂无感慨乎？况难民无所可居，无地可耕，何谓民安?民不安，社不宁，何谈盗息？民因圈地蒙难，满汉隔阂滋深，又何道汉满一体，同心合力？盖君不可欺，民亦不可欺也！

夫圣德贤明之君，纵观历代，鲜得一二焉。目下之急，欲禁圈地之弊，并非易事。君若力排众议，视天下满汉为同仁，“遐迩一体，率宾归王”，禁止圈地，还宅与民居，还地与民耕，民可安心劳作，必民尽其力，官尽其责，暂且萧条之象，指日便可复苏。民有食而安，足食而乐。民足国裕，盗必自息，顽梗自销。君所盼满汉一家，欢然无间之繁荣景象，何道远耳？他日政通人和，君受万民敬仰，满汉一体，军民同心，剿灭南方反寇，指日可待，何足道哉？大清江山，一定永定！圣德、贤明、仁义之君非吾皇莫属也！

臣假殿试之机，倾吐心声，直陈无隐。然臣深知此为越格乱纲之举，是科考之大忌，况殿试乎？臣自知金榜题名已断然无望。然此文若蒙圣上亲览，万望尽阅。臣亦无憾哉！

“好！……好！”福临离开御座，眯着的双目突然睁开，在五彩蟠龙地毯上踱着步。自言自语道：“文如其人，文如其人。是他？……莫非是他？……嗯。定然是他！”福临回到御座，重新坐下。问道：“范爱卿，此文何人所作？”

“回皇上，殿试策问全部考卷，卷额至今弥封，尚未打开，微臣尚不知考生姓名。”范文程答道。

“速将此文卷额弥封打开，姓名报朕。”福临道。

“回皇上，依例非到传胪之日，不得打开弥封。这……”范文程答道。

“这什么这！似这等文章，这等气节，何人可比？你们身为重臣，我看和此人相比，还缺少点什么东西。打开！”多尔衮瞪着眼，数落着。

“嗻。”范文程应着，忙打开卷额弥封。范文程不觉眼前一亮。大臣围拢过来，此文作者何许人也，都想看个究竟。

“回禀皇上、摄政王，此人是直隶柏乡魏裔介。会试中第十二名。复试一等。房考杜月湖批曰：‘英分超绝，深与雅，合于度，盖贾、董之学，而副之以苏长公之笔。是必后日有大用者。’”

乾清宫内寂静无声。吴良辅睁开惺忪的眼睛，臂挽拂尘，弓着腰，站在福临右后侧。更楼传来五声梆响。

乾清宫外，戒备森严，岗哨林立。巡逻武士身披铠甲，手握刀枪，宫外游走。

福临嘘了口气，身靠椅背，合上双目。心想：“果然是你魏裔介。哼哼。你才华横溢，居其二；品格耿直、性情刚烈，正合朕的秉性。但朕决计要煞煞你的傲气！”

多尔衮瞅了瞅福临，说道：“本次殿试，皇上意欲选出德才兼备、出类拔萃的人才，期望他们来日辅佐皇上，造福黎民，日后将成为国家之栋梁，决非小事。魏裔介名次如何确定，请诸臣议定。”

冯铨道：“若依魏裔介德才，确为出类拔萃，无可厚非。只是出格一事，不知……”

“你们文人有这么一句话，叫‘不拘一格’，此话怎讲？”多尔衮瞅着范文程问道。

“即是不被框格所束缚，凡事只要有益，就要不拘小节，大胆尝试。微臣以为，为国选材，亦可不拘一格。”范文程答道。

“咹！还是范大学士有见识。依本王看，魏裔介可定头甲！”多尔衮道。众大臣随声附和。

“不可！……”福临直起身子，睁开双目。斩钉截铁地说。

乾清宫的灯火，彻夜通明……

彩霞满天，皇宫内热闹非凡，传胪大典如期举行。

太和殿外，旗幡招展，仪仗林立，比起殿试卤簿更为隆重。殿檐下设中和韶乐乐班，太和门内设丹陛大乐乐班，另一乐班设于午门之外。每一乐班二百至三百人不等。午门外彩亭御仗，鼓乐喧天。殿檐之下和太和门内，乐工们各操板锣鼓镲、钟铃钹铙、管箫笙笛、胡弦唢呐、大号长角，依序站定。

新进士刚刚换上崭新朝服，头戴三枝九叶顶冠，按名次立于东西丹墀之末。文武百官立于丹陛之下。

福临身着大礼皇服，乘舆至太和殿前。中和韶乐奏《隆平之章》。三声鞭响，声彻云霄，音长而韵，如鸾吟凤啸。鸣鞭毕，丹陛大乐奏《庆平之章》。

福临升殿，多尔衮、济尔哈朗立于御座之旁。朝贺毕，读卷官、执事官面北行三跪九叩礼。大学士范文程将皇榜授予礼部尚书冯铨，冯铨将皇榜置于丹陛正中的黄案之上，丹陛大乐响起，鸿胪寺官引新进士就位。

传胪官唱道："顺治三年四月二十日，殿试天下贡士，得进士三百名。第一甲赐进士及第，第二甲赐进士出身，第三甲赐同进士出身……"

传胪官传胪道："第一甲第一名傅以渐……"

傅以渐出班，惶惶然来到丹墀之下，给皇上行跪拜礼后，在御道左侧跪下。

传胪官依次传下："一甲第二名吕瓒祖"……"一甲第三名李百爽"……"二甲第一名、传胪梁清宽。"……

已传进士纷纷出班，拜过皇上，依次跪于御道左侧。

"三甲第三名魏裔介。"……

传胪官传后稍等，竟无人出班。复传一次，仍无人出班。传胪官有些发慌，目光投向冯铨，冯铨看着皇上。大殿内异常宁静。

福临表情平静，并无异常。抬手轻轻一挥。冯铨会意。传胪官继续传道："三甲第四名梁清远……三甲第七名杨犹龙……"传至三甲第十名以后,被传进士原地不动，不再出班。

传胪官唱名完毕，大学士至三品以上各官及新进士对皇上行三跪九叩礼，中和韶乐奏《显平之章》。福临缓步走下丹陛，多尔衮和济尔哈朗随皇上出殿，乘舆回宫。众人跪送。

冯铨将黄榜放在云盘之中，置云盘于彩亭内。鼓乐大作。众校尉手举彩亭，在黄伞乐队的导引下，出太和门至东长安街，将黄榜悬挂于繁华显眼之处，张榜三日，以示宣扬。

# 六、喜中朝元

宣武门大街直隶会馆魏裔介房间内，坐满了人。

“谢谢兄弟们的好意。原以为，我的殿试策问考题是断然过不了关的。可当时犹如一团烈火憋闷在胸，只有发泄出来心中才觉舒坦。我也明白，此为越格之举，属科举之大忌。然只有如此才能抒发胸中怨气，只有如此，才能为天下可怜的难民鼓与呼。其后果岂能不想？无非是殿试除名，进士无望罢了。本是自作自受，不怨他人，即使如此，也绝不后悔！谁成想……”魏裔介坐在床边说道。

“当今皇上和摄政王求才若渴，选拔人才又不拘一格，可谓贤明之举。只是依兄长之雄才，屈居三甲，未免有点埋没了。”杨犹龙说。

“咳！即使如此，我亦足矣！即使得中头名状元又能如何？屈躬卑膝，唯唯诺诺。即使官升一品，又有何益！”魏裔介说。

“今天是大喜的日子，四位兄长都上了金榜，我们几个高兴坏了，都觉得脸上光彩极了！真该好好庆贺庆贺。”陈奎说。

“玉立兄送口信过来，后天中午，请各位到正阳门大街便宜坊，吃焖炉烤鸭，祝贺我们金榜题名！”梁清宽说。

魏裔介说：“苏文昌会试落榜，今天午后特来辞行，一脸沮丧。想来文昌品端才俊，竟然落榜，出乎意料。这一别，不知何时才能相见，明日我们一起送他一程如何？”大家点头称是。

暮春的朝阳冉冉升起，给天边的灰云抹上了金黄色的云晕。朝阳门外的通惠河石桥边，魏裔介和苏文昌牵着马并肩走着，边走边谈。

走上桥头，苏文昌转过身来，深深一揖道：“请回吧！诸位兄长的深情厚谊，小弟铭记在心，容当后报！”

梁清宽道：“文昌弟年轻博才，日后必有出头之日。下次会试，为兄在京等候，愿文昌一举夺魁，共辅大清社稷。”

大家不觉走到石桥尽头，苏文昌热泪盈眶，再次拜谢诸位，魏裔介停住脚步，拉着苏文昌的手说："此去路途遥远，月余才可到家，一路上自多珍重。回闽后自当励志图强，锲而不舍。来年春闱，再展芳华。为兄赠诗一首，题目就叫《送苏文昌会试不第回闽》。"

魏裔介吟道：

眉山仙史号裁云，牛女星精应是君。
客路七千歌剑蒯，鸡林廿载著鸿闻。
明珠待剖终无价，彩笔生花自有芬。
愧我荐贤乏启事，上林空羡马卿文。

苏文昌拜别众位，挥泪上马，疾驰而去。魏裔介等众人目送苏文昌远去，方才策马回城。

午前，魏裔介、梁清宽、梁清远、杨犹龙一起走进翰林院。

翰林院内，彩旗飘飘，乐工同奏《棫朴五章》，乐曲悠悠，回旋于翰林大厅内外。读卷大臣、礼部尚书、侍郎以及考务各官，与新进士同赴恩荣宴，共饮恩荣酒，举杯同贺，欢聚一堂。魏裔介四人共聚一席。银盘银碗，御酒佳肴。范文程同刚林、祁克格、冯铨、陈名夏诸臣，巡回席间，与众进士同饮，同贺。

"三考三中，不愧为恒阳书院之高才，可喜可贺，可喜可贺呀！"范文程春风满面，喜不自胜。四人惶然起立。梁清宽道："幸得范太守治学有方，欣蒙皇上圣明。谢大人夸奖！"

午时已过，进士退席，御宴方毕。

殿试传胪后三日，于保和殿举行进士朝考。朝考专为选庶吉士而设。会试、殿试、朝考三试均居高等，方可选为庶吉士。三试等第，尤以朝考为重。

朝考之日，无仪仗御乐，只设御卫。殿试读卷官及礼部官员不再参与朝考。皇上钦命英亲王阿济格、吏部尚书陈名夏为朝考正副主考，主掌朝考事务。

朝考分两项科目进行，称"人文并重"。一是目测，测其年龄、身材、相貌、仪表、姿态五项，以其优劣定取舍。二是文试，考奏疏、律诗。奏疏无命题，题目及内容自定。

经目测，已选出五项俱佳者一百零八名，参加文试。魏裔介、梁清标、梁清宽、杨犹龙四人均过目测关。

保和殿内，寂静异常。魏裔介面色凝重，全神贯注，提笔挥毫，神运笔端。一行端秀的正楷小字跃然纸上："圈地殃民误国疏"。

"清兴茶楼"力陈圈地之弊，使魏裔介感到科考无望；殿试力劝禁止圈地，险些功名尽失。然而科考顺利过关，化险为夷。朝考乃最后一关，本应循规蹈矩，确保朝考顺畅无阻。魏裔介却反其道而行之，毫不顾忌科考之忌讳，直陈时弊，并且笔锋犀利。倘若由此激怒龙颜，功名事小，恐怕会涉及身家性命，难道魏裔介对此可怕后果竟毫无顾忌？真让人费解！

魏裔介自幼受到家庭熏陶，勤奋好学，饱读诗书。德行淳厚、善良耿直、处事坦荡、一身正气，是其品格；怜苦惜贫、扶弱济困、嫉恶如仇、临危不惧，是其天性！魏裔介何尝不知此举凶险？然而，其品格、天性使然，纵然前面深渊万丈，也断然不会改变其初衷！既是如此，也只能听天由命了。

魏裔介第一名交卷，缓步走出翰林院大厅，在一棵古柏下驻足。右手抻一下长衫下襟，伸展双臂，深深吸一口气，缓缓呼出，如释重负。和煦阳光普照全身，白皙的面庞泛出红晕；修长的身材，天蓝色可体长衫，清秀刚毅的脸庞，通身透出一股勃勃青春之气。多日来的郁闷之情倾泻殆尽，心情畅快无比。至于朝考结局如何？由它去吧！

天边布满早霞，福临坐上御辇，太监、宫女簇拥着，吴良辅在前引路，乳母李嬷嬷扶辇，出乾清宫右拐，进月华门，经养心殿左拐，到慈宁宫前。吴良辅小心翼翼地将福临扶下御辇，福临甩开吴良辅的手臂，迈着轻快的步子，上丹陛，进宫门，吴良辅慌忙上前，撩开东厢门珠帘，见皇太后正与多尔衮谈话。福临进门，施礼道："儿请皇额娘早安！"

"罢了罢了，皇儿过来，让额娘好好看看你。"

孝庄皇太后三十四五岁年纪，肌润貌美，雍容端庄。她从红漆髹金龙纹椅上站起来，亲昵地抚摩着福临的面颊。

"皇上每日习文练字，通宵达旦，通经精史，才学日进，个子也长得快。臣盼皇上快快长大，早日亲政，君临天下！"多尔衮离开座位，高兴地说。

"皇叔自摄政以来，鞠躬尽瘁，日理万机。皇上尚且年少，全凭皇叔辅佐。亲政之说，为时过早。"庄太后说。

福临落座，皇太后贴身侍女乌兰给福临斟茶，端来水果、点心放在福临桌旁。

"皇上、太后、摄政王，英亲王爷和吏部尚书陈名夏宫外候旨。"吴良辅报。

"进来说话。"多尔衮道。

阿济格和陈名夏进宫，觐见礼毕。阿济格奏道："启禀摄政王，朝考试卷业已批点完毕，预选庶吉士试卷四十六份。请皇上、摄政王御定。"

"朝元考卷定了没有？"多尔衮问道。

"未曾定夺。"陈名夏回奏，"只因一份初选考卷，单以文章论，文、意、字、格俱佳，可谓上品。只是此文措辞偏激，恐违圣意，微臣不敢擅作主张，故来请旨。”

“姓名报来！”福临道。陈名夏取来卷宗，抽出试卷，打开卷首弥封，答道：“直隶柏乡魏裔介。”

“又是他。”多尔衮心里说道，“念！”

“题目为：‘圈地殃民误国疏’。”福临、多尔衮和庄太后听了，都皱起了眉头。

陈名夏读道：

民为国家之基，民心乃国家之本。纵观历朝历代，顺民心者，国运昌盛；逆民心者，世乱误国。汉初经济衰敝，百废待兴，文帝励精图治，顺应民意，蠲免租税，减轻刑狱，兴农助商，基业初定。景帝轻徭薄赋，奖励农耕，民心大快；辟地开荒，新田万顷，仓盈粟流；兴商惠工，聚财累累，国富民丰。太平盛世，百年不衰。追本溯源，皆因顺民、爱民之故也！然前明之君违逆民心，重赋繁税，滥徭苛捐。致使生灵涂炭，民不聊生，盗贼丛生，反寇蜂起，使大明江山毁于一旦。前世之鉴，犹可铭心！

君仁德爱民，必受万民拥戴。大清初定，必先得民心，江山方可固矣。入主中原后，摄政王文治武功，天降雄才。殚精竭虑，辅佐幼主。减免税赋，礼葬明帝，尊崇孔圣，振兴科举，所颁政令，顺民意，得民心，堪为上上之国策！

然智者千虑，难以概全。摄政王入关之时，大批满贵、八旗将士及奴仆跟随其后。皇上迁都进京，又随带大批人马。十数万人食居之计迫在眉睫。除在京城安置外，摄政王下令将畿辅州县无主荒地划为八旗田庄，以供其养。权宜之计，无可厚非。然实施者与摄政王旨意大相径庭，恣意而为。跑马圈地，自此始矣。

一年之内，畿辅之雄县、满城、乐陵、庆云、徐水乃至蠡县、博野等十余县土地先后被圈占。民之庐舍场圃，尽归屯有。所圈之处，田主即被逐出，屋内之物，尽皆留下。逐出者失所流离，强留者旗家为奴。满人恣意圈占土地，强占民宅，变良田为猎场，废民房建寓所。数十万汉民失所流离，背井离乡。难民无家可归，无食充饥，冻饿而死者不计其数。被圈乡民稍有辩驳，轻则棍棒加身，重则丧命。仅一庄即有十数人被杀，其状可泣，惨不忍睹。本已归顺大清之民，因不堪忍受圈地之祸患，怨声载道，号啕之声遍野。致使盗抢成风，逼良民为匪寇。为报家仇，竟绑架朝廷命官。徐水县令杨凫岫及数名赶考举人误遭冤民绑架，险些成为刀下之鬼。此类之事，不胜枚举。

圈地之患，不亚于南方贼寇！

臣斗胆直谏，圈地之举，失民心，乱朝纲，殃民误国。江南反贼未平，畿辅之地又起祸端，若不及早禁止，势必危及大清社稷！

臣窃惟此疏必惹龙颜大怒。然臣已将性命置之度外，况功名利禄乎？臣愿以己血肉之躯，易皇上禁止圈地之决心，扼圈地之蔓延，拯万民于水火。臣之愿，民之愿，亦皇上之心愿！臣冒死直谏！若遂臣愿，宁死无憾！

陈名夏一口气读完卷文，已是汗流满面。低着头站立一旁。宫内一片寂静。只听到落地式法国产自鸣钟摆“嘀哒、嘀哒”的声音。

阿济格突然说道：“魏裔介胆大妄为，胡言乱语，只顾偏袒汉人，散布反清言论，胆敢讥讽皇上，罪当革去功名，斩头示众。哼！只是陈尚书他……”

英亲王阿济格是多尔衮的同母兄弟，带兵出身，膀大腰圆，一脸怨怒之气。说着话，眼睛朝陈名夏直瞪过去。在座的人都顺着阿济格的目光，盯住陈名夏。

“我……我是说魏裔介虽然出言不逊，但是他的文章还是出类拔萃的。文章中所提圈地之事也……”

陈名夏说着，低目瞧了瞧多尔衮。见他正襟危坐，一脸庄重，眼睛一眨不眨地盯着自己。福临双目微睁，也在瞅着自己，心中不免有些慌乱。心想：“摄政王多尔衮统揽大局，稳掌朝政，尤以民心为重，求才之心，似饥若渴。皇上虽然年少，却行止端稳，品行淳厚，少年大气，深谙选才之道。今日力举魏裔介，一是欲得荐才之功，二是笼络人才，日后好为己用。可看到二位主子的神情，似乎对此不置可否，似有问罪之态，这可如何是好？”陈名夏不知所措。

“微臣感到选才之事非同小可，和英亲王商议，不敢自作主张，故此奏来，请皇上和摄政王定夺。”陈名夏还是陈名夏，思忖片刻，从容应道。

“陈尚书说话吞吞吐吐，毫无主见。身为百官之首，本应为皇上选才用才把住关，惟德才兼备者是举。朝考本是皇上选才最后一关，乃科考重中之重，岂能马马虎虎？魏裔介是你主荐，你应有明确主张。有何谏义，直说无妨。”多尔衮见陈名夏唯唯诺诺，又精明圆滑，心中已是冒火，稍作权衡，压住火气，郑重言道。

阿济格朝陈名夏瞪了一眼，嘴里“哼”了一声，扭过脸去。福临仍是半睁着眼，不置可否。太后在窗前侍弄着花卉，脸上笑嘻嘻的，好像对所谈之事毫不关心。

陈名夏挺一挺腰杆说：“若论魏裔介文才，的确出类拔萃。论其德行，其人出身书香门第，官宦之家，品行端正，性格耿直。决非趋炎附势之辈，实属不可多得之人才。只是……”陈名夏说着，眼光从多尔衮和福临脸上溜过，干咳一声继续说道，“只是性格过于倔强，如若皇上委以重任，恐怕日后固执任性，难以驾驭。微臣对此……微臣对此拿捏不准，不敢自作主张，还是请皇上和摄政王钦定。”

“说来说去，终究没个主张。什么固执任性，依本王看，总比油头尖脑，奸巧圆滑之辈要好得多！固执任性一点有什么不好？为忠君而固执，为社稷而任性有什么不好？当今汉臣有几个不是为了保住自己的官位而趋炎附势，阿谀奉承？有几个不是为了自己前程勾结朋党，投机钻营？又有几个能像魏裔介那样不怕丢失功名，冒死直谏？什么难以驾驭？这样的人能为臣子，实为皇上之福！”

“对！对对！满族巴图鲁喜欢桀骜的烈马，讨厌温顺的羔羊。”阿济格知道自己刚才的言语有些冒失，不等多尔衮说完，抢先说道。

福临睁开了眯缝着的双目，脸上露出欣然之色。

“微臣适才所言失当，愚钝之至。摄政王所讲极是，堪为选才之根本，令微臣茅塞顿开。”陈名夏说话毕恭毕敬。多尔衮苦笑着摇了摇头。

“此次朝考从一百零八名进士中，择优录选四十六名为庶吉士。姓名如下：柏乡魏裔介、真定梁清宽……”

多尔衮打断陈名夏的话，说道：“四十六名庶吉士的考卷，皇上已经亲览，不必再读了。只是朝元未选，还是请皇上钦定。”

福临眼睛一亮，挺起腰板，说道：“若定魏裔介为朝元，似乎有些不妥……”

“有何不妥？”太后停下手里的活计，转过身来，正色道，“若以朝中规矩，没有我布木布泰说话的份儿。但为国选才乃头等大事，关乎社稷将来之命运，所以不得不说几句。魏裔介会试中第十二名，深得房考赏识。殿试若以其真才实学，状元非他莫属。只因越格一事，屈居三甲，如此循规蹈矩，何谈不拘一格，唯才是举？依我看，为国选才，文才固然不能忽视，但是人品德行更为重要！此次朝考，魏裔介一篇《圈地殃民误国疏》，其文笔自不用说，单凭他这股为国担忧，为民请命而不怕丢弃功名，不怕坐牢杀头之勇气，何人能比？”

福临见太后如此说，随机道：“如此说来，魏裔介得中朝元，理所当然。叔父……”

多尔衮应道：“太后和皇上所言极是！四十六名庶吉士名额既定，不必变更。钦定魏裔介为本次朝考之朝元。二位贤臣，拟旨去吧！”阿济格和陈名夏口称“遵旨”，退出东厢，急急忙忙出宫去了。

福临轻轻“嘘”了口气，肚子“咕咕”直叫，显然是饿了。乌兰正在吩咐侍女们布置早膳。太后掸掉衲襟前的海棠花瓣儿，净了手，走过来，坐在那把红檀髹金龙纹椅上，抚摩着皇太极留给她的和田玉犀牛砚滴。弯弯的秀眉下，一双清澈美丽的眸子转动着，意味深长地说：

“先皇在世时，深谙君臣之道。先皇常说，‘为君之难，无良臣乃难之首；为君之忧，无直臣为忧之先。得良臣乃君之福，得直臣为国之运。帅慧目而得良将，君贤明方得直臣。得良将国可安泰，得直臣君即无忧。’眼下大清初定，百废待兴。朝廷用才之急，如同救火。选才之策当与否，量君之智明与昏。皇儿呀，叔父跟随先皇多年，南征北战，忠心保国，屡立战功。你自登基以来，叔父殚精竭虑，辅佐朝纲，文韬武略，谁人能比？皇儿凡事定要虚心求教，多听叔父高深见解，多学一些为君之本，治国之道。”

“太后过奖了。承继先皇遗旨，辅佐皇上，乃卑王分内之事，理当尽心竭力，在所不辞。”多尔衮道。

“额娘教诲，孩儿铭记在心。叔父文韬武略，治国之道，侄儿定当虚心求教。”福临毕恭毕敬。

太后膳房的八仙桌上，摆满了早膳。四碟点心、四碟小菜、奶饼、奶茶、酸奶子、奶皮子、酱鹿肉、熏野鸭、卤鹿尾、银耳汤、莲子粥、麻糖、油饼等。太后、多尔衮和福临共进早膳，三人边吃边说着话。福临食欲大开，直吃得肚皮发紧，打着饱嗝儿，方才罢休。

福临和太后娘儿俩穿过月亮门，一起来到慈宁花园，后面只跟着吴良辅和乌兰。绕过高大的太湖石，顺着潺潺溪水来到慈宁池边。上九曲石桥，福临用手数着白玉石栏杆上的狮头，步履轻快地走到池中央的临溪亭上。环顾四周，风和日丽，美景如画。岸边高柳垂荫，玉兰花开，莺歌燕舞，鹊吟鹿鸣。

福临尽情地观赏着美景，对母亲说：“这慈宁苑从来没有这般好看！池里再有条渔船，渔翁肩上落只鱼鹰，鱼鹰一个猛子扎入水中，衔条鱼儿上船，那才叫美。哈哈！”福临眉飞色舞，抑制不住内心的喜悦。只有和母亲单独在一起的时候，才会这样。困惑时愁眉不展，高兴时欣喜若狂。

“看把你高兴的。一准儿是遇上顺心的事了。对不对？”太后问。

“孩儿有什么心事，哪能瞒得过额娘？”福临说。

太后亲昵地瞅着儿子细腻红润的脸庞，说：“睿亲王尊重皇上旨意，魏裔介得中朝元，遂了儿的心愿，额娘猜得可对？”

“本来嘛。魏裔介就是与众不同，德才兼备，超群拔俗，得中朝元顺理成章。额娘曾教导孩儿，做人不可有傲气，但一定要有傲骨。孩儿所看中的，是他的秉性，是他的傲骨。元宵节清风茶楼与他偶然相遇，孩儿就知其人不凡。当晚回宫，孩儿将此事说给额娘听，额娘听后，只说了四个字：‘此人可用’。额娘的这句话，正中孩儿心意。”

福临思索片刻，问道：“刚进京时，睿亲王飞扬跋扈，不可一世，今年以来，却温和了许多，凡事也和孩儿商量，不再旁若无人，自作主张了。”

太后的脸上掠过一丝不易察觉的表情，意味深长地说：“福临哪！这些年来，额娘为你操碎了心。看你一天天长大，一天天懂事，额娘也就放心了许多。当今大清初定，百业待兴，正在用人之际。睿亲王毕竟是你叔父，他为大清社稷呕心沥血，一心一意辅佐朝政，即使有些过错，咱们也要宽厚大度，顾全大局。切不可小气任性，因小失大。只有他忠心为国，别无二心，大清江山方可安泰，皇儿将来才能顺利亲政，以图大业。”

太后理了理被风吹乱的秀发，抚摩着福临的肩膀，看着福临认真的眼神，继续说道：“人无远虑，必有近忧。为君之道，以臣为重。善得臣心者，方为明君。当下之士乃是将来之臣，百官百姓，对他们的德行脾性，人品优劣，定要心中有数。对朝考钦定的四十六名庶吉士，尤其是魏裔介等人，切切不可小视。他们都是皇儿亲政后的左膀右臂，国家栋梁之才，切不可漠然视之。”

“额娘的话，孩儿已心领神会。孩儿绝不会让额娘失望的！”福临拉着母亲的手，眼里闪动着泪花，表情凝重。母亲的谆谆教诲，意味深长。使蕴藏在他内心已久的王者心性骤然勃发，令他激动不已，心情久久不能平静……

皇太后出身蒙古贵族家庭，是科尔沁草原寨桑贝勒的女儿，名叫博尔济吉特·布木布泰，小名大玉儿。天生丽质，美丽动人。自幼聪明伶俐，知书达理。十三岁在哥哥吴克善台吉的陪伴下，嫁给努尔哈赤第八子、四贝勒皇太极。天命十一年八月十一日，努尔哈赤死于叆鸡堡后，皇太极“嗣父皇以登大位”，改年号为天聪元年。天聪十年四月，后金势力不断壮大，皇太极将“大金”国号改为“大清”，年号改为“崇德”，并用“满洲”代替“女真”旗号。在以代善为首的诸贝勒大臣的恭推之下，皇太极登上了大清皇帝的宝座。大玉儿作为次西宫的庄妃，入住永福宫。崇德三年，她生下皇太极的第九子福临。

福临的降生给庄妃带来了希望。小福临在母亲万般呵护和精心教养下，渐渐长大。母亲那不同于一般女人的倔强好胜、聪明智慧、远见卓识，在福临幼小的心灵里扎下了根。崇德八年八月初八，皇太极“无疾”而崩。在错综复杂的宫廷斗争中，六岁的福临脱颖而出，荣登帝位，改元顺治。努尔哈赤的第十四子、皇太极的异母兄睿亲王多尔衮同郑亲王济尔哈朗辅政。顺治元年四月，福临在笃恭殿拜多尔衮为大将军，亲赐大将军敕印，令他统帅大军南下，入关与李自成和南明王朝作战，与之争夺天下。多尔衮率领清军英勇奋战，捷报频传。顺治元年九月，福临和皇太后在文武百官的簇拥下，进入顺天城，入主皇宫。十月初一日，在皇极门举行了隆重的登基大典。多尔衮和济尔哈朗作为摄政王，辅佐朝政。福临成为大清入主中原后的第一位皇帝，庄妃也就成了大清的第一位皇太后……

福临和皇太后走下临溪亭，在池边鲜花丛中的一排石凳上坐了下来，吴良辅和乌兰站在远处。母子俩尽情地畅谈着。欢快的鸟儿“唧唧”“啾啾”，叫个不停……

# 七、月夜泛舟

保和殿内，云龙黄毯铺地，青铜香笼香烟缭绕。一对高大的青铜铸就的丹顶仙鹤，立于丹墀两旁，仙鹤口衔灵芝，活灵活现。两根红漆殿柱上，镶嵌着一副青地金字对联：

祖训昭垂，我后世子孙尚克钦承有永

天心降鉴，惟万方臣庶当思容保无疆

福临头戴双层朱纬金龙东珠朝冠，身穿明黄色龙云朝服，腰系宝石镂金龙文朝带，足蹬粉底青锻朝靴，端坐在御座之上。多尔衮和济尔哈朗分坐于御座左右。

九卿科道、文武百官肃立于丹陛之下、御道两旁。吴良辅手执拂尘，大声唱道："宣钦定庶吉士上殿！"

四十六名庶吉士依次进殿。对皇上行三跪九叩大礼，齐呼"吾皇万岁！万岁！万万岁！"

朝见礼毕，吴良辅走上丹陛，手展黄绫圣卷，高声朗诵道：

"奉天承运，皇帝诏曰。顺治三年丙戌四月二十六日朝考新科进士一百零八名。朝元魏裔介。钦定庶吉士四十六名：魏裔介、梁清宽、周启嶲……钦此。"

庶吉士们山呼万岁！呼声响彻大殿内外。

多尔衮精神焕发，满面红光。低咳一声，大殿顿时鸦雀无声。

多尔衮讲道："大清首次科考，鸿才辈出。历经考选，四十六位博士脱颖而出，真是皇上之福，朝廷之喜。为整肃朝纲，调整政令，从朝考试卷中选出朝元魏裔介等六份试卷，由礼部整理后，作为正式奏章，上奏朝廷。"

多尔衮说完，扭脸看看皇上。福临抻抻袍襟，挺直腰板，说道："列位臣工，朕昨夜一梦，彩云飘飘，忽见数颗碧玉坠入宫中。真乃天降祥瑞，朝廷之大吉兆也。魏裔介等诸位新秀，乃天馈贤才于朕，朕欣喜之至。玉过千琢终成器，剑经万锻绕指柔。自今日始，列位要在庶常馆教习三年，熟时务，通经济。达到博学多通，练达时事。以真学问为真文章，以真文章为真事功。同辅国政，共佐太平。”

……

庶常馆设在翰林院内。庶吉士每日读书习文，学研时务。除修《经济时讲》、《辽金元史》、《洪武宝训》、《大学衍义日讲》、《四书解义》等科外，兼修满文。庶吉士乃文坛新秀，国之精粹，每日辛勤研读，刻苦历练。吮纳精华，蓄聚韬晦。强心励志，以报皇恩。

一日，满学士查布海、蒋赫德正在教习满文，吴良辅进课厅道：“传皇上口谕，宣臣范文程、魏裔介乾清宫觐见。”

乾清宫内，肃穆寂静。福临正在凝神静气，练习太极剑。吴良辅进来小声道：“范文程、魏裔介已在宫外候旨。”

吴良辅说着，将一块雪白的洋巾递给皇上。福临缓缓放下手中宝剑，吴良辅接过。福临边拭汗边道：“快传。”

范文程、魏裔介进乾清宫东偏殿，觐见礼毕。范文程问道：“不知皇上召微臣进宫，有何旨意。”

福临道：“庶常馆开馆，算来已三月有余。朕闻自开馆以来，众学士勤学苦练，蓄韬养晦。待到三年散馆时，我大清社稷贤才熙熙，能臣济济，朝廷之喜，万民之福也。”

“《尚书·大禹谟》曰：‘野无遗贤，万邦咸宁。’皇上珍才爱臣，所以良才辈出。皇上如此重视科举，惜才如命，旷世之君，哪个能比？当今贤才能臣云集，盛况空前，惟吾皇之功也！”范文程道。

福临精神振奋，情绪激昂。从龙椅上站起来，激动地说：“魏爱卿乃臣子之楷模。朕得之鸿才，欣慰之至。来呀！”吴良辅低头应道：“奴才在。”

“特赐魏裔介书画数件，以表朕爱才之心。”

魏裔介听罢，惶然道：“微臣才疏学浅，不敢奢求皇上如此垂顾。皇上错爱，令裔介汗颜，诚惶诚恐。这……”

“裔介呀！皇上恩赐，莫大荣耀。切切莫要推辞。”范文程高兴地说。

吴良辅和两个小太监手捧三个黄色托盘，有画轴，有书籍。

福临让太监展开几幅画轴于案上。福临一一介绍说：

“这幅是元代黄公望的《秋山图》，这幅是宋徽宗的《鹰》，这幅是关九思的《竹》……皆为上上之作，世间珍品。”

福临说着，亲自展开两幅画卷，说道：“这幅画为朕新近之作，名曰《水墨山水画》，此件名曰《钟馗》。”

魏裔介看着皇上亲笔御画，异常惊讶。见画上淡波淇奥，绿竹猗猗，碧山人来，幽鸟相逐，天山云水浑然一体；一幅《钟馗》，寥寥数笔，一个扬善驱邪，捉妖拿鬼的钟馗跃然纸上，栩栩如生。两幅画含义深刻，皇上所憧憬的太平盛世万民同享之美好愿望；弘扬正气，嫉恶如仇之秉性表达得淋漓尽致。平时耳闻少年天子钟情于汉族文化，并酷爱书法绘画艺术，曾心中揣摩，皇上年少，只不过玩玩而已。今日得见，才知皇上小小年纪，水墨功底竟如此浑厚。魏裔介不觉深深折服，对皇上的敬佩之情油然而生。

“朕将此画赠予魏爱卿，愿你胸怀天下，心系黎民。铲除邪恶，弘扬正气。辅弼朝廷，匡扶社稷，为天下百姓造福。”

福临赐予的还有苏轼的《赤壁赋》、黄庭坚的《松风阁》等书画十余轴。还有《资治通鉴》、《汉书》、徐光启的《农政全书》、宋应星的《天工开物》、满文《三国演义》等书籍。

魏裔介曾闻，殿试结束后，皇上曾赏予状元傅以渐绘画一幅，此次竟赏予自己这么多珍贵书画，可见皇上对自己的知遇之恩和良苦用心。魏裔介对此激动不已，感激万分。

魏裔介给福临下跪行礼，朗声道：“微臣魏裔介谢皇上隆恩！天子识我，当效犬马。必倾尽所有，用尽所能。即使肝脑涂地，难报皇上知遇之恩!”

“魏爱卿平身。君遇贤臣如帅得良将，朕欣慰之至。朕之良苦用心，尔心知便好。同范爱卿一起回馆去吧。”

三个小太监手捧御赐之物，跟随二人走出乾清宫，向翰林院走去……

范文程府邸坐落在景山西街，离太液池不远。范府两进院落，倒臼结构。客厅设在内院正房。院内中央有一长形紫藤萝架步廊，步廊上爬满藤萝蔓叶，廊下阴风飕飕。紧靠正房庑廊，一棵参天古槐，树干斑驳，枝叶茂盛。虽六月盛夏，古槐下却凉风习习，如秋天一般凉爽。一张白玉石桌置于古槐树下，围桌石鼓上坐满了人，正在吃茶聊天。庶常馆休假三天，魏裔介等人前来拜访范大人，以感谢范大人垂顾之恩。

范文程精神矍铄，红光满面。自清兴茶楼与魏裔介相识以来，对魏裔介刚健笃实，兰石之性，早已由衷喜爱，视魏裔介诸人如同弟子，偏爱备至。今日几位不邀而至，更使他欣慰之至，喜不自胜。

“学生素闻大人德厚流光，鸿才旷世，虚怀若谷，秉心弼政。令我辈崇拜夙仰。早愿登府拜望，一是时值科考，功名未定，恐遭口舌，二是庶常入馆之后，冯、陈等诸位大人多次邀请我等过府相聚，我等屡屡恳辞，一直不曾践邀。平日科课紧布，不得闲暇。巧逢歇馆休假，特来叨扰，望大人见谅。”魏裔介说完，梁清宽、梁清远、杨犹龙随声附和。

“老夫庸庸碌碌，无所作为。倒是诸位贤契雅量高致，胸怀磊落。老夫坦言，贤契来日势必巨任在肩，侍君弼政。但愿诸位竭力为国，中正无私。切莫趋炎附势，追求名利。”范文程心诚意笃，谆谆以言。

“大人教诲，情真意切，字字珠玑，处世之诀，一语道破，学生当受用终生。”杨犹龙道。

程夫人亲自斟茶，兴奋地说：“多日来，不曾见老爷这般高兴。回家后每每提起各位，就来了兴致，唠叨不休。还说六弟独具慧眼，物色这等优秀人才。以后几位可要常来坐坐，免得他整日无精打采……”

突闻门外马声嘶鸣，几人扭头朝门口望去。只见一人匆匆进院，口中喊道：“长兄，长兄，嫂嫂……”见到树下几人，猛然驻足，不由一愣。

“六弟，是你？”范文程蓦然站起。

“长兄……”范程六疾步上前，双手握住兄长臂膀，由于激动，有些哽咽。嫂子见状，流出泪来，忙用丝帕拭去。

范文程与范程六并非同胞兄弟。范程六是范文程伯父范鄂之子。范鄂早亡，其二弟范楠将范程六托付予次子范文程抚养。范文程夫妇视范程六为胞弟，供其念书，倍加呵护。范程六自幼聪慧好学，品行端正。与兄嫂相依为命，感情深厚。

范程六拜过嫂嫂。魏裔介等人拱手道：“学生见过老师。”

范程六转身对几人说道：“保定一别，一晃半年有余。长兄去信，得知四位同上皇榜，喜中进士。”范程六接过嫂嫂递过来的面巾，擦了把汗，继续说，“本是预料中事，自己的学生，倘若不知其才识，妄为师也！”

“哈哈哈哈！六弟识才，六弟识才。六弟尚且不知四位均被选为庶吉士，现在庶常馆深造。清宽得中传胪，裔介得中朝元。可喜可贺呀！”范文程双目含光，精神焕发。

“学生金榜有名，多蒙老师栽培，大人垂顾。师长之恩，一生难报。唯有倾其所学，以身报国！”梁清远道。

范程六若有所思，问道：“长兄，小弟曾让裔介捎信于你，可长兄去信从未提及，不知……”

“哈哈，哈哈哈哈！小弟诚心举荐四位高才的一番苦心，裔介却不领情。荐信确已转到，但为时已晚，庶常馆开馆数日才把信交予为兄，科考早已过去，荐信还有何用？可见裔介等人高风亮节，穆如清风，不由人不赞叹。啧啧。”范文程钦佩之情，溢于言表。

“噢……原来如此。裔介不愧‘恒阳’学子，其德可嘉！”范程六感慨而言。

时已近午，程夫人吩咐下人端来菜肴、酒具。几人边饮边谈。

酒过三巡，范文程道：“小弟呀，还有一事，为兄深有感触。皇上赏其德才，亲赐裔介名贵书画、书籍。皇上赏赐，即使大臣、显贵也是一生鲜见，哪个不大庆九日，以炫荣耀？裔介却将赐品放入柜中，从不显摆、张扬。似这般宠辱不惊之举，几人可比？”

魏裔介忙道：“学生以为，学生所做之事，都以平常心而为之，万望大人勿再提及，以免扫了酒兴。”

程夫人道：“今日贵客盈门，小弟又来探家，俗话说，接风饺子送行面，嫂子包了饺子，给各位接风，各位可要多吃些呃！”大伙点头称是，连声道：“谢谢伯母!”

天上云朵飘飘忽忽，越积越多，遮住了阳光。一阵凉风吹过，更觉心清气爽。吃过井水浸过的密云西瓜，冰凉甜爽，心田滋润。

“范大人兄弟二人一别两载，近日相见，定有许多贴心话要谈。范老师不妨多住几日，看看京城名胜，歇歇疲惫之心。直隶地处畿辅之地，公务势必繁忙，不如趁此机会，弟兄多亲近亲近。正好庶常馆休假三日，我们几个也好陪陪老师多玩几天，以叙离别之情。”梁清标说。

“不成啊。直隶总督府事务繁杂。因上令禁止圈地，已圈占的房地限期调换，不能调换的予以退回。因此民间讼案急剧上升。若不是因案件无法裁决，必须请示都察院，也无法抽身来京。咳，心知长兄为父，然公务缠身，概不由已呀。”范程六看着长兄，不无愧疚地说。

“六弟性格率直，秉公敬业。为兄深感欣慰，并无嗔怪之意。”范文程看着六弟，眼光慈祥而温和。

“范老师秉公勤政，胸怀天下，若无范老师辛勤培育，我等也不会有今日。”梁清宽说。

“范大人整日为国操劳，午后需要休息，我们暂且告退，明日再来。”魏裔介说。

“不可！老夫与诸位一起，顿觉年轻许多。六弟乍到，何不趁机叙旧畅谈？哪有告退之理？”范文程思索片刻道，“太液池‘晚霞映荷’别有一番情趣，一会儿老夫陪诸位庆霄楼观景，散散心如何？”……

殷红的太阳已近西山。彩霞满天，山水一色。范文程带领数人，步入御园后门，经先蚕坛，沿太液池东岸南行，过濠濮涧，走陡山桥，上琼华岛，来到庆霄楼下，拾阶而上。

“魏大哥！”突闻一声惊叫，大家抬头望去，只见王萱儿陪同父亲王国顺从楼上下来，撞个正着。

范文程几个退回楼下。王国顺下得楼来，几步上前，拱手道：“不知范大人大驾光临。今日闲暇，小女执意来此观景，巧遇大人和诸位学士，真是幸会。”

王萱儿上前道：“王萱儿见过范大人。”

范文程高兴地说："范某与王统领千金曾见过一面。贵千金人小志高，功夫了得。与裔介很是投缘。"

王萱儿笑着说："谢谢大人夸奖！"王萱儿说着转过身，对魏裔介说道，"魏大哥得中进士，又中了朝元，平步青云，见了小妹也不搭话，敢情官升了，把萱儿给忘了吧！"

魏裔介刚要答话，王国顺说："你好不晓事，竟这般无礼。"说着，扭过头来对魏裔介说，"会试之后，与魏公子一直未曾谋面，喜闻得中朝元，可喜可贺。小女在家中常常念叨，还说魏大哥喜中朝元，不会忘了萱儿吧。整天为此絮絮叨叨，愁眉不展。今日得见，遂意了吧？"

魏裔介说："裔介成日忙于学务，不得闲暇，但从来不曾忘记萱儿姑娘。"

王萱儿听罢，喜上眉梢，快步来到魏裔介跟前，睁大眼睛瞅着他说："谢谢大哥。"魏裔介面露窘色，不知所措。

王国顺说："诸位请上楼，我和小女先走一步。"说着转身欲行，王萱儿转过脸来却说："爹爹在家曾说，魏大哥中了进士，爹爹曾许诺设宴祝贺，人家朝元都中了，再不践约，那可就招人笑话了？"

魏裔介忙说："不可，不可……"

王国顺说："本以为范大人与诸位约会，有事相商，不便打搅。如无不便，在下今晚设宴阅古楼，恭贺魏公子及众位如愿高中。"

王萱儿高兴地跳起来，说："爹爹爽快！"王萱儿眨巴一下眼睛，对父亲说：

"我看不如这样，孩儿和爹爹陪同诸位再上庆霄楼，赏完美景后，再宴请不迟。魏大哥，你说呢？"

魏裔介嗫嚅不语，范成六却说："萱儿姑娘此话有理，不过要烦王大人再走一趟喽。"

"范大人客气了。在下乐意奉陪。范大人请，各位请！"王国顺说着，引大家上楼。王萱儿陪魏裔介走在后面，来到楼顶。她站在魏裔介身边，和大家一起凭栏远眺，太液池美景尽收眼底。

太液池湖水荡漾，碧波千顷，琼华岛耸立湖中。岛上藏式白塔巍然矗立，高耸入云，伟岸隽秀，蔚为壮观。围塔而建的漪澜堂富丽堂皇，阅古楼清韵典雅，永安寺古朴神秘。脚下的庆霄楼拔地而起，直冲霄汉。琼华岛上还有远帆阁、普安殿、正觉殿、法轮殿、撷秀亭和见春亭。沿湖而建的濠濮涧、画舫斋、静心斋、十佛塔、天王殿、九龙壁、五龙亭、万佛楼、小西天等建筑高低有别，错落有致，独具特色，各领风骚。形成园中有园，景外有景的优雅别致的独特风韵。

夕阳缓缓落下，像少女的脸，害羞似的躲在山的那边不见了。云蒸霞蔚，漫天红遍。王萱儿挽着魏裔介的手臂，对湖面荷花比比画画，指指点点。魏裔介看着王萱儿被霞光映红，荷花一般的脸颊，心里泛起一种亲昵的感觉。

自从和王萱儿福来饭庄巧遇，元宵节正阳门惩恶，清兴茶楼遇君，魏裔介对女孩刚正不阿之秉性，舍已助人之品德甚为钦佩。平日里虽为科考忙忙碌碌，但她音容笑貌时常在脑海中浮现。今日巧遇，王萱儿那天真无邪、朴实爽直、不娇不嗔的性格，使魏裔介深有感触，对她兄妹般的爱意不禁油然而生。魏裔介不再为此局促不安，和王萱儿无拘无束地攀谈起来……

平静的太液水面，百顷荷花犹如片片彩云，飘浮在琼华岛周围。碧绿荷叶浮水，粉色荷花绽放，真可谓“接天莲叶无穷碧，映霞荷花别样红”。

阅古楼二层倚廊处，一张大开面圆桌，主宾位坐着范文程、魏裔介和范程六，王国顺坐在主陪位上，梁清远、梁清宽和杨犹龙分坐两侧，王萱儿紧挨魏裔介坐下。

冷拼热炒，荤蒸素烧，各色菜肴纷纷上桌，“菊花白”坛塞一经打开，酒香四溢。最后一道“并蒂莲藕”上桌，醇芳扑鼻。

范文程首先举杯道：“王大人崇德爱才，特备盛宴，恭贺四位喜中高榜。为谢王大人美意，大家开怀畅饮，一醉方休。”王国顺举杯道：“略备薄酒，以表寸心。金榜题名乃人生大喜，可敬可贺！”

“还有一喜！”王萱儿手举酒杯，郑重地说：“王萱儿拜魏大哥为兄，哥哥从天而降，是不是喜？”

“是喜，是喜，四进士喜中高榜，萱儿喜得兄长，裔介喜纳贤妹，真乃多喜临门，喜降福至啊！”范程六兴奋异常，一饮而尽。

魏裔介四人共同举杯敬过范文程和范程六，又敬王国顺。梁清远道：“王大人，学生敬您襟怀坦荡，武艺绝顶，敬您养了一位纯洁善良，质朴要强的好女儿。”

“不不不，小女自幼娇惯，倔强任性，让各位见笑了。不过，萱儿自小聪明伶俐，勤奋好学，还算说得过去。”王国顺听到众人夸奖女儿，心中愉悦。王萱儿眉开眼笑，喜形于色。

杨犹龙举杯道：“我们三人敬石生哥哥和萱儿妹妹。愿兄妹俩携手共进，亲如一家。”梁清宽、梁清远举杯站起。

王萱儿喜上眉梢，举杯站起，用胳肘碰了一下身边的魏裔介，魏裔介恍然站起，举起酒杯，五人同干。王萱儿喝呛了酒，咳嗽不止，梁清宽给魏裔介丢个眼色，魏裔介领会，给王萱儿递过餐巾。

“哈哈哈哈！年轻人书生意气，朝气蓬勃。我等自愧不如啊！”范文程兴高采烈，精神焕发。

“萱儿姑娘，裔介是我的得意弟子，倔强耿直，文弱书生，他要是受了别人欺负，我可要拿你是问呀！”范程六诙谐地说。

“咳！知道！谁敢欺负哥哥，我把他的脚丫子拧下来喂狗！”王萱儿一本正经。

“哈哈哈哈，哈哈哈哈！”大家不禁哄堂大笑……

一轮明月升起，皎洁的月光从庑廊下射进来，厅内的烛光显得不如原先那么明亮了。从湖边传来几声蛙鸣，外面寂静了许多。

“范御史，平时忙于公务，这次来了多住几日，多陪陪兄嫂。”王国顺说。

“难哪！”范程六收起笑容，脸上露出忧郁之色，“我等在此美酒佳肴，欢聚一堂，不知乡下有多少难民无家可归。皇上体察民情，下令禁止圈地，本是怜民之举。可敕令太过笼统，不便具体执行。圈地日久，千头万绪，盘根错节，若无翔实细致条令，根本无法处理如此错综复杂之事务。本次来京，已将此情拟文报请都察院，明日回府，处理积案，等待批文。”

“令欲行而律先至。敕令寥寥数语，怎能处理这等复杂事务，下层官员根本无法操作，无从下手。眼下必须派员，访察民间，尽快制定出具体执行律令，方能根除弊端，救民于水火。”魏裔介道。

“裔介此话有理。我看这样，裔介明日以此为题，撰写一份奏疏，上朝之日，待我奏呈朝廷，详陈禁止圈地之具体方略，力劝皇上采纳之。”范文程说完，大家一起赞同。

范程六据例提出诸多难题，大家各抒已见，献计献策，议论纷纷……

月光之下，太液池边。魏裔介、王萱儿兄妹俩边打着水漂，边说着话。魏裔介瞅见王萱儿眼睛一眨不眨地盯着自己，忙收回目光，双手不知放在何处。右手摆弄着长衫下摆，折起，放下，放下，折起。王萱儿旁边看着，嘻嘻直笑，娇嗔道：“什么朝元、庶吉士，我看呀，像只木鸡，呆极了。皇上跟前侃侃而谈的那股冲劲儿哪去了？让老猫叼走啦！”

魏裔介摇摇头，笑了一下。圈地之事老在脑海里转来转去。自与王萱儿相识以来，从未像现在这样，两人单独相处，而且挨得这样近，显然有些不自在。王萱儿数落着，心里却甜丝丝的。眨巴着一双大眼，生怕时光匆匆流去。

王萱儿抬头望月，双手合十，口中念道：“月亮啊月亮你慢慢走，小妮妮拉着哥哥的手。”

魏裔介见妹妹念念有词，问道：“萱儿，你口中念的是什么？”王萱儿双手背起，迈着四方步，装腔作势地说：“此乃菩提真经，玄妙至极，尔等是不会懂的。”

魏裔介眨眨眼睛，诙谐地说：“莫名其妙，菩提经里还有‘小妮妮拉着哥哥的手’一句？”

王萱儿羞红了脸，跳着上前，用拳头捶着哥哥的胸脯，咬着牙说：“叫你调皮，叫你调皮……”魏裔介握住妹妹的胳膊，忙不迭地说：“哎哎，哎哎，好妹妹，好妹妹，听哥哥说。”

妹妹停住手。哥哥说：“是不是该上楼吃饭了？等人家过来催促，那多不好意思。”

“不忙，不忙。”萱儿指着前面的一条小船说，“眼下明月高悬，风平水静，荷花飘香，你我二人难得单独相处，何不趁此机会，泛舟湖上，花前月下，赏荷采莲，也不枉费了这清清湖水，荷香月夜。”

裔介转身向楼上看了看，兄妹俩解下缆绳，拉过小舟，一起上船。木桨轻轻划动，船儿缓缓游向荷边。

船舷擦过茂密的荷叶，发出微妙动听的声响；指尖轻拂沾露的荷花，嗅着沁人心脾的清香。

“太液池心波万顷，闲仿景，扫宫人户捞渔艇。”

魏裔介面对月光下的荷塘美景，不禁吟出欧阳玄的这句词来。他接着说：“这是描写元代太液池的景色。这碧波无垠的太液池，金代称其为‘西华潭’，明朝称作‘金海’。瀛台为南海，蕉园为中海，五龙亭为北海。所谓‘水风吹绿不知暑，日日藕花香里过’也是描绘此处的叶绿花香。”

二人轻轻地打着桨，轻轻地说着话，黑黝黝的荷叶丛中，时而飞出点点流萤，沾人衣袂。

萱儿从衣襟上拿起一只发着绿光的流萤，捧在手心，轻轻一吹，流萤飞起，飘飘远去。

“不知是谁的诗中有这么一句：‘流萤飞入采莲舟，夜露轻寒私语稠。’此情此景，与诗中所描述的情景，是多么的相似！”萱儿说着，放下船桨，伸手采下一只莲蓬，娴熟地剥开，将几粒白生生的莲子放在哥哥的唇边，二人对视而笑，慢慢地咀嚼着。

“看你现在的样子，让我想起这样几句诗来：‘鹢首风回扑面香，清荷叶底摘金房，剖来满齿流琼液，不羡仙女掌上浆。’”

萱儿又采下两只莲蓬，二人说着笑着，将舟儿划回岸边，慢慢下船，拴好缆绳，兄妹俩拉着手，走到庆霄楼前，快步上楼去了……

# 八、千秋亭面君

乾清宫内，九卿科道、文武大臣肃立御路两边。顺治端坐龙椅之上，多尔衮、济尔哈朗仍坐于御座两旁。

兵部满尚书、承泽亲王硕塞出班启奏："南方捷报频传。征南大将军博洛，率军渡过钱塘江，鲁王大将方国安虽拥兵十万，难敌我军排山倒海之势，初战即溃，望风披靡。窜至绍兴后，挟鲁王南逃。我军势如破竹，不到一个月即破义乌、取金华、下衢州、陷严州，直奔由浙入闽的咽喉要道仙霞关。巧遇驻关将领南明忠孝伯郑成功回福州索饷，我军遂取仙霞关，从容入闽。唐王朱聿键经江西入湖北，拟投奔湖广总督何腾蛟，行至福建汀州，被我军擒获。继定国大将军豫亲王多铎率军擒获福王朱由崧之后，唐王为第二个被生擒者。"

硕塞继续奏道："靖远大将军肃亲王豪格统军入川，讨伐敌将张献忠。驻守保宁之张献忠部将刘进忠，畏惧我军强大攻势，率部投降。密导我军直奔张献忠大营，聚歼群敌。肃亲王率部日夜兼程，于次日凌晨抵达凤凰山。趁大雾，直捣敌营。张献忠仓皇应战，未及披甲，便冲出营门，旋即中箭身亡。"

多尔衮舒展一下眉头，说道："不到一年，攻克十数城，歼敌数十万，杀死数将，又生擒二王，可谓捷报连连，战功卓著。兵部即刻拟文，对有功将士给予嘉奖。钦派承泽亲王硕塞、英亲王阿济格赴南方，代皇上与本王犒赏阵前三军，三日内起程。"

户部尚书宁完我启奏："顺天巡抚傅景星报称：'摄政王停止圈地谕令颁发之后，顺天府按令执行。然已圈之地难以兑换。田地被圈之民，俱兑拨碱薄屯地，却照膏腴肥地征收税赋。如雄县，圈则倍占，退仅虚名。满城县之兑换也是授受无实。更甚者，庆都县所拨真定卫地不知坐落何处。庆云兑地均系老荒，乐陵兑地皆为不毛之薄田。民见兑地荒芜，即卖男鬻女为耕种之资。似此久荒之地，势必不能开垦，抛地泣天而逃者，十之八九。顺天府尚欠两万亩未补。百姓离弃田园，别其坟墓，乞讨他乡。"

左都御史金之俊启奏："直隶总督府按察使范程六报称：'上令禁止圈地以

来，各地圈地圈房蔓延之势确已控制。然直隶各县被圈占土地达万顷之多。兑换之田属久荒之地者十之七八。膏腴之地被圈占后改为畋猎、放鹰之所。民无地可耕，无舍可居,妇子流离，哭声满路，含冤告状者剧增。土贼窃起，刑案频发，狱监之所囚满为患……"

"不要念了！"多尔衮越听越气，大声呵斥，"几年来，为入关满民生计，圈地甚多。因官员违逆章程，恣意胡为，给被圈地主带来诸多困苦。谕令停止圈地，旨为安抚百姓，稳定政局。一应措施，各府县理当周密筹划，稳妥执行。一遇困惑，不戮力解决，而一味上缴。满朝臣等，何止上百?难道竟无一人出谋划策，献出切实可行之良策来，为朝廷分忧，为百姓解难？咹？"多尔衮显已动怒。御路两旁文武大臣或低头不语，或面面相觑。大殿寂静异常。

"臣有疏奏！"范文程道。福临微闭的双目缓缓睁开。

"范大学士，有本速速奏来！"多尔衮忙道。

"庶吉士魏裔介递与微臣奏疏一部，题曰《禁止圈地宜定细策以苏民困疏》。"

福临目光如电，投向范文程。

"快将奏疏读来！"多尔衮手扶椅柄，挺直上身，催促道。

"因此疏洋洋万言，微臣只读目次，皇上和摄政王待朝下亲览，可否？"范文程问道。

"当然！"多尔衮道。

范文程朗声读道："《禁止圈地宜定细策以苏民困疏》次目如左：一，派员深入县村民间勘查密访，掌握细节实情，经汇总报上，为制策之基础；二，田舍兑换切勿许而不施，欺诳百姓。兑换之田舍腴贫多寡宜基本对等公允；三，满人圈地用以畋猎、牧场、放鹰、下营之所，宜选久荒贫瘠不宜耕种之地。以上之所已占膏腴之地或尚能耕种者，应调换成撂荒之地，以保证粮田不予毁损，还地与民耕；四，满民选庄置田选位宜予调配。畿辅之地人稠地窄，人均合亩尚不宽裕，圈地之后，无地之民愈半，缺地之户十之八九。京北如丰宁、围场，京西如宣化、崇礼，京东如宽城、平泉，均属地域辽阔，人稀地宽之域。满民易地或无地之民迁徙于此，宜解人地矛盾之悬殊；五，各县官地宜详查备案，无理强霸者退回，违令者治罪。此地宜发放给确无耕地，失所流离者，以缓民怨；六，与此同时，大张舆论，大肆渲染移风易俗，汉满一家之风气。满王公贵族、八旗将士当率先垂范，为大清江山社稷着想，为皇上分忧。弃除霸气，善待汉民，逐步消除满汉之隔阂，使满汉各得其所，民可安居，耕者有田，满汉一家，和睦相处，携手同心，共克时艰，大清基业必将一定永定，逐步繁荣。"

"以上所读为禁止圈地善后举措之六项主张，乃此疏概要。奏请皇上和摄政王亲览。"范文程奏毕，将奏疏文本交予走下丹陛的吴良辅，后退回班。

“唔，唔唔！此疏甚好！”多尔衮从椅子上站起身来，喜怨参半。继续道，“一个庶吉士，无官无衔，无职无权，竟有如此之气魄！论德论才，试问诸臣谁能与之相比？即使尔等经纶满腹，才高八斗，藏而不用，能顶个屁用？”

多尔衮脸色涨红，火气大发。少顷，嘘一口气，深沉地说：“大清初定，百业待治，南方战火连连，畿辅又乱事不断。皇上视诸位如臂膀，尔等理当为大清社稷殚精竭虑，尽职尽责，出谋划策，为皇上解难分忧，以报皇上眷顾之恩。非但如此，却有臣饱食终日，无所用心，投机钻营，唯利是图。更甚者结交朋党，扰纲乱政，此等劣官佞臣，人当伐之，天当诛之！”

多尔衮火气稍有消减，坐回座位，拿起奏疏翻看。少顷，面露欣喜之色，随道：“诸如范大学士等臣，胸怀天下，心系社稷，对皇上耿耿忠心，天地可鉴!大清基业待兴，亟盼良臣辅佐。范大学士急皇上之所需，独具慧眼，为国纳贤。似魏裔介此等纯德贤良之才，才是皇上所殷切期盼之臣。”多尔衮说着，转身看着皇上，二人目光相遇，福临点了点头。

多尔衮继续说：“此奏疏待皇上御批后，交予户部，按奏疏所述禁止圈地之六项主张，拟出查访官员名单，组成巡团，禁带随从，限三日内微服离京，直赴县乡村保。三月后返京，根据查访详情拟出实施细则，由户部行文，颁发至各府县，严令限期执行！”

秋高气爽，蓝天薄云，微风徐徐。太阳在云间缓缓穿行，阳光时强时弱。移动的光影如片片云雾，飞过紫禁城的殿群楼顶，使得黄瓦绿脊，翘檐脊兽之上，时阴时晴，此明彼暗。

吴良辅在前面躬身疾行，会元李百奭、状元傅以渐、朝元魏裔介后面紧跟，经玄武门，来到紫禁城北端的御花园。右拐过澄瑞亭，经太湖石、花溪、假山、花丛、荷花池、蔷薇架，来到千秋亭下。因几人脚步匆匆，惊得芙蓉树下的梅花鹿竖起耳朵，草坪上的丹顶鹤直起长颈，“亢亢”直叫。两只猴子“唧唧”叫着，跳过假山，一眨眼不见了。一只蓝孔雀却不以为然，悠闲自得张开双翅，显摆着自己漂亮的彩屏。

“启禀皇上，恩科‘三元’已在亭下候旨。”吴良辅禀道。

“入亭叙话。”福临应道。

万花簇拥的千秋亭里，一架长案旁，福临正在凝神聚气，挥毫而书。

面君礼毕，“三元”登上千秋亭，肃立一旁。三人抬眼看去，见皇上所书的是石湖居士范成大的七言绝句《田家》一诗。

福临一气呵成，题好落款，嘘一口气。吴良辅忙伸手接过云毫，放上笔架，递过汗巾。福临擦完手，意犹未尽，看着傅以渐三人，欣然道：“三位乃当今之文星三魁。朕今日宣召，意欲向三位讨教书法精髓，望不吝赐教。”

傅以渐惶惶然道："不敢不敢。皇上书法笔力雄健，浑然天成，学生艺薄手拙，哪敢……"

"呃！此言差矣。朕自幼酷爱书法绘画，师从范文程、王湘碧。诚然，艺术要凭工夫悟性，然闭门自砺百年，不得高人点拨，博学旁引，融会贯通，也是枉然。正所谓'通会之际，人书俱老'。此刻彼此不为君臣，以师生名分为佳。请三位为朕之师，不吝赐教。"福临说着，拱起手来。傅以渐三人慌忙躬身施礼，连说"惭愧！"

四人来到长案旁边，七绝《田家》一诗跃然纸上：

昼出耘田夜绩麻，村庄儿女各当家。
童孙未解供耕织，也傍桑阴学种瓜。

傅以渐三人看着未干的墨迹，仔细揣摩起来。心中思忖，皇上虽然年少，书法功力却是不凡。字体浑韵，隽秀大方。与其墨笔画相比，除笔力尚弱外，真是书画双优了。三人品字，不发一言。

多尔衮、范文程、陈名夏走上千秋亭，默默站立一旁。

福临见三人只顾观赏，默默无语，不禁道："师无虚言，请三位指教。"

李百奭首先赞道："啧啧，好字。翩若惊鸿，宛若游龙。皇上果然一笔好字。"皇上听到赞誉，不露声色。

"皇上书法宛如春虹饮涧，霞落浮浦。浑润飘逸，遒丽天成。兼有赵孟頫之神韵。"福临自幼临摹赵体，听傅以渐如此说，窃窃自喜。转身看去，见魏裔介有些形散神移，心不在焉。福临心生不悦。于是道："魏爱卿书法端庄精奇，无人不晓。朕功力尚浅，请直言赐教。"

魏裔介郑重道："皇上虽然年少，却有如神之功，令裔介钦佩之至，感触有三：柳公权《书小史》曰：笔随心动，字以情出。皇上书法以情为上，握笔提腕，意凝笔端，农家田园情结油然而生。心动于笔，情发于纸，字便顿生神韵。爱民之情似墨饱笔端，溢于纸上，书者若是常人，必为贤德之士，若是皇上，必为仁义之君。此为一；孙过庭《书谱》有云：违而不犯，和而不同；《六体书论》有云：法本无体，贵乎会通。观皇上书法，变而不违，异而亦和，这便应了盛熙明《书法考》'挥运之妙，必由神悟'一句。皇上之悟性，似有神助。此为二；九层之台，起于累土。合抱之木，生于毫末。书法亦是如此。皇上虽有神悟，却不得依赖。钢不炼不纯，艺不练不精。正所谓偏工易就，尽善难求。书画艺术于坐朝理政机理相通，艺欲精必勤学苦练，国欲兴必竭心勤政。书法力求尽善尽美，为君必求国泰民安。此为三。以上口无遮拦，信口开河，却是裔介肺腑之言。皇上……"

“启禀皇上、摄政王，席已备好，恭请皇上、摄政王与诸位一同用膳。”吴良辅道。

傅以渐三人转身看去，见多尔衮、范文程、陈名夏三人立于亭中，忙施礼道：“学生不知大人到此，请大人训斥。”

“哎！三位贤才与皇上谈经论道，本王哪能搅扰。今日本王特许三位与君同席，共进午膳。”多尔衮道。

“朕将这幅《田家》诗赐予会元李百爽。朕希望三位同心协力，心系黎民，辅佐朝廷，共创大清千秋基业！”福临说完，走下亭阶。李百爽等跪拜谢恩。

众人跟随皇上和摄政王，经月季花圃、青溪小桥、猴山、孔雀洞，沿汉白玉片铺就的曲径，来到御花园西南角的养性斋北门。

皇上端坐正厅御位，摄政王坐于一旁。吴良辅手捧黄绢，肃然唱道：“圣旨下。”范文程等臣下跪俯首。

“奉天承运，皇帝诏曰。会元李百爽、状元傅以渐、朝元魏裔介，特予免试，提前散馆。傅以渐授宏文院修撰，魏裔介授工科给事中，李百爽授户科给事中。钦此。”

“谢皇上隆恩！”魏裔介三人叩谢礼罢，随入东阁。

“皇命免试及早散馆，并非三位才学已登峰造极，只因基业初定，南战北乱，天下尚未太平。朝廷亟需辅朝之臣。古人云‘学海无涯’，望诸位竭心辅政，喻古明今，谦逊慎行，务实勤学。切莫辜负皇上和摄政王一片苦心哪！”范文程满怀激情地说，“御花园乃内宫禁地，范某来此也屈指可数。皇上亲选此地接见诸位，可见皇上之良苦用心。”

范文程说着，两个小太监端上膳品。每人两个小窝头，一个菜团子，一个贴饼子，一碗菜汤。一人一份，皇上也不例外。傅以渐三人看着餐桌上的“御膳”，皇上深意，心领神会。

“南方将士浴血奋战，风餐露宿，艰苦异常。畿辅百姓天灾人祸，饥寒交迫，民不聊生。做君之臣，亦为民之子。今日午膳虽然素淡，然困苦百姓断然难求。皇上之意，为臣者，应时时刻刻不忘百姓困苦，切切不可作威作福，欺压百姓。今食此餐，当记百姓之苦，为我大清江山、天下黎民造福。”多尔衮道。

“为君者，即民之子，做臣者，亦为民之子。民如父母，民之疾苦乃父母之疾苦，父母受难，子能安心乎？臣之躯乃民所养，臣之德乃民所育，臣之才乃民所教，臣之禄乃民所供。臣不为民所思，不为民所想，不为民忧而忧，不为民乐而乐，不为民排难解困，不为民谋求福祉，为臣为子，良心安在？”福临说着，拍案而起！这位才华出众、贤德仁义而又性情暴躁的少年天子发怒了！余音在房梁间盘绕。

# 九、慈宁苑说史

一轮秋月挂在古槐枝叶之上，树叶随着细风微微摆动，几片黄叶飘飘忽忽落下。秋虫“吱吱吱”“唧唧唧”地叫着。

范府内院客厅内，烛光辉辉，烟雾缭绕。客厅正中的墙壁上悬挂着范文程亲书的横匾，“厚德载物”四个大字圆浑而凝重。长几前的方桌上，放着几册文本。两边的太师椅上，坐着范文程和魏裔介。

“前几日，千秋亭上与皇上论书法之奥妙，养性斋内食淡饭议民间之疾苦。皇上少年贤德，以民为重，足见是位仁义之君。能在其下为臣，学生十分庆幸。大人辅佐三代圣主，功不可没。尤其入关以来，废寝忘食，划策谋政，皇上和摄政王对大人唯言是听，十分倚重。大人智睿德仁，上敬臣服，不愧大清之首相。学生初步仕途，欠智缺谋，又固执任性。裔介敬大人为长辈，万望大人对裔介以子侄待之，多加点拨，不吝教诲。”魏裔介道。

“裔介言重了。自清兴茶楼相遇之后，老夫心中对你已有亲切之感。你中朝元后，更对你喜爱有加。真是后生可敬啊！”范文程说着，打着火镰，点着了长烟袋，一团烟雾升起……

范文程是辽东奉天人，出身于明朝官宦世家。少年好学，聪慧沉毅。范文程耳闻目睹满族的兴起，敏锐觉察到明朝气数将尽，于天命三年，同兄范文采毅然投奔努尔哈赤。努尔哈赤得知范文程为名臣之后，便以重用，参与帷幄。并在多次重大战役中，参与决策，出谋献计，每计必胜。范文程的睿智卓识已初露锋芒。皇太极即位后，作为其亲信谋臣，范文程施展才略，屡建功业。在破旅顺、收平岛、讨朝鲜、抚定蒙古等行动中均参与谋划。洪承畴在松江决战中被俘后，大骂不降。皇太极派范文程前去劝降，精诚所至，洪承畴终于归顺。皇太极死后，福临继位，多尔衮摄政。范文程佐命兴朝，首倡入关。减赋税，免积逋，礼葬明帝，尊崇孔圣，实行科举，一系列怀柔政策，均由范文程提出。范文程高风亮节，功勋卓著，享誉朝廷内外……

范文程磕掉烟灰，用拇指抚平浓密的一字胡，看着魏裔介，深情地说道：

“裔介呀！世间万物，适者生存。松耐寒冷而生长于北方，榕喜湿热而繁茂于南国。菊移热带则不活，橘栽寒地则不实。前明背弃天道，民困极则生变，君昏极则自灭。皇太极子承父业，若不倚强并弱，建立霸业，荒蛮之地何能统一？大清入主中原，纵观大局，因势制宜。南方不用骁将勇兵，难以铲平乱贼，畿辅不施怀柔政策，不能稳定民心。世事如不顺应时局，尊重规律，便会前功尽弃，一事无成。做人也是这样，为臣更是如此。”范文程点燃一袋烟，猛吸两口，轻咳一声，一团烟雾从口中喷出。”

“俗话说，咳！泰山易挪，禀性难移。咳咳！裔介刚直不阿，嫉恶如仇之秉性，如我当年。但是若为臣子，定要审时度势，遇事深思熟虑，谨言慎行。切不可只凭一时激奋，不做权衡，而莽撞行事。事已做出，泼水难收，往往铸成大错，后悔晚矣！你殿试越格，朝考死谏，若遇昏君，轻则功名丢弃，重则性命难保。今后为臣，不比以往，此种冒险而无把握之事，切要慎之又慎，三思而后行。”范文程说着，站起身来，背着手，在桌前踱步。

“文公韩愈，唐元和十四年任刑部侍郎时，因谏迎佛骨之事，大触宪宗之怒，险些丧命。忠愍公杨继盛因上《请罢马市疏》，矛头直指佞臣仇鸾。明世宗听信谗言，杨继盛获罪入狱，遭受酷刑。手指拶断，胫骨夹出。仇鸾倒台死后，杨继盛复职。又因弹劾严嵩，被处以极刑，受尽折磨，含冤而死。唉！诸朝冤臣，数不胜数!”范文程说完，坐下装烟。

“以大人之意，要裔介明哲保身，委曲求全吗？”魏裔介不由站起，盯着范文程问道。

“非也！”范文程用力扔掉已划燃的硝蒲，重又站起，看着魏裔介，目光深沉，语重心长地说：“裔介啊，老夫为人，你何尝不知？岂是软弱怕事之人？老夫深意，你应当明白。坯玉扎手且易碎，生铁粗脆且易断。玉经千琢万磨，才能润而不刺双目；剑遇千锤百炼，方得柔能绕指。世上凡成大事者，哪个不是润玉柔剑，城府如渊？佛语曰：志密行密，功深悟深。裔介初出茅庐，涉世尚浅。务求密其志，深其功，深悟其道，密行其身。深宫幽幽，前途漫漫，仕途险恶。稍有不慎，身败名裂，上无颜面对生身父母，下将愧对黎民百姓。空怀一腔报国志，一时不慎悔终生。以上尽是老夫肺腑之言，衷心相告。”

魏裔介装好烟锅，递与范文程，接着打着火镰，将燃着的硝蒲放于烟锅之上。范文程吸了一下，嘘一口气，吹出长长一缕烟雾。稍倾，又道：“以上所言，并非让你做事圆滑，得过且过，改变初衷。而是惜你是良玉纯钢，济世之才，不愿你因小失大，出现半点闪失。”

范文程的话，深深打动了魏裔介。魏裔介心悦诚服，站起身道：“大人谆谆教导，循循善诱，如父教子，情真意切。裔介当刻骨铭心，一生不忘！”

范文程拿起桌上文本，翻看着，兴奋地说：“此《圣德与年俱进疏》、《裁冗员以苏民困疏》、《畿辅应沾蠲荒之实惠疏》和《严斥参革贪官暴吏以清吏治疏》四部奏章，我已尽阅。上疏首请举行经筵日讲，肃政济民，直纠邪臣。护国济世，匡扶社稷之拳拳之心，使老夫深受感动。近日将此奏章交予左都御史金之俊，由他直接上奏朝廷。晋陈寿曾曰：蛟龙得云雨，终非池中物。老夫愿你明断是非，把握分寸，慎审朝局，驱邪匡正。养精蓄锐，蕴韬储略。待他日大任在肩，再展宏图！”

范文程紧紧握住魏裔介伸过来的双手。魏裔介望着眼前这位声名显赫的大清开国重臣，和他那慈父般的目光相遇，踌躇满志，心潮澎湃。激动的心情久久不能平静……

九月初八，旭日东升，霞光万道。宫殿楼阙，紫光普照。

慈宁宫前的甬道两旁，摆满了成百上千的盆菊。红黄紫绿，争奇斗艳，千姿百态，竞相开放。

慈宁门前，福临刚从轿中走出，多尔衮的大轿也在慈宁门前停下。福临和多尔衮一前一后，步入慈宁门。看这菊花遍庭，清香满院，不觉心旷神怡。宫女和花工正在花旁侍弄。皇太后在宫门前，亲手摆弄着她最喜爱的那盆盛开的菊花。

“孩儿给皇额娘请安！”福临走过去，给皇太后施礼。

“罢了罢了。你们看看，这么多菊花儿，就没有一棵是重样的。多好玩儿呀！”皇太后一边说着，手却没有停下。

“皇太后，敝王与皇上有事相商。请您进宫共同商议如何？”多尔衮问道。

“嗨，你们进去吧。我一个妇道人家，有什么好商量的？”皇太后停下手中的活计，端详着她的爱菊说。

多尔衮与皇上走进慈宁宫，在客厅的大几前坐下。

“昨日朝会，九卿科道共议朝政，纷纷上疏。左都御史金之俊呈上四份奏章，均系工科给事中魏裔介所奏。听金之俊言其奏疏梗概，本王以为均属当前朝政之要事，决非老生常谈。与皇上一起，听听奏疏细文，揣摩疏义，也好拟定采纳与否。”多尔衮说完，呷一口茶，看着皇上。

“好吧。”福临应着，说声“来呀！”随着声音，吴良辅已站在皇上面前。皇上看一眼多尔衮。多尔衮会意，遂道：“传金之俊，慈宁宫议事。”

“喳！”吴良辅转身，退出客厅，快步出宫。

皇太后进厅，乌兰忙端盆倒水。皇太后净手后，立于窗前隔窗赏菊。

“叔王，傅以渐等‘三元’任职以后，近况如何？”福临问道。

“以所属卿员议论，三人均勤奋敬业，初有建树。与前明旧臣相比，三人朝气蓬勃，敢作敢为，一扫往日消沉腐朽之风，平添了几分清新气象。本王也为之感到欣慰呀！”多尔衮道。

“是啊。侄儿也有同感。傅以渐等人入朝以后，给朝廷带来崭新之风气。眼下朝臣庸庸无为、老气横秋者不乏其人。从庶常馆选拔优才秀士充实朝臣势在必行。”福临说着，眼皮眨了几下说：

“听近侍禀称，魏裔介性情耿直，在朝中慷慨言天下事。有臣与之窃语，欲结其为朋。魏裔介却说：‘大丈夫光明磊落，尽忠朝廷耳，何以傍为？’看来，魏裔介其人天材隽妙，又秉性刚毅，直言不讳，多亏叔王慧眼识玉呀！”

“彼此彼此。皇上辩才之术远在敝王之上。不过，似这等俊才，不宜过早委以重任，还是多多磨练为好。”

“左都御史金之俊已在宫外候旨。”吴良辅禀道。

“进宫叙话。”多尔衮说。

金之俊手捧文本，惶惶然进得宫来，觐见礼毕，侍立一旁。

“你院所奏四疏，现将全文读来，皇上和本王将细听疏义。”多尔衮道。

金之俊道：“微臣昨日所奏四疏，一曰《圣德与年俱进疏》，一曰《裁冗员以苏民困疏》，一曰《畿辅应沾蠲荒之实惠疏》，一曰《严斥参革贪官暴吏以清吏治疏》。《圣德与年俱进疏》全文如下。”金之俊清了清嗓子，读道：

> 工科给事中臣魏裔介谨题，为圣德与年俱进，恳求及时讲学，开设经筵日讲。臣历览竹册，自古贤圣之主，未有不汲汲以学，谆谆勉勉。仰乞皇上，上念鼎命付托之重，下慰臣民瞻戴之思，立召大臣商榷，择日实行。

金之俊拿起《裁冗员以解民困疏》读道：

> ……继大乱之后者，务在捐烦涤苛，与百姓休息而已。皇上罢冗兵，汰冗员，明季弊政，革除殆尽。体恤黎民，禁止圈地。施以细策，力除圈地之弊。然求之今日无益于民，立应裁汰者，则崇祯末年添置之兵备。往往一府之中，有二监司，官俸、兵饷动之一二万金，百姓之供给嗷嗷。臣请皇上敕下该部，凡崇祯末年添置兵备尽行裁革，所省钱粮，以还百姓……

多尔衮和皇上凝神静气地听着。金之俊又拿起《畿辅应沾蠲荒之实惠疏》，读了起来：

> ……民心乃国家之本，畿辅又四方之本。燕赵之民，首先归命，椎牛裹粮，佐我兴朝。皇上登极恩诏内云：凡加派三饷，悉行蠲免，

其大兵经过地方，免正粮一半。以臣籍真定府柏乡等县言之，路当九省之冲。大兵经过，往来无数。若以恩诏，应按正粮一半征收。然实征三分之二。真定、顺天、广宁、大名四府征粮仍超出恩诏定额。皇上恩诏，一言九鼎。如此亵渎圣意，何言取信于民？何况畿辅之民近年饱受圈地之苦，百姓赖以生存之田舍尚无保障，何粮以缴？圈地之弊若不妥善处置，畿辅之民耕无田，居无舍，已是苦不堪言。再受逼粮之苦，无疑创口敷盐，冰上加霜。恳祈皇上，再申前旨，依诏纳粮。圈地县民之税赋，应酌情蠲免，给予畿辅之民以实惠。以彰朝廷金石之信，以表皇上爱民之仁……

内侍奉茶，金之俊端起，一饮而尽。瞄了瞄皇上和多尔衮，精神依然，并无厌倦之意。清了清嗓子，读《严斥参革贪官暴吏以清吏治疏》：

……大名府尹贪污七百余两。如此视律法为无物，成何体统？博野县令纵吏误抓良民，滥用刑具，穿透锁骨，致以重伤，遂引民怨。更有甚者，徐水原县令因圈地之事与乡民争执，遂带满兵对手无寸铁之乡民大打出手，杀死无辜十数人。似此暴吏，纵卒杀人，可恶之极，依律当斩！贪官暴吏，乱政害民，不予严惩，吏治何肃？……

金之俊一口气读完，立在那里，等待主子发话。

“金爱卿，读完奏疏，心中有何感想？”福临看着金之俊问道。

“真没想到，小小给事中，竟有如此胆识……”

“此言差矣。切莫小看给事中，给事中虽官小品微，然职殊位重。小可品头论足，大能撼山动岳，对此切不可忽视哦！”多尔衮道。

“叔王，不知您对此四疏有何评断。不妨讲来。”福临道。

“本王看来，魏裔介所奏四疏，语意恳切，疏义精辟。所议之事，无一不实，均当关注，予以采纳。然事分巨细，当分明主次，择重先行。”多尔衮说着，看一眼福临，见他平心静气，待听下文。皇太后心不在焉，望着窗外争相竞放的菊花出神。

“金爱卿公务繁忙，奏疏之事，回等谕令，再做安排。下殿去吧。”多尔衮说完，金之俊一声“嗻”，拿起奏疏文本，退出宫去。

多尔衮接着说：“《裁冗员以解民困疏》和《严斥参革贪官暴吏以清吏治疏》，属吏治范畴，又涉及黎民百姓，事关吏治民心，朝政大局。如不及早商议，制定措施，上违天意，下负民心。《畿辅应沾蠲荒之实惠疏》，与圈地之事相互联系，应待巡团查访回京后，结合此疏，制定细则，一并实行。”

多尔衮说完，略显迟疑。站起身来，伸伸腰肢。说道："至于《圣德与年俱进疏》所提经筵日讲之事，依本王看，倒也无足轻重。皇上通经明史，书画造诣又无人可比。天生奇才，不学自通。如设经筵日讲，臣为师而君为生，岂不降我皇威，长他人志气？"多尔衮讲完，坐回座位。

"叔王所讲不无道理。涉及吏治民心之疏，叔王所述之见，均为上策，敕令属部颁行即可。唯有经筵日讲，为嫂倒有不同见解。"皇太后离开窗前，转过身来，面对多尔衮，温和地说。

"敝王适才所讲，不曾慎虑。还请太后赐教。"多尔衮离座，诚然道。

"叔王啊。皇上乃天下之主，万乘之尊。叔王尽心竭力，耗尽心血，不也是为了你皇侄的一统天下吗？皇上年少，切切不可满足于对学问的一知半解，仅仅晓之皮毛。汉族文化，数千年积淀，高奥缜密，博大精深。若要大清江山永固，繁荣昌盛，皇上定当苦心励志，自强不息。竭尽心力，精通汉学。治国安邦，必经此途。驾朝驭臣，必具其功。裔介尚知其中道理，君之母叔焉能不晓？"皇太后语音平平，却掷地有声。

"太后之言，如若金石，使敝王茅塞顿开。明日传命礼部，周密布置，及早进行经筵日讲……"

"经筵日讲，师选为重。朝中虽人才济济，但老气横秋者，难免带有沉沉暮气。依皇儿之见……"皇太后看着福临问道。

"皇额娘、叔王，若依孩儿，经筵日讲既是魏裔介所提，何不让他担此重任？魏裔介淳德博才，孩儿定会孜孜以学，力求上进的！"

"那好！敝王这就……"

"吃过早膳，再去不迟。"皇太后说罢，欲起身，少顷说道，"对魏裔介此人，多闻人言，却不曾谋面。明日恰逢重阳佳节，何不传他慈宁宫一见？"

"好啊。看看这位皇师，明日将是何种姿态。"福临说着，皇太后"呵呵呵"地笑着，和多尔衮一起，向膳房走去。

九九重阳日，慈宁门内。

皇太后在一株菊花前停了下来。魏裔介猛然看到那株菊花，不由地睁大了眼睛。眼前这株菊花，茎秆粗壮，枝叶茂盛。花开大如盘，色艳如凝脂。花瓣重重，花香流芳。使魏裔介想起汉武帝《秋风辞》中的"兰有秀兮菊有芳"一句。魏裔介由衷地赞道："太后培育此花，世间少遇。真乃菊中之王。太后不仅爱花，而且精通养花之道。真是难得。"

"裔介书生意气，文质彬彬，想必也爱花喽？"太后看着魏裔介，问道。

"是的，太后。学生爱梅兰竹菊，爱兰尤甚。竹有气节，虚怀若谷；菊傲霜，遇霜亦开；梅喜雪，雪中怒放。兰花不娇不嗔，幽幽而生。'芷兰生于深林，非以无人而不芳’，不愧为花中君子。”魏裔介见皇太后慈眉善目，平易近人，刚到慈宁宫时的拘束、紧张情绪，此时已削减了许多。

“你精通文墨，给这盆菊花起个名字可好？”皇太后不无调侃地说。

“学生不敢。不过，看到这株菊花，倒使我想起老家普陀寺的牡丹来。”

“什么？直隶柏乡也有牡丹？”皇太后问道。

“是的。”魏裔介说，“说起柏乡牡丹来，还有个故事呢。相传，西汉初年，柏乡城北普陀寺内，几位老翁傍晚纳凉，突闻香气袭人，见一双少男少女从天而降，落入寺内，遁入地中。第二年长出一株牡丹，一株芍药。至西汉末年，汉光武帝刘秀被王莽一路追杀，逃至柏乡普陀寺，隐入牡丹丛中，才幸免于难。刘秀为谢牡丹救命之恩，曾赋诗一首：‘小王避乱过荒庄，井庙俱废甚荒凉。惟有牡丹花数株，忠心不改向君王。’刘秀即位后，敕令重修普陀寺，封牡丹为国花。柏乡牡丹花大如盘，同株异花，花瓣叠叠，色泽艳丽，雍容华贵。此花忠贞不渝，易地不活。光武帝驾崩，花开素白，以示忠孝。之后，每遇君亡，即开白花，闻者纷至沓来。花开时节，游人如织。”魏裔介缓缓道来。

“原来裔介生于神花福地，难怪如此精神焕发，潇洒飘逸。”皇太后说着，看着魏裔介问道，“哎。裔介啊，我让你给花儿起个名字，想好了没有？”

“哦。受太后抬爱，到宝地赏菊，实为太后恩赐，使学生受宠若惊，诚惶诚恐。太后面前妄起花名，恐有冒犯卖弄之嫌。如太后不弃，学生也只好从命了。此菊不凡，蕴天生隽丽秀美之灵气，含牡丹华贵雍容之仙韵。名曰‘牡丹仙子’，太后可中意？”魏裔介问道。

“好名字！哈哈哈哈，哈哈哈哈！中意，太中意啦！哈哈哈哈……”皇太后大笑。

“皇额娘如此高兴真是难得，好久不见皇额娘如此开心。朕要感谢魏爱卿了。”魏裔介见皇上驾临，有些惶惶然。欲行君臣之礼，却被福临拦住。福临说：“免了免了。不必多礼！”

皇太后止住笑，饶有兴致地夸起她的花儿来：“这满院的花，虽名菊千株，却无一重品。什么飞雪、滴翠、云霞、碧瀑，什么紫云吐雾、绿珠坠楼……光起上名字的菊花就不下几百种。”魏裔介一边听着皇太后的介绍，一边欣赏着面前如此美丽的菊花世界。

“裔介，今日是重阳佳节。我记得汉诗中有这样一首：‘独在异乡为异客，每逢佳节倍思亲。遥知兄弟登高处，遍插茱萸少一人。’你身在京城，一定思亲心切。家中有何亲人？”皇太后问道。

“禀皇上、太后，学生家中，父母在堂，一兄三弟。娶妻韩氏，尚无子嗣。学生自幼受到母亲疼爱。母亲对我百般呵护，春怕伤感，千叮万嘱；夏恐蚊咬，扇摇通宵；秋惮着凉，棉肚早裹；冬忧受寒，续棉忌薄。家有仆佣，然儿之衣袜，母亲每每亲手缝就。偶遇贪玩误学，却声声厉斥。讲孔孟之学、做人之道。读族礼，念家训，终日操劳，积劳成疾。怜怜生母之心，悠悠爱子之情，裔介终生难以报答。然春离故土，至今未归。思母之心，难以言表。日前寄来家书，言称母亲下旬来京，令裔介喜不自胜，望眼欲穿。”魏裔介说完，不觉泪已淌下，忙背过脸擦去泪水。

福临听完，为其母子深情而感动。皇太后眼里含着泪花说道：“做人之本孝为先。裔介亲母之心，令我感动。我看这样。来呀！”

吴良辅和乌兰来到皇太后和皇上面前。皇太后接着说：“吴良辅，宣武门内尚有一所空宅，近日要打扫干净，一应用品置办齐当，备用。乌兰，吩咐下去，中午摆宴临溪亭。都下去吧。”二人退下。

“魏爱卿还没到过慈宁花园吧。皇额娘，何不去花园走走？慈宁苑的菊花，比御花园还多。”福临说。

福临、皇太后和魏裔介一起出宫，穿过月亮门，来到慈宁花园。高大的太湖石旁株株兰花碧叶亭亭，花开幽幽。绕过太湖石，偌大花圃，盛菊如彩云，万紫千红。皇太后望着漫地的菊花，精神抖擞，心旷神怡。

“太后如此爱菊，使学生想起一位古人，也和太后一样……”

“哦？快快讲来听听！”皇太后道。

“此人名叫冯颖，史称冯太后。是北魏文成帝拓跋浚的皇后。冯太后生于长安，自幼酷爱菊花。父亲冯朗任西城郡公。不知何因，牵连被杀。冯颖被籍没入宫，时为世祖拓跋焘的左昭仪的姑母将其收养，因此受到姑母的精心抚养教育。文成帝继位后，冯颖被选为贵人，后被册立为皇后。文成帝驾崩，十二岁的献文帝拓跋弘继位，二十四岁的冯颖被尊为皇太后。”魏裔介说着，三人沿着清溪来到慈宁池边。皇太后和皇上都用心听着。

“献文帝继位不久，丞相乙浑欺献文帝年幼，乘机诛杀异己，伺机篡政。幼帝闻听后，束手无策，举朝混乱。在此危急时刻，冯太后镇定异常，果断下令，派兵镇压。平息叛乱后，乙浑被处死。为稳定朝政，冯太后临朝听政。一年之后，元宏降世，冯太后亲自抚养。承明元年，二十三岁的献文帝猝死于平城永安殿。孝文帝元宏五岁继位后，冯太后被尊为太皇太后，二次临朝听政。”

皇太后摇着头说：“世人都说皇上好，几人能知皇家苦啊！这位冯太后真是太难了！咳！……”皇太后听着，情不自禁地叹息起来。福临却说：“后来呢？后来怎样？”三人说着，走上九曲石桥，魏裔介手扶桥栏狮头，继续讲了起来。

“冯太后临朝后，培植亲信，铲除异己。孝文帝年幼，生性懦弱。冯太后又身为汉人，拓跋鲜卑贵族势力强大，作为女人，若要统治王国，谈何容易？她生就的倔强品格，像菊花一样傲霜不屈的秉性，毅然担起执政重任。一边培养人才，提拔重用，一边大胆革新，实施俸禄制、均田制、三长制、户调制四项大政革新，实行铁腕治朝。”

“什么俸禄制、均田制，还有……嗯……还有三长制、户调制。这四项制度如何规定？快快讲给朕听。”福临等听下文，皇太后却说：“皇上，急什么呀？以后有你听的。现已近午，还是先进膳，边吃边讲吧。”

慈宁池的水面上，几只天鹅悠闲地凫着水，见有人来，曲项冲天，发出“嘎嘎”的声音，和来人打着招呼。一只小船从假山那边缓缓划来，船工肩头上落只鱼鹰。只见鱼鹰猛然飞起，直冲水面，扎入水中。

“哎？慈宁池何时有船有鱼鹰了？”福临又惊又喜地问。皇太后笑而不答。福临看着皇额娘，明白了。“上次临溪亭聆听皇额娘教诲，孩儿一句笑谈，皇额娘便当真了。真是悠悠慈母心哪！”福临不无感慨地说。

“皇儿啊，世上为母之心，人人如此。孩儿若能领会，也不枉额娘一番苦心。”皇太后说着，三人已上临溪亭。菜肴已备齐，菊花红酒已斟满。魏裔介刚要推辞，皇太后说：“皇上和我还要听你下文呢，坐下，快坐下。”

几个太监宫女，侍立四周，倒茶斟酒。三人边吃边喝边聊。

“冯太后执政后，首先实行俸禄制。实行俸禄制先从整治吏治入手。由于朝纲松弛，贪污成风。大臣公孙轨贪婪成性，他刚为官时，单马执鞭而来，两年下来，从车百辆，满载而归。如此贪官，上行下效，败坏朝纲。冯太后对此大为不满，即定新规：官吏俸禄以政绩而定。又规定凡贪污赃帛一匹及枉法者，一律处死。制度实行后，派官各地巡察，四十多名官吏因贪赃被判极刑。经过整顿吏治，官风肃然。”

“好，杀得好！”福临听着解气，“魏爱卿，来，和朕一起干一杯！”魏裔介几杯酒下肚，脸色微微泛红。清了清嗓子，继续讲了起来。

“第二步，实行均田制。此前实行的是宗主督护制，户籍、田亩无从掌握，徭役、赋税无从征调。为改变这些弊端，均田制实施了四项措施：一是田归国有，以人授田，十五岁起授，七十岁收回。二是不论桑田、露田，一律不得买卖。三是奴婢受田与民相同，不得歧视。四是对在职官吏以职分田，以职定亩，卸任收回。此项措施，使耕者有田，豪强大族兼并田亩予以限制。并且利于荒地开垦。耕农增多，人口滋殖，赋税增多，国银逐渐充盈。”福临认真地听着，皇太后看着福临，时而用丝帕轻按面颊。

“继均田制之后，实行三长制。五家为一邻，五邻为一里，五里为一党，各立邻、里、党三长。三长制实行后，政令通达，地方稳定，社稷安泰。户调制即是将原来的九品混通制改为定额租税制，以户调定赋税数额。四项制度得以实施，耕农逐步富裕，国家逐渐强盛，为孝文帝执政奠定了牢固之基础。冯太后之英名便由此而昭著于世，名垂青史。”

皇太后和福临全神贯注地听着。皇太后问道：“后来怎样？”

“后来孝文帝奋发图强，鼎新励治，使北魏逐步繁荣富强。冯太后以为元弘渐已成熟，可以独裁朝纲，便不再理政，闲下心来，专心养殖菊花。平城官吏百姓纷纷效仿，养菊、赏菊蔚然成风。曾有“秋分时节花满城，平城何处不谈菊”的诗句，来渲染京都菊花胜景。此后，冯太后嗜菊如命之传说便不胫而走。”魏裔介讲完，长长舒了口气。

“裔介真是经史满腹，口才绝伦，一个冯太后爱菊，竟引出这么多故事。难得，难得啊!”

魏裔介忙道：“谢太后夸奖，学生只不过顺口说说而已。”

侍从将菜肴重新换上，皇太后说：“刚才只顾听裔介讲故事，未曾吃菜。来来，边吃边说。”福临吃着，像有心事。皇太后问道：“皇儿啊，裔介所讲，有何感想？”

福临表情深沉，蹙着眉头道：“泱泱大国，历史悠悠。励精图治，定国安邦之雄才，何以数计？诸如冯太后，挽国家之危难，救黎民于水火，旷世功勋，地颂天彰。其安邦定国之谋略，富国强民之政策，更值得世代君王学习借鉴。”

“这就对喽！裔介的一片苦心，皇儿已经领会。以史为镜，借古明今，正是裔介奏请举行经筵日讲之初衷。中国历史源远流长，圣君明臣数不胜数，治国韬略取之不尽。皇儿素有大志，定要虚心求学，蓄智储慧，切不可虚度时光啊！”皇太后语重心长地说。

“微臣以为，历朝兴盛衰败，究其根缘，虽各有不同，然均有规律可循。汉初，因战争连年，民不聊生。经济衰败，百业俱废。若不实施轻徭薄税，与民休息，劝科农桑，提倡节俭之风，废除黥劓之刑，决无文景之盛世。观我大清当下之局势，借鉴文景二帝之策略，决无不妥。唐太宗以‘水可载舟，亦可覆舟’警励自身，实行‘去奢省费，轻徭薄赋，选用廉吏，使民衣食有余’之政策，且有‘兼听博采，虚心纳谏’之胸怀。如若效法，我大清将来之繁荣，决不逊于文景之兴、贞观之盛！皇上聪慧绝伦，胸有大志。实行经筵日讲，皇上必能蓄韬养晦，才学日进。黄帝曰，‘涓涓不塞，将为江河。’臣愿皇上广识博学，才超古人。励精图治，做一代盛世君主，享誉天下！太后虚怀若谷，智高谋深，定会弼护皇上，共图宏业，重振朝纲，功昭日月！”

福临立起，举杯道：“朕与魏爱卿既为君臣，亦为师生。朕与你同干此杯，立誓同心！”

“微臣当为国效力，以报皇恩！”魏裔介与皇上共同举杯，一饮而尽！

“哈哈哈哈，哈哈哈哈……”皇太后爽朗的笑声，响彻临溪亭内外。正在吃草的梅花鹿竖起了耳朵，松鼠窜上了树顶，两只云雀飞向蓝天……

# 十、魏母定亲

正阳门前不远，西拐，就到了大栅栏斜街。紧靠御花圃，有一处宅院。宅院前临街处有一排竹篱笆，篱笆内是块空地，长着两棵梧桐树，再往里是内宅。这就是九门统领王国顺的家。

篱笆内外，一丛丛不知名的菊花盛开着，花朵不大，却黄黄的。王萱儿也不记得是哪年，篱笆外兀自长出两株菊花，历经风雨，滋生蔓延，不经意间，长成了这个样子。

今天是王萱儿的母亲邓夫人的四十岁生日，魏裔介、杨犹龙、梁清远、梁清宽前来贺寿。王国顺、邓夫人、王萱儿出门相迎。

一辆轿车停在篱笆门前。从车上下来一对年轻夫妇和一位十来岁的小女孩儿。

“乌云珠……小妹妹！……”王萱儿惊喜地喊着，跑上前去。

“萱儿姐姐！……”叫乌云珠的小女孩儿张开小手，和王萱儿亲密地抱在一起。

席间，王国顺向大家介绍了鄂硕夫妇和不满十岁的女儿乌云珠。鄂硕是满洲正白旗人，属于地位显赫的上三旗。三十多岁，敦厚实诚。顺治元年，鄂硕随多尔衮入关进京。鄂硕自幼喜欢骑射，听说京师王家刀法出神入化，无人能敌，又听说九门统领王国顺是王家刀法嫡系传人，便请议政大臣范文程出面撮合，拜了王国顺为师，练刀习武达半年之久。鄂硕悟性极高，刀法技艺大有长进。在此期间，鄂夫人带女儿来过王家几次。鄂夫人是苏杭一带有名的才女，聪慧贤淑。女儿乌云珠自幼受江南汉族文化的熏陶，聪明伶俐，美丽动人，很是讨人喜欢。邓夫人和鄂夫人同为才女，自有道不尽的文言诗话。萱儿大乌云珠六岁，二人一起玩耍，成了难舍难分的好朋友。后来，鄂硕随军南征，驻守苏杭、湖州一带。这次鄂硕携夫人和女儿回京省亲，恰逢邓夫人生日，一家三口，一起来到王家，为师母祝寿。

过午，王国顺夫妇送客来到篱笆外，王萱儿将鄂夫人扶上轿车，魏裔介将乌云珠抱起，放在鄂夫人怀中。乌云珠恋恋不舍地看着萱儿，两只乌亮的大眼睛噙满了泪花，小嘴儿撇哧几下，被母亲抱进车篷，车帘放下，里面传出乌云珠的哭喊声。鄂硕坠镫上马，拱手告别众位，随轿车一同离去。

杨犹龙等人劝魏裔介留下，陪萱儿妹妹说说话。魏裔介不好推辞，便留下来。几人上马辞行，策马远去。

王国顺和夫人回家去了，篱笆外只剩下他们两个。王萱儿摘下两朵菊花，插在自己头上，扭过头来，笑着问：“你看这菊花好看不，哥？”魏裔介调侃说：“不是菊花，是妹妹好看！”王萱儿笑着：“哥好没个正形，又取笑妹妹了。”

王萱儿穿着桃红色紧身夹袄，松叶绿夹裤。两个束髻上插着菊花，衬托着粉红的面颊，在菊花、篱笆前亭亭玉立。

魏裔介看着倚篱而生的丛丛秋菊，触景生情。这里的菊花虽为野生，与紫禁城里的名菊相比，却是别有一番风韵。他想起唐人元稹的诗句：“秋丛绕舍似陶家，遍绕篱边日渐斜。”秋日黄昏，有菊，有篱笆，有萱儿，美景丽人，怎能不使人心旷神怡？魏裔介又想起陶渊明“采菊东篱下” 的千古佳句。使人一见到篱笆，就想到菊。魏裔介不由地想起陶翁来。人们对他千古不忘，得益于诗，得益于菊。菊不朽，他亦不朽。

王萱儿见他看着菊花发呆，便问：“哥，你也喜欢菊花？”魏裔介听到问他，回过神来，答道：“喜欢。但我更喜欢兰花。可惜你家没有啊。”

王萱儿不高兴了，撅着嘴说：“兰花有什么好看的，可怜兮兮的。你看这菊花，下霜了，梧桐叶落了，它却开了。真像个犟丫头，萱儿就是喜欢。哼！”

魏裔介有意逗她，说：“还是兰花好。兰花幽幽而生，不在人前卖弄。”

“还是菊花好，菊花一枝独秀，不怕风吹霜打。”王萱儿并不服气。

魏裔介心想，萱儿活泼任性，脑瓜还挺好使。文才如何，尚未可知。不妨试她一试，煞煞她的傲气。

“兰有百种，种种开花。”魏裔介道。

“菊有千品，品品吐芳。”王萱儿不假思索，随口便来。

魏裔介思忖，妹妹倒也聪明。再来一句，不怕她不服。且道：“铁石兰草气概。”王萱儿随口就来：“山川野菊风流。”

“兰花犹败清芳存。”魏裔介又来一句。

“菊残犹有傲霜枝。”王萱儿对上。

魏裔介想，妹妹对句虽欠工整，倒也的确不凡。又来一句：“芷兰生于深林，非以无人而不芳。”

王萱儿信口对上：“山菊漫山遍野，不以有霜而不馥。”王萱儿的眼睛乜斜着，看一下哥哥。心里说：“你有多大能耐？竟然瞧不起妹妹。哼！”魏裔介有些愕然，想不到愣怔丫头果真有些文才，不可小觑。于是抖擞精神，随口道来：

"岩柏老而健，芷兰芳且清。"

"涧松寒转直，山菊积自香。"王萱儿即对。

"室有芷兰气味别，胸无城府天地宽。"魏裔介出句。

"屋连湖水琴书润，菊花近窗笔墨芳。"王萱儿对上。

"兰生幽谷，不为莫服而不芳；舟在江海，不为莫乘而不浮。"

"菊横画窗，不以室外而不馥；风筝在空，不以风小而不起。"

魏裔介为妹妹的诗文底蕴和敏捷才思所惊讶。出口道："幽兰其室，金玉其心。慈悲为怀，德纯行素。"

"菊性其心，独善其身。澹泊自守，朴真高清。"王萱儿从容以对。

魏裔介不由一愣，一时语塞。王萱儿"咯咯"笑着，瞅着魏裔介说"堂堂朝元，竟然无辞以对了。咳！没劲。"魏裔介懵然片刻，随即道来："幽兰在山谷，本自无人识。只为馨香重，求者遍山隅。"

"清菊在东园，众草没其姿，凝霜殄异类，卓然见高枝。"王萱儿思索片刻，谨慎对之。

"乱石磊磊依溪水，兰花幽幽香作威。静看群草无动静，屹屹伫立待奔雷。"魏裔介吟完，看着妹妹。

王萱儿用手揉着丝帕，向前走了两步，扭身道："菊开不并百花丛，独立疏篱趣未穷。宁可枝头抱香死，何曾吹落北风中。"王萱儿背起手，说道，"哼！还是菊花有骨气。兰花开败，残花落地，菊花宁抱枝头死，决不落地负尘埃。是哥哥的兰清高，还是妹妹的菊倔强。这回服是不服？"

"服了，服了。菊花像妹妹一样倔强不屈。佩服之至。其实，哥哥既爱兰，也爱菊。不过见妹妹爱花心诚，逗你玩儿玩儿而已。"魏裔介诚恳地说。

"那好吧，妹妹再陪哥哥玩儿会儿。这回呀，妹妹先出，哥哥来对。如何？"

"就这样。妹妹先出，哥哥奉陪。"魏裔介说。

"既然哥哥也爱菊花，那就不分彼此，兰菊同诗。哥哥可要当心喽。"

王萱儿出上句："心有三爱，奇书、骏马、佳山水，"

"苑栽四物，青松、翠竹、白菊兰。"魏裔介不假思考，随即对出。

王萱儿站在那里，搓着手。眉头一皱，说："哥哥可要听好了。啊。"王萱儿神秘地笑笑，说出上句：

"秋风起兮白云飞，草木黄落兮雁南归。"

魏裔介听后，不由一愣，这是汉武帝《秋风辞》里的首句。心想，这丫头玩儿起真格的来了。随接下句：

"兰有秀兮菊有芳，怀佳人兮不能忘。"

王萱儿听着，"嘻嘻嘻"地笑着，眼睛溜溜地看着哥哥。

"呵呵呵呵！你们兄妹二人真有雅兴，在这儿玩儿起对诗来了。"王国顺说。原来王国顺和邓夫人走出篱笆门，悄悄走到兄妹二人背后。

兄妹二人忙回头。魏裔介拱手道："裔介不知伯父伯母驾到，请伯父伯母教训才是。"

"裔介文才广博，文诗俱佳。萱儿岂能与哥哥相比？"邓夫人说着，转身对女儿道："你这丫头，哥哥难得来家，不陪哥哥在家坐坐，跑出来显摆个啥，不怕哥哥笑话？"

邓夫人是元初学者邓牧之后，出身世代书香门第，饱读诗书，出口成章。王萱儿自幼受母亲教诲，随父练武，从母习文。勤学苦练，文武并进。

王萱儿说："父亲，母亲，您二老先走一步，孩儿与哥哥再说几句话，即刻便回。"夫妻二人应着，回家去了。

太阳落山了。兄妹二人依着篱笆，站在一起。王萱儿瞅着哥哥的脸，情意绵绵，依依不舍。魏裔介摘下一朵小菊，看着它出神。魏裔介满怀深情地说：

"看到菊花，使我想起了家乡的野菊花。《礼记》有云：'季秋之月，菊有黄花。'野菊花长在村边、河畔、沟边、田埂。随心随性地长着，却开出五彩缤纷的花。红的、黄的、白的、紫的。每到秋后采菊，晾晒焙干。母亲亲手给父亲和我每人做只菊花药枕，说是夏可祛暑，冬可醒脑。母亲……"魏裔介说着，想起了母亲，不由哽咽起来。

王萱儿看哥哥这样，心也酸酸的。劝道："哥哥莫要悲伤。不是说过两天伯母要进京吗？皇太后还恩赐了新宅。母子就要相见了，高兴还来不及呢。哎，父母亲还等着咱们吃晚饭呢，咱俩快回家吧！"

王萱儿说着，拉着哥哥就要走。魏裔介说："回去告诉二老，晚上还要起草经筵日讲的课稿。哥哥告辞了，妹妹请回吧。"

王萱儿见哥哥要走，急要挽留，魏裔介却已提缰，翻身上马，向妹妹招一下手，催马远去。

王萱儿呆呆地立在那里，听着马蹄声渐渐远去，止不住的泪水夺眶而出……

宣武门内大街的卿云斋对面，有一府第。绿瓦彩檐，蓝砖红门。进门厅，过影壁，是座四合大院。突檐环廊，红柱、红门，红窗棂。院内正中有个金鱼池，一耸太湖石立于池中。池内水草栖栖，红鲤梭梭。池旁一株含笑，一棵丁香。丁香树下的一排石桌上，放着几个盆景。有五针松，有鸢尾，还有榕树和铁茉莉。整个院落喜庆温馨，清新典雅。人们进进出出，热闹非常。

客厅内，张太夫人身穿青色罗裙，赭色长衣，坐在上位。太夫人慈眉善目，安详端庄。灰白的发髻盘在头顶。银钗上的玉坠微微抖动。魏裔介和长兄魏裔鲁，三弟魏裔讷，还有杨犹龙和梁清标三兄弟陪坐两旁。张太夫人的丫环翠珠忙着斟茶。厅外，心宝、陈奎和虎子跑前跑后，迎来送往。

魏裔鲁说：“自正月离家之后，母亲无一日不念叨二弟。入秋以来，对二弟愈加思念。不思饭食，夜不得眠。身体本来欠佳，近日尤为不济。昨日至京，见到二弟，病已全消。精神陡然爽朗起来。啧！”

“咳！人老了，就犯糊涂。明知裔介无恙，可这心老是吊吊着。见不着他，就揪心般地难受。裔介儿出门在外，多亏各位帮携，我也就宽心了。”张太夫人说着，眼泪流出。翠珠连忙递过手帕。魏裔介扭过脸去，拭去泪珠。

“王大人到了！”心宝进屋禀报。大家起身出迎。

“王大人驾到，有失远迎。”梁清标走下台阶，向王国顺拱手道。

“梁大人客气了！”王国顺说着，迈上台阶，邓夫人和王萱儿随后进屋。大家客套一番，各自落座。

王萱儿径直走到太夫人跟前，弯膝便跪。“太夫人好！”不知是悲是喜，王萱儿热泪盈眶。

太夫人忙说：“好，好。你就是萱儿吧！陈奎、心宝回去还老夸你哩!”太夫人说着，起身将王萱儿扶起，说：“好闺女，快起来。让大娘好好看看你。”太夫人见王萱儿大大的眼睛，红红的脸蛋儿，亭亭玉立，活泼可爱。太夫人脸上乐开了花。

“你这丫头，还不快扶太夫人坐下。”邓夫人说。

“萱儿和我一见面就亲得不得了。听陈奎讲，萱儿事事都护着裔介。裔介去信，还说你俩拜了兄妹，高兴得我呀，一夜都没睡着。珠儿，快搬只凳子，让萱儿挨着我坐。”王萱儿挨太夫人坐下。太夫人用手帕拭着王萱儿脸上的泪痕。王萱儿偷看一眼魏裔介，心里甜甜的。

“范大人到！”

魏裔介忙出厅迎接，躬身说道：“学生无礼，不知范大人到来。”。范文程说一声“不必多礼”，走进客厅。向太夫人拱手道：“太夫人路途劳顿，却如此容光焕发，真是福星高照。范文程这厢有礼了。”

“范大人官至宰相，我老婆子可承受不起哟！快快请坐，快快请坐。”太夫人立起身来，谦恭地说。

“太夫人，裔介初出翰林为官，便屡行盛举，闻名朝廷。皇太后和皇上对裔介很是器重。皇太后还说，您太夫人教子有方啊！”范文程道。

太夫人惶然站起，激动地说：“多谢皇太后夸奖！裔介儿能有今日，多亏范大人呵护栽培。自己的儿自己明白。裔介只是忒任性了些。还望范大人多多训教才是。”太夫人说。

“今日皇太后宣臣慈宁宫觐见，恩赐太夫人人参两只，玉镯一双。”侍从递过礼盒，魏裔介双手接过。众人起立，行跪接礼。

范文程坐下，看到太夫人身边的王萱儿，便说："今日萱儿到你哥哥家，一定很开心喽！萱儿侠肝义胆，又伶俐乖巧，知书达理。王大人夫妇生了个好姑娘，太夫人多了个乖女儿，裔介有个知冷知热的好妹妹。真是三喜临门，皆大欢喜！"

王萱儿立起来说："谢谢范伯伯夸奖！不过，哥哥今日又乔迁新居，嗬？……"

"哦，对对对！乔迁新居，四喜临门，四喜临门！哈哈哈哈……萱儿思路敏捷，伯伯佩服，伯伯佩服。"

忽报御差来请，范文程急忙起身道："诸位，范某公务在身，恕不能奉陪。太夫人，范某隔日再来拜望。"大家送范文程出门进轿，方才返回。

午宴过后，王国顺辞过太夫人，留下王萱儿母女陪太夫人说话。杨犹龙和梁家弟兄也起身告辞。魏裔介等将诸位送出院门。几人上马远去。

王萱儿搀着太夫人，同母亲一起，去厢房说话。魏裔介陪兄长和三弟在金鱼池前，观鱼叙谈。首先提到了父亲。

父亲拙庵公，讳柏祥，为长子。学识奇伟，诸子百家之书，无所不读。通达时务，诗文卓绝。十八岁选贡，考中县令，二十岁时，父亡，诸弟年幼，为抚教弟子成才而不仕。终日在家研读诗书，抚弟教子。自裔介离家进京之后，时常念及。每当接到裔介家书，先读为快。欣喜之色，溢于言表。言激诸子勤奋上进，刻苦读书，应科举仕，光耀门庭。长兄裔鲁中副榜恩贡生、三弟裔讷经岁试中生员后，欲入秋闱，参加乡试。四弟裔懿也经岁试中生员，又得录科第一。五弟裔侗尚幼，然资质聪慧，三岁能吟诗，前途不可限量。五子不凡，不失为父亲孜孜不倦，舍官教子之功劳！

魏裔介不禁一声长叹，泣然道："父母生儿躯身，育儿心智，传儿德行，教儿才学。呕心沥血，辛苦一生。父母之恩，天高地厚。儿纵舍其命，也难以报答！"

魏裔鲁道："祖父官至山西道监察御史，正色立朝，侃直蜚声，济世爱民，政绩卓然。父亲望子成龙，亦为光宗耀祖，更愿儿辈居官为国，济世救民。听清标所言，二弟朝中所行，乃为国为民之善举，亦是父母之初衷。且如此，即是遵行孝道。二弟会试中榜入仕，为兄定以二弟为楷模，以酬兴国之志，以报父母之恩。"

西厢房内，张太夫人和邓夫人对坐在炕上小方桌的两侧，王萱儿紧挨着太夫人坐着。小桌上摆着干鲜果品和点心。翠珠忙着沏茶倒水。

太夫人抚摩着萱儿柔软的秀发，亲昵地说："萱儿这闺女就是招人待见。一定陪大娘多住几天，啊！"萱儿看了母亲一眼，高兴地点了点头。

"萱儿也是任性惯了，我过生日那天，裔介走后，这丫头硬是不吃不喝，泣泣沥沥哭了半宿。哥哥公事在身，哪能时时都陪着你？切！”邓夫人说。

邓夫人夫妇俩身边只有萱儿一个孩儿。父亲有些溺爱，邓夫人教女有方，管教甚严，内心却对萱儿疼爱有加。邓夫人嗑着瓜子说：“也是的嘛，裔介文质彬彬，年轻潇洒，颇懂事礼。确是讨人喜爱。萱儿父亲夸起裔介来哟，眉飞色舞的。萱儿一见到哥哥，嘴都合不上了。”

“也不怕太夫人笑话。”萱儿说着，心想，母亲平时总是板着面孔，今儿个是怎么啦？

“什么事儿都有个缘分不是？我看兄妹俩情投意合的，也是前世修来的缘分。说起裔介啊，话就长了。裔介自小聪明透顶，六岁入家塾，能背《三字经》，九岁能背《论语》，十岁应童子试，得第一。十二岁能讲《四书五经》。从此，读书成瘾。《史记》、《国策》、《三苏》、《三曹》，还有《通鉴》、《三国》，应读尽读，爱不释手。几年下来，家里的藏书，几乎让他看了个遍。”

说起儿子小时候的事，太夫人就来了精神。还说裔介自幼心善。十三岁那年，拾银三十两，贴告示，坐等三日，终将银两还给失主。十五岁那年闹灾荒，裔介亲手劈柴熬粥，接济难民。还说裔介遇事胆大心细。十八岁那年，流寇攻城，县无印官，裔介同父亲日夜坚守。流寇日多，兵士告急。裔介出谋，取家银，招募守兵三百，坚守十日十夜，流寇即退。

太夫人喝了口茶，说：“咳！自从裔介离家以后，每当想起这些事啊，就整宿整宿地睡不着觉。”

萱儿眨巴着眼睛，认真地听着。邓夫人感叹地说：“裔介小小年纪，竟有如此出息，日后必定大有作为。”

“以后有萱儿护着哥哥，哥哥定会施展才华，大展宏图。是吧，太夫人？”萱儿握着太夫人的胳膊问道。

“萱儿说的是！哎？我说闺女呀，老是太夫人、太夫人地叫可不行。得叫大娘！”太夫人高兴地说。

“大娘！”萱儿大声叫了一句。“哎！”太夫人爽朗地应着，“呵呵呵呵”笑个不停……

一轮圆月升起，院里地面和太湖石上像下了一层白霜。含笑和茉莉的香气不时袭来，和着淡淡的油漆味儿，使人神清气爽。蛐蛐儿不知疲倦地叫着，西厢房的窗户上还亮着灯光。

太夫人坐在炕桌旁，魏裔介坐在另一边。炕桌上的蜡烛不时发出“吡吡”的声响，烛光一闪一闪的。

“儿啊，娘和你父亲都老了，你除了公事，也要想想自己的事。家中有些事，娘不愿开口，如今不说又不行。哎！”太夫人说。

“娘，母子一心，娘还有什么话不能和儿子说的？”魏裔介说。

太夫人扭脸看了看已经熟睡的萱儿，掖了掖被角，说：“如今，你娶韩氏也好几年了，至今尚无生养。袁氏成天病病怏怏的。常言道，不孝有三，无后为大。娘盼孙儿盼得都要……”太夫人说着，哽咽起来。

裔介听着，心里“咯噔”一声，忙安慰说：“娘，来日方长……”

“什么来日方长，娘一大把年纪了，你让娘等到何时？”太夫人努力压抑着嗓音，生怕惊醒了熟睡的萱儿。

裔介心情骤然紧张起来。忙低下头，像做错事的孩子，一声不吭。母亲扭头看看萱儿红红的脸蛋儿，又看看儿子的窘态，心又软了下来。缓了口气说：

“儿啊，娘看萱儿你俩倒挺般配的，萱儿心眼儿好，又心直口快的，娘打心眼儿里待见她。别看你不言语，娘心里明镜似的。你也喜欢萱儿。如果人家愿意，娘看呀，就这么定了！”

“不不！娘。儿和萱儿兄妹情分已定，咱书香门第，仁义传家，断不能……”

“什么断不能，断不能！家无子嗣还要什么门第，膝下无后还传什么家！你……你个不孝的儿啊！”太夫人用手指乱点了一下裔介的额头，显然是生气了。但为了不惊醒萱儿，还是尽量压低声音。扭头看了看，萱儿的轻轻鼾声，使她放了心。

魏裔介见母亲真的动气了，“扑咚”一声，跪在娘的面前说：“娘，您千万不要生气，儿子听您的还不成吗？”太夫人听后，火气大消。

裔介又说：“不过，娘，妹妹还小，就是……就是娶她，也要再等三年。不然，儿子一生永不再娶！”裔介说话斩钉截铁。母亲太了解儿子了。既然这么说了，几头牛也拉不回来。太夫人只得应允，说：“好吧。娘就再等三年。哎！……”

王萱儿“酣睡”着，眼角淌出的泪水，浸湿了枕头……

# 十一、智破连环案

日月如梭，时光匆匆。转眼已到顺治五年初秋。钦命魏裔介为山西乡试主考官，户部主事若珽为副主考，即日赴任。

魏裔介一行六人，出阜成门，一路西南。轻骑快马，日行夜宿。经涿州，过保定、真定，西行来到获鹿地界。此地为太行山东麓的丘陵地带，地势起伏不平。时近黄昏，人疲马乏。

“哎哟，这是什么路？这腰啊，都要被颠散架了。魏大人，咱们是不是歇息片刻？”甄至善坐在马上，咧着嘴说。

“是啊大人，前面有棵大松树，在那儿歇歇脚儿，再走不迟。”杨欣附和着说。甄至善和杨欣二人均为礼部司务，作为典试主考的协员，一同前往太原。

“这路还嫌难走哇？等过了获鹿，进了大山，那才叫路呢！二位走走试试吧。呵呵。”陈奎坐在马上，精神抖擞。

王萱儿朝着甄、杨二人瞥了一眼，鄙弃地撇了下嘴。心想：“哥哥不说累，你们倒瞎嚷嚷，真是两个软胎货，懒秧子。”王萱儿心里其实挺乐的。

离京前，王萱儿听说魏裔介要去山西主持乡试，坚持同往。理由是山里贼人遍地，哥哥人单势孤，没有妹妹保护哪成？铁了心要陪哥哥同往，路上也好有个照应。王国顺和邓夫人也有此意。临行前，父亲特意让女儿带上祖传宝刀，以备防身之用。魏裔介不好坚辞，便带上王萱儿一路同行，来到此地。

几人催马来到松树下，勒缰下马。魏裔介轻轻掸去肩上尘土，路边一座古庙映入眼帘。魏裔介走上前去，见门额之上刻有“淮阴侯祠”字样。王萱儿眨眨眼睛说：“淮阴侯？韩信祠难道就在此地？”

“正是。”魏裔介答道，“秦朝末年，群雄争霸。淮阴侯韩信精通兵法，善于用兵。初随项羽，后归刘邦。被刘邦任命为大将。楚汉大战时，刘邦采用韩信之战策，攻占关中。刘邦在荥阳、成皋与项羽相持时，韩信率军抄袭项羽后路，破赵而取燕、齐。蒯通曾劝说韩信，踞齐地，背刘邦而自立，却被韩信拒之。因韩信战功卓著，刘邦封其为齐王。不久，韩信率军与刘邦会合，灭项羽于垓下。

汉朝建立后，韩信被改封楚王。后来有人诬告他谋反，被降为淮阴侯。又告韩信与陈豨勾结，妄图在长安反叛，终被吕后所杀。咳！庄子曰：‘直木先伐，甘井先竭。’然吕雉不辨忠奸，听信谗言，诛杀忠臣良帅，天理不容啊！”魏裔介看着破败不堪的千年古祠，长叹一声。沉思片刻，悲切切吟诗道：

望望行将夕，孤城起暮烟。
沙深迟倦马，野阔响孤蝉。
鬼哭韩信庙，云崩背水川。
明朝九曲路，叱驭莫迍邅。

大汉承天运，伟哉命世才。
土门赤帜出，河朔阵云开。
相背岂君意，假王是祸胎。
长乐钟室血，愤惫有余哀。

咄咄蒯通计，岂知烈士行。
密谋羞绛灌，武略失良平。
汉世无茅土，中原几战争。
拜瞻遗像肃，古庙近荒城。

舍人书不载，告变岂无欺。
赤族酬龙准，扁舟愧子皮。
奇兵吞赵魏，古屋泣熊罴。
吕雉诚多诈，空令漂母悲。

古庙苍凉，诗句悲戚。魏裔介走进庙内，对着面目斑驳、满身尘土的淮阴侯塑像施礼参拜后，凝视良久。

几人上马，继续西行。天黑来到微水驿馆。下马卸鞍，盥洗餐饮，早早歇息，一夜无话。第二天黎明即起，换了坐骑，催马上路。为的是绕道胡家滩，骑马观苍山。

五马奋蹄，上岗下坡，盘山绕岩，来到苍岩山下。只见怪石嶙峋，松柏满山，奇花异卉，白檀参天。山上峭壁悬崖，风景独秀，自古享有“五岳奇秀揽一山，太行群峰唯苍岩”之盛名。

大家仰头望去，绝壁对峙的悬崖中间，飞架着三座单孔弧券形石桥。天王殿和桥楼殿坐落桥上。两座殿楼玲珑典雅，秀美绝伦。悬岩凌空，彩云飘绕，犹如仙宇琼阁。云如飞虹，殿随云飘。好一番人间仙境。

魏裔介触景生情，不禁吟道："千丈虹桥望入微，天光云彩共楼飞。"殿下一条三百多级石阶路，像天梯一样顺岩而下。

"呀！真美！传说中的海市蜃楼也不过如此。我看上面殿门两旁金光闪闪，像是对联，一定很有意思。咱们上去看看如何？"王萱儿看着魏裔介问。

"顺这条石阶路上下一趟，需费半天工夫，可不是耍的。再说咱们赶路要紧，返京时再看不迟。嗯……上面确有一副对联，我记得《井陉县志》记载：'天王殿秀丽多姿，建于金代。殿门左右悬草书金字对联，曰：殿前无灯凭日照，山门不锁待云封。'"魏裔介转身对王萱儿道："俗话说，看景不如听景，这苍岩美景，我在路上再细细讲予你听。走马听景，别有一番情趣呀！"

王萱儿心中不快，恋恋不舍地调转马头。见只麻雀从树上飞起，王萱儿略一抬手，一颗石子射出，麻雀落地。又有两只麻雀飞起，陈奎一手抬起，两颗石子飞出，两只麻雀落地。甄至善和杨欣看得呆了，随即说道："呀！真好功夫！"大家绕过岩壁，一路向西走去。

魏裔介和王萱儿并马前行。魏裔介讲道：

"苍岩山还有三皇姑庙和兴善寺。相传隋炀帝之女南阳公主，因父亲残忍暴虐，生恐父亲遭遇天谴，遂离家出走。从此深居苍山，削发拜佛，终生为尼，替父赎罪。公主孝行终于感动天庭。玉帝下令：'鉴于杨广兴修大运河功润后世，功过相抵，不予降罪。'隋恭帝杨侑之子为纪念南阳公主，在此兴建三皇姑庙，取名'公主祠'。庙内终年香客如云，香火不断。因南阳公主常以石泉水沐浴，又在石泉建寺，取名'兴善寺'。寺内有苍山书院、万仙堂、大佛殿、峰回轩等楼阁。苍岩山还有说法危台、窍开洞天、岩关锁翠、碧涧灵檀、风泉漱玉、书院午阴、阴崖石乳、峭壁嵌珠、炉峰夕照、空谷鸟语、悬登梯云等盛景。古人曾有'万景临诸壑，千峰共上方'的赞美诗句。"

过了苍岩山，便进了太行山。抬头望，重峦叠嶂，漫山云海；低头看，山路狭窄，蜿蜒崎岖。一边是岩石陡峭，一边是深渊千丈。一忽儿上岗爬坡，马头纵起，一忽儿路陡急下，马蹄挫坡。二位司务头冒热汗，心惊肉跳。陈奎提缰策马，镇定自如。王萱儿虽然不怎么害怕，却也不时地吐一下舌头。

魏裔介大声说："心静身自凉，心定路自平。胯下之马，善走山路。大家平心静气，目不斜视，气沉丹田，就不觉得怕了。"二司务试试，果然奏效。

过来一座山峰，路也平坦了些。马儿小跑起来。大家紧张的心情也缓和了许多。过了卵石滩，来到一片青草地，潺潺小溪流过。大家下马歇息。马儿走到溪边抖抖鬃毛，低头饮水。几个人盘腿坐在草地上，边说边笑。王萱儿跑上山坡，一边采着红果和酸枣，一边唱起民歌《打酸枣》：

八月里那个中秋哟，秋风那个峭，哎那个哟，忽然间想起了哼哎呀吗打酸枣，哎呀吗哼哎哟……

出门来那个我把哟，山坡那个上，哎那个哟，然后再把大哥哥哼哎呀吗大哥哥叫，哎呀吗哼哎哟……

长长的那个竹竿哟，肩上那个拿，哎那个哟，然后再把竹篮篮哼哎呀吗竹篮篮挑，哎呀吗哼哎哟……

山高来那个路远哟，什么那个时候到，哎那个哟，爬过了那坡坡呀哼呀吗就到了，哎呀吗哼哎哟……

青枝来那个绿叶哟，红红那个酸枣，哎那个哟，摘一颗那摘一颗哼哎呀吗扎煞人了，哎呀吗哼哎哟……

歌声清脆悠扬，如莺啼鸟啭，传遍山野。

山里的太阳落山早，黄昏来得也早。魏裔介一行刚过柏井，天就暗了下来。四周群山阴阴，冷风飕飕。鸟儿纷纷回巢，一只山狸窜过山道。头马竖起耳朵，低声嘶鸣。

魏裔介勒紧缰绳说："及早赶路，前面三十里就是平定县城。"陈奎前面带路，魏裔介殿后。马蹄"嘚嘚"，向前驰奔。

天慢慢黑了下来。前面是一谷口，两边黑乎乎的山岩峭然陡立。远处传来几声狼嚎。山风骤起，树叶随风吹来，打到脸上。陈奎在前面喊道："快走莫停！"几人打马，继续前行。

前面突然闪过几道亮光，只见两只火把挡住去路。几匹马猛然收蹄，倒退几步，打着响鼻。

"来人通名，我不杀无名之人！"火把之下，走出一人，手握钢刀，厉声喝道。

几人下马，陈奎和王萱儿握刀在手。

魏裔介走上前去，拱手道："好汉听真。本人行不改姓，坐不更名。山西乡试主考官魏裔介便是，前去太原赴任。请众位好汉收回兵器，咱们各不相扰如何？"魏裔介不慌不忙，从容镇定。

"嘿嘿！倒也有些胆量。我要杀的就是你们这些狗官。动手！"领头的一声喝，五六个大汉手持刀棍，扑上前来。甄至善和杨欣见魏裔介泰然自若，胆子也壮了许多，抽出随身兵器，护在魏裔介面前。

只听"当当"声响，陈奎和王萱儿每人弹出一颗石子，前面的两个"哎哟"一声，钢刀落地。陈奎、王萱儿二人马步横刀，准备迎敌。歹徒见对手功夫不凡，剩下四人，一起朝这边逼来。

王萱儿面前，一人持刀，一人握棍，一起攻来。王萱儿挥刀应战，只听“当啷”一声，对方的棍子被削为两截，掉在地上。另一个挥刀砍来，也被王萱儿的刀削断。二人见状，“呀”的一声，撒腿就跑。王萱儿也不追赶，来帮陈奎。不到两个回合，便将二人生擒。领头的四处瞅瞅，其他人早溜得没影了。

甄至善和杨欣从地上拾起火把。陈奎将二人绑上，提到魏裔介面前。魏裔介道：“看你二人年纪轻轻，却干起如此可恶的勾当。你们就不知道王法吗？”

“王法？王法都叫你们这些狗官吃光了。哈哈哈哈！哈哈哈哈！今天败在你们手里，老子认了！任杀任剐，请便吧！”领头的说。

“陈奎，将他们绑好了，押到平定县衙，收监待审。”魏裔介吩咐说。

五人上马，甄至善和杨欣各执一支火把，两个歹徒双手被绑，由陈奎和王萱儿牵着，继续前行。

风还在“嗖儿嗖儿”刮着，风夹着小雨，雨点“嗒嗒”响个不停，四周黑黝黝一片，不时传来狼嚎和猫头鹰的叫声。马儿行走如常，人却不由得头皮发紧，头发直竖。

大家勒紧马缰，摸索前行。走出一个谷口，前面像是一片开阔地。人们揪着的心有些放松。

突然，随着一声尖利的哨音，从路边的树上跳下一个人影。借着火把的亮光，见此人身穿黑衣，武士打扮。身后跟着几个人，一起走过来。陈奎等人握刀在手，严阵以待。

“师父！……我是罗强，快来救我！”那个领头的歹徒见到此人，大声喊道。

“师父在此，莫要惊慌。”那人说着，走上前去。大声说道，“你们所绑之人是我徒儿，看在我二爷的面子上，放了他们。不然的话，我让你们几个死无葬身之地！”

陈奎见来人出言不逊，狂妄至极，心头火起。喝道：“大胆狂徒，竟敢口出狂言。若要放人，先问我手中钢刀！”

二爷冷笑一声，随即跃上高坡，手掌护口，憋足气，一声长吼，声音与狼嚎无异。随着嚎声，远处狼叫声不断传来。不一会儿，不远处对对蓝灯如流，齐聚于此，只见一片蓝光闪烁。

魏裔介坐在马上，心中不由一惊，思忖道：“眼前这片蓝光，分明是狼群，足有二百多只。莫非，莫非他就是传说中的晋中狼二爷？”于是对大家说：“不要惊慌，随机行事。”

狼群围在狼二爷周围，前腿直立，蹲在地上。狼二爷坐于高坡，一只大雄狼蹲在狼二爷身边，不时用舌头舔舔他的脸颊。狼二爷拍拍狼头说：“我二爷说话直来直去，从不打折扣。还是那句话，徒儿放是不放？”

“狼二爷大名早有传闻。听说你自幼父母双亡，从小以狼为伴，精通狼语。行侠仗义，武艺高强，声名远播，誉满晋中。今日得见，才知传闻有假。想不到堂堂狼二爷，竟是个不仁不义之人！”魏裔介面无惧色，慷慨而言。

“什么？你竟敢说我不仁不义？”狼二爷猛然立起，愤然问道。群狼昂起头，眼露凶光，恶狠狠地注视着魏裔介。

“你狼二爷身怀绝技，收徒传艺，本属善举，传授弟子武德武技，除暴安民，亦是本分。你却收残忍无道之人为徒，传抢劫杀人之技，此为不仁；你又以群狼相威胁，强逼放走行凶之人，此为不义。想你狼二爷也是江湖中人，这等龌龊之事，你狼二爷也做得出？岂不玷污了你的一世英名？”魏裔介义正词严，目光咄咄逼人。

“我我我，他，他他……你……”狼二爷被问得结结巴巴，语无伦次。

“当今世道不平，官逼民反，逼良为盗的事情并不少见。以我看，你的徒儿沦为劫匪，定有缘由。不妨说来。放不放人，也好让我弄个明白。”魏裔介审时度势，抓住时机，给他个台阶好下。

狼二爷听后，觉得此人淳实老成，说话又受听在理，于是敌意全消。走下高坡，来到魏裔介马前，对魏裔介拱手问道：“马上可是山西乡试主考官魏大人？”

魏裔介听到来人问话，有些纳闷，下马答道：“正是。”

原来，几个歹徒逃走后，找到狼二爷，说了发生的事，请他搭救。听说徒儿罗强被绑，狼二爷便急忙赶到此地。

“魏大人哪，我二爷可不是那种人，徒儿罗强也是被逼无奈，才做下此等事来。咳！”狼二爷说着，朝狼群打一呼哨，群狼听到哨音，乖乖离去，眨眼间没了踪影。

“罗强被逼之事，何不讲来，让诸位听听？”魏裔介说。

狼二爷便把罗强被逼之事一一道来。罗强本是寿阳名儒罗清肃之子，罗公还有一女，名叫罗慧。罗公开办清肃书院，广收弟子，传授学业。罗公诗书世家，满腹经纶，所教弟子，多有建树。晋阳富商籍范携子慕名而来，罗公遂将其子籍春林收为门下。谁知从此便埋下祸根。籍春林见罗慧年轻貌美，顿生歹意。对罗慧虚情假意，多献殷勤。并将罗慧骗至太原家中，逼其成亲。拜堂当夜，罗慧不忍受辱，吞金自尽。罗公闻知，即到晋阳府衙告状。谁知籍春林父子买通知府，竟以诬告之罪，将罗公投入监牢。罗强报仇心切，夜潜籍宅，行刺未成，一把火烧了籍家大院。后被官府通缉，逃至平定，被狼二爷搭救。罗强从此与官府结下冤仇。

魏裔介听完狼二爷叙说，叹息一声，指责罗强道：“罗强啊罗强，你枉为罗公之子。不辨忠奸，见官就杀，不但家仇未报，恐怕自己性命也是难保。”魏裔介挥挥手，陈奎将罗强二人手上的绳索解开。魏裔介接着说：“这样吧，罗强今日所为，暂且记下。罗强回去后，随师父专心习武，不得胡为。等我到了晋阳，留心此案。一旦有了眉目，再设法告知你们师徒。”

罗强听完，跪倒在地，哭着说：“罗强今日冒犯大人，罪该万死。大人不罪之恩，罗强记下了。大人若能查清此案，为父亲和姐姐报仇雪恨，罗强纵死无憾！呜……”

“小子们！高举火把，为魏大人牵马坠镫，一路护送，直到平定县城。”狼二爷说着，从魏裔介手中要过马缰，亲自将魏裔介扶到马上。喊道：“走喽！……”

狼二爷和罗强几个人举着火把牵着马，高高兴兴地走着。路边突然响起狼叫声，群狼同嚎，声音悠长而高亢。听了却毫无恐惧之感。看着路边“嗷嗷”长歌的狼群，像为他们夹道送行。王萱儿“咯咯”笑着。陈奎策马跟在魏裔介马后，警惕地环顾四周。王萱儿回头看看哥哥，见他的脸上露出了少见的笑容。

圆圆的月亮钻出云层，照亮了崎岖的山路……

魏裔介一行翻山越岭，长途跋涉，终于抵达晋阳。经五龙口到督抚衙门。魏裔介和先到的副主考若珽一起面见督抚王大人、布政使靳大人和按察使林大人，少不得一番客套寒暄，接风款待。

晋阳贡院位于迎泽湖南面，紧靠坞城。乡试一应考务均已准备妥当。共考三场，每场三日。考号已发放完毕，只等明日考生进场入闱。

贡院内帘戒慎堂内，魏裔介和若珽正在翻阅公文，甄至善和杨欣匆匆进来，呈上一份太原府考生名册。

魏裔介接过名册，看到上面记有“籍春林”三个字，考舍为辰字号三十七舍。魏裔介将名册交予甄至善，吩咐道：

“你们二人，速将名册放回原处，不得声张。一定要严密监视辰字号门，尤其是入闱和放牌两个时段。没有我的明示，不得草率行事。”二人点头退出。

八月初八凌晨寅时，开始点名。各号门前灯笼高挂，考生手挎考篮，经过搜身检查，依号入闱。籍春林身穿紫缎长衫，油头粉面，一股不可一世的派头。号门搜检官对考生检查十分仔细，等到籍春林入号时对他却十分敷衍，草草验过。放牌时，考生交卷出号，搜查更为严密，却对籍春林照顾有加。甄至善对这些情况一一看在眼里，如实汇报。魏裔介说道：“如此看来，籍春林决非规矩善良之辈。”思索片刻，又说，“第二场考试也不要惊动他，趁他麻痹大意，毫无戒备之时，再见机行事。贡院内耳目众多，定要谨慎从事，切不可露了马脚，打草惊蛇。”

第三场考生入闱后，三声炮响过，考生开始答题。一切顺利，相安无事。贡院所有考官的紧张情绪缓和了许多。魏裔介却怀着沉重的心情，在内堂居所内来回踱步。心中思忖：

“籍春林乃花花公子，游手好闲，定无真才实学。但每场考试都是早早交卷，匆匆离场。看他春风得意的样子，好像‘解元’非他莫属。由此看来，在他身上一定藏有作弊之物。若对他强行搜身，定会引起某些人的警觉，打草惊蛇。若不如此，拿不到作弊证据，作弊者将如愿以偿，真才实学者将会蒙冤受辱。这样岂不玷污了贡院这块圣洁之地？如果证据在手，依法严惩，势必牵涉省府高官。地方人际关系纵横如网，错综复杂。自己虽为主考，但身处异乡，力单势孤。一旦动手，究竟胜算几何？确实难以预料。如果事与愿违，落入圈套，初步仕途便身败名裂，将来何以立身？这便如何是好？”

魏裔介考虑再三，左右为难。突然想起罗强一家之遭遇，罗慧受骗自尽，罗公含冤入狱，罗强流落他乡。一幕幕惨象在他眼前晃过。魏裔介一拳砸在桌上，感叹道：“居官不为民作主，枉为人也！”听到响声，陈奎和王萱儿从内室走出，甄至善和杨欣也从外面进来，见到魏裔介无比激动的神情都愣了。若珽说：“魏大人，一不做，二不休。如有不测，若珽与你同担！”

第三场的第二天下午。“辰”字号门内的考舍里，籍春林草草写完试卷，挎着考篮，一走一晃地向号门走去。喊道：“哎！呆子们，交卷啦！今儿个是中秋节，吃了月饼，迎泽湖赏月去喽!”号门打开，籍春林走出。见两名带刀兵卒站在他的面前，使他心里一机灵。

甄至善走上前去，恭敬地说：“您就是籍少爷吧。主考大人有请，后堂叙话。”籍春林见此人毕恭毕敬，又听到主考大人有请，很是得意。便说：“前面带路。”甄至善领着籍春林前面走，两名兵卒后面紧跟。一起来到后堂训导房前。

籍春林迈进门槛，兵卒随即关上房门，持刀站在门外。训导房内，魏裔介端坐案后，横眉冷对。陈奎威风凛凛站立一旁。籍春林见一杌子，把篮子放在地上，刚要坐下，魏裔介一声断喝：“站起来！”

籍春林浑身抖了一下，直愣愣站了起来。看到人们怒目以对，眼前情势，似有不妙，拔腿想溜。陈奎一个箭步上前，揪住籍春林的肩膀一摁，籍春林“哎哟妈”尖叫一声，肩胛骨像被折断一样疼痛，一下子瘫在地上。

“籍春林，有人告你作弊，可有此事？”魏裔介问。

籍春林听到问话，心里“咯噔”一下。随后假装镇静地说：“作弊？无中生有，纯属诬告。”指着篮子又说：“大人不信，检查好了。”

杨欣拿过篮子，将笔墨纸砚倒在案上。经查看，篮子并无夹层。掰开墨块，也无夹纸。折断笔管也没有发现纸卷。甄至善拿起砚台，仔细查看，发现有诈。便说：“砚台似有机关，疑是双层。”魏裔介说：“打开看来。”甄至善打开双层砚台，里面亦无纸张夹带。甄至善顿觉茫然，脸上直冒冷汗。王萱儿立在内室帘内，急得直跺脚。

“你们诬赖好人，本少爷要去知府衙门告你们栽赃陷害。哼！”说着就要夺门而出。

“休走！”魏裔介厉声喝道。籍春林立在那里，不敢再挪半步。

“籍春林，你说并无作弊，可敢脱下长衫？”魏裔介问。

籍春林听到问话，目瞪口呆，面如土色。魏裔介示意，杨欣上前，脱下籍春林长衫，翻开一看，大家不禁一愣，见长衫衬里上缝有多个布片，布上写满了密密麻麻的小字。

“籍春林，直起身板！”魏裔介说。籍春林直起躬着的腰。杨欣上前，扒开上衣，从腰里搜出几张写满小字的纸来，递给魏裔介。

“大胆籍春林！贡院圣洁之地，竟敢私藏赃物，考场作弊，欺骗朝廷，该当何罪？”魏裔介厉声质问。

“我本想蒙混过关，得中举人，弄个官儿当当。没料想被你们发现。举人我不要了，放我回家吧大人。”籍春林一脸沮丧。心里却想，等我回家，找到知府刘大人，他一定会替我做主。一个主考，怎能拗过知府大人。

“大胆！”魏裔介怒目而斥，“大清刑律你可知晓？逐级科考，泄露考题，属欺君之罪。凡泄露、藏匿、传递、携带者，一律当斩。你竟敢私带泄密考题进入考场，考场作弊，你已触犯刑律，死到临头！”魏裔介说着，拿起砚台，重重拍在案上。

籍春林双膝一软，跪在地上。“大人饶命，大人饶命！大人如果能饶小人不死，大人便是我再生父母……”

“要想活命，只能靠你自己。本官问你一件事情，你只要如实回答，作弊之事便有商量余地。如有半句谎言，定死不饶！”魏裔介说。

籍春林只想活命，哪里敢有半点违抗。战战兢兢地说：“大人请问，小人如有半句谎言，任凭大人处置。”

“罗慧死于你家，是否是你害死罗慧？”魏裔介目光如剑，问道。

“不不不！罗慧吞金自尽，不是小人加害。小人所说，确属实情。望大人明断！”籍春林答道。

“罗慧尸首现在哪里？如实说来！”魏裔介追问。

“小人怕事情败露，自己难逃干系。所以……所以将罗慧尸首埋在后花园葡萄架下。”

“罗慧死后，其父为女申冤，到府衙告你父子谋害人命，为何反判其父犯有诬告之罪？刘仁刘知府知法犯法，难脱干系。此案隐情，如实招来！”

“这……”籍春林见提到了刘知府，顿时犹豫起来。

“啪”的一声，魏裔介又将砚台拍下。呵斥道：“你命且不保，为何袒护他人？如不如实讲来，死罪难逃！”

“我说，我说！”籍春林为了保命，已经顾不了许多。遂将罗慧之父罗清肃将他父子告到太原府衙后，其父将五百两贿银送予刘仁，刘仁将罗清肃判罪收监之事供了出来。魏裔介紧追不舍，继续盘问。籍春林又把刘知府得贿银两千两，设法弄到乡试考题之事，一一供出。甄至善将供词呈于案上，籍春林在上面签字画押后，即被陈奎五花大绑起来。

魏裔介担心夜长梦多，一面吩咐若珽和杨欣留在贡院，监视考务，一面让陈奎和甄至善将籍春林押上轿车，秘密解往督抚大堂。自己和王萱儿骑上快马直奔督抚衙门。

山西道按察使林大人见魏裔介骑马而来，必有要事。遂请入内堂。魏裔介将罗家冤案和籍春林买通知府，泄题作弊一案简要叙述一遍，林大人速将此情报予督抚大人。王大人批示，案情重大，不得迟延。此时，陈奎驱车已到，立即击鼓。衙役急进大堂，排列两厢。林大人整装升堂。

陈奎将籍春林押上大堂，遂将供词和作弊衣物、纸张等证据呈上。籍春林对考题泄露、科场作弊之事供认不讳，并当堂签字画押。林大人传罗清肃上堂，与籍春林当堂对质。人证、物证俱在，籍春林抵赖不过，只得招认。林大人命捕头、差役和仵作速到籍家，逮捕籍范归案，同时查找罗慧尸体。又差军校、兵勇，前去太原府衙，速拿刘仁到案，不得有误。

衙役来报，已在籍宅找到罗慧尸首，籍范去向不明。

知府刘仁来到大堂，见到籍春林狼狈之相，已知大事不妙。经过当堂对质，出示证物，刘仁起初不招，见衙役抬出刑具，方才招认。遂被摘取顶戴，脱去官服，同籍春林一起，打入督抚大牢。此案报京待判。罗清肃改判无罪，当堂释放。另判罗强义愤纵火，不予追究，通缉令撤回。对籍范继续搜捕，下令通缉，及早归案。

退堂后，魏裔介向罗清肃说明缘由。罗公闻听，泪如雨下。对魏裔介说：“恩公在上，受罗某一拜！”罗清肃说着，颤巍巍就要下跪，魏裔介上前急忙搀住。魏裔介说：“罗家遭此不幸，魏某深感痛惜，罗公受此冤屈，天理不容。今日暂且住下。明日派人找到罗强，好让你们父子团聚。”

罗公千恩万谢。魏裔介让陈奎将罗公扶上了轿车，自己和王萱儿骑马前行。出府衙南行，来到迎泽湖畔的迎泽客栈。安排好房间，让王萱儿陪着罗公，魏裔介和陈奎一起赶回贡院。

贡院已放牌两次，因为是中秋节，为了赏月，交卷者十有八九。若珽和杨欣见魏裔介回来，忙询问籍春林的案子情况，魏裔介将经过叙说一遍，二人听后，拍手叫好！魏裔介询问了乡试的有关情况，一切正常。又给二人吩咐了一些事情，便和陈奎一起回到迎泽客栈。

魏裔介几人和罗公一起吃了晚饭。罗公的精神好了许多。提起女儿，老人禁不住难过起来。魏裔介安慰道："罗公节哀顺变，等罗强来了，将姐姐尸首收殓，运回寿阳，入土为安。老人家入狱多日，身心疲惫。还是早些歇息了吧。"又对陈奎说："当下晋阳并不安定，今晚你就陪罗公一夜，以防不测。"

俗话说，八月十五云遮月，正月十五雪打灯。魏裔介和王萱儿隔窗赏月，迎泽湖水面微风拂过，泛起星星般的亮光。圆圆的月亮在云层里缓缓穿行，时隐时现。王萱儿和魏裔介站在窗前，二人沉默不语，心里都在为罗家的不幸而难过，也为案件得以平反感到欣慰。

"当啷"两声响，一道亮光从窗前划过。又听到窗外"叮叮当当"响声不绝。只见几条人影手持兵器，正在厮杀。王萱儿立即抽出宝刀，护在魏裔介面前。不一会儿，门口闯进几个人来。定睛一看，却是陈奎和狼二爷，每人提着一个人进来。进门将两个人扔在地上。魏裔介和王萱儿感到莫名其妙。

"你们好大的胆子，竟敢行刺魏大人，我看狗日的活腻了！"狼二爷说着，狠狠踹了他们两脚。

"不知狼二爷在此，也不知这位大人是狼二爷的人。我郑千弟兄俩闯荡江湖十几年，想不到今日栽在二爷手里。认了，任杀任剐，随你们的便！"

原来，籍范在家听说儿子被押往督抚大堂，知道事已败露。就躲进地窖，躲过兵士搜捕。又得知会试主考官是主谋，便命家人花大钱雇请郑千、郑万杀人灭口，以绝后患。郑千、郑万尾随魏裔介来到客栈，见到魏裔介和王萱儿立在窗后，二人挥手，飞镖疾出，眼见二人性命不保。却原来狼二爷和魏裔介分手以后，为了保护魏裔介的安全，就和大徒弟暗里跟踪，来到晋阳。郑千、郑万来到客栈，狼二爷早已警觉。见二人飞镖疾出，两颗铁丸随即弹去，只听"当啷"一声，两只飞镖掉在地上。陈奎听到响声，飞身窜出，见狼二爷正和两个人打斗，便纵身过去，与狼二爷一起，将二人制服。

"我说郑千、郑万，按说你们弟兄在江湖上也算个人物。却昧着良心干出如此勾当。你知道你们要杀的人是谁吗？"狼二爷便将深山相遇、督抚大堂审案、刘仁和籍春林锒铛入狱等事叙说一遍。又说："你们良莠不辨，助纣为虐。江湖人的脸都让你们这帮人给丢尽了。"说着照着弟兄俩的屁股就是两脚。

"二爷，魏大人，我俩干此勾当实属无奈。老母重病卧床，老父上山砍柴又摔断了双腿。家无分文，才……"郑千哽咽着，"我们弟兄自知罪孽深重，难逃一死。求二爷看在相知多年的分儿上，将我身上的银两送给我的父母，让二老暂且保命吧。兄弟拜托了！"郑千说着，将银两托出。

"此言差矣！"魏裔介站起身来，将二人扶起，"二位好汉一时糊涂，知错便好，何言将死？这些银两拿回家，除给父母看病医伤外，干些营生，即可度日。二位请回吧！”

郑千、郑万睁大了眼睛，愣了起来。狼二爷说：“又傻了不是？还不跪下谢恩？”郑千、郑万慌忙站起，双膝跪地，头磕得“砰砰”响。二人对魏裔介抱拳道：“自今日起，郑千、郑万这两条命就是您的了。何时要用，随便拿去。魏大人，后会有期！”二人转身走出房门……

九九重阳日，年年桂花开。乡试发榜之日，文人雅士如云。贡院大门外鞭炮齐鸣，锣鼓喧天。聚魁堂内张灯结彩，大摆恩荣喜宴。贡院内外帘考官和新科举人欢聚一堂。督抚、布政使、按察使三位大人前来祝贺。

三人来到魏裔介席前。魏裔介举杯相迎。督抚王大人道：“山西戊子乡试，八十名举人同上金榜，程正绪喜得解元。桂榜高悬，可喜可贺！魏大人不辞劳苦，来到晋地。扬正除弊，为山西选得魁才。此等功劳，非魏大人莫属啊！”

“山西灵圣之地，自古人才辈出。在下皇命在身，不敢有丝毫懈怠。若无三位大人鼎力相助，众位同仁齐心协力，魏某纵有三头六臂，也是枉然。多谢各位提携！”魏裔介举杯，同大家一起干杯。

“请问魏大人，贵籍何地？”按察使林大人问道。

“直隶柏乡是在下祖籍。”魏裔介答道。

“三十多年前，魏纯粹魏大人曾任山西道监察御史。品行耿直，政绩卓著，口碑甚佳。他与您同籍同姓，莫非……”林大人问道。

“林大人所提之人，正是在下祖父。”魏裔介答道。

“哎呀呀！林某琢磨多日，果然不出所料。魏大人继承祖志，惩恶扬善，为民除害。慷慨之举，令林某佩服之至。”

王督抚举杯道：“魏大人年轻有为，前途无量。来，干了！”大家共同干杯。

考官们如释重负，开怀畅饮，新科举人夙愿已成，举杯尽欢。宴席上交杯换盏，酒酣方散。

山西乡试如期结束，魏裔介一行打马回京。一路上马蹄“嗒嗒”，大伙儿说说笑笑，不觉来到寿阳地界。

夕阳西下，晚霞满天。寿阳城西门外，彩旗飘飘，鼓乐齐鸣。甄至善说：“这么热闹，一定是大户人家娶亲吧。”

“咳！染坊里来了个熟皮子的，外行了不是？天都快黑了，你家这时候娶媳妇呀！”杨欣说着，来到城门下。魏裔介刚要收缰下马，一伙人簇拥着来到马前，倒身便跪。魏裔介不知所措，慌忙下马。

“魏大人在上，受罗某一拜！”下跪的竟是罗清肃父子、狼二爷，还有一些面生的人。魏裔介上前，搀起罗公，大声说：“罗公这大年纪，裔介哪里承受得起啊？不当跪呀罗老！”

"当跪，当跪！几十年来，罗某只跪您一人。您与老朽素不相识，却不畏权势，挺身而出，为罗家洗清冤屈。又为此事遭人暗算，险些丧命。如此洪恩，终生难报！"罗公指着另一位说："这位是寿阳县令杨大人，听说此事，也来出城相迎。"

杨县令抱拳道："罗公乃寿阳名儒。崇文办学，誉满晋中。罗公蒙冤入狱后，寿阳文界千人联名书状，欲赴太原督抚大堂击鼓鸣冤。喜闻魏大人仗义无私，为民除害，为罗家冤案昭雪，人们欣喜若狂。为表达万分感激之情，杨某谨代寿阳全县百姓出城相迎。"杨县令指着停在前面的轿子说，"魏大人，请上轿。"

"不可不可！"魏裔介万般推辞，怎奈众人前呼后拥，身不由己，上得轿来，起轿进城。陈奎几个骑在马上，"呵呵"笑着。杨欣朝轿子努努嘴，对王萱儿说："萱儿，你也上轿去吧，和魏大人坐在一个轿里，比骑马舒服多了！"

"去，去！不说话怕把你当哑巴卖了呀？哼。贫嘴！"王萱儿嘴里说着，心里却乐滋滋的。若斑骑在马上，不停地笑。

轿子停在天外天酒楼楼下。魏裔介下轿，在众人簇拥下走进餐厅。少不得一番劝菜敬酒。饭后下榻寿阳驿馆。

第二天一早，众人来到清肃书院。学生业已复课。在书院东侧又建起了怀德武馆，特聘狼二爷为教师爷，广收门徒，传授武艺。罗公精神倍增，恢复了往日风采。魏裔介心中十分欣慰。

罗家父子和狼二爷等人，送魏裔介一行至寿阳城东城门外。魏裔介别过众人，一起上马，重上归途。

一行人马穿山越岭，日行夜宿。魏裔介离家两载有余，思乡心切。经平定转道昔阳，一路颠簸，回到了日思夜想的柏乡故土。

在京城长大的王萱儿第一次来到乡下，随魏裔介一同拜过双亲，宴请宾客，一同拜师访友，游览名胜。一家人对她十分亲热，张太夫人又百般体贴，细心呵护。回京之日，王萱儿恋恋不舍，抱住张太夫人抽泣不止。无奈之下，挥泪别过亲人，上马回京。

# 十二、疏斥“逃人法”

宣武门大街的魏宅内，人来人往，热闹非凡。梁家三兄弟、杨犹龙、王国顺夫妇为魏裔介山西乡试安全抵京，前来祝贺。守宅的袁孺人吩咐丫环木槿沏茶倒水，陈奎和心宝迎来送往，忙得不可开交。

席间，王国顺满面春风。高兴地说：“诸位前年来京会试，不到两载，便为朝中之臣了。可喜可贺，可喜可贺！”

“石生兄妹典试回京，诸位兄弟升为朝臣，一为接风洗尘，二祝兄弟荣升，同干此杯！”侍讲学士梁清标举杯，大家一饮而尽。

“听户部主事若斑讲，石生兄此次主持山西乡试，智擒作弊考生籍春林，逮捕巨贪刘仁，又为罗家平反昭雪，政绩卓著，功不可没。晋阳知府刘仁案卷已到刑部，案犯刘仁近日将押解进京。为感谢你伸张正义，为民除害之壮举，山西督抚、布政使、按察使三宪联名上疏，为你请功。石生兄不辱皇命，首战告捷，兄弟佩服！”刑部主事梁清远说。

“石生兄山西一行，历尽艰险，载誉而归，并非他一人之功。在受匪徒围攻，万分危急之时，若无萱儿和祖传宝刀救驾，谅你也难逃此劫。大家说对不对呀？”翰林院编修杨犹龙说完，大家都随声附和。

杨犹龙接着说：“萱儿临危不惧，护兄有功。大家同干此杯，以示祝贺！”众人同干。

王萱儿放下酒杯，瞥了一眼魏裔介，说：“就是嘛！父亲说过，山西崇山峻岭，路途险恶，萱儿放心不下，决心与哥哥同往。可他百般推辞，并不领情。哼，我还懒得去呢！”王萱儿说完，逗得大伙儿都笑了。

梁清标说：“自去年石生兄所奏《禁止圈地宜定细策以苏民困疏》被皇上采纳后，朝廷根据奏疏所述六项主张，钦定官员二百名，派往各县乡村，明察暗访。回京后，根据查访资录，由户部拟定了《禁止圈地善后事宜施行细策》。经皇上批阅后，摄政王已下谕令：‘畿辅各府、州、县仍遵前旨，永不许圈占民间房地。已圈占房地者，即照数拨补，勿令其失业。具体事宜，均按《禁止圈地善后事宜施行细策》办理。如有违者，依律严办。’由此看来，朝廷禁止圈地，还地于民决心已定，畿辅之民有救了。”

户科给事中梁清宽坐在那里，表情木然，似有心事。魏裔介问：“维本兄弟闷闷不乐，愁眉不展，似有难言之隐。不妨说给大家听听，也好出个主意。”

梁清宽心事重重地说：“难哪！去年，我被派往雄县察访民情，今年夏初方才返京。乡下所见，触目惊心。虽圈地之势收敛许多，然‘逃人法’太甚，逃人之苦，惨不忍睹。房地被圈占者，沦为旗下之奴，因不堪忍受东人凌辱，纷纷逃亡。一旦被捉，酷刑加身，备受摧残。其家人、亲戚、四邻则以藏匿不报之罪，尽判极刑。既如此，逃人却日益增多。雄县有个王木匠，被掳到旗下为奴，因不堪忍受旗主虐待，逃到儿子大成家。王木匠被抓后受尽折磨，儿子儿媳惨遭杀害，邻佑九家及百家长子予以流放。又有刘大逃回家后，其七十岁老父也难逃‘著即处斩’之命运。镶黄旗下婢女张氏逃到其夫处，夫妻俩被双双沉河而死。值此惨例，数不胜数。成千上万个家庭家破人亡，妻离子散。”梁清宽说着，脸色绯红，胸中怒气难消。

魏裔介拍案而起，凝眉道：“‘逃人法’害民之法，此法不禁，生民难逃非命也！”魏裔介说着，离座踱步到厅前。转身说道，“满人特权一日不削，黎民无法安身立命。裔介将重闯险关，再次上疏。力陈‘逃人法’之弊，为民请命！”

众人听后，一起站起，看到魏裔介坚毅的面孔，个个激动不已。王萱儿倚在父亲身边，头靠在父亲肩上，父女俩心中感到既兴奋，又不安。王萱儿觉得自己的心“突突”直跳。

“正义之举，大丈夫不可不为。算我一个！”梁清宽说。

“算我一个！”“算我一个！”杨犹龙和梁清远接着喊道。

“我们五人联名上疏，主意已定。然此事非同小可，不可莽撞，必须谨慎从事。我想，此事应先同范大人详细磋商，妥善计划，再动不迟。”

“范大人到！”陈奎在门外喊道。几人慌忙出门相迎。杨犹龙小声说：“说曹操，曹操到。看来此事可成。”

“好啊！裔介回京，也不通告老夫一声，你们几个倒在此喝起小酒来了，啊？哈哈哈哈……”范文程进大门，边走边说。

魏裔介忙说：“不不不，范大人。学生昨日回京，本打算明日过府叨扰，不成想……”

“欸！老夫不请自到，不会扫了诸位的雅兴吧！”范文程道。

“范伯伯，人家盼您还盼不到呢！”王萱儿说着，端一杯茶来，放在范文程面前。

“萱儿，临行前，我把裔介交给你，一路上有你这位侠妹护着，千难万险都过来了。伯伯高兴啊！”范文程摸着胡子说。

王国顺见过范大人，拉起女儿，到厅外赏鱼去了。几个人重新坐下。梁清标把刚才的话题说与范文程，请他出出主意。范文程沉思片刻说：“老夫以为，此事体大，又不能不为。”范文程接着讲了朝中的两件事情。

一是在多尔衮关于禁止圈地第二道谕令颁布以前，召集王爷、贝勒及各大臣商议。几个老王爷坚决反对，并说：“八旗将士浴血奋战，死伤无数，才打下大清江山。汉民即大清之奴役。如将田产退回，我大清将脸面尽失，莽莽中原将无我满民立足之地。”多尔衮听后，大动肝火。大骂老王爷老迈昏庸，井底之蛙，不懂朝政，滋扰朝纲。老王爷自找没趣，怏怏而归。多尔衮力排非议，谕令照颁不误。

二是下乡官员回京之后，除了圈地之外，所交呈文叙述“逃人法”之弊者过半。所列之事，情节俱详，骇人听闻。多尔衮看后，觉察到事关重大，如不及早改变策略，安抚民众，必将危及大清社稷。如若废除“逃人法”，必然遭到满臣反对，引起大清内部骚乱。多尔衮左右为难，难以决断。便到慈宁宫与皇太后和皇上一起商议此事。皇太后力主宽修“逃人法”。并提醒说：由于“逃人法”过于严厉，汉民走投无路，势必铤而走险，必将危及大清社稷。天下之事，社稷为重。凡不利于大清江山之弊端，均应列入剔除之列。太后之意，福临十分赞同。但是此意必须有大臣以奏疏提出，方可决断。此类奏疏，满臣中虽不乏正义者，但不会有人贸然启奏。汉臣明哲保身，但求无过，亦恐无人敢冒此风险。朝廷因此处于两难之地。

范文程接着说：“鉴于此，此疏必奏。然五人联名启奏不妥，恐有朋党之嫌，此为朝臣之大忌。裔介和清宽均为言官，二人联名启奏，名正言顺。裔介执笔，措辞要慎。完稿后，务必送我一阅。我将当朝代为启奏。诸位意下如何？”

魏裔介说：“一切听从范大人安排。”大家接着边吃边谈，开怀畅饮。

乾清宫内，肃列朝班。福临大模大样，端坐在蟠龙椅上。多尔衮坐于一旁，满汉大臣肃立御道两厢。

议政大臣杜尔玛出班启奏：“靖远大将军、肃亲王豪格统军入川后，杀敌数十万，杀死敌酋张献忠，四川终得安宁。明日凯旋回京。肃亲王平定四川，战功卓著。奏请皇上、摄政王，为肃亲王庆功，并给予嘉奖。”

“准奏。明日摆宴太和殿，为肃亲王接风洗尘，犒赏奖励诸品，由皇上钦定。”多尔衮道。

豫亲王多铎出班启奏：“辅政王济尔哈朗，无视朝廷纲纪，滥造辅政王府。所建台基超过规定尺度，又在房前私立铜狮、铜龟、铜鹤。按宫规祖制，应判其‘府第逾制’之罪。”

“左都御史金之俊听宣！”多尔衮道。

金之俊匆忙出班道：“微臣在。”

“今日辅政王因事未能上朝。命你速派察员前往辅政王府，据实勘察该府房物，是否与豫亲王所奏相符。速将勘察结果报予本王，再作处置。”金之俊领命退出。

兵部满尚书、承泽亲王启奏：“大同总兵姜镶举兵叛变。兵进宁武、保德、榆林、雁门关等地。请朝廷遣将调兵，火速赶往大同，剿杀叛军。”

多尔衮道：“英亲王阿济格、端重郡王博洛听宣！”二王出班。多尔衮发令：“命你二人，各领兵十万，火速西进，剿灭叛军。”二王得令出殿。

户部尚书宁完我启奏：“山西督抚、布政使、按察使联名上奏，为山西典试主考官魏裔介请功。奏疏称：典试期间，主考官忠于职守，废寝忘食，考纪严明，秉公选士。选取新科举人八十名。并亲获作弊者一名。贪赃枉法者晋阳知府刘仁因此落网，寿阳名儒罗清肃冤案得以平反昭雪。曾轰动一时的乡试作弊连环案终于告破。寿阳万民上书，为其请功。案犯刘仁及本案案卷已先后至京，本案已在审理之中。”

金之俊进殿回奏：“经查验，辅政王府之房物与豫亲王所奏一致。恭请皇上、摄政王定夺。”

“辅政王济尔哈朗身为辅臣，理应循规蹈矩，却知法犯法。敕令罢其辅政王位，革去亲王爵，降为多罗郡王。罚白银二千两。”多尔衮清了清嗓子，继续道，“大清出关入主中原，已历五载。皇上历来主张满汉同心，共克时艰。满臣为大清之臣，汉臣亦为大清之臣，满臣犯法，与汉臣同罪。满民与汉民均为大清之民，亦应一视同仁，不得歧视。在下臣等切记，万事应以社稷为重。恃强凌弱、称霸欺民，为我大清王法所不容！”

范文程启奏：“工科给事中魏裔介、户科给事中梁清宽联名上《请宽‘逃人法’以解民难疏》。臣请皇上、摄政王御览。”

“范爱卿读来便是。”福临道。

范文程读道：

> ……大清天下，惟有逃人之忧。近年逃人之患甚嚣尘上，泛滥成灾。“逃人法”峻，愈禁愈甚。只此数月之间，逃人已逾数万。逃人被缚，受尽凌辱。株连众多，轻则流放，没收田产；重则杀头，血流成河。逃人匿家，诛杀满门。邻里数户，无辜丧命；父逃子家，父子同死；夫逃妻处，夫妻同亡。上至翁婆，下至孩童，凡定藏匿，无一幸免。惊吓致死者比比皆是，呆傻疯癫者不计其数。死于“逃人法”者，数以万计！天下嚣然，生民丧其乐生之心。盗贼蜂起，几成燎原

之势。逃人之患，灾及斯民，危及社稷。宽“逃人法”，刻不容缓，势在必行！

逃人之患，泛滥已久。追其缘由，均为圈地投充所致。究其根源，而在其主。凡逃人，都因旗主视奴为牲，只顾役使，不问饥寒，百般折磨，恣意蹂躏。令役奴不堪忍受旗主之虐待凌辱，遂起逃生之心。如若旗主视奴为人，以人待之，给其温饱，有处可居，已可足矣。奴隶感恩尚且不及，何生逃生之念？……

范文程一口气将奏疏读完。皇上和多尔衮都挺了挺腰身，缓缓舒了口气。

“魏裔介和梁清宽初为朝臣，即有如此远见卓识，令本王深为叹服。此疏转交户部，研究备细，参疏行文，交礼部拟定谕旨颁行。二给事中为朝廷排忧解难，精神可嘉。赐每人黄金二百两，以示奖励。魏裔介主考山西典试，力除考弊，贪官伏法，冤案昭雪，载誉而归，功不可没。本王命：工科给事中魏裔介迁吏科右给事中。吏部即日行文，不得有误。”多尔衮说完，看一眼皇上，福临微微点头。

福临扫视一周，说道：“朕体恤万民，提倡满汉一家，民和才能兴国。八旗满胄，置大清社稷于不顾，飞扬跋扈，不可一世，恃强凌弱，欺奴辱役，致使逃人之患蔓延，危及社稷。魏爱卿在经筵日讲中曾读过《淮南子·说林训》，其中一句曰：‘食其实者，不折其枝。’尔戴之衣冠，食之粮饭，受之俸禄，均为黎民所供。食民之实，要‘爱育黎首’。在朝满臣、八旗满胄，非但不爱民怜民，为民所想，竟然折其枝，掘其根，可恨至极，愚蠢至极！朕能罢斥济尔哈朗，难道整治不得尔等蝼蚁？”福临义愤填膺，怒火中烧！偌大乾清宫，竟然鸦雀无声。

肃亲王豪格在太和殿受到皇上设宴犒赏后不久，贝子吞济、尚善、吞济喀等人联名上疏，告发济尔哈朗和豪格。所告罪名耸人听闻。疏称皇太极驾崩后，豪格曾与两黄旗大臣图赖、索尼、鳌拜等人商议，立豪格为帝，而立福临为太子。济尔哈朗得知后，非但不予检举，反而知情不报，欺瞒多尔衮。多尔衮看过奏疏，下令将济尔哈朗及被牵连官员召集到殿上责问。尽管济尔哈朗竭力为自己开脱，最终被拟定“擅谋大事”等六条大罪，欲将济尔哈朗、索尼、鳌拜等五人处死，将图赖等削去公爵及官职，并籍没家产。多尔衮恐因此引起朝廷动乱，遂与皇上商议。福临口谕：“郑亲王革去亲王爵，降为多罗郡王，罚银五千两。鳌拜巴图鲁免死，赎身，公图赖免革公爵，籍没家产。索尼免死，革尽官职，赎身，黜为民，徙居昭陵。”

在宽宥济尔哈朗不久，多尔衮便召集诸王、贝勒、贝子，以“怙恶不悛，抗仇不已”之罪，将豪格囚禁起来。不久，豪格便死狱中。两月之后，济尔哈朗王爵得以恢复，赐定远大将军，派往湖广，进剿叛军。

斗转星移，月落日升。转眼到了顺治六年早春二月。

斜阳西落，暮风乍起。西厢房内，魏裔介捧卷在手，心不在焉。头昏脑涨，心烦意乱。忽听门外"哐哐"车响，"咴咴"马嘶。一人踉踉跄跄走进院来，陈奎、心宝见是柏乡魏府家员王栋，忙将他引入厢房。王栋进门便跪，泣不成声。将一张信笺递上。信上写道：

生母殡天，吾儿见信速归！

父 字

魏裔介见信，犹如五雷轰顶，只觉天旋地转。书卷落地，陡然跌坐椅上。心宝见状慌了手脚，不知如何是好。陈奎上前，用指甲掐住人中片刻，魏裔介长长吐了一口气，嚎啕大哭。因过于悲戚，一恸几绝。心宝小心翼翼地为他捶着背，魏裔介稍稍缓过气来，悲切切问道："去年初冬回家省亲，母亲身体尚好。怎会这般突然就……"

家仆王栋抽泣着说："太夫人身体年前就觉不适，入正月有些好转，前几日突觉心口疼痛，吃顿饭工夫就……"

魏裔介说着，吩咐置买孝布。将街门、厅廊绾吊白纱，厅内设置灵堂。一家人身穿孝服，跪守灵位，彻夜未眠。

张太夫人为柏乡武进士、骠骑将军张喻雅之长女，祖父是兵部职方司郎中太仆寺少卿张恒华。吏部尚书赵南星是其外祖父。张太夫人宽和仁慈，孝顺公婆，勤俭持家，通书识礼，夙兴夜寐，抚教子女。一生布素，不尚华侈，体恤下人，备受尊敬。

第二天，王萱儿送魏裔介三人到西直门外的高粱桥，魏裔介下马，和王萱儿话别。王萱儿泪流满面，抽泣着说："太夫人仙逝，萱儿不能亲临吊唁，这些纸钱是我昨夜剪成，望哥哥在大娘灵前替萱儿志哀。哥哥此去，不知何时才能相见，哥哥定要保重身体。何时归来，提前来封信，妹妹还在此处等你。"

王萱儿说完，已是泣不成声。魏裔介给妹妹抹去泪水，和陈奎、心宝一起，上马远去……

# 十三、国顺救驾

斗转星移鸡鸣早，月落日升驹过隙。魏裔介三年服孝期满，于顺治九年春，回到京城。

魏裔介回到京城的第一件事就是拜访恩师范文程。

杨犹龙和梁家三兄弟陪同魏裔介来到范府。范文程拉着魏裔介的手说："裔介归里三年，范某无一日不思念。今日回京，久别相聚，诸位定要选个好去处，敞开心扉，细叙畅谈，以了思念之情。"

"范大人所言极是。偌大京师，美景佳境数不胜数，范大人独爱太液之水，莫不是带学生春游琼华岛，饱览太液春光？"梁清标说。

"裔介服阕回京，必定心情忧郁。何不选个优美辽阔之处，一则换个环境，调节心情，二则登高望远，抒发情怀。眼下正值早春二月，正是游春赏景之时。琼华岛春光明媚，太液池波光粼粼，今日不去，岂不白白浪费了那天地造化之人间仙境？"范文程说着，眼里露出憧憬向往的神采。

范文程领着众人，出范府大门北行，边走边聊。

范文程说："裔介呀，你离京后的三年内，朝廷发生了翻天覆地的变化。一是多尔衮病故，二是皇上亲政。"接着，范文程将几年来宫廷内所发生的大事，叙述给魏裔介听。

"你离京的那年冬天，摄政王多尔衮因驯狂马摔伤膝盖。治伤时，又因错敷药剂而使伤情加剧。为医治伤疾和调节心境，多尔衮率领诸王贝勒及八旗官兵到塞外打猎行乐。塞北寒冷的气候和纵情行猎而劳累过度，使多尔衮伤疾受冻而溃烂，敷良药而无治，又染重病在身。于十二月初九日，病死在喀喇城，时年三十九岁。"

范文程说着，放慢了脚步，摇了摇头，丰满的脸上露出复杂的表情。他放低了声音说："多尔衮死后，在他摄政时期，强权统治下的宫廷纠葛，充分显露出来。首先是皇上与他的恩恩怨怨。入关前，多尔衮审时度势，力排众议，力主福临即帝位，稳定了皇太极死后，诸王为争夺帝位而剑拔弩张的危机局面。此后，多尔衮受到皇上册封，遂领兵出关，南征北战，立下赫赫战功。摄政以后，虚心纳谏，积极推行一系列怀柔政策，为大清立下了不可磨灭的功勋。推心置腹地讲，大清初定，入主中原，摄政王功不可没。然而，随着权力的逐步扩大，他便开始独断专行。尤其近几年来，为私利排除异己，为所欲为。满汉大臣惧于他的权势和威严，敢怒而不敢言。对幼帝福临，明则恭恭敬敬，暗地却自行其是。随着福临一天天长大，加之和孝庄皇太后之间的暧昧关系，对福临的态度有所改善。但为巩固自己地位，排除异己，却毫不手软。将自己的政敌、福临的大哥、肃亲王豪格，以'怙恶不悛，抗仇不已'之罪，逼死狱中。皇上对此只能强压怒火。这对皇上来说，多尔衮犯下了不可饶恕的大罪。然皇上尚未亲政，只好忍气吞声。多尔衮之死，既解了皇上心头之恨，也为福临亲政扫平了障碍。"

范文程说着，不觉走到了太液池前门的"积翠"牌楼之下。大家过"积翠"、"堆云"二牌楼，往左看，是"双虹榭"，因正好对着"金鳌玉蛛"和"堆云积翠"两座桥，故取名"双虹"。过牌楼向右转，绕琼华岛东边向南走着。

梁清标接过来说道："多尔衮的另一个政敌就是济尔哈朗为首的一批在摄政期间深受压制、排挤的诸王。他们慑于多尔衮威望和权力，不敢和多尔衮明火执仗地争斗，只能逆来顺受。多尔衮死后，他们聚集起来，想夺回失去的权力。另外，深受多尔衮信任和重用的一些大臣，此时也为保住自己在摄政期间得到的权力而拼搏。各种矛盾纵横交织，相互冲突，相互利用，一时间，清廷政局十分混乱。"

几人绕过白塔，继续南行。梁清标接着说："多尔衮一死，其亲信罗什、额克苏、鳌拜等人，利用丧事大做文章。先是安排了隆重的迎灵仪式。多尔衮的灵柩运回京城，福临和诸王大臣身着丧服到东直门外迎候。从东直门到玉河桥，凡是灵车经过之处都有跪着哭丧的官员。公主福晋以下的命妇，聚集在睿王府大门内跪哭。灵车到达东直门外，福临不得不亲执玉爵为灵车祭酒，奠祭摄政王。当夜，满朝文武均受命到睿王府府中守灵。罗什等人要求以皇帝的葬礼安葬多尔衮。并追尊多尔衮为'懋德修道广业定功安民立政诚敬义皇帝'，其元妃为'义皇后'，并把其牌位供在太庙。"

魏裔介认真地听着。梁清标清了清嗓子，继续说："与此同时，济尔哈朗等人也开始活动。首先命大学士刚林等到睿王府收回了象征权力的印符、赏功册，接着开始削减多尔衮的军事实力。摄政期间，多尔衮将主要军队交给自己的同母兄弟英亲王阿济格与豫亲王多铎。多铎已死，对济尔哈朗威胁最大的只有阿济格。阿济格妄自尊大，有勇无谋。自恃战功卓著，曾向多尔衮提出封自己'叔王'的要求，但被拒绝。多尔衮死后，阿济格为了扩充自己的力量与诸王抗衡，企图吞并正白旗。阿济格的举动，遭到正白旗多尔衮旧部的反对。济尔哈朗利用他们之间的矛盾，联名上疏，告阿济格对摄政王不敬，轻而易举地定了他的罪，剥夺了他的军权，将他逮捕、削爵、幽禁、抄家，并将其诸子黜除宗室，赏给仇家为奴。”

魏裔介与梁清标并肩前行。梁清标说着，和大家走进一个高阁阙门，眼界豁然开朗。临水汉白玉栏杆，雕梁画栋的楼阁成扇面形，在绿水边展开。这就是琼华岛南端的漪澜堂。大家对着一派水光，望着西北面的蓝天、白云，绿脊黄瓦的“小西天”和临水的五龙亭。面对眼前的一片如画的风景，谁也无意欣赏。魏裔介问道：“听说皇上亲政以后，对摄政王毫不留情，不仅罢黜，并且鞭尸，不知传言是否确实？”

范文程接过来说：“顺治八年，也就是去年正月，皇上亲政。多尔衮原来的部分亲信，纷纷投到济尔哈朗门下。原来由多尔衮和多铎统辖的正白旗与镶白旗已成无头大雁，阿济格又成了阶下囚。济尔哈朗等人认为时机成熟，又联名上疏，指控多尔衮‘显有悖逆之心。臣等从前忍气吞声，不敢出言。今冒死奏闻’。并为多尔衮拟下四条罪状。其中一条就是逼死肃亲王豪格，迎纳豪格之妃。

“皇上看过奏疏，大为恼火。豪格是自己的大哥，又是大清的开国元勋，只因反对过多尔衮，就被他罗织罪名，下狱致死。皇上以为，多尔衮此罪决不可饶恕！便断然下令，将多尔衮削爵、撤庙号、罢谥号、黜宗室，并籍没其财产入宫。专权多年、曾为大清立下不朽功勋的多尔衮，死后尚不足两月，即成千古罪人。”

大家在漪澜堂临窗的方桌旁坐下，堂倌奉上热茶、瓜子和茶食，几人边饮边聊。

杨犹龙说：“还是听听石生兄对朝廷大局的高见吧。”

魏裔介听后，苦笑着摇摇头说：“咳，裔介能有何高见？平心而论，大清入关以来，摄政王在中原所实行的一应怀柔政策，确为大清初定之良策。皇上亲政之后，若对摄政王全盘否定，独辟蹊径，反其道而行之，势必引起大乱，对社稷黎民有大害而无一利呀！”

范文程呷了口茶，放下杯子，接着说道：“裔介之虑，正是老夫当时之忧。其实结果并非如此。多尔衮虽被贬黜，但济尔哈朗等保守势力并未得势。皇上虽年少，却有宏图大志。又有我等一批老臣的积极谏言，皇上以大清社稷为重，使多尔衮的大政方针得以延续。皇上为集中皇权，在兵权、宫廷机构和规制上大胆革新。首先是统辖兵权。将八旗中的正黄、镶黄、正蓝三旗封为上三旗，由皇上亲辖。诸王贝勒统辖的其他五旗为下五旗，其旗主由皇上任命。其次是设立内阁。将内三院迁入紫禁城，命大学士在太和门更番入值，参与佐理机务。三是初步建立宫廷规章制度。近日皇上连下两道谕令：‘为大清社稷计，各臣工务要勤心于朝政，直谏无隐。’又令：‘言官各抒己见，凡大利大害、应兴应革者，悉心条上。’裔介正值此时回京返朝，想必又有一番作为了。”

“裔介离京日长，对朝廷近事不甚知晓。还望范大人指教。”魏裔介说。

“漪澜堂虽是观景胜地，老夫却以为美中不足。不如咱们同登琼华岛，俯瞰京城美景如何？”范文程答非所问。

“范大人提议甚好。面对世事纷争，总要有个是非评断。只有站在高处，才能放开眼量。这就叫高瞻远瞩。”杨犹龙兴奋地说。

杨犹龙说着，扶起范文程，和大家一起，向白塔走去。

琼华岛顶上的白塔北面，有一亭榭，名曰揽翠轩。轩踞岛顶而建，居高临下，很像西湖的孤山四照阁。几人站在轩内远眺，钟楼、鼓楼、紫禁城的琼阁殿宇、九门雄姿历历在目。再远处，天连着地，地连着天，天地一线，一望无际。俯瞰岛下，绿树葱葱，绿草茵茵，湖水碧碧。水上扁舟漂如叶，岸边游人小如蚁。楼脊翘檐栉比鳞次，亭台庙宇高低错落。尽观此景，顿感人之渺小，京师之宏大，天地之无疆。吸一口京城仲春特有的凉风，顿觉神清气爽，心旷神怡。一切烦恼、忧愁、乱绪、纷争，统统被抛到九霄云外去了。

揽翠轩本是夏日品茗的好去处，冬春两季却很少有人光顾。魏裔介扶范文程坐在茶机上，范文程招呼大家一起坐下。从腰间抽出烟袋荷包，打着火镰，猛吸两口，一团烟雾升起。一阵风吹过，烟雾随风匆匆吹走，眨眼间无影无踪。又一团烟雾升起，又被风刮走。

范文程过足了烟瘾，磕掉了烟灰，看了魏裔介一眼，说道：“一年来，皇上虽致力宫廷制例、典章革新，然成效甚微。凡事都要有个轻重缓急，朝务也是这样。眼下朝廷的当务之急有这么几项：一是朝仪未肃，皇上临朝尚无定例。朝务积攒成堆，方才召开议政王会议和文武大臣朝会，有些急需办理之事，往往被束之高阁，延误时机，造成不可弥补之损失。二是吏风腐败，官吏升转不均。毫无政绩者，或跑门子，或出银两，即可升转；忠于职守、政绩突出之官，却得不到提升，致使官场正气日下。三是士习浮靡，不尚实学，如长此下去，势必人才匮乏，后继无人。四是直隶、河南、山东等省连年水灾，民多流离，灾民望救。朝廷却至今未发赈灾之粮，可怜饥民生计无望。五是兵官贪生怕死，时有变叛。更有甚者，命官纵寇殃民，强抢民女。此等祸国殃民之徒，朝官中庇护者却大有人在。此风不禁，罪徒不除，何以清肃朝纲？六是朝官官风颓废。明哲保身，但求四平八稳，不敢直谏，只有阿谀奉承，阳奉阴违，致使言路堵塞，皇上受蒙，决策阻滞。除此以外，大利大害、应兴应革之事还有许多。”

范文程说着，站起身来，走到轩窗前，遥望紫禁城的层檐叠脊，感慨万千。

“想我范某，二十岁投奔努尔哈赤，东征西杀，佐理机务，历经三十六年，辅佐三代君主。如今我已年近花甲，深感力不从心。诸位正值风华正茂，又蒙皇上知遇之恩，定要倾其所能，忠心报国，为皇上分忧，为黎民解难。”范文程说着，转过身来，用深沉、期待的目光注视着大家。

梁清标说：“范大人一席话推心置腹，对学生寄予厚望。学生绝不辜负范老前辈之嘱托，定当以社稷为重，以天下为己任，竭尽全力，报效国家。”

魏裔介说：“范大人正当壮年，何以言老？您身为相国，德高望重。您为国之忠心，辅国之谋略，早已享誉朝廷内外。您之意愿，就是学生之本分，您之嘱托，即是学生之准则。纵有千难万险，学生也要奋然前行。赴汤蹈火，何所惧也。”

杨犹龙接着说：“二位兄长之言，也是诸位共同心声。俗话说，无私则威，无欲则刚。我们不谋私利，不图升官发财，一身正气，怕从何来？”

“嗯，说得好！皇上有诸位这等血气方刚之臣辅佐，范某心安矣！”范文程点着头说。

“范大人，时已近午，您选个清静去处，清标做东，与诸位痛饮几杯，也为石生兄接风洗尘。”梁清标看着范文程说。

“是啊。范某见了诸位，这酒兴也就随之而来。嗯……我看这样，让膳坊做上一桌菜，再弄条船来，咱们来个放舟太液池，盘膝船上醉，如何？”

“还是范大人有妙招儿。”梁清标说着，招呼侍从过来，侍从听完吩咐，撒腿远去……

一艘龙艇从琼华岛南端的远帆阁船坞缓缓驶出。龙艇之上，几个人交杯换盏，开怀畅饮。

魏裔介无心饮酒，立起来，转过身去，扶着舷廊绿柱，向远处看去。见到停靠岸边的采莲船，想起了和王萱儿一起月下赏荷采莲的往事。三年不见，萱儿妹妹一定出落成大姑娘了。想起了妹妹，也想起了母亲。如果当时应了母亲，也不至于让母亲遗怨千古。哎！一念之差，悔恨终生。说心里话，自己早就倾心于萱儿妹妹，尤其是邓夫人生日那天，和她以菊兰为题，对诗取乐，她那聪慧的天资，敏捷的才思和厚实的诗文功底，使自己为之叹服，也为之倾倒。从那时起，对她更是喜爱备至，难以割舍。归里治丧期间，曾接过她三封书信，只因当时过度悲伤，未曾回过一次。如今三年已过，答应母亲的事，一定要办，可自己如何向她开口？即使提出来，人家回绝又如何是好？魏裔介站在船头，思前想后，左右为难，更是无心赏景。

太液池上，阳光普照，春风和煦。偌大的太液池水波涟涟，清澈的湖水下面，几条小鱼在船边相互追逐。向对岸望去，五龙亭、小西天、天王殿、十佛塔、碧鲜亭、大慈真如殿等，依地势而建，错落有致，各有姿色。那山、那水、那楼台、那亭阁、那绿树花草、那蓝天白云，好一派太液春色，好一个蓬莱仙境。龙艇之上，有美酒、有佳肴。几人盘膝而卧，边饮琼浆美酒，边赏天造美景，心驰神往，不亦乐乎！

梁清远端起酒，一气喝下，脸颊泛红，来了诗兴。望着船外景色，不禁吟道：

太液池水波潋滟，醉卧御舫观仙山。
春水船如天上坐，楼台烟云赛江南。

范文程见魏裔介心事重重，郁郁寡欢，便说：“裔介呀，今日有件事情，老夫要和你摊牌了。”

魏裔介疑惑地看着范文程，不解地问道：“范大人有事只管讲来，学生一定照办。为何有摊牌之说？”

“此事非同小可，是你的终身大事，船上无一外人，我就直说了吧。”范文程说着，立起身来，伸了伸腰肢，继续说道：

“说来话长啊！还得从你母亲来京时说起。那年春天，我二次拜访张太夫人，她老人家曾托我一件事情，就是你和王姑娘的婚事。张太夫人给我讲了你的一些家事，当时你已过而立之年，却无子嗣。张太夫人一眼就看中了王姑娘，她老人家愿意让你和王姑娘结下百年之好，可你却以兄妹情分已定，不可更改为由，硬是不肯应允。太夫人为此大动肝火，你这才勉强答应。太夫人劝你早日拜堂成亲，好了却她老人家一桩心愿，你却说，要等三年以后才能成亲。裔介，我说的可是实情？”

魏裔介眼里噙着泪花，低下了头说：“是实情。”

范文程接着说：“当时你母亲掉着泪对我说：‘范大人哪，裔介认准的事，八头牛都拉不回来，我觉得我这身子骨一天不如一天，如果我能活过三年，万事大吉。如果我熬不过三年，您就替我操办他们的婚事吧。’我对太夫人说：‘您老人家定会长寿的。’太夫人却摇了摇头说：‘自己的病自己清楚，恐怕等不到那一天啦！’我无奈之下，点了头。后来，你归里奔丧，老人家的托付竟成了遗嘱。咳！……”范文程嗓音发颤，魏裔介已是泣不成声。

范文程接着说：“为了完成太夫人的遗愿，我曾到过王家，想把此事促成。王姑娘因思念哥哥，整日整夜以泪洗面，茶不思，饭不想，几个月不见，好端端的一个姑娘竟成了那个样子，真让人揪心哪。还好，我和王国顺夫妇说明了来意，二人爽快地应下了这门亲事。还说，何时迎娶由这边定。正好，你也回京了，午后我陪你一起到王家，一是探望王姑娘，二是定一下聘期，也好让王姑娘一家放心。老夫人九泉之下也可瞑目了……”范文程说着，横过袖口，拭去眼角的泪水。

“范大人提议甚好。若论王家，亦是官宦之家，与魏家也称得上门当户对。王萱儿如今也是大姑娘了，王姑娘虽然性情刚烈，对石生兄却是情有独钟，倾心相爱。石生兄离京三年，二人不得相见，可苦了人家王姑娘。范大人说得对，咱堂堂男儿，决不可辜负了姑娘一番厚义深情。你们二人是天配姻缘，又有范大人做媒，正可谓郎才女貌，花好月圆。到时候，可少不得大伙的喜酒喝，诸位说对不对呀？”梁清标说完，大伙高声附和，魏裔介坐在那里一言不发，倒有些难为情起来。

杨犹龙说：“范大人，听说王统领升为御前领侍卫，主管半个紫禁城的防务，可有此事？”

范文程说：“确有此事。清标知道底细，让清标说给你们听。”

“按清廷宫制，卫内大臣和御前侍卫均由满武官担任，王统领是汉人，怎么……”魏裔介问道。

“天下没有不变的规矩。尚之信乃尚可喜之子，就是御前侍卫。要说王大人武功，那才了得。也合得皇上命大，那阵势，把我也吓得两腿发颤。”梁清标酒后说话，有些不着边际。魏裔介听了，丈二和尚摸不着头脑。便问道：“清标兄，请把事情说得明白些，你这东一榔头西一棒子，谁能听得清？”

梁清标用手摸摸发红的脸，认真地讲了起来：

“去年十月，皇上要到塞外围场打猎，随行的有承泽亲王硕塞、卫内大臣费扬古、鳌拜、索尼，御前侍卫尚之信，还有巴图鲁阿里玛和占有。并派遣千名禁卫军护驾。王大人身为禁卫军将领，领队出发。随行文臣有傅以渐、王熙、李百爽和我。围猎队伍浩浩荡荡，向北开进。

“猎场地处伊逊河上游。暮秋时节，辽阔的草原绿草遍野，一望无际；远处森林茂密，郁郁葱葱；飞禽满天，走兽遍地；龙旗飘飘，画角长鸣。一匹匹骏马撒开四蹄，驰骋在广阔的草原上。一只只猎鹰飞离主人的臂膀，在天空盘旋……”梁清标眉飞色舞地讲着。

“嗨嗨嗨，开场白免了啊！四方轩的包子，吃了半天也咬不出馅儿来。”杨犹龙不耐烦地说。

“做文章还要讲个铺垫不是？不愿听，下池子找鱼虾玩儿去。”梁清标说着，继续讲下去，“皇上身穿猎装，披一件黑丝绒披风，跨下骕骦马，手中霹雳弓，英姿飒爽，神采飞扬。拉弓放箭，一箭正中一只肥大的獐子臀部，獐子拖着长箭，向前飞跑。皇上催马疾追。前面一片大森林，獐子跑进去就没了踪影。皇上策马跑进森林深处，王统领骑着豹花马，紧跟皇上马后。侍卫们尾随跟进。

“突然一阵马嘶，只见皇上的千里驹前蹄拔地而起，整个身子直立起来，前蹄猛然着地，皇上抓缰不及，滚下马来，摔在地上。就在此时，前面不远处，一只硕大的黑熊，迈开蒲扇大的四爪，一步步向皇上逼近。王统领喊声‘不好！’

张弓射箭，射中大熊腹部，只见大熊一声长吼，树叶纷纷落下。大熊上身立起，张开血盆大口，向皇上直扑过去。侍卫们箭上弦，却不敢放，生怕伤着皇上。皇上从未见过如此大的黑熊，见黑熊朝自己扑来，顿时呆住。在这千钧一发之际，王统领大喊一声‘闪开’，黑熊听到喊声，愣了一下。王统领一个箭步上前，护住皇上，挺身站在黑熊面前。只见黑熊咆哮一声，前爪立起，嘴里淌出腥臭的黏液，向王统领扑下。说时迟那时快，王统领手握宝刀，拧身上去，一个‘黑虎掏心’，只见宝刀举处，正中黑熊咽喉。一股血注喷出，王统领满身是血。黑熊哀号一声，庞大的身躯朝着王统领砸了下来，眼看着王统领要被黑熊压成肉饼。哪成想，王大人身手如电，眨眼间从黑熊脖颈拔出钢刀，飞快躬身，一个‘霹雳滚’，就势闪开，躲过一劫。只听‘扑通’一声山响，黑熊重重摔下，趴在地上，浑身抽搐几下，便没了动静。”

听故事的几人都长长舒了口气。魏裔介问道：“皇上以后如何？”

梁清标喝了口茶继续讲道：“硕塞、费扬古、尚之信、索尼、阿里玛和占有，还有我们几个文臣一起跑上前去，纷纷跪在地上。硕塞和费扬古上前，将皇上扶起，硕塞用手轻轻拂去皇上披风上的草屑。皇上惊魂初定，环视四周。见黑熊躺在血泊里，后面黑压压跪着一片人。那个浑身是血、武士打扮的人也跪在那里。皇上慢慢走上前去。

“远处传来一阵急促的马蹄声，由远而近。顷刻之间一匹快马停在皇上面前，鳌拜飞身下马，跪在皇上面前。原来鳌拜昨夜吃酒过量，今日一觉醒来，营中早已无人，慌忙骑马追来。看见皇上脸色发白，又看到地上躺着的大熊，倒吸了一口凉气。

“皇上瞥了鳌拜一眼，并不理睬，径直走到王大人面前。王大人慌忙说道：‘皇上龙体受惊，还是早些回宫歇息为好。’皇上也不答话，将王统领轻轻拉起。皇上眼前一亮，只见面前之人，黑红脸膛，络腮胡子，浓眉豹目，鼻直口方，威风凛凛。皇上‘呵呵’笑着。硕塞上前，对皇上说：‘这位救驾的英雄，就是九门统领王国顺王大人。’皇上高兴地说：‘噢。王统领身手矫健，出手狠辣，不愧是汉家巴图鲁！来呀！王统领救驾有功，将朕之爱驹玉骢马赏予王统领。’侍从将玉骢马牵来，王大人接过马缰，下跪谢恩。皇上又说：‘将黑熊抬回行宫，烤而食之。’费扬古和尚之信将皇上扶上马，班师回宫。”

梁清标抿口酒，继续讲来：“当天晚上，行宫前的广场上，点起十数堆篝火，照得整个场子如同白昼。随着夜风，不断飘来馋人的烤肉香味儿。小伙子吹起笙箫，打起手鼓，一群穿着满洲盛装的少男少女们，跳起了欢快的‘莽式’舞蹈。皇上坐在一排长长的条几中间，左首坐着硕塞，王国顺坐在皇上右首。卫内大臣和侍卫、文臣分坐两边。侍从端来了热气腾腾的熊掌、熊腿和熊脑羹。皇上和硕塞、王国顺面前还放了半碗深绿色的熊胆汁。侍从搬着酒坛，从皇上开始，依次斟酒。皇上举起酒碗道：‘今日行猎，收获颇丰，今晚吃熊肉，喝烈酒，大清基业天长地久！’喝干了酒，皇上首先拿起熊掌吃了起来。大家尽情地吃肉喝酒，一片欢歌笑语。皇上脸上泛光，一时兴起，喝道：‘佳肴配美酒，骁将对巴图鲁。来呀，斗上几十回合，让朕开开眼！’

“满人就喜欢喝酒，角斗。第一对上场的是阿里玛和占有。二人都是战场上的骁将。据说阿里玛能举起盛京实胜寺的大石狮，面不改色心不跳。二人上场，先围着场子转了一圈，占有一个饿虎扑食，抓住对方臂膀，抬起右膝顶向对方下处。阿里玛见他一上手就来阴招，顺势侧身，猛拳砸在对方膝盖骨上，又一拳，照准对方下颚冲去，占有躲闪不及，仰天摔在地上。占有爬起，阿里玛冲过去，又要动手，只听‘嘎啦依里克’一声断喝，鳌拜来到皇上面前叩首道：‘皇上，今日英雄舍身救驾，何不让这位王大人显显身手？’皇上看了看王统领，高兴地点了点头。王国顺见不好推脱，硬着头皮站起身来，走到场子中间，向阿里玛抱拳道：‘承让了。’阿里玛也不答话，大吼一声，挥起榔头似的拳头，狠力朝王统领的面门砸来，王统领像猿猴一般，蓦然闪开。阿里玛扑空后，恼羞成怒，倏然转身，似猛虎下山，腾空而起，向王统领猛扑过来。王统领马步蹲裆，稳如泰山。就在阿里玛冲来的一刹那，敏捷闪身，紧接着浑身一紧，腾出右掌，对准立足未稳的阿里玛后心，闪电般地一掌击出，阿里玛粗壮的身躯突然飞起，‘嗵’的一声响，沉重地摔在地上。观看的人们都为王统领鼓掌。王统领抱拳谢过，刚要退场，见鳌拜立在自己面前。鳌拜说道：‘鳌拜佩服王大人神勇，特来讨教几招。’王统领刚才见皇上点头，现在不好推辞，只得应承下来。心下思忖：‘满族武士个个争强斗狠，自己决不可逞一时之勇，招惹不必要的麻烦。’从鳌拜猎鹰一般的目光中看出，此事不可回避。王统领抖擞精神，和鳌拜斗了几个回合后，故意卖个破绽，退下场来。抱着拳大声说：‘鳌大人神力，王某远不及他。’王统领回到座位，皇上说：‘王统领果然武功超绝，不同凡响，使朕大开眼界。朕封你为御前侍卫，主管皇宫外三殿卫务。’王统领踌躇片刻，随即跪下，叩头谢恩……”

梁清标蛮有兴致地讲着，却听到船内鼾声四起。龙艇停在太液池中央的水面上，自由自在地顺水漂流……

# 十四、高粱桥上

范文程和魏裔介一起来到大棚栏街的王宅篱笆前。侍从沈杰和陈奎跟在后面。篱笆门半掩着。除了两棵梧桐树长粗了以外，和三年前并无什么变化。魏裔介看到篱笆，便想起了菊花，也想到了萱儿妹妹，仿佛听到了自己“咚咚”心跳的声音。

范文程推开篱笆门，二人进去，篱笆内的景象，把魏裔介一下子惊呆了：

甬道两旁摆满了各种各样的盆兰。有一叶兰、蟹爪兰、鹤望兰、龙舌兰、虎尾兰，春兰珠兰香雪兰，米兰建兰紫罗兰，葱兰兜兰蝴蝶兰。兰花遍地，使人眼花缭乱。兰盆有圆的、方的、六棱的、八角的，有红陶的、黑陶的、白瓷的、宜兴瓷的，五颜六色，多种多样。春兰和香雪兰都已开放。春兰花开淡绿色，奇香扑鼻；香雪兰花白如雪，花香清雅，深绿色的叶条挺拔舒展，碧润欲滴。

面对眼前数不清的兰花，魏裔介心潮起伏，感慨万千。他摇了摇头，叹息一声，像小学生忽然读懂了天书；小和尚突然生了慧根，悟了偈语，对萱儿妹妹那颗火热、执着的心，如醍醐灌顶，蓦然间明白过来。

二人走进宅门，见到院内的丁香树下、墙根起、窗台上，都放着兰花。邓夫人从正房门走出，见到二人，先是打了个愣怔，顷刻间喜上眉梢。热情地招呼二位进屋。丫环小芹沏茶、斟茶，端上糖果瓜子。寒暄过后，范文程心平气和地坐下品茶，魏裔介却心绪不宁，在房中来回踱步。

范文程瞅瞅裔介，“呵呵”笑着，问邓夫人道：“王大人父女俩都不在家吗？”

邓夫人忙答：“哦！看我慌的，竟忘了告诉二位，老爷年前收了两个徒弟，萱儿和他们在后院儿练武场呢。我这就去让他们过来。”

“不不不，还是我们过去吧。你家的练武场，我还没去过，这下可以开开眼界喽！”范文程说着，二人在邓夫人的引领下，穿过过廊，推开月亮门，走进王家练武场。范文程的侍卫沈杰和陈奎也跟着进来。

嗬！好气派的练武场，足有十几亩大。中间武厅正面墙上，偌大“武”字嵌于正中，一面牛皮大鼓置于高处，两边武器架上插满刀枪剑戟，斧钺钩钗。远处一排箭靶，西面大槐树下有一马槽，豹花和玉骢正在悠闲地吃着草料，不时传来悦耳的马铃声。一旁四间马厩，一间马厩门上挂着红黄绸带，随风飘舞。石锁，杠铃、随处可见。

邓夫人领着范文程和魏裔介一起向场中走去。王萱儿首先发现了他们，像被人使了定身法似的，王萱儿两眼发直，一动不动僵在那里。只听“当啷”一声，手中的钢刀掉在地上。范文程和魏裔介急忙走上前去，王萱儿却不搭话，猛然转身，向西跑去，麻利地解下缰绳，飞身上马。豹花马一声嘶鸣，飞奔而去。

魏裔介顿时茫然失措，愣在那里。王国顺看着女儿远去的背影，转过身，朝着范文程迎了上去。看着发呆的魏裔介，二人相视一笑。王国顺的徒弟、御前侍卫济图和玛尔度走过来，向范大人躬身施礼。

邓夫人推了魏裔介一把，笑着说：“还愣着干吗？快去追呀！”魏裔介恍然大悟，从王国顺手中接过玉骢马的缰绳，翻身上马，看一眼范文程，范文程朝他挥挥手说：“去吧，去吧！”魏裔介上马，双腿一磕马肚，马儿纵身跃出，一忽儿没了踪影。

沈杰、陈奎、济图、玛尔度留在练武场，同行相聚，自有一番言语。王国顺夫妇陪范文程回到客厅，坐定品茶。

“裔介这后生，文才、口才、德行、胆识都没的说。只是对这儿女情长之事，却显得木讷了些。”范文程说。

提起魏裔介，王国顺脸上总是挂着笑。说道：“裔介和我们全家都很投缘，萱儿和他更是情真意切，情投意合。只是丫头也忒任性了，说也没用。”

“范大人哪。自从那年您来家谈定了他们俩的亲事以后，萱儿像变了个人儿似的。开始的时候啊，每天跑花市，买回来好多盆兰花，还常到御花坊找养花师傅请教。冬天把兰花一盆盆地搬进御花房的暖棚里，春天又一盆盆搬回家里，整天忙得不亦乐乎。我问她整天摆弄这些花花草草的干吗？她却说：‘这您老人家就不懂了吧，哥哥喜欢兰花，哪天他回咱家，我让他大吃一惊！’您说说这丫头。以后啊，每日白天练功，夜里习文。还把咏兰颂菊的诗句工工整整抄了下来，贴得满墙都是。咳，我们家这个痴心的丫头啊！啧。”夫人说着，从她的目光中，流露出对女儿掩饰不住的丝丝爱怜。

范文程说：“萱儿姑娘对裔介的一腔痴情，使人感动。今天上午，裔介也对我倾吐了心声。他说，父母已逝，他和萱儿的婚事由我作主，我和裔介就是为此事而来，咱们商议停当，择个吉利日子，就在京城给他俩把喜事办了，咱们做长辈的也就放心了不是？”

“范大人说得极是。您既是长辈，又是大媒，一切事情由您定夺，我们照办就是。”王国顺说。

"一起商议，一起商议。"范文程说着，掐着手指关节，又道，"嗯。四月初八既是黄道吉日，又值佛祖诞辰，大婚之日就定在四月初八如何？"

"好好好！一切听范大人的！"邓夫人高兴地说。

魏裔介纵马追出，豹花马早已不见踪影。勒缰停步，玉骢马喷着响鼻，原地打转。魏裔介忽然想起，三年前在高梁桥上，萱儿挥泪送别的一幕，顿时醒悟过来。立即调转马头，朝着西直门方向奔驰而去。

魏裔介打马出西直门，走关厢，北拐不远，就看到了高梁桥。裔介看到豹花马在桥东岸的一棵柳树下吃着青草，王萱儿站在桥上，一动不动，向南望着。魏裔介刚要催马，猛然想起王萱儿送别时说过的话，立即调转马头，折道阜成门，绕一大圈，来到高梁桥的西面，翻身下马。魏裔介和萱儿的目光相遇，心中涌起一阵热浪，望着桥上离别三年，亭亭玉立的萱儿妹妹，心口发热，眼前模糊，手中的马缰掉在地上，一步一步朝桥上走着……

王萱儿望着朝自己慢慢走来的裔介哥哥，悲喜交加。极力抑制着自己无比激动的情感，像一尊塑像一样立在那里。向她走来的，就是她朝思暮想、只能在梦中相见的亲人吗？看着他慢慢走上桥面，离自己越来越近，姑娘再也控制不住自己潮水般的感情，奔跑过去，紧紧搂住哥哥，痛哭失声……

魏裔介抚摩着妹妹颤抖的肩膀，理着她那散乱的秀发，百感交集，泪水夺眶而出。萱儿感到脸上一阵发热，抬起头来，看到哥哥的泪水一滴滴滴下，滴到自己脸上，滴到自己嘴里，涩涩的、咸咸的。可她的心里却甜甜的，美美的！几年来的思苦、别愁、委屈、懊恼，被涌出的泪水一古脑地冲走。

萱儿挺直腰身，用丝绢轻轻擦拭着哥哥的泪痕，"噗嗤"一下笑出声来。眨巴眨巴通红的眼睛，撇了一下嘴说："哎，一个大老爷们儿，什么时候学会哭鼻子啦？真没出息，也不怕被人家笑话。"

萱儿说着，扭头看看四周，见三三两两的游人不时朝这里投来异样的目光，萱儿赶紧离开哥哥的胸前。刚才不顾一切地拥抱，现在想起来，还觉得双鬓发烫，很难为情。

裔介看着妹妹羞红的脸庞，笑了起来，故意嘲讽地说："萱儿何时学会矜持了，也知道害羞了？原来的萱儿可不是这个样子，天不怕地不怕，就像刚才那样多好!旁若无人，无拘无束。"裔介说着，见萱儿又要动手，忙说，"不闹不闹，咱们说点儿正事好不好？"

"那好！我问你答，可不许撒谎噢！"萱儿一本正经地说，"那我问你，三年前太夫人在京时的那天晚上，你答应过的话，你还记不记得？"萱儿盯着裔介的眼睛问道。

裔介想起那天晚上母亲发火动怒，自己答应她三年后娶萱儿过门的事。萱儿怎么会知道？她不是当时已经睡着了吗？怎么？莫非她……裔介顿时明白过来，却故意调侃地说：

“记得记得，我答应母亲在京城给妹妹物色一个好女婿，好让你俩拜堂成亲，生儿育女。”

萱儿听后，火冒三丈，攥紧拳头，又想动手。裔介忙说：“君子动口不动手，如今已是大姑娘了，不能遇事就动手动脚的，你听我把话说明白。”

萱儿放下手，裔介郑重其事地说：“我看这样，晚上回去，你问问爹妈，什么事就都明白了。”萱儿眨巴着大眼睛，似乎真的明白了什么……

“萱儿妹妹，别想那么多了。姻缘自有天定，咱俩福来饭庄一面投缘，终身即定。”魏裔介说着转过身去，望着如云的高柳，又说，“这高梁桥乃京师名胜，《帝京景物略》记云：‘岁清明，桃柳当候，岸草遍矣，都人踏青高梁桥。’高梁桥就在脚下，此处风景如画，何不趁此机会，遍赏此处美景，也不枉此一遭。”

萱儿问道：“哥哥知道这高梁桥的来历吗？”裔介摇了摇头。萱儿讲道：“这得从‘高亮赶水’说起。小时候听奶奶讲，明朝初年，京城这地方叫幽州。燕王朱棣派刘伯温和姚广孝在这里建八臂哪吒城。玉泉山的龙公知道后，百般阻挠，企图抽干城内所有的水，将人们渴死。于是，龙公带着龙子龙女扮作乡下人，让龙子把城里所有的甜水都吸干了，龙女把所有的苦水都吸干了，然后变成两个鱼篓，放在车上，龙公把车推出了西直门。刘伯温知道后，派左将军高亮追赶孽龙。并告诉他，扎破两个鱼篓，马上往回跑，不要回头看。高亮得令，赶上龙公，刺破了苦水鱼篓，另一个却滚进了玉泉山海眼里去了。高亮转身就跑，后面水声大作，高亮眼看就到西直门了，忍不住回头看了看，洪水就把高亮卷走了。从此，京城的井水都是咸的，玉泉山的泉水才是甜的。皇宫用的水就是从玉泉山拉来的。后来人们为了纪念高亮，就在此地建了‘高亮桥’，久而久之，人们都叫高梁桥了。”

夕阳无限好，游人信马归。萱儿和裔介游兴正浓，二人跑上桥顶，极目远眺。

兄妹俩并肩而立，说不完的窃窃私语，赏不尽的绚丽美景。二人久别重逢，流连忘返，沉浸在欢乐和甜蜜之中。

“抓贼啊……”突然听到桥北面一阵嘈杂，裔介和萱儿扭头看去，只见一个白衣人手提包裹，飞快地从他俩面前跑过，眨眼间远去。后面的人边追边喊。王萱儿顺手拽过缰绳，翻身上马。玉骢撒开四蹄，狂风一般飞奔过去。裔介随后骑马紧追。

贼人见有人追来，扔下包裹，抽出匕首，凶狠地向萱儿刺来。他哪里是萱儿的对手，只见萱儿闪身躲过刺来的匕首，一掌打在他的后心之上，贼人“哎哟”

一声，栽在地上，动弹不得。追赶的人们围起王萱儿，千恩万谢。王萱儿拾起沉重的包裹，刚要还给他们，人群中走出一位金色的头发，金色的大胡子，湛蓝的眼睛，身穿黑袍，神情慈和的外国老人。

老人上前，对王萱儿深鞠一躬，用流利地汉语说道："贵姑娘奋不顾身，勇擒劫贼，在下衷心钦佩。鄙人汤若望，京城天主教堂神甫。"

王萱儿回礼道："如此歹徒，人人见而擒之。举手之劳，老爷爷不足挂齿。"说着将包裹递与汤若望。

汤若望解开包裹，拿出一部烫金汉文版《圣经》，双手捧上，说："此乃世间宝书，我将此书赠予姑娘，以示留念。"

王萱儿犹豫片刻，便双手接过，说道："天主苦渡众生，《圣经》乃救世宝鉴，王萱儿谢过汤神甫。"

王萱儿牵过玉骢马，刚要上马，汤若望看到马额丝髻上的金盾和马脖子上的金铃，忙说：

"姑娘请留步。请问御前领侍卫王国顺王大人是你何人？"

王萱儿答道："他是我的父亲。"

汤若望听后兴奋地说："难怪姑娘身手不凡，原是英雄之后。你父亲打死巨熊，舍身救驾之事，皇上至今说起，兴致仍是不减。"

"皇上吉人天相，自有天护，定会逢凶化吉，遇难呈祥。"魏裔介说。

汤若望看着魏裔介问道："这位是……"王萱儿欲言又止，瞟了裔介一眼，微笑着低下了头。魏裔介答道："魏裔介见过汤大人。"

"看你稳重洒脱，气质不凡，原来是当年朝元魏大人。范大学士曾夸你德才双馨，将来必为朝廷栋梁。"汤若望看着裔介和萱儿二人，端详片刻，慈祥地笑着说，"魏大人和王姑娘郎才女貌，天作之合。二位大喜之日，若望定要前去祝贺，讨杯喜酒喝。"

魏裔介拱手道："早闻汤神甫博学多才，精通天文史学，身负钦天监监正之重任，又与爱新觉罗家族有着极深的渊源。鄙人小小家事，怎敢劳动您的大驾。"

"此言差矣。范大学士与我私交笃厚，他与你的关系也非同一般，二位新婚燕尔之日，汤某自有计较。咱们后会有期。"汤若望说完，转身离去。

魏裔介望着这位赫赫有名的德意志神学家、天文学家那略显老态的背影，向萱儿说起了这位日耳曼老人的身世。

汤若望以传教士的身份，于前明万历年间来到中原。清军入关时，范文程随庄太后和福临进京，设法保护了战乱中的汤若望，并把他作为博学多才的天算家，推荐给了朝廷。后来，他又向多尔衮和福临引见了这位高大的蓝眼金发的外国人。第一次见面，福临就被这位传教士的仁慈的长者风度、渊博的学识和睿智幽默的谈吐所着迷，极其赞赏范文程的先见卓识。

"听父亲说，皇太后曾拜汤若望为义父，那又是怎么回事？"王萱儿问道。

魏裔介接着讲起了去年十月的一件事。

福临率领满旗亲贵、朝臣、护军，到塞外围场打猎，庄太后留守京城。皇后生病卧床，庄太后便让乌兰领着两名侍女，以郑王府眷属的名义，找到汤若望，要他为格格治病。汤若望认真询问了病人的症状，便把一面白金十字架递给她们，交代说："请格格将此圣物挂在胸前，四天之内便可痊愈。"

四天以后，乌兰和两个侍女，又来到汤若望住处，将三百两银子交予汤若望，并说："格格果然在四日内康复，主子说您是神仙，特送银两以表谢意。"又过几天，她们又来送钱，汤若望坚辞不受。她们就把银两捐给了教会。

不久，乌兰又来拜访汤若望，要捐给他一笔更大的款子，汤若望说他从来不接受来历不明的捐赠。乌兰无奈，只得说出真情。汤若望这才明白，她的主子原来就是当今圣上的母亲——庄太后。乌兰又说，皇太后十分感激汤若望，今后一定要像对待父亲一样礼敬他。愿时时听从他的教诲。就这样一来二去，庄太后就拜汤若望为义父，汤若望也就认下了这位干女儿。福临就称汤若望为"玛法"了。

随着时间的推移，汤若望与庄太后和皇上的关系越来越密切，他在皇太后和皇上心目中的地位，也就越来越高，钦命汤若望为钦天监监正。

夜幕降临，高梁桥周围早已没了游人，裔介和萱儿这才上马，慢慢悠悠地走着，进西直门，过宣武门，走进了大栅栏街的王宅……

# 十五、终成眷属

金鸡高唱，凤城破晓。东方天际，生出道道彩霞。霞光映遍京城的楼阁殿宇、民居小巷。法源寺的净光宝塔、大雄宝殿、天王殿、钟鼓楼以及阴山门里的古槐老柏，都被彩霞所笼罩，给千年古刹平添了几分神秘色彩。

"当、当、当……"法源寺的大钟响起，钟声响彻大地，传遍京师。京城各大寺名刹的方丈、住持云集法源寺，同庆佛祖诞辰。法源寺方丈慧远大师身披御赐袈裟，率众高僧及大小僧众齐聚大雄宝殿，对佛祖释迦牟尼金身大礼膜拜。佛乐起，木管哞哞，笙箫吟吟，编钟吟吟。木鱼声、铜罄声、诵经声响成一片。

法源寺前的大街两旁，布棚林立，摊贩如云。炸麻糖的，小擀杖敲得脆响，油锅沸腾，师傅忙着下锅起撑；粥棚、酒棚、茶棚里坐满了人；卖炒花生、炒栗子、柿饼、瓜子、山里红的摊主争相吆喝；提篮挎篓的，里面装着熏鸡、卤蛋、红点馍馍和夹肉烧饼，沿街叫卖；布棚、衣棚、鞋帽棚、玩物棚随处可见。大街上的人，都是来逛四月初八庙会的。有身着直领衫、头戴毡帽的汉人，也有身穿长袍马褂、头戴瓜皮帽壳的满族人。有长衫翩翩的书生，也有背着褡裢的庄稼人。"老爷儿"才上一竿子高儿，街上已是人头攒动，一片嘈杂了。

一阵阵锣鼓声由远而近，一队队把戏班子缓缓走来。秧歌队、高跷队、游旱船的、顶高幡的，还有十不闲、五虎棍。人们争相围观，你挤我攘，热闹非凡。

耍把戏的刚刚走远，"啪！啪！啪！"三声静鞭响起，鞭声震耳欲聋。人们都明白，是皇帝出巡了！庙会上的人，该躲的躲了，能藏的藏了，来不及躲藏的匍匐在地，不敢做声，更不敢抬头。

远远望去，彩旗招展，枪棍林立，一支皇上的骑驾卤簿队伍朝着法源寺走来。

一对对銮仪兵高举着开道红棍走过，跟着便是由笙、笛、管、呐、金、角、钲、钗、大小铜号组成的宫乐乐队,一百多名乐师合奏着铙歌大乐《科林沁河》。乐队后面是三百多对红衣銮仪校执掌着的对对卤簿。伞分黄、红、白、青、黑、紫六色，又分龙纹、凤纹、方、圆四形。扇分红、黄二色，单龙、双龙、鸟翅、豹头四形。各色幡、幢、氅、麾，辉煌绮丽，各种旗帜飘飘，宛如彩霞。刀、枪、剑、戟、斧、钺、钩、叉、戈、矛、星、瓜的武仪后面，是一架高顶金檐祥云幔舆，十六名旗尉步伐稳健地抬舆前行。紧跟御舆的是一把黄龙华盖，四列腰配刀弓、手握豹尾枪的御前侍卫分列华盖两侧，护卫着御舆。一群太监、宫女，捧着香盒、香炉、面盆、痰盂、椅、杌等物，跟在华盖后面。最后是三百名御林骑兵。

庄严浩荡的皇上仪仗卤簿队伍，停在法源寺山门前。山门外的空地上，跪满了身披袈裟的高僧和大小和尚，恭迎圣驾。

静鞭响过，御林骑兵下马，和御前侍卫一起，列队立正。鸣赞官高喊：“拜——”乐队齐奏《朝天子》，所有人等，匍匐在地。吴良辅上前，将御舆黄幔掀起，头戴双顶皇冠、身穿蟠龙皇袍、脚蹬青锻朝靴，容光焕发，神采奕奕的天子福临，从舆中走出。

鸣赞官又喊道：“朝！——”众人齐呼：“吾皇万岁，万岁，万万岁！”呼声山响。

御前侍卫、太监宫女簇拥着皇上走进法源寺，除四名御林军士把守山门外，其余的卤簿人员和御林军士，都站在山门外老槐古柏的树荫下擦汗歇息。仪仗卤簿器物靠满了寺院围墙。

王国顺的两个徒弟济图和玛尔度，担任寺外警戒，坐在柏树下面的石儿上乘凉。作为御林军小头目的阿里玛和占有，也在古槐下蹲着，阿里玛解开纽扣，敞开怀，露出黑森森的胸毛。

阿里玛看着济图和玛尔度，小声对占有说：“屁点儿的功夫，就当了御前侍卫，听说是拜了王国顺为师，咱大满的脸都让他们给丢尽了。王国顺一个汉人居然当上了领侍卫，还要我们旗人干什么？你我这样的巴图鲁只能干这宫外的活计。咳，没劲！”

“别没事找事。这也总比上阵厮杀好些。咱们哪能和人家比呢？”占有说着，从怀里掏出一个扁形酒瓶，递给阿里玛，说，“今天天热，喝点酒静静心吧。”阿里玛接过酒瓶，一仰脖子，“咕嘟嘟”喝了个精光，将酒瓶扔在占有的脚前。占有见阿里玛如此无理，刚要发作，从南边传来悦耳的鼓乐声。人们纷纷站起，拥到街上。

济图和玛尔度站在前面，抬头向南望去。玛尔杜说：“今儿是萱儿姑娘的大喜日子，那边过来的保准是她的花轿。王师父在家为女儿张罗喜事，若不是皇上出宫朝佛，咱俩也在这送亲队伍里呢。”

说者无心，听者有意。阿里玛听到前面一路走来的竟是王国顺女儿的花轿，不禁想起了那件往事。当年塞外行宫比武，在众目睽睽之下，尤其是在皇上的眼皮底下，王国顺的背心一掌，使自己颜面扫地，简直是奇耻大辱！但慑于王国顺的高深武功，不敢贸然行动。此刻想起往日之仇，觉得后背隐隐作痛，双手攥得“嘎嘎”直响。

迎亲的队伍越来越近。前面几面彩旗，几支伞扇，几个乐手轮番吹奏着《喜相逢》和《抬花轿》。前面一顶四人抬红绒花轿，花轿两边，作为伴娘的小芹和乌云珠手扶轿杆，随轿前行。后面一顶绿呢中轿，为新郎所乘。陈奎和心宝骑在马上，与绿轿并行。再后面是两辆载着女眷的细车，几名男士骑马跟随。迎亲队伍虽然简从无奢，却也热热闹闹，喜气盈盈。

彩旗、伞扇、乐手刚从山门前走过，斜刺里冲出一匹黑马，挡住花轿前面。一个彪形大汉，手提长枪，凶神恶煞般的骑在马上，大声喝道：“大胆刁民，竟敢吹吹打打，招摇过市，擅闯皇上禁地。还不快快下轿，见过本将，否则定斩不饶！”

喜乐戛然停止。突如其来的变故，使迎亲送亲的人们茫然失措。小芹和乌云珠遇事不惊，本能地护住了新娘的轿子。

济图和玛尔度见阿里玛横马拦轿，气不打一处来，二人冲上前去，济图几步冲到马前，对阿里玛说道：“轿中新娘是御前侍卫王国顺王大人的千金，新娘中途下轿是新婚之大忌，劝你立即下马放行！”

“哈哈哈哈！一个汉丫头，你们竟这般庇护，可我阿里玛决不姑息。新娘若不下轿赔罪，休想放行!”阿里玛蛮横地说。

“胡说八道！”玛尔度气愤难忍，上前拽住马缰，厉声喝道：“你也忒霸道了！出巡前，皇上发下口谕，‘切要尊重汉族民俗，中途不得扰乱百姓。’你擅拦喜轿，羞辱新娘，已犯欺君之罪。若不下马放行，休怪本侍卫无情！”

玛尔度的话阿里玛哪里听得进去？他只想那一掌之辱，此仇不报，更待何时？阿里玛策马上前一步，用枪尖挑起轿帘，枪头落处，两盆兰花从轿中滚出，落在地上，摔得粉碎。轿中的新娘看到自己无比珍爱的陪嫁、用尽心血培育的名贵兰花惨遭蹂躏，心如刀绞，怒火顿起！

轿中一缕红光闪出，王萱儿脚蹬轿杆，一个飞燕凌空，冲向阿里玛的马头，脚尖勾处，重创马眼。一个鹞子翻身，双手轻拂轿杆，飞身入轿，盘腿坐定，蒙上头盖。王萱儿的一套连环技法，脚未着地，瞬间完成，绝非一般功夫可比！陈奎骑在马上，看到王萱儿的轻功之深厚，速度之快捷，心中暗暗佩服。阿里玛纵是武士出身，武功了得，也无法看清眨眼间的事情。只觉眼前一道红光闪过，坐骑骤然狂嘶，上身直立，前蹄疾然落地，阿里玛毫无心理准备，拿捏不及，庞大笨重的身躯，山塌似的摔在地上。黑马忍着剧痛，撒开四蹄，飞奔出去。

阿里玛站起身来，恼羞成怒，眼露凶光。拾起长枪，冲着花轿便刺。陈奎从马上飞身跃下，顺手抓住枪柄，二人一拉一拽，相持不下。

“住手！”只听一声断喝，王国顺跃身下马，牵着玉骢马，走到轿前。大伙看到玉骢马额门上的御标金盾，一起跪地行礼。陈奎松开阿里玛的枪柄，倒身便拜。

原来，王国顺送女儿上轿之后，在家稍息片刻，便更衣牵马，走出宅门，想的是女儿花轿所经之地，人杂事多，恐生事端；皇上今日法源寺上香，自己赶去护驾，尚未不可。于是驭马来到法源寺前。见阿里玛轿前动粗，气冲脑门！

阿里玛乜斜着王国顺，挑衅地说："哼！不就是一匹马么？有什么可炫耀的！有本事过上几招，看爷不揍扁你！"阿里玛扔下长枪，挽起袖子，拉开架势，要与王国顺决一雌雄。占有见状，愣在那里，不知所措。

王国顺咬着牙说："阿里玛，你挡轿辱主，欺人太甚。我王国顺一不招惹是非，二不怕事躲事。你无理在先，休怪我手下无情了！"

"揍他，揍扁他个黑熊！"不少人叫着、喊着。阿里玛生性凶残乖戾，平时仗着一身功夫又屡建战功，便飞扬跋扈，目中无人。皇宫内外许多人受过他的欺辱。此时见王英雄要替他们出气，便呼喊助威。

趁此机会，小芹和乌云珠把掉在地上的兰花放回轿里。魏裔介坐在后面的轿中，掀起轿帘半边，注视着事态发展。新郎中途下轿，也是犯忌的。

王国顺怒目圆睁，阿里玛凶光毕露。王萱儿稳坐轿中，一手撩着红头盖，一手掀开轿帘，若不是身不由己，早已跃入场内，为爹爹助阵去了。

阿里玛一个饿虎扑食，双拳直捣对方心窝。王国顺不急不躁，等对方拳头即到，骤然敛气，闪身躲过。阿里玛拧身回转，又一招黑煞盖顶，直取对方面门。王国顺等到对方近身，气沉丹田，双腿叉开，上身突然下沉，双手抓住对方胯部，借其冲力，一托一送，只听"嘿"的一声，阿里玛从王国顺头顶平身飞过，蹿出丈余，"轰隆"一声落地，挫出数尺。

阿里玛从地上爬起，满脸灰尘，狼狈至极，众人哈哈大笑。阿里玛恼羞成怒，随手拿起长枪，照准对方前胸，猛力刺去……

"图咕噜！嘎啦依里克！"鳌拜怒气冲冲，从山门冲出，后面跟着济图和玛尔度。鳌拜抢到阿里玛面前，撸下阿里玛手中的长枪，扔在地上，抡圆胳膊，左右开弓，狠狠掴了阿里玛几记耳光。阿里玛刚要发作，见是卫内大臣鳌拜，立时软了下来。

"尔身为御林军参将，抗逆皇上口谕，已犯大不敬之罪。即刻拿下！"不等鳌拜说完，众侍卫一拥而上，将阿里玛按倒在地，捆了个结实。

"王大人，鳌拜管教下属不严，多有得罪。"鳌拜走到王国顺面前，赔礼道。

"鳌大人执法如山，仗义相救。王某感激之至。"王国顺拱手谢道。

鳌拜站在街上，大声喊道："闲杂人等退后，让喜轿先行！"司仪听后，机灵一下，喊道："起轿！""乐起……"，喜乐奏响，喜轿缓缓向宣武门走去。

在场的人，都说鳌拜嫉恶如仇，铁面无私。其实，鳌拜有鳌拜的城府和主意。早在顺治五年多尔衮摄政时，鳌拜因受济尔哈朗“擅谋大事”等罪的牵连，险被处死的当口，阿里玛作为多尔衮的亲信，对鳌拜冷嘲热讽，更甚者在宫内大骂鳌拜。鳌拜当时正值厄运，保命要紧，只能忍气吞声，逆来顺受。后来济尔哈朗得势，鳌拜时来运转，升为卫内大臣。但对阿里玛的仇恨时时记在心上，适才鳌拜正在护驾，济图和玛尔度向他禀报后，鳌拜认为报仇时机已到，随即出寺，轻松制服了阿里玛。

另外，鳌拜自从塞外行宫与王国顺交手以后，对王国顺的武功和品德，心悦诚服。在二人对掌后的一刹那间，他发现对方的武功修为决不在他鳌拜之下。至于后来王国顺败下阵来，是其故意而为。王国顺的败北，给鳌拜挽回了面子，也满足了他极强的自尊心。鳌拜对王国顺也心存感激。今日鳌拜制服了阿里玛，也解了王国顺的嫁女之困。如果不是因为塞外比武之事，鳌拜今有谢恩之意，给王国顺定个“寻衅滋事”之罪，也未尝不可。这正是鳌拜“恩仇必报”的巴图鲁性格。

宣武门大街上人来车往。魏府门前，披红挂绿，张灯结彩，欢声笑语，喜气盈门。大门上的喜联写道：“一对璧人来彩笔题成鸳鸯赋；几番花信至春风吹引凤凰箫”。横批是“天缘伉俪”。大院内，人们你来我往，忙忙碌碌。立柱、横额、屋门、窗棂油漆一新。几幅喜联，引来众人欣赏。客厅门上贴一对联，上面写道：“菡萏初放香凝碧水；凤凰于飞喜满华堂”。横批曰：“笙馨同谐”。洞房联为：“锦瑟调鸿案；香词谱凤台”。横批是“合卺之喜”。

大门外，魏裔介的二叔素公和李夫人、大哥裔鲁和大嫂冯夫人、三弟裔讷和曹夫人、四弟裔憼及赵夫人，几个人安排好待客事体，站在大门口，说说笑笑。不时向宣武门张望。勣、勖、勰等一伙孩子，穿着新衣新鞋，追逐戏耍。

梁清标、梁清宽、梁清远、杨犹龙、傅以渐、李百爽、李霨、王熙等宾朋偕夫人陆续赶到，二叔二婶和大哥到客厅陪客品茶。

午时已过，还不见花轿的踪影，大嫂有些沉不住气了，焦急地说：“这当晚儿了，花轿怎么还不到呢？不会……”大嫂快人快语，生怕大喜日子说错了话。话刚出口，又咽了回去，吐了吐舌头。扭身向孩子们喊道：“勣，别让他们乱跑，小心叫马蹄子给蹚个轱辘子。”

“滴滴答答”的唢呐声由远而近，彩旗伞扇飘飘忽忽从宣武门走出。大嫂忙招呼两个妯娌，回家拿出迎接新娘下轿的吉祥物件，什么笤帚、托盘、大葱、蜡烛。裔讷、裔憼让人展开红地毯，从街心一直铺到洞房。

宾客们听到喜乐声，也都来到大街上，争着要看新媳妇下轿。人们踮着脚向北看去，眼瞅着就要到家门口了，大嫂吆五喝六地忙着布置接轿。不料，那边福祥斋绸缎庄的老板娘，把一条长板凳横在大街中间，她一屁股坐在板凳上，挡在了迎亲队伍前面。

“想听哪段儿您哪？”乐头喜滋滋地问道。

店伙计给老板娘点着了长烟袋，老板娘猛吸了一口，说话声儿、咳嗽声合着烟雾一齐从嘴里喷出：“咳儿咳儿，弦子腔，咹……咳儿，唱个‘小二姐做梦’来着？”

乐手们拉开架势，过门儿起，一个男彩旦往脸上抹了两把红胭脂，装腔作势地唱了起来。

小二姐儿我从小瞌睡多，呃……
吃罢了晌午饭，我就进了帐罗。呃……
头挨香枕不大会儿，不大会儿我就把那喜梦做。呃……

“二姐呀，你做了个啥好梦呀？唱给俺听听？”拉弦儿的问道。“你个小屁孩儿！二姐我就唱给你听。”

过门儿又起，转快板儿，乐手们摇头晃脑，有吹有拉。小二姐唱道：

梦见那个小女婿儿，来娶我，
一上轿，我就紧泡，憋不住，可咋着？
尿湿了花轿，尿湿了裙罗。
下了花轿我入洞房，以后的事呀……嘻嘻，
以后的事儿，你二姐我可没法儿说。呃……

乐队转慢板，二姐接着唱：

梦醒来，二姐我那绣床，可就流成了河。呃……

小芹和乌云珠，一手扶着喜轿轿杆，一手用粉红丝帕捂着嘴，“哧哧”地笑个不停。王萱儿在轿里听着唱，抿着嘴笑笑。

这边唱着、乐着，那边可急坏了大嫂。大媒范文程来了，一个外国大胡子也来了，“爷爷儿”快到头顶了，“还唱个什么劲儿？”大嫂想着，急匆匆走过去。

大嫂一脸的笑，喜滋滋地说：“这位大姐，今个儿爷爷儿毒，这里正冲热地儿，看把你晒浆褒唠。一会儿到俺家喝杯喜酒，单净儿给您唱两段儿，你说行不？”

老板娘扭脸儿看了看大嫂，猛不丁地说："哟！啧啧啧。看我光顾听唱，可别把人家的喜事给耽搁喽。停，停！麻利走，麻利走。"老板娘说着，搬起板凳，一扭屁股，走了。

乐手们鼓着腮帮子，吹起了"抬花轿"，轿夫们抬着花轿，边走边扭，轿杆一颤一颤，花轿一颠一颠。大嫂可急了，冲着抬轿的大喊："嗨!抬轿哩，快不要扭了，再扭，非把俺弟媳妇儿哩屁给颠出来不可！你们这帮生籀梢，嘎匝子！"王萱儿听了大嫂的话，在轿里笑得前仰后合。乌云珠小芹憋不住，用红丝绢掩着嘴大笑起来。

花轿好不容易停在街心的红地毯上。小芹和乌云珠，一齐跨到轿帘前面，绾手肃立，等待小姐下轿。大嫂和老三、老四俩妯娌跑前跑后地张罗着。

时刻到，司仪高喊："鸣炮！……起乐！……新娘下轿！……"

炮手手拿香蒿，四支三眼炮的药捻同时点燃，随着三声震天动地的炮响，两面蒲箩般的大筛锣"咣咣"两声，乐队齐奏"仙姑下凡"。乐曲婉转优雅，柔情绵绵。

魏裔介身穿赭色纨绸长衫，胸前十字披红，脚蹬祥云锦绣缎面青鞋，头戴红扣圆帽，帽额上一方霞红玛瑙玉饰，闪闪发光。魏裔介跨过轿杆，走到花轿前面，从大嫂手中接过挽着绣球的鸳鸯红绸带，走到轿帘跟前，乌云珠把轿帘掀开，新郎将绸带的一端递给轿中的新娘，新娘接过，慢慢起身，缓缓走下轿来。

王萱儿红衣、红裙、红盖头，体态婀娜，步形轻盈。一条红绸带，终于将一对有情人连在了一起。二人一前一后，在幽情缠绵的"过鹊桥"的乐曲声中，走在红地毯上。新娘透过盖头的红纱，朦朦胧胧地看到了牵着红绸带、拘拘束束走在前面的石生哥哥。自从高粱桥相会之后，二人还未曾谋面，心中"怦怦"跳个不停。数年来，二人生生离离，坎坎坷坷，今日终结良缘，久梦成真。往事如烟，历历在目。王萱儿禁不住的泪水扑簌簌淌下，泪水落在前襟，也淌湿了盖头的红纱。从下轿到洞房，只不过百步之路，萱儿却觉得有百里之遥。过门槛、跨掸瓶、越马鞍、跳火盆，仿佛都在梦中……

宽敞的客厅里坐满了人。汤若望、范文程、娘家叔公、二叔素公坐在上座，济图和玛尔度作为娘家人，也坐在了上位。

济图和玛尔度，讲了在法源寺前发生的事，大家在庆幸之余，又对满人横行霸道的野蛮行径感到愤慨。

范文程道："皇上力主满汉一体，汉满同心，可有些满臣旗军阳奉阴违，诸王贝勒对此更是心怀不满。满人如此盛气凌人，欺辱汉臣，长此下去，民心臣心尽失，势必影响社稷安稳。"

"皇上圣明，看重汉臣。朝廷若不依靠优秀的汉臣辅佐朝政，将难以抚慰臣民。今日鳌大人见义勇为，挺身而出，实为明智之举。阿里玛如此骄横跋扈，欺君罔上，纵有赫赫战功，皇上也不会轻饶。”

汤若望说完，命人端上礼盒，放在方桌之上，说道：“皇太后听说魏大人喜结良缘，特差我送来礼品，以示祝贺。”

汤若望将礼单呈于素公，礼单上写道：“礼品四件：红地青花鸳鸯瓶一对，粉彩喜鹊登梅盘口尊一双，卢葵生款漆砂砚一方，金瓒花手镯一副。”

众人行礼毕，汤若望又命人送来一个通体金黄色、四个龙形支架托起一只圆球的稀罕物。大家都以惊异的目光注视着这个奇形怪物。汤若望介绍说：“它叫‘浑天仪’，就是我们人类赖以生存的地球的模型。”汤若望用手拨动圆球，指着圆球上的一点说道，“这里就是我们所处的京城所在。”大家不约而同地把目光投向浑天仪……

新郎新娘手挽鸳鸯绸带，双双来到香案之前。香案上方悬挂一块大红幔帐，偌大囍字贴于幔帐正中，两边的对联写道：“栀子同心结喜向枝头唤喜鹊；莲花并蒂开笑看池中宿鸳鸯。”横批是：“天地作媒”。香案上香烟袅袅，红烛熠熠。香炉前放着织布用的�子，枡子前面放着一个盛满高粱的大斗，斗前放着两碗插着红箸的红枣小米干饭。

金鱼池旁、丁香树下，乐手们捧笙抚琴，击磬弹瑟。在优雅、喜庆的《龙凤呈祥》的乐曲声中，伴着司仪悠长、圆润的唱诵，新娘新郎拜天地，拜高堂，拜亲戚，拜宾朋。夫妻对拜后，二人手拉红绸带，双双步入洞房。

喜宴开始，宾朋满座。众人喜气洋洋，举杯同贺。

新郎新娘一起来到席间，特向各位致谢。裔介举杯道：“汤大人光临寒舍，裔介荣幸之至。今日事务繁杂，不能亲自出门相迎，实感抱歉。”裔介和萱儿齐向汤若望致谢。

汤若望看着新娘，眼中露出惊诧的目光。“啊!东方的美人！你的双目像日耳曼湖水一样清澈；你的脸庞和脖颈像阿尔卑斯山上的雪一样白皙；你的身材像维纳斯女神一样健美；你的心灵像盛开的雪莲一样纯洁无瑕、善良而美丽。愿仁慈的主保佑你们，像一对云雀，双双飞翔在蓝天，永不分离！阿门。”汤若望无比虔诚地闭上眼睛，在胸前不停地画着十字，为新郎新娘祈祷、祝福。

新娘裣衽一拜，说道：“感谢神甫赞美。”新郎、新娘诸席敬酒，一一谢过。

一天下来，乌云珠没有离开萱儿姐姐半步，总是喜得合不拢嘴。

……

二更锣声响过，明月缓缓西斜。魏府院内，夜风习习，红灯荧荧。忙碌了一天的人们早已进入梦乡，洞房的窗户还亮着灯光。

洞房内，一对红纱地灯照得满屋通亮。换过花盆的兰花，放在窗前的两只红木花架上，花舒叶茂，安然无恙。新郎身穿短衣，立在窗前，深情地望着眼前的两盆兰花。此株君子兰名为雀兰，又名雀飞红，属兰中珍品。殷红色的花朵，修美而挺拔，如云雀展翅，飞翔蓝天；鹤望兰又名天堂鸟，也有人叫望君归。叶似芭蕉，苞如佛焰，花萼橙绿，花瓣橘黄，奇异的花朵神似仙鹤翘首眺望，活灵活现。她与云雀兰并称为“兰中双佼”。

眼前的兰花虽然名贵，但怎能比得上萱儿那颗无比真挚的爱兰之心？裔介看着一对兰花，浮想联翩。遥想当年，自己与萱儿，从相遇、相知，到相亲、相爱，萱儿的那颗心是那样的热烈和执着，而自己竟是那样的无知和迂腐。直到看见萱儿为自己精心培育的满院兰花，才恍然大悟，如梦初醒。裔介转过身来，发现萱儿早已站在自己身后，二人炽热的目光相遇，激动的心情久久不能平静。

萱儿猛然转身，走到书桌前，铺纸蘸墨，奋笔疾书。写道：

黄菊开早，早恋才子凌云笔，

裔介接过笔来，一挥而就：

兰花绽迟，迟悟佳人咏菊诗。

萱儿又提笔写道：

鹤望兰，年年岁岁，岁岁年年，君子难悟鹣鹣意。

裔介挥豪，紧接下句：

雀飞红，朝朝暮暮，暮暮朝朝，云雀终占仙鹤巢。

萱儿看过最后一句，双目泛彩，两鬓飞霞，跳脚搂住裔介的脖颈，像瞧陌生人一样瞧着自己的丈夫，裔介手中的笔掉在地上。

东方破晓，洞房窗户的灯光仍旧亮着……

# 十六、临危受命

顺治十年正月初五，大清首次视朝大典在保和殿举行。

保和殿前，銮仪卫设卤簿法驾。旗伞扇牌、旛幢镗鼙，杖枪棍戟、刀盾钺叉布满广场。满汉众臣、文武百官，穿戴崭新的御制朝冠朝服，殿前候驾。

三声鞭响，鼓乐齐鸣。乐队齐奏《朝天子》。文武百官跪于石板地上，齐呼："万岁，万岁，万万岁！"

福临头戴皇冠，身穿龙袍，腰缠玉带，足蹬皂靴。精神抖擞，神采飞扬。在龙纹黄盖、蟠龙锦扇的护荫，太监、宫女、侍卫的簇拥下，缓步登上玉阶，走进殿门。

保和殿内，黄毯铺地。大红明柱上高挂一副金字对联：

祖训昭垂，我后嗣子孙，尚克钦承有永。

天心降鉴，惟万方臣庶，当思容保无疆。

丹陛之上，八扇金框玉心雕龙屏风前的龙椅上，端坐着当朝天子。两名太监手擎两面锦绣御扇，护卫在皇上身后；两个太监手挽拂尘，立于两侧。两只铜质香笼香烟袅袅，檀香四溢；四只金雕仙鹤，形态各异，或亭亭玉立，或张口似鸣，或振翅欲飞。

众臣列队进入大殿，亲王、贝勒、议政大臣、九卿科道，百位朝臣列队立于御道两旁。

西首第一位是高大肥硕、须发尽白的郑亲王济尔哈朗。多尔衮死后，他与庄太后和福临通力合作，将正黄、镶黄、正白三旗收归天子亲辖，赐死英亲王阿济格。近年来忠心耿耿扶持福临，福临对他也是尊崇有加。

东首第一位是福临的异母兄、承泽亲王硕塞。曾与肃亲王豪格一起奋战沙场，屡建战功。往下依次为：安郡王岳乐、郑亲王世子济度、信郡王多尼、贝勒尚善、范文程、汤若望、希福、伊图、杜尔玛、索尼、费扬古、鳌拜、苏克萨哈、遏必隆。往下是吏部尚书陈名夏、兵部满尚书图海、礼部尚书陈之遴、刑部尚书李化熙、户部尚书刘余佑、工部尚书蓝拜、左都御史金之俊。再往下便是通政使、大理寺正卿、各部侍郎、都察院六科给事中、十五道监察御史……

众臣头戴朝冠，身穿朝服。朝冠上的顶珠和朝服上的补子，以品位高低而定。顶珠分为红宝石、红珊瑚、蓝宝石、青金石、水晶、砗磲、素金。七品以下的为阴阳文镂花金座。补服的图案以文武划分。文官的补服图案为飞禽，有鹤、鹏、鸾、鹇、鹳、鸂鶒、鹭鸶。武官的补服图案为走兽，有麒麟、狮、虎、豹、熊、彪、犀牛。文官胸前的朝珠，也按品位佩戴，分为鸡血石、和田玉、岫玉、翡翠、玛瑙。

福临龙目微睁，居高临下，扫视群臣。只见人人朝服崭新齐整，颗颗顶珠五彩缤纷，彩光盈盈。朝珠串串，五光十色，绽放异彩。百官个个神情充盈、饱满，精神面貌焕然一新。顺治为之精神振奋，喜上眉梢。

福临环视一周，用高亢、缓慢的声音说道：

“朕亲政以来，焦心劳思，夙勤兢业。每期光耀祖德，以康民物。乃南疆未靖，天灾频仍；朝纲颓废，部政弗善，吏治堕污，民生憔悴。朝务期新，政治待革，军需告急，饥民亟哺。诸多政务，非朕一人所能及也。朕于春上连发两道谕旨，令各臣工勤心于朝政，直谏无隐。又令言官各抒己见，凡大利大害、应兴应革者，悉心条上。各臣工多有响应，切中时弊，革痈兴新者不乏其臣。视朝大典即采纳工科左给事中魏裔介奏疏，今日于此举行。迄今往后，逢五视朝已成定例，务期遵行。魏爱卿与此疏一并上奏的共有十疏，均系大利大害、应兴应革、与社稷安危息息相关之大事，相应各部尽已采纳、均令施行。各臣工如其所为，悉力勤政，大清江山何虑不固？”福临环视群臣，少顷，又道：“各位臣工，如有奏章，悉数报上。”

满汉朝臣、各部职官依次奏报，四名录记官端笔正书，皇上从容听闻，逐一谕批。

……

兵部满尚书图海出班奏道：“胶州总兵海时行因兵变叛，三省总督马文辉、漕运总督王文奎合击之。时行兵败，自缚乞降。马文辉派兵士将海时行押解至京，现已羁押兵部。因此案涉及兵部大员，微臣不敢擅作主张，特此启奏皇上，请皇上钧旨。”

福临道：“速将案犯押解刑部，由刑、兵二部议处。”稍作停顿，又道，“此案前无定例，诸臣对此有何谏义，请速奏来。”

众臣闻听，沉默不语。

礼部尚书陈之遴启奏：“达赖喇嘛二次请示告归，敬请皇上定夺。”

福临十分看重同外藩蒙古之关系。蒙古信仰喇嘛教，对喇嘛之言唯命是听。同达赖喇嘛的关系，直接影响大清与喀尔喀、厄鲁特蒙古的关系。从太宗起，就屡次修书敦请五世达赖喇嘛去盛京。福临亲政后，即修书请达赖喇嘛来京师，并在德胜门外修西黄寺，供达赖喇嘛讲法之用。达赖喇嘛进京之后，福临在南苑设专宴接待，诸王也将其请至各自府中，轮番设宴款待，胜过对待蒙古诸部王公台吉。福临也曾数次到西黄寺听达赖喇嘛讲经说法。福临听闻达赖喇嘛请归，并且言语恳切，福临权衡再三，决定不再强留，便说：

“为送活佛归藏，今午太和殿摆宴，为其饯行。朕赐他‘西天大善自在佛所领天下释教普通瓦赤喇怛喇达赖喇嘛’封号，礼部备下鞍马、金银、珠宝、缎匹相赠，郑亲王、礼部满汉尚书郎球、陈之遴送于清河；承泽亲王、固山贝子顾尔玛洪、吴达海率八旗官兵送至代噶。”

“嗻！”所及臣等齐应。

刑部尚书李化熙启奏：“山西、直隶督抚前日禀报，去岁以来，山西五台山贼头领高三，聚匪两三千之众，烧杀抢掠，无恶不作。自五台、繁峙、盂县、乐平，到直隶真定之平山、阜平、赞皇等县，衙门往往被其抢掠，百姓屡屡遭其蹂躏。官府黎民苦不堪言，怨声载道。匪寇猖獗，匪域广延，为冀晋两省官民安生计，诚请皇上派兵剿杀。”

福临闻听奏言，心头火起。思量片刻，强压怒气道：“山西乱世之徒萌发之时，何不及早除之？待今匪徒已成大患，才予奏报，致两省百姓早受李贼涂炭，惊魂未定，又遭匪徒蹂躏。督抚玩忽职守，无察渎职之甚，莫过于此。鉴于南疆用兵吃紧，京师军士又不得擅用，各臣工对如何剿杀众匪有何良策，会同叛将时行如何决处之议，一体奏上，共同议处。”

众臣面面相觑，窃窃私语，只是无人出班启奏。福临面露愠色，思忖片刻道：“今值视朝大典，旨在广开言路。各臣工对以上两议有何良策谏言，直陈无隐！”

大殿内顿时寂静无声，众臣低头站立，缄口不语。只听到殿外寒风大作，“嗖嗖”直响。

百官闭口不言，事出有因。去年秋天，少詹事李呈祥因上《部院衙门应裁满官，专任汉人》的奏疏之后，福临为之大为恼火，遂将李呈祥撤职查办。又有内秘书院学士傅以渐提奏的午门外两起割腹自杀事件。此案背景复杂，涉及安郡王岳乐与佟妃娘娘之父佟图赖圈地之争，此事非同小可。

割腹者是永平府马兰村人乔梓年。本村村民王用修原有田地三十亩，佃给乔梓年耕种。后来王用修又以此地投充安郡王庄，并买通庄头，当了粮户小头目，欺瞒主子，暗中依旧把田佃给乔家，自取余利。后来，他因奸占乔梓年之妻，逼得乔妻投崖自尽，两家结仇。他又因此受到安王府责打，怀恨在心，遂将田地改投汉军旗佟图赖庄上。并将数家民田诈称自家私地一同投充。乔梓年气愤不过，代众告状，连遭官府白眼，终于自刎午门。

傅以渐为此案上疏后，福临交议政王贝勒大臣会议议定，因意见不一，后交九卿科道朝会再议。满臣议得：“安郡王与佟皇亲各自退还民田，王用修交主子严加管束。”在陈名夏的怂恿下，二十九名汉官破天荒地第一次违拗满臣意见，议得：“王用修问斩；不敢受理乔梓年诉状、致其自尽之县府州官，一律追究问罪。”与满大臣的意见大相径庭。虽然此案以“圈占的永平府民地一律退还；不敢受理民案的县府州官停职待参；佟图赖罚俸三月，降二级”告终，二十九名汉官却因涉“朋党之嫌”，均被降职。前车之鉴，人人自危，所以才出现了刚才的“静朝”场面。

一缕缕雪片跃过大殿门槛，随风刮到殿内。守门侍卫慢慢将殿门关上，传来“吱吱呀呀”的声响。

群臣收回目光，重新站定。福临挪动了一下身躯，脸上露出焦虑之态……

“嚓、嚓、嚓、嚓”，大殿内终于传来脚步声，福临马上睁开双眼，紧盯殿下……

御道上走来一人，神态镇定自若，走到丹陛之下，躬身奏道：“工科左给事中魏裔介启奏。”

文武百官的目光都投到了魏裔介身上，静听下文。

“微臣以为，时行受皇上大恩，使兵未交刃，弃甲来归，罪犹可恕。今两次拒敌，败挫狼狈，计无所出，始杀陈谟等以就抚，宜明正其罪，以伸国法。”魏裔介言简意赅，一语中的。

魏裔介又道：“五台匪首高三，聚匪滋事，抢劫官府，蹂躏乡民，穷凶极恶，狂妄至极，必尽除之，方可稳定地方，还民以安宁。至于剿匪之策，适才微臣思忖再三，现将愚见奉于圣听。兵法云：‘知己知彼，百战不殆。’闻报得知，匪徒众多，又潜藏于深山，匪类惯于爬崖攀岩，熟悉山间小径，尽知隐身洞穴，行无踪，遁无影。倘若派遣大兵贸然进剿，一则太行腹地，山峦叠嶂，地形非熟；二则我明敌隐，灭敌不成，反而遭创。鉴于实情，此匪不宜强攻，只可智取。”

大殿内鸦雀无声。

“此役不战则罢，战则必胜。微臣胜算有三：一为密察匪情，以静待动。请皇上选派一名熟悉山西民情地貌、知晓兵法之臣，深入匪穴，察明匪徒隐匿窝点、出没规律、密令暗语，以掌知彼。二为大造声势，迫敌归降。调遣两省兵力，集其优势，围其匪首之穴，擂鼓摇旗，瓦解匪首顽抗之心，逼其就范。若匪首决心痛改前非，愿意率众归顺，则既往不咎，将其安抚收编，令其将功赎罪，奋战疆场。三千之众，可为我大清南方剿寇效力也。三为招降不成，必全歼之。

倘若高三顽抗到底，则全力围剿。集中兵力，各个击破，必得全歼。”

魏裔介一口气讲完，低首而立，静等皇上谕旨。

众臣听完魏裔介所奏，交头接耳，一阵骚动。福临耸耸肩膀，抬抬上身，面露喜色。朗声道：

“魏爱卿所言，甚合朕意。海时行身负军中要职，因兵变叛，两次拒敌，损兵折将，杀数将以就抚，时行不杀，难以服众。即交刑部，从严惩处！”

福临看了看殿前垂首站立的魏裔介，眉宇间显出赞许之意，接着道：

“魏爱卿所奏剿匪之策略，实为高明之战术，朕以为甚妥。选何能臣良将担此重任，各位臣工，不妨举荐上来，供朕参考。”

群臣中又一片私语声。少顷，朝班中走出卫内大臣鳌拜。鳌拜上前奏道：

“魏给谏不仅诗文超拔，又熟读兵书，懂兵法，善谋略，五年前主考山西乡试，生擒作弊贡生，智破贿赂大案；结交武林侠士、民间名儒，了解山西民间习俗。微臣以为，山西剿匪，非他莫属！”

福临听完鳌拜所奏，脸上露出欣然之色，静观群臣，点头赞许者众多，于是说道：“魏裔介听旨！”

魏裔介舒袖跪地，聆听圣意。

“朕特封你为晋冀两省巡按，赐兵科大印及兵马调金牌，两省兵力随你调遣。只因此去路途凶险，匪徒奸诈残暴，御前领侍卫王国顺与你同往，以表朕体恤之心。近日在家调养身体，正月一过立即出征。朕等你得胜返朝。”

“臣魏裔介谨遵圣谕！”魏裔介磕头谢恩。

福临提起精神，说道：“今日中午，朕在太和殿设宴，为达赖喇嘛饯行，即刻休朝。未时三刻，开班再奏。”

没有一丝的风，鹅毛般的雪，飘飘洒洒地下着。院子的房角、墙根、树枝、金鱼池沿上，都积着白雪。砖地上的雪已经融化成片片雪水，看上去黑亮黑亮的，雪片落水即化。心宝、翠珠和王夫人的陪嫁丫环小芹，拿着扫把、木锨，打扫着院里的积雪和雪水，不时响起“刷刷刷”的扫水声。三人低着头干活，谁都不做声，一改往常欢声笑语的气氛，整个院子湿冷，寂闷。

东厢房内，火炕的灶门里，烧红的木炭“毕毕剥剥”地响着，闪着红光。王萱儿坐在炕沿上，瞅着丈夫发呆。

魏裔介坐在书案前，全神贯注地审阅着自己的新作《约言录》。此书是去冬腊月刻印、装帧完毕的。魏裔介崇尚理学，经多年精研深悟，其理学之论，独树一帜，备受界内名家所推崇。并对道家“无父无君”之说，倡言以辟之，刚果劲直，毫不回护。孙奇逢为海内名儒，对魏裔介心中向往，二人常有书信相通。孙奇逢将魏裔介比作当今姚、许；将其书比为高山流水，视魏裔介为知音。

魏裔介自任给事中以来，每逢闲暇，总是捧书来读。读《性理大全》、《易经》及二程诸儒之书，有所心得而录之，即成此书。《约言录》分内外二篇，内篇论性命之理，外篇为经济之略。容城孙奇逢、黄冈曹木欣为本书作序。序曰："古称燕赵节气之地，而实圣学渊源之区也。董广川开天人之宗，邵范阳合理数之蕴，迨刘静修大其堂构，而鹿江村嗣其徽音。文未丧，天道岂堕地？不绝如线之一脉，当与世而长存。近读石生先生《约言录》，继董、邵、刘、鹿而后起者也！其道由穷理以及力行，其言由性命以及功化，斯于圣学也，亦可谓明且正矣。"兵部尚书李际期称其"振大道之要领，攻后学之膏肓，庄诵一过，便觉气质为之一变。"自是海内理学人士，均推尊魏裔介，魏裔介对此标榜，不以为然，以邵二泉之言答曰："宁为真丈夫，勿为假道学。"

魏裔介忠于职守，勤奋务实，又嗜书如命，卷不释手。常对人言："惟无所事事为至痛也。"适逢圣允假期，便专心读书立说，山西平匪之事，已是成竹在胸，不再谈及。

王萱儿趁裔介合卷小憩之时，慢慢走到他的身后，轻柔地按摩其肩部，小声说道："山西之行，吉凶未卜，萱儿要求同往，共赴危难，你却推辞不允。山中匪贼奸诈成性，凶残无比，萱儿若不能与你同行，夫妻二人两地分离，犹如隔世，萱儿将终日为你提心吊胆，担惊受怕，生不如死。如答应萱儿，萱儿日夜陪护身边，赴汤蹈火，萱儿纵死心甘……"王萱儿说着，抽泣起来。

裔介回首看着妻子的泪眼，抚摩着妻子的手，深情地说："离别之苦，裔介何尝不曾深受，只是……"

"只是什么？只是钦差，非同小可，只是不便携带家眷，是不是？萱儿与你成亲，反倒成了累赘，你当你的钦差，我作我的家眷，为你守家，这成了吧？"萱儿越说越气，从丈夫肩上抽出双手，回身爬到炕上，啼哭起来。裔介站起身，摇摇头，无可奈何。

"亲家老爷和太夫人到！"心宝门外禀报。裔介听罢，边整理衣衫，边推了妻子一把。未走出房门，王国顺夫妇已经进屋。

王国顺看到女儿红红的泪眼，心里明白，却说："萱儿又为山西剿匪的事，和裔介拌嘴了吧。这次山西之行可不比上次乡试，上次同往，萱儿是随从。现今萱儿已是钦差夫人，是家眷。裔介品级不够，决不可携眷同行的！"邓夫人拉着女儿的手，坐在炕上，狠狠地白了丈夫一眼。

闻听此言，萱儿禁不住的泪水，扑簌簌淌下。邓夫人用手帕给女儿拭泪。萱儿咬着嘴唇，心里想道："朝规虽然难违，但萱儿去意已决，你们前行，萱儿后随，暗中保护，哪个不准？只是……只是不能与丈夫日夜厮守，终日不得相见。如若一旦被人发现，强制押回，岂不更糟？"

萱儿左思右想，进退两难，两眼直勾勾盯着前面，心乱如麻。裔介见萱儿如此模样，心里更不是滋味，只是在房内踱步。

邓夫人瞪一眼丈夫，嗔道："萱儿的执拗脾气你不是不知道，逗孩子玩儿也没个深浅。快把实情说出来。把女儿憋出个好歹来，拿你是问！"

王国顺看着女儿痛苦不堪的样子，便说："你看看你，作了夫人，还是这般倔犟。实话告诉你吧，朝廷已经允许女儿作为随身护卫，同往山西平匪，并派济图和玛尔度一起随行，这下舒心了吧！"

萱儿听后，心里激灵一下，眼中立刻放出光彩。看看父亲，又看看母亲。邓夫人笑着点了点头。萱儿猛然间来了精神，跳下炕，拉着父亲的手摇晃着，问道："是真的吗？爹爹？"王国顺疼爱地看着女儿孩子般的脸庞，点了点头说："爹爹不骗女儿。"

萱儿扭脸看看裔介，眉毛一扬，眼睛瞧着屋顶说："钦差大人，没辙了吧。朝廷命令，哪个阻拦得了？父女俩为您护驾，该知足了。若不是朝廷令下，本姑……本夫人还懒得伺候呢。哼！"萱儿学着裔介的样子，背着手踱着步子，不时瞥一眼丈夫。裔介看着萱儿悠然自得、神气活现的样子，笑着摇了摇头。

原来王国顺得知皇上亲命裔介山西平匪，又命自己扈从同往之后，喜忧参半。按朝规，萱儿不得随行。依女儿的性格，一定不会善罢甘休。于是和卫内大臣费扬古、鳌拜商议，鳌拜便爽快地应承下来，理由是"令女不是作为家眷，而是以护卫身份一并前往，并无不妥。"于是王国顺偕夫人一起来到魏府，告知此事，免得女儿为此事动气伤心。

启程之期日近，王国顺、济图、玛尔度与魏裔介夫妇及陈奎等人，在魏府客厅商议平匪事宜，心宝来报，范大人及诸臣，过府造访。魏裔介等出门相迎。

范文程、梁氏三兄弟、杨犹龙、傅以渐、李百奭、李霨、王熙等，客厅落座，翠珠、小芹奉茶。

梁清标说："不几日，石生兄将肩负圣命，踏上征程。此行艰难凶险，任重道远，范大人及诸位特来探望，以表慰藉之心。"

范文程道："裔介雄才大略，御赐金牌在身，又有王大人等卫内高手随身护侍，山贼虽狡诈凶狠，终是一群乌合之众，并不可惧。凡事谨慎，随机应变；或剿或抚，以势而定；轻重缓急，当机立断。定能征服顽匪，旗开得胜！"

范文程目光深沉而坚毅，语重心长地说："昨日阿里玛、王用修被判极刑，皇上汉满一体，满汉同视之心昭然若揭，虚心采纳汉臣谏言之举可见一斑。裔介此行，纵有许多恶嶂险阻，必竭尽全力，稳操胜券，不负圣意。得胜回朝，给鄙视汉臣者以警示，以期满汉同心，共辅社稷。"

魏裔介站起，毅然答道："学生谨记老师教诲，裔介决不辜负诸位期望，望各位静候佳音！"

# 十七、五台山探险

北风呼啸，雪花飞舞。被誉为梵音佛国的五台山台怀镇，群峰环抱，银装素裹。寺庙、古刹应势而立，店铺、民居错落有致。大清河水夹带着尚未融化的大小冰块，从镇中匆匆淌过。镇上人迹寥寥，店面十铺九闭，庙宇佛事萧条，一派肃杀败落之象。

台怀镇的十字街南，有座塔院寺，寺内的大白塔拔地而起，高耸入云。寒风吹过塔顶，发出尖厉的怪叫，使人毛骨悚然。塔院寺外，冷风飕飕，白雪飘飘，山门紧闭。寺内冷冷清清，寂静异常，几个僧人垂头丧气地打扫着寺院。智嗔方丈坐在大殿正中的蒲团上，闭目诵经。

"禀大师，山门外几位施主求见，并递有荐书一封。"智嗔心中诧异，暗暗思忖："半年来不曾有一人进香拜佛，今日为何结伴而来？"于是问道："何人举荐？"小僧答道："京师法源寺方丈慧远大师。"智嗔忽然睁开双目，看过信件，说道："打开山门，快快相迎。"

寺外二主五仆，留下四位看守车马，一个保镖随一对夫妇走进寺内。丈夫身着黑色毛呢裘皮披风，头戴貂皮风帽，个头高挑，风度翩翩；妻子白狐领朱红披风，貂毛尖顶风帽，粉面朱唇，英姿飒爽。保镖脚蹬武士靴，黑衣黑裤黑斗篷，浓须虎目，机警沉稳。

小僧将三人引进厢房，与智嗔方丈见过礼。小僧端一炭盆放在地上，保镖走到屋外，注视着寺院四周。

"有慧远师兄台荐，施主长途跋涉来到敝寺，即为贵客，万万不必客气。贞庵施主有甚指教，只管道来。"智嗔方丈说道。

"此来宝刹叨扰大师，实感抱歉。贞庵有一事不明，请大师点拨。五台乃佛教名山，人言各寺庙香火极盛，朝佛之人络绎不绝。今日到此，见各寺院山门紧闭，上香拜佛者未见一人，甚觉蹊跷，不知何故，愿闻其详。"贞庵问道。

智嗔闻听此言，脸上显出忧郁之色，答道："施主有所不知，去年秋后，不知何方匪徒，千余之众，聚集五台，抢劫寺庙财物，挟持僧众为其役使。并下山作践乡民，抢劫官府。只闹得官府僧民谈匪色变，方圆数百里鸡犬不宁。百姓家财难保，躲灾避祸尚且不及，哪个顾及烧香拜佛？为防佛宝被窃，寺院僧众免受更大劫难，老衲与大孚灵鹫寺方丈缘会师弟商议，不到万不得已，各寺庙武僧不得与匪徒发生冲突。因此，各寺庙佛经、宝物才安然无恙。生灵涂炭，佛门遭灾。求佛祖显灵，狮吼菩萨降世，荡平妖孽，为国惩恶，为民除害。阿弥陀佛……”智嗔说着，左手当胸，紧闭双目，手捻佛珠，虔诚地祷告起来。

“天地昭昭，善恶有报。朗朗乾坤，岂容豺狼肆虐,圣洁之地，怎受恶贼践踏？邪不压正，匪徒终将遭到报应，还众生一个清平世界！”那个叫贞庵的男士说话声音不大，却铿锵有力。

智嗔大师看着眼前这位文质彬彬、性格刚毅的不速之客，说道：“阿弥陀佛，善哉，善哉。贞庵施主一身正气，嫉恶如仇，老衲钦佩之至。敢问施主，诸位此到五台，是为朝佛而来，还是投亲访友？”

贞庵答道：“回大师，是为朝佛而来。”贞庵看着那位女子说：“内人一向拜佛行善，对五台圣地向往已久，原打算夏初至此，不料她等待不及，催促早行，便到此宝地。”

女人问道：“我们初来乍到，人地两生，对朝佛之事，知之甚少。请问大师，何谓‘大朝台’？”

“善哉，善哉。五台乃四大佛山之一，五座山峰环抱而成。五峰高耸，峰顶平坦宽阔，如垒土之台，故称五台。五座台顶上供奉着文殊菩萨五个金身。东台叫望海峰，峰顶望海寺供奉着聪明文殊，拜后使人聪慧；北台叫叶斗峰，此峰最高，每年四月解冻，九月积雪，台顶坚冰终年不化，盛夏之节，气候凉爽，亦称‘清凉山’，山上灵应寺供奉无垢文殊，拜后使人心地明净；中台叫翠岩峰，峰顶演教寺供奉儒童文殊，拜后促人忠孝；西台叫挂月峰，山上法雷寺供奉狮子吼文殊，拜后使人勇猛；南台锦绣峰，普济寺供奉智慧文殊，拜后使人智慧无穷。若走遍五座台顶，拜毕五尊文殊菩萨，曰‘大朝台’。”

“那就走遍五台，朝拜五尊菩萨，心愿即遂。”那女人说道。

“不可，不可。”智嗔摇摇头，说道，“众云‘大朝台’，可五台山方圆几百里，山高路险，峰陡崖峭，走遍五顶者能有几人？何况时值初春，山上冰雪依旧，想登台顶，实属万难。”

“贞庵前来，不畏艰险，若能如愿，当不枉此行。还望大师指点迷津。”贞庵说道。

智嗔大师看了贞庵一眼，沉思片刻，便道：“本寺往东十里，有座大螺山，山顶上有座黛螺寺，寺中大殿内，供奉着文殊菩萨五座金身。来到此殿，便能朝拜五座菩萨金身，即如走遍五台，名曰‘小朝台’。正所谓‘不登黛螺寺，不为朝台人’。既如此，也要攀登千级台阶，才可到达。”

“既来五台山，即当朝台人。多谢大师指点，我们即刻起程。”女人说着，站起身来。

“且慢，且慢。好一个率直的女施主。”智嗔笑着说，“用过斋饭，再去不迟。只因山中不宁，让本寺住持带两名武僧，与各位施主一并前往。”

贞庵起身施礼道：“多谢大师眷顾。”

魏裔介赴晋之前，范文程叮嘱再三，只因此行凶险，事事须格外小心。一定要乔装改扮，不得暴露真实身份，并和裔介一起到法源寺，见过方丈，说明原委。慧远大师修书一封，并说：“塔院寺智嗔方丈是老衲同门师弟，交情甚厚。他在五台佛界德高望重，享有盛名。智嗔师弟定会出手相助。”随后，魏裔介夫妻扮作前往五台朝佛的京师富家夫妇，王国顺扮作贴身保镖，陈奎、济图、玛尔度和心宝扮作随从，翻山越岭，来到五台山塔院寺。

魏裔介一行，别过智嗔大师，随塔院寺住持和武僧，一起来到大螺山下。

风停雪止，雾气弥漫。大螺山悬崖峭壁，高纵入云。陡峭的半山脊上，小山形同大螺，层层叠叠。大螺山顶上的黛螺寺，隐约可见。

众人走到大螺山南端的半山腰上，一条石阶路盘旋山中，一条铁索顺石阶蜿蜒而上。此路名曰“千级云梯”，使人望而却步。

陈奎走到魏裔介面前，耳语道：“前面隐蔽处有一山洞，洞口好像有人把守。”魏裔介抬眼望去，石阶路左侧的山岩上，露出一个黑黝黝的洞口，洞口前的崎岖山道被白雪覆盖。若不是漫山白雪，洞口很难被人发现。魏裔介吩咐陈奎等人留下，看守车马，暗中观察山洞，有何异常，记在心中，万万不可轻举妄动，以免打草惊蛇。

塔院寺住持同魏裔介三人及武僧，一起登上“千级云梯”，来到了冰雪覆盖的山顶，走到黛螺寺前。黛螺寺建在山顶的开阔地上，三座大殿拔地而起，气势非凡。

黛螺寺方丈云惠和尚走出前殿，热情地将几位客人迎入殿内，分宾主坐定。四只大火盆燃起熊熊炭火，殿内稍微有了一丝暖意。

塔院寺住持说道：“三位施主是京师法源寺方丈慧远大师的朋友，特来朝拜文殊菩萨，请方丈行个方便。”

“善哉，善哉。阿弥陀佛。”云惠满面笑容。

王萱儿摘下狐皮暖袖，一只手握着银质手炉，从王国顺手中接过沉甸甸的银包放在桌上，矜持地说：“今日来到贵寺，朝拜文殊菩萨五座金身，是我多年向往，夙愿将遂，将此银两，捐献贵寺，以表我向佛之心。”

“多谢女施主施舍，善哉，善哉。愿菩萨保佑施主事随心愿，八方通达。”云惠说着，命小僧唤本寺住持过来，陪施主上香拜佛，并吩咐点燃中殿火盆。

本寺住持痴悟和尚来到前殿。云惠将三位施主作一介绍，交待拜佛之事。痴悟和尚躬身说道："三位施主请。"

痴悟和尚看上去五十岁年纪，白净面皮，慈和斯文，只是两只眼球瞧着三位施主，"滴溜溜"乱转。

几人来到中殿，殿内盆火燃烧，烟雾缭绕。此殿即为"五文殊殿"。正中殿坛上供着中台儒童文殊，左侧供着北台无垢文殊，右侧供着南台智慧文殊，左侧殿坛供着东台聪明文殊，右侧殿坛供着西台狮子吼文殊。几十名和尚端坐两旁，轻击木鱼，唱经声起。三位施主净手焚香，对五尊文殊塑像，虔诚之至，逐一跪拜。

施主朝拜完毕，随痴悟和尚移步中偏殿，坐下饮茶稍息。痴悟和尚对施主毕恭毕敬，嘘寒问暖。魏裔介不卑不亢，从容以对。痴悟问道："眼下五台圣地，常有匪徒骚扰，本寺半年来，从无一位施主进寺烧香拜佛。贵施主身处京城，难道对此地匪情不曾有所耳闻？"

魏裔介答道："鄙人身为商贾，只留意货进货出，利润多寡。世上匪患此起彼伏，何止此处不太平？况且五台离京城数百里之遥，此等小事，哪里听得到？"

痴悟点了点头，笑着说："三位施主不远千里，前来朝佛，本住持钦佩之至，既来之，则安之，不妨多住几日，多走几处古寺宝刹，也不枉此行。"

魏裔介"嗯"了一声，抬眼看着痴悟和尚，二人目光相遇，痴悟马上避开，眼神游离不定。魏裔介说了句"多谢大师盛情"，站起身来，问道："请问大师，后殿供奉何方菩萨，可否瞻仰朝拜？"

痴悟听后，稍显迟疑，随即答道："后殿不曾供奉菩萨，只作藏经之用。只是……"没等痴悟说完，魏裔介便道："佛经乃佛家之宝，不知可否一观？"痴悟忙说："不可不可，这……这这……"

魏裔介呵呵一笑，说："大师不必为难，只在后殿转转，不进藏经之地，未有不可吧。崇祯诗云：'朝罢黛螺五尊佛，阶下千年不老松。'想必这不老松就在殿后吧。"

痴悟忙说："正是，正是。施主请便，施主请便。"几人来到殿前，一名小僧打开殿门，走进殿内，见西厢房门被一把铜锁锁着，想必是藏经之处了？

几人从殿后门出来，顺石阶走下。左边一棵古松，右面一棵古柏，树冠参天，树身合抱，正是崇祯诗中所称之千年古树。

……

按照智嗔大师吩咐，魏裔介等人被安排到台怀镇最好的"佛来"客栈下榻。在塔院寺住持的引领下，大家催马驱车来到客栈。店小二大声吆喝着，帮着卸车牵马，招呼客人。久无香客光顾的客栈，顿时热闹起来。

二楼的木雕护栏内，一位穿着入时、体态俊美，而又满面愁容的中年女子凭栏下眺，注视着院中的几位不速之客。

夜深人静，几人齐聚魏裔介房间。虽经几天的长途跋涉，登山爬坡，大家并无倦意。陈奎说：“你们上山之后，我走到洞口，洞内黑乎乎的，见洞口上方刻有‘善财洞’三字，我想进洞看个究竟，刚走几步，只听有人喊道：‘休走，滚开！’话音未落，从洞内窜出二人，一人拿刀，一人持矛，护住洞口。二人都是和尚打扮，只是所穿僧袍脏脏兮兮，破旧不堪。为了避免暴露身份，只好退回。”

“善财洞乃供奉善财童子之所，为防匪徒袭击，武僧护洞，也是常理。”济图说。

王国顺摇摇头说：“我看未必。智嗔大师曾说，为防不测，已下令各寺院武僧不得持枪弄棍，与匪徒发生冲突，唯独善财洞武僧不遵僧规，擅自设防？”

“寺院不比军队，有令则行。寺庙各行其是，未必对智嗔大师唯命是从。依我看，善财洞设防，并非异常，不必怀疑。再说，匪徒狡诈多端，轻而易举就能找到匪徒藏身之地，也太容易了吧。”王萱儿说。

魏裔介接过来说：“夫人所说似乎有些道理，但我总觉得大螺山所遇之事有些蹊跷。还有那个痴悟和尚，言语支吾，目光游移，心中好似有鬼。”提到痴悟和尚，三人都有同感。

魏裔介又说：“常言道：慎者无恙。大家定要时刻戒备，百倍警惕，多动脑筋，谨慎从事，决不放过一点可疑之处。几天来，鞍马劳顿，早些歇息吧！”

“不好，有人。”王国顺说着，飞身出屋，在楼上巡视一遍，并未发现踪影，只好回到房间。几人面面相觑，都感到情况复杂，事态严重。

初升的太阳，冲破一片片流动的浮云，冉冉升起。台怀镇雪后初晴，略显一丝暖意。

塔院寺内，抑扬流畅的诵经声、木鱼和铜铃优美的敲击声，随着大铜香炉中飘渺升起的一缕缕香烟，一起从翘檐红柱的大殿内飘出。形成了佛界独特的声像画面，汇聚着圣地古老的神风佛韵。

早课结束，僧众纷纷散去，智嗔大师禅坐依然，口中低诵着好像永也念不完的菩经佛语。小僧来报：“昨日几位施主，请求面见大师。”木鱼槌顿然停下，智嗔的银须抖动，嘴角露出不易察觉的微笑，自言自语道：“他们也该到了。”随即吩咐：“请施主禅房相见。”

智嗔大师乃海内佛界知名高僧，经纶满腹，内功非凡，又饱经风霜，通谙世故。昨日几位施主到来，智嗔心生疑窦，暗自思忖：“此地匪盗丛生，寺院尚不自保，是非之地，何来朝佛之人？即为朝佛而来，五台冰雪遍地，一般人决不会此时造访，况且京城之人高贵娇嫩，又有千里之遥，绝不会冒此风险。静观贞庵其人，风度翩翩，气质不凡；女施主故作娇态，却侠气内敛；那位保镖中气饱满，脚步落地之声微震耳鼓，其武功修为决不在老衲之下。慧远师弟信中虽未明言，亦可断定施主决非常人，似有使命在身。倘若皇上圣明，有意剿匪，特派官员打探匪情，亦有可能。倘若如此，几位施主不辱使命，舍生忘死，确实令人感动，老衲定当全力相帮，助其一臂之力！”

魏裔介三人来到方丈禅房，智嗔大师进门招呼施主落座，小僧闭门退出。

智嗔大师问道：“三位施主，昨日黛螺寺朝佛，如愿以偿，今日意往何处观瞻，老衲也好早作安排。”

“贞庵有一事不明，心中纳闷，请大师指教。”魏裔介答非所问。

“施主有何疑虑，只管道来。”智嗔闭目作答，不露声色。

“大师昨日曾讲，为保寺院平安，已令各寺庙僧众不得与匪徒发生冲突，可善财洞武僧挡住洞口，以刀枪相威胁，不知何故。”魏裔介问道。

智嗔长眉扬起，慧目睁开，脸上略显愠色，少顷说道：“只因善财洞阴冷潮湿，善财童子塑身已于前年移往大孚灵鹫寺供侍，善财洞内早已空无一物，施主见武僧出没洞中，岂非怪事？”

大师所言，无以答即为答。魏裔介听后，心中释然，暗暗佩服大师机智老道。于是看看智嗔方丈，欲言又止。

“施主不必嗫嚅，有甚疑虑，但说无妨，老衲自有计较。”魏裔介刚要开口，王萱儿抢先说道：“黛螺寺那个叫痴悟的主持，阴阳怪气，说话支支吾吾，心中好像有鬼。请问方丈，他是什么来历？”王萱儿说话干净利索，直来直去。

智嗔大师听到问及痴悟和尚，心中不禁一凛，暗自思量：自己揣测之事已见分晓，施主果然是肩负重任而来，智嗔不由心中暗喜，五台僧民得救有望了。施主眼下不好亮明身份，是为谨慎起见，自己也不便挑明，只有暗中相助了。

智嗔大师说道：“提起痴悟和尚，话就长了。他本是晋阳城里有名的富商，又乐善好施，晋阳周围的大小寺庙都接受过他的施舍，从此声名远播。四年前的秋后，双塔寺的方丈慧通师弟带他来到本寺，说他决意皈依佛门，要到黛螺寺落发为僧。观其相貌，慈眉善目，一脸忠厚，又有慧通师弟推荐，料也无甚差池，当即应下。随后便在黛螺寺剃发受戒，法号痴悟。第二年便升为住持。后来听人传言，此人担任住持后，脾性大变，独霸后殿藏经阁，又在山中豢养一帮打手。因无实据可查，也就没再深究。去年以来，匪患猖獗，与他有无瓜葛，因无真凭实据，老衲不能妄加评断。”

魏裔介接着问道：“大师可记得痴悟和尚的俗姓？”智嗔说：“不曾记得。”魏裔介又问：“是否姓籍？”智嗔摇摇头说：“不是的。究竟何姓，老衲确实不记得了。”

魏裔介暗想：“当年山西之行，虽不曾与籍范谋面，但据智嗔大师所言，痴悟剃度与通缉籍范时间一致，其年龄也大致相仿，改名换姓是情理中事。莫非真的是他？”

魏裔介所疑不差，痴悟和尚就是籍范。当年籍春林舞弊、籍宅匿尸、籍范贿赂刘仁，三案并发。籍范被官府通缉后，逃往五台山，落发为僧，遁入空门，才躲过官府追捕。后来将爱妾谢小婉接来，住进佛来客栈，经常夜间下山，与其幽会。又将养子高祥及家丁护院一起接来，藏入善财洞中，暂避一时。得知郑千、郑万刺杀主考魏裔介事败后，逃之夭夭，便命高祥将郑千、郑万及其父母，一起抓入洞中，诱使二人劫持牢狱，救出籍春林。若能成功，以前之事，一笔勾销。郑千、郑万宁死不从。籍范以杀死其父母相威胁，二人终于屈服。后因督抚大牢戒备森严，无从下手，只得罢休。

籍范对官府早已恨之入骨，报仇心切。又有随身携带的数箱金银及寺内大量财宝，急欲招兵买马，与官府对抗。派高祥带郑千、郑万，与阜平山贼辛武和平山地痞曹今卓相商，一拍即成。郑千和辛武占阜平，郑万和曹今卓占平山，招兵买马，立起山头。高祥又笼络繁峙、盂县两处山贼遥相呼应。高祥为总首领，诨名高三，以五台山为中心，统领繁峙、盂县、阜平、平山四个山头。一时间，泥沙浑聚，鱼虾泛河，直搅得天日无光，鸡犬不宁。其实，幕后祸首即是籍范。他潜伏大螺山，坐镇指挥，唯恐天下不乱。

如此隐情，魏裔介哪里知晓？只是怀疑痴悟就是籍范。然而，只凭主观臆断，怎能作为定案依据？手中又无真凭实据，决不可盲目下手。魏裔介考虑再三，决定再上大螺山，重访黛螺寺，不弄个水落石出，决不罢休！

自从和三位施主相遇之后，籍范总是心神不宁，尤其是接触到对方那入木三分的目光时，直觉得心惊肉跳。什么朝佛的施主，分明是官府派来的探子！不尽快除之，必将后患无穷！籍范主意已定，马上来到善财洞，见到高祥，面授机宜。

高祥二十多岁，膀大腰圆，一身虎气，并不像恶道中人。高祥本是顺德府隆平人，奶名小三。十二岁那年，家乡发大水，颗粒无收，家破人亡。剩下母子二人来到晋阳，投奔小姨，谁知小姨一家下落不明，母子俩身无分文，沿街乞讨，后来被“籍大善人”籍范收留。籍范见高母貌美，顿生歹意，强行奸污了高母，高母不忍受辱，跳楼自杀。籍范欺高祥年少，谎称母亲不慎坠楼身亡，将其草草殓葬。籍范见高祥敦厚老实，就将其收为养子，改称籍祥。籍范对其待如亲子，高祥对养父感恩戴德，言听计从。当年案发，籍春林进大牢，养父被通缉，籍范谎称自己因遭官府陷害，才落此境地。高祥不明真相，蒙蔽受骗，立誓为养父报仇，便来到大螺山，落草为寇，占山为王，从此与官府结下冤仇，势不两立。

魏裔介等，拜别了智嗔大师，回到客栈。魏裔介将重访黛螺寺、查明痴悟真相的想法，告诉了诸位。王国顺站起来说：

“此事还要从长计议，决不可打草惊蛇。据智嗔大师所讲，痴悟十有八九就是籍范，善财洞极有可能就是匪首藏身之地，如若贸然进山，遭到匪徒暗算，剿匪大计如何实现？智嗔大师临别时再三叮咛：世道凶险，千万当心。由此看来，我们的真实身份，智嗔大师已经心知肚明。痴悟若真是籍范，肯定怀疑我们的真正意图。如果我们的真实身份暴露，他们定会痛下杀手。再次进山，凶多吉少，万万不可！”

陈奎说：“王大人说得在理。如果痴悟和匪徒相互勾结，对我们更为不利，不得不防。如需进山，有我陈奎一人便可！”

济图和玛尔度听着大家议论，默不作声。王萱儿皱着眉头，瞅着自己的丈夫，也没有说话，心中却想：“不入虎穴，焉得虎子？弄清痴悟真实身份至关重要，丈夫如果去意已决，我定要和他同闯险关。”

房间内寂静无声，倒显得沉闷起来。魏裔介慢慢踱着步子，随后说道：“我们既然是到五台山朝佛的香客，大寺、古庙都要转转，要做出专心致志，虔心拜佛的样子。剿匪之事，大家处处留心便是。”

午后，魏裔介一行来到五台山最大、最古老的寺院——大孚灵鹫寺。山门外一对唐碑上分别刻着“龙”、“虎”两个大字。大家进寺，焚香拜佛。游览了千钵文殊铜像、无梁殿、华严经字塔、万斤大铜钟，还有高僧妙峰设计建造、曾被万历之母李太后赞为“法门砥柱”的铜殿。几人边走边看，发现几个人鬼鬼祟祟，几双眼睛一直盯着他们。又见几个武僧跟在他们后面，不离左右。大家明白，他们已经被大螺山的匪徒所监视，智嗔方丈也已派武僧对他们暗中保护。此情此景，大有“山雨欲来风满楼”之势。

午夜将近，窗外风声阵阵，不时传来夜鹰的叫声。陈奎、济图、玛尔度在外间和衣而卧。突然听到敲门声，门外传来女人急促的声音：

“快快开门！”

陈奎翻身来到门后，将门打开，门外闪进一女，正是住在二楼的那位美貌女人。裔介夫妇从里屋走出，女人急促地说道：“今晚有人要暗杀你们，诸位一定要倍加提防啊！”

魏裔介让女人坐下，安慰道：“大姐不必惊慌，有事慢慢道来。”萱儿端来一杯热茶，递到女人手里，女人紧张的心情慢慢缓和下来，话未出口，泪已满腮。

这位女人，即是籍范爱妾谢小婉。父母早亡，十二岁进籍家当丫环。因小婉聪明貌美，籍范对她垂涎三尺，十三岁就被籍范污身。小婉孤苦伶仃，无依无靠，只得忍辱偷生。不久，高祥母子来到籍家，小婉和高母脾气相投，亲如姐妹。小三憨厚老实，三人相依为命。高母被籍范奸污后，羞愧交加，悲愤欲绝，姐妹二人抱头痛哭一场。哭罢，高母拿出儿子穿过的肚兜儿，咬破手指，在上面写下血书，又摘下手上的玉镯，一齐递给小婉，并说："我已无颜活在世上，姐姐别无牵挂，三儿就交给妹妹了，长大后务必向他吐露真情，为母报仇！"说完，跳楼而死。

多年来，小婉时刻不忘姐姐的临终嘱托，对高祥百般疼爱，高祥称小婉为姨母。自从来到五台山后，小婉见高祥受籍范蒙骗、挑唆，误入歧途，而且越陷越深。趁高祥探望姨母的机会，小婉几次想对高祥吐露真情，因随从不离左右，始终未能如愿。小婉心想，籍范纠结亡命之徒对抗官府，官府一定不会坐视不管，高祥认贼作父，助纣为虐，至今还蒙在鼓中。日后被官兵抓住，定是死罪。自己对此坐视不管，如何对得起姐姐的在天之灵？正在小婉一筹莫展之际，魏裔介一行的突然出现，引起了小婉的注视。当晚偷听了几人的谈话，明白了他们的真实身份，几次想向他们吐露真情，又怕暗探盯梢，未能如愿。当她得知籍范派杀手，今晚要暗杀他们时，小婉心急火燎，横下一条心，纵然舍去性命，也要说出真情，救出高祥。

小婉说完，从怀中掏出玉镯和血书，魏裔介双手接过，见血书上写道：

籍范禽兽，逼死为娘，有朝一日，杀贼雪恨！

母血字

小婉还将郑家父母关押洞中，作为人质；郑千郑万被逼为匪，派往阜平、平山，担任首领；高祥亲辖繁峙、盂县两处山贼等事，和盘托出。

听完小婉声泪俱下的讲述，看过血书，大家都被籍范的卑鄙行径所激怒。萱儿紧咬嘴唇，狠狠说道："籍范老贼，禽兽不如，千刀万剐，难解其恨！"

魏裔介将血书和玉镯还给小婉，叮嘱道："籍范阴险毒辣，你要处处当心。高祥之事，只要他改邪归正，定会从轻发落。这两件证物，是拯救高祥的法宝，一定收好，千万不可丢失！"

谢小婉走后，魏裔介让陈奎暗中保护小婉，以免出现意外。其他人各自散开，静候来敌。

三更过后，月亮西斜，万籁俱寂。几条黑影，背插单刀，跳下客栈围墙，直奔这边客房而来。没等他们靠近房门，突然从暗处跃出几个人来，刺客挥舞钢刀，几人对打起来。不过两三个回合，只听"当啷"几声，钢刀纷纷落地，刺客明白遇到高手，一声呼哨，几人同时退出，爬过围墙，狼狈逃窜。王国顺等，并不追赶，折回房间，睡觉去了。

裔介和萱儿躺在里屋炕上，无一丝睡意，萱儿依偎在丈夫身边，二人看着屋顶，琢磨着第二天的行程……

# 十八、身陷魔窟

太阳升到了大螺山山顶。几人用过早餐，魏裔介派遣济图、玛尔度赴晋阳督抚衙门，调兵两千，务于五日内赶到五台县城北安营扎寨，集结待命。指示王国顺和心宝到五台县衙，让他们早做准备，安排军队宿营。陈奎留在客栈，继续保护谢小婉。自己和王萱儿到塔院寺去见智嗔大师，亮明身份，求得佛教界支持。王国顺嘱咐道："匪徒诡计多端，必有耳目跟踪，大家多加小心，避免暴露意图，打草惊蛇。"大家点头称是，分头准备。

裔介和萱儿从塔院寺出来，策马急行，来到大螺山下，登石阶路，上到山顶，一起来到黛螺寺。云惠大师将二人迎进殿内。

"二位施主二次来访，有何吩咐，只管讲来，老衲自当照办。"云惠面目慈和，笑容可掬。

"早闻贵寺藏经阁收藏天下多种佛经孤本，堪称无价之宝，可否借来一阅？"魏裔介问道。

"嗞……这……"云惠欷歔片刻，忙道，"藏经阁由本院住持管制，待老衲将他唤来。"云惠叫过僧童。

不大一会儿，痴悟来到殿中，上前施礼道："阿弥陀佛！不知二位施主驾到，有何指教，贫僧自当效劳。"

云惠将施主之意告诉了他，痴悟听后，眼珠"滴溜溜"转动几下，立即堆起笑脸，高兴地说：

"当然，当然。藏经阁不曾收拾，满是灰尘，施主暂且歇息片刻，待会儿打扫停当，再来请二位施主。"痴悟说完，快步走出殿外。过了一会儿，一位和尚来请，二人别过云惠，云惠伸出一掌，掌上写着"当心"二字，魏裔介看一下云惠无比忧虑的眼神，心领神会，握住大师的手，深深点了下头，二人随那和尚向后殿走去。

裔介和萱儿刚刚跨过藏经阁门槛，沉重的大木门就被关上。看到殿内的景象，使魏裔介大吃一惊。宽阔的大厅内，阴冷昏暗，一片狼藉。宝橱、书柜、经箱东倒西歪，经书、佛器、瓷片散落一地。靠墙一个粗壮的大木架，架上安一辘轳样圆碌，碌上缠着绳索。七八个和尚打扮的匪徒剑拔弩张，如临大敌。籍范坐在太师椅上，一改往日的慈善祥和，跷着二郎腿，一脸奸笑。

“二位官差，不请自到，莽莽五台山，官府能将奈何？昨夜二位侥幸逃生，今日又来自投罗网，那就毋怪我手下无情了。”

“籍范老贼，死到临头，竟敢口出狂言！”魏裔介正气凛然，毫无惧色。

籍范听到对方直呼自己名字，心中惊惧，咬着牙说道：“你们横竖是死路一条，待手下将你们几个一网打尽，我让你们魂归黛螺，死无葬身之地！来呀，绑了！”

众匪徒一拥而上，一把钢刀架在魏裔介的脖子上，王萱儿的手伸进衣襟内，抓住几粒钢丸，就要弹出，见魏裔介向她使以眼色，方才罢休，二人被缚。

“轰隆隆”一声闷响，地上石板慢慢裂开。随着响声，露出一个圆圆的黑洞。两个匪徒将大木架推到洞口上方，架上吊下一只硕大的箩筐。二匪徒将魏裔介夫妇的双眼蒙上，推进箩筐。二匪徒走进筐内立定，随着几声铃响，大箩筐慢慢坠下，好大工夫才落到地面。解开蒙布，魏裔介二人睁眼环顾，原来是个宽阔的大山洞。

这就是善财洞。山上的黛螺寺藏经阁和善财洞之间，有一条狭窄的岩溶洞穴相连。箩筐就是沿着这个垂直的洞穴，落到善财洞的。这个洞穴，就是黛螺寺和善财洞的秘密通道。

洞内声音嘈杂，谩骂声、摸牌声、嬉闹声，声声刺耳；油烟味、臭味、浊气，令人作呕。

一伙匪徒围拢过来，一个尖嘴猴腮的小子说道：“到底是京城来的人，瞧这女子多俊，仙女似的。嘻嘻！”一个头目模样的人一脚踢开那小子，说道：“将二人押往三仙洞，好生看管。”

魏裔介二人被匪徒押着，上坡下坎，转弯抹角，来到一个小山洞。匪徒解下二人绳索，关上洞门走了。

二人进洞，见杂草堆上半躺着一位老翁，一位婆婆。魏裔介坐在草堆上，打量着二位老人，然后小声问道：“二位可是郑千郑万的父母？”

两位老人听后，慢慢坐起来，睁开昏花的老眼，看着对方。老翁点了点头，问道：“你们……”魏裔介答道：“大伯休要惊慌，我是魏裔介，是你儿子的朋友。”

两位老人闻听此言，先是一惊，遂双双跪在地上，婆婆说：“原来大恩人到了。”二老磕头不止。魏裔介和萱儿起身劝阻，婆婆哽咽着说：“大恩人不计前仇，饶恕我儿，救下俺们一家四口。可是籍范老贼，不肯罢休，将我们一家数口劫持洞中，威逼两个儿子落草为寇。恩人到此，定是为这帮土匪而来，籍范罪孽深重，不得好死。可是……可是我儿走上邪路也是被籍范所逼，他俩可是好人哪！”

魏裔介看了看洞口无人，便小声安慰老人家说：“郑千郑万的事，我都听说了。只要他们以后不再和官府作对，不侵害百姓，官府是不会治他们死罪的。如果二人反戈一击，戴罪立功，投顺官府，一定会从轻发落的！”

“那就好，那就好。不过，高三这个人不是太坏，只和官府作对，从不让下边弟兄们祸害老百姓。只是籍范老贼笑里藏刀，心比蛇蝎还毒，欺男霸女，无恶不作！”郑父咬牙切齿地说。

这时，从洞口走进两个人来，郑母忙把二人叫到身边，小声地对他们说：“郑仁郑义，这位就是你们哥哥常常提起的那位大恩人，快来见过魏大老爷。”二人先是一惊，随后倒身便拜。

郑父对恩人说道：“他们是我的两个侄子，和我们老俩一起来到这里。高三看我俩年老体衰，就让弟兄二人留在我们身边，作个照应。他们进进出出也很方便。老爷如有用得着他们的地方，只管说话就是。”

魏裔介点了点头，问道：“洞中情况如何，高三现在何处？”郑仁答道：“他们听说上边派来了官员，到五台山微服私访，籍范昨晚派人暗杀，谁知派去的人不是人家的对手。籍范又让高三派人到外地请高手去了。刚才来了一伙人，说是繁峙、盂县的两个头目，来向高三索要饷银。高三正和他们在内厅议事。”

魏裔介沉思片刻，问道：“你们可知郑千郑万在阜平和平山的住处？”郑仁答道：“知道，都去过好几次了。”魏裔介瞅了瞅洞口，对郑仁郑义说道：“你们若想救出两位老人和两个哥哥，必须按照我的安排去做。二位可有胆量？”郑仁说：“老爷只管吩咐，就是舍了性命，也要救出亲人！”

魏裔介点了点头，对郑仁细声窃语，密授机宜。最后叮嘱道：“此事非同小可，关乎成败，千万当心，切不可走露半点风声。”又对郑义说道，“我二人被困洞中，随行的其他五人尚不知情，你到佛来客栈告知陈奎实情，要他稳住阵脚，不要惊慌，我自有安排。务必让他保证谢小婉的安全，不能有半点闪失！如果万一出现意外，就到塔院寺找智嗔大师，将实情告知与他，他一定会帮忙的！”二人点点头，先后退出洞外，分头行动去了。

洞壁上的松油灯忽闪了几下，油烟带着黑煤子在洞中飘舞。两个挎着腰刀的护兵走进洞内，站立洞口两旁，从洞口走进一人，此人身材魁梧，黑红脸膛，浓眉高髻，内穿青色小袄，外套豹皮大氅，腰间武士皮带上的铜牌闪闪发亮。他就是惊动朝野的五台山匪首——高祥。

高祥站在魏裔介面前，怒目而视，魏裔介盯着对方，毫不示弱。高祥收回目光，心中思忖：“都说官府之中无好人，看此人举止大方，一身正气，身陷囹圄，却不惊不慌，将死之人，竟然毫无恐惧之色，莫不是错抓了好人？待我讯问之后，便知分晓。”

两个护兵抬来椅子，高祥坐下，厉声喝道：“大胆狗官，闯我禁地，死到临头，还装模作样，当官的个个贪生怕死，难道你就不怕被砍头么？”

“呵呵呵呵。”魏裔介冷笑几声，说道，“怕死？若是怕死，哪敢闯你这虎狼窝？”

高祥听后，心中想道：“像条汉子。”随后问道，“放着高官不做，放着清福不享，倒来此地送死，难道你不后悔？”

“清平世界，却有山贼作乱。抢劫官府，欺压百姓，践踏佛门圣地。作为朝廷命官，岂能袖手旁观？为民除害而死，死得其所，哪有后悔之理？”魏裔介理直气壮，坦然以对。

“欺压百姓？若不是官府欺压百姓，逼得无路可走，哪个愿意占山为王，与官府作对？好端端一个善良之家，积德行善，广施恩惠，竟遭官府陷害，走投无路，才落到这般境地。官府如此欺压良善，天理难容！”高祥说着，青筋暴起，激动异常。

“好一个积德行善，好一个善良之家，小三儿啊，你好糊涂！籍范作恶多端，禽兽不如，你受其蒙骗，认贼作父，为虎作伥，你妄为高家子孙！”

高祥听到此话，心中惊愕，从椅子上站起来，目光直盯魏裔介，心中思忖：“此人深知根底，并且直呼自己的奶名，其语气真挚诚恳，目光纯真无邪。到底什么来历，竟敢说自己认贼作父？”高祥慢慢松开紧攥刀把的手，强压怒火，铁青着脸问道：

“你已是将死之人，我要你把话说个明白。想当年，我们母子二人走投无路，流落街头，是养父把我们收留，救下我们母子，母亲死后，养父视我为亲生，将我养大，养父对我高祥恩深似海。每遇灾荒之年，开仓赊粥，接济穷人，还为官府捐献银两。就是这样一位大善人，竟遭你们官府陷害，大哥春林无辜入狱，籍宅也被查封，养父有家难回，又被官府追杀，性命不保。好端端一个家庭，让你们这帮狗官逼得家破人亡。官府横行霸道，欺压良善，不给百姓一条活路，这样的官府，就是要反，这样的狗官，就是该杀！”高祥越说越气，怒火中烧。

王萱儿站起来，指着高祥问道：“高祥啊高祥，你良莠不辨，好坏不分，你母亲……”

魏裔介向王萱儿使了个眼色，心平气和地说：“高祥，我问你三件事情，你若能如实说出，纵然死在你的刀下，我死而无憾！”

“那就快讲！”高祥说。

“高祥，我来问你，籍春林和你一起长大，他是什么德行，你心中应该最为清楚。他平时游手好闲，吃喝嫖赌，不学无术，竟能以秀才身份参加乡试；他道德败坏，荒淫无耻，诱骗老师之女，强娶为妻，逼死人命，这些事情你难道不曾知晓？”魏裔介凌厉的目光直逼高祥。

提起籍春林，揭开了高祥的一块伤疤。自从到了籍家，籍春林对高祥百般虐待，动辄侮辱谩骂，拳打脚踢，高祥忍气吞声，受尽屈辱。高祥渐渐长大，籍春林对他才有所收敛。母亲死后，籍范将自己收为养子，自己对此感恩戴德，对籍春林也不记前仇。后来，籍春林将罗慧诱骗家中，威逼成亲，罗慧不从，籍春林恼羞成怒，对罗慧大打出手，使罗慧受尽折磨。高祥对此虽然气愤，也只能强压火气，规劝籍春林早些罢手，放了罗慧。籍春林不但不听劝阻，反而大骂高祥“野种”，胳膊肘往外拐。以致发生了罗慧吞金自杀的惨剧。至于籍春林不读诗书，却能参加乡试之事，高祥对此也曾有过疑虑，看到籍春林得意忘形，自吹自擂的举止，高祥十分反感，直到籍春林锒铛入狱，高祥也不知道其中缘由，听籍范说是被官府陷害所致，高祥也就信以为真。此时旧事重提，高祥心中似乎有些明白。

高祥让身边的两个护兵到洞口站岗，然后说道，“籍春林的事，暂且不提。子是子，父是父。养父一生积德行善，广施恩惠，官府为何对他穷追不放，严加通缉？”

魏裔介接过话锋，镇静地说道：“这也是我要问你的第二件事。你的养父究竟何许人也，你现在尚未明白。官府对他的通缉，是他罪恶深重，咎由自取！”魏裔介说着，看着高祥，见他双目圆睁，似有不服。魏裔介接着说：“高祥，其他事你可以不知，可有一事，是你高祥亲身所为，想必你不会忘记吧。”高祥听后，不觉一愣，瞪着眼睛，静听下文。

“罗慧被逼致死，你是清楚的。罗慧死后，其父罗清肃得知女儿惨死籍家，气愤至极，到晋阳府衙击鼓鸣冤。府尹刘仁身为朝廷命官，理当秉公断案，严惩凶手。哪知他收受籍范贿银，贪赃枉法，竟判罗清肃诬告之罪，反坐入狱。这三百两赃银就是你高祥亲手送给知府刘仁的。刘仁当堂供认，案卷有证可查，不由你不认！”

高祥听后，心头一震，慌忙说道：“不不不……对，对对，银子是我送的。可那不是贿银，而是养父捐献给府衙的学银，说是官府开办学堂，学银吃紧，让我亲手交给刘大人，怎么倒成了赃银？”

魏裔介接着说：“刘仁亲口所供，此银是籍范所交贿银，岂能有假？只可怜七十岁老人，亲生女儿含冤而死，此仇未报，自己却被投进大牢，真是旷世奇冤！高祥，你是穷家之子，难道对罗老一家的悲惨遭遇竟然没有一点同情之心么？”

“这……”高祥顿时语塞。

魏裔介紧追不舍，接着问道：“还有一宗贿银，也是你高祥亲手送给刘仁。

乡试前，籍范为了给儿子弄个前程，光宗耀祖，就让你给刘仁送去一千两贿银，刘仁见钱眼开，为籍春林考场作弊费尽心机，大做手脚。结果籍春林舞弊阴谋被考官识破，籍春林当即被押往督抚大堂，和罗家冤案一并开堂审问，籍春林和刘仁被打入大牢，罗老被无罪释放，籍范畏罪潜逃后被官府通缉。想不到籍范逃到此地，削发为僧，聚匪滋事，反抗官府，实属罪上加罪，十恶不赦。你高祥青红不分，助纣为虐，为案犯赃官传递贿银，并纠聚匪徒，与官府和百姓为敌，你可知罪？”

“不不不！那一千两银子是他给官府开举乡试的捐银，不是赃银。罗家的冤情是籍春林一人所为，养父忠厚善良，绝不会干出如此伤天害理之事！”高祥嘴上这么说着，心中已经开始发虚。

当初，籍范为逃避官府追捕，黛螺寺削发为僧，将高祥以及家丁接来，暂避善财洞。又将郑千郑万及父母挟持洞中，威逼兄弟俩劫狱未果，以及后来聚匪滋事，抢劫官府、骚扰乡民、庙宇，高祥对此心中极为不满，每次下山归来，愧疚之心难以言表。高祥已经看出，养父皈依佛门以后，一改原来的仁慈善良之态，与官府的仇恨，使他变得凶狠暴虐起来。高祥心想，养父的所作所为虽然有失人道，也许有他的一番道理。养父对自己恩重如山，自己对他也只能俯首帖耳，唯命是从。几年来，高祥一直处于十分矛盾和复杂的心理状态之中，任人役使，不能自拔。魏裔介有理有据的质问，使他强以应对，心中发慌。

“高祥，我再问你最后一件事，你的母亲因何而死，你可明白？”魏裔介目光犀利，凝视着高祥。

“不慎坠楼身亡。”高祥答道。对方的一句问话，勾起了高祥对母亲的深深怀念，泪水在眼眶里打转。

“高祥啊，你至今还蒙在鼓里，你的母亲是被籍范所逼，跳楼自杀，含冤而死！”王萱儿斩钉截铁地说。

高祥听后，犹如晴天霹雳，眼睛发直，目瞪口呆。缓过神来，咬着牙说道：“你……你胡说！你们……你们诬陷养父，是何居心？”

“高祥，我们所说的话句句是真，你若不信，就到佛来客栈去找你的谢姨，一问便知。多少年来，谢姨与你情同母子，相依为命，她的话你总该相信吧！她在客栈等你。”

高祥听后，大觉猝然。他神情呆滞，目光茫然，继而猛然转身，疾步走出三仙洞，几个护兵随后跟出，下山直奔佛来客栈而去。

“嘿嘿嘿嘿……”洞口传来阴森森的几声冷笑，随着声音走进一人，光光的头，苍白的脸，灰色僧袍外套一件黄色袈裟。郑家父母见到此人，脸上顿时露出惊惧之色。不由地挪动身体，斜靠在洞壁上，看着这位赫赫有名的“籍大善人”。

籍范跨前几步，走到魏裔介面前，仔细端详，嘴角微微颤动，狠狠说道：“孙猴子纵有天大神通，也逃不出如来佛的手掌心。这位大人，你无所畏惧，聪明透顶，也比不过你籍爷的神机妙算。这不，你的小命就攥在我的手掌心，插翅难逃喽！咹？”

魏裔介看到籍范不可一世的样子，嗤之以鼻，昂首挺胸，直视洞顶。

籍范看到魏裔介正气凛然的样子，“嘿嘿”冷笑几声，凑到魏裔介面前，瞪着眼问道：“你刚才和我养子的谈话，我听得一清二楚。你对四年前的案子了如指掌，你……你是何人？”籍范围着魏裔介转了一圈，眯着眼睛认真打量着。嘴里嘟囔道：“京城来的，莫非……莫非你是……你是当年山西乡试主考魏……魏……”籍范好像突然间得了疟疾，两眼发直，嘴角乱颤，双手发抖。

“哈哈哈哈，哈哈哈哈……你的眼力倒是不错，魏裔介立不更名，坐不改姓。籍范恶贼，你道貌岸然，却禽兽不如。几年来，你逍遥法外，坏事干绝，你所犯滔天大罪，定遭严惩，纵有三头六臂，也难逃法网！”魏裔介大义凛然，目光凌厉，直逼匪首。

籍范倒退两步，咬牙切齿地说道：“好一个魏裔介！我的一家都毁在你的手里，将你千刀万剐也难解我心头之恨！”籍范挽了挽袍袖，眼露凶光，接着说道：“老天有眼，冤家路窄，你自己送到我的刀口之下，休怪籍爷无情。你死到临头，竟然这般强硬，是不是指望你的手下前来搭救？呵呵呵呵……做梦去吧！”籍范把手一挥，喝道：“带上来！”

几个匪徒推着两个被五花大绑的人，走进洞来，匪徒猛力一推，两个人踉踉跄跄，走进洞来，魏裔介定睛一看，竟是济图和玛尔度，二人衣服被撕破，满脸是血。

随着一阵骚动，又被拖进一个人来，此人身上缠满绳索，满身血污，对匪徒破口大骂。见到魏裔介，奋力挣脱匪徒，抢步跪在魏裔介面前，悔恨交加，失声痛哭。

突然，高祥满面怒容，立在洞口，指着魏裔介喝道：“你们当面说的好听，背地里却在捣鬼。佛来客栈没有谢姨踪影，她如今下落不明，你们怎么解释？”

“嘿嘿，嘿嘿。祥儿呀，为父给你说过多少遍了，当官的没一个好东西。你若听信他们的谎言，只能受骗。这些狗官知道你与谢姨亲如母子，便劫持谢姨，将她置于死地，以此嫁祸于人，挑拨你我父子情分，他们也太狠毒了吧！祥儿，你可千万不可听信他们的谗言，受骗上当啊！”籍范看着高祥，装腔作势，满脸的“真诚”，使高祥如堕五里雾中，不知所以……

魏裔介和王萱儿看到陈奎三人同入魔掌，谢小婉又突然失踪，一时愕然，愣在那里……

# 十九、智擒匪首

善财洞的大厅，宽敞高阔，洞壁上的岩石奇形怪状，犬牙交错。高低不平的洞底，有涧水流过。数十根木柱上，松油、熊油锅灯闪着火光。大厅南方有一个凹进洞壁的天然石龛，高深数丈。原为供奉善财童子之地，现已成为匪首的聚义大厅。高处平地上放着一把虎皮交椅，几个粗糙木椅排列两旁。整个大厅，烟雾弥漫，只听到涧水流淌的声音和油灯毕毕剥剥的响声。

大厅往西，弯弯曲曲，经过几道洞卡，就是三仙洞。守洞的几个匪徒，东倒西歪地睡着了，洞内郑家父母唉声叹气，暗自垂泪。魏裔介夫妇和陈奎三人都被反绑手臂，坐在草堆上。陈奎几次想挣脱绳索，救人出洞，都被魏裔介制止。魏裔介耐心规劝大家，不必过于自责，静观事态变化。

原来，济图和玛尔度领命后，驱马疾驰，当二人走到五台县城北面的山坳时，被埋伏在此处的匪徒，用绊马索绊下马来，二人奋力抵抗，终因寡不敌众，当场被擒。

再说陈奎。今天上午，几人分头行动，各自出店之后，陈奎来到楼下，注视着二楼谢小婉房间的动静，一刻不敢疏忽。猛然间听到有人大叫："抓贼呀！有人抢银子啦！"陈奎听到喊声，疾步跑进迎客厅，见店伙计指着店外火急火燎地说："贼人刚刚逃出，快去追呀！"陈奎不假思索，飞身出店，来到街上，窃贼早已无影无踪。陈奎想到谢小婉，急返客栈，跑上二楼，一步迈进谢小婉房间，发现房内已空无一人，谢小婉踪影全无。陈奎捶胸顿足，大呼上当。心中思忖：谢小婉失踪，定是籍范所为，企图杀人灭口。谢小婉被劫持后，一定会被押到善财洞或者黛螺寺的隐秘之处，她随时都有杀身之祸，情况万分危急！陈奎来不及多想，救人要紧。冲出客栈，和前来给陈奎传话的郑义撞了个满怀，郑义被撞出丈把远，跌在地上。陈奎牵过一匹马，跃上马鞍，朝大螺山方向疾追而去。

前面就是大螺山，陈奎发现前头不远，几人跟着一辆轿车向前飞跑。陈奎心想，谢小婉一定被押在车内。陈奎催马疾奔，意欲半路救下谢小婉，不料马蹄被绳索绊倒。从一棵大树上飞下一个黑色大网，将陈奎团团罩住，如猛虎被困笼中，纵有一身本领，也无济于事。陈奎被缚，被众匪徒押往善财洞。

魏裔介凝视着洞内的灯光，神态沉着，表情稳重。王萱儿从未受过如此束缚，心中委屈，不由淌下泪来。看到丈夫沉稳安定的神色，逐渐安下心来。心中喊道："父亲，您在哪里？"

说起王国顺，不愧锦衣卫出身，领命以后，经过乔装改扮，走出客栈的是个头戴瓢形毡帽，外穿老羊皮大袄，腰系皮带，背插宝刀的匪贼。心宝扮作随从，二人上马，直奔五台县衙。见到知县，王国顺亮出御前侍卫铜牌，令其备足粮草，迎接剿匪兵马驻扎。王国顺对济图二人放心不下，为防不测，又拿出盖有朝廷兵科大印的信笺，递给知县，令其选派得力干将，前往晋阳督抚衙门，将此信亲手呈送督抚林大人。五台县令自知事体重大，不敢耽搁，马上照办。

王国顺回到客栈，发现店内气氛不祥。来到房间，空无一人，又到谢小婉住处，早已人去室空，房内一片狼藉。王国顺感到事态严重，便来到塔院寺，见到智嗔大师。智嗔将王国顺迎进大殿。

大殿内，智嗔大师正在召集五台山各寺方丈、住持议事。

王国顺将魏裔介夫妇及陈奎失踪的消息告诉了诸位方丈，智嗔大师说道："王大人不必担忧，据本寺内探报称，魏大人、王夫人被押善财洞内，魏大人派去晋阳搬兵的两位，也被匪徒所俘，和魏大人押在一处。匪首痴悟意欲将你们七人全部抓获后，才下杀手，斩草除根。当下看来，他们几人尚无性命之忧。然而事不宜迟，要赶快想个办法，救出几位脱离险境，再图剿匪大计。"

王国顺说道："智嗔大师所言极是。"接着，又将谢小婉与籍范和高祥三人鲜为人知的关系向大师们诉说一遍，随后说道，"此次剿匪，宜予智取，不可强攻。如果谢小婉将实情告诉高祥，又有生母血书等物为证，高祥醒悟后，势必对籍范恨之入骨，势不两立。再对其陈明利害，晓以大义，高祥定会弃暗投明，反戈一击，籍范老贼就孤掌难鸣，大螺山将不攻自破。可眼下谢小婉去向不明，若被籍范杀人灭口，死无对证，魏大人处境将更加危险。现在的当务之急，就是探明谢小婉的禁身之处，将其救出虎口。剿匪之事，大局可定。"

小僧来报，寺外一人，称魏大人送来口信，要见智嗔大师。智嗔说道："快请！"

来人即是郑义。郑义出洞后，直奔佛来客栈，途中见一伙匪徒押着两人，往大螺山方向走去。没走多远，见一辆轿车飞奔而来，车后跟着一帮匪徒，也往大螺山奔去。郑义来不及多想，加快脚步，来到客栈门前，却被素不相识的陈奎撞倒。找遍客栈，见不到人，只得来到塔院寺，向智嗔方丈求援。

郑义走进大殿，将魏大人吩咐，以及途中所见向各位方丈一一道出。

王国顺和智嗔大师商议后，派心宝和郑义一起混进善财洞，向洞中被困之人送去口信，让他们沉着应对，伺机行动。

布置停当后，智嗔大师健步走上法台，朗声说道："台下各位佛祖弟子听真：孽畜痴悟，佛门败类，辱我佛祖，天良丧尽。五台圣地，恶魔肆虐，佛法所指，此害必除！当今天子，敬佛爱民，钦差凛凛大员，为铲除冤孽，舍生忘死，真乃天神也！如今英雄罹难，九死一生，我辈再不出手，天理不容。我佛慈悲，扬善必惩恶。恶兽扑面，必开杀戒！"智嗔说着，手举禅杖，削去半截蜡烛，厉声喝道："佛法氤氲，各寺听令！"

众方丈、主持纷纷跪地，口中念道："阿弥陀佛！……"

智嗔道："自即时起，五台山内外四十八座庙宇八百武僧，集结待命，为匡扶正义，铲除邪恶，等待号令，杀戒可开！"

黛螺寺方丈云惠大师，走到智嗔跟前，说道："内探刚才来报，谢小婉现押黛螺寺藏经阁内。"智嗔大师听后，精神大振，和王国顺、云惠方丈一起，来到禅房，商定营救谢小婉之事。随后，三人离开塔院寺，施展轻功，直奔大螺山。

三人走到离大螺山不远的一座山崖前，只听一声断喝："三位休走！"随着喊声，从断崖上跳下二人，挡住去路。王国顺刚要动手，只见来人双手抱拳，躬身施礼道："智嗔大师一向可好？狼某这厢有礼了。"

"哦？原来是狼二爷，老衲急务在身，不便久留，咱们日后再叙。"智嗔与狼二爷原有一面之缘，前年五台山闹狼患，各寺院僧人及周边村民均有死伤，一时间闹得人心惶惶。后来，智嗔大师将狼二爷请来，才平息了此事。

"大师如此着急，是否为善财洞山贼绑架钦差之事？"狼二爷说道。

智嗔深知狼二爷的为人，说道："正是。你……"

"咳！我也是为此事而来。不过，我是高三请来对付钦差的。想不到他们绑的竟是我曾向您提过的魏裔介魏大人。我感到事态严重，又不知就里，想去塔院寺找您商议，却在此处不期而遇。"狼二爷答道。

原来高祥派人请来的高手就是狼二爷。起初，狼二爷并未答应此事，但听说籍范为逃避官府追捕，在五台山遁入空门，近年五台山匪贼作乱，可能与籍范有关。果真如此，也好见机行事，协助官府，灭此匪患。便和罗强等人一起来到了善财洞，窥视到被缚的钦差竟是魏裔介等人，不由得倒吸一口凉气……

智嗔将王国顺介绍给狼二爷，狼二爷眼前一亮，不禁"啊"了一声，拱手说道："不知大内高手驾到，由此看来，这帮山贼来日无多了。如用得着狼某，只管吩咐便是！"

随来的罗强猛然间跪在地上，抽泣着说："魏大人是我罗强一家的救命恩人，现在恩人性命垂危，请诸位救救恩人吧！恩人若能安然无恙，我罗强死也心甘！"王国顺上前，将罗强搀起。

智嗔想起狼二爷曾对他讲起过，山西乡试主考官魏大人智破连环案，险些遭人暗算之事，对魏裔介的临危不惧、智勇双全、为民除害的崇高品德更加敬佩。

便道："魏大人大气凛然，气吞山河，纵舍去性命，也要将他们救出牢笼，铲平恶障！"

几人来到山崖隐蔽处，商议着剿匪大计……

善财洞外，梭枪林立，刀光闪闪。洞内匪徒聚集，戒备森严。议事厅内，火炬闪烁，照得满洞通亮。

高祥坐在虎皮交椅上，心情忧郁，愁眉不展。下排首位坐着身披袈裟的籍范，下面坐着大小头目。

厅前一排七根大木桩前，几个匪徒光头赤膊，杀气腾腾，手握钢刀，叉腿而立。木桩上，绑着五个人，中间是魏裔介，两边分别是王萱儿、陈奎、济图、玛尔度。几人昂首挺胸，无所畏惧。

籍范从木椅上站起，走下高台，绕过木桩，站在魏裔介面前，阴阳怪气地说："魏大人，天有日月，人有轮回，当年你让我家破人亡，今日我叫你身首分离。哼哼！鸟之将死，其鸣也哀；人之将死，其言也善。有什么话讲，早点说出来，免得你人头落地，后悔晚矣！"

"籍范老狗，恬不知耻，老天有眼，定将你生吞活剐！"王萱儿毫无惧色，大声叱责。

"籍范老贼，你不要高兴得太早。朗朗乾坤，岂容你恶贯满盈之徒逍遥法外？"魏裔介临危不惧，大义凛然。目光如剑，直刺籍范眼窝。籍范做贼心虚，浑身打着冷战。

"报……"一匪徒进洞，快步来到厅前，拄刀跪地，大声说道："禀报首领，所剩二人，已被狼二爷擒拿，现在洞外听令。"

"快快押进洞来！"籍范看一眼高祥，脸上露出得意的狞笑。

王国顺和心宝反绑着手臂，被狼二爷手下押到木桩前，绑在木桩上。

"狼二爷神通广大，大内高手被你生擒，籍某佩服。籍某有的是赏银，不会亏待你狼二爷的，啊，呵呵呵呵……"籍范说。

"咳咳，小意思，小意思，咳咳。"狼二爷敷衍着，不露声色跟在籍范身后，不离左右，不时向魏裔介使个眼色。

魏裔介刚才听到王国顺被擒，心中不由一阵发紧，听到狼二爷的名字，又见心宝坦坦然然，毫无惊惧之色;再看狼二爷不卑不亢，朝自己暗递眼神，其中奥妙已经明白八九，心中欣然。侧脸看看王萱儿和陈奎，二人投来会意的目光。

籍范走到魏裔介面前，发出一阵冷笑。咬着牙说："魏裔介，和你籍爷斗，你也太不量力了！哼！你也有今天，想不到吧？咹？呵呵呵呵……"

"哈哈哈……哈哈哈哈……痴悟和尚，你的末日到了！哈哈哈哈……"魏裔介大笑着，爽朗的笑声在大洞内回荡。

籍范听到笑声，双腿战栗，慌忙跑到高祥面前，声嘶力竭地对高祥说：“快，快快下令，将他们七人一起杀头！”

高祥一直观察台下动静，看到魏裔介等人大义凛然，视死如归的大丈夫气概，心中暗暗佩服。看到养父阴险狡诈，其伪君子的丑恶嘴脸已暴露无遗，对他厌恶之感陡然而生。于是说道：“不急，不急。谢姨有过交待，这次砍头，非她在场，不可动手！”

籍范急不可遏，大声喊道：“你个蠢货，不可调教的东西！她早已被魏裔介暗杀了，你……”

“痴悟孽畜，休得胡言！谢小婉就在洞内，怎敢说被人暗杀？”籍范听到声音，扭头看到站在身后的智嗔大师，吓得目瞪口呆，浑身酥软。

善财洞内外匪徒无数，戒备森严，智嗔大师如入无人之境，竟然神不知鬼不觉地站到籍范身后，其神功绝技，令人瞠目结舌。

智嗔将袍袖一挥，只见谢小婉被四名武僧护持着，走上厅台。高祥见到谢姨，迎上前去，命随从搬来椅子，让谢姨坐下。

王国顺和心宝解下身上虚绑的绳索，将魏裔介等人解下木桩，王国顺向魏裔介谈了洞外的情形，魏裔介高兴地点了点头。籍范看到事情不妙，企图溜开，却被王萱儿和陈奎紧盯不放，他只得留在原处，不敢再动。

谢小婉看到魏裔介等人安然无恙，放下心来。指着籍范，一字一顿地说：“籍范老狗，假充善人，心比蛇蝎还毒！道貌岸然，却荒淫无耻。三儿，他，他他，他就是逼死你母亲的凶手！”

谢小婉满怀悲愤，怒不可遏。从怀里掏出血书，摘下玉镯，一起递给高祥。高祥双手接过自己曾经穿过的肚兜和母亲的玉镯，看过母亲的血书，慢慢昂起头，目光似烈火，直逼籍范。

籍范看到高祥的目光，心惊胆战。感到情势不妙，自己已无路可逃，于是高声喊道：“小子们，快动手啊！”

随着喊声，从几个侧洞内冲出几伙匪徒，挥舞刀枪，喊着叫着，直奔大厅而来。王国顺早有准备，向冲来的匪头发出一支飞镖，匪头应声倒下。王萱儿、陈奎、智嗔、狼二爷等人手中的暗器频频发出，冲在前面的匪徒纷纷倒下，后面的匪徒愣怔片刻，继续挥舞刀枪，直冲过来。洞内数百匪徒剑拔弩张，蠢蠢欲动。王国顺等人握刀在手，严阵以待，情况万分危急。

洞口突然杀声骤起，一群官兵冲进洞来，匪徒见状，惊慌失措，纷纷躲避。

洞口有人高喊：“山西新任按察使杨大人到！……”

人们听到喊声，一起注视洞口。只见两队兵士手持武器，跑步进入洞口，列队立正。杨犹龙身穿官服，精神抖擞，快步走进洞来，魏裔介迎上前去，扳住杨犹龙的肩头，无比兴奋地说：“犹龙兄弟，你……你怎么到此？”

杨犹龙说："我带来两千人马，为你剿匪助上一臂之力！现在洞外集结，等你号令。"众人欢呼雀跃，兴奋异常，匪徒们惊魂未定，十分恐惧。

原来，魏裔介等人出京后，范文程甚为担忧，恐有不测，便奏明皇上，举荐杨犹龙出任山西按察使，全力协助魏裔介剿匪。福临欣然应允。杨犹龙即刻赴任，日夜兼程，赶赴晋阳，向山西督抚林大人禀明情况，第二天便率人马，直奔五台山而来。半路上遇到五台县令派去送信的一队官兵，问明情况，便一路急行，来到大螺山前。

智嗔大师袍袖一挥，指着浑身发抖的籍范说："你罪恶深重，死有余辜，落此下场，咎由自取。从此将你逐出佛门，交官府依律治罪！"几个武僧上前，扒下籍范的袈裟，就要捆绑籍范，籍范用力挣脱，跳着脚，歇斯底里地喊道：

"你们得意得太早啦！我早已派人通知四个山头的三千多弟兄，他们即刻便到，你们的死期就要到啦！"

高祥冲到籍范身后，飞起一脚，籍范被踢出老远，杵在地上，不得动弹。高祥上前，揪起籍范脖领，籍范立足未稳，高祥用足气力，照籍范面部冲出一拳，籍范大叫一声，血水从口中喷出，仰面倒在地上，再也爬不起来。

高祥跪在谢小婉面前，痛哭流涕，泣不成声地说："小三有眼无珠，认贼作父，罪不可恕。儿已不能在您身边尽孝，您自己多多保重吧！"谢小婉泪流满面，抚摸着高祥的头，无奈地摇了摇头。

高祥离开谢姨，走到魏裔介面前，"噗通"一声，双膝跪地，双手并拢，举过头顶，喃喃说道："高祥已犯重罪，任凭大人发落。"

魏裔介伸出双臂，将高祥慢慢搀起，交给两名兵士看护，然后跳上厅台，大声说道："匪首籍范，聚众造反，罪大恶极。现将籍犯押入山西督抚大牢，依律判处。"几名兵士上前，给籍范戴上脚镣铁枷，押出洞口。洞外由八百僧兵布阵巡逻，官兵纷纷列队进洞，占据各个有利地形，密切注视匪徒动向。郑义和心宝等人搀扶着郑父郑母，向大厅走来。

魏裔介继续说道："高祥聚匪滋事，是受籍范蒙蔽，不明真相，实属上当受骗，鉴于高祥无纵匪行凶之实，本人亦无血案在身，应当从轻发落。高祥现已幡然醒悟，只要他痛改前非，重新做人，协助官兵捕捉残匪，戴罪立功，官府将不计前嫌，既往不咎，以功抵罪，免予处罚。"

魏裔介提高嗓音，说道："洞内所有匪徒听着，你们落草为寇，对抗官府，骚扰百姓、扰乱庙宇，实属大逆不道，犯上作乱，已犯下大罪！"魏裔介缓缓口气，接着说，"你们都是爹娘生养，穷苦出身，放着安生日子不过，撇下家中父母妻儿，为了籍范的几个昧心之财，来到这荒山蔽洞，甘心干此遭人唾骂的卑鄙勾当。你们都是五尺男儿，血肉之躯，却做出如此不忠不孝、不仁不义之事，难道你们就心安理得，问心无愧么？"

看着匪徒们个个垂头埋胸，唉声叹气的样子，魏裔介大声说道：“除去罪大恶极之徒，愿意改邪归正，放下武器，重新做人者，官府将既往不咎。”

匪徒们纷纷将手中的刀枪扔出，站立一旁，听候发落。

魏裔介继续说道：“你们之中，愿意回家者，只要不继续为非作歹，可以释放回家；愿意立功赎罪，反戈一击者，编入剿匪军营，发给饷银，杀敌立功，一雪前耻！”

台下众匪徒纷纷表示，愿意听从大人号令，奋勇杀敌，将功折罪。

兵士来报，大螺山东南方向，有千余匪徒向这里杀来，情况十分危急。杨犹龙一声号令，除留下部分兵卒看守已降匪徒外，众将士立即出洞，和众武僧一起，摆好阵势，准备迎敌。

魏裔介、王萱儿、王国顺、杨犹龙、智嗔大师、狼二爷等，站在洞外的岩石上，见不远处尘土飞扬，人喊马嘶，一队人马朝大螺山疾奔而来！

大队人马来到山下，见善财洞外军旗招展，众将士和僧兵严阵以待，却不见有半个匪徒，便驻足不前，原地待命。队伍中闪出两人，胯下坐骑疾奔如飞，直冲山洞而来。

狼二爷看到二人，高兴地喊道：“魏大人，你猜，他们是谁？分明是郑千郑万两个兔崽子，救您大驾来了！”

王萱儿站在丈夫身旁，兴奋地喊道：“是，是他们！还带来了这么多人马，他们一家也该团圆了。”

魏裔介看着牵马朝自己疾步走来的郑家弟兄，脸上露出了久违的笑容……

时光荏苒，转眼二月将过。二十天来，魏裔介将高祥、郑千、郑万率部投诚的上千人马收编，和杨犹龙所率官兵一道，并在狼二爷全力协助下，一举消灭了繁峙、盂县的顽匪。深入大山野岭，追剿残余匪徒，并扫平了晋北、冀西地区土匪多年盘踞的山头和窝点，使饱受匪徒惊扰的百姓，过上了安枕之日。

五台县城，彩旗招展，锣鼓喧天。魏裔介一一谢过送行诸位，来到杨犹龙身边，二人双手紧握，泪眼相对。杨犹龙无限深情地说：“兄长此次一别，不知何时才能相见……”

杨犹龙说着，已是泪流满面，泣不成声。

魏裔介心中悲切，以诗相赠，勉励挚友：

十载称良友，胡为四牡騑。
无言可用赠，有泪欲同挥。
出处既如此，文章宁遂微。
芳名各自保，庶共芰荷衣。

二人挥泪辞别，魏裔介一行纷纷上马，拜别众位，踏上回京之路……

进入直隶地界，一片荒凉景象。因连年水患，村庄房舍俱毁，村民无居无粮，树皮剥光，草根掘尽。路上流民如蚁，路边饿殍僵卧，胸腹洞开，内脏被野狗掏尽；树上缢尸悬挂，头部肌肤已被鹰鹞啄尽，面目全非，腰下肉身，已填饿狼之腹，其状惨不忍睹。魏裔介等人观此惨象，悲怜万分。

走近滹沱河南，渡河南逃的流民，个个面如枯叶，形销骨立。扶老携幼，步步维艰。猝死路旁者不计其数。夫亡妻泣，爹死女号，幼伤母哀……

魏裔介等人下马，来到一位躺在地上、奄奄一息的老人身边。王萱儿含着泪，将一个干馍递给老人。老人费力地摇摇头，看着偎在身边的孩子，嘴里喃喃着说："可……可怜的孙儿，爹娘狠心，刚……刚才投河自尽，剩……剩下……"老人说不出话，老泪顺着鬓角淌下，伸出干柴似的手，颤颤巍巍地摸着孙儿的头，用乞求的眼神望着魏裔介夫妇，老人的嘴张了几下，头歪向一边，瞪着双目，一命归天。孙儿趴在爷爷身上，喊着"爷爷，爷爷……"大哭起来。魏裔介沉默良久，用手抹下老人的眼皮，王萱儿抱起可怜的孩子，其他人牵着马，向滹沱河南岸走去。

真定府南门城楼遥遥在望。魏裔介站在南岸的高坡上，望着对岸越聚越多的难民，心潮起伏，忧心忡忡。

浑浊的滹沱河水，滚滚东去，河水泛着白沫，夹杂着枝叶杂物，不时泛起一具尸体，顺流漂过。陈奎叫来两只渡船，几人牵马上船，不一会儿来到对岸。

一对面黄肌瘦的年轻夫妇来到船边，媳妇怀抱小儿，乞求船家将其三口渡过河去，船家索要船费，媳妇哭诉道："我家公婆饿死路上，剩下三口，身无分文，数日来粒米未进，您将我们渡过河去，权当救下三条人命……"

媳妇央求再三，船家仍是置之不理。魏裔介见状，让心宝去取银两，意欲代付船费，让三口尽快过河。不料丈夫对妻子喊道："我已无颜苟活世上，你和小儿找个人家活命去吧。"说着，一头扎进河中。媳妇见状，惨叫一声，先将小儿投进河里，自己随后跳进水中，投河自尽。眨眼间，一家三口，命丧滹沱。船家哼着小调，早已驾船远去。心宝拿着碎银，愣在那里。

魏裔介望着滔滔河水，对天长叹！岸上难民，人人悲泣，哭声一片。马儿长嘶，河水翻滚，北风怒号，天地动容！

# 二十、为民请命

艰苦卓绝、你死我活的剿匪历程，加上对难民沁心彻骨的痛惜哀怜，使魏裔介的身心受到了极大创伤，回到京城便病倒了。数日高烧不退，昏迷不醒。王萱儿日夜守护在丈夫床边，暗自垂泪。懂事的孤儿也经常守在床前,不肯离去。经过几天的精心调治，魏裔介的病情稍有好转。

一日，魏裔介终于醒来，一家人喜出望外。魏裔介让翠珠和小芹把孤儿抱到床前，王萱儿将丈夫扶起，魏裔介问道："孩子，你叫什么名字？"

孤儿怯生生地回答说："我……我叫狗剩儿。"

魏裔介拉着他的小手，摇摇头说："不好听，不好听。叔叔给你起个名字，嗯……叫小勐好不好？"孤儿高兴地点了点头。

小芹问道："小勐，还想爷爷吗？"小勐听后，小脸骤变，"哇"的一声，大哭起来。王萱儿白了小芹一眼，忙把小勐抱起，搂在怀中。

魏裔介撩开被子，慢慢下床，来到桌前。滹沱河一家三口投河惨状浮现眼前，悲情难抑，奋笔疾书：

甲午春，流民南走如蚁，路死者无数。有夫妇至滹沱河欲渡，舟子索值，无以应，遂并其子女赴河死。余望而哀之，作投河叹。

望望弃故里，蹩躠度层阿。积雪愁未尽，寒雨漫长坡。
岂不念乡闾，命也婴祸罗。行期计匝月，遥望见滹沱。
滹沱何澎湃，春风增白波。对此心怵惕，四顾空延俄。
饥夫前致词，亦欲渡此河。离乡日已远，无食一身多。
况今褴褛妇，黄口一肩驼。但获渡济去，冥报岂有他。
舟子瞪目视，笑为船上歌。饥夫语饥妇，我当葬蛟鳄。
尔挟怀中雏，乞食行逶迤。饥妇更无语，长号赴奔涡。

饥夫投其雏，捐命同飞蛾。是时天地暗，惨色起嵯峨。

饥民岸林立，咽泣空跌蹉。哀哉今之民，而不如驾鹅。

魏裔介将诗写就，已是泪眼模糊，大汗淋漓。见到桌上放着一沓题为《山西剿匪录序》的文稿，字迹端庄隽秀。魏裔介拿起翻看一遍，用赞许的目光看着夫人。

王萱儿说道："回京之后，你大病不醒，额头如火炭一般，昏迷之中，常说梦话：'快！快拿干粮，救救他们！……抱紧抱紧，别把孩子掉到河里。'咳，难民的事，比你的命还要紧。"

魏裔介苦笑着摇了摇头。萱儿接着说："苏文昌来过一次，他是向你辞行的。他参加今年会试，得中进士，被选为江南元和县令，近日便要上任，现在可能已在路上了。"

魏裔介挪动了一下身子，微笑着说："文昌兄弟如愿以偿，真为他高兴。江南乃富庶之地，才子辈出，愿他勤政爱民，干出一番业绩。"

"一定会的。"萱儿说，"范大人他们来过好几趟了，看着你昏迷不醒的样子，都心疼得掉下泪来。"王萱儿说着，背过脸去，擦着泪水。

魏裔介叹息一声，说道："天灾人祸，饥民无舍无食，每日饿死无数，自尽者沿路可见，如不奏明皇上，及早赈济，后果将不堪设想。"说着，想拿笔书写奏文，虚弱的身体摇晃了一下，心宝马上将其扶住，搀往床前。

王萱儿深知丈夫脾性，安慰道："奏疏事急，耽误不得。你身体虚弱，只需口述，我来执笔。"

陈奎和翠珠、小芹领着小勐走出房间。魏裔介半躺在床上，心宝给他擦去额头上的虚汗。思索片刻，缓缓说道：

工科左给事中臣魏裔介谨题，自连岁以来，水灾频仍，直隶、山东被患尤甚。水患之后，百姓土地漂没，庐舍随流。臣自山西回京途中，亲见流民南窜，有父母、夫妻同日缢死者；有先投儿女于河而后自投者；有僵仆路旁为乌鸢豺狼而食者……

魏裔介口述完毕，长长呼出一口气，只觉浑身酥软，侧歪着头，昏昏沉沉睡去……

经过一段的调养，魏裔介的病情逐渐好转，精神也慢慢恢复。对难民之事总是牵肠挂肚，放心不下。心中思忖，奏疏已上数日，皇上对赈济灾民之事究竟如何处置？饥民悲惨处境是否得以缓解？对此愈加忧虑，整日茶饭不思，忧心忡忡。

一日，范文程和兵部满尚书图海登门探望，魏裔介出门相迎。二人客厅坐定，互为问候。

“二位大人屈驾光临寒舍，令裔介感激至深，心中甚为不安。”魏裔介施礼道。

“我和图大人今日来访，是遵皇太后懿旨，过府探望，裔介不必客气。”范文程道。

“魏大人山西剿匪，大气磅礴，舍生忘死，深入虎穴，威震晋北。其侠肝义胆，令匪徒闻风丧胆。智擒匪首，感化匪众，使两千多人归顺朝廷。未伤一兵一卒，全歼两省顽匪。其功盖世，图某深为叹服。皇上亲览《剿匪录序》，拍案叫绝，称你为‘文斗武擎’，胆识超人。”图海说着，赞誉之情，溢于言表。

图海，字麟洲，马佳氏，满洲正黄旗人。智慧绝顶，城府极深。福临亲政时，图海只是个管理御玺的中书舍人，经常背负皇帝金印，跟随福临游猎骑射。他的神态总是那么从容镇静，一丝不苟，不卑不亢，气概超人。福临心中认定此人不凡，很想破格提拔重用，又怕众臣不服，便以他的少年心性，想出一个绝妙而又简单可行的计谋。

一次大朝聚会，议政王贝勒大臣及大学士们都在御前，福临突然说：“中书图海举止异于常人，当置于法，立斩！”众人大惊，纷纷以其无罪为图海请命。鳌拜甚至直言陈词，说杀无辜是君上无道之举。当众臣情绪激昂，达到顶点时，福临才板着脸说：“如不杀他，则须立置卿相高位，方可满足其愿，不生他变。”于是，图海当殿立授内院学士。不几年，拜内弘文院大学士、授议政大臣，授太子太保，兼任兵部尚书。成为满人新秀中晋升最快的一名干练大臣。

图海说完，范文程接着道：“皇上看完《流民死伤堪怜，乞圣恩大发赈济事》奏疏，大为感动。立即传下圣旨：‘饥荒流徙，民不聊生，朕深切悯念。这本沿途赈济，随地安插，并劝慰鼓舞事宜，俱属急务，著速详议俱奏。’皇太后得知后，遂献出私银、宫中节省银八万两。加上朝廷发银，共二十八万两赈银，差吏部尚书王永吉等二十六名官员，分往各府县赈济，饥民全活者甚众，盖旷典也！”

魏裔介听后，悬着的心终于落地。兴奋地说：“皇恩浩荡，万民之福，解民倒悬，济世圣主。”激动的心情，久久不能平静。

图海看着魏裔介喜不自禁的样子，心中欣慰异常，说道：“皇上念你文韬武略，机智魁勇，已擢升你为兵科都给事中，掌朝廷兵务大事，以施展你的文武才华。”

范文程说道：“皇太后得知你山西归来，心力交瘁，大病一场，深为挂牵。特赏补品，命我代为探视，以表眷顾之意。皇太后当时读完奏疏，潸然泪下，知你途中收养一名孤儿，特赐银锁一枚，以示怜民之心。”随员捧上礼品，魏裔介跪接。

范文程早年跟随努尔哈赤南征北战，运筹帷幄，深谙兵家之道；图海身为兵部尚书，通晓天下军事，二人与魏裔介促膝长谈，叙论南方剿寇战况，阐述军界利弊详情。魏裔介初入兵垣，对天下兵机之事，尤为留心。范文程和图海所谈战守攻取、功过赏罚，军界士气兴衰，武官勇懦优劣等事，一一记在心中。

日落月升之时，范文程和图海起身告辞，魏裔介诚心挽留，范文程说：“你病未痊愈，需将养调理一段时日。皇太后口谕：‘裔介山西之役，历经磨难，气血双亏。身体乃人之本，切须耐心调息将养，不尽康复，不得上朝行职。’皇太后对你关怀备至，你要遵从圣意才是。”

魏裔介忙说：“谢皇太后恩赐，裔介谨遵圣意！”

魏裔介送走二位大人后，心情大爽！皇上即时赈济，如久旱之禾逢甘霖，命悬一线之饥民，终于得以拯救，郁积胸口的一块心病，终于得以解脱。魏裔介大喜过望，病情便好了大半。为丈夫病痛牵肠挂肚、愁眉不展的王萱儿，看着丈夫的笑脸，顿时喜上眉梢。一家人喜笑颜开，满院子欢声笑语。

魏裔介给小勐戴上银锁，小勐亲昵地抱着叔叔的脖子亲了又亲。王萱儿从丈夫怀中抱过小勐，说：“小勐乖，叔叔病才显好，别累着叔叔，啊。”

魏裔介摸一下小勐的小脸蛋儿，认真地说：“小勐啊，往后不要再喊叔叔了，要叫爹爹！”

小勐眨巴着懂事的大眼睛，喃喃喊道：“爹爹！”

“哎！……”魏裔介高兴地大声应道。

小勐转过脸，目不转睛地瞅着王萱儿，突然大叫一声：“娘！……”趴在王萱儿怀里，咧开小嘴，大哭起来。

入夜，烛下，书桌前。王萱儿慢慢地研着墨，细细端详着丈夫泛起红晕的脸庞，心疼地劝道：“你大病初愈，不可劳心过度。既有要紧奏疏，明日再写何妨？”

魏裔介看着夫人乞求的眼神，摇了摇头说道：“眼下南方战事吃紧，裔介初任兵科都谏，焉能袖手旁观？流寇孙可望兵犯辰州，封疆大吏沈永忠拥兵观望，贻误战机，致总兵官徐勇、道臣刘昇祚力竭战死，兵败后弃阵而逃。此等封疆大吏，玩忽职守，畏懦怕死，如不及早纠参，裔介当获渎职之罪。”

魏裔介说着，拿出汤若望送来的《大清版图》，挂于墙上。指着挂图，继续说道：“南方流寇猖獗，川、云、贵、湘、鄂及沿海一线，俱未底定，战区广延，清军兵力有限，应审度用兵大势，谋划用兵方略，集其精锐，攻其弱隙，固其要害，相机战守。以免八方出击，徒战无功，失地亡卒。在兵言兵，理应知无不言，言无不尽，方尽谏臣之职。”

王萱儿望着执着而刚毅的丈夫，重重地点了点头。

魏裔介展开纸页，凝神静气，写《直纠大帅贻误封疆疏》：

蒙皇上昭顾，升臣兵科都给事中。在兵言兵，整饬军队务必赏罚严明。沈永忠身为大帅，手握重兵，临阵观望，贻误战机，将亡兵败。伏乞皇上，亟赐罢斥……

魏裔介写完此疏，伸伸腰肢，接过夫人手中的燕窝羹，一气喝完，拿起笔来，又写《敬陈用兵大势疏》：

臣闻南方战事，观《大清版图》，对南方剿寇战况倍加关注，不敢有丝毫懈怠，审度战局大势，谋划用兵方略。今日刘文秀复起于川南，孙可望窃据于贵州，李定国司隙于西粤，张名振流氛于海岛。川、云、黔、湘、广及沿海一线，俱未底定，皆有战事。攻取战守，宜有先后。为目前进取计，蜀为滇黔之门户，蜀既收，滇黔之势，如破竹矣。故蜀不可不先取，此西南之形势也。粤西形势稍弱，桂林之战未大创，必图再犯，以牵制我湖南之师，宜令藩镇更番迭出，相机战守，则贼势自溃。此三方者，粤西较易，先破粤寇，则黔贼胆落，三路大举，平定滇黔，一劳永逸。沿海零散水寇应及早荡平，诚请皇上严敕督抚镇将，尽力合剿，定限荡平，要兵与之兵，要饷与之饷，要船与之船，三者备则海寇平。敕下该部，为长久之计，广积军储，以备军需，先定庙算，明赏振罚，粮饷充盈，军心大振，攻则势如破竹，守者固若金汤。南方无干戈之患，生民安枕有望矣！

鸡叫三遍，奏疏写就，魏裔介心力欲竭，困乏至极，笔管掉落地上，背靠椅背，呼呼大睡。王萱儿忙唤来陈奎、心宝，将其扶到床上，盖好棉被。王萱儿守在床头，看着丈夫酣然入睡的样子，心疼不已，暗自垂泪。

阳春三月，遍地花开，柳树成荫。魏裔介身体复元，精神焕发，与夫人一起，乘轿前往大栅栏，探望岳父岳母。

正阳门外的打磨厂街口，百姓们愁容满面，议论纷纷。大街中间挤满了人，一位老伯指着墙上的告示，气愤地数落着什么。

告示写道：

打磨厂一带，原为前明嘉蔬圃地，该部勒令收回，其房舍土地收归国有，所属居民限期搬迁，违者从重论罪，严惩不贷。

户　部

老伯指着告示说："岂有此理！好好的家宅田产，为什么说收就收？存心不给我们活路了！"

一个小伙子喊道："哎！大家看哪，那边来了顶官轿，咱们来个拦轿喊冤，怎么样？"

"敢情！保不准遇着个好官，敢为咱老百姓作主，咱这一千口子不就有救了嘛。"一位老太太说。

"不济事的！眼下当官的，个个是官官相护，谁拿咱老百姓的事当锅子烟吸？"一位中年汉子摇着头说。

魏裔介坐在轿中，拿一本书看着。听到外面人声嘈杂，撩起轿帘向外看去。见轿前大街上，黑压压跪满了人。一位老伯跪在前面大喊冤枉。魏裔介忙说："落轿，快落轿！"

魏裔介从轿上下来，快步走到老伯面前，将老伯扶起。魏裔介问道："老伯，您年近花甲，怎能跪地不起？有何冤情，起来说话。"

老伯哭诉道："俺们都是打磨厂的居民，在这儿生活两三代了。可前些天户部突然贴了告示，强令搬迁，没收房舍田产。居民们见到告示，犹如晴天霹雳，感到大祸临头。几百户居民联名写下诉状，到奉天大堂告状。奉天知府以户部议定之事，本府无权干预为由，不予受理。众人怒火中烧，欲到午门外鸣冤，遇到老爷路经此地，便拦下轿子，跪地喊冤。"

魏裔介问："你们的家宅、地亩可有官府的房契地契？"

老伯答道："有哇！俺们每户都有官府的房契、地契。房产、田地是乡亲们的命根子，若被没收充公，这不是活活要了一千口子的命吗？他们凭什么说收就收，敢情不给老百姓活路了。这位大人，您可要为我们作主啊！"

老伯说着，从怀里掏出状纸，双手托起，复跪在地，百姓们纷纷跪下，哭喊声一片。

魏裔介接过状纸，忙把老伯搀起，郑重地说："父老乡亲请起，请起！本官一定将此事呈报朝廷，两日内给大家一个满意的答复。希望大家都回家去，安心生活，等候回音。"

众人千恩万谢，纷纷散去。

魏裔介来户部，见到户部尚书刘余佑，说明原委，刘尚书却不以为然，快快说道："打磨厂一带，前朝即为朝廷圃地，现在收回，有何不妥？"

魏裔介解释道："年代久远，时过境迁，况且居民房契、地契俱全，亦属合法私产，如若变更，户部必须以等值房地予以调换。似这样没收房地，将百姓扫地出门，与圈地圈房有何不同？皇上三令五申，永不许圈占民间房地，刘大人，对此，您将作何解释？”

“此事户部已经议定，布告早已张贴出去，事已至此，如何更动得了？魏大人对此事还是少管为妙。”刘余佑语气倒是有所缓和，但却带有几分讥讽之意。

魏裔介拿出状纸，“啪”的一声拍在桌上，说道：“刘大人，这是打磨厂千名居民联名诉状，状告户部强行圈占百姓房地，户部所为，将使他们无以为生，逼他们无路可走。他们欲将一起到午门外长跪鸣冤。还称户部如不收回成命，当血刃自尽！”

“刁民，一伙刁民！纯属讹诈，虚张声势。他们鸣冤、自尽去吧，与本官何干？”刘余佑自知理屈，却恼羞成怒。

“兔子急了咬人，何况人乎？百姓丢房丢地，如丢命一般。如若鸣冤不成，生计无着，绝望无助，自尽午门，也是预料中事。”魏裔介压低了嗓音说道，“刘大人不曾忘记，去年马兰村乔梓年血刃午门，皇上震怒，连佟妃娘娘也不放过，二十九名汉官同被降职之事吧？此事由户部引起，您刘大人能脱得了干系？”魏裔介说着，迈开步子，欲出房门。

刘余佑听对方提起乔梓年之事，倒吸一口凉气，感到此事非同小可。马上堆起笑脸，拉住魏裔介说道：“魏大人慢走，请坐下叙话。朝廷上下都说魏大人智勇双全，事到如今，您可有万全之策，平息这场纷争？”

“此事与魏某无关，还是少管为妙。”魏裔介答道。

“刘某失言，刘某失言。魏大人不必计较，不必计较。思量起来，此事体大，不可小觑。还望魏大人指点迷津。”刘余佑说。

“此事不难，户部再次张贴布告，写明：户部体恤居民生计，其房地不再收缴，望居民体谅户部爱民之心，安心生活。此事应即时办理，久拖必生变故。”魏裔介说。

“此法甚妥。马上就办，马上就办！”

第二天，打磨厂的街头，挤满了人，看着新贴的布告，人们兴高采烈，欢呼雀跃。那位老伯见人就说：“昨日那位为咱申冤的，听说是魏裔介魏大人，真是位青天大老爷，救苦救难的活菩萨，救了咱们一千条人命啊！”

几年后，打磨厂一带将要开辟皇家花圃，上命户部妥善处理居民搬迁事宜。居民听说此事，便找到魏裔介，请他出面，为他们解决栖身之所。魏裔介毫不推辞，斡旋于户部、顺天府和大兴县之间。最后，大兴县将大慧寺西北的五十亩坡地划为居民迁徙之地，户部拨银三万两，顺天府出银一万两，为造屋搬迁之资。不足半年，打磨厂千户居民便搬进新居。乡亲们敲着锣鼓，放着鞭炮，欢庆乔迁之喜。

# 二一、突审科场案

顺治十四年正月，皇上谕令，撤大学士成克巩回内阁。经王大臣会议公举，钦定魏裔介擢升左都御史，启任总宪之职。

春风和煦，晨光普照，一元复始，万物复苏。

保和殿外，彩旗飘飘，侍卫林立。殿内香烟缭绕，红毯铺地，经筵日讲，如期举行。

龙椅上，端坐着顺治大帝。他不戴皇冠，不着龙袍，一身素服。内穿黄缎棉袍，外套锦绣龙纹马褂，头戴东珠方玉圆帽。黑眉龙目，更显得英俊、潇洒、端庄、大气。

丹陛之下，数排条几、座杌左右排开，坐满了侍听经筵的王公大臣。

日讲经筵官、左都御史魏裔介，长眉阔额，精神饱满，身穿青色纨料长袍，端步上殿。参见礼毕，走到讲案之后，面色从容，郑重讲道：

“臣魏裔介任即日经筵讲官。所讲如有谬误，万望皇上及诸王大臣赐正。如有异议，当筵质问，共同解疑，以求至理。臣日讲之科目为：《贞观政要》。”

顺治挪挪身体，耸耸肩膀，静听下文。群臣平心静气，认真听讲。

魏裔介讲道：“《贞观政要》乃唐太宗数十年治政之要领，为君之精道，为臣之至要。全文分二十七节，今日讲前五节：君道、政体、任贤、求谏、纳谏。

“一为君道。贞观初年，太宗对侍臣说：‘为君之道，必须先存百姓。若安天下，必先正其身，未见身正而影曲，上治而下乱者。’贞观二年，太宗问魏徵曰：‘何为明君，何为暗君？’”

魏裔介讲到此处，停顿片刻，问在座诸臣：“太宗所问，诸位何以答？”大臣们面面相觑，无人回答。

魏裔介接着讲道：“魏徵答曰：‘君之所以明者，兼听也；其所以暗者，偏信也。昔唐、虞之理，辟四门，明四目，上下情通。秦二世则隐藏其身，不听忠谏而偏信赵高，及天下溃叛。梁武帝偏信朱异，而侯景举兵造反，竟不得知。隋炀帝偏信虞世基，而反贼兵临城下，亦不得知。所以明君兼听纳下，贤臣直言以谏，方能上下情通！

“太宗问侍臣曰：‘帝王之业，草创与守成孰难？’房玄龄答曰：‘天地草昧，群雄竞起，攻破乃降，战胜乃克。由此言之，草创为难。’”

听到此处，王大臣们一阵躁动。承泽亲王硕塞说道：“房玄龄说得对！八旗将士出生入死，浴血奋战数十年，才挣得大清江山，实为创业不易！”

魏裔介接着讲道：“魏徵对曰：‘帝王之起，必乘衰乱，百姓乐推，四海归命，乃不为难。然既得之后，志趣骄逸，百姓欲静而徭役不休，百姓凋残而侈务不息，国之衰敝，由此而起。以此而言，守成则难。”

下面又一阵躁动，汉臣们面面相觑，点头称是，只是闭口不言。

魏裔介收回目光，继续讲道：“魏徵为唐代著名诤臣，其有一部传世奏章，名曰《十思九德之疏》。太宗读过此疏，答道：‘公之所陈，朕闻过矣。’”

顺治听罢，对魏徵直谏无隐，穷言抗表之忠义，深为赞赏；更为太宗得此辅弼良臣而由衷庆幸。看到魏裔介从容镇定、率直朴实之形态，想他竭诚为国、尽其心力，诤言直谏，频献良图之德行，与魏徵相比，似有相像之处。心中暗道：“朕遇此臣，如太宗得魏徵也！”

魏裔介讲罢“君道”，又讲“政体”一节。顺治和大臣们兴味正浓，个个屏心静气，待听下文。

讲的是贞观初年，百废待兴。太宗谓箫瑀曰：“朕从小爱好弓箭，自以为尽得其妙。近得良弓十数示以弓匠。弓匠说：‘皆非良材。’朕问其故，弓匠说：‘木心不正，则脉理皆邪，弓虽刚劲而出箭不直，绝非良弓。’朕用弓不计其数，而不得其理。何况朕得天下之日尚浅，得理政之道，诚然不及于弓。弓犹不得其理，何况理政之道？”于是太宗召京官五品以上，询访外事，尽知百姓利害、政教得失。

太宗又对侍臣说：“看古之帝王，有兴有衰。衰者，皆为敝其耳目，不知时政得失，忠正者不言，邪谄者日进，所以至于灭亡。”魏徵说：“自古失国之主，皆为居安忘危，处治忘乱，所以不能长久。今陛下富有四海，内外清平，能留心治道，国家历数，自然灵长。古语云：‘君，舟也；人，水也。水能载舟，亦能覆舟。’”

听到此处，顺治不禁叹息一声，随后说道：“昔唐之盛世，太宗神明所至。太宗以史为镜，即明得失，以隋瞬亡而自警，勉群臣正词直谏，已则虚心求治，纳谏如流。故先有贞观之治，后得盛世矣。”

范文程站起身来，说道：“吾皇借古喻今，修身克己，虚心纳谏，渴求政治。臣当竭思效忠，尽为臣之道，君虑臣解，君求臣助，君臣同心，励精图治，大清盛世，何虑远矣？”

魏裔介再讲任贤一节中诸位将相辅佐太宗，忠心护国之言行轶事，口若悬河，滔滔不绝。君臣择耳细听，恐有漏遗，不觉时已过午。

魏裔介躬身奏道："微臣只顾畅言，却耽误了皇上膳时，俯请皇上用膳。"

顺治面带喜色，兴犹未尽，说道："朕听此经筵，如饮琼浆甘霖，胜飨美味佳肴。经筵日讲，本是魏爱卿所提倡，历经九载，从无间断。朕每听筵讲，必有心得，今听《贞观政要》，得益匪浅，治国之道，入耳铭心。朕将励心图治，虚纳臣谏，臣当殚忠尽职，秉心谏诤，以图安国，早臻平治！今日午膳，即为工餐，朕与众卿在此同食。未时三刻，经筵继续。"顺治说完，立起身来，伸伸手臂，精神依然，毫无倦意。

众太监、侍从手托餐盘，鱼贯而入。顺治走下龙位，坐杌伏几，与群臣同食粥饼。餐虽简素，却情绪盎然，气氛融融。

早春二月，桃花盛开。

慈宁苑小溪旁的石子路上，皇太后和福临并肩走着，边走边谈。

福临兴致勃勃地说："自从魏爱卿经筵讲述《贞观之治》之后，朝臣频频上疏，正言直谏。半月内奏折超过百件，尽言朝政得失，争献治国良策。奏疏涉及军事民生，文教财赋，吏治刑律。儿每奏必阅。对犯颜直谏，切弊利政之疏，多加圈注，谕令标榜，敕部即行。"

皇太后笑笑说："百官争谏，君明臣贤，乃为祥和之象，升平之兆……魏裔介可有奏疏？"

福临高兴地说："凡有奏折递上，哪里少得魏爱卿？经筵之后，他连上二疏。一是《修宪纲以明职掌疏》。疏中言道：'臣以庸菲之才，蒙皇上破格擢用，升左都御史。臣惟有竭力尽职，以报鸿恩。今系开创之天下，皇上乃开创之第一主。其纲纪法度，事事可以为后世模范。现有明代旧制，时移势变，功令未明。恳请皇上敕下该部，修订宪纲，以明职掌。'"

皇太后问："皇儿可有批示？"

福临答道："孩儿批曰：都察院详修宪制，以肃宪纲。"

皇太后笑笑。母子二人慢慢地向前走着。

福临接着说："近来国用不足，又需军饷数百万。魏爱卿急我所急，又上《敬陈军屯大政疏》，疏中言道：鲁豫川陕，地广人稀，可耕闲田尤多。征调屯田之兵，予以开垦耕种，各省屯兵所在，每年添粮数百万石，可省饷银数百万两。既补兵食，亦省国用。"

皇太后停住脚步，大声说道："说得好！军屯之策，利国、利兵、利民。真乃上上之策！看来，令人头疼的军费之资有望了。眼下春暖花开，再过月余便到了春耕时节。节气不等人，军屯之事，皇上要早作安排！"

"皇额娘请放心。儿已敕下兵、户二部，速令执行！"福临说着，突然一喜：“哎？皇额娘，明天是您的大寿之日，蒙古、西藏，还有各国使节都来给您贺寿，少不了奇珍异宝、珍藏古玩之类的稀罕物，孩儿又该大饱眼福了！”

皇太后瞅儿子一眼，笑着说：“什么大饱眼福，可怜见的。统统给你得了！大好河山都是你的，还有什么稀罕物。没出息！什么奇珍异宝、珍藏古玩，依额娘看啊，魏裔介的军屯之策才是送给额娘最为珍贵的寿礼哟！”

额娘看着儿子，儿子看着额娘，母子俩开心地笑了……

二月初八是庄太后的圣寿节，和皇帝的万寿节一样，普天同庆。慈宁宫内张灯结彩，鼓乐齐鸣。一早，魏裔介就随诸王和文武百官到慈宁宫行庆贺礼。

寿宴设在慈宁宫正殿。皇太后身穿崭新朝服，端坐在大殿正中的宝座之上。或许因为连续两年风调雨顺，四海升平，庄太后容光焕发，笑容满面。

皇上、皇后、王爷、贝勒、六宫嫔妃、公主、福晋、命妇、公卿大臣，依次就座。各席轮流向太后敬酒。九卿席位设在诸王席位右首，离太后宝座最近。九卿诸臣离座，走到太后宝座前，排成一列，躬身施礼，举起银樽，同祝太后万寿无疆。庄太后“呵呵”笑着，说道：

“诸位爱卿，你们身为各部院之首长，为国家大事日夜操劳，辛苦了！今日喜逢家宴，诸位可要开怀畅饮噢。”

众卿齐声说道：“谢皇太后恩赐！”大家谢过，欲转身入席，太后又开口道：“魏爱卿。”魏裔介听到太后声音，愣了一下，忙俯身拱手答道：“微臣在。”

“几年不曾见你进宫问安，想必是太忙了吧。”太后笑着问道。

魏裔介仍是不敢抬头，慌忙答道：“微臣不听皇太后宣召，不敢贸然进宫，生怕惊扰了太后圣体。”

“魏爱卿已晋九卿之列，无有宣召，亦可进宫。我虽不问朝政，讲讲朝中轶事，街井趣闻也是好的。哎？听说你山西剿匪回京途中，收养一名孤儿为子，现在也该长大了吧。何不同你夫人将孩子领来，让我瞧瞧？”

“此等小事，承蒙皇太后记挂，令微臣诚惶诚恐。太后懿旨，微臣谨记在心。”魏裔介答道。

慈宁宫归来，已是掌灯时分。魏裔介向夫人讲了皇太后之命，王萱儿深受感动。把勐儿叫到跟前，抚摸着孩子的头，喃喃地说：“滹沱河畔一遇，一晃三四年过去，勐儿已经九岁了。”

王萱儿低下头，亲昵地说：“勐儿，要刻苦读书，勤练字体，等勷哥哥、嘉孚弟弟来京，为娘要考考你们，看谁写的字好，看谁背的诗多，好不好？”

勐儿爽快地答道：“好的！”抬头对母亲说，“勐儿好想哥哥，好想弟弟。”说着，趴到母亲怀里，哽咽起来。

母亲连忙哄道："勐儿不哭，勐儿乖。过些时候，咱和父亲一起进宫，拜望皇太后。皇太后还惦记咱们勐儿，勐儿多幸福吆！"勐儿似懂非懂地看着母亲。

魏裔介将勐儿拉到自己身前，问道："勐儿，母亲昨日教你的李白诗《清溪行》，你来背诵一遍，给父母听，好不好？"

小勐儿立到父母面前，背起小手，大声背起诗来：

清溪清我心，水色异诸水。
借问新安江，见底何如此？
人行明镜中，鸟度屏风里。
向晚猩猩啼，空悲远游子……

夜深人静，万籁俱寂，一轮新月挂在天边。

魏裔介在院里踱着步子，心里默念着勐儿背诵的唐诗。王萱儿拿出一件棉袍，披在魏裔介的肩上。王萱儿侧身依偎在丈夫的胸前，朦胧的月光洒满庭院。夫妻二人，望着明月，望着夜空，尽情享受着春夜的寂静和安宁。

一丝冷风吹过，丁香树叶微微摆动。王萱儿抬头看着丈夫忧虑的眼神，用几乎自己也听不到的声音说："又在想犹龙兄弟了吧。"丈夫深情地看着妻子，轻轻地点了下头。妻子的话，激起了魏裔介对挚友强烈的思念之情。

自从五台山和杨犹龙挥泪别过，已有四个年头。二人相距千里，远隔崇山峻岭，除有书信来往，从未见过一面。魏裔介回忆起当年兄弟二人朝夕相处的日子，心潮起伏，思绪万千。

魏裔介抬起右手，在妻子面前比画了一个研墨的姿势，萱儿心领神会，挽着丈夫的胳臂，向书房走去。

魏裔介铺开宣纸，握笔写道：

今值皇太后圣寿节，百官同庆，独不见贤弟身影，思弟心切，午夜不寐。兄以五言相寄，聊表心迹。

昔在丙戌岁，释褐拜金闺。共入木天署，嘉言比弦韦。
讨论无虚日，妙义灿珠玑。勤勉历寒暑，索米忘其饥……

春月西斜，三更梆敲过，夫人和勐儿已入梦乡，魏裔介毫无睡意，翻看着杨犹龙的来往信件，不时传来声声鸡鸣……

春花谢去菡萏开，菊香九月又秋凉。

魏府庭内，菊花怒放，芳蕤袭人。太湖石下，池水碧碧，红鲤穿梭。金鱼池前，童声欢语，笑声不断。

心宝头戴纸片扎就的老鹰面具，猫腰展臂，左挪右跳，小芹扮作母鸡，东挡西拦，护着身后的几个孩子。陈缘、勷儿、勐儿、嘉孚紧紧扯着前头的后衣襟，排成一串，玩“老鹰抓小鸡”逗乐。翠珠跟在后面，小心地护着小嘉孚。

王萱儿头上挽着燕髻，髻上簪着一支玛瑙玉簪，黑亮的柔发衬托着俊美的脸庞，鱼白色的夹衫外面，套着一件月黄色裘边半肩，身上没有金银珠宝饰物，更显得绰约多姿，淡雅素美。她和淑贞挽着韩夫人的手臂，看着孩子们尽情地嬉闹，都乐得合不拢嘴。

三岁的小嘉孚排在最后，小手紧紧抓着小勐哥哥的后襟儿，摇摇摆摆，跌跌撞撞。一个趔趄，跌倒在地，“哇哇”大哭起来。翠珠急忙将其抱起，又哄又逗，小嘉孚破涕为笑，蹭蹬着小腿下地，又和小哥哥们玩在了一起。

客厅内，坐着魏裔介、魏裔鲁、四弟魏裔懃、张光昌和陈奎。

魏裔鲁说道：“今年顺天乡试，裔懃和光昌同榜中举，可喜可贺。为兄也就放心了。”魏裔鲁已任淮安河防同知，为裔懃和光昌参加秋闱，特意来京，得知二人同时入榜，十分欣慰。

魏裔懃说：“三兄裔讷甲午乡试中举，已逾三载，每日苦读，立志取得进士功名，与其相比，小弟自愧不如。”

张光昌说：“光昌能有今日，多亏兄长相助。伯母在世时也常勉励自己刻苦读书，立志科考，取得功名，为陈、张两家耀祖光宗。”

“哥哥乡试中举，母亲地下有灵，一定会高兴的！”陈奎说。陈奎已在都察院任职，为魏裔介贴身侍卫。

魏裔鲁说：“裔介呀，犹龙兄弟此次奉召进京，迁升河南右布政使，为兄真为他高兴。你和他同食同寝，已有三四天了吧，整宿不睡，似乎有说不完的话，不是兄弟，胜似兄弟，为兄真为你们高兴啊。今早犹龙被吏部召去，我想，他的赴任之期就要到了。”

魏裔介脸上掠过一丝忧郁之情，说了句：“已近中午，他也该回来了。”走到窗前，朝着影壁望去。

杨犹龙和梁家三兄弟有说有笑，走进院来。梁清标已升为吏部左侍郎，梁清宽已升为礼部右侍郎，梁清远升为兵部督捕右侍郎。主人迎出客厅。魏裔介抱拳恭贺几位荣升，寒暄过后，大家落座。

魏裔介高兴地说：“犹龙在山西任上，惩贪缉佞，谳决精敏，累年大案，片言立解。并鼓励山民开垦梯田，植棉种粮，以足百姓衣食，政绩卓然，深得督、抚赞赏。今迁升河南右布政使，任重道远。以你才智，定可大展抱负，中原百姓生计有望也。”

“承蒙兄长夸奖，小弟决不辜负诸位厚望。”杨犹龙说着，一丝愁云从他的脸上掠过，接着说道，“天子脚下为官，亦为不易。前几天，顺天乡试发榜之后，落榜考生怨声载道，闹得沸沸扬扬，朝野不安，街头巷尾，议论纷纷。都说考官贪赃枉法，营私舞弊。若真属实，诸多汉官又该倒霉了。”杨犹龙以其职官敏感，对此事深感忧虑。

“难怪士子发难，群言汹汹，言传主考、房考各官多有私弊，买卖关节者不乏其人。为谋私利，机关算尽，各房考官相互勾结，互通关节，互递字条，以其所列姓名，将其试卷妄加批语，荐于主考，以求中榜；更有甚者，偷卖关节，片纸可得赃银千两，成何体统？”梁清宽愤愤地说。

“榜下之后，人言沸腾，舆论哗然，那些纳贿考官本应慎言谨行，明智者应自首引罪，以求宽处。其实不然，房考官李振邺，混账至极，不仅不知避讳，还常夸口炫耀：某某之中，我之力也，某某本不通，我以故情使其得副榜，某某我极力欲中，无奈某老阻隔，未能如愿。历指数十人，无所顾忌，怨恨者日益加甚。此辈如此嚣张，却不知大祸临头。”梁清远说。

梁清标拍案即起，大声斥道：“无耻至极！贡院圣洁之地，岂容几个败类肆意践踏！”梁清标说着，看看诸位，叹息一声，收回凌厉的目光，慢慢坐回座位，摇摇头说：

“吏部收到署名张汉的刻揭，揭露了李振邺营私舞弊的隐情。吏部大小汉臣看了揭帖，对李振邺的丑恶行径本应痛恨，极力纠参。其实不然，众臣见揭帖如见狼豺，唯恐躲避不及。几个大臣私下议论，这个说，科考舞弊，历朝历代，久禁不绝，世人早已司空见惯，不足为奇。那个说，科考考官都是汉官担任，王爷满臣历来对汉臣心怀不满，倘若舞弊案发，株连者定不在少数，倒霉的只有汉官，满臣又要借题发挥，整治汉臣了。咳！身为朝廷命官，一个个胆小如鼠，只求自保，太不成话！”

默不作声的魏裔介，挪了挪身子，挺了挺腰板，冷静地说道：“黑白不可颠倒，经纬不容混淆。他们只想到一旦案发，许多汉臣会大祸临头，怎不想李振邺之辈如此胡为，会有多少贤良被挡在龙门之外？会有多少不学无术之徒蒙混过关？营私舞弊者得不到严惩，不还考生一个公道，岂不让天下士子为此寒心？”

魏裔介站起身来，思索片刻，缓缓说道：“再者，皇上耳目众多，科考舞弊之事，已传遍京城，皇上哪能不晓？皇上登基以来，提倡满汉一体，重视科考，重用汉臣，但对贪贿之官从不姑息，何况考场作弊有辱贡院圣洁，皇上对此一定不会袖手旁观。裔介身为总宪，勘察本案线索，调查涉案官员隐情，秘访关联者，获取证据，为都察院职责所在。”

魏裔介坐回座位，接着说：“张汉的刻揭我已看过，昨日刑科给事中任克溥求见，与我商议科场弊案之事。任大人称，他已初步掌握案情，意欲就此案上疏朝廷。我看了他的奏疏原稿，只有人证，而无物证。不瞒诸位，我已派员下去秘密查访，以掌握详细实情，查出作弊关节所在，获取相关证据，以备审案之用。会审科场弊案已成定局，我只好先行一步了。”

“这样就好，这样就好。此事非同小可，一定要慎之又慎。大家在各部任职，定会全力相助，一定把科场弊案搞个水落石出！”梁清标坚定地说。

杨犹龙紧紧握住魏裔介的双手，望着对方深沉、坚毅的目光，重重地点了下头，嘴唇动了几下，一句话没说。十几年的风风雨雨，坎坎坷坷，他太了解面前的这位兄长了。他心里明白，此时再说一句话，也是多余的……

送杨犹龙河南赴任之后，魏裔介每日坐镇都察院，细听差吏密报，分析科场作弊的蛛丝马迹，掌握了基本案情。

丁酉顺天乡试主考官曹本荣，副考官宋之绳，房考官李振邺、张我朴、郭浚，礼部司官董笃行、鱼飞汉、柯耸及监试御史等，共十四人。

经访查明，李振邺是丙申进士，大理寺评事。此人浮薄轻狂，自任奉天乡试房考官后，竭尽心机，招摇市井，贿卖关节。榜下之后，李振邺曾在人前吹嘘卖弄，毫不避讳之事，经查属实。可是，科场舞弊之事，虽然传得沸沸扬扬，只是无有物证。

张汉本是浙江嘉兴府生员，顺天乡试考生。此人虽然聪明貌美，风流倜傥，却是个油嘴滑舌、投机钻营之徒，和李振邺臭味相投，一拍即合。张汉为达目的，极力巴结李振邺，将自己书童灵秀借予李振邺，为其入闱贴身侍从。李振邺为了倒卖关节，索取贿赂，利用张汉善通门路、能言善辩之能，为自己广结贿源，便将小妾凤仙和其宅院一并送予张汉。张汉受宠若惊，为报其厚恩，成日混迹于客栈酒肆之中，奔逐于华胄富豪之旁，寻觅买主，贿卖关节，并将所得银两，悉数交予李振邺。

考前，李振邺通过小妾，将写有关节的小纸条，让张汉看过，张汉烂记在心，以备自己作弊之用。和以前一样，小妾遂将纸条销毁，不留任何痕迹。后来，李、张二人为凤仙争风吃醋，几乎翻脸。一气之下，李振邺将张汉试卷涂抹，摈于下第。发榜之后，张汉见榜上无名，怒火万丈。便剪发刻揭，投送科道部衙，欲置李振邺于死地而后快。

经查，考生蒋文卓榜上无名，便以“房考官张我朴，素与我不和，弃我试卷，实属官报私仇，误我前程”之名，写揭百张，到处散发。又有杭州贡生张绣虎，贯为敲诈勒索，兴风作浪之辈。得张汉、蒋文卓揭帖，借此鼓煽恐吓，诈得李振邺、张我朴银锭各一千二百两。

又查，吏科给事中陆贻吉、国子监博士蔡元禧、进士项绍芳，为考生田耜、邬作霖、陆其贤中榜，行贿李振邺和张我朴，李、张二人各得贿银六千两。

又查，榜发之后，书童灵秀失踪。

……

都察院公房内，卷宗摆满案头，带有双眼花翎的顶子放在案边。魏裔介身穿“獬豸”补服，背着的双手，摆弄着垂在后背的辫梢，在房内慢慢踱步，不时抬起手臂，用手指挠挠宽阔的前额和发青的头顶，眉头紧皱，思索着案情。

据探子密报和线人提供的线索，此案除考官营私舞弊以外，朝臣之中，参与行贿者，不乏其人；不肖之子通过贿买关节中榜者，大有人在。若情况属实，一干人犯必将受到严惩。可眼下的情况并不乐观，虽然案件中人证俱在，可关键的物证却无一件。如果皇上发下谕旨，要求彻查此案，只有人证而无物证，势必不能结案。由此看来，设法获取物证，已是本案关键所在。考官作弊，诡秘狡诈，一般不会留下作案痕迹。如无物证，作弊者一定不予招供，如施以重刑，也不会奏效，因为一旦招认，必是死罪，他们定会百般抵赖，死不招认。欲取物证，只能从与考官过从甚密或攥有把柄的关联人身上，打开缺口。天网恢恢，疏而不漏，作弊者如何诡诈，也不会不留下蛛丝马迹。一旦暴露，顺藤摸瓜，物证将不难到手。由于科考舞弊已闹得满城风雨，李振邺之流定会闻风而动，为逃避罪责，会销毁一切证据。事不宜迟，必须马上动手，先发制人。

魏裔介考虑再三，决定秘捕张绣虎；传讯张汉；查找灵秀。唤来督察官姬虎、欧阳洵、刘静臣，何崇伦，详细布置一番，并嘱咐所遣之事，务必秘密进行，不可打草惊蛇。

张绣虎被缉拿归案。经夜审，张绣虎供述：见过张汉和蒋文卓的揭帖后，便先后到李振邺和张我朴宅中威胁恫吓，李、张做贼心虚，各拿出银子一千二百两，送予张绣虎。姬虎交出从张绣虎住处搜出的银锭四十六枚，以备查验。

魏裔介将银锭拿在手中，细细验看，见银锭底部铸有“福通”字样，仔细端详，发现除“福通”二字外，还刻有一个小字，验看其它银锭，均有小字如“暑、虞、阙、吕”刻于银锭底部，不经勘验，很难看出。魏裔介决定先从银锭入手，派员暗访“福通”银号。

“福通”银号设在正阳门大街，是京城有名的大银庄。据掌柜交代，其银庄每月初，将客户所存银两熔化除垢，重新制锭。为防假冒，按银锭大小，依序取《千字文》、《三字经》、《弟子规》一字，刻于银锭之上，以作暗记。察员出示涉案银锭，经辨认，确属“福通”银庄所出。查银庄流水底账，发现八月初二，有三宗大额支取，陆某、田某、邬某各取银锭两千两，并记有当日所取各银锭密字。察员记做笔录，掌柜签字画押。后经查对，张绣虎之银锭，确出于“福通”银庄无疑。

张绣虎讹诈罪名即成，戴枷入监。

张汉被秘密带到审讯房，张汉供称：“李振邺将凤仙送我为妻，其实是为他贿卖关节做传手，每次她将纸条让我看过，都即时焚毁，从不让我过手，卖关节得的银子也是由凤仙交给李振邺。名义上凤仙是我的人，暗地里却与李振邺勾勾搭搭，旧情难忘，常有奸事，真不是东西！”

张汉还供出，同乡冯元告诉过他，入闱后，李振邺曾经给过灵秀一张蓝笔写的纸条，上面写着好多人的名字，让他送给房考官郭浚，郭浚看后，灵秀将纸条索回，藏在了自己身上。张汉曾多次寻找灵秀，想弄到那张纸条，备作告状之用，可始终不见灵秀踪影。据张汉推测，李振邺害怕事情败露，极有可能将灵秀囚禁宅中，以防不测。审讯完毕，勒令张汉戴罪立功，将其连夜放回。

经多方查找，始终不见灵秀踪迹。何崇伦报称：灵秀并未远走高飞，就在李振邺宅中，其情报与张汉推断相吻合。

魏裔介综合缉察结果，认真分析案情，认为张汉所提到的那张字条，即是本案的关键物证。所以，尽快找到灵秀，拿到作弊证据，已是当务之急。遂即下令，命刘静臣、何崇伦选派得力人手，对李振邺住宅，实施昼夜监控，严密监视门口和住宅周围。灵秀一旦露面，跟踪追查，见机行事。办案人等当谨慎从事，不可暴露，严防李振邺畏罪潜逃。

李振邺住在永定门里，住宅对面是座茶楼，刘静臣和何崇伦轮流监守已经两天两夜。李振邺住宅，大门紧闭，偶尔有人出门，也是仆妇上街买菜，去去便回，别无任何异常。有一差役耐不住寂寞，说了句牢骚话，被何崇伦严厉斥责，其他人等不敢造次，各负其责，严密监视四周动向。

晚饭后，猛然听到“吱扭”一声响，李宅的大门慢慢打开，走出一人。借着微弱的月光，见是一位年轻的后生。出门之后，径直向珠市口走去。

根据张汉描述，何崇伦断定此人就是灵秀，心中不禁一喜，忙带两名随员跟踪而去。到了珠市口，拐弯抹角，进了花市街，来到一座宅门前，门楣上方的“宋宅”二字，隐约可辨。灵秀轻轻敲门，门开处闪出一人，即是冯元，和灵秀一起，穿过大街，来到一个小酒肆，要了两个小菜，坐了下来。二人神色紧张，窃窃私语。

三个大汉的突然出现，使二人惊慌失措。何崇伦亮出腰牌，坦然说道：“你们不必惊慌，只是了解一些事情。”二人乖乖地走出酒肆，和几人一起来到一处僻静之所。

经突审，二人供述了事情原委。

原来乡试入闱后，灵秀从房考官郭浚手中接过纸条，出房门见到同伴冯元，冯元二话不说，从灵秀手中拿过纸条，揣入怀中。灵秀不知此物利害，也就没有放在心上，李振邺也没有追问纸条下落，事情也就过去了。

想不到张汉、蒋文卓作乱，科考作弊传言四起，闹得沸沸扬扬，闹得李振邺魂不守舍，坐立不安。突然想起纸条之事，逼问灵秀纸条下落。灵秀早已将此事忘得一干二净，登时语塞，李振邺为此大发雷霆，冲灵秀怒喝：如找不到纸条，就要了灵秀的小命！遂将灵秀关入小屋，逼其反省。灵秀这才感到事态严重，悔不当初。灵秀禁身黑屋，整日哭哭啼啼，紧皱眉头，苦思冥想。忽然想起冯元拿走纸条之事，遂向李振邺坦白。李振邺急欲要回纸条，销毁证据，便放灵秀出门，去找冯元索要。

冯元和张汉同是浙江嘉兴生员，前年乡试不中，心灰意冷，经张汉介绍，欲投中允宋之绳门下，谋个闲职，也落个逍遥自在。宋之绳膝下无子，看冯元年少貌美，聪明伶俐，又是位生员，欣然接纳，收冯元当了书童。一次去张汉家串门，张汉因事出门，听到李振邺和凤仙在房中交欢，冯元遂将此事告诉张汉。为此，张汉和李振邺大闹一场。李振邺得知，此事因冯元而起，遂派人将冯元痛打一顿。冯元从此与李振邺结怨，对李振邺怀恨在心。恰逢灵秀手拿纸条出门，冯元深知此物厉害，便攫取在手，作为李振邺作弊物证，伺机报复。

何崇伦开门见山，讲明李振邺交给灵秀之纸条，是科场弊案重要物证，责令其交出，如若不然，必治其罪。灵秀心想："一张小小字纸，李振邺和都察院都来相逼，自己横竖逃不过去，这将如何是好？"灵秀只顾啼哭，说不出话来。

听到督察官所言，冯元心中窃喜，心想时机已到，随即撕开袄襟儿，取出一张皱皱巴巴的小纸片，双手递给何崇伦。何崇伦接过，细细看来，见纸上用蓝色笔迹，写有密密麻麻的人名。何崇伦将此纸收好，命随员押上冯元、灵秀，直奔都察院。

魏裔介听完何崇伦叙述案情，看过纸条，命鉴字官核对笔迹。书记取出李振邺档案，鉴字官将档案中李振邺的亲书笔迹与纸条所写字迹认真比对，确认字条笔体为李振邺亲手所书。鉴字官在字迹鉴定文书上签字后，和纸条一并呈交。

魏裔介又命鉴字官模仿纸条笔迹，复制一张纸条，务求乱真。何崇伦接过复制字条，交予灵秀，令其严守秘密，吩咐灵秀立即赶回李宅，将纸条交给李振邺，以稳其心。灵秀接过，满心欢喜，快步走出房门。魏裔介将原字条还给冯元，令其妥善保存，不得丢弃，接到传讯，即刻上堂作证，如有延误，定治其罪。冯元点头应承，跪接纸条，重新放回衣缝内，谢过诸位，奔回家去。

……

乾清宫西暖阁内，顺治召见诸王议事。承泽亲王硕塞提道："顺天乡试考官受贿作弊，物议沸腾，寒士怨愤。榜发将近一月，言官竟无一人上疏提及此事，岂非怪事？"

安郡王岳乐说："乡试舞弊一事，早已传遍京城。满御史对科举本来生疏，考场内事越发不懂，汉官虽通科考，然而大多心有疑虑，不敢贸然启奏，何况有关者多为汉官，彼此之间徇情庇护，也是预料中事。"

顺治满脸的不高兴，说道："朕历来主张满汉一心，不分满汉，一体眷顾委任，并对汉人文士广为接纳，为何汉官不体谅朕之用心，总生事端？”

安郡王叹一口气，又说：“科考纳贿作弊，历代如此，即使执法如山，此弊终不得根除。科考取士本是治国大事，万万不可轻率，考官舞弊，一伤大清国体，二寒天下士心，只有将贪贿舞弊之丑行暴露于光天化日之下，对作弊者给予严惩，还万千士子一个公道，才是正理。”

顺治攥紧拳头，砸一下龙椅扶手，厉声说道：“不成事体！朕于明日面召满汉大臣及科道官，即予训诫！”

南苑行宫，矗立于南海子西岸。大殿内庄严肃穆，富丽堂皇。

顺治神色凝重，眉头紧皱，坐在龙椅之上。侍立左右的是带刀领侍卫内大臣鳌拜和苏克萨哈。

丹陛之下，满汉朝臣立于御道两旁。前排有内秘书院大学士车克、内国史院大学士额色赫、内宏文院大学士巴哈纳、刑部尚书图海、吏部尚书科尔坤等满官。右边一排立着太傅兼太子太师、议政大臣范文程、秘书院大学士兼吏部尚书王永吉、国史院大学士成克巩、金之俊、宏文院大学士刘正宗、礼部尚书王崇简、户部尚书孙廷铨、左都御史魏裔介。后面是各部衙门副职长官。

顺治端坐龙位，扫视群臣一周，正色说道：“天道清明，光昭日月，民物渐足，海内升平。然疆域未靖，吏治未肃。各臣工务宜恪尽职守，秉心务正。近闻职官玩忽职掌，枉法徇私，并彼此隐庇，是何道理？”顺治登时提高嗓音，余音在大殿回荡。

众臣闻言，敛容瞠目，屏声闭气。整个大殿寂静异常，一根针掉在地上，仿佛也能听到响声。

“力兴科考，举贤取士，公平竞争，以选真才。岂可攀权附贵，私惠亲友？甚至贿赂公行，钻营党附。此弊不除，何举公道？”又一阵声浪涌向殿顶，已有朝臣冷汗滴下，朝袖袍襟瑟瑟发抖。

顺治说着，环视群臣，自思训诫已见成效，用稍微缓和的语气说道：“朕屡命直陈无隐，期待迫切，每阅奏疏，甚弗朕意。或陈细事末节，或纠微员小吏，或为攀比徇私，相互倾轧。至于公心为政，献图直谏者，尽可指数。迄今以后，六科言官，当尽耳目之责，极力纠参徇私枉法、误国害政之大贪大恶，剔除痈疽，以图新政！”

皇上训诫完毕，群臣列队叩拜，山呼万岁。礼赞官清清嗓门，刚要喊出“起驾”二字，从群臣中闪出一人，快步上前，跪倒在丹陛之下，双手托着一本奏章，喊道：“臣刑科给事中任克溥，为揭顺天丁酉乡试科场舞弊大案，上疏启奏，请皇上御览。”

任克溥一声喊，惊动了满朝文武，众人的目光齐刷刷投向任克溥。大殿内顿时寂静无声，汉官们各怀心态，垂手肃立。

吴良辅将奏折展开，端端正正放在御案之上。顺治心中暗喜，紧皱的眉头舒展开来，俯视奏文：

“……丁酉北闱榜后，途谣巷议，啧有烦言，闻中式举人陆其贤用银三千两，同科臣陆贻吉送考试官李振邺、张我朴。北闱之弊，不止一事，乞集群臣会讯……”

顺治浏览疏文，刚刚舒展的额头，骤然紧绷，一道凌厉的目光射向汉臣。

“魏爱卿身为总宪之职，科场弊案，沸沸扬扬，想必已有耳闻。何不及早纠参？”顺治语声不重，却字字如石，震撼人心。群臣的目光一起投向魏裔介。

魏裔介走出九卿行列，来到丹陛之前，整冠舒袖，跪于龙毯之上，高声说道：“回禀皇上，丁酉科考弊案，臣早有耳闻，然而此案事关朝廷纲纪，不敢轻而视之。臣以为，作弊者性情狡诈，手段诡秘，如无确凿证据与其对质，恐其难以伏法认罪；过早纠参，打草惊蛇，贪贿者惊恐心悸，势必为逃避罪责，铤而走险，毁迹灭证。臣于日前已遣探员寻迹密察，作弊踪迹已露端倪。涉嫌物证取获在即，贪赃枉法者在劫难逃！”

顺治闻言，心中一喜，说道：“魏爱卿平身。”遂命，“即刻逮拿疏内各人犯，押入都察院大牢，交都察院、刑部、吏部会审，着大学士王永吉领审三部院。所羁案犯，家资赃银一并查抄。”顺治假加思索，遂即说道，“着内大臣苏克萨哈、鳌拜，为本案督审！”

顺治见魏裔介仍旧跪在地上，问道：“魏爱卿为何不起？”

魏裔介答道：“皇上有所不知，微臣四弟裔懿，已为本次丁酉乡试中式举人。为避嫌疑，微臣还是回避为好！恳乞皇上恩准。”

“大可不必！科场作弊者毕竟少之又少。以卿之德，绝不会枉法徇私，亵渎斯文！魏爱卿身为总宪，切不可瞻前顾后，延误职守。快快平身，审案去吧！”

魏裔介起身，同诸位部臣一起，领旨谢恩，各奔职务。

顺治下殿，换上一身猎装，头戴攮尖铁盔，腰带佩剑，肩挎劲弓、箭囊，披一件红绒镶边的黑色丝质斗篷，跨上爱骥玉骕骦，在王爷、满汉大臣、嫔妃、太监的簇拥下，精神勃发，英姿飒爽，脚下一磕马肚，玉骕骦一声嘶鸣，撒开四蹄，奔向辽阔的绿野……

# 二二、血溅菜市口

都察院大堂内，烛光闪闪。正堂壁上，一只偌大虎头，虎口大张，似闻咆哮之声；虎目眈眈，望而胆战心惊。大堂左右，摆着铁链、夹棍、皮鞭、大杖等刑具，熊熊炉火里插着铁钩、烙铲。整个大堂阴森恐怖，令人头脚发凉。

堂案正中坐着王永吉，左右是图海和魏裔介，苏克萨哈和鳌拜坐在两边。

“带李振邺！”王永吉下令。

李振邺被两名衙吏押上堂来，除去身上镣铐。李振邺板着脖颈，满不在乎。王永吉喝道：“李振邺，你身为囚徒，为何不跪？”

“我李某堂堂男儿，一身清白，遭奸人陷害，沦为阶下之囚。我本无罪，为何下跪？”

王永吉怒道：“大胆李振邺，你身兼房考之职，收贿行弊，并有知情人控词，你能抵赖得了么？”二衙吏上前，猛踹李振邺膝窝，只听“咕咚”一声，李振邺双膝着地，不得不跪在地上。

李振邺昂起头说：“控词？控词有个屁用？张汉如能拿出证据，我李振邺立死当堂！如无证据，哼！”李振邺说着，将头扭向一边。

鳌拜看着李振邺不可一世的样子，气得心头火起，一手拍在案上，怒目而立，刚要动怒，苏克萨哈发话了：

“李大人，骨气得很哪！不如让张汉与你对质，把话说说明白？免得王大人动用大刑，你可就吃不消喽。”苏克萨哈眯着眼，坐在那里，慢慢说着。

苏克萨哈为纳喇氏满洲正白旗人，其父是苏纳叶赫贝勒。入关后，曾率劲旅出镇湖南等省，多次克敌制胜。十二年与刘文秀战于长沙，六战六捷。叙功晋二等精奇尼哈番，擢升侍卫内大臣。他久离战场，面色滋润，豁达顺遂，很得皇上器重。皇上派他和鳌拜督审此案，他也乐得看看汉官的洋相。

“带张汉！”

张汉上堂，看这阵势，先有三分心怵，急忙下跪。

王永吉问道：“张汉，你刻揭控告李振邺徇私舞弊，本官让你把所知情事如实道来。”

张汉将他和李振邺相识、相交经过略述一遍，接着揭发了李振邺倒卖关节，收受贿银近万两的事实。但李振邺和自己传递关节、银两之事缄口不提。一是自己手中没有留下物证，空口无凭；二是即便有证，自己和李振邺的龌龊交易也上不得台面，李振邺获罪，自己也逃脱不了罪责，所以不如不讲。张汉明白，若要治李振邺死罪，必须从他交给灵秀的那张纸条入手。

“张汉，你适才所讲，手中可有证据？”王永吉问。

“有！”张汉讲，“李振邺在贡院时，曾给过书童灵秀一张纸条，上面写有二十五人的名字，的确是他用蓝笔亲手书写。我多次寻找灵秀不见，想不到被他囚禁家中。李振邺如果心中无鬼，灵秀怎能不见踪影？”

“哈哈哈哈！”李振邺狂笑着，“呸”，一口唾沫啐到了张汉脸上。大骂张汉：“无耻小人，无中生有，栽赃陷害！”

张汉大怒跳将起来抬脚踢向李振邺。李振邺站起，狠力掴了张汉一记耳光。

“啪”的一声，王永吉将惊堂木重重拍下，喊道：

“大刑伺候！”

刑吏们听到召唤，准备好铁链、夹棍和烧红的烙铲，几名衙吏将李振邺架起，将要拖往刑架。

“且慢！”魏裔介摆手说道。衙吏放下李振邺，李振邺抡抡胳膊，扭扭脖子，重新跪下，一副满不在乎的样子。真是个死猪不怕开水烫的主儿。

“李振邺。”魏裔介说，“皇上命部院会审此案，若无确凿证据，不会如此兴师动众。你欲侥幸过关，岂非痴心妄想？本官劝你，还是认罪自首。如能主动交代所犯之罪，定当从轻发落，保你不死！”

李振邺深知魏裔介的为人，平时，他对魏裔介颇有几分敬畏。听了适才之言，心中为之一凛。又想，自己做得天衣无缝，最要命的那张蓝笔字条，也被自己亲手焚毁，除此之外，再无其他任何罪证！魏裔介如此说，不过是虚张声势，纯属骗供。他们手中断无证据，如若坦白认罪，既是从轻发落，亦是重罪；宁死不讲，虽受些皮肉之苦，倒能落个清白，保个名节。想到此，李振邺不阴不阳地说道：“感谢魏大人一番好意。我李某初为朝臣，虽无以身报国之志，修身自爱之心还是有的！如魏大人所讲，我已犯重罪，那就请大人拿出证据，让我李某瞧瞧？”

魏裔介心中说道：“好个厚颜无耻、不知好歹的东西！”厉声喝道，“带灵秀、冯元！”

灵秀和冯元战战兢兢走上堂来。冯元看着各式各样的刑具，双腿发软，又见李振邺若无其事地跪在那里，心头火气，胆子也壮了起来。和灵秀一起，跪在李振邺一旁。李振邺扭头看看灵秀二人，鼻子“哼”了一声，转过脸去。

魏裔介说道："冯元、灵秀，速将赃证取出，呈上堂来。"

冯元拿出字纸，递与堂吏，魏裔介接过，交予王永吉，王永吉粗略看了一下，脸上露出惊喜之色。问道：

"李振邺，铁证如山，看你如何狡辩！"

"栽赃陷害，子虚乌有，欲加之罪，何患无辞？"李振邺嘴上说着，心里却在发虚。

"李振邺，你是不见棺材不落泪！"王永吉狠狠地说："你来辨认，看你还有什么话可说！"

堂吏将纸条展示在李振邺面前，李振邺只看了一眼，似乎什么都明白了。头顶"嗡"的一声，两眼发直，全身像被抽了筋骨，软软地瘫在地上。

王永吉看一眼李振邺，立起身来，不无讥讽地说："我当是什么精英节烈，原来是只丧家之犬，可恨之至，可怜之至也！"王永吉说着，拿起那张字纸，认真看了起来。

隽秀的行书小楷，书写着二十五个人的名字和籍贯。第一名陆其贤，第二名田耜，再往下看："王树德"三字，像一支冒烟儿的炮仗，吓得王永吉的手瑟瑟发抖，脸色由红变白，由白变青，一屁股坐在椅子上，字条掉在案边。

图海察言观色，忙将字条拿起。吩咐堂吏，把灵秀、冯元押出堂外。看到"王树德山东高邮"几个字，心中已经明了。又将字条推到魏裔介面前，魏裔介看过，叹息一声，摇了摇头，脸上露出忧郁愤懑之色。

王永吉目光呆滞，强打精神，喃喃说道："王树德是我侄儿，我曾多次训诫，不想他竟如此不肖。兄弟已无颜再任主审，将上疏自劾，以求处置。"王永吉有气无力地走出大堂，望着他蹒跚的背影，好像衰老了许多……

第二天，会审继续。刑部尚书图海担任主审，魏裔介及苏克萨哈、鳌拜仍任原职，吏部左侍郎梁清标，代表吏部出席会审。

李振邺、张我朴、郭浚、蔡元禧、陆贻吉、项绍芳、陆其贤、田耜、邬作霖九名案犯，被押上公堂受审。

李振邺死不甘心，首先发难，告发了蔡元禧、陆贻吉、项绍芳三人，为陆其贤、田耜、邬作霖中式，行贿陆贻吉之事。蔡元禧等人，指责李振邺无凭无据，胡叼乱咬，血口喷人。便侥幸抵赖，并不招认。

图海传张绣虎和福通银庄掌柜到案，当堂作证。掌柜拿出银庄底账，将陆其贤等三人亲笔签名的取银账单展于案上，又把张绣虎讹诈之银和查抄李振邺、张我朴的银锭密字，与银庄账存密字相比对，认定在案宗银，即是蔡元禧等人的行贿银两。三方质对，相互印证，证据确凿，不容抵赖！

张我朴等人见隐情败露，无可辩驳，再不招认，必遭酷刑。只得如实招供。书记官将各犯供词记录在案，案犯签字画押。

刑吏给众犯砸上镣铐，戴上重枷，被押往刑部大牢，囚犯们拖着沉重的铁镣，发出“咣咣啷啷”的声音。

众犯被押入大牢后，陆其贤呜呜咽咽，左思右想不得活，便于当夜服毒自杀，死于牢中。

第二日，皇上发下谕令：

“贪赃坏法，屡有严谕禁饬，科场为取士大典，关系最重，况辇毂禁地，系各省观瞻，岂可恣意贪墨行私。所审受贿、用贿、过付种种情实，可谓目无三尺，若不重加处治，何以惩戒将来？李振邺、张我朴、蔡元禧、陆贻吉、项绍芳、举人田耜、邬作霖俱著立斩，家产籍没，父母兄弟妻子俱流徙尚阳堡。

“主考官曹本荣、宋之绳，不察房考官贪贿作弊，降五级，仍以本衔门用。大学士王永吉，因其亲侄树德私通科场关节，岂不知情？降五级调用。”

十月二十七，为行刑之日。市民百姓欢天喜地，文人寒士吐气扬眉。茶楼、酒馆挤满了人，猜拳行令，以示庆贺。

中午时分，天气骤变，飘起雪花，菜市口人山人海，人们翘首以待，午时三刻一到，好看那大刀起处，人头落地的场景……

翌日，寒风阵阵，乌云滚滚，雨点夹着雪糁，扑面而来。东直门外，通往奉天的大道上，兵卒们押着一百多名死犯家属，排着长队，踏着泥泞，慢慢向前走着。他们不知道尚阳堡何许地界，个个愁容满面，垂头丧气，扶老携幼，一步步走向绝地！过路人纷纷驻足，看着这些无辜的、难民一样的人群，心中很不是滋味。知情人心里明白，他们这一去，怕是终生难回！

除已正法各犯以外，李振邺所书字条所列的其余二十二人，及涉案人等，均被先后缉拿下狱。其中有张天植父子、张汉之兄中书张嘉、中书张恂、光禄李倩，还有查有关节而未中式的常熟赵某和湖州的二沈二闵，除郭浚病死牢中，共计四十多人。

十一月，谕令礼部：“今年顺天乡试，发榜之后，物议沸腾，同考官李振邺、中式举人田耜等，贿赂关节，已经审实正法，其余中式各卷，岂皆文理平通，尽无情弊？尔部即将今年顺天乡试中式举人速传来京，候朕亲行复试，不许迟延规避。”

一百九十名中式举人到京，齐聚太和殿，每人由一兵监视，即行复试。顺治御驾亲临，谕令：“各自尽心构艺，不必畏惧。”后经大臣阅卷，三日后发榜：

朱汉雯、魏裔懿、张光昌等一百八十二人榜上有名，保留举人名分，仍准会试。苏洪浚、张元生、时汝身、霍于京等八名，字体粗劣，文理不通，俱着革去举人。旋将办理科场事务之礼部司官董笃行、鱼飞汉、柯耸及监试御史缉拿归案，下狱待审。

不几日，忽报传令，提押各犯，皇上将御前亲审定案。刑部急备绑索四十副、口衔四十枚、刽子手四十名、行刑刀数口，羁押众犯进入太和门，皇上御殿亲行审问。尔后谕旨刑部：

“开科取士，原为遴选真才，以备任使，关系最重，岂容作弊坏法？王树德等交通李振邺等贿买关节，紊乱科场，大干法纪，曾命法司详加审拟。尔部具奏王树德、陆庆曾等八人立斩，家产籍没，父母兄弟妻子流徙尚阳堡;孙伯龄、郁之章等十一人俱应立斩，家产籍没；张旻、孙兰茁、张绣虎等五人俱应立绞；余赞周应绞监候秋决等语。朕因人命至重，恐其中或有冤枉，特命提来亲行面讯。王树德等俱供认作弊情真，本当依拟正法，但多犯一时处死，于心不忍，俱从宽免死，各责四十板，流徙尚阳堡，余依议。董笃行等本当重处，朕面讯时皆自认委系溺职，故着免议，仍复原官。自今以后，凡考官士子，须当恪遵功令，痛改积习，持廉秉公，不得以此案偶蒙宽典，遂视为常例，妄存侥幸之心，如再有犯此等情罪者，必不姑宥。”

刑部即发谕旨，众犯均免死罪，减为流徙。择日起解尚阳堡。丁酉奉天乡试弊案，就此终结。

紫禁城内，没有一丝的风，雪花像朵朵棉絮，无声无息地落了下来。厚厚的白雪，覆盖了殿檐、甬道、广场，一片银白的世界。

吴良辅臂挽拂尘，袖着手，弓着总也直不起来的腰，匆匆走在前面，图海和魏裔介快步跟进，脚下发出“咯吱咯吱”的踏雪声。三人过乾清门，登玉阶，走进乾清宫西暖阁。

顺治满脸怒气，背着双手，站在窗前，望着殿外的雪花。

图海和魏裔介觐见礼毕，垂手站在一边。

“北闱弊案刚刚风平，江南乡试又起波浪，汉臣文士总生枝节，难怪诸王、满臣积怨愤愤！给事中阴应节上疏，弹劾江南乡试主考官方猷。若依疏中所参，不知又有多少人头落地。”

顺治说着，转过身来，拧着眉头说道：“差出典试考官，朕曾严加训诫，务令革绝弊窦。朕不明白，北闱弊案血流刑场，流徙者数百，为何不记教训，为些许私利，而不惜性命，铤而走险？”

吴良辅拿起一本奏折，双手递给图海，图海翻开疏页，和魏裔介一同阅览：

……江南乡试发榜后，众情大哗，主考官方猷、副主考钱开宗弊窦多端，物议沸腾，中式举人方章钺，系少詹事方拱乾之子，与方猷联宗有素，乘机滋弊，冒览贤书。主、副考官撤闱归里，过常州、苏州之时，士子随舟唾骂，投砖掷瓦；同考官舒城知县龚勋，出闱后被诸生所辱，事涉可疑；中式举人程渊度啧有烦言，情弊昭著，应详细磨勘。所奏情事，请立赐提究严讯……

图海二人看完奏疏，垂手而立，等待皇上口谕。顺治瞅着面前的两位爱臣，却是一言不发。

图海上前，躬身道："皇上息怒。绿原无垠，必藏衰草；奔马千匹，定有劣驽。科场舞弊，士子怨愤，群起攻之，是为世人尊崇科考，卫庇文雅，荡涤隐秽之义举。李振邺行刑之日，士子雀跃，万民欢腾，为皇上匡扶正义、力除奸邪之心感恩戴德。"

图海瞥一眼皇上，见他怒气渐消，一脸平和，接着说道："北闱弊案，顺利告破，亏得魏大人及早查勘，巧取物证，致罪犯以要害。臣以为，江南科场之事，还是多听听他的见解。"

顺治转身，坐在窗前的乌木座椅上，说道："魏爱卿既善用兵之道，又通刑察之法，依你看来，这江南科场弊案，将如何决断？"

魏裔介说道："回皇上，微臣本属常人，并无过人之处。有道是'精诚所至，金石为开'。皇上委微臣以重任，只有竭我所能，恪尽职守，以报皇上隆恩。江南弊案，微臣不敢妄言，只以管见，陈予圣听。

"臣以为，大凡隐弊刑案，宜早勿迟。江南离京城数千里之遥，快马一遭亦须月余，若想及早破案，只有就地审讯。臣闻江南总督郎廷佐聪明善断，皇上如能命他坐镇南京总督府，初审此案，可收事半功倍之效。再将涉案人犯，押解刑部，详细再审，便可结案。

"审案以罚邪惩恶，科考以取士举贤，二者不可偏废，必要兼得。江南弊案，众怨沸腾，复试已成必然。为不延误中式举人参加会试，复试务于明年会试之前终结，以示皇上匡扶中正，弘扬公道之心。"

福临闻听所言，心中大悦。即日下旨：

"……江南总督郎廷佐，速将江南乡试主考官，翰林院侍讲方猷、副主考翰林院检讨钱开宗、同考官舒城县知县龚勋、与同考官俱革职，并中式举人方章钺、程渊度羁押严审，阴应节所参事情及闱中一切弊窦，速查明白，并将所有人犯拿解刑部严行详审！礼、吏二部慎选考官，速赴江南，即行复试。"

郎廷佐接旨，立即照办。经审查明，江南科场弊案，涉案人犯二十八人，一体解往京城待审。

经过复试，吴珂鸣、汪溥勋等七十四名准予戊戌会试，史继佚等二十四名准作举人，罚停会试二科，方域等十四名文理不通，俱着革去举人。

经刑部、都察院会审，江南科场弊案全案审结，复奏皇上，翌日发下谕旨：

"方猷、钱开宗差出典试，经朕面谕，务令简拔人才，严绝弊窦，辄敢违朕面谕，纳贿作弊，大为可恶！如此悖旨之人，若不重加惩治，何以警戒将来？方猷、钱开宗俱着即正法，妻子家产籍没入官；叶楚槐、周霖、龚勋等十七名同考官俱着即处绞，妻子家产籍没入官；方章钺、张明荐、庄允修等八名考生俱着责四十板，家产籍没入官，父母兄弟妻子并流徙宁古塔……”

科场大案频发，举国震惊。诸多考官苦读诗书，渊学博才，前途无量，却为私利冲昏头脑，死于鬼头刀下。人们愤恨之余，不无痛惜。历来对汉官存有偏见的王爷满臣，则是沾沾自喜，幸灾乐祸。朝中汉官如惊弓之鸟，人人自危，皇上也为此闷闷不乐，大伤脑筋。

江南弊案结束，刑场血迹未干，河南乡试又起波澜。人们紧张的心绪刚刚平静下来，又被传言搞得晕头转向。有的说，科场作弊，惊动了天庭，玉皇大帝派文曲星和二郎神下界惩罚罪犯，二位神仙驾着祥云，来到河南，落下云头，化装成两个秀才，混进科场，见考官作弊，便来到皇宫，叱责皇上管束不严，有失公道，皇上答应，一定严惩罪犯。也有的说，菜市口两次行刑，就是二郎神奉命斩杀的，难怪行刑那天，一忽儿晴空万里，艳阳高照；一忽儿阴云密布，雪花飘飘，敢情是二郎神作法。还有的说，天狗食日为大灾之年，本应大赦天下，乞天佑人，科场案杀人过多，阴气太重，冲煞犯忌，皇上正在反省自责。

众说纷纭，事出有因。给事中朱绍凤上疏，弹劾河南乡试主考官吏部员外郎黄鈊、副主考礼部主事丁澎。疏言，主副考官不用闱墨，有违定例，且黄鈊服官，向有秽声，出都之时，流言啧啧，及入闱，又挟持铨曹，滋取供应，请敕部处分云云。

皇上闻奏，谕令刑部将黄鈊、丁澎缉拿归案，又命都察院独审此案。

魏裔介领旨，与左副都御史能图共审此案。经多次提审，调查取证，明访暗察，发现疏中所奏之事，无一证据予以证实，均与事实不符，又经再三审核，判定疏中弹劾之辞，纯属乌有，黄、丁二人无以为罪。

魏裔介复奏：“经院详细勘验查审，并无证据证明疏中所参之情事属实，拟判河南乡试主考官，吏部员外郎黄鈊无罪；副主考，礼部主事丁澎无罪。大清刑律载明：所谓枉法裁断，一为有罪之人作无罪开脱，二为无罪之人强加为罪。黄鈊、丁澎本无以为罪，若以强加之罪，即为枉法裁断，本院不敢逆大清律法而为之！另附呈本案全部卷宗，诚请皇上御览钦定。”

福临阅完此奏，欣然朱批：“你院依律详审无误，准奏！黄鈊、丁澎及所押人等即行释放，不得有误！”

又谕令吏部：“着黄鈊、丁澎官复原职，不得歧视；朱绍凤趋风气，投时好，捕风捉影，险害无辜，罚俸革职，以儆效尤。”

历经数月，丁酉科场弊案，终于尘埃落定。此后数十年，闱内清肃，无一科场大案发生。

# 二三、犯颜救奴

顺治十五年二月初五，为大朝之日。四更三刻，承天门上红灯初亮，五凤楼中鼓响钟鸣，紫禁城内灯火通明。从大清门到太和殿，御路两旁布满法驾卤簿，太和门内和太和殿前，宫廷乐班奏中和韶乐，王公大臣，文武百官及外国使节，经太和门，登玉阶，进入太和殿，向皇上朝拜，行跪叩大礼。礼毕，退立御道两厢。

日本国使节跪呈贺表，用日本国语说道：

“本人芥川恒一，受后西天皇陛下特使，朝贺大清帝国繁荣康泰，祝福皇上、皇太后万寿无疆！”

经译馆译官翻译后，读予皇上，皇上听后，点点头，以示谢意。

芥川恒一接着说：“自去年后西天皇即位后，敝国水旱之灾连年不断，江户又遭大火，死男女十万八千余人，国银极端亏瘪，灾民急欲拯救，万望贵国体恤岛国饥民之苦，予以救援，天皇及日本臣民当不忘皇上捐救之恩！”

福临听后，心中十分不快，稍加斟酌，说道：

“据下臣禀报，后西天皇登基之后，仇视耶稣教民，焚毁耶稣教堂，捕杀耶稣教徒六百余人，已激怒上天，得此惩罚，乃为天意。大清反贼郑成功潜赴贵国求援，后西天皇若期与大清修好关系，必将郑贼扣押，遣送我朝。非但如此，反将郑贼捧为上宾，岂有此理？鉴于上，你所求援助之事，朕不能答应。”

芥川自觉无趣，讪讪退下。朝鲜、大越等国使节见状，畏畏缩缩，无人上前。

兵部尚书伊图出班启奏：

“启禀皇上，孙可望自去年九月湖广归顺以来，皇上开恩，封为义王，可他自恃功高，兵部于前日接其奏疏，竟向皇上借银万两，并为其弟讨勘合。微臣不敢擅作主张，故请皇上定夺。”

福临闻奏，心中大怒，只是不便发作而已。

魏裔介走出朝班，立于丹陛之下，奏道：“孙可望疏中所奏，臣已有耳闻。

皇上封他义王，可望不仅不受恩图报，竟不知天高地厚，变本加厉，以非分之想要挟皇上，如此悖理背义，越分干名，实为欺君之罪。臣上《直纠陈请之非以正悖谬之罪疏》，恳祈皇上，严惩悖谬之臣，以正律法！”

福临翻看奏折，欣喜之色溢于言表：“魏爱卿所言最是。你如此心怀社稷，不负职掌，朕心甚感欣慰。但念其率人未归，故予宽免。可望若闻此疏，必定胆落，诸事定可收敛。”

“臣谨遵圣谕。”魏裔介说着，又呈上三本奏折，继续说道，“自明季以来，吏治混淆，我皇上严法痛惩，大有改观。然举荐浮夸之风尚未尽弃，真才实学者，并未尽得其人。臣以为，凡抚按举荐，如各官廉能勤敏，务将事实列入本内，若有虚文，冒举滥荐者，纠参议处。凡贪酷官员，一经纠参，先拿后审，决不姑容。为举荐真才，惩治贪官，臣上《举荐宜有实政疏》，事关吏治大法，请皇上御览。

“时下民间困乏，惟有卫所之弊。卫所沿袭前明旧例，机构臃肿，鱼肉乡里。臣以为，欲足百姓，必先清卫所。臣上《兴利除弊之大疏》，兴利除弊之大，莫过于裁并卫所，丁田归之州县，以足财用，以苏民生。

“上月，皇上命查河南、山东两省荒地，以备军屯之用，经九卿会议议定允行，皇上命都察院保奏。臣以为，若差御史逐府逐州逐县亲身丈量地亩，即十年亦不能完。若令各府、州、县自为丈量，而御史总其成，两月可毕其局。臣上《查荒业有成命察法尤宜简易疏》，共陈七条。若依奏允行，臣当不辱使命，按期完成！”

当值太监将四本奏折小心翼翼放上御案，福临说道：“魏爱卿所奏，俱关吏治民生，大利大弊者。该部据疏详议，即时颁行实施。察荒之事，亦为急促，依奏允行！”

……

吏部满尚书科尔坤启奏：“宏文院大学士陈之遴，伙同汉臣，行贿宦官，以图为其同党谋取高位。请皇上敕命部院，严加察审，以肃结党贪贿之臣。”

陈之遴闻言色变，陛下百官，为之愕然。福临为此大动肝火，厉声喝道：

“大胆陈之遴！你身居高位，却历次植党乱纪，滋扰朝纲，朕念你每每痛哭流涕，似有悔罪之想，故多次宽处，本希你悔过自新，你却毫不体谅朕之宽宥之心，不思悔改，变本加厉。关外回京未过半载，你又旧病复发，重犯大案，真乃腐朽之木，不可救药。着都察院详察此案，与刑部会审，所涉案犯，俱从重定处，严惩不贷！”

下朝之后，魏裔介立即部署人马，着手督察此案。经数日明察暗访，又多次提审案犯，陈之遴勾结宦官，结党营私案已露端倪。

经查，汉臣陈维新、胡名远、王回子等，或欲谋取高位，或为其亲友谋私，即攀附于恭顺侯吴惟华和陈之遴，与其结为同党。经共同密谋，遂向大太监吴良辅投递名帖书柬，并馈送大量金银布帛。吴良辅毫无推诿，欣然接纳。并答应：“定在皇上面前多多美言，诸位所求，不在话下。”涉案人等俱已招认，各犯供词均已记录在案，并有涉案物证也已稽查到案。后经部院会审，认定证据确凿，即可定案。遂具疏复奏：

宏文院大学士陈之遴、恭顺侯吴惟华，与大臣陈维新、胡名远、王回子植党营私，交结犯监吴良辅，大干法纪，应当严加追究，罢官籍没，依律正法。

不几日，皇上发下谕旨：

若俱按迹穷究，犯罪株连甚多，故驳回部院奏疏，一概不究，免除陈之遴等人死罪，将其革职罢官，籍没家产，携带父母兄弟妻子，流徙盛京宁古塔。

陈之遴身带枷铐锁链，披头散发，一身污垢，夹在流徙的人群中间，以往神气早已无影无踪，神情呆滞、步履艰难地向前走着，他这一去，再也没有回到京师……

正秋八月，风物宜人，马肥草绿，鸟兽遍地，又是南苑射猎的大好时机。

龙旗飘扬，鼓角阵阵，一支皇家射猎的队伍，浩浩荡荡，开进南苑的九门之首——大红门。

王国顺一身戎装，和众侍卫一起，紧紧护卫在皇上周围。福临身穿猎装，骑着他心爱的玉骕骦，精神焕发，光彩照人。和皇上并马前行的是董鄂皇贵妃，她骑着一匹漂亮的桃花马，穿一身绯红的窄袖猎服，肩上的玫瑰色披风随风飘舞，和她艳如桃花的面容相映衬，恍惚间如秋霞飞落人间。

福临和董鄂妃对视着，二人脸上都露出甜美的笑容。二人身后，是嫔妃、格格和侍奉贵妃的宫女。她们个个穿着艳丽，年轻貌美，婀娜多姿，看她们信马由缰的姿态，马上功夫定是不弱。再往后是几位儒臣。魏裔介骑着御马火龙驹，和梁清标、李霨、王熙、曹本荣并驾齐驱。他们后面是贝勒、贝子、满族骑士。

皇上立马站在中间，带刀侍卫各自就位，狩猎队伍一字排开，大家勒紧马缰，眼睛盯着前方，等待猎物出现……

南苑俗称南海子，早在元代就是天子放鹰射猎的地方，经明代多次整理扩展，成为现在的规模。四周城垣绵延二百里，共设九门，除东南西北四门外，还有回城门、黄村门、小红门、双桥门和镇国寺门。苑内有海子多处，河流纵横，草深林密。村庄十多个，村民数千人，不收税赋，专养禽兽，种植粮果。每逢皇上狩猎，村民们将猎物轰往指定区域，供皇上猎杀。

一声哨响，猎鹰直冲云天，只见远处黄羊、獐子、野鹿、兔子窜动，福临收腿放缰，玉骕骦撒开四蹄，狂风般奔向前去。众人催马，打着呼哨，奔向绿野，人欢马叫，利箭齐发，好一派南苑围猎的壮观场景！

福临真好身手，拉动弓弦，利箭射出，一只肥大的獐子应声倒下，后面一片欢呼声。侍卫下马，上前观看，见箭尖正中猎物咽喉。福临兴致正浓，急催坐骑，朝一只黄羊奔去。魏裔介等人，松缰催马，奋起直追。

黄羊东躲西窜，惊恐万状，福临引箭不发，转脸看一眼骑马追来的诸位儒臣，嘴角露出一丝笑，挥手指一下前方，好像在说："尔等舞文弄墨确是了得，骑马射箭不行了吧。试试看！"

几位儒臣心领神会，驱马上前，开弓射箭，几支箭落在黄羊身边，黄羊逃窜，福临见状，开怀大笑。魏裔介抖擞精神，双腿猛夹马肚，火龙驹一声嘶鸣，朝黄羊奔去，弓张箭发，一支利箭飞出，黄羊中箭倒地，不得动弹。

众人簇拥着皇上，策马围拢过来。福临高兴地说："魏爱卿好身手，好韧力。"

魏裔介急忙下马，俯首说道："其实黄羊早已筋疲力尽，臣胡乱放箭，侥幸射中，不足皇上夸奖。"

"且不论马步弓箭之法，只你不馁不弃之韧性，已是不凡。朕将你胯下坐骑赏赐与你，以示鼓励。"

魏裔介跪叩谢恩，扶鞍上马。和众人一起，紧随皇上，纵横驰骋，蹚河过林，引弓放箭，大小猎物纷纷倒地，不觉间已入纵深数十里，猎物驮满马背，皇上命回营休息。

秋阳西斜，凉风习习。绿野一望无际，河水涓涓流淌，人们信马由缰，漫步在草原之上。宫眷队伍中传出了阵阵歌声，甜美、悠扬的旋律，回旋在南苑上空。

美妙动听的歌声感动着福临，他回头看看身后的几位汉臣，说道："女人唱歌，咱们也别闲着，诸位爱卿喜欢赋诗应制，咱就以射猎为题，各赋诗一首，吟来朕听，也不枉这南苑美景。"

各位凝神构思，梁清标、李霨、王熙、曹本荣各吟诗一首，福临频频点头，连连称好。魏裔介最后吟道：

玉靶雕弓斜控鞍，箭如鸥叫万人欢。
儒臣后骑承恩宠，指点黄羊亲与看。

李霨说道："魏大人今日喜得良驹，何不以'赐马'为题，赋诗一首，吟来听听，以谢皇恩？"

福临微笑不语，静听爱卿之诗。

魏裔介骑在马上，随口吟道：

君赐名骑锦云鞯，从猎翩跹过古阡。
新出宛群犹恋主，骄嘶不敢下金鞭。

明月当空，繁星点点。南苑行宫祯祥殿外的广场上，簇簇篝火冲天，粗大的干柴熊熊燃烧。

一排长几后面，福临坐在中间，董鄂妃坐在福临身旁，两边坐着几位汉臣。贴身侍卫济图和玛尔度站在福临身后。

满族大汉将猎物剥皮挖脏去头，挂上铁钩，架在篝火上烘烤，油点滴在柴火里，"噼里啪啦"响个不停。随着阵阵晚风，一股烤肉的香味扑面而来，让人直咽口水。

乐工们起劲地奏着乐曲，宫女们翩翩起舞，跳起欢快的满洲舞蹈《牤牛河之歌》，场外不时爆发出喝彩声。

一位貌似天仙的歌女，身穿白色拖地纱裙，迈着轻盈的步态，缓缓走入场内，乐队响起优美的乐曲，歌女展开甜润的歌喉，唱起了满族民歌《摇篮曲》：

悠悠着，悠悠着，
把卜着悠了着悠悠着。
狼来了，虎来了，
马猴跳过墙来了，
小孩睡觉把卜着。
小孩睡，盖花被，
小孩哭那个把卜着……

福临盘腿坐在厚厚的羊毛毡上，蛮有兴致地听着歌子，亲切而熟悉的歌声，勾起了他对童年的深深眷恋，回忆起儿时在盛京皇宫，和额娘朝夕相伴的日子，不由得喉咙发热，泪眼模糊。

魏裔介和王国顺站在篝火旁，小声地说着话。

魏裔介迟疑地问："坐在皇上身边的那位贵妃，看那长相、姿态、眼神，太像乌云珠了。莫不是……”

王国顺笑笑说：“是的，她就是乌云珠。”

“听萱儿说，乌云珠不是嫁给襄亲王博穆博果尔了吗？”魏裔介问。

王国顺答道：“皇上对乌云珠情有独钟，倍加喜爱。襄亲王死后，皇上便把她纳入内宫，封为贵妃。”

魏裔介“哦”一声，和王国顺一起向长几走去。

侍从太监端来大盘油光光、香喷喷、热腾腾的獐肉、兔肉、羊肉。福临闻着肉香，肚里咕咕叫，这才觉得饿了，接过侍从递来的一把刀子，亲自割下一块獐子肉，津津有味地吃了起来。

汉臣们早也饿了，看着满几的烤肉，已顾不得斯文典雅，拿起刀子，割而啖之。福临看着他们狼吞虎咽的模样，“噗嗤”一声，先自笑了。

一阵冷风刮过，乌云遮住了月亮。

满洲武士换上了摔跤服装，紧紧腰带，蹬腿冲拳，跃跃欲试。锣鼓敲起，一阵紧似一阵。两名武士上场，拉开了架势……

“嘎啦啦”一声炸雷，豆大的雨点从天而降。

猛然间一声马嘶，一匹惊马斜刺里朝皇上这边狂奔而来。女眷们“呀呀”直叫，乱作一团。众人惊慌失措，目瞪口呆。福临看着慢慢逼近的惊马，瞪大了眼睛，本能地站了起来。

王国顺一个箭步抢上，挡在了皇上面前……

说时迟，那时快，济图和玛尔度飞身跃起，几步抢到惊马前面，挡住了去路。惊马嘶叫一声，前腿立起，直向二人头顶拍下。二人闪开，顺势揪住马缰。济图飞身上马，紧勒缰绳，掉转马头。惊马尥几下蹶子，一阵长嘶，撒开四蹄，向猎场树林中冲去……

贴身太监看着奔马渐渐远去，这才颤抖着手慌忙撑开雨伞，举在皇上头顶，引皇上离开广场，向祯祥殿走去。侍卫、文臣紧随其后。

福临浑身湿透，在太监的搀扶下来到祯祥殿。见太监、侍卫、文臣一个个落汤鸡似的狼狈相，摇摇头，走进寝宫。福临惊魂未定，换上了一身便装，斜靠在睡榻上，闭目养神。

太监走进寝宫，躬身道：“皇上，几位大人宫外候旨。”

福临说：“进来叙话。”

魏裔介、梁清标、李霨、王熙、曹本荣走进宫来，向皇上行觐见礼。两个太监放下宫门的黄帷，躬身退出宫去。

福临走下睡榻，来到窗前，看着窗外的夜雨。

雨在淅淅沥沥地下着，远处天际划过一道闪电，传来闷闷雷声。几名武士将惊马拴在大木桩上，马儿“咴咴”叫着，四蹄不住地刨着草地。几名武士举起大刀，一起向马砍去。马儿哀鸣几声，倒在血泊里……

武士们又将四名看马人捆绑起来，推到马前。看马人双膝跪地，满脸绝望。他们脸上流着的，不知是雨水，还是泪水。

福临依旧站在窗前，看着窗外出神。

太监慢慢撩开黄帷，走进寝宫：启禀皇上，那匹惊驾之马已死乱刀之下……

福临说："杀得好！该死的畜生！"

太监又说："皇上，奴才还有一事禀明。"

福临不耐烦地说："讲！"

太监低着头说："宫门外，四名看马人已经拿下，是杀是留，恳请皇上定夺。"

福临猛然转过身来，大声说："玩忽职守，险些闯下大祸。杀！"

"皇上且慢，臣有话说！"魏裔介说着，跪在地上。

"有话讲来。"福临看一眼魏裔介，转过身去。

"皇上，微臣以为，看马人杀不得！"魏裔介说。

福临问道："为何杀不得？"

"皇上，今日惊马之事，是因天响炸雷引起。雷声骤然响起，震耳欲聋，御马受惊狂奔，看马人防不胜防。况且四人看守一百多马匹，一匹马猛然间窜出，看马人始料不及。微臣以为，看马人即使有错，也罪不至死！"魏裔介答道。

福临怒道："看马人区区小命，不关你之痛痒，你为何如此执拗？朕意已决，你却横加阻拦？你就不怕朕定你抗命不尊之罪？为了几个奴才，岂不白白搭上你的性命！"

"皇上乃仁义之君，决不会滥杀无辜！"魏裔介说，"皇上，您还记得经筵之上，微臣讲《贞观政要》纳谏一节中'唐太宗不斩养马人'的故事么？"

福临不假思索地说："《贞观政要》乃治政之根本，朕每日必读，怎能忘怀？文中讲道：太宗爱一骏马，暴死于厩，太宗大怒，欲杀养马人。皇后以情理劝谏，太宗顿悟，养马人获释。"福临说完，瞥一眼跪在地上的魏裔介，若有所思。

魏裔介接着说："太宗的爱驹暴死厩内，养马人难逃其咎。即使这样，太宗尚能虚怀纳谏，放养马人一条生路。今日看马人之错远不及养马人，何况吾皇以慈悲为怀，以仁义谕世，又以太宗为标榜。微臣以为，皇上决不会因为一匹惊马，要了四人的性命！"

"呵呵呵呵……哈哈哈哈……魏爱卿对贪官佞臣毫不手软，却对小小奴才如此顾惜。真乃铮铮铁骨，菩萨心肠！"福临说着，走到魏裔介身边说："魏爱卿平身，朕依你就是。"朝太监挥一下手："放了，放了！……"

太监快步出宫。

福临回到榻上，盘腿而坐，脸上露出笑容："给几位爱卿赐座，赐茶。"

福临呷一口茶说："几个月来，朝中政事繁杂，不得闲暇，整天头昏脑涨。今日到此射猎，一来散心，二来换个环境，和诸位爱卿唠唠嗑儿，解解闷子，也落个心清气爽。"

几位大臣落座，品茶，宫内恢复了平静。

福临接着说道："魏爱卿《两省察荒奏报》一疏朕早已看过。派下查荒官员不足两月，即查量可垦荒地九万四千亩，如作军垦之田，每年可产粮十万担，功不可没！"

魏裔介起身行礼。福临摆摆手说："不必拘礼，不必拘礼。今晚且免君臣之礼，诸位随便闲聊，彼此倾心相叙。"

魏裔介坐回原位，说道："回皇上，察荒之事，俱是御史李森先、李腾龙、陈棐不辱使命而为之，微臣只下府县巡视一次而已，无功可居。"

福临笑笑说："朕深知魏爱卿惜民如子，此次巡访民间，一定有不少收获吧。"

魏裔介答道："回皇上，山东、河南两省，近年虽有收成，然多年灾荒，农民无有积蓄，所收粮食仅足粮赋，百姓多以糠菜为食。小民艰难，无以为济，微臣心中甚觉不安。"

福临听后，脸上露出怏怏之色。问道："百姓如此困窘，省府官员为何不报？……李爱卿已掌户部，竟对民间疾苦不闻不问，听之任之，有失职守！"

李霨听到皇上训斥，诚惶诚恐，跪在地上。

福临说道："明日传朕谕旨，今明两年，山东河南减税赋三成，以苏民生！"

李霨答道："微臣遵旨。"

魏裔介、梁清标、王熙、曹本荣立起身来，俯身答道："皇上体恤百姓，万民之福！"

福临见李霨跪地不起，说道："李爱卿平身。朕已说过，今日闲聊，不必拘礼，又不在朝廷，何必当真？不过，减赋之事，至关民生，马虎不得呀！"

"臣谨遵圣谕！"李霨说完，慢慢起身，用马蹄袖擦擦额头的汗珠，回到座位。

福临说道："朕近日读《贞观政要》'慎终'一节，感触颇深，尤其魏徵《十渐不克终疏》，其犯颜直谏之精神，令人感动，朕欲背诵而记之，却终不得铭心，魏爱卿熟读此书，不妨将此阐述一番，使朕易记在心。"

魏裔介答道："魏徵之《十渐不克终疏》，实为千古奏章之典范。不过时代久远，时过境迁，疏中之意不尽适于当朝，臣……"

福临问道："朕记得，其'择官'一节记载，太宗即位不久，魏徵谏言：

‘愿陛下使臣为良臣，勿使臣为忠臣。’魏徵此言，可有道理？”

王熙答道：“魏徵之说，不无道理。而臣以为，良臣、忠臣不可对立而言。忠臣之所以将顺其美，匡救其恶，是为忠君之故，正所谓良臣必忠。忠臣既有忠君之心，力求虚心尽意，日进善道，完善其能，成为良臣，未必不可！”

曹本荣说道：“忠臣亦有真假之分，如宋代秦桧、明代魏忠贤，逆其美，顺其恶，得恩宠，害忠良，君以为其忠，其实为大奸之臣。真忠者，如明臣杨继盛、赵南星，为国祛蠹，不惜身败名裂，犯颜直谏，君却以此为邪臣，或斩其首，或罢其官。其实，他们才是忠良之臣。”

“曹爱卿说得是。”福临刚才听曹本荣提到“魏忠贤”三字，便想起吴良辅，心中甚觉不快。随机岔开话题，问道：“万历名臣赵南星，以气节文章闻名朝野，朕闻魏爱卿与其渊源颇深，不知就里，魏爱卿不妨讲来，也好让朕弄个明白。”

魏裔介说：“赵南星乃臣生母之外祖父，臣儿时常随母探望。”接着，魏裔介怀着无比崇敬和惋惜的心情，向皇上及诸臣，谈起了赵南星的生平轶事。最后说道：

“光宗即位后，遭贬闲居二十八年后的赵南星被重新起用，擢升都察院左都御史。玩忽职守者予以淘汰，贪赃枉法者予以查办，并举荐贤能，如吕兆熊等一批人，委以重任。升任吏部尚书后，他殚精竭虑，整肃吏治，惩治腐败，其功卓著。魏忠贤专权后，对赵南星大加迫害，削籍为民。又假传圣旨，将他发配山西代州，其子、孙相继遭贬，其母哀恸致死，七岁孙子惊吓而亡。崇祯登基后，立即下诏赦免赵南星等人，但魏忠贤死党迟迟不传诏书，致使七十七岁的赵南星惨死戍所。赵南星一生光明磊落，清廉正直，为国为民呕心沥血，却落得妻离子散，家破人亡。”

听完魏裔介的讲述，福临义愤填膺，大声喝道：“熹宗昏庸，奸臣得势，魏忠贤广植党羽，专权跋扈，残害忠良，乱政祸国。崇祯帝励精图治，终因朝纲坏尽，积重难返，致使大明基业毁于一旦，怎不令人痛心疾首？”

少顷，福临火气渐消，问起畿辅名儒孙奇逢，魏裔介和梁清标便将其生平概况予以叙述。福临听后，摇摇头说：“如此大贤大德之士，不能为我朝所用，真乃大缺憾也！”

君臣促膝交谈，心语交融，浃洽默契。不觉间，远闻鸡鸣，天已破晓，黄帷中人，谈古论今，意犹未尽……

# 二四、献策退敌

自从魏裔介上疏，痛斥孙可望“悖礼背义，越名干分”之后，孙可望心虚胆落。为了将功折罪，向经略洪承畴献策：趁李定国立足未稳，举兵西进，围剿西南之敌，云贵即可收复。洪承畴上疏后，朝廷议定西征，进军云贵。

顺治十五年十月，皇上命贝子洛托为宁南靖寇大将军，会同洪承畴，从湖南进发；命平西王吴三桂为平西大将军，从汉中、四川进发；命都统卓布泰为征南大将军，向广西进发。命信郡王多尼为安远大将军，总领三路人马，分兵进剿。多尼率劲旅，一举攻克贵阳城。

刘文秀已死，李定国统领军政，闻知贵州失守，急忙调兵遣将。遣白文选守七星关，抵住西路；冯双礼守鸡公背，抵住中路；张光璧守黄草坝，抵住东路，自己守北盘江铁索桥，坐镇指挥。

七星关是滇蜀交界险要之处，易守难攻。吴三桂领兵来到七星关外，见关内已派兵把守，料难攻取，则一面佯攻，一面派部将绕过苗疆，突击敌人背后。守敌只顾前方御敌，不料腹背受敌，惊慌失措，领兵逃窜。

黄草坝在南盘江右岸，由张光璧率师扼守，将江中船只击沉，妄图阻止清军渡江。卓布泰到了对岸，无船可渡，便在岸边扎营。在这一筹莫展之际，泗城土司岑继禄来到帐前献策，说是绕道下游，方可渡过江去。卓布泰连夜行军下游，夜渡北盘江。张光璧只顾呆守，见清军杀来，顿时乱了阵脚。李定国闻知清兵过江，急率兵三万，堵住双河口，与清兵激战，击退清兵。次日，清兵乘风纵火，大火铺天盖地而来，李定国只得退回北盘江。闻报七星关、鸡公背均已失守，李定国惊惧万分，将江内铁索桥烧断，败走云南。清兵三路大军直逼滇都，激战多时，李定国大败。

顺治十六年正月，桂王得知李定国兵败，慌慌欲逃，李定国便令总兵靳统武，带兵四千，自己率精兵六千，据守磨盘山，待机伏敌。磨盘山位于永昌城东潞江西岸，山路崎岖狭窄，属一夫当关，万夫莫开之地。李定国料定清兵穷追，必经此山，便在山口、山腰、山后三处埋下伏兵，他高坐山巅，俯瞰山下，自以为胜券在握。

猛听得一声炮响，攻山清兵人人下马，停止不前。紧接着炮声不断，霎时间烟雾弥漫，鼓角声，喊杀声，兵器碰撞声响成一片。李定国正在山上惊疑不定，突然飞来一颗炮弹，落在身旁，李定国大惊，慌忙逃到山下，见高文贵仓皇逃来，报称："清兵屡放巨炮，烟火漫山，我军无从暗伏，不得已与敌交手，怎奈清兵势大，多名战将阵亡，我军六千兵马只剩两千。"

原来多尼率兵来到磨盘山下，见山势险峻，正在踌躇不前，忽见前明大理寺卿卢桂生来到阵前，密报山中布有伏兵。多尼即令骑兵下马，架炮齐轰山上伏兵，贼寇溃败，仓皇逃窜。李定国逃往永昌。

桂王一行穷于奔命，走南甸，过囊木河，逃入缅甸境内。

捷报频传，云贵荡平，桂王逃遁缅甸。安远大将军、信郡王多尼在滇都城外的西山大摆宴席，犒赏三军将领，并具奏章，向京师报捷。

二月，福临接到报捷奏章，欣喜若狂，文武百官、内侍宫娥，无不欢欣鼓舞，奔走相告。紫禁城内，张灯结彩，欢庆胜利。大臣们纷纷上疏，恭贺云南大捷。

皇上传下圣旨：众将士不辱朕命，奋勇效力，西南荡平，战绩辉煌，各路大军即刻班师回朝，朕将郊迎功臣凯旋。传旨官快马出城，飞报前线。

乾清宫西暖阁内，福临看完奏章，喜形于色，满面春风。从果盘里拿起一枚橄榄果脯放到嘴里，慢慢地咀嚼起来，鼻孔里哼着不知名的小曲儿，背着双手，悠闲地踱着步子，回味着大臣们奏章中华丽无比的赞美词藻，什么"云南大捷，皇上仁威所系"，什么"皇上德媲尧舜，功过汉唐"，福临欣喜慰藉之余，渐渐觉得这些赞誉之辞有些过头，似有华而不实之感，又有阿谀奉承之嫌，细品起来，如同嚼蜡，淡然无味。福临心中明白，云南大捷之后，云贵虽归圣化，然而贼寇尚未尽除，南疆亦未底定，郑贼数次招抚而不降，企图再犯江上。似这些敌人动向，大臣奏疏中，无人披露，至于御敌之略，靖疆大计，亦无一人提及，极尽献媚奉承之辞又有何用？想到此，福临心中很不是滋味，觉得无聊至极。"噗"的一声，一颗果核脱口而出，恰好落在刚跨进门的内侍太监脚前，太监不知何物，吓了一跳。

"启禀皇上，大学士冯铨、左都御史魏裔介觐见。"

"宣他们进来。"太监"喳"一声，撩开门帷，快步走出内宫。

二人进门，觐见礼毕，福临面朝里向，倒背着手，不冷不热地说："云贵荡平，滇黔已归圣化，兵戈自此偃息，朕甚感欣慰。你们是不是又来上疏，向朕表示祝贺？"

冯铨扭头看看魏裔介，不知如何作答。魏裔介镇定自若，俯身说道："皇上，云南大捷，固然值得庆贺，然滇黔略平，流匪并未尽除，郑贼尚有犯心，新附之民急需抚恤，臣每思无眠，为此忧心，故上《滇黔已归圣化善后诸事必周疏》，诚请皇上御览，告诫各部官员，大捷之后，务必戒骄自勉，再接再厉，共图靖疆大业。”

福临心中窃喜，转过身来，赐座赐茶，二人落座。冯铨说道：“魏大人一向不盲从大流，见解独到，与微臣谈及大捷善后诸事，并欲具疏上陈，所述之见，微臣甚为赞同，便一起进宫，面见圣上，以表心迹。”

冯铨，字振鹭，顺天涿州人，万历进士，因谄事魏忠贤，累迁文渊阁大学士，兼户部尚书。崇祯诛死魏忠贤后，遂罢冯铨官职。顺治元年，多尔衮书请，冯铨以原官入内院佐理机务。八年，因坐贿及朋党之事，受弹劾罢官。陈名夏、陈之遴相继案发，皇上重新起用冯铨，谕曰：“国家用人，使功不如使过，冯铨素有才学，朕特召用，以观自新。”数年来，冯铨戒弊自砺，倾心理政，无负皇上厚望。

福临点点头。内侍从魏裔介手中接过奏折，双手呈上。福临浏览一遍，不露声色道：

“南方捷报传来，文武百官纷纷上疏，祝贺大捷，唯独不见魏爱卿奏章呈上，朕自疑惑，不成想，魏爱卿大胜不骄，反忧其余，心盛山川江河，胸有文韬武略，精诚尽思，为国分忧，朕甚欣喜。快将疏中之义讲述一番，也让朕听个仔细，好作决断。”

魏裔介站起身来，俯首说道：“从长远计，臣将大捷之后，四项善后事宜奏明皇上，所奏是非正误，伏乞皇上决断。”

福临坐在乌木蟠龙椅上，跷起腿，抻抻锦袍前摆，呷一口香茗，仔细听来。

“一，归化之省，富饶之地，明臣投诚争先恐后，百姓稽首以归我朝。但李定国逃遁永昌，败局已定。如果悔罪来归，不妨许以封侯之爵；倘若怙恶不悛，便当穷兵追讨，一举歼灭。

“二，成都千里，号称沃野，云南风土，亦近中华，非得重镇，莫能弹压。臣闻兵家之法，守门户不守堂奥。平西与靖南、平南三王，应仍居故地，或应移居险要，是为长虑远顾，久远之计。

“三，归附之地，急需安抚。免无名杂税以慰新附之民，荐地方人才以收岩穴之士，用楚粤科贡以任守土之官，恤投诚文武以来肤敏之彦，宽一切法纲以安溪洞之蛮。此其事关各部，宜若拯溺救焚，惜此残黎，此三也。

“第四至重。南方虽已平定，惟有逆寇郑成功多次招抚不降，流毒浙闽，沿海骚扰。督抚镇将，玩忽职守，诛讨无功。如此以往，必留后患。务必责令督臣抚镇，时刻警惕郑贼来犯，详议作战方略具奏，举兵进剿，郑贼可灭，海波可清。凡有遗寇地方，剿抚并施，贼寇方可清除!”

魏裔介接着说道：“以上四款，亦为当前之大计，臣以区区之诚，伏期皇上睿鉴施行！”

福临龙颜大悦，起身说道：“魏爱卿快快平身。所陈四款，及时周到，朕将在大朝之日，宣读奏章，谕令各部施行。”

魏裔介、冯铨施礼谢恩，退出宫门，福临伏案，拿起奏折，细细读了起来。

二月十五，为大朝之日。大学士金之俊，宣读魏裔介所上《滇黔已归圣化善后诸事必周疏》。硕塞、范文程、图海、济度、冯铨、傅以渐、梁清标等王爷贝勒、满汉大臣，纷纷出班启奏，称疏中所陈，为“除逆安民之必须”，均表示赞同，并献计献策，以除寇靖疆，安邦抚民，力图国泰民安，天下早日太平。

福临说道：“先帝护佑，天地昭彰。云南大捷之后，滇黔已归我朝，信郡王等悉心调度，将士奋勇杀贼，其功盖世，返朝即行表彰。魏爱卿竭能勤政，诤言直谏，其心可嘉，其功可褒。各部依其奏章所陈四款，拟文具奏，谕令实行。”

三月，皇上连发两道谕令：

> 都察院左都御史加一级魏裔介，自服官以来，知无不言，言无不尽，加太子太保，以示褒奖。
>
> 命平西王吴三桂留守云南，封妻为福晋，命其子应熊在京供职，许配和硕公主为妻。

正当皇上励精图治，臣民安享太平之时，南方又起祸乱。

自李定国逃往文昌、永历帝遁入缅甸之后，未隔半年，郑成功竟然卷土重来。五月，郑成功、张煌言举兵二十万，乘战船进入长江，攻占崇明。各地抚镇、兵将奋力抵抗，死伤无数，终不能胜。六月，郑攻克瓜洲、镇江，直逼江宁（南京）城下，并鼓帆举戈，直取安庆，南都江宁，危在旦夕。

郑成功围攻南京的消息传到京师，全城哗然，朝廷大震。福临闻讯，雷霆大怒！急召文武百官保和殿议事。

福临立眉怒目，满脸涨红，坐在龙椅之上，俯视殿下群臣。见个个面露惊虑之色，垂首呆立，便强压心火，厉声说道：

“西南刚刚平定，郑贼又犯江上，杀我将士，掳我黎民，侵我疆土，霸我城池。大清臣民无不义愤填膺，同仇敌忾。国家危难时刻，当挺身而出，效命疆场。朕将率将亲征，奋战疆场，杀尽逆贼，还我大清疆土。”

皇上语出，人人愕然，文武百官齐跪地上。汤若望等大臣纷纷谏言：皇上乃上天所赐，九尊之体，万万不可亲临疆场。规劝皇上收回成命。

福临脸色涨紫，目似喷火，怒吼道：

“太祖、太宗尚能领兵出征，鏖战沙场，朕为爱新觉罗子孙，为何不能亲征？哪个再敢阻拦，定斩不饶！”

声音如雷霆万钧，震得耳鼓嗡嗡作响，整个大殿顿时鸦雀无声，王公大臣们个个噤若寒蝉，再也无人做声。

即日，发下圣旨："郑贼犯上作乱，扰我疆民，朕即率将出征，亲临沙场，杀尽南方逆寇。……如上帅臣将士，三日后发兵起程。"随征扈从者，魏裔介名列其中。

第二天，正当朝廷为出征之事忙得不亦乐乎之时，前线飞马送来捷报："两江总督郎廷佐报，崇明总兵梁化凤击退郑逆，阵斩贼将甘辉等，所失之地俱已克复，郑贼溃逃厦门。"

原来，郎廷佐闻知郑成功连克数城，兵临江宁城下，急忙调兵遣将，固守要害之处，奋力抵抗敌兵。郑成功久攻不下，好生气恼，接到张煌言捷报，说是太平、宁国、徽州、池州等府，均已攻克，郑成功转忧为喜，想这江宁已为孤城，不日便可攻下。遂命兵士严守待命，择日再攻。

郑成功在帐中，忽闻郎廷佐遣信使下书，书称："早闻延平王赤胆忠心，廷佐钦佩之至，早思归正以投，然无以为信，愿献城池以表诚心。只因督府内人心不一，需要慢慢劝道，十日之限，定可献纳。"郑成功不知是计，阅书自喜，当即照准，下令兵士卸甲休息，暂停攻城。

郑成功中计之后，郎廷佐飞檄调兵，梁化凤奉命驰援。梁化凤登高瞭敌，见敌营戒备松散，兵士随意游荡，便禀明总督，欲夜袭敌营。当夜，梁化凤带了五百劲骑，出其不意，杀入敌军前锋余新营寨，将其生擒。郑成功自知中计，令甘辉守营，自己到江上调集水师，准备夹攻江宁。不料清兵倾城而出，杀进郑营，贼兵大败，甘辉被戮。

郑成功见远处起火，败兵四下逃窜，自知大营已失，又见清兵战船追到，火箭火球抛射过来。他无心恋战，驾船逃到崇明，又出海逃回厦门。

福临闻报大喜，发旨：暂缓出征，留营待命，梁化凤退敌有功，擢升江南提督。

魏裔介上《征剿郑逆特筹平海事宜疏》，疏中共陈三款：

一，郑贼逃回老巢厦门，必图舟山，建其新穴。欲断贼之根株，必先倾其巢穴；欲灭贼之兵将，必先夺其士气。趁其兵败气馁，苟延残喘之机，遣猛将率劲骑，直捣贼巢，摇旗呐喊，擂鼓放炮，一壮军威，二破敌胆，一鼓作气，郑贼必除。切不可卸甲脱鞍，放虎归山，招致无穷后患。

二，操江抚臣，一居安庆，一居京口，相距甚远，鞭长莫及。京口乃咽喉要塞，兵家必争之地，应选择水师之将，练舟长江，控扼京口，守则摧其战船，攻则兵发江口，能攻易守，胜过精兵数万。

三，兵马欲征，粮草必备，军饷宜足。今京师国库充盈，积粮已多，若拨漕粮数十万石，给满汉及沿海官兵，则三军欢呼，而勇气百倍，每战必胜。

福临闻奏批曰：“魏爱卿此疏应时益势，属当前急务，该部拟行奏上。”不几日，皇上发下谕旨：

“命内大臣达素为安南将军，会同闽、浙总督李率泰进击厦门，务绝郑贼祸根；分兵台州，力剿张煌言残逆。命内大臣爱星阿为定西将军，会同平西王吴三桂，进军云南木邦，进剿白文选，并入缅甸，擒拿朱由榔。命两广总督郎廷佐选派良将镇守京口，操练水师，扼守瓜洲。命江、浙、闽、粤各省督抚，酌减沿海各府渔民税赋，以恤饱经战乱之民。”

后来，安南将军率兵出征，进军福建，与总督李率泰合兵，围攻厦门，历经数战，郑兵大败，手下兵卒纷纷缴枪投降，郑成功见金门、厦门均被攻克，舟山亦被清军占领，永历帝逃往缅甸，大势已去，灭清复明大计已成泡影，使其心灰意冷，陷入绝境，便携其子郑经，带领兵将，逃往台湾。

朱由榔逃往缅甸以后，李定国联结暹罗诸国，欲进攻缅甸，救出永乐帝。忽闻缅人已将永乐帝献给吴三桂，李定国急忙率兵阻截，途中又闻永乐帝已被吴三桂杀死，嚎啕大哭，呕血不止，死于勐腊。

历经征战，南方基本平定。追讨残逆，历经数年，方才告息。为防敌人再来进犯，皇上谕令各省督抚守将，加强海防、河防、城防防务，时刻警惕来犯之敌。

从此，京口驻防，即成定例。

# 二五、自陈遭贬

初春的旭阳照亮大地，微风中夹带着丝丝寒意，吹遍了京城的每个角落。

随着五凤楼上敲响的钟鼓声，一支浩浩荡荡的皇家卤簿仪仗队伍走出午门，銮仪兵高举红棍，前面开道，乐队高奏着《禾辞桑歌乐》和《庆神欢乐》，缓缓前行。长长的卤簿队伍后面，是皇上乘坐的十六抬黄幔软金檐暖步舆，三百名护卫骑兵紧随其后。队伍走出紫禁城，向南郊圜丘坛进发，进行一年一度的祭天仪式，为民祈谷，以求五谷丰登。

魏裔介作为陪祀大臣，坐着轿子，夹杂在祈谷队伍当中。远远望去，一片苍翠的柏林和覆盖着鸳鸯绿瓦的红色坛墙隐约可见。碧空白云之下，祈年殿的蓝色琉璃瓦重檐圆顶遥遥相望。

卤簿仪仗队伍从西天门进入，御舆停在祈年殿前，福临下舆，步入祈年殿左门，来到到皇乾宫。上香后，出左门，坐御辇至斋宫门前，魏裔介等十位陪祀大臣及各礼赞官簇拥着福临步入斋宫。福临盥洗沐浴，换上青色祭服，来到祭天神位前，十位陪祀大臣和分献官各就各位，祈谷仪式开始。

典仪官喊："迎神燔柴！"

祈年殿外，九堆燔柴同时点燃，白烟升腾，飘向天际。

司乐官呼："举迎神乐！"

乐班齐奏《升坛》之乐，乐曲优雅飘渺，似临神境。

《中和韶乐》奏响，礼赞官和陪祀大臣齐声咏诵《祈谷九章》：

帝笃祜民兮，求莫匪舒。
小民何依兮，饮食惟需。
莫嘉于谷兮，万事权舆。
为民请命兮，岂非在予……

《祈谷九章》诵毕，福临走到香案前，跪上烛香，和陪祀大臣一起，行三跪九叩礼，接着，福临跪搢玉帛于神案。又经“进俎”、“初献”、“饮福”、“受胙”等项礼仪，祭天祈谷仪式结束。

隔数日，皇上在圜丘举行“方泽”仪式，祭天拜神，为民祈福，以求风调雨顺。

魏裔介再次作为陪祀大臣，随着浩浩荡荡的卤簿仪仗队伍，陪同皇上来到圜丘，举行了隆重的祭天祈福仪式。

福临怀着无限虔诚之心，祈求天降祥瑞，期盼风调雨顺，五谷丰登，使得天下黎民能够丰衣足食，尽享康泰。可是，天公不作美，春夏数月之间，竟无滴雨降落人间。田地龟裂，南北大旱，禾苗干枯，颗粒无收，灾民遍地，盗贼蜂起，刚刚得以慰藉的百姓，又要遭受饥饿的煎熬。

乾清宫西暖阁内，福临双眉紧皱，翻阅着各省禀报灾情的奏折。福临心情忧郁，放下奏折，慢步走到中殿大厅，望着殿外一层层的白玉护栏和宽阔的殿前青石广场，长长呼出一口气，返身回到暖阁，拿出剩下的几本奏折，翻开魏裔介的《指陈畿辅盗贼疏》，认真读来：

臣闻畿辅府县有盗贼出没，更甚者如房山、定兴、永清等县，贼寇猖獗，横行无忌。永清南关失事，群盗白日抢掠，打伤缉拿官兵；房山、定兴盗贼杀死村民无数，竟敢闯入城内，抢劫官府，其如此猖狂之徒，危害治安，祸害百姓，如不严行振饬，拔本塞源，盗风何日得息，民生何以获安……

天色将晚，太监小心翼翼点着宫灯。福临放下奏折，心情沉重、烦闷，紧皱的眉头始终没有舒展，剧烈的头痛一阵阵袭来。性情刚烈、极易动怒的他，此时此刻，没有发火，没有暴躁，快步走出大殿，走下玉阶，来到空旷的石板地上。一群内侍太监迈开碎步，紧紧跟在后面，福临猛然转身，向他们摆摆手，总领太监窥到皇上如火的眼神，急忙招呼太监们退下。他们明白，此时如有半点不慎，必然招致一场暴雨般的怒叱，甚至遭到刑罚。他们退到殿前台阶下的阴影里，吓得瑟瑟发抖。

望着黑黝黝的星空，福临忧愁满腹，思绪万千，恨不得对天长号，以此发泄心中的怒气。经过十几年的风风雨雨和艰难历程，使他承受了一个少年本不该承受的一切，也使他懂得了包容和克制。他独自漫步在夜空下，沉思着。

福临六岁登基，一个懵懂稚嫩的幼童，开始了他的皇帝生涯。出席隆重庆典，接受百官朝拜，已是家常便饭。母亲的关怀、奶妈侍女的呵护，太监们的纵容逢迎，使他从小养成了执拗、暴躁的脾气。可他身上流淌着爱新觉罗和博尔济吉特家族的血，任何环境也改变不了他聪慧、好学、强悍、刚烈的性格。亲政以来，他勤政爱民，励精图治，主张满汉一家；重用汉臣，重视科考取士，唯才是举；关心黎民疾苦，重农减赋，力图疆土归一，剿抚兼施。十年心血没有白费，上天赐福，近年风调雨顺，天下百姓渐脱苦难，国库储粮逐年充盈，南方贼寇即将荡平，疆土统一指日可待。

不成想一场大旱，颗粒无收，百姓忍饥受苦，畿辅又生盗贼，南方战事不断，京城人心惶惶。祈年殿祈谷，圜丘祈雨，拜祭天地日月诸神，竟求得天下大旱，颗粒无收。福临眼望星空，越想越气，心中对天呐喊：

"苍天哪！有道是天道惩恶。想我福临，大法天道，弘德秉政，克勤克俭，体恤苍生，替天行道，诛灭贼寇，不敢有丝毫堕靡懈怠，本想天降鸿福，滋润大地，恩沛黎民，岂料竟遭此天惩，招致民不聊生，疆土不靖，盗贼蜂起。难道如此即为天道？"

福临长叹一声，凄楚、不解、无奈、激奋，复杂的情绪搅得他一阵眩晕，泪水模糊了双眼……

一件毛绒披风悄无声息地披在了福临的肩上。他猛然回头，见董鄂妃站在自己面前，她的身后站着宫女和侍卫。她那一双美丽的大眼深情地看着自己，福临心头涌起一阵热浪，刚才的烦恼顷刻间一扫而光，将董鄂妃一把搂在怀里。好一会儿，二人松开臂膀，手拉着手，向大殿走去。

这位皇上的爱妃，便是王国顺的徒弟内大臣鄂硕之女、与王萱儿亲如姐妹的乌云珠。她不仅美丽、聪慧、温柔、善良，并且熟读经书，工词曲，善书法，懂礼节，熟悉汉文汉语。顺治十年，她应诏进宫选妃，由于她美貌超群，引起皇后嫉妒而落选，将她嫁给了福临之弟襄亲王博穆博果尔。十三年春，襄亲王亡故。八月，福临便把他早已深深爱恋的乌云珠接入宫中，封为贤妃。九月，封为皇贵妃。由于福临对前后两位皇后毫无感情可言，而把乌云珠作为他心目中的绝代佳人，百般宠爱。称赞她"颖慧过人，有母仪之度，性孝敬，知大礼，其与上下能谦抑惠爱，不以贵自矜，至节俭，衣饰绝去华彩"。十四年，生下一子，仨月夭亡。福临为安慰董鄂妃，追封其子为硕荣亲王。福临对董鄂妃超乎寻常的宠爱，引起了后宫的嫉妒和怨愤，福临对此不屑一顾，并一如既往，对董鄂妃疼爱有加。

福临和乌云珠双双回到内宫，二人坐在紫檀龙凤描金榻上，乌云珠依偎在丈夫怀里，眯上眼睛，沉浸在幸福之中。福临抚摩着她柔美顺滑的乌发，嗅着女人身上特有的香气，飘飘欲仙。

"皇上，妾妃刚才见您心事重重，似有难言之隐，有何心事，不妨说出来听听，心里也好舒坦些。"

福临叹口气，把自己的心事向乌云珠倾诉一遍。乌云珠忽闪着长长的睫毛，看着皇上忧伤的面容，心中一阵酸楚，慢慢安慰道：

“世间吉祥灾祸，自有天定，皇上拜天祭地，为民祈福，其心可嘉。然而，祈求上天降福人间，神仙护佑生灵，只是向天地诸神表明良好心愿而已，岂能求雨得雨，祈谷得谷？妾妃以为，天下凡成大事者，必经大风大浪，历尽坎坷磨难，方可成功。决无一帆风顺，一蹴而就之理。皇上祭拜天地，已成朝规，固然不可忽视，但决不可依赖。皇上以天为父，以民为子，只要皇上敬天法祖，发奋图治，匡正驱邪，心系黎民，与朝臣同舟共济，上有苍天护佑，下有黎民拥戴，大清基业定可巩固，皇上盖世之功亦会永垂青史。南北亢旱，亦为上天示警，磨砺皇上图强之心、不摧之志。岂能为小小坎坷而怨天尤人，心灰意冷？”

乌云珠的一席话，像一股清凉的泉水，沁润着福临烦躁的心田。福临深情地看着自己心爱的宠妃，在她艳如花瓣的唇边重重地亲了一口，慢慢起身，离开软榻，伸伸懒腰，脸上绽开笑容，泛起红晕，恢复了往日的风采。

乌云珠斜靠在软榻上，闪动着一汪秋水似的大眼睛，瞅着皇上孩子般的、散发着勃勃朝气的面庞，像一股甜美的甘泉浸透全身，一股热浪涌入心田。

侍女们端上夜宵，上满餐桌。有干湿点心、精制小菜、热牛奶、奶酪、敖尔布哈奶饼、燕窝熊掌，还有菊花酒炖山鸡火锅等。福临看到冒着热气的菜肴，方才觉得饿了，和乌云珠一起，津津有味地吃了起来。

侍女端来了漱杯、面盆、面巾、水盂等，伺候皇上和贵妃娘娘洗漱完毕，收拾盘盏餐具，低头退下。

乌云珠看着福临说道：“时辰不早，香汤已备好，请皇上沐浴，也好早些歇息。”

福临摇摇头说：“不成，朕要抒忧引责，重振朝纲。简免节庆典章，颁布恩赦，豁免逋赋，大臣述职自陈。诏告天下，以示天威。”

乌云珠陪福临来到御书房，乌云珠亲研香墨，福临静气凝神，笔锋过处，如乌龙泛江，字体峻宕爽健的诏文跃然纸上。

热雾腾腾、香气袭人的浴房内，不时传来福临和乌云珠的嬉闹声，如鹦啭鹊语、龙吟凤鸣……

翌日，朝廷发下诏书。诏曰：

自古帝王，统御寰区，治效已臻，则乐以天下；化理未奏，则罪在朕躬。敬天勤民，道不越此。朕续乘祖宗鸿绪，兢兢图治，十有七年。乃民生犹未尽遂，贪吏犹未尽除，滇、黔伏戎未靖，征调时闻，上天示儆，亢旱疠疾，灾眚叠至，寇盗未息，民生困悴，深自刻责，夙夜靡宁。反复思维，朕实不德，负上天之简畀，忝祖宗之寄托，虚太后教育之恩，孤四海万民之望。每怀及此，罔敢即安。兹以本年正月，祭告天地、太庙、社稷、抒忱引责。

自今以后，元旦、冬至及朕寿令节庆贺表章，俱行停止。特颁恩赦，官民除十恶死罪外，悉减一等，军流以下，咸赦除之。直省逋赋，概予豁免。大学士、尚书述职自陈，三品以下，亲加甄别。有功者录，孝义者旌。诞告中外，咸使闻知。

诏书发下，震动朝野，朝臣人人自危，纷纷具书自陈。魏裔介细读诏书，遂即具疏引咎自责，痛陈己罪：

> 臣负总宪之职，不能恪尽职守，吏治尚未清肃，贪臣奸吏仍未尽除，并为显位要职，臣碌碌无为，未予纠参，使其颐指气使，逍遥法外。……自陈己罪于右，臣已犯渎职之罪，谨求罢斥。

直省督抚及京职三品以上官员，无一不具书自陈，自咎其罪。经甄察，满汉官员均有责罚，如觉罗巴哈纳、石申、冯溥、张缙彦等。被录叙黜降者，汉官居多。福临以“朝臣贪黩败检，魏裔介身为台臣长，未曾据实纠参，殊负委任”，革去魏裔介太子太保并加一级。虽保留其左都御史之职，却命兵部尚书阿思哈，兼摄左都御史事，魏裔介左都御史之职，形同虚设。

魏裔介服官十三年来，兢兢业业，恪尽职守，给谏任上，直谏时弊，纠参贪臣污吏，恤民弼政，上疏百余件，多见施行。擢升宪职后，刚正謇谔，屡纠邪臣，为民去蠹。其功绩，上至天子，下至朝臣，人尽皆知，有目共睹。此次被革去官衔，使其首次遭受挫折。平心而论，革其官衔，显示公道。魏裔介也感到憋屈和压抑。然而，魏裔介生性笃诚，柴立不阿。他那刚正无私之秉性；不计个人得失之品德；居官为民之志向；遇坎坷而不消沉、受挫折而不气馁之毅力，使他重新振作起来。

魏裔介纵观大局，切中时弊，诤言直谏，连书十五道奏章，准备上奏。与因受贬而消沉的汉官相比，彰显出魏裔介荣而不惊、辱而不屈、执着向上、坚韧不拔的品格。

历经自陈、甄察、黜降之后，朝廷上下，死气沉沉。逢朝之日，只有少数满臣依例奏请，成文奏章却寥寥无几。汉官们生怕惹火烧身，更是缄口不语。皇上自觉无趣，不得不“无事散朝”。

福临身居深宫，百无聊赖，闷闷不乐，寂寞难耐，不由得心生无名之火，动辄摔杯掷盏，近侍们噤若寒蝉，不敢近前。

兵部尚书阿思哈进宫奏报："督抚玩寇，镇江失守。"福临闻奏大怒："将巡抚蒋国柱、提督管效忠俱革职为奴，协领费雅柱等斩首弃市！"

阿思哈将一沓奏折呈上，言道："魏裔介被革贬之后，尽职尽责如前，从无流露怨恨之意。微臣将他的十五道奏章呈上，请皇上御览。"

侍从太监接过奏章，放于桌案之上。福临看着厚厚一摞奏折，又惊又喜，郁闷和怒气已消大半。

阿思哈又道："今年甄察，降黜者甚多，朝臣似有怨愤，言称：任劳任怨、忠于职守者反被罢黜；怀奸结党、贪贿坏法者，非但不予追究，且仍盘踞高位，祸国害政。"

福临闻言，神色大变，放下手中奏折，厉声说道："言路敞开，有本即奏，岂可私下议论，坏我朝规。哪个如此狂妄，妖言惑众？"

"皇上息怒，此言并非私议。御史杨义、张嘉、给事中朱微曾弹劾刘正宗擅权越次、背公徇私，后恩诏以免。近闻又有大臣将具疏参奏，弹劾刘正宗蠹国乱政。"阿思哈说道。

"弹劾佞臣，乃为臣之职。想这刘正宗屡遭纠参，朕曾多次加免，不忍治罪，时加申戒，却不思改悔，我行我素，朕甚觉厌恶。如若据实奏参，朕将严惩不贷！"

阿思哈告退出宫，福临翻开魏裔介的奏章，认真阅览。

第一本奏章题为《遵谕据实条奏疏》。疏陈五款：一是依律断案，不得随意宽严；二是力行节俭，不得任意花费；三是建言得罪之官，兼可使功使过；四是非抗拒不招者，禁止夹讯；五是人命大案，必经三审定案。

福临阅后，甚感欣慰。心中言道："裔介此臣，至信至诚，虚怀若谷，正色立朝，多有建树。此次甄察，朕将督察之责，归罪裔介一人，既显偏颇，亦失公道。既如此，他能矢志不移，其竭诚报国之心着实可嘉。"随即批曰："该部议奏。"

福临又读《详陈救荒之政疏》。疏中言道：今年亢旱，山东、河南、江北尤甚。去年遭水，今年遇旱，掘草根，剥树皮，骨肉相食。其势迫切，如拯溺救焚。此时不予拯救，势将宽延何时？又陈救荒十条：一，蠲租额以苏民困；二，发积贮以救饥窘。三；给散济以布实惠；四，贷官粟以俟补偿；五，行官籴以资转运；六，劝富民以广相生；七，戒抑价以来外商；八，禁闭粜以广通融；九，贷种子以望秋成；十，设义仓以计长远。

福临阅完此疏，心中窃喜，自语道："魏爱卿爱民之心，昭然若揭，灾民疾苦如若亲临，救济之法周到详尽，无微不至，视天下百姓如同父母子女。朕得此臣，即可安得天下，民有此官，便能遇难得福也。"福临欣然提笔，批曰："奏内事关灾黎，所言最是，该部详确议奏速行。"

又看《请废任官之例，除贪黩之根，以清吏治，以安民生疏》。疏中大意：民生之困，皆由于官吏之贪。初任、升任者谒选京师，赁房屋，觅长班，见官长，赴宴会，少者资费数十金，多者二三百金，到任必须偿还，虽欲清廉而不能。莫如废止任官之例，拔本塞源，改弦易辙，有司轻装赴任，无债不贪，清廉行政，天下生民幸甚!

又有《求交泰之实政以培国脉疏》、《严禁巡风御史交通各官以肃风纪疏》、《纠参不职御史疏》、《特参南赣抚臣玩寇殃民疏》、《裁革巡风衙门承差及纳银疏》、《严禁外官宴会馈遗疏》、《请行纠拾之典以补甄别未及疏》、《酌议应行事例以肃台政疏》、《再陈应行事例以肃台政疏》、《直陈畿辅盗贼充斥之根源疏》、《请设汉官佥都御史疏》、《海寇可灭之机敬陈攻剿良策之密疏》、《捐助之来历未明大臣之廉耻宜励疏》。福临通览以上奏疏，并亲加朱批，敕命各部详确议奏。

阅完十五道奏章，已是掌灯时分。福临心情复杂，感慨万千。斟酌再三，连夜写下诏书……

# 二六、革职入狱

小暑已至，滴雨未下，烈日似火，酷热难当。

魏裔介身穿鱼白府绸夏衣，躺在院内石桌旁的卧椅之上，神色黯然，心情郁闷，慢慢摇着蒲扇，闭着双眼，暗自叹息。知了“唧唧呀呀”叫个不停，搅得他心烦意乱。

王萱儿站在一旁，她十分明白丈夫此时的复杂心情，但又无能为力。看着丈夫日渐消瘦的面庞，心中一阵阵酸楚。

“天下亢旱，皇上下罪己之诏，朝臣自责其咎，经甄察，多被黜免，你被免其宫衔，不为无能不肖、渎职误政，而是时局所迫，命运使然。你向来以国家、民生为重，从不计个人得失，切莫将此小事记挂在心，忧愁多虑，伤了身体。”王萱儿看着丈夫，小声安慰着。

魏裔介睁开眼睛，看着夫人满含深情,忧郁焦虑的眼神，摇摇头，苦笑一下，慢慢说道：

“夫人最知我心，岂能为升降迁免，仕途沉浮而消沉？真正令我忧虑的是久旱不雨，夏粮绝收，秋季无望，天下百姓将遇灭顶之灾。人祸将息，天灾又至。皇上开仓放粮，赈济众多灾民，毕竟仓储有限，何况贪官奸吏克扣贪黩，不知到饥民口中之粮能有几何？每想到此，树吊僵尸、路仆饿殍之惨象，如在眼前；饥民呻吟哀号，呼天抢地之声，响在耳边。想我七尺男儿，纳君之俸禄，食民之黍粮，空有怜民之心，却无济民之力，于心何忍？”裔介说着，脸色黯淡，痛苦地闭上双眼。

王萱儿望着丈夫阴沉的面庞，心中揪心般的难受。斟上一杯清茶，递到丈夫面前，裔介接过茶杯，一口喝下。

萱儿劝道：“天灾人祸，纵是皇上也无能为力，何况臣子？再说，日有阴晴，月有圆缺，地有涝旱，人有生死。俗话说，天无绝人之路，久旱逢甘霖，指不定哪日，上天大发慈悲，喜降大雨，滋润田地，及时下种，秋季又是好收成。忧民之心固然可贵，然而天意难违，只能顺其自然。唯一可做的，便是尽责尽职，辅佐皇上，惩贪罚奸，使饥民得赈济，保其性命，渡过灾年。”

裔介站起身来，来到金鱼池边，望着巍巍矗立的太湖石，说道：“惩恶罚奸，谈何容易？外官贪渎暂且不论，只这朝廷大臣之中，奸佞贪贿者，就大有人在。大学士刘正宗、成克巩，怀奸结党，倾害善类，皇上屡加训饬，仍不思己过，一意孤行，举朝怨愤，知其党羽广延，敢怒而不敢言。”

“众多朝臣各司其职，不究邪臣，倒也情有可原，你身为左都御史，理当不辱使命，及时纠参，这有何难？”萱儿睁大眼睛，问道。

魏裔介摇摇头，看着萱儿不解和执拗的神情，苦笑一下，说道：“夫人有所不知，近年来，多位御史、给事中具疏弹劾刘正宗，都是因为没有确凿证据证实其罪，而不了了之。纠参之人，均遭报复，轻则调为外用，应升反降；重则以莫须有之罪名，革职查办，永不叙用。此后，因惧怕刘正宗以势报复，祸及其身，再也无人纠参，致使刘正宗更加肆无忌惮，为所欲为。”

萱儿眨眨眼睛，抬头说道：“无证无据弹劾奸臣，的确不是明智之举。可都察院有暗察密讯，逮嫌查疑之权，何不派员查取赃证，以实纠参？”

“夫人说得极是。年前我就派出探员察访，赃证已经到案。不知刘正宗从哪里窃知此事，托其同乡、山西巡按李之芳，上门为之求情，李之芳说：‘刘大人与您素无怨恨，何必如此？众多朝臣，哪个无咎？请您高抬贵手，放他一马，也免得日后仕途坎坷。’”

魏裔介说到这里，眉宇间闪出凛然之气，说道：“李之芳此来，名为求情，实为恫吓。此举只能证实刘正宗心中有鬼，做贼心虚。岂可动摇我铲除邪臣之心？”

“说得好！李之芳狗仗人势，也忒嚣张了。小小巡按竟敢如此造次，刘正宗不除，朝无宁日！”萱儿有些动气了。

裔介一只脚踩在鱼池沿上，用蒲扇猛扇几下说道：“纠参刘正宗，其实并不为难，难的是此次纠参一旦成案，必然涉及数人，并且均为朝廷大员，牵一发而动全身。成克巩为保和殿大学士、户部尚书，与刘正宗彼此邦附，祖籍大名，与真定梁家渊源极深。春上，梁清标三兄弟曾与我商议参奏之事，再三请求，对成克巩网开一面，务必不要纠参。洪承畴也为张缙彦出面讲请。使我为难的不仅于此，恩师范文程范大人也劝我不要弹劾刘正宗，一是刘正宗生性奸诈，诡计多端，一旦纠参，对方势必极力申辩，拼命掩盖罪责，诋毁罪证，甚至会反参诬陷于你，如无必胜把握，决不可纠参；二则刘正宗在朝多年，党羽甚多，群起与你抗衡，你树敌太多，终不可取，一着不慎，反遭其祸。如不纠参，最多落个不职之名，尚且可以自保。范大人肺腑之言，良苦用心，我自心领神会。可贪官佞臣逍遥法外，任其胡作非为，身为贤臣，于心何忍？咳！我自居官以来，从未有今日这般左右为难，难下决断。”

刘正宗，字可宗，山东安丘人，明崇祯进士。十四年授礼部侍郎，擢宏文院大学士。吏部尚书缺员，皇上以“正宗清正耿介，堪胜此任”，加太子太保，兼吏部尚书。从此，刘正宗倚仗权势，广植党羽，擅权越政，排挤忠良。皇上屡加训诫，刘正宗却阳奉阴违，皇上恶之。却因其为前明老臣，一再宽宥。

成克巩，字子固，直隶大名人。父亲系前明重臣。九年迁吏部侍郎，十年升吏部尚书，十二年加太子太保，左都御史，皇上命其暂摄其职，并谕俟得其人。十四年，魏裔介擢升左都御史，即撤成克巩回内阁。十五年加少保，改保和殿大学士，兼户部尚书。其与刘正宗沆瀣一气，拉帮结派，亵渎圣恩。

张缙彦，河南新郑人，明崇祯进士，十年，授山东右布政，十五年擢工部侍郎，今年奉谕自陈，经甄察，降为江南徽宁道。亦为刘正宗同党。

裔介说完，深情地看着萱儿，好像在说：“以你之见，该将如何？”

萱儿双眉一扬，理直气壮地说：“大丈夫岂能为邪恶势力折腰？为国去蠹，乃宪臣之责，有何顾虑？哪怕革职回籍，萱儿与你同回柏乡老家，耕作田间，茅舍淡饭，也落个自在清闲。即使为此落罪流徙，萱儿与你同赴宁古塔，永不回京。纵是被判斩刑，为妻也为你举行生祭，同死刑场！”

萱儿说着，俏丽的脸庞泛着红晕，俊美的大眼闪着泪花。裔介望着深明大义、执着刚强的妻子，激动不已，脸上露出坚毅的神色。

“夫人，夫人，勐儿浑身发烫，尽说胡话，快去看看他吧。”小芹站在萱儿面前，焦急地说。

夫妻只顾说话，倒忘了病重卧床的勐儿，二人匆匆赶到卧房。萱儿摸摸勐儿额头，火炭似的烫手，一把抱住儿子的头，眼泪扑簌簌淌了下来。勐儿睁开眼睛，依偎在母亲怀里，有气无力地说：“娘，勐儿好冷。娘，勐儿梦见爷爷了，爷爷好瘦好瘦。爹爹，我要爹爹……”裔介摸着勐儿微弱的脉搏，吩咐心宝去请郎中。看着昏迷不醒的勐儿，心里一阵难受……

董鄂妃所生的皇四子夭折以后，庄太后思孙成疾，一病不起。董鄂妃强忍丧子之痛，日夜守护在婆母病榻之前，煎汤喂药，擦屎接尿，从不让侍女上前，都由其亲自护理。太后的病日见好转，董鄂妃由于过度劳累，日渐消瘦。太后痊愈下床，董鄂妃却一病不起。

天麻麻亮，福临起驾慈宁宫，向太后请安后，直奔承乾宫，恨不得一步跨到爱妃的病榻之前。走到宫门前，向迎驾的宫女问道：“贵妃好些了么？”

宫女含着泪水，颤声说道：“娘娘高烧不退，睡梦中还呼唤皇上。”

福临叹息一声，快步走到承乾宫内室，见爱妃斜靠在病榻上，气喘吁吁，见皇上进来，精神陡然好了许多，挣扎着想要坐起来。福临急步上前，强笑着说：“朕刚去慈宁宫向太后请安，太后好牵挂你的病情，让朕转达她对你的问候，还说，几日不见，怪想得慌，盼你早一日痊愈，好去陪她说话。”

“妾妃多谢太后挂念。”董鄂妃说着，热泪已流到腮边。侍女递过面巾，福临接过，亲为爱妃拭去泪水。一股热流涌向喉咙，福临狠力咽下，大声咳嗽起来。

董鄂妃强打精神说：“皇上头发有些乱了，妾妃想为皇上梳梳头发。”福临顺从地坐在床边，鄂妃勉强坐起，像大姐一样，为皇上梳起头来。

“皇上，妾妃下辈子还想为皇上梳头。”鄂妃的声音有些哽咽。

福临悲伤地说：“乌云珠，快别说不吉利的话。朕与你一定会白头偕老。”

“皇上啊，妾妃明白，这病是不得救了，妾妃唯一的憾事，就是未能为皇上留下骨血，一生陪伴皇上。”

福临伤悲至极，哽咽着说：“别再说了，你就是朕的骨肉！”说着，紧紧抱住心爱的人儿。

“今日十五，是大朝之日，皇上切不可为了妾妃，误了朝政。时辰不早，快快上朝去吧，皇上！”

福临恋恋不舍地离开鄂妃，出宫去了。乌云珠望着皇上远去的背影，想到自己来日无多，悲痛欲绝，一阵眩晕，倒在病榻上……

太和门内，卤簿仪仗隆重肃穆，宫乐齐奏《朝天子》，王公大臣、外国使节列队走上玉阶，步入太和殿。

福临坐上龙椅，神情忧郁，面色苍白。董鄂妃憔悴的面容在他面前晃动，绵绵细语在他耳边响起，使他十分悲伤。

殿外的乐曲停止，文武百官肃立于御路两旁，礼赞官宣布朝贺开始，朝臣齐呼万岁。福临才从冥想中回过味来，抬起眼皮，直起腰身，直视殿下。

俄罗斯察罕汉使者走到丹陛之下，行礼毕，用俄罗斯语奏道：“俄罗斯察罕汉陛下，遣本使向大清皇帝朝贺，祝皇帝陛下千秋万代，永保无疆！”

值朝太监从使者手中接过贺表，呈送皇上，福临接过，看了一眼，遂将贺表抛下，怒声呵斥：“朕曾告谕各国使节，贺章、奏表一律使用满、汉两种文字，尔等不按外交辞令行事，仍以俄罗斯文书写贺章，且表文不如格式，如此不晓礼节，蔑视我大清帝国，退下！”

察罕汉使者惊恐万状，灰溜溜退下，招呼役使抬上贡礼，仓皇出殿。各国使节见大清皇帝盛怒之容，都缩头缩脚，再也不敢上前朝贺。

福临俯视殿下，群臣面露惧色，不敢做声。福临自知心情烦躁，故迁怒于外使，于是恢复常态，说道：“朕闻信郡王得胜凯旋，班师回朝，何不将南方捷报奏来？”

多尼匆忙出班启奏：“启禀万岁，南方战事节节取胜，我军奋勇作战，已攻取厦门，贼寇死伤过半，其余仓皇出海。吴三桂率师歼贼，攻取普洱。云南顽寇抵抗受诛，纷纷望风投降，土司那仑率部归附。”

福临闻奏，焦躁之心稍有好转，说道：“信郡王督战有功，着吏部依例嘉奖。编降兵为忠勇、义勇各十营，由马宝等将统领，隶吴三桂所属，并将明沐天波赐其所有，以奖其功。”

福临情绪稍有好转，以缓和的语调说道：

“朕以旱灾迭见，下诏责躬，卿等合辞引罪，是仍视为具文，非朕实图意也。卿等职司票拟，谨守成规，未能各出所见，佐朕不逮，是皆朕不能委任大臣之咎。自后专加委任，其殚力赞襄，秉公持正，以副朕怀。

“前者屡诏引咎责躬，由今思之，皆具文而鲜实益。且十二、十三年间，时有过举，经言官指陈，虽加处分，而此心介然未释。从前以言获罪者，吏部列名具奏。”

讲到这里，福临脸上露出阴沉之色，提高了嗓音：

“朕委任大臣，期始终相成，以惬简拔初念。故不忍加罪，时加申戒，当痛改前非，称朕优容宽恕之意。可有臣以宥为恃，恣意胡为，及朕躬阙失。姑息无益，当口诛笔伐。以及国计民生利害，直陈无隐。”

大殿之上，众朝臣俯首呆立，相互顾盼，无有回应。

魏裔介走出朝班，立于丹陛之下，奏道：

“左都御史臣魏裔介，参文华殿大学士刘正宗，欺君罔上，结党营私，擅权越次，蠹国乱政。”

魏裔介一语即出，众臣俱惊，目光一起投向刘正宗。刘正宗面色苍白，脸上淌出冷汗。有人暗自庆幸，有人不以为然，也有人幸灾乐祸。

魏裔介继续奏道：

“臣将其四大罪状陈述如下。罪之一：怙恶不悛，无人臣礼。御史杨义曾参刘正宗擅权越次，刘正宗不屑以辩，执相诟詈；又有给事中周会发、御史姜图南、祖建明，以刘正宗贪图私利，不务政事，交章纠参。御史张嘉复以刘正宗昏庸衰老，背公徇私，疏请罢斥。部议，以参无实据，故隐其事。刘正宗怀奸结党、擅权徇私之举，举朝怨愤。刘正宗应当闻参自警，引咎自责。其实相反，他却以势相欺，以权报复，纠参者，轻则被调外用，重则被革职查办。给事中朱徽不畏权势，复劾刘正宗不由会推，又未专疏题明，擅将佥事许宸迁升为通政司参议，刘正宗难逃其咎。皇上闻奏，曾谕曰：‘刘正宗器量狭隘，终日图享安逸，专务诗文，辄以己意为是，且擅迁职官，理当严惩。念其老迈，严加训饬，免罪降职。’此后，刘正宗不思报皇上宽宥之恩，且变本加厉，尽其祸国乱政之能事。

“罪之二：欺君罔上，擅权乱政。浙江布政使参议李昌祚，曾与扬州乱首李之春结盟起事，蛊政惑民。刘正宗与保和殿大学士成克巩沆瀣一气，对叛臣李昌祚具疏力举。票拟之中不予陈明，故隐其罪，以此欺瞒圣上，将李昌祚擢为大理寺少卿。刘、成二人虚拟举荐奏章，擢升庸臣周亮工为福建布政使，周亮工渎职玩寇，遭坐贼败。又先后举荐董国祥、梁羽明升职，今皆事败。刘正宗、成克巩身为朝廷大员，擅权越次、蠹国乱政、欺君之罪何辞？

“罪之三：结党营私，惑众败俗。刘正宗之弟刘正学，为郑成功总兵。刘正宗与其同党、山西巡抚耿焞暗中商定：耿焞提拔刘正学为中军，刘正宗即迁升耿焞为工部侍郎，二人一拍即合，刘正学遂躐升为中军。刘正宗与工部侍郎张缙彦结为同党，张缙彦在明朝任中枢，养寇误国，有卢杞、贾似道之奸，而庸劣过之。经甄察，降为江南徽宁道。其托河南巡抚吴景道举荐于刘正宗，图谋再升。张缙彦为刘正宗《诗集》作序曰：‘将明之才’，其意诡谲，尤不可解。张缙彦、刘正宗编刻《无声戏刻本》，自称‘不死英雄’，蛊惑人心，隐秽不堪，伤风败俗。

“罪之四：贪贿索贿，贪图营利。刘正宗擅权提拔，一为结党，一为纳贿。其收受李昌祚、周亮工、董国祥、梁羽明等人贿银近三万两，并将赃银密存福通银庄，折成入股，坐收红利。刘正宗以权营私，卖爵贪贿，数额之大，令人瞠目。

“刘正宗、成克巩身为朝廷一品大员，视大清律法为无物，欺君罔上，罪不可赦！蠹国乱政，其事非此一端。请皇上乾断，以杜祸萌。”

福临闻奏，大为震怒，厉声喝道：

“刘正宗！朕念尔前明旧臣，多有简拔。屡遭弹劾，朕不忍加罪，每每宽恕，尔却不思改悔，又犯大罪，实属十恶不赦!”

“成克巩！尔为前明重卿之子，朕多加恩顾，擢保和殿大学士、兼户部尚书、加少傅兼太子太傅，其品其衔，已逾尔父。不仅不受恩报国，且与刘正宗结党为奸，蠹国害政，大清律法昭昭，岂可轻饶？”

刘正宗、成克巩汗如雨下，惊恐万状，早已匍匐在地，连连磕头。

近侍匆忙来到御座旁边，小声向皇上说了一句话，福临神色骤变。近侍慌忙退下，奔出大殿。

刘正宗跪在地上，自知在劫难逃，却又贼心不死，大声说道：“启禀皇上，臣已犯大罪，自知难脱其咎，臣有几句话，愿讲当殿，即死无憾！”

“讲！”福临心绪烦乱，喝道。

“例凡荐举之官在本任不职，追坐举主。董国祥、梁羽明皆为升任后得罪，依例不应加罪本人；魏裔介所参：张缙彦为臣《诗集》作序，序中有语‘将明之才’。臣诗稿见存，张缙彦序中未见此语，魏裔介纠参无据，实属栽赃陷害；李昌祚与李之春结盟谋叛，事发已逾半载，魏裔介身为法司，何不早行纠参？”

魏裔介闻听此言，横眉冷对，大声说道：“都察院勘察此案已有数月，奏章所参之事，证据确凿，铁证如山。刘正宗适才所讲，实属狡辩，企图抵赖罪责，岂非痴心妄想！”

“无须赘言！”福临怒容满面，喝道，“刘正宗、成克巩罪大恶极，不容抵赖。魏裔介身为总宪，刘、成所犯属十恶不赦之大罪，理当及早纠参，为何迟至今日？实为不遵臣道，玩忽职守，犯下渎职之罪。”

大臣们闻言，个个目瞪口呆。刘正宗耸耸肩膀，偷看一眼跪在身旁、垂头丧气的成克巩，嘴角露出一丝奸笑。

福临继续说道：“刘正宗、成克巩、魏裔介俱革职，着王大臣、九卿科道会鞫，交刑部拟罪！本案所涉人等，俱押待审。退朝！”

刑部职官及吏卒一拥而上，脱去三人朝服，摘去顶戴花翎，戴上刑具，押解出殿。

魏裔介望一眼匆匆离去的福临，他那充满怒气的呵斥又在耳边响起。看看刘正宗、成克巩步履蹒跚的背影，一股复杂的情感涌上心头。

福临坐上御辇，急奔承乾殿而去……

# 二十七、痛斥佞臣

冬天昼时短，旱年暑日长。火球般的太阳落下西山，灼热的大地升腾着一股股热浪，京师的人们忍受着似无休止的酷暑煎熬。

刑部大牢内，密不透风，更是酷热难耐，腥臭难闻，苍蝇嗡嗡乱叫，蚊虫发疯似的又叮又咬。魏裔介站在牢房中，汗水淌下，衣服如雨淋般透湿。他望着对面高高的、慢慢黯淡下来的牢窗，默默出神，不知道自己将在这里挨过多少难熬的日子。他为刘正宗、成克巩终于沦为囚犯而亢奋，也为自己被罢官感到屈辱和无奈。他想到刘正宗无理狡辩，胡吠乱咬的狰狞嘴脸，一股征服邪恶、为国除奸的凛然正气油然而生。他深信，所参刘正宗诸罪，均有佐证在案，任凭其耍尽伎俩，狡辩抵赖，最终难辞其罪！自己虽被罢斥，能为国铲除邪恶，心甘情愿。自己上不负君，下不负民，即使为此获罪，有何惧哉？想到此，魏裔介心中一阵轻松，看看四周黑黝黝的牢墙，坐在了一堆肮脏的杂草上面，一股恶臭袭来，令人作呕。想起家中的夫人和病重的勐儿，心头禁不住一阵隐痛。

安郡王岳乐，奉谕旨领审刘正宗案。安王府客厅内，坐着钦定刘正宗案的全体鞫审官员：议政大臣索尼，刑部尚书能图，吏部尚书伊图和兵部尚书、兼左都御史阿思哈。

“刘正宗真真可恶！这些年来，在汉臣中目空一切，高高在上，对年轻的满臣也不屑一顾，也忒狂妄了些。汉官多次弹劾，均未伤其皮毛。魏裔介舌枪唇剑，笔锋如刀，我看刘正宗是难逃此劫了！”阿思哈满有信心地说着，呷一口菊花茶，眯起了双眼。

伊图接过来说：“刘正宗倚老卖老，诡计多端，鬼花肠子多得很。此次鞫审，各位都要多个心眼儿，可别让老家伙给绕了进去，放跑了这条老狐狸。”伊图说着，看了一眼岳乐，说道：“啧，魏裔介为参刘正宗，却落得罢职待审，思想起来，总觉得有些……”

“欸，对待汉官，皇上向来宽贷有加，这次却是个例外。皇上盛怒之下，将三人同时罢官下狱，好似有欠公允，但是皇上有皇上的用意，如此看开，倒是帮了在座几位的大忙。”索尼坐在上首，摸着瘦瘦的下颚，慢条斯理地说道。

阿思哈、伊图和能图听索尼如此说，都感到莫名其妙。阿思哈问道：“魏裔介银铛入狱，咱们多了一个犯官，就多一份麻烦，怎能说帮了我们的大忙呢？”

索尼笑笑，拿起一个橘子，慢慢地剥开皮子，将两瓣橘子放入口中，边嚼边说：“如此简单的道理，你们愣是不开窍，让安郡王讲讲他的高见，大家就都明白了。”

索尼，赫舍里氏，满洲正黄旗人，皇太极时授一等侍卫。顺治元年，随多尔衮入京师。五年，以贝子屯斋讦告其谋立肃亲王，以私结盟誓之罪，与鳌拜等人一起论死，后免死夺官。顺治亲政后累进一等伯世袭，擢内大臣，兼议政大臣，总管内务府。

岳乐淡淡一笑，露出整齐的白牙，摇摇头说：“本王并无高见。皇上昨日召见本王，谈及案审之事。皇上的意思是，以往言官纠参，只讲笼统梗概，不提隐情细节，涉罪证据更是无从谈起。被参之臣稍加申辩，言官便无言以对，法司无从着手，致使有罪之臣逃避罪责，逍遥法外。刘正宗罪大恶极，且狡诈善辩，魏裔介为左都御史，不徇私情，素以办案干练、审慎著称。本次纠参，必有证据在手。将其所参之罪，与刘正宗、成克巩当堂对质，一一核对，逐罪落实夯定，不容刘、成狡辩得脱，本案即可了结。”

能图接过来说：“如此说来，这次鞫审，魏裔介要唱主角了。我们几个只须坐堂听审，让几个戴罪之臣相互质辩，我们即可坐享其成。魏裔介所参之罪，如果铁证在手，刘正宗将无可辩驳，那固然是好，若是刘正宗之罪查无实据，或经申辩而不能定罪，魏裔介不仅渎职之罪难辞，还要落个诬告之名，要想官复原职可就难上加难喽。”

索尼稳稳地坐在太师椅上，后脑勺贴着椅背，一只手轻轻弹着扶手，胸有成竹地说道：“汉人有句成语，叫做‘杞人忧天’，本不该忧虑的事，净瞎操心。刘正宗诡计多端，魏裔介也不是等闲之辈。听苏克萨哈和鳌拜讲，顺天乡试科考大案，李振邺等人为逃避罪责，销毁证据，妄图蒙混过关，魏裔介早已将人证物证搜集齐备，当堂出示，使李振邺目瞪口呆，瘫倒在地。魏裔介正色立朝，聪慧练达，不做好充分准备，决不会贸然行事。这次纠参刘正宗，必是有备而来。依我看，刘正宗必败魏裔介之手。魏裔介也会因此而免罪，官复原职。”

岳乐摆摆手说：“现在定论，为时尚早。诸位各司其职，务必公正鞫审，依律定案……”

刑部大堂外，戒备森严。吏卒兵勇挎刀持枪，列队立定。大堂内，阴森恐怖。带有血腥味的各种刑具摆在大堂一角，令人毛骨悚然。行刑官赤膊叉腰，凶神般地立在刑具一旁，使人望而生畏。

正堂大案后面坐着岳乐，两边分别坐着索尼、能图、伊图和阿思哈。九卿科道端坐两厢，列席旁听。

刘正宗、成克巩、魏裔介，穿着囚服，戴着戒具，被押上堂。刑吏取下戒具，三人跪下，等待审讯。

“奉皇上谕旨，本王与四位大臣审理刘正宗、成克巩结党营私、擅权乱政大案，鉴于魏裔介为纠参之臣，故免跪，站立一旁听审。”岳乐说。

魏裔介站起身来，立于一旁。

岳乐继续说道：“此次鞫审，本王以魏裔介纠参奏疏为本，疏内所参诸罪，魏裔介与刘正宗当堂质对，以辨虚实，以定罪否。”

魏裔介拱手说道：“启禀王爷，裔介有一事相求。”岳乐点头应允。魏裔介接着说，“裔介疏中所参刘正宗诸罪，均有证据在案，案卷现在都察院封存，如若当堂质对，须有证据在此，否则，所参罪行将无法核实。”

岳乐和索尼耳语几句，两名刑吏走出大堂。

索尼首先发问：“刘正宗，魏裔介参你，御史杨义、姜图南、祖建明、张嘉，给事中周会发纠参你擅权越次，贪图私利，不务政事，昏庸衰老，背公徇私；给事中朱徽曾参你，擅将佥事许宸迁升为通政司参议等事，礼部均有记载，不容置疑。又参你‘以势相欺，以权报复，纠参者，轻则被调外用，重则被革职查办’。可有此事？”

刘正宗辩道：“无中生有，纯属捏造。”

“御史杨义参你之后，你倚仗权势，擅将御史杨义调往四川穷山恶水之地任县衙小吏；又将给事中周会发贬往塞外不毛之地任牢头；以莫须有之罪名，将御史祖建明发配云南充军，凡纠参者或轻或重，均遭报复。此事均有吏部调遣文书副本为证，岂可抵赖？”魏裔介坦然道。

岳乐接过刑吏呈交的都察院卷宗，吩咐衙役抬过一张桌子，一只方机，放在魏裔介面前，又将卷宗交予刑吏，放在桌上，说道：“案卷已到，魏裔介坐下问话。”

魏裔介打开卷宗，拿出所涉书证，交刑吏呈送索尼，索尼看过，大声呵斥：“刘正宗，你倚仗权势，胡作非为，打击报复，残害忠良，吏部原始文书在此，你罪责难逃！”

索尼将几页文书掷在地上，刑吏拾起，将文书展示于刘正宗面前，刘正宗看了一眼，眼皮一翻，说道：“吏部调遣文书每年数以百计，五品以下官员升降调遣，均由侍郎以下职官办理，我为尚书之职，小小御史、给事中调遣之事，本官从不插手。魏裔介以此要挟，嫁祸与我，纯属栽赃陷害！”

岳乐等人的眼光一起投向魏裔介。

魏裔介站起身来，不慌不忙地说：“刘大人也太健忘了。十四年，你从吏部侍郎升任吏部尚书，并擢宏文院大学士，官员升降调遣，你大权独揽，不经你的批准，谁敢越权行事？索大人，请看文书左下角，长官批注一栏中的印章，便知其中端的。”

索尼拿起一页文纸，看到左下方盖有黑色印记，索尼对汉文知之甚少，加上字迹模糊，又是篆书，立即交给岳乐辨认。岳乐看过，喝道：“刘正宗，你的印章在此，已成铁证，魏裔介所参属实，不容狡辩！”

刘正宗听到安郡王的呵斥，低下了头。心想：“魏裔介绝非等闲之辈，如不谨慎以对，必败无疑。”

能图接着问道：“刘正宗、成克巩，魏裔介纠参尔等欺君罔上，擅权乱政。罪行之一是掩盖罪责，擢升乱臣。浙江布政使参议李昌祚，曾与扬州乱首李之春结盟起事，蛊政惑民，本属乱臣，你们二人沆瀣一气，力举李昌祚。票拟之中不予陈明，故隐其罪，以此欺瞒圣上，将有罪之臣李昌祚擢升为大理寺少卿。罪行之二是虚拟奏章，提拔庸臣。周亮工乃刁钻油滑，投机钻营之辈，极力攀附，尔等在举荐奏疏中虚构其政绩，使其升为福建布政使，周亮工上任之后，贪图享乐，渎职玩寇，使福州府及数座县城沦陷。尔等又先后举荐董国祥、梁羽明，将其升为知府，董、梁庸劣无能，劣迹斑斑，冤民闹衙，盗贼遍地。尔等曾为国家重臣，竟敢欺蒙皇上，提拔乱臣庸才，蠹国乱政，只此一条，便是死罪！”

能图越说越气，“啪”的一声，惊堂木重重拍下。刘正宗，成克巩浑身一震，后背已被汗水浸透。

刘正宗心中盘算，此时再不强辩，自己必死无疑。于是挺起上身，嚷道：“下官冤枉！李昌祚乱党之事，我与成克巩一概不知，是他上任之后事发，与我等无关。周亮工、董国祥、梁羽明等人均为到任后生事，与我等也毫无瓜葛。吏治有载：凡荐举之官，在本任不职，追坐举主。周亮工、董国祥、梁羽明皆为升任之后获罪，均与我等无关。再者，依魏裔介所参，李昌祚、周亮工等人升职，为我和成克巩举荐，何以见得？无凭无据，实属凭空捏造，诬陷好人！”

“对！无凭无据，诬陷朝廷命官，是何居心？”成克巩随声附和。

“尔等好大胆子，竟敢强词夺理，倒打一耙。来人……”能图耐不住性子，刚要发作，被身旁的索尼阻止。

索尼压住火气，不紧不慢地说道：“无凭无据，何以纠参？凭空捏造，是为诬陷。魏裔介身为左都御史，不比一般言官御史，既然敢在大朝之日，具疏纠参，想必不是凭空捏造。那就让魏裔介拿出证据，当堂质对，孰是孰非，一看便知。”索尼说着，看了看岳乐，岳乐点头默许。

魏裔介早就料到刘、成二人会死不认账，已把有关证据准备停当，放在桌面，立起身来，说道：

“索大人说得好。无凭无据，何以纠参？此有礼部提交的，成克巩举荐李昌祚、周亮工奏疏原本，及刘正宗亲书的票拟原件，还有在吏部档案司提取的李、周二人的升职任命文本，上面均盖有刘正宗官印。请王爷及诸位大人当面验过，如有不实，裔介愿认诬陷之罪！”

岳乐接过书证，仔细验看，逐页审定，又交予索尼等人一一看过，岳乐说道：“魏裔介当堂提交十二件书证，本王及各位大臣均已验看，每件书证皆有吏部、礼部大印，真实无误。刘正宗、成克巩举荐奸庸之臣，且奏疏、票拟之中隐瞒劣迹，谎报政功，欺瞒皇上，虚拟举荐奏章，票拟又未陈明。尔等欺君罔上，擅权乱政，罪责难逃！”

“正宗冤枉！不是票拟之中未有陈明，而是李昌祚叛乱之事，正宗确实不知，不知者不为罪，如将此罪强加于我，正宗不服！”

刘正宗说完，成克巩又辩：“本人举荐李昌祚，其叛乱之事闻所未闻，奏疏之中如何提及？如此定罪，不合律法！”

索尼看着魏裔介，问道：“李昌祚叛乱之事，刘正宗、成克巩声称并不知晓，你将如何质对？”

魏裔介答道：“二人招认此事，便是欺君之罪，如无证据，岂肯轻易认罪？此事，尚有一人最为明了，其亲书证言，及其弹劾刘正宗奏章在此，请王爷过目。”

“不必了。你将证言当堂宣读即可。”岳乐摆摆手说。

魏裔介念道：“刑部主事朱徽证言如左：十四年，我任吏科给事中期间，得知刘尚书欲举荐浙江布政使参议李昌祚，当时李昌祚与扬州乱党李之春结盟叛乱之事已有风闻，我便向他面陈李昌祚犯上作乱之事，劝他不要举荐此人，他当面叱责：‘风闻谣传岂可轻信，本官举荐何人，与你何干？’刘正宗不仅不听劝告，且一意孤行，不由会推，又未专疏题明，擅将徐宸提升为通政司参议。以上证言，均属事实，愿当堂作证。”

能图拿起惊堂木，用力拍下，大声呵斥：“物证、人证俱在，尔等还有什么话说？”

刘正宗听到朱徽二字，吓得浑身酸软。他深知其人厉害，当年就是遭他弹劾，才以此引咎，辞去尚书之职。若非皇上恩诏，后果不堪想象。如果让他当堂对质，不知又要扯出多少枝节，想到此，刘正宗只是默不作声。

岳乐说道：“此项证据确凿，不容抵赖，二人无辞以辩，即为认罪，不必再议。”

伊图接着问案：“刘正宗，魏裔介参你结党营私。刘正学是你胞弟，你与福建巡抚耿焞暗中商定，耿焞若能提拔刘正学为中军，你即迁升耿焞为工部侍郎。后来耿焞将刘正学升为中军，可有此事？”

“纯属捏造！我与耿焞素无来往，胞弟升迁之事，岂能委托与他？”

伊图见刘正宗如此抵赖，心头火起。喝道："无有铁证，你是断难认罪。带耿焞！"

耿焞带到。伊图将刚才所问，复述一遍，说道："将你与刘正宗暗商升迁之事如实招来，本官赦你无罪，如有半句遮掩，严惩不贷！"

耿焞忙说："不敢，不敢。刘正宗托我升迁其弟刘正学，确有此事。刘正宗答应，如果将其弟升为中军，他将我调回京城，升为侍郎。我便信以为真，遂将刘正学升为中军。他却背信弃义，将我调迁之事丢在脑后，不再理会。后来外官正常调动，我才回到京城。我对刘正宗背信弃义、过河拆桥之举耿耿于怀，与人谈起此事，知己者说，刘正宗贪财如命，不送贿银，便能升官，妄想！刘正宗身为大学士之衔，其实是卑鄙小人。他还……"

不等耿焞说完，刘正宗说道："耿焞，你血口喷人！刘正学升职，与你无关，说我答应为你调迁之事，更是无稽之谈。你一面之词，何以为证？"

"哼哼，有你亲笔书信在此，休想抵赖！"耿焞说着，拿出一封书信，对刘正宗说，"这是刘正学升职以后，你给我的回信。信中写道：'调迁之事，正在设法办理，耐心等待就是。'此后便杳无音信。想不到你也有今日！哼！"

伊图接过书信，问道："刘正宗，你亲笔书信在此，还有何话可讲？"刘正宗无言以对，慢慢低下了头。

伊图接着问道："疏中又参你惑众败俗。你与张缙彦结为同党，张缙彦曾为你的《可宗诗集》作序，序中称你为'将明之才'，你不加辩驳，欣然接受。其意诡谲，尤不可解。你又与张缙彦编刻《无声戏》，自称'不死英雄'，隐秽不堪，伤风败俗。你可认罪？"

"又是恶语中伤，诬陷好人。张缙彦所写序中断无'将明之才'四字。《无声戏》乃张缙彦一人所为，与我毫无牵连！"

魏裔介拿出一本文册，说道："此为《可宗诗集》，张缙彦所作序中，'将明之才'四字豁然醒目，怎能说断无此字？"又拿起一本文册，说道，"此为《无声戏刻本》，编者署名，一为豫新道人，一为鲁丘居士。张缙彦乃河南新郑人，故名曰'豫新道人'，刘正宗乃山东安丘人，故名曰'鲁丘居士'。"

伊图接过文册，交予岳乐，岳乐翻开文册，一一核对，魏裔介所述，句句属实。说道："书证在此，魏裔介所参属实，不容辩驳。接往下审。"

轮到阿思哈接审，阿思哈挺直腰板，问道："刘正宗，你第四条罪状为贪贿索贿，贪图营利。魏裔介参你擅权提拔，一为结党，一为纳贿。你收受李昌祚、周亮工、董国祥、梁羽明等人贿银近三万两，并将赃银密存福通银庄，折成入股，坐收红利。你以权谋私，卖爵贪贿，数额巨大，你可知罪？"

阿思哈几句审问，使刘正宗心惊肉跳，汗水又从脖颈淌出。结结巴巴地说道："无……无中生有，断无此事。"

阿思哈见刘正宗如此狡猾抵赖，心中窝火。便说：“魏裔介参你，必有铁证在手，你若自认其罪，也好从轻发落。你如此不知好歹，也只好亮出证据，不由你不肯招认！”

“此事不必与他纠缠，御史季振宜最知底细，他已备好纠参奏疏，意欲就此事弹劾刘正宗。有他当堂作证，一问便知端的。”魏裔介说。

“传御史季振宜到堂！”

季振宜来到大堂，向王大臣施礼。

阿思哈说道：“季大人，魏裔介参刘正宗以权谋私，卖爵贪贿，刘正宗说是无中生有，断无此事，硬是不予招认。传你到堂，为此做个见证。”

“那好！刘正宗擅权乱政，背公徇私，卖爵贪贿之事，人人皆知，举朝怨愤。朝臣多次弹劾，皆因无有证据，使他逃脱罪责。我有证据在手，刘正宗插翅难逃！”

季振宜说着，取出两张纸笺，走到刘正宗近前，说道：“刘正宗，你为董国祥、梁羽明升职以后，董、梁二人请其好友、我堂弟季振梁饮酒，以贺荣升。酒到酣处，二人痛哭流涕，梁羽明哭诉道：‘振梁老弟有所不知，为兄有苦难言哪！为升此任，每人向刘正宗行贿三千两，为兄如今已是倾家荡产，一贫如洗。’这是堂弟季振梁亲笔书证，看你刘正宗如何抵赖！”

刘正宗干咳两声，摇摇头说道：“一张书证，不足为凭。似此类书证，只要肯花银子，我弄十张八张，并不为难。此等低劣伎俩，也敢在老夫面前显摆，回家吃奶去吧！”

“你！……”季振宜受到刘正宗如此抢白，气得说不出话来，抬起的手臂又放下来，站在那里只喘粗气。

阿思哈火冒三丈，“啪”得一声，惊堂木拍下。厉声喝道：“大刑伺候！老匹夫，我就不信你的嘴巴比铁还硬！”伊图、能图也随声附和。

行刑官早已耐不住性子，各种刑具“稀里咣郎”乱响一阵，两个彪形大汉架起刘正宗，连拖带拉，弄到行刑架下，用铁链缠住全身，行刑官从炉口里拿出一把烧红的烙铁，来到刘正宗面前，刘正宗看着冒着青烟的烙铁，浑身一阵痉挛。

阿思哈狠狠说道：“刘正宗，你招是不招？”刘正宗两眼一闭，有气无力地说：“无有证据，老夫宁死不招。”

“行刑！”随着一声喊，殷红的烙铁慢慢贴近刘正宗胸口，堂上的人大都闭上了眼睛……

“且慢！”随着话音，众人的目光齐刷刷向这边投来。魏裔介目光坚毅，面色肃然。即将接触到肌肤的烙铁，缩了回去。

岳乐立起身来，问道：“裔介有何话说？”

魏裔介拱手说道：“安亲王爷，裔介已是戴罪之身，依律不应干涉堂审，不过……”

“你虽被革去官职，本王仍视你为纠参之臣。有何见教，只顾讲来。”岳乐说完，坐回位子。

魏裔介坦然说道：“自古道：君子不欺，智者不逼。刘正宗虽为囚犯，毕竟年老体衰，经不起如此折腾，万一有个三长两短，此案将半途而废，不得终结，王爷及诸位大臣将如何回奏圣上？”

索尼等人面面相觑，频频点头，和岳乐交换了一下眼色，岳乐点了点头，对魏裔介说道：“如不动刑，他便招认，岂不更好？有何高见，但说无妨。如果切实可行，本王应允便是。”

“若依裔介愚见，本案明日再审。李昌祚、董国祥等人均被押入大牢，今夜突审，并告知他们，如果如实交代行贿之事，即可减免其罪，不用一个时辰，便可审结。明日再审此案，证据如山，再不招认，已是无用了。”

岳乐和索尼等人商议片刻，岳乐说道：“将案犯押回大牢，明日再审！”

刘正宗、成克巩、魏裔介三人被戴上枷锁。被吏卒押着，慢慢走出大堂。

魏裔介走在最后，索尼赶到近前，小声说道：“魏大人，王爷捎话给你，皇上之意不可违，暂且吃些苦头吧。”

“王爷之意，裔介心领神会，多谢王爷及索大人体顾。”魏裔介说完，苦笑一下，拖着沉重的枷锁，走下台阶，慢慢消失在夜幕之中。

当夜子时，索尼和阿思哈突发令牌，立即提审涉案囚犯。索尼向他们宣读律条，晓以利害。李昌祚、周亮工、董国祥、梁羽明等十一人，均如实供出向刘正宗行贿过程、日期及数额，并一一签字画押，夜审顺利结束。

第二天午后，刘正宗案重新审理。

阿思哈当堂宣读李昌祚等十一人书证。宣读完毕，刑吏将书证拿到刘正宗面前，让其辨认。刘正宗一眼未看，将头扭向一边，闭上了眼睛。索尼心想：“十一份书证在此，量他再也无从狡辩，只有认罪了。”便问道：“刘正宗，行贿之人均已招供，铁证如山，你招还是不招？”

“只有人证，而无物证，证据缺失，不可定罪，正宗当然不服！”刘正宗板着脖颈，仍是不肯招认。

阿思哈拿起惊堂木，刚要拍下，岳乐发话了：“刘正宗，你卖官贪贿，数额巨大，证据确凿，不容抵赖！你不招认，本王亦可定你死罪！”岳乐说着，转向魏裔介，问道：“裔介，你可有话要讲？”

魏裔介站起身来，说道：“王爷适才所讲极是，现有证据即可定罪。为使他口服心服，无可辩驳，裔介这里还有几份证据，足以证明刘正宗将所收贿银存入银庄，入股营利之事实。”

阿思哈忙说：“快将证据拿出来，我看他将如何狡辩！”

魏裔介说道："刘正宗于顺治十四年，将其贿银先后存入福通、汇源、薛记三家银庄，共计三十三万两。这三份入股合同即是刘正学与各大掌柜分别签订，其存入日期、数额、利息均已写明。"

"绝无此事！一纸书证，岂能证明此银两是我正宗所存？"

"三次存银，均由你胞弟刘正学代办。"

"何以见得？"

"入股合同及银庄存单底联，上面均有刘正学亲笔签字。"

"刘正学虽为我家胞弟，早已分门别户，与我毫无经济来往，他存银与否，与我何干？将他存之银，强加于我，栽赃陷害，除此何为？"

"你强词夺理，声称所存银两非你所有，可每年年终入股红利共计十五万两之多，均为你亲手支取，这又将作何解释？刘正宗，铁证在此，劝你还是及早认罪，免得……"

"呵呵呵呵……"刘正宗冷笑两声，说道，"正宗与银庄素无来往，从未涉足银庄半步，说我支取红利，岂非笑话？"

魏裔介怒目而视，大声呵叱："刘正宗，本以为你会痛悔己过，自领其罪，求得皇上仁慈之心，念你年老体衰，减轻处罚，免你一死。你却一意孤行，不念王爷及诸位大臣惜悯之意，终无悔罪之念，裔介只有将你致命之证当堂出示，即可定你死罪！"魏裔介又申请岳乐，立即拘传三位银庄大掌柜到堂作证。

魏裔介出示银庄字据，说道："刘正宗自十四年至十六年三年间，共分得入股红利合银十五万六千七百七十四两，分九次支取。此有各银庄提供九张取银收据，每页收据分别注明存银数目、利率及所分红利，且有刘正宗亲笔签名，又有各银庄入股合同相为佐证。请王爷过目。"

岳乐接过书证，逐页核对。又经勘验官一一核实，认定收据所签"刘正宗"三字，确系本人亲书。岳乐又将书证交予索尼等大臣传阅。

三位银庄大掌柜，来到阴森恐怖的大堂之上，见到低头跪在地上的刘正宗，又看到袒胸露腹、凶神恶煞的行刑官和望而生畏的各种刑具，早已吓得魂飞魄散，双腿发软，"扑通"一声，三人一起跪在地上。

岳乐说道："三位大掌柜不必惊慌，只将刘正宗存银入股，取利分红之事如实讲来，本王便放你们回家。如有半句谎言，必受大刑之苦。"

大掌柜们连连磕头，均表示如实招供，决无谎言！

福通银庄姬大掌柜抬起头来，战战兢兢说道："当初，刘正学在我福通银庄存银十三万两，言明，以此入股，每年年终按利分红，并立有入股合同。刘正学吩咐小人，将应分红利，由小人秘密送往刘府，亲交刘正宗刘大人查收，如果泄露半点风声，小心狗头！小人不敢不照此办理，三年分三次交给刘大人应得红利合银七万多两。入股合同及红利收据，已于上月交予都察院。小人若有半句谎话，任凭大人处置！”

其他二人，见姬大掌柜如实说出实情，均不敢隐瞒，将事情原委和盘托出。

刑吏将书证出示于刘正宗面前，刘正宗见到自己亲手所签之字，哑口无言。长叹一声，只觉一阵眩晕，一头栽在地上。

经数次鞫审，王大臣将审讯卷宗交刑部议罪。不几日，刑部拟罪上奏：“刘正宗案，经王大臣历次鞫审，又经魏裔介与刘正宗等当堂核证对质，刘正宗、成克巩、张缙彦之罪俱已得实。又经刑部依律详议，拟罪如左：

“刘正宗犯四罪：一为怙恶不悛，无人臣礼；一为欺君罔上，擅权乱政；一为结党营私，惑众败俗；一为贪贿索贿，贪图营利。罪大恶极，其罪当斩；成克巩犯两罪：一为欺君罔上，擅权乱政；一为结党营私，惑众败俗。其罪当绞；张缙彦犯一罪：结党营私，惑众败俗。其罪当绞……”

王大臣联名上奏：“魏裔介所参三犯诸罪，均有实据相证，并无一事误参。其未因被罢黜获罪而生丝毫怨意，且以戴罪之身，尽其宪臣之责，如此率直无私，忠于职守之臣，实属难得。诚乞皇上广施仁惠，恩加宽宥。”

皇上发下谕旨：“刘正宗性质暴戾，气量褊浅，持论偏私，处事执谬。惟事沽名好胜，罔顾大体，罪戾滋甚，当置重典。愍其年老，从宽免死，籍没家产，举家流徙尚阳堡，永不得回籍；成克巩虽犯重罪，朕念其为世家子，故予宽贷，夺其官爵，不次提用；张缙彦论罪当绞，念其前明故臣，贳死，籍没家产，流徙宁古塔……”

魏裔介一觉醒来，看到牢墙上方的小窗透出的亮光，揉揉惺忪的双眼，用力伸展四肢，打个舒畅，盘腿坐起。因久居牢内，其腥臭之味，已经闻不到了。他从腿边抓起一把发霉的茅草，复又丢下，扭动几下酸痛的脖颈，抬头望着牢窗出神。想起十四年前，在徐水乱石岗被乡民绑缚破庙，险些丢命；五年前，山西五台山善财洞被籍范所缚，险些人头落地；今又被革职下狱，凶吉未卜。想到此，他叹息一声，自语道：

“想我裔介以厚德为命，以风节立世，忠君勤政，自思无以有愧。然人生多舛，仕途艰险，命运使然，岂能怨天尤人？皇上‘不早纠参’之责，平心而论，似有冤抑；然秉公而论，亦不无道理，渎职之嫌，责无旁贷。牢狱之苦，受之当然！刘正宗等人作恶多端，咎由自取，罪有应得，自己为此已尽心力，纵获罪而无憾矣！”

门外传来阵阵雷声，外面的光线骤然黯淡下来，从牢窗吹来一股凉风。

“莫非……莫非天公作美，要降甘霖了？”魏裔介精神为之一爽，站起身来，翘首望着窗外。随着滚滚闷雷，大雨磅礴之声不断传来，心中不禁一阵狂喜。又听腹内“咕咕”作响，顿生饿意。牢狱生活已有月余，每日虽是粗茶淡饭，却从未有过食欲，今日饿意袭来，禁不住朝牢门望去。

牢吏正巧走来，“稀里哗啦”打开牢门，走进牢房的却是几名太监和两名侍卫。虽被大雨淋个透湿，却掩饰不住久旱无雨，甘霖大沛的喜悦。

太监喊道：“圣旨下，魏裔介接旨！”魏裔介忙跪地听旨。

大太监宣读圣旨：“奉天承运皇帝诏曰。……魏裔介罢官衔职守不弃，入囹圄气志不馁，所参诸犯俱已治罪，忠诚耿正实可嘉尚。复其官爵，回家息养。钦此。”

魏裔介口呼：“谢主隆恩！吾皇万岁，万万岁！”行三叩九拜礼，双手接过圣旨，起身站立。

大太监走过来说：“魏大人，皇上念您受了牢狱之苦，特赐御食一盒，朝服一套，新轿一顶。请您沐浴更衣，即可回府调养。”

“谢皇上恩赐，谢公公惠顾。”魏裔介随众太监、侍卫走出牢房，来到刑部内馆，沐浴更衣，收拾停当。索尼、阿思哈、范文程、鳌拜、梁清标等大臣，还有陈奎等人，早已冒雨候在轿旁。魏裔介向诸位拱手致谢，范文程抬手示意，魏裔介进入轿中，走出刑部大衙，消失在雨幕之中……

# 二八、贵妃诉衷肠

随着母亲的声声呼唤，勐儿慢慢睁开双眼，看着母亲布满泪痕和忧伤的面庞，长满燎泡的小嘴儿撇动了两下，几滴泪水淌出，顺着面颊浸入枕边。他伸出瘦弱的小手，为母亲拭去腮边的泪珠。气喘吁吁地说："母亲，勐儿做……做了一个梦，又和爹……爹爹、勷哥哥，还有嘉孚弟弟，到……到西山逮鹌鹑、捉蝈蝈玩儿了。……山里可好玩儿呢！有老鹰、梅花鹿，嗯……还有孔雀。爹爹骑着马，驮着我们哥……哥仨，跑得好快、好快！……"

勐儿患病一个月来，忽冷忽热，高烧不退，久经医治，终不见好转。郎中确诊为疟疾，属不治之症，可怜的孩子将不久于人世。王萱儿闻听，悲恸万分。丈夫身陷大牢，吉凶未卜；可怜的勐儿又患绝症，时日无多。双重厄运，落在了她的头上。她和母亲日夜守护在勐儿床前。她见昏睡了三天的勐儿，一觉醒来，竟说了这么多话，神色也大有好转，心中甚觉欣慰。舀一勺白糖水让勐儿喝下。姥姥、姥爷、翠珠、小芹也都凑到炕边，看着勐儿。

勐儿扭过头来，问道："姥爷，您早就说过，爹爹出门为皇上办差，这么久了，还不见爹爹回家，勐儿好……好想爹爹！……"勐儿撇着小嘴儿，哽咽着，痛苦地闭上眼睛，泪水从眼角淌出。

少顷，勐儿突然睁开双眼，眼里放出光彩，惊喜地说："回来了，爹爹回家来了！"其他人意为勐儿又在发高烧，说胡话。王萱儿侧耳细听，一阵狂喜，喊道："勐儿说得对！是老爷回来了。"

心宝跑进院里，大声喊道："老爷官复原职，回家来喽！……"

魏裔介冒雨走进院中，直奔卧房，带着满身雨水站在房中。

魏裔介突然到来，满屋人惊喜异常。勐儿使劲喊着"爹爹！"魏裔介喊着："勐儿……"，急忙摘下顶戴，脱下官服，几步跨到床前，抱住了久别的儿子。勐儿抱住爹爹的脖颈，"呜呜"恸哭起来。

勐儿好不容易止住了哭声。王萱儿说："勐儿乖，爹爹累了，让爹爹歇会儿，好不好？"

魏裔介放下勐儿，转过身来。王萱儿看着丈夫虚弱消瘦的身架和毫无血色的面颊，想到丈夫在大牢中苦受煎熬的日日夜夜，心如刀扎般疼痛，泪水像断了线的珍珠，落在胸前。魏裔介按了按夫人的肩头，二人一起回到勐儿床前。父亲抚摸着儿子发烫的额头，看着他蜡黄的小脸，心头一阵疼痛。勐儿的目光始终没有离开父亲，见爹爹坐回床头，小声说道："爹爹抱抱勐儿。"

魏裔介俯下身子，慢慢将勐儿抱起。勐儿躺在爹爹怀抱之中，裂开干瘪的小嘴儿，笑了。他的眼睛一动不动地瞅着爹爹，又把刚才的梦境向爹爹说了一遍，爹爹强装笑脸说："等勐儿好了病，把勳哥哥、嘉孚弟弟接进京来，爹爹带你们上西山，逮鹌鹑，捉蝈蝈，再抓只老鹰回来。好不好？"

勐儿笑着，认真地点了点头，猛然咳嗽两声，呼吸急促起来。勐儿闭上眼睛，缓了一会儿，又慢慢睁开。看着母亲和爹爹，笑着说："勐儿背诵一首爹爹最爱听的诗。好吗？"

爹爹用力点了下头说："好，好。爹爹听着，爹爹听着。"

勐儿瞅着爹爹，用微弱的声音，背诵起李白的《清溪行》：

"清溪清我心，水色异诸水。借问新安江，见底何如此？人行明镜中，鸟度屏风里。向晚猩猩啼，空悲远……"

勐儿慢慢闭上了眼睛，脸上带着甜甜的笑容，离开了人世……

勐儿聪明善良、勤奋好学，性格淳厚，品行质朴。虽非亲生，魏裔介夫妇待他却胜似亲子，将其视为魏家嫡脉，百般呵护，精心教养。十二岁幼童，《三字经》、《百家姓》、《千字文》早已烂熟于心，四书五经亦能累篇通读，父亲所著的《约言录》等理学书籍，也常捧书在手，对深奥之理学似有浅悟。如此奇才，却短命夭折，怎不让魏裔介夫妇肝肠寸断、悲痛欲绝？

一个多月的牢狱之灾，加上丧子之痛，使魏裔介身心受到莫大创伤，额头生起皱纹，双鬓已添白发。好在天降甘霖，悬心已落，居家休息，无事静养，又有夫人悉心照料，身体慢慢好转。整日伏案读书，和夫人谈经论史，吟诗作赋，倒也安闲自在。萱儿见丈夫的面色泛起红晕，精神也好了许多，心中不胜欢喜。

乞巧节夜，清爽宜人，万籁俱寂。夫妻二人摆上香案供品，遥祭牛郎织女双星。祭罢，翠珠端来银耳燕窝羹，二人边吃边聊。

"你回家息养已逾半月，刘正宗案早已审结，二犯已流徙关外，此事已有了断。你入朝当值之期不会太远，趁此机会，多加将养，尽快恢复精神，以备职任。"

"圣明在上，岂有不白之理！即使罢斥归田，我将效法孙奇逢先生，劳作于田间地垄，教书育人，著书立说，有何忧哉？"

"果真如此，萱儿自当随夫归里，情愿与你厮守终身，一生无憾！"停顿片刻，萱儿又说，"果真如此，你当初报国安民之志，将何以得酬？人言伴君如伴虎，萱儿却不以为然。即为臣子，光明磊落，无私无弊，襟怀坦荡，又有何惧？”

“夫人有所不知，前几日，范大人和梁家弟兄过府探望，谈到朝廷之事，说是最受皇上宠爱的贵妃、你那日夜思念的乌云珠妹妹身患绝症，无医可治，病已垂……”

不等丈夫说完，萱儿的脸色骤变，忙伸出手，挡住了丈夫的嘴巴，说了声“快别说了！”泪水夺眶而出，趴在丈夫的怀里哭泣起来。

裔介抚摩着妻子抖动的肩膀，无可奈何地摇了摇头。他心里非常清楚萱儿与乌云珠的非同一般的姐妹深情；他也明白，此时此刻，任何劝慰都无济于事。

萱儿强忍悲痛，慢慢抬起头来，望丈夫一眼，抽泣着说：“妹妹自小聪明伶俐，善解人意。自从被封为皇贵妃以后，萱儿曾跪拜神灵为她祈福。谁知天不作美，妹妹竟得此绝症，将不久于人世。妹妹深居后宫，姐姐与她相隔深宫高墙，犹如远隔万水千山，恐怕这一生一世也难得相见了……”

裔介忙安慰道：“好在皇上时常守护在妹妹的病榻之前，精心照顾，朝政也懒得过问。皇上对她如此钟爱，真是性情之君，情爱天子！既如此，妹妹也该……”

萱儿接过来说：“咳！生死有命，富贵在天。妹妹如此薄命，乃上天之意，当今天子都无能为力，我这个当姐姐的能有什么法子。”萱儿擦一把眼泪，看着丈夫说，“这样看来，你这入朝之日，将是遥遥无期了。”

“妹妹的病情，你我爱莫能助；朝中之事，也不是你我所能左右。”魏裔介叹一口气，抬起头来，望着夜空出神。

萱儿看着丈夫仍显消瘦的面庞和无奈的神态，一股深深的爱怜之情在心中涌动。

她与丈夫结识以来，他那淳厚笃诚的品德，渊博深醇的才学，刚正不阿、嫉恶如仇的性格，深深打动了她那颗纯洁而刚强的心灵。几经周折，两颗彼此倾慕的心相互交融，二人终成眷属。婚后几年来，丈夫在朝中倾心务政，尽职尽责，萱儿无时无刻不为丈夫费心劳神，牵肠挂肚。几年前，丈夫几度迁升，擢为左都御史，跻身于九卿之列，可谓时运顺达，仕途坦荡。然而，她并未因此感到丝毫荣耀，只是为丈夫安邦济民之志如愿以偿，深感庆幸而已。她深知官场险恶，又对丈夫刚正率直，决不趋炎附势的个性了如指掌，稍不留神，就会身败名裂，甚至会危及身家性命。可她与丈夫的脾性相投，同样的率直刚烈，同样的嫉恶如仇，同样的宠辱不惊，在大是大非面前决不退缩的坚毅性格，使得二人彼此默契，相濡以沫。因刘正宗案，皇上以“不早纠参”之罪名，丈夫被罢官削爵，身陷囹圄。萱儿忽闻噩讯，万分惊愕，悲愤难抑。几次探监，均被挡回。爱子病情垂危，命悬一线；丈夫锒铛入狱，吉凶难料，纵是铁打的人儿，也经受不起如此沉重的打击。可萱儿凭着她所认定的“邪不压正”的信念和与生俱来的刚烈倔强的性格，使她在极度悲伤和濒临绝境中，硬生生地挺了过来！

非但如此，她还开导日夜陪伴她的母亲说：“刘正宗欺君罔上，罪恶深重，举朝怨愤，皇上恶之。老爷参他，上对得起天子，下对得起臣民，为国去蠹，无负宪臣之职，何罪之有？刘正宗之流终得惩处，老爷若为纠参而获罪，天理何在？皇上乃圣明之君，老爷获释复官，已为期不远了！”邓夫人听了女儿之言，心中释然，看着女儿坚毅的眼神和消瘦的面颊，不胜感慨，喃喃说道：“萱儿长大了，真的长大了……”

福无双至，祸不单行。丈夫受尽牢狱之苦，刚刚踏进家门，又遭丧子之痛。未愈的创口上又添新伤，使他的身心备受摧残，饱受了人间不幸。然而，他没有因此而怨天尤人，没有绝望，没有消沉。和自己一样，凭着坚韧不拔，百折不挠的品格，凭着济世安民终生不变的夙愿，凭着奋发向上、忠君报国的坚强信念，经过一段常人难以承受的痛苦煎熬，他终于挺过来了。罢官、入狱、丧子，没有摧垮他强健的躯体；逆境、屈辱、不幸，没有改变他不屈的心灵……

裔介低下头来，望着夫人若有所思的眼神，笑着问道：“夫人，什么事情，竟引起你如此遐想？”

萱儿打一愣怔，猛然回过味来，嫣然一笑，不好意思地说：“看这满天星斗，不由得想起许多往事，走了心神儿。哎！过去的都过去了，不去想了。养好你的身体，才是最要紧的。”

魏裔介在家休养期间，朝廷的确出了大事！

夕阳西坠，从西山山尖上慢慢滑下，晚霞普照大地，整个紫禁城笼罩在一片暗红色的霞光之中，使人心醉，又感到压抑。

福临从慈宁宫出来，坐上肩舆，过隆宗门，没有回乾清宫，径直朝承乾宫奔去。

福临疾步走进承乾门，过影壁，走到前殿，幽美的琴声伴着夜来香的气息，随风飘来。福临突然止住脚步，突然的惊喜，使他感到“突突”的心跳。整个内宫，只有她会抚琴，莫非……莫非爱妃的病情有了好转？福临欣喜若狂，满脸洋溢起久违了的笑容。猛走几步，又放缓了脚步，眯起眼睛，尽情地享受着悠扬美妙的仙乐琴韵，使他感到脚下祥云升腾，若临清空。他走近寝宫，停住了脚步，微微闭上了眼睛，沉浸在清越悠长的琴声之中。

突然“嘭”的一声，琴声戛然而止，随之而来的是悲痛欲绝的凄惨哭声。福临登时慌了神，大步冲入寝宫。

福临看着眼前场景，呆立在那里。董鄂妃瘦弱的身躯，趴在黑檀古琴上面，全身抽搐着，泪水像断了线的珍珠，滴在琴上。两个侍女站在一旁，“嘤嘤”哭泣。福临快步走到琴旁，慢慢扶起乌云珠。她抬头看到皇上，哪还顾得什么礼节，一头扑在福临怀里，恸哭失声。她感到浑身酥软，连大声痛哭的力气都没有了。

他紧紧地抱着她瘦伶伶的臂膀，泪水扑簌簌落下，滴在她的鬓角上。董鄂妃感到脸上发热，抬眼看一下皇上的泪眼，一股暖流浸入心田。喃喃地说：

“本打算临别之前，为皇上弹奏一曲皇上最爱听的《菡萏夜月》，只怕……只怕我已力不从心，如此小小愿望，料也难遂心愿了。”乌云珠极度悲伤地抽泣着，泪水浸湿了福临的胸襟。

福临把董鄂妃抱起，缓缓放在紫檀贵妃榻上，福临坐在榻沿，将爱妃揽在怀中，用手指梳理她那有些散乱的黑发。看着她瘦骨伶仃、极度虚弱的样子，突然紧紧地抱住了她，小声说道：“乌云珠，你为什么要生病？你万万不要离我而去！你是我唯一的妻子！如果没了你，我……我将生不如死！啊，乌云珠！”福临的声音不大，可他的心在呐喊。

乌云珠伸出冰凉的小手，抚摸着福临发抖的嘴唇，低声说道：“常言道，生死有命，富贵在天。皇上如此对我，即赴黄泉，我也心满意足了。皇上贵为一国之君，切不可为妾妃，而误了国家大事。果真那样，我不就成为遭人唾骂的千古罪人了么？”

福临痛苦地合上了双眼，像是自言自语地说：“后宫妒嫉争宠，尔倾我轧；满王大臣飞扬跋扈，蔑视汉臣；皇太后深谋远虑，砥柱中流，却对满臣屡屡迁就，使其嚣张气焰日长；汉臣贪图私利，屡犯律法，赤胆忠心、以身报国者屈指可数。只有……只有你顾全大局，处处为朕着想，如果没有你在朕身边，朕便与你同死！……”

乌云珠猛然伸出手掌，用力捂在福临发颤的嘴唇，似乎忘却了自己的病痛，挣扎着坐了起来，娇嗔地说道：“皇上说哪里话来！”她像大姐姐一样，用柔软的手掌抚摸着福临的面颊，小声地，像讲故事那样，慢慢地说着：

“近些时日卧病在床，不知怎的，常常忆起幼年之事。五岁那年，我和额娘随阿玛进京师，阿玛抱我拜会同族，叔叔伯伯们对我不理不睬，并一齐嘲笑我阿玛，兄弟姐妹们骂我是‘蛮子’、‘贱胚’！还合伙揍我一顿，打得我鼻子都出了血。六岁那年随阿玛下江南，额娘领我回苏州认亲。我欢天喜地地去会表姐妹、表兄弟，谁知他们都立眉竖眼地骂我‘杂种’、‘小胡妖’！揪我，打我，踹我。我找额娘哭诉，额娘哭得比我还凶。原来老爷和舅舅、姨妈都不认她，说她失节，说她败坏门风，还说从此不要登家门半步！……”乌云珠说到这里，埋在心底多年的屈辱和怨恨终于倾诉出来，心里觉得舒坦了许多。若非她感到自己来日无多，为心上的人儿倾诉衷肠，恐怕她会将此事隐瞒终生。

乌云珠缓了口气，抬头看着皇上全神贯注聆听诉说的眼神，深吸一口气，继续说着：

“想我一生，备受世人冷眼和欺凌，好在父母疼我，皇上倾心护我，太后也真心待我，想我乌云珠，今生今世也难报如此大恩大德。此外，还有一家人对我不嫌不弃，诚心相待，虽时日不长，却使我终生难忘！……”

“哪一家人？”福临攥紧乌云珠的手，急切地问道。

乌云珠看着福临迫不及待的脸色，叹口气说：“咳，说来话又长了。就是阿玛的师父、现今的御前侍卫王国顺王大人一家。”

“啊？……就是在塞外猎场打死大熊，救朕一命的王国顺？”福临睁大了眼睛问道。

“对呀！”乌云珠讲了当年阿玛拜王国顺为师的事，接着说，“那个时候，额娘时常领我到王家做客，阿玛和王大人舞刀弄枪，切磋武艺；额娘和邓夫人赋诗作画，亲如姐妹；王萱儿像大姐姐一样，对我又疼又爱，百般呵护。每次离开王家，我都会哭鼻子，萱儿姐姐舍不得我离去而抹眼泪。有一次阴雨连绵，萱儿姐姐硬是把我留下，晚上我和姐姐睡一个被窝，姐姐给我讲故事，还教我古诗呢！”乌云珠说着，眼里顿时有了神韵，脸上也泛起了亮光，美好的回忆使她忘记了病痛。

乌云珠坐起身来，和福临对着脸坐着，福临认真听着。

“我这个处处遭人冷眼的女孩，只有在王家的那段日子，才真正体会到了人间的温暖和真情。可是，好景不长，阿玛随军南征，我和额娘便随阿玛一起回到江南。”

福临长长嘘一口气，眼睛望着宫顶，念叨着：“王国顺……王萱儿……就是……”

“就是左都御史魏裔介的夫人——王萱儿。”乌云珠接过话头说道。

“哦，原来如此。那么，你回江南以后，再也没有见过他们？”福临也被带到乌云珠诉说的故事中来，不禁问道。

乌云珠眨巴着乌亮的大眼，高兴地说：“见过呀！那年萱儿姐姐出嫁，我和额娘正好在京师，我还作了姐姐的伴娘呢。嘀！姐姐美貌超群，再经过一番梳妆打扮，红衣、红裙、红盖头，那个美哟！……”乌云珠完全沉浸在美好往事的幸福之中，眼里放着光彩，脸上泛起红晕。

自患病以来，乌云珠从未如此兴奋过，福临高兴得忘乎所以，忙吩咐侍女准备羹汤。侍女端来了人参燕窝羹，福临接过羹碗和汤匙，亲手一口口地喂着，乌云珠慢慢喝着。

“以后呢？”福临问。

乌云珠慢慢推开福临拿着汤匙的手臂，瞥一眼皇上，说：“从那以后，我就再没有见过姐姐……”从乌云珠深沉的眼神里，可以看出他对萱儿姐姐的无限思念之情。沉思片刻，乌云珠垂下眼帘，小声说道：“前些日子，听侍女们私下叨咕，魏裔介因弹劾刘正宗，罢官入狱，姐姐得知后，不知该有多么伤心……”

“确有此事。”福临点点头说，“魏裔介奏章所参刘正宗四大罪状，桩桩罪大恶极，十恶不赦。万万没有想到，朕所屡屡提拔重用的前明老臣，竟胆大妄为到如此地步！这叫诸王大臣怎样看朕？想到此，朕怒火中烧；内侍又报称你的病情垂危，更是火上浇油。盛怒之下，朕以‘魏裔介身为宪职，如此大案，为何不早纠参’之名，将其与刘正宗、成克巩、一并革职，送刑部拟罪。后来，经诸王大臣九卿科道会审，魏裔介据证对质，刘正宗词屈认罪，朕亲加复核，将其治罪。魏裔介功过相抵，复其官爵如故，并赐冠服御食，以慰牢狱之苦。”

福临用手轻轻抚摩着乌云珠消瘦而柔嫩的面颊，安慰说：“爱妃不必为此担心。魏裔介正色立朝，屡有建树，朕和母后都很倚重他。王国顺一家对你恩重如山，对朕也有救命之恩，岂有知恩不报之理？等你病情有所好转，朕下旨对他们大加封赏便是。”

乌云珠笑着说：“封赏不封赏是皇上的事，只要赏罚公平，不冤枉好人，不埋没人才就好。”

“朕记下了。还是说说你幼年的事吧，朕爱听！”福临拉着乌云珠的手说。

乌云珠咳嗽两声，斜靠在福临怀里，向皇上倾吐心声：“小时候，横遭冷眼，备受凌辱，我百思不得其解，心生怨愤。我想，我阿玛开得硬弓，骑得烈马，是战场上冲杀出来的巴图鲁；我额娘作得好诗，画得好画，弹得一手好琴，是知书达理的才女。我阿玛娶我额娘，我额娘嫁我阿玛，有什么不好？关他们什么事？阿玛、额娘爱我如掌上明珠，我发誓，一定要出类拔萃、出人头地，胜过一切满汉女子，让阿玛那边的满亲，额娘这边的汉亲，全都对我另眼相看。”

乌云珠挪动了一下身子，重又坐了起来，继续说：“长大了，我发奋读书，懂得了文武兼备，刚柔相济的道理，便发奇想：父族尚武，百战百胜，骁勇无敌；母家尚文，博大精深，源远流长。武功文治熔于一炉，必能锻造出古今中外绝无仅有的宝剑；汉满同心，满汉一体，大清必能兴旺发达、长治久安，大清盛世必将到来！……”

乌云珠的肺腑之言，道出了福临坚持始终的夙愿和坚定不移的心声。福临心中无比畅快！激动地说：“说得好！说得好！……朕断然离不得你！”

乌云珠长长的睫毛忽闪两下，轻轻地说：“皇上所作所为，合乎人间正道，顺乎天意民心，妾妃愿为此千秋大业贡献微薄之力，终生侍奉皇上，然而……”乌云珠的眼眶噙满泪水，苦笑一下，悲戚戚地说，“然而，天不遂人愿，妾妃陪伴皇上的日子已屈指可数，‘悲欢离合在高楼，薄命红颜为君尽。’”乌云珠心中一阵痉挛，比病痛难受百倍的心痛，一阵阵向她袭来。她强忍着，闭上眼睛，两行泪水滚了下来。福临将她紧紧抱在怀里，热泪滴在乌云珠的脸上。乌云珠睁开眼睛，乌黑的眸子里闪着亮光，哽咽着说：

“妾妃求皇上三件事，其一，妾妃死后，求皇上保重龙体，务必不可为此耽搁朝廷大事；其二，满汉一体才是天地正道、治国之本，求皇上坚持以仁政治理国家……”

福临点点头，郑重地说：“朕记下了！还有……”

乌云珠喘口气，收回目光，像是自言自语：“妾妃的父母已亡，想这世上，只剩下三位亲人，一是皇上，二是母后，再就是萱儿姐姐了。”乌云珠抬起泪眼，瞅着皇上说：“妾妃愿在闭眼之前，再和姐姐见上一面，说说话，求……”

“朕都答应你！……不！不！……泱泱大清国，名医神药遍布京师各地、大江南北，朕就不信治不了爱妃的病！”福临黑眉纵起，眼睛瞪得怕人。乌云珠伸开瘦弱的双臂，使尽全身力气，紧紧地抱住福临，失声恸哭……

翌日，顺治帝下诏，减征各地税赋，大赦天下十恶以外囚犯，为皇贵妃祈福；派满汉内外大臣及福晋、命妇，广祀百神，为皇贵妃祈祷；宣召天下，征求各地名医来京师，为皇贵妃诊治…… 然而，董鄂妃的病况毫无起色，病情垂危……

# 二九、福临驾崩

“玉宇无尘月一轮，银河泻影过黄昏。”

中秋之夜，桂花飘香。翠珠和小芹小心、麻利地将香炉、蜡嵌、月饼、水果等物品摆上院子正中的圆桌，点上蜡烛。萱儿走到供桌前，拈起三炷香，在蜡头上点燃，轻轻摇晃，香头上的火苗熄灭，萱儿将其轻轻插入香炉，三缕青烟袅袅升起，一股檀香弥漫四方。

萱儿扽一下丈夫的衣襟儿，二人双双跪下，对着初升的明月，双手合十，闭起双眼，虔诚地祷告起来……

陈奎和心宝各搬出一把紫藤座椅，放在金鱼池前，中间放一只茶几，上面放着月饼、水果和瓜子、毛栗等干果。裔介和萱儿相向而坐，裔介看到萱儿心事重重的样子，不禁问道：

“时逢中秋佳节，夫人应当高兴才是，为何愁眉不展，闷闷不乐？是不是为皇上宣你我进宫之事？”

“不是。今日下旨后，公公交代说，明日进宫，是让你我二人侍驾，同皇上一同到碧云寺礼佛，为贵妃娘娘拜佛祈福，驱灾祛病。本是行善之事，哪有不快之理？只是在这中秋之夜，花好月圆之时，使我更加思念妹妹。想她一身的荣耀，却是个苦命的人儿！只为额娘是汉家之女，妹妹自小就受尽了亲人的歧视和凌辱，给她幼小而纯洁的心灵造成了莫大的创伤，使她承受了她本不该承受的一切。当鄂夫人领她第一次踏进家门的时候，我便喜欢上了她，后来，母亲向我叙述了她的身世和遭遇，我十分生气又无可奈何，便把她看做亲妹妹一样，疼她、爱她，不让她受半点委屈。每当她和我在一起的时候，才是她最快乐的时刻，她像一朵备受风雨摧残的小花，遇到灿烂的阳光一样，尽情绽放。只有在这个时候，她那颗冰封许久的、天真烂漫、纯真无邪的童心，才得以复苏。每当额娘要领她回家，她却极不情愿，她那泪流满面，苦苦哀求的样子，使我终生难忘……”

萱儿动情地诉说着，美丽动人的大眼里，闪动着晶莹的泪花，从她深沉的眼神里，可以看出她对妹妹的深深的眷恋和思念。

“进宫之后，妹妹有了出头之日，后来得到了皇上的宠爱，被封为贵妃，她虽然身处深宫，与我音讯隔断，可我为她的美好境遇由衷地庆幸和祝福。可是……”萱儿刚刚显得兴奋的脸色，又被痛苦而无奈的表情所笼罩。她摇了摇头说：

“苦命的妹妹，龙子降生以后，不幸夭折，她的父母又相继去世。人间这多不幸没有使妹妹绝望，因为身边还有爱她、宠她的皇上。可妹妹又遭天妒，偏偏得了不治之病，可怜的妹妹……”

萱儿说着，双手捂着脸，嘤嘤地哭了……

碧云寺坐落在西山的丛林碧海之中。仪仗、卤簿和皇上、皇后的御辇停在山门下，随行官员的车马相继停下，安亲王和福晋、魏裔介夫妇等人来到御驾前，跪接皇上皇后。

皇上走下御辇，径直走到魏裔介夫妇面前，魏裔介忙说：“微臣魏裔介奉旨偕夫人恭请圣安。”

“魏爱卿、王夫人请起，随朕一起上香礼佛。”

魏裔介夫妇急忙起身，跟在皇上、皇后身后，一同走上百步台阶。福临停下脚步，回过头来，对王萱儿说：

“朕才知道，王夫人与贵妃渊源颇深，情同姊妹。她近日思你心切，才与朕说起往事。为了她心愿，礼佛之后，你和魏爱卿随朕回宫，和她会面，叙叙你们的姐妹之情。喜兴所致，或许她的病情会为此好转。”

“谢皇上！皇上对贵妃娘娘情真意切，皇恩齐天。萱儿为此感激万分！娘娘有上天护佑，又有皇上圣心惠顾，娘娘吉人天相，定会灾祛病除，遇难呈祥。”

福临苦笑一下说：“但愿如此。生死由命，尽力而为吧！”

皇上和皇后在寺院住持的陪同下，走进大雄宝殿，岳乐和福晋、魏裔介夫妇等人，随后跟进。福临接过住持奉上的一束佛香，在佛前的长明灯上点燃，虔诚地擎起佛香，仰头望着慈眉善目、法相庄严的如来金身。俯下身来，将佛香插进了香炉，双手合十，虔诚地祷告起来。

殿门刮来一股旋风，一支蜡烛的火焰急剧跳动几下，“噗”一声熄灭。总管太监踉踉跄跄闯进殿内，倒头便跪，结结巴巴地说：“启禀万……万岁爷，贵妃娘娘她……她她她……病……病危！”

福临闻听，脸色骤变，急转身，疾步奔出殿去。王萱儿心头一紧，拉起丈夫的衣袖，紧跟皇上，快步走出殿外。

福临跑下山门前的台阶，撇下御辇，跨上一匹骏马，猛抽一鞭，骏马一声长嘶，箭一般飞驰下山。王萱儿拉着丈夫一路跑来，各自骑上御赐的宝马，紧跟皇上，冲下山去。总管太监跺着脚，冲着那些发愣的御前侍卫又吼又叫……

福临一路疾奔，在承乾宫后殿下马，直奔寝宫，见皇太后坐在紧挨着贵妃床头的椅子上，便快步来到床前，喘着粗气，坐上床头，拉住了贵妃瘦弱柔软的手。

乌云珠慢慢睁开双眼，看着皇上，毫无血色的嘴唇嚅动了几下，纸白的脸上掠过一丝笑容，喘着微弱的气息，说道：

"皇上，妾妃以为……见不到皇上了……"乌云珠的脖颈微微扭动了一下，柔弱的目光从皇上的脸上移向宫门，眼睛突然一亮，一阵惊喜，用尽力气喊道："姐姐！……"

人们顺着贵妃的目光一齐投向寝宫门口，见王萱儿瞪大眼睛，呆立在那里。听到妹妹叫她，便不顾一切地跑去，跪在床前，强自抑制住无限悲恸，哽咽着说："贵妃娘娘……"

乌云珠用力摇摇头说："姐姐您……您见外了，以前你叫我什么来着？姐姐再叫我一声……"

王萱儿强压着胸中升腾的热浪，嗓音颤抖着喊道："珠珠妹妹……"若不是身处深宫，皇上、皇太后在此，王萱儿定会抱住妹妹，恸哭一场。

"哎！萱儿姐姐……"乌云珠答应着，脸上泛起久违的笑容，看着姐姐，仿佛又回到了小时候和姐姐在一起的幸福之中。福临看着乌云珠的笑脸，心情十分激动，紧紧攥着乌云珠的小手，手心已浸出汗水。

王萱儿心想：能与妹妹见上最后一面，已是皇上天大赏赐，不可在此耽误时光了。于是便说："皇上、皇太后、贵妃娘娘保重，萱儿告辞。"

乌云珠急促地喘着气，看着姐姐，用极其微弱的声音说："姐……姐夫?……"

福临压抑着嗓音，用力喊道："传魏爱卿进宫！"

魏裔介站在寝宫门口，福临向他点点头，魏裔介快步来到床前，倒身便跪，"微臣魏裔介参见皇上、皇太后、参见贵妃娘娘！"

乌云珠看着面前的魏裔介夫妇，甜甜地笑了。抬眼看着皇上，大口地喘着气，慢慢地闭上了眼睛，嘴角留下永久的微笑……

福临大声呼唤着他的爱妃，她那美丽动人的大眼再也没有睁开。"啊……"福临惨叫一声，朝天喷出一口鲜血，仰面倒下，昏厥过去……

董鄂妃逝世，福临极度悲伤，寻死觅活。庄太后命太监、宫女日夜监护，才免出意外。几经折腾，福临身体已经相当虚弱，由侍卫、太监抬往乾清宫静养。

庄太后痛失心爱的儿媳，何尝不悲伤？只是为了儿子，强压悲恸，和皇后、淑惠妃、康妃、恪妃一起，守护在福临身边。她看着昏睡的儿子，使她想起了往事……

当年，她的姐姐、关睢宫宸妃去世时，她的丈夫皇太极，也是悲痛得死去活来，几次哭晕过去，数日内不吃不喝。正是承受不了如此哀痛，身心日益衰竭，一年之后，大病而亡。如今皇儿同父亲如出一辙。庄太后想到此，心中不寒而栗。

皇太后代皇上传谕："辍朝五日，亲王以下满汉四品以上并公主、王妃哭临。"接着又降懿旨："皇贵妃董鄂氏孝经性成，淑仪素著，才德兼备，足毗内政。今忽而薨逝，予心甚为轸惜，应追封为皇后，以示宠褒，钦此。"

福临降谕礼部："朕谨遵慈命，追封皇贵妃董鄂氏为皇后，应行典礼，尔部即议以闻。"董鄂妃死后第四天，在停灵的承乾宫举行了追封礼，追封董鄂妃为孝献皇后。

福临以皇后之丧，连发圣谕：

"征天下巧匠，为董鄂皇后构制冥宅；召各地名僧进宫，为孝献皇后礼忏营斋，设水陆道场；命全国服丧，官吏一月，百姓三日……"

于是，北起长白山，南到两广、福建，西越河西走廊，东至海滨，处处设起灵位，飘起白幡，成为大清入关以来第一次声势浩大的国丧。

三七这天，火化大典在景山寿椿殿前举行。孝献皇后的金棺、冥宅以及宝物，将随着熊熊大火，一起化为灰烬。

时刻已到。茆溪和尚，手持火炬，点燃了柴堆，瞬间燃起冲天大火。

安亲王岳乐和参加大典的其他亲王、郡王、贝勒、贝子，公主、福晋、命妇等，跪满殿前。熊熊大火的呼啸声，压倒了人们的哭声、和尚的诵经声和燃烧着的珍玉珠宝的爆炸声。烈火中冲出的沉香、檀木的特殊香味，四处弥漫，随风远去。

跪在地上的王公大臣们，对如此过于奢侈的葬礼，各怀心态。有的愤懑，有的鄙视，有的幸灾乐祸。在诸王中辈分最高的安亲王，对于皇上在葬礼上的无所顾忌，和对诸王大臣的抵触情绪无比忧虑。他对着大火暗自祷告，盼着丧事快快过去，但愿皇上能够从这熊熊大火中有所醒悟。

断七之日，福临来到寿椿殿，宣主持水陆道场的茆溪和尚觐见。福临向茆溪森道出了他埋在心底已久的夙愿：

"大行皇后得以超生，百事已了。朕如今心如死灰，万念俱空，和尚为朕剃度，朕将从此出家为僧。"

茆溪森听后目瞪口呆……

福临出家的想法，并非一时所念。在他二十岁那年，到南苑行猎，听说海会寺香火旺盛，便信步进寺游览，见到住持憨璞聪。皇帝的召见使他受宠若惊，便对福临说："皇上乃金轮王转世，夙植大善根、大智慧，天然种性，对佛法不学自明，所以为天下至尊。"这番话使得福临十分得意，在很短的时间内，从一个佛教的反对者，转变为忠实的佛教信徒。

此后，福临将江南的几位佛门大师，有憨璞聪的祖师辈名僧玉林琇、木陈忞和师辈名僧茆溪森等，请入宫中。又把西苑的崇智寺改为大佛堂，赐名万善殿，供他们下榻。福临曾几次赐给他们亲笔书画、神佛宝像以至金银帑币，并让玉林琇为自己取法号“行痴”。为表示对大师们的敬慕，又敕封玉林琇为大觉国师，木陈忞为弘觉禅师，憨璞聪为明觉禅师。在福临的影响下，本来不信佛教的庄太后和董鄂妃也都成了虔诚的佛教徒。

皇上削发出家的消息，如平地一声炸雷，震动朝野！

王爷、贝勒、大臣，纷纷前往万善殿见驾，劝说皇上回心转意；皇后、妃嫔、公主、福晋，也都来到慈宁宫叩见皇太后，恭请皇太后出面，力挽危局。朝廷上下，人心惶惶，忙乱不堪。

在这危急时刻，福临打坐参禅、心宁神定，亲贵大臣一个不见；庄太后不慌不忙、稳如泰山，似无一丝悲哀忧愁。对前来叩谒的，一律接见。对于她们说的话，时而点头，只是对皇上出家之事不作任何表示。

平心而论，庄太后对儿子出家之事何不焦虑万分？她心里明白，即使由她出面，规劝儿子改变初衷，也是徒劳。然而，她有她的打算，她有她的计谋。她坚信“解铃还须系铃人”这句老话，她把赌注压在了皇上的佛学师父——玉林大师身上。

玉林琇来到万善殿，命人将茆溪森捆绑起来，脚下堆起干柴，以“引诱皇上出家”之罪名，送他上路。

福临见了师父，说道：“如来舍王宫而成正觉，达摩舍国位而为禅祖。朕欲效法，师父意为如何？”

玉林琇摇摇头，郑重地说：“若以世法论，皇上宜永居正位，上以安圣母之心，下以乐万民之业。若以出世法论，皇上宜永做国君帝王，外以护持诸佛正法之轮，内主一切大权，普度众生！”

殿外喧嚣声响成一片，堆起的柴火已经点燃，茆溪森即刻便要升天。福临走到窗前看过，急回头说：“师父不要怪罪师兄，全是朕执意而为！”

玉林琇一脸怒气，“除非皇上打消出家念头，茆溪无得可救！”

劈柴爆裂，烟火升腾，茆溪森命悬一线。

福临急不可待地对师父说：“朕听师父的便是，快快饶了师兄！”

茆溪森得救了，福临回到了乾清宫，庄太后如愿以偿，长长地嘘了口气……

福临回宫之后，百无聊赖，万念俱灰，从此一蹶不振。对朝事毫无兴趣。勤政爱民、励精图治的皇上不见了，上奏本章懒得批阅，大臣觐见，多予推诿，连膳牌也懒得翻一下。整天或读书绘画，或打坐参禅，或闭目遐想，或雷霆大发。去年九月，发生在昌平那惊心动魄的一幕时常在他的脑海里翻腾……

福临亲政以后，革旧图新，推行新政，触犯了一批满洲亲贵的利益。简亲王济度自恃战功卓著，对皇上所作所为恨之入骨，遂生反叛之心。经过密谋，利用亲信，勾结山贼盗匪，趁皇上到昌平州皇帝陵祭奠崇祯之机，演出了一场“弑君篡位”的丑剧。多亏庄太后早有提防，经过秘密策划，巧使金蝉脱壳之计，又有索尼、苏克萨哈、鳌拜、遏必隆、费扬古等大臣的精心安排，舍身护驾，才使皇上安然脱险。

济度罪行暴露，自毙于府中；参与叛乱的侍卫、内大臣被斩首；巽亲王满达海、端重亲王博洛、敬谨亲王尼堪均被削去王爵。

福临每每想起此事，心烦意乱，胆战心惊。他把对济度反叛的愤怒和对孝献皇后的早逝的怨恨，一起撒向满洲亲贵大臣，动辄火起，呵叱谩骂。这一切，庄太后看在眼里，痛在心上，又无可奈何。

福临一生唯一宠爱的乌云珠离他而去；遁入佛门，以避尘务的愿望又成泡影；满汉大臣矛盾重重，离心离德……愤懑、无奈、绝望，无时无刻不在折磨着他，使他的身心受到强烈的蹂躏和摧残。他的面容日见消瘦，身体也逐渐垮了下来。

小年刚过，鹅毛大雪下个不止。紫禁城的宫檐殿脊、巷道广场均被厚厚的白雪覆盖，成了一片银白世界。

养心殿内，人心惶惶，侍女太监手忙脚乱，几个御医出出进进，神色惶惶。福临自腊月初卧床，便一病不起。经御医细心诊断，服下多少良药，亦无济于事，福临浑身火炭一般，处于昏睡之中。

凌晨，王公大臣、九卿科道、及各衙门官员，顶着雪花，踏着积雪，齐聚到后左门，向皇上请安。懿旨发下，谕令释囚犯、减刑狱、免死罪；传谕民间毋炒豆、毋点灯、毋泼水。

皇太后的懿旨像一声炸响的惊雷，震撼着齐跪地上的数百名大臣的心灵，又像一阵凛冽的寒风，吹醒了他们有些木讷的头脑。

啊？皇上出痘了！二十多岁的皇上，竟染上如此可怕的病症，危重至极呀！

庄太后从养心殿回来，心情格外沉重，容颜憔悴，眼睛红肿，步履蹒跚。坐在软榻上，暗自垂泪。她为儿子悲伤，为大清国忧虑，也为自己多舛的命运而哭泣！眼下，更使她放心不下的，便是继承皇位的人选……

汤若望奉懿旨来到慈宁宫。

太后抹去眼泪，挺直腰身，恢复了平日的稳静、端庄和从容。

“玛法，皇上病情日益危重，继位太子尚未诏封，我与诸王商议，父子相承是正理。我和皇上想听听您的见解。”

汤若望感激万分。这样的大事，皇上和太后还想着自己，往日的一切怨气和委屈，顷刻间烟消云散。他噙着泪花说道：“子承父位，乃是天道。”

太后将几位皇子一一说出，望着汤若望那双充满智慧的蓝色眼球，问道："玛法您看，皇子中，谁能当此大任？"

汤若望思虑片刻，直言不讳地说："皇三子玄烨天资聪慧，智力过人，更为要紧的是，七位皇子中，唯独他已生过天花。老臣以为，皇三子继承皇位更有利于大清帝国的稳固。"

皇太后点了点头，嘘一口长气，慢慢端起了茶盅……

元旦将至，福临病情恶化。他下令免去一年一度的元旦大朝庆贺礼，本来应该亲诣太庙举行的除夕祫祭礼，也只好遣官代行。福临预感到他将不久于人世，初二日，派内侍将大太监吴良辅送到悯忠寺落发为僧。初三日，又派人到万善殿，传旨国师玉林琇为自己念经祈祷。初四日，谕令减免赋税，释放除十恶死罪以外的所有在牢囚犯……

初六日夜，福临知道自己命在旦夕，急命太监传谕魏裔介和学士王熙。三鼓响过，二人急急忙忙来到养心殿。

福临躺在御榻上，呼吸急促，两腮绯红，神志尚且清楚。他支走身边的人，对榻前的魏裔介和王熙说：

"朕患此病，自知时日无多，书写遗诏刻不容缓。二位是朕腹心，听朕口述，王熙执笔，魏爱卿核校，不得有一字之误。"

二人跪在榻前，早已泣不成声，只是不住点头，说不出话来。福临叹息一声说："朕平日待你们如何优厚，训诫如何严厉，事已至此，不必回首，君臣知遇，缘尽则离，不必如此伤悲。"

王熙铺开纸，拿起笔，听着皇上口述，诸字录下：

"朕以凉德，乘嗣丕基，十八年于兹矣。自亲政以来……"

内侍传禀："皇太后驾到。"随着声音，太后来到殿内。王熙放下笔，和魏裔介一起跪迎皇太后。

太后来到书桌前，看了一眼已经写就的一行字，回过头来说："起来吧。"二人起身，站立一旁。

太后走到榻前，摸一下福临滚烫的额头，说："皇帝诏书，事关国家大事，不可操之过急。"她瞥一眼跪在地上的魏裔介，接着说，"天寒地冻，这里只留王熙一人即可，魏爱卿早些回家歇息去吧。"

魏裔介愣了一下，遂即辞过皇上、太后，出殿去了。皇上看着魏裔介的背影，叹了口气，闭上了眼睛。

太后握住皇上冰凉瘦弱的手，看着性命垂危的儿子，眼睛里已经没了泪水，心中只有刻骨般的哀痛。她抬头望着殿顶，长叹一声，慢慢放下头来，恢复了往日的神态。睿智的目光充满自信，从容的面色透着坚毅。她说：

"皇帝诏书，王熙起草后，由麻勒吉怀收，同侍卫贾卜嘉呈送慈宁宫，宣示诸王、贝勒、大臣……”

初七日子夜，顺治帝在养心殿与世长辞，享年二十四岁。

正月初八，北风萧萧，阴云低垂。皇太后御驾亲临太和殿。王公亲贵、文武百官齐聚殿前。魏裔介满脸沮丧，泪眼模糊，与大臣们一起跪下，匍匐在地。

宣谕官大声宣读先帝遗诏：

“朕以凉德，乘嗣丕基，十八年于兹矣。自亲政以来，纪纲法度、用人行政，不能仰法太祖、太宗谟烈，因循悠忽，苟且目前，且渐习汉俗，于淳朴旧制，日有更张，以致国治未臻，民生未遂，是朕罪之一也；

“朕自弱龄，即遇皇考太宗皇帝上宾，教训抚养，惟圣母皇太后慈育是依，大恩罔极，高厚莫酬，朝夕趋乘，冀尽孝养。今不幸子道不终，诚悃未遂，是朕之罪一也；”

王熙趴在地上，汗如雨下。这断不是他亲手撰拟、由皇上钦定的那份遗诏了。其中“满汉一体，江山永固”的话竟一字未提。莫非？……他作为遗诏真本的撰稿人，是否能保住项上人头？他脸色发灰，不敢再往下想。作为王熙，他哪能体会到皇太后那颗悲伤、恐惧、矛盾、无奈，既为儿子，更为大清帝国着想的心哪！

宣谕官继续宣读遗诏。皇上的遗诏竟成了罪己之诏，连同以上两款，共列十四项大罪：于诸王贝勒情谊睽隔、友爱未周；不信任满洲诸臣，反而倚重汉官；端敬皇后葬礼不能以礼止情，诸事太过、逾滥不经；设十三衙门，委任使用宦官，致使营私舞弊，作乱朝廷等等。

宣谕官清了清嗓门，宣读遗诏最后一段：

“太祖、太宗创垂基业，所关至重，元良储嗣，不可久虚。三子玄烨，佟妃所生，岐嶷颖慧，克承宗祧。兹立为皇太子，即遵典制，持服二十七日，释服即皇帝位。特命内大臣索尼、苏克萨哈、遏必隆、鳌拜为辅政大臣。伊等皆勋旧重臣，朕以腹心寄托。其勉矢忠荩，保翊冲主，佐理政务，布告中外，咸使闻知。”

宣诏完毕，王公大臣、文武百官放声大哭。魏裔介跪在地上，悲伤至极，泪水淌下。眼睛盯着膝下模模糊糊的青石方砖，心情无比沉重。暗自思忖：“遗诏是否皇上真意，诚然不可妄想，然而，若依遗诏所讲，皇上所奉行‘满汉一体’之国家大政就要彻底改变，满人专制将要充斥整个朝廷。新主年幼，辅政大臣势必顺从朝内宗亲权贵，为满洲八旗张目。如果这样，众多汉臣必受排斥。单靠寥寥满臣，将如何治理泱泱华夏及两千万民众？国将如何？民将如何？……”

魏裔介抬头看看雄伟庄严的太和殿，又望望布满阴霾、灰云低垂的天空，心中无限怅惘。至于索尼等四大辅臣如何走上丹陛，如何向皇太后及诸王信誓旦旦地宣读誓言，他不听也不看，烦乱忧虑的心情久久不能平静。

魏裔介望着皇太后端庄大方、沉静刚毅的容态，心潮起伏，感慨万千，热泪又一次充满眼眶，一种无限惆怅之情，涌上心头……

二月初二，顺治帝的梓宫要移往景山寿皇殿。黎明时分，自东华门至景山的大道旁，站满了身穿孝服的文武百官。魏裔介站在离东华门不远的路边，翘首远望。

隆隆炮声，震天动地，三声鞭响，余音悠长。百官跪地，卤簿队伍从东华门走出。

开道红棍，各式各样，色彩鲜艳；枪戟戈矛、钺星瓜杖，金光闪闪；节幢旌麾、旛幡伞扇，锦绮辉煌；御马百匹，金鞍缯镫；猎犬百只，锦衣铜铃；猎鹰七十只，银链金环；明驼二十匹，繁缨垂貂；侍卫二百，威风凛凛。卤簿仪仗、马犬鹰驼，浩浩荡荡，绵延数里。

接着是黄幔软金檐、紫貂大座褥的先帝灵舆，后面是朱红锦袱盖的庞大的先帝梓宫。身着青衣的童子、侍女不计其数。梓宫后面是皇太后乘坐的青素幔步辇，再后面是十数辆皇后、嫔妃的素车和青幔车。太后坐在步辇上，看着前面即将化为灰烬的儿子的灵舆和梓宫，禁不住的大恸从心头涌出，号啕大哭起来，直哭得平地风起，天地动容！

魏裔介随着人流同文武百官一起，来到青松碧树翠嶂重峦的景山，走到寿皇殿前。太后、皇后、嫔妃、命妇在殿内，王公大臣、文武百官在殿外，举行“大丢纸”仪式。

先帝的梓宫，以及先帝用过的壶、瓶、盘、碗、盆、交床、杌、椅、珠宝等物，一起放在寿皇殿前排放齐整的五尺高的圆木堆上。一声炮响，火焰升腾。殿内，女眷们擗踊哀号；殿外，满汉臣们跪地泣哭。霎时间，先帝的梓宫便笼罩在一片火海之中。

魏裔介泪眼蒙眬，看着眼前熊熊燃烧的大火，当年与先帝在一起的场景历历在目，不禁心潮起伏，悲情难抑。

一片黑色灰烬中还冒着缕缕白烟。悲怆而喧嚣的场面变得苍凉而沉寂。魏裔介站在灰烬旁，久久不忍离去……

# 三十、义正词严斥鳌拜

顺治十八年十一月。

晨曦初照，寒风刺骨。一顶绿呢官轿停在慈宁门外，魏裔介从轿中走出。接着，新任吏部尚书卫周祚、户部尚书杜立德、刑部尚书高景先后下了轿子，四位汉大臣相互问候，一起走进慈宁门，向慈宁宫走去。

慈宁宫内，火盆正旺，暖意如春。皇太后一身青色便装，神态依然雍容端庄，表情还是那么和蔼温厚，只是她的面容失去了往日的红润和光彩，显得有些憔悴。她瘦了。

几年前，她的孙子皇四子夭折；去年秋天，她所喜爱的儿媳孝献皇后病逝；未过数月，儿子福临又撒手人寰，与世长辞。五十岁的她，怎能承受如此接二连三的沉重打击？加上王爷、满臣、汉臣间的明争暗斗，使她心力交瘁，几乎面临绝境。可是，她凭着倔强和永不服输的性格、超乎常人的勇气和智慧，硬是挺了过来。不仅平息了错综复杂、险象环生的宫廷争斗，还将自己八岁的孙子玄烨扶上了皇位。想起这些，是多么的不易啊！

按照常理，玄烨即位，辅臣辅政，她作为老佛爷，也该歇歇心了。可是不成啊！她明白，时下虽是四辅臣辅政，可他们执行的是“恢复祖制”、排挤和打击汉人的政策，与顺治帝的“满汉一体”针锋相对。皇太后深知，治理大清国，若无汉臣鼎力辅佐，将一事无成。更甚者，将会危及社稷。四辅臣更张改制，排挤汉臣，欺压汉民，竟然不择手段，恣意胡为。震惊全国的奏销案就是一例。玄烨年幼，又未亲政，四辅臣大权在握，长此下去如何得了？好在四辅臣对皇太后素来敬畏，辅臣之间又矛盾重重，朝中大事多向皇太后请示。这样一来，许多事情也就有了回旋余地。

四辅臣恭恭敬敬，立在两旁。皇太后接过乌兰递过来的香茶，呷了一口，将茶盅放进茶盘，慢慢说道：

“听说吴县的哭庙案刚刚结束，江南四府一县的……”

“皇上驾到！……”皇太后的话音被打断，几人的目光一起投向殿门。

喊声未落，玄烨在太监梁九功的搀护下，迈过高高的门槛，快步走到皇太后面前，跪在地上，说道：

“孙儿给皇玛嬷请安！”

皇太后看着稚气未脱的孙儿，满脸高兴地说：“皇上请起。来，来来，正好四辅臣也在，你也坐在这里，听听他们议议国政。”玄烨过去，坐在左首的龙椅上。

四辅臣站立一排，双膝跪地，口中喊道：“参见吾皇万岁，万岁，万万岁！”

“四位卿辅，平身吧！”响亮的童音在大殿回荡。玄烨头戴玄狐皮小帽，内穿貂皮小袄，外披明黄色裘皮氅衣，面色从容，一双明亮的眼睛直视前方。举止有度，落落大方。

玄烨出生于顺治十一年三月，为慈和皇太后佟佳氏所生。佟佳氏为固山额真佟图赖之女，佟图赖原名佟盛年，是汉军镶黄旗人。以此说来，玄烨虽出身爱新觉罗家族，可他身上也有着汉人的血脉。

四辅臣起身，退立两旁。皇太后看了看端坐的孙儿，接着说道：“听说吴县的哭庙案刚刚结束，江南四府一县的奏销案又闹得沸沸扬扬，以后还不知要闹出什么大案。索卿傅刚才所提东南、西南急需兵饷，应加派全国钱粮之事，四位卿辅还要从详计议。许多汉臣对加派之事颇具微词。兹事体大，等几位汉大臣来了之后，听听他们的意见，再作定夺不迟。”

鳌拜脸上露出愠色，不满地说：“汉大臣，汉大臣只顾他们汉人的私利，从来不为大清社稷着想。八旗子弟在南方浴血奋战，急需兵饷，加派一些税赋钱粮有什么不妥？至于哭庙案，那是文人聚众谋反，奏销案是汉人抗粮不缴，敌视朝廷。对付蛮子，决不能心慈手软，不给他们些厉害，杀杀他们的锐气，他们是不会乖乖顺从我们大清的！先帝的遗诏里就……”

“鳌大人，你是不是想说先帝的罪己诏啊？”皇太后说着，摆弄着手上的玛瑙指环。鳌拜提到先帝的遗诏，她就知道他要说什么，她压住火气，慢条斯理地说道：

“大清入关已近二十年，世祖皇帝继承太祖、太宗的遗志，入主中原，励精图治，创下了我前所未有的大清基业，功不可没！太宗、太祖和世祖皇帝，无不把维护大清利益为首要。先帝所推行的大政方针、治国策略，无不将大清社稷放在首位。大清国地大物博，全国人丁已超万万，偌大的一个国家，仅靠我们满人去统治，去治理，显然是杯水车薪，力所不及。再加上满臣大都不熟悉汉语、汉文，朝廷政务繁重，离开汉臣辅佐，以朝廷大局而言，是断然不可的！利用汉臣治理朝政，是大清的治国方略，是大势所趋。再者说，汉臣中，并不都是平庸之辈，像傅以渐、魏裔介等汉臣，对朝廷还是忠心耿耿、秉正无私的。利用也好，重用也罢，不都是为了咱大清社稷着想吗？各位卿辅，大清江山来之不易，你们都是前朝重臣，其功盖世，处处事事应以朝廷大局为重，切不可辜负了先皇的期望和嘱托啊！”

皇太后说完，扫视一下垂手肃立的四位辅臣，微笑着说：“索大人，你是首辅，你说说看，我刚才的话是否在理？”

“老佛爷所言极是。老佛爷为大清社稷，操心劳神，殚精竭虑，大清能有今天，老佛爷当记首功。微臣谨记老佛爷教诲，秉心辅政，以谢老佛爷恩宠。”

皇太后放下茶盅，温和地说：“苏大人……”

苏克萨哈忙躬身说道：“老佛爷以大清社稷为重，微臣唯老佛爷之命是从。”

遏必隆忙说：“老佛爷说得好！凡事应以大局为重，老佛爷所言，字字珠玑，微臣已铭记在心。”

遏必隆，满洲镶黄旗人，姓钮祜禄氏，是大清开国功臣、“五大臣”之首的额亦都第十六子。因战功卓著，曾授一等公，顺治十五年授议政大臣，擢领侍卫内大臣，累加少傅兼太子太傅。性情随和，只是没有主见。

鳌拜听了三个辅臣的话，心里好不懊恼。抬眼看去，他与皇太后深邃而凌厉的目光相遇，心里打了个机灵，慌忙移开眼神，低下头，极不情愿地说：“老佛爷说的是。”

皇太后听完四辅臣的话，点了点头，说道：“诸位卿辅为大清社稷日夜操劳，辛苦你们了，坐下说话吧。”

“谢老佛爷。”四辅臣慢慢坐在身后的太师椅上，都舒了口气。

梁九功走过来，躬身说道：“启禀老佛爷，启禀皇上，吏部尚书卫周祚、户部尚书杜立德、刑部尚书高景、左都御史魏裔介殿外候旨！”

“传他们进来吧。”皇太后不紧不慢地说。

卫周祚等大臣进宫，觐见礼毕，站立一排。

皇太后理了理鬓角，温和地说：“眼下西南、东南战事不断，兵饷紧缺，国银又不足兵用，辅臣意欲加派赋税钱粮五百万两，以解燃眉之急。此为军政大事，不可草率从事。诸位爱卿，你们对此有何高见，不妨给辅臣出出主意，商议商议，拿出一个好的办法来，几位意下如何？”

几位汉臣面面相觑，却没人答话。

玄烨看看大臣，又转脸看看玛嬷，眨巴着明亮的眼睛，若有所思。

皇太后离开座位，站了起来，接着说：“听说，魏爱卿对加派钱粮之事有些异议，还为此上了奏折，可有此事？”

众人的目光一起投向魏裔介。魏裔介从容答道：“确有此事。”

“既然如此，魏爱卿就谈谈你的意见，也好让皇上和各位爱卿听个明白。”

魏裔介跨前一步，正色说道："回老佛爷，臣以为，加派钱粮一事，断不可行！"

魏裔介的话干脆利落，掷地有声。几位汉大臣都睁大了眼睛，各自心中琢磨：加派一事，是辅臣们的意见。当今四大辅臣当权，就连老佛爷也让他们三分。作为汉臣，哪个敢当面顶撞他们？几个汉臣看着眼前的魏裔介，都为他捏了把汗。

鳌拜生气了。他瞪着鹰一样的眼睛，怒视魏裔介，愤愤说道："哼！断不可行？那你就把断不可行的理由说说吧！"

皇太后面色坦然地品着茶，对鳌拜的发火并不那么在意。玄烨挪动一下身子，睁大眼睛，看看鳌拜，又看看魏裔介，一只小手扶住椅把上的龙头，等着魏裔介的回答。

"回鳌大人，微臣以为，民为邦本，本固才可邦宁。百姓贫穷则朝廷不能独富，百姓富裕则朝廷不能独贫。先帝应天顺人，平定六合，凡是优恤民生之事，无不关怀备至。每年对歉收地方减免税赋钱粮，对旱涝灾民除去额赋，免去征徭。百姓哪个不感谢皇上爱民之心？

"因南方战事，军饷告匮，不得已便要加派天下地亩钱粮五百余万，实为百姓御灾捍患，无可奈何，非忍于朘削穷檐之膏脂也！若勉强完成加派，百姓便人穷粮尽，无以为济。稍遇凶荒，百姓流离死亡，何以能支？海寇连年作乱，征战不休，每年税赋钱粮十之五六用以军费，并有地方钱粮予以贴补，近年兵员并无增加，为何唯独今年兵饷告匮？祈望皇上敕下兵部详察，以明虚实！"

索尼转过身来，说道："魏大人所言不无道理，然而前方将士英勇杀敌，奋战疆场，今若为兵饷之事予以稽查，恐怕有动摇军心之嫌。以老夫……"

"索大人说的是。魏大人如此说，莫非是想动摇军心？你好大的胆子！"鳌拜按捺不住火气，没等索尼说完，便冲着魏裔介发起火来。

魏裔介并不示弱，刚要发话，被索尼的手势所阻止。索尼看了看皇太后和皇上，接着说道："鳌大人，不要发火嘛。大家都是为大清社稷着想，绝无二心。想这加派之事，确为牵一发而动全身之大事，决不可草率行事。以老夫之见，稽查兵饷之事不合时宜，容以后再议。魏大人，前方急需军饷，钱粮又不得加派，你可有万全之策？"

索尼老谋深算，工于心计，几句不急不躁、不冷不热的话，稳稳当当地将了魏裔介一军。卫周祚、杜立德和高景心里一阵发紧，扭头看一眼魏裔介，不知他将如何回答。

苏克萨哈瞥了魏裔介一眼，说道："是啊，魏大人胸有成竹，想必有万全之策，那就说出来听听？"

"魏大人要是想出个好办法来，那是再好不过了。"遏必隆笑着说。

“我倒要听听你有什么万全之策，快快讲出来吧！”鳌拜瞪着眼睛，恶狠狠地说。

魏裔介挪动一下身子，说：“事已至此，何谈万全之策？微臣只有权宜之计，是否可取，再作定夺。”

“那好吧！魏爱卿，朕也想听听你的权宜之计。”玄烨说。

“谢皇上！”魏裔介俯身施礼后，直起腰身，侃侃而谈，“若要停止加派，必先合计天下之兵食，以培国本，以恤民力。为此，伏乞皇上敕下户部，速为筹算康熙元年共用兵饷若干，各直省正赋若干，果不足用，则益之以兵部之马价，再不足则益之以内库之金银，工部之节省；如果足用，其加派钱粮即应全为停止。然派饷虽在户部，而用兵则在兵部。以后镇守出征，兵饷不得超出常赋之外，此事应由户、兵二部诸臣详议，定为规章，严格执行。节省军饷即可减少赋税，停止加派。为民即所以为军，为百姓即所以为国家，此乃培根本而长治久安之要也！”

魏裔介说完，大家纷纷点头称是。只有鳌拜一人站出，黑眉竖起，指着魏裔介大声喝道：

“魏裔介，我看你是存心作梗。刚才你说要稽查军饷，索大人替你搪塞过去，你还不作罢，又提出兵饷不得超出常赋，是何居心？你们这帮手不会握刀，胯不会骑马的文人，那里晓得领兵打仗。军饷不足，军心不稳，贻误战机，吃了败仗，你如何能承担得起？你说停止加派，又要限制军费，稽查军饷，言外之意，前方将官有谎报开销，私吞军饷，中饱私囊之嫌。你这般无端猜忌，嫁祸于人，扰乱军心，该当何罪？”

大殿内的气氛骤然紧张起来，鳌拜怒发冲冠，横眉冷对，辅臣、汉臣面色紧张，皱眉摇头，就连皇太后也睁大了眼睛，注视着魏裔介，看他如何应对面前如此尴尬、窘迫的局面。

魏裔介面对鳌拜凶神恶煞般的呵斥却不以为然，倒显得不卑不亢，从容不迫。他跨前一步，理直气壮地说：“鳌大人若不是把话说得如此露骨，我也本不想过早地挑明此事，以免大家都难以面对。既然鳌大人提及，我也不得不说了。”

殿内出奇地静。众人的目光一齐投向魏裔介，都想知道他所提何事。

“鳌大人，你可知道江南奏销案？上月，江宁巡抚朱国治将江南四府一县因抗粮获罪者一百多人押进刑部大牢，经微臣提审，他们供出：江南本是富庶之地，其赋税百倍于他省，苏、松、常、镇尤重。乡民、绅衿不堪重赋，屡有拖欠，官兵催粮甚急，如不交完所欠钱粮，不论官位、功名高低，不论欠粮多寡，其官员一律降职远调，其生员一律革除功名，抗粮不交之县令解职问罪。迫于无奈，只得四处讨借，人人自顾不暇，哪有剩余钱粮外借？只有向兵营借贷，以缓燃眉之急。他们对此称之为‘营债’。他们还供出，‘营债’每月利息加三，迟还一日，则利上加利，借银十两，扣除利息、雷钱、月钱，只剩不足七两。一名参将一月外借白银达数十万两之多，触目惊心哪！鳌大人。”鳌拜听后，心中愕然，不由地睁大了眼睛。

魏裔介继续说道：“臣以为，将官领兵征战在外，每月饷银便可足用，无须将这许多银两带往军营。这便足以证实某些部将以权谋私，贪污军饷，谎报销费，中饱私囊。以此便可推论，所谓急需军饷五百万两之说，恐怕多有不实吧！”

“只听几名罪犯胡说，无凭无据，不可轻信！”鳌拜气急败坏，离开座位，站起身来。

“数十人笔录在案，众口一词，不由你不信！”魏裔介理直气壮，毫不示弱。

“魏大人所说句句实情，本案是魏大人和微臣共同审理，卷宗尚在刑部留存备查。”新任刑部尚书高景说。

“闭嘴！我又没有问你，你来插什么屁话！你们汉臣统统是一个鼻孔出气！”鳌拜接着说，“魏裔介，我来问你，你可有胆量当面说出暗中放贷、贪污军饷之参将姓名么？”鳌拜问。

“本案尚未审结，案中事体尚属机密，不得泄露。”魏裔介说。

“呵呵呵呵！好个不得泄露。不敢说出，便是无中生有，栽赃陷害！”鳌拜怒不可遏，火冒三丈。

苏克萨哈发话了：“魏大人，泄露不泄露也要看个地方，这里是老佛爷的慈宁宫，还怕泄露机密不成？”

“什么机密，分明是故弄玄虚，捕风捉影，凭空捏造！”鳌拜喘着粗气，怒火未消。

“如此说来，我不得不说了。好吧！我告诉你。据人犯供述，暗放‘营债’的是苏松水师参将图尔哈善，副参将张国俊！”魏裔介说。

“此事非同小可，若无真凭实据，便是诬陷阵前军将，将治你杀头之罪！”鳌拜虽然大声呵叱，但心中不免有些发虚。

“铁证如山，不可辩驳！如若不信，裔介愿以性命担保！”魏裔介泰然自若，出语铿锵。

“这……竟有这等事？这两个不争气的奴才！欸！……”鳌拜一时语塞，狠狠叹了口气，回到了座位。双手扶膝，低着头，生着闷气。

卫周祚、杜立德和高景悬着的心终于落了下来。索尼、苏克萨哈和遏必隆本已平静的心却又悬了起来。

玄烨好像来了兴头，欠了欠屁股，活动了一下腰身，睁大眼睛问道：“魏大人，奏销案到底是怎么一回事？说出来让朕听听。”

魏裔介抬头望着皇太后，皇太后面色平静地点了点头。魏裔介便说：“启禀皇上，奏销案是这么回事。今年三月，军饷开销告急，江南各府钱粮又拖欠甚多，户部传下谕旨，命江南总督、巡抚立即征收拖欠粮赋，如有抗粮者，从重治罪。江宁巡抚朱国治奉旨清查赋粮，将苏州、松江、常州、镇江四府并溧阳一县的一千多名乡绅和一万一千多名生员相继羁押。这一万多名生员的功名均被褫革。欠赋理应补交，抗粮依律定罪，天经地义，无可厚非。可是，他们不分欠粮多寡，一律将其革去功名，使其数十载寒窗苦读得来的功名，毁于一旦，并将他们羁押入狱，受尽鞭打辱骂。更为可气的是，顺治十六年一甲第三名、江南昆山叶方蔼，身为翰林院编修，只因家人欠银一厘，便被降职二级。因此，‘探花不值一厘钱’便传遍朝野。还有吴中的翁叔元、华亭的董含、董俞，均为欠银几厘、欠粮几两，而被革去功名，捆绑入狱……”

魏裔介脸色通红，越说越气：

“再有图尔哈善、张国俊，私吞军饷，私设‘营债’，谋取暴利……”

“好了，好了。”一直沉默不语的皇太后说话了，“眼下南方战事吃紧，这军营之事，暂且放一放，以后再议吧。索大人，你意下如何？”

“老佛爷说的是。理当如此，理当如此！”索尼躬身说，“不过，这军饷之事尚未确定，您看……”

皇太后不置可否，缓缓地说：“军饷之事乃属朝政大事，我不便过多干预。你是首辅，那是你们的事，加不加派，你们定夺吧！”

“嗻。”四辅臣离开座位，拱手施礼。

皇太后呷了口茶，将茶盅放回茶盘，用手掸了掸袍襟，扬起眉毛，抬起眼皮，扫视诸臣，说道：

“茶品三味，臣分三等。有的阿谀奉承，背后捣鬼；有的唯唯诺诺，毫无主见；也有的刚正无私，忠心为国。魏裔介自服官以来，以直谏闻名朝廷，奏章最多，或著为政令，或立见施行。并且有胆有识，敢作敢为，为朝廷呕心沥血，多有建树。新帝登基以来，魏爱卿更是废寝忘食，勤于职守。前些日子，魏大人《计兵食以惜民力》一疏我已看过，刚才又听到他对朝政的一番精辟阐述，其独到见解、爱国忧民之心昭然若揭，使我和皇上深为叹服。”

皇太后说着，转脸看看玄烨，玄烨闪动着乌亮的眼睛，朝着玛嬷点了点头。

玄烨端坐龙椅，郑重说道：“魏爱卿勤政爱民，能够犯颜直谏，其忠诚果敢之作为，不失为忠臣之道。朕赐其玄狐帽一只，貂鼠朝衣一件，以示表彰。”

梁九功捧出一个鼓囊囊的黄缎包袱，魏裔介叩首谢恩，接过御赐之物，退回原地。

“哎！人老了，由不由地愿意多说几句，说多了，就会耽搁卿辅、大臣们议论朝政。好了，不说了。索大人，接着谈论你们的事吧。事不宜迟，及早敲定为好。”

“嗻！”索尼暗自揣摩：老佛爷只字不提加派之事，却对魏裔介大加赞赏，其真实意图一目了然。索尼乃四朝老臣，朝中大事多有参与，惊险之事经历无数，他为老佛爷遇乱不惊、沉着镇定、深沉含蓄、不露声色的超凡智慧和驾驭能力早已深深折服。他想，自己蒙先帝和老佛爷抬爱，授以首辅之职，只有按其意图行事，才能报答老佛爷的知遇之恩，自己才可立于不败之地。于是，他抬起头，挺直腰杆，清清嗓子，大声说道：“加派之事，关系重大，非同小可，切莫等闲视之。魏大人所提筹算兵食之谏议，不无道理，理当采纳。杜大人，你为户部尚书，魏大人所提筹算之事，你部可有底数可循？”

杜立德忙道：“回索大人，筹算之数，微臣均记心中，请索大人提问。”

杜立德，字纯一，直隶宝坻人，为人宽厚仁和，颇有政绩。九月，从刑部尚书调任户部尚书，他对四辅臣加派军饷早有怨言，对魏裔介《记兵食以惜民力疏》大为赞赏，便对疏中所及有关项目细为统计核算，以备时用。索大人如此说，使他欣喜过望。

索尼面露喜色，说道：“那好！你就把所需兵饷、直省之正赋、兵部之马价、内库之金帛、工部之节省各项数字据实报上。”

杜立德向前迈出两步，提高了嗓音：“回索大人。经本部职官详细统计核算，微臣将各项数目禀报如下。”

因杜立德将要禀报的数字是五百万兵饷加派与否的关键，老佛爷、皇上及诸臣，择耳细听。

“以兵部所报，全国共需兵饷三百八十六万两，直省可征正赋二百三十二万两，兵部现有马价银六十万两，内库存银八十万两，工部可节银一百万两，再加上已征加派银两，各项汇总，补充兵饷所需，绰绰有余！”

“杜立德，你所报数字如有差误，便是欺君之罪，你担当得起吗？”鳌拜瞪着鹰眼，一道目光向杜立德逼来。

“以上数目几经核实，决无差错，如有不实，杜某愿以人头担保！”杜立德成竹在胸，从容以答。

索尼踌躇片刻，见到皇太后坚毅、镇定的目光，随后便说：“依杜尚书所报，将各项汇总，即可满足兵饷之需，我看，这加派之事……唛？就该停止了吧！”索尼说完，将目光投向坐在对面的苏克萨哈和遏必隆。

遏必隆首先表态：“确该如此，确该如此。”

苏克萨哈咂一下嘴，随即说道：“既然如此，那就依索大人意见，停止加派好了。”

鳌拜坐在那里，一脸的怒气，一声不吭。

索尼转过脸来，问道："鳌大人，你意下如何？"

鳌拜恨恨地说："事已至此，我鳌拜还有什么话好说？欸！"

索尼眼睛一亮，站起身来，走到御座前面，俯身奏道："启禀老佛爷，启禀皇上，诸位辅臣为大清社稷考虑，一致同意停止加派，请老佛爷和皇上定夺。"

玄烨抬头看着皇玛嬷。皇太后微笑着说："咳！四位卿辅辅弼朝纲，对皇上忠心耿耿，我还有什么不放心的？你们定下的事，我还有什么好说的？看几位尚书还有什么事体要说，如果没什么事，那就散了吧。"

"启禀老佛爷，启禀皇上，臣有事禀报。"

索尼回到座位，见是刑部尚书高景启奏，便说："高大人，有话请讲。"

"微臣自上月由工部调任刑部，对刑狱诉讼事务尚不甚熟悉，奏销案囚徒众多，且案情复杂，单靠刑部独审此案，恐怕不能按期结案，是否请都察院和吏部共同审理为好？"

索尼略假思索，说道："说的也是。我想魏大人身为总宪，又精于刑狱审案之法，那就让魏大人作为主审，刑部高尚书、吏部卫尚书，还有户部杜尚书，共同审理此案吧。"

四位汉臣接旨，退出宫去……

翌日，皇上发下谕旨："……停止加派各直省、州、县钱粮，除已派外，其未派者，一律停止……"

圣谕一经发下，人心大悦，人们笑逐颜开，奔走相告。备受压抑之苦的汉臣们，更是额手称庆，扬眉吐气。都为魏裔介不畏权贵、仗义执言的胆识所叹服，也为他为了天下百姓免受疾苦，不惜丢官获罪的高尚品格所感动。一时间，朝野上下，对魏裔介慷慨陈词，力挫鳌拜的惊人之举津津乐道，争相传颂。鼓书先生将其编成段子，传唱于城乡市井，学士大夫也就此赋诗吟唱，广为赞颂。每当朝臣向魏裔介道贺，称其为"力挽狂澜，救民于水火"之时，魏裔介却说："裔介何德何能？若无老佛爷深明大义，高瞻远瞩，裔介早已成为阶下之囚了。"

魏裔介明白，朝廷虽然停止了加派，使百姓暂时免受逼催钱粮之苦，给了他们喘息的机会。然而，四辅臣及王公亲贵决不会就此罢休，他们定会不择手段，伺机报复。魏裔介别无他途，只有沉着冷静，勇敢面对了……

# 三一、智破奏销案

没有一丝的风，雪片像棉絮一样洒下来，无声无息地落在地上，积起了松松的、厚厚的一层。都察院内，流动岗哨踏着积雪，来回走动，脚下发出的“咯吱咯吱”的声响，在这寂静的夜晚显得格外清晰。时值深夜，左都御史公房的窗户还闪着亮光。

魏裔介身披氅衣，坐在堆满卷宗的长案前，聚精会神地审阅案卷。旁边放着一盆冒着火苗的火盆，陈奎蹲下身子，正在拿着火钳，悄无声息地往火盆里加放木炭。

魏裔介重新拿起叶方蔼的辩词，仔细审阅起来。

方蔼侥幸考中己亥科一甲进士，蒙先帝垂爱，授翰林院编修已逾三年。虽身在朝中任职，然严厉督促家人遵照钱粮之数按期缴纳。方蔼名下三斗七升五合官田三顷二十九亩六分，共计银四十四两六分五厘，交银四十四两七分，已完透无欠。不想奸书徐宁宇朦开欠银一厘，始蒙其冤。试想四十余两税银悉已完纳，怎能独欠一厘？并有家中完银印票为证，请求大人细加查核，还我清白！

谎报欠银，枉降二级，奇耻大辱，千古奇冤！冒死申辩，万望雪耻。

昆山　叶方蔼　跪辩

魏裔介说声：“岂有此理！”又拿起一份署名翁叔元的辩词，书中写道：

叔元上有老母，娶钱氏，生二女，举家一日一碗米，掺杂米糠勉强度日。因欠钱粮，被革去举人功名。官府催逼甚急，家中再无钱粮，无奈之下，求助洛中祖叔借银相救，祖叔差人送来银票百两，我将银票交予吴江知县刘令闻，刘令闻竟说：“贱民何来百两银票，非偷即抢。”遂将我轰出县衙，刘令闻便把银票装入腰包。银票既无，又背恶名，我到苏州府击鼓鸣冤，知府余廉征接案后，速传刘令闻对质，刘令闻不敢狡辩，交出银票，余廉征以‘银票来路不明，予以没收’之名，将银票据为己有。我据理申辩，又以抗粮之罪，将我责打四十板，投入大牢。叔元功名被革，银票被掳，沦为阶下之囚，天下之冤，何过于此？乞求大人明断是非，惩处奸官，为小民申冤雪耻！

吴江　翁叔元　跪辩

魏裔介又拿起华亭董含、董俞兄弟二人的辩词，详阅之后，便知其中原委：

董含、董俞出身于世家大族，为光宗耀祖，重振家声，自幼苦读诗书，董含中进士，董俞中举人。因其家田产甚多，所欠赋税近千两。奏销令下，兄弟二人因事耽搁，迟交三日，奉贤知县靳凤池便以拖延期限为名，加罚三百两，并革去二人功名。二人不服，将知县告到松江府衙。知府王慧予判定：“迟交加罚，本无不妥，无理上告，本府再加罚三百两。若将六百两交上，酌情恢复尔等功名。”二人视功名如性命，卖田卖宅凑足银两，交到府衙。然恢复功名之事久拖不决，二人便告到巡抚大堂。朱国治不问青红皂白，以“抗粮不交，滋扰公堂”之罪，将二人羁押入狱，后又解押入京。

董含和董俞的辩词最后写道：

……奏销令下，轩冕与杂犯同科，千金与一毫等罚，江南一带进士、举人、监生、生员俱被革去功名，幸免者寥寥无几。仕籍学校为之一空，江南英俊销铄殆尽。……董家已完银一千六百两，功名未复，又获抗粮之罪，其耻不雪，其冤不申，何以苟活？

“可恶之极！”魏裔介怒不可遏，一把将辩词摔在案上，愤然站起，怒道，“如此坑害士子，诓欺良善，天理难容！”

魏裔介刚要离开座位，卷宗上的“苏文昌”三字跳入眼帘。他拿起那份辩词，上面写着“苏州通判苏文昌辩词”，心里十分惊讶。他重新坐下，暗自思索：苏文昌自顺治十二年乙未会试得中进士之后，选为江南元和县令。他上任后，彼此多有书信来往。因其政绩突出，尤以善断刑案著称，于顺治十五年升为苏州府通判。已有年余没有音讯，莫非他也被卷进这起奏销案中？他祖籍福建，赋税钱粮与他毫无相干，为何也被押入刑部大牢？

魏裔介百思不得其解，他俯下身来，看起苏文昌的辩词来。

……奏销一案，涉及江南十府，文人士子斯文扫地，魂飞魄散，十之五六，绑押入狱。本府多案未清，又奉巡抚借调之命，到巡抚大衙协助审理奏销之案。卷宗登记所欠赋税多有不实，缙绅士子稍有申辩，便以抗粮之罪投进监牢。文昌帮差月余，得知蒙冤者不计其数，其惨状不堪入目，便托故离开巡抚大衙，回到本府。见所辖各县子衿逋赋者逾千人，皆逮入狱，诸生无置足之地。文昌便以"被逋赋者皆未验其实，忍令殒死于狱中"，将狱中之人，或文吏妄注其名，或误报，或续完，悉数放还其家。巡抚朱国治得知此事，便以"怂恿抗粮，私放牢犯"之罪，将吾逮捕，解押于此。奏销一案冤狱满江南，天下绅衿何以得其罪？文昌知其蒙冤，释放还家，何罪之有？

魏裔介又看了几份辩词和有关案件资料，放下手中文件，揉着疲惫的双眼，离开座位，在房中徘徊，思索着案情。

通过连日来提审在押人犯、查阅案件卷宗，其案情复杂程度远远超过自己的预想。奏销案给江南绅衿所带来的深重灾难，更是前所未闻，令人发指。四大辅臣及王公亲贵之所以对奏销案如此上心，以惩治抗粮为名，大兴冤狱，欲将南方士子置于死地而后快，究其原因，一是由于年初的哭庙案，使朝中诸王、辅臣及其权贵联想起当年清军过江后的屠城和杀戮，以为江南汉人反心尤重，不能不予以严惩。所以他们就利用奏销案之名，达到其"恢复祖制，压制汉人，极力维护满人利益"之目的。并且不择手段，为所欲为，妄图以此使江南衿绅百姓成为顺民，屈从于大清。

想到此，魏裔介深深叹一口气，自语道："若是如此，必会适得其反。民怒如洪水，如烈火，水将愈压愈猛，火将愈扑愈烈，这样只会官逼民反，民不得不反。海疆未靖，再起内乱，会直接威胁朝廷安危。如此之举，其患无穷啊！"

陈奎站立一旁，注视着老爷无比忧虑的脸色，将一杯热茶递过来，魏裔介接过，放在案上。抬头看到衣架上御赐的玄狐帽和貂鼠朝衣，心中的愁云已消去大半。他想起了皇太后沉稳、慈和的面容和深邃、坚毅的目光，也想起了皇上纯真、善良的表情和从容、镇定的气质，使他增添了底气和信心。

王爷、贝勒虽然力主恢复祖制，其实朝政大权掌握在四大辅臣之手，辅臣对皇太后十分敬畏，唯她之命是从。皇太后智慧超凡，深谙治国之道，对执行满汉一体的治国方略坚定不移。魏裔介想，为报答老佛爷和皇上的知遇之恩，为大清社稷着想，一定公正审理奏销案，惩治贪官污吏，为江南绅衿和百姓申冤雪耻，还他们一个清白，以此维护大清的长治久安。

雪停了，天亮了，魏裔介接过陈奎递来的冒着热气的面巾，擦了把脸，赶走了一夜的疲倦。他吩咐陈奎："备轿。"

陈奎问道："不知老爷要去哪里。"

"刑部大牢，探望苏州府通判苏文昌。"

一顶绿呢官轿走出都察院，消失在铺满厚厚积雪的大街尽头……

刑部的大门楼下，加岗布哨，大堂前，站满吏卒、兵丁。大堂内庄严肃穆，刑吏、衙役堂下候命，职官各司其职。

魏裔介头戴双眼花翎朝帽，身穿石青色獬豸补服，端坐在正堂长案正中。两旁依次坐着的是刑部满尚书能图、汉尚书高景，吏部满尚书车克、汉尚书卫周祚，户部满尚书阿思哈、汉尚书杜立德。案前两边坐着各部侍郎。

"传叶方蔼上堂！"堂吏喊道。

叶方蔼走到堂前，下跪说道："叶方蔼见过诸位大人。"

"起身说话。"魏裔介说。

"叶方蔼，昆山县告你欠银一厘，你辩称已完透无欠，并有完银银票为证。快将银票出示当堂，以辨真伪。"高景说。

堂吏将叶方蔼所交银票呈上，高景看过，见银票属官制板印票据，字迹清楚，并盖有昆山县公印，便问："此银票何人填写？"

"昆山县经承徐宁宇所开。"叶方蔼回答。

"带徐宁宇上堂！"堂吏传道。

徐宁宇跪在堂前，高景发问："徐宁宇，你身为经承，对乡民所交钱粮理应据实上报，叶方蔼一家确已完交无欠，又有你所填写完银票，你为何上报欠银一厘？你弄虚作假，欺骗官府，加害朝廷命官，你可知罪？"

"我……我我……"徐宁宇支支吾吾，说不成话。

"还不据实交代？免得皮肉受苦！"高景喝道。

徐宁宇斜眼看过大堂边上的各种刑具和凶神恶煞般的行刑官，心中惊惧，哆哆嗦嗦地说：

"小的交代，小的如实交代。奏销令下之后，生员唯恐功名被革，平民害怕因此获罪，大都交足了欠银。苏州知府余大人见抓不得抗粮者，无法向朱巡抚交差，便发下话来：'各县大小官员，凡加报一名欠银者，赏银五两。'小的钱迷心窍，为了多得五两银子，这才上报欠银一厘。小的一时糊涂，害了叶大人。"

徐宁宇说着，转过身来，对着旁边站立的叶方蔼连连磕头，哀求道："叶大人，小的不知好歹，昧了良心，求大人不要和小的一般见识，为小的求求情，饶过这一次吧！"

"戴上枷锁，押回大牢！"魏裔介喝道。

刑吏给徐宁宇戴上了木枷镣铐。徐宁宇在书记官的《堂审笔录》上签字画押后，被押下堂去。

"传吴江翁叔元、吴江县令刘令闻、苏州知府余廉征上堂！"

三人走到堂前，翁叔元和刘令闻先后跪下，余廉征却装出一副大大咧咧、满不在乎的样子，立在那里，昂头不跪。坐在魏裔介一旁的车克刚要发火，被魏裔介抬手制止。

卫周祚发问："翁叔元，你抗粮不交，大闹苏州府公堂，你可知罪？"

"小民冤枉，小民冤枉啊！"翁叔元一边哭喊着，一边磕头。

"你有何冤枉，据实讲来，本官为你作主。如有谎言，严惩不贷。"魏裔介说。

"小民有天大的冤枉！"翁叔元说着，抬头看着旁边的刘令闻和余廉征，满腔悲愤地诉说了自己蒙冤的经过。最后说："小民功名被革，银票被掳，又被枉判抗粮之罪，天大的冤枉啊！"

"纯属狡辩！十几两的欠银不交，反说交了一百两的银票，穷书生哪来的百两银票？分明是讹诈！"刘令闻指着翁叔元的鼻子说。

"刘令闻，本官没有问你，休得插话！"魏裔介说，"翁叔元，本官问你，你家究竟欠银多少？"

"十二两七钱正。"翁叔元答。

"你为何不去钱庄兑换现银？"魏裔介问。

"去了！钱庄的掌柜不予兑换，说是苏州府有令，所用钱庄不得以银票兑换现银，违者查封铺面。无奈之下，只得将银票交上，交足欠银，心想府衙会将余额折成现银退还于我，谁料到他们……"

"大胆贱民，无中生有，纯属狡辩！"站立一旁的余廉征说话了，听口气，倒像他是审官。

车克看不惯余廉征趾高气扬的样子，呵斥道："余廉征！你是嫌犯，再胡言乱语，小心掌你的嘴！"余廉征扭过脸去，不做声了。

车克问道："刘令闻、余廉征，翁叔元说，他把银票交给了刘令闻，刘令闻又把银票交给了余廉征，可是事实？"

"翁叔元栽赃陷害，绝无此事！"刘令闻一本正经地说。

"刁民穷恶至极，编一套骗人的谎话，欺骗众人，鬼才相信！哼！"余廉征嗤之以鼻。

车克接着问："翁叔元，你说你把一百两银票交予刘县令，刘县令又把银票交给余知府，你可有凭据？"

"这……"翁叔元一时语塞。少顷说道："银票交在他们手上，他们又不给回执，我……我能有什么凭据？"

"哈哈哈哈！各位大人明白了吧！翁叔元无凭无据，信口雌黄。我说翁叔元，你诬赖好人，无才无德，不晓得你这举人功名是如何骗到手的。"余廉征不阴不阳地说。

“你！……”翁叔元怒不可遏，又无话可说。

余廉征说：“下官接到刑部传票，撇下府衙诸多事务，心急火燎地赶到京师，就是为了这芝麻大的事情。如果没有其他的事，下官是否可以告退？”

大堂内悄无声息，堂审陷于被动。众人的目光一齐投向主审官魏裔介。魏裔介面色坦然，从容应对。

“传苏文昌。”魏裔介下令。

“传苏州府通判苏文昌上堂！”堂吏喊道。

“苏文昌见过各位大人。”苏文昌跪着说道。

魏裔介问：“苏文昌，你作为苏州府通判，想必你对苏州府奏销一案了如指掌。本官问你几个问题，希望你能如实回答。”

“凡是苏某亲历之事，一定坦言相告。”苏文昌答。

“吴江翁叔元称，他将一百两银票交给县令刘令闻，刘令闻又将银票交给苏州知府余廉征，可有此事？”魏裔介问。

“确有此事！翁叔元喊冤告状，刘令闻将一百元银票交在余廉征手上，是我亲眼所见。余廉征……”

不等苏文昌说完，余廉征大发其火：“苏文昌，你与抗粮者串通一气，私放逃犯，罪不可恕！竟敢在此胡说八道！你……”

“住口！”魏裔介喝道，“他有罪无罪，本官自有分晓。苏文昌现为证人，你却口出狂言，滋扰公堂。还不跪下！”

几个刑吏上前，抬脚朝余廉征腿窝踹去，只听“噗通”一声，余廉征双膝跪地，趴在地上，起不来了。

“刘令闻，在苏州府大堂，你是否将一百两银票交给余廉征？据实讲来！”魏裔介问。

“这……我……”刘令闻支支吾吾，看一眼跪在身旁的余廉征，不敢吱声了。

“啪”的一声，车克将惊堂木拍下，厉声说道：“再不交代，就以贪污论处，大清刑律你可知晓，贪污五十两，便是死罪！”

“不……不不。是我把一百两银票亲手交给了余大人，至于他将银票如何处置，我就不清楚了。”刘令闻结结巴巴地说。

“苏文昌，余廉征接过银票是你亲眼所见，刘令闻已供认不讳。那我问你，余廉征是否将银票折抵欠银？是否将剩余银两还给了翁叔元？”魏裔介接着问。

“没有！一没有折抵欠银，更没有退还银两。而是以没收为名，将银票据为己有！”苏文昌答。

“苏文昌！你无凭无据，血口喷人！余某告你诬陷之罪！”余廉征吼道。

“无视律法，咆哮公堂，来呀，掌嘴五十！”车克怒道。

两名行刑官走到余廉征面前，抡圆手臂，左右开弓，“噼里啪啦”，直打得余廉征口吐血水，脸部肿起。刘令闻在一旁龇牙咧嘴，浑身发抖。

魏裔介接着问：“苏文昌，你说余廉征将银票据为己有，可有证据？”

“有！”苏文昌说着，从怀中掏出一本文册，说道，“余廉征横行霸道，行政、财务一手遮天，借奏销之机，私立账目，侵吞赋银，假造名册，制造冤狱。府衙上下，对此深恶痛绝，敢怒而不敢言。为主持正义，维护公道，我与苏州府同知秦大人和吕大人，将府衙两年来实际收支数目详细登记，制成这本账册。上面有两位同知大人以及十七名职官的亲笔签名。”苏文昌翻开账册，接着说：

“账册上面，没有翁叔元所交一百两银票的入账记录，又以抗粮之名，将翁叔元押至此地。由此可见，余廉征贪污银票，已成事实，无可辩驳！”

堂吏将账册呈上，魏裔介翻看一下，见到众职官签字一页，心中已是明了。便把账册交予其他审官传阅。

魏裔介接着问道：“苏文昌，我来问你，适才昆山县经承徐宁宇供称，‘大小官员，凡加报一名抗粮者，赏银五两。’是否实情，如实讲来。”

“回大人，确属实情。奏销令下，惊动四野，士子百姓无不惶恐。生员、绅衿为了免遭褫革和牢狱之苦，纷纷完交欠银，除了穷困潦倒的贫民，所剩欠银者寥寥无几。为了完成江南省两千名抗粮者之定额，巡抚朱国治便向各府传下加报赏银之口令。一时间，各府各县纷纷响应，为了得到赏银，便假造欠银名册，虚报政绩，一万多人因此蒙冤，稍有申辩，便被逮捕入狱。徐宁宇所言属实。被冤者成千上万，何止翁叔元一人？”苏文昌答。

杜立德翻看着账册，问道：“苏文昌，本官问你，以账册记载，今年苏州府一州七县共收赋银九十五万七千多两，扣去赏银一千二百两，其他开支五百两，应上缴赋银九十五万多两，苏州府是否如数上缴？”

“回大人，苏州府今年实际上缴赋银九十二万多两，账册上记得明明白白，不容抵赖！”苏文昌答道。

高景追问：“余廉征！应缴与实缴数量相差三万两之多，这些银两，哪里去了？唆？”

“这……我……”余廉征做贼心虚，无言以答。接着板起脖颈，咧开肿胀的嘴唇，唔唔哝哝地说：“苏文昌怂恿抗粮，私放囚犯，乃本案重犯，切不可听他胡言乱语，恶语伤人！”

“苏文昌，余知府说你怂恿抗粮，私放囚犯，你可知罪？”魏裔介说。

“余廉征，苏州府大牢内关押所谓抗粮囚犯彭位寿、吕清伯等一百零五人，均为完赋之人，所交数额账册上记得清清楚楚。你却为了迎合巡抚朱国治的狼子野心，私立名册，制造冤狱。我身为苏州府通判，释放无罪之人，何罪之有？至于怂恿抗粮，你有何证据？”

余廉征理屈词穷，慢慢低下了头。

“苏文昌秉公执法，何罪之有？余廉征贪污赋银，余、刘二人迫害无辜，制造冤狱，理当治罪。戴上刑具，将他二人押回大牢，择日再审！”高景喝道。

余廉征、刘令闻被押出大堂，翁叔元也被带下堂去。

……

“传奉贤县董含、董俞，奉贤知县靳凤池，松江知府王慧予上堂！”

四人跪在堂前，董含将其交欠银千两，因迟交三日，县、府各加罚三百两，共交银一千六百两之事诉说一遍。

魏裔介问道：“靳凤池、王慧予，董含所述，可是事实？”

靳凤池回答说：“回大人，董含、董俞所说，纯属捏造，断无此事！”

“你们……你们收了欠银，又收罚银，竟然不予认账。难道是你们贪污了不成？”董俞气愤至极。

“你们口口声声说交了欠银、罚银，空口无凭，何以为证？”王慧予问道。

说到证据，董含说：“我和董俞交了欠银后，奉贤县开了收据，后来我们兄弟二人因对罚银不服，告到松江知府，王慧予亲口答应，如交罚银六百两，即可恢复功名。我们东借西挪，凑够了罚银，交给王慧予，他却出尔反尔，只字不提功名之事。我们一气之下，将他告到巡抚大衙，巡抚朱国治让我们提供凭据，我将一千两欠银收据交出后，朱国治竟以‘抗粮不缴，滋扰公堂’之名，将我们下了大狱。”

董俞接着说：“哥哥所说，句句是实，凭据确实已经交给巡抚大堂。”

“什么句句是实，我看是凭空捏造。刚才所言，谁来给你们作证？切！”王慧予说。

“文昌可以作证！”

苏文昌走到堂前，说道：“各位大人，董含，董俞所述，句句是实。弟兄二人告状之时，我奉命在巡抚大堂当值，一千两收据是我亲手所接。王慧予于当日将六百两罚银亲手放在大堂公案之上，也是我亲眼所见。靳凤池、王慧予弄虚作假，坑害无辜，望大人明察。”

“苏文昌胡说八道，血口喷人！”王慧予恼羞成怒，大喊大叫。

“大胆狗官，竟敢咆哮公堂。不给你们点厉害瞧瞧，你们就不知道天高地厚。来呀！大刑伺候！”阿思哈怒道。

“阿大人，且慢！”魏裔介摆手阻止。

魏裔介站起身来，郑重说道：“经当堂鞫审，人证物证俱已在案，本案案情已基本查明。苏文昌秉公执法，敢作敢为，释放冤民，职权所在，并无不妥。所谓怂恿抗粮，私放囚犯，拟罪实属不当，予以赦免。

“叶方蔼、翁叔元、董含、董俞，均已足完欠银，抗粮之罪，纯属诬陷。待全案审结之后，予以平反。

昆山县经承徐宁宇，为得赏银，弄虚作假，诬陷无辜，实属栽赃陷害；吴江县知县刘令闻与苏州知府余征廉串通一气，迫害贤良，假造名册，制造冤狱，贪污赋银，罪不可赦！奉贤知县靳凤池、松江知府王慧予，弄虚作假，陷害无辜，罪责难逃！将王慧予、靳凤池押下堂去，听传再审，退堂！”

因奏销案案情复杂，且涉案人员众多，自腊月初八开始，升堂鞫审数十次，一直到康熙元年二月，初审才接近收尾。只是所审案件中，大都涉及巡抚朱国治，还有个别案件牵扯到江南总督郎廷佐。他们二人如不到堂对质，本案将无法审结。朱、郎二人乃朝廷大员，无圣上旨意不可羁押受审。魏裔介便与审理此案的尚书们联名上疏，要求拘审朱、郎二人，皇上发下谕旨：奏销案事关重大，凡三品以下涉案人等均可拘审，郎廷佐乃封疆大吏，只以听审到堂，毋予拘押。

朱国治接到传票，惊慌失措，又得知左都御史魏裔介主审此案，自知难逃其咎，便谎称母亲亡故，逃回老家，躲避审判。魏裔介等审官只得以缺席不候，继续审理。经数次堂审，奏销案才告结束。

经堂审查明：苏州、松江、常州、镇江并溧阳一县，所报一万三千五百多名的欠银者中，完银后又遭诬告者逾万人之多。因背“欠赋”“抗粮”之名，被革去功名的生员竟有一万一千多名。又查明：奏销案所涉及县、府官员中，侵吞赋银者，三十九名，共贪污赃银三十多万两。仅朱国治一人就贪污十多万两。

五月，皇上发下谕旨：“……准都察院、刑部题，江南巡抚朱国治以追比钱粮之名，诓报抗粮之事，妄革功名，滥兴刑狱。借口以报丁艰，不候鞫审，遽行离任，违弃职掌，革职查办；苏州知府余廉征等，昏庸盲从，推波助澜，铸成大案，俱革职；凡涉奏销案之囚徒予以赦免，因此被黜降者复其原职，被褫革者复其功名。……凡官吏审实赃银内有短少民间者，追还原主。凡诈骗逼勒之赃银，如被害人自行首告，则还给原主；如非自行首告，经督抚、科道参发者，概追入官，著为定例……”

一场举国震惊的奏销案过去了。然而，对江南士子来说，犹如一个难以摆脱的梦魇，惊愕、恐惧的心情久久不得平静。由于朝廷中坚持“恢复祖制”的一些人从中作梗，凡在褫革之列的生员，其功名再也没有恢复。以文薮著称的江南，斯文丧尽，读书人已不再热心求学，博取功名，往日书声朗朗的学校，已是人走室空，一片萧条……

## 三二、良策遭拒

仲春时节，天高云淡，杨柳吐翠，生机盎然。东直门内的天主教堂，披红挂彩，鼓乐齐鸣，车水马龙，人来人往，一派节日景象。

钦天监监副李祖白、属臣杜如预、杨宏亮、传教士南怀仁、闵明我、利类思、安文思等人，出出进进，迎来送往，为汤若望的七十岁寿辰忙得不亦乐乎。汤若望身穿黑袍，红光满面，站在教堂门前，恭候前来祝寿的旧朋新知、文臣武将、达官显贵。

为了汤若望的七十寿辰，皇上命休朝一日。王公贵戚、文武大臣纷纷前来，祝贺寿辰。就连京师内外的平民百姓，也成群结队，敲锣打鼓，向他们衷心爱戴的汤神甫献上寿礼，祝贺他的七十大寿。

范文程、金之俊、傅以渐、魏裔介、龚鼎孳等汉臣，早早来到教堂，齐祝汤若望"福如东海，寿比南山"。他们与汤若望私交甚厚，无拘无束，侃侃而谈。

"安亲王到！……康亲王到！……庄亲王到！……"随着喊声，岳乐、杰书、博果铎等王爷；班布尔善、车克、图海、阿思哈等满臣一起来到教堂，向汤若望行礼祝贺。汤若望急忙上前，拱手一一谢过。汤若望恭请各位客厅就座，杰书婉言谢绝，和博果铎及满臣们托故辞别了汤若望，离开了教堂。唯独安亲王没有离去，留下来与大家同乐。

岳乐和汉臣们来到《御制天主堂碑记》前，驻足观望。此碑是顺治十四年所立，上面记载：

> 若望素习秦西亡教，不婚不宦，祗承朕命，勉受卿秩，洊历三品，仍赐以通微教师之名。任事有年，益勤其职。……若望入中国已数十年，而能守教奉神，肇新祠宇，敬慎蠲洁，始终不渝。孜孜之诚，良有可尚。

众人来到教堂门前，抬头望去，一幅写有"通玄佳境"的御赐匾额，悬挂在门楣之上。笔道雄健浑厚，落落大方。

汤若望陪同大家前往客厅，岳乐拉着汤若望的手说：“汤大人不仅通天文，善历法，对医学也颇为精到。今年初春时节，京师内外瘟疫大肆流行，朝中也有不少人被传染，敝王的女儿也未幸免。在这命悬一线之时，多亏汤大人送来神药，出手相救，才使大难得以避免，汤大人逢凶化吉，真乃神人也！”

“王爷说的是。若不是汤大人献出神药，不知有多少人死于非命。这么多百姓前来祝寿，都是感谢汤神甫救命之恩的。”傅以渐说。

汤若望摇摇头说：“不是什么神药，那是西方国家最新研制出来的药物，名为‘金鸡纳’，是治疗疟疾的专用药品。中国医学乃东方神术，博大精深，神妙无比，若与先进的西方科学相结合，将是世界医学的伟大壮举。”

龚鼎孳说：“汤大人德隆望尊，万流敬仰。关键时刻，总是挺身而出，力挽狂澜。先帝病危之时，汤大人直谏万事之大计，使得幼冲之年的皇上坐上龙位。有如司马公之累表待罪，范忠宣之头须尽白。血诚轮囷，早见长虑，方诸古人，殆有过之矣！”

“龚大人所说极是。”岳乐说着，来到客厅。从随从手里接过一幅画轴，捧在手上说，“敝王为祝贺汤大人七十寿辰，特意绘制了此画，不成敬意，望汤大人笑纳。”

“哪里，哪里，安亲王以亲手绘画相赠，道末荣幸之至！”汤若望激动地说。

南怀仁和利类思将画轴展开，一副栩栩如生的汤若望画像展现在众人面前，大家拍手叫绝！

“安亲王不仅精通汉文，写得一手好字，绘画功夫更是不凡，在下自愧不如。”傅以渐说。

“诸位才艺超群，敝王不及各位之万一。想必大家都有大作献出，为汤大人七十寿辰助兴，敝王不过是抛砖引玉罢了。”

“在下献丑了。”武进士庄冏生说着，拿出一副诗作献上。庄冏生念道：

客有多髯者，天涯结德邻。
技余奇器录，心印古时人。
问俗谈偏胜，探文理入新。
往来知不厌，长此引光醇。

“好诗，好诗！”大家赞道。

魏裔介拿出装裱过的《祝寿文》和一支精美的折扇，双手捧上，说：“拙劣诗文，不成敬意。裔介祝愿汤大人芝荣五色，图献九如。”

“谢谢，谢谢！”汤若望打开折扇，一首潇洒遒劲的《题扇》诗映入眼帘。汤若望吟道：

大道先从沕漠开，羲文妙义一中裁。
异端久溺虚无内，圣教还由敬慎来。
凛凛心源思奉事，昭昭帝鉴在胚胎。
堪怜愦愦多时辈，谁向洪钟扣几回？

接着，范文程、金之俊、王崇简、龚鼎孳等人，纷纷献上祝文。岳乐与大家一起，举杯祝贺，欢聚一堂。

正当教堂大摆寿宴，庆贺寿辰之时，康王府内却显得分外冷清。客厅内，几位王爷无精打采地坐在那里，吸着旱烟，喝着闷茶。苏克萨哈一脸的愁容，一言不发。

“一场瘟疫，让汤若望出尽了风头，小主子也把他捧为神明，却以‘瘟疫肆虐，不早防治，亵渎职守’之名，把你们几个辅臣训斥了一番。奏销案刚刚有了起色，又被魏裔介几个汉臣审来审去，落了个不了了之，各地已经囚禁的抗粮囚犯都被释放，就连押解刑部的犯人也被放回原籍，朱国治也被罢了官。你们辅臣是干什么吃的？今天汤若望过寿，看到那帮汉臣得意忘形的样子，我就来气！照此下去，如果让汉臣占了上风，不要说恢复祖制，就连我们这些为大清出生入死的功臣，恐怕也就没有立足之地了！”杰书用力磕掉烟灰，大发牢骚。

“咳！说起我们几个辅臣，各打各的算盘，各念各的经。索尼倚老卖老，对老佛爷和小主子唯命是从；遏必隆是墙头草，随风倒，毫无主见；鳌拜虽然刚烈率直，可索尼对他有救命之恩，碍于情面，也不好当面顶撞。加上安亲王也站在汉臣一边，我是力不从心，孤掌难鸣啊！”苏克萨哈说。

“令人头疼的是安亲王舞文弄墨，教习汉俗，整天与汤若望和一伙汉臣搅和在一起。他又深受老佛爷和小主子的恩宠，这老佛爷又极有城府，其心莫测。依本王看哪，虽然有先帝的罪己诏在那儿放着，可老佛爷和小主子的心思，好像并不在恢复祖制上。他们对汤若望和汉臣的倚重程度，有增无减。如果不想些办法，煞煞这些汉人的威风，让他们得寸进尺，我们满人可就再没有出头之日了。”博果铎说。

“庄亲王说得有些过头了吧。”杰书说，“汉人有句话，土可浊河而不可浊海，风可拔树而不可拔山。安亲王自不必说，老佛爷运筹帷幄，充其量是在利用汉臣，怎能够倚重他们？汤若望和一帮汉人，终究是翻不了天的。只要我们齐心协力，没有攻不破的营寨。鳌拜不是说一个名叫吴之荣的，交给刑部一本叫《明史辑略》的反书吗？我看这部反书里面，可有大文章可做呀！各位想想，是不是这么回事？咹？……”

“对！这本书我已看过，确是一本反书。康亲王高见。不妨以此书为导火索，给汉人一些颜色瞧瞧。这次一定要痛下杀手，决不能像奏销案那样心慈手软，徒劳无功。只是……只是这次审案，决不可再用魏裔介那些汉官了！”

“此言差矣！”杰书狡黠地说，“恰恰相反，这次大案，还要让这帮汉臣去审。他们保准为罪犯掩盖事实，包庇罪责。到那时，我们再伺机而动，定他们一个纵容包庇之罪，给这帮不知天高地厚的汉臣来个‘一勺烩’。这叫‘欲擒故纵’，我们即可坐享其成！”

“王爷雄才大略，计胜一筹，在下佩服之至。”苏克萨哈说。

“索尼年老体衰，庸俗不堪，苏大人若能干出几件让诸位王爷高兴的大事，首辅之位岂能旁落？”杰书说。

苏克萨哈眼睛一亮，说：“还望王爷多多提携。那就等他们自投罗网吧。哈哈哈……”苏克萨哈对首辅之位早已垂涎三尺，自己取而代之，蓄谋已久，此时从康亲王口中说出，自然是喜不自胜。

“呵呵呵呵……”杰书看着苏克萨哈，诡秘地笑了……

玄烨头戴朝冠，身穿朝服，手扶梁九功的手臂，神情庄重地走上乾清宫正殿的御台，坐在髹金蟠龙御座之上。

满朝文武大臣，列队跪于丹陛之下，叩行大礼，山呼万岁。退后列班，肃立于殿前御路两旁。首辅索尼站在左首首位，身旁站着鳌拜，苏克萨哈和遏必隆站在对面，议政大臣、九卿科道依次排下。

“今日早朝，有事启奏。”梁九功站在御座一边，用力喊道。

魏裔介出班奏道：“启奏皇上，皇上即位踰年，改元已久，圣祖母老佛爷犹称皇太后，圣母皇太后犹称皇贵妃，人莫有言。诚请皇上，为老佛爷、皇太后加此尊称，以正朝礼。”

龚鼎孳、宁古理、王崇简出班启奏，恭请皇上，为老佛爷、皇太后早加尊称。

玄烨闪动着乌亮的眼睛，望着站在殿前的索尼。索尼说道：“诸位大人所奏，理所当然。为老佛爷、皇太后早加尊称为好。请礼部王大人及早办理。”

王崇简启奏：“礼部已拟就尊号。皇上祖母皇太后博尔济吉特氏尊号为昭圣慈寿恭简安懿章庆敦惠太皇太后；皇上嫡母孝惠章皇后博尔济吉特氏尊号为仁宪皇太后；皇上生母孝康章皇后佟佳氏尊号慈和皇太后。恭请皇上钦定。”

“将吏部所奏交议政王会议议定，择吉日举行册封大典。”玄烨说道。

“遵旨！”索尼、王崇简施礼退回。

兵部尚书苏纳海启奏：“福建水师提督施琅送来捷报。平西王吴三桂、定西将军内大臣爱星阿进军缅甸，生擒朱由榔后，将其押解回滇，于上月初八日将朱由榔缢死于昆明篦子坡。郑成功闻知其父郑芝龙及其家属十一人被处死，加之其子郑经与四弟乳母私通生子之丑闻，又获悉朱由榔死讯，悲极绝望，猝死于台湾承天府。李定国侦知朱由榔被获，欲入广东，以图再起，是时瘴疫蔓延，人马病死无数，气极病作，复闻朱由榔死讯，恸哭气绝，死于勐腊。其子嗣兴无力支承危局，率余部投降我朝……”

皇上闻奏大喜，谕曰：“自古帝王乂安海宇，衽席生民，必使逆孽无有稽诛，庶几治化遐宣，兵民休息，此历代之隆规也。我世祖章皇帝宅中定鼎，混一四方，惟伪永历率逆贼奔窜遐荒，尚逋天讨。数年以来，大兵征剿，转运粮饷，地方困苦，生民弗宁。今捷书闻奏，朕心嘉悦。士卒免征戍之苦，百姓省挽输之劳，疆域从此奠安，闾阎获宁干止，是用诏告天下，以慰群情。

“平西王吴三桂镇守秦蜀，绥辑滇黔，抚顺剿逆，茂著勋劳。率师入缅，俘获永历朱由榔，又降白文选，缢死朱寇，使国威远播，郑、李二贼亦亡，西南荡平，功莫大焉。宜加殊礼，以示眷酬，著晋封为亲王。”

历来汉臣不封王。听到皇上封吴三桂为亲王，文武百官交头接耳，议论纷纷。满臣们个个心生怨意，牢骚满腹。

魏裔介出班启奏：“南明永历覆灭，郑贼病亡，西南即平，疆域底定。臣以为，大兵劳苦已久，百姓疲劳已极，国家供应已难。宜早定凯旋之期，使军民欢呼戴颂。计吴三桂精兵不下数万，总督、提督所领绿旗官兵，不下七八万，何守此一隅之地？故满洲大兵，撤回为便。

“荆襄乃天下腹心，西连巴蜀，东通吴会，南接粤西，西北达秦豫。自古为四战之区，三国必争、天下要害之地。今郧西诸山及夔门一带，尚有贼党余氛，未尽削平。伏祈皇上择一大将，领满兵数千，常驻其地，无事则控制局势，有事而提兵应援。往年海寇入犯江南，荆州大兵顺流而下，一举获胜。故驻兵荆州，乃百年久远之计，而非今日一时之谋也！”

苏纳海奏道：“魏大人所奏不无道理，兵部理当采纳议行。但是，微臣想起顺治十二年，言官曾奏请派兵武昌驻防，兵部依奏设防。不想驻军劳驿累民，驻防不久便下令移兵撤防。微臣以为……”

“荆州无须布防！”鳌拜站出来说，“苏大人说的是，当年湖南战事不断，增派满兵携带家口驻防武昌，扰民累民不说，近有五省经略洪承畴领兵镇守，武昌设防无关紧要，先帝便谕兵部：‘停止携带家口驻防，所遣兵将，即日撤防。’而今，魏大人奏请派兵荆州驻防，甚为不妥。西南荡平，疆域底定，西山、夔门乃流寇残余，不日便可围歼。荆州虽为战略要地，派兵驻防已无必要。”

“国不得无兵，兵不得无防。荆州既为战略要地，岂可不予设防？即使天下太平，亦须防患未然。”魏裔介据理力争。

“防患？南明覆灭，郑贼已亡，何患可防？魏大人，要防的话，还是防一防你们汉人的造反之患吧！”鳌拜出言相讥。

“你！……”面对鳌拜的恶毒攻击，魏裔介气愤之极，横眉冷对。玄烨和众人的目光一齐投向魏裔介，大殿顿时安静下来，气氛却变得十分紧张。

“大家都是为社稷着想，何必动气？魏大人所奏，不无道理，荆州设防，乃属军事大计，各位还是从详计议为好。”索尼的几句话，打破了目前的僵局。

魏裔介之所以奏请吴三桂撤兵云南、荆州设防，已是深思熟虑，以势而谋。大清疆域虽然基本底定，内在隐患却不能不加考虑。随着剿寇之战节节胜利，三王的势力逐渐壮大。尤其是平西王吴三桂，重兵在握，独霸一方，因擒获、诛杀朱由榔有功，皇上又倍加恩赐，封为亲王。论功行赏，当然无可厚非。但此举势必助长其日益嚣张之气焰。若盘踞一地，天高皇帝远，以吴三桂之心性，无疑为无冕之王，属地百姓必受横征暴敛之苦。为削弱其势力，灭掉其称霸之心，百姓免遭苦难，所以奏请皇上，命其班师回朝，以杜祸萌。

若皇上难下撤兵之令，三王仍原地留守，吴三桂称王日久，野心日盛，必生谋反之心。若是三王联合谋反，必然危及大清江山。此事关乎江山社稷，对此大患，不得不防！然而，当下吴三桂受皇上隆恩，荣耀齐天。魏裔介忧国忧患之良苦用心，谁能理解？此时此刻，岂能直说明讲？

魏裔介思虑再三，定下心来。观眼下情势，云南撤兵，已无可能。荆州设防又不能强请应允，只有迂回而言，据理力争，才有希望。于是说道：

“几位大人所言有理，若派重兵远调荆州驻防，兵员辎重浩浩荡荡，势必劳驿累民，大可不必。而荆州重地，又不能不设兵驻防，臣考虑再三，以为将湖广总督所辖武昌之兵，移驻荆州，既可弥补荆州无防之缺憾，又免除调兵移营、劳驿累民之疾苦。是否可行，伏请皇上定夺。”

玄烨认真听着大臣们的议论，认为魏裔介所说很有道理，便问：“苏爱卿，你为兵部尚书，魏爱卿所奏，是否可行？”

苏纳海慌忙答道：“荆州、武昌二府相距不远，道路通畅，急行军一日一夜便可到达。微臣以为，可派提督移驻荆州。”

玄烨的目光转向索尼，索尼连忙说：“那好。苏尚书即日拟文上报，等待谕旨，择吉日移兵荆州。”

“嗻。”苏纳海退回。

苏克萨哈奏道：“启禀皇上，前几日，浙江省归安县县令吴之荣，向刑部呈状，状告湖州庄允城、朱佑明编刻反书《明史辑略》。书中反语连篇，流毒甚广。臣以为，江南蛮夷反心不死，如果对他们不施重压，放任自流，必是后患无穷。希望刑部彻查此案，对涉案人等统统治罪，以儆效尤。”

鳌拜瞪着鹰眼，狠狠地说：“对付这些汉人，只有大开杀戒，才能使他们有所忌讳。尤其是这些反心不死的蛮夷，不杀他们几个，大清国就一日不得安宁！”

“欸。大清有大清的律法，只有依律而行，才能使那些心怀叵测之人心服口服，不敢妄为。”索尼说。

“那是，那是。刑律森严，首恶必惩。该杀的杀，该剐的剐。我就不信他们比别人多长一个脑壳。”遏必隆说。

“反书若不严加禁止，任其流传，危害极大。对案犯若不严审重判，必将后患无穷。反书案必须一查到底，对涉案人等决不可姑息。微臣以为，反书为汉人所著，仍由汉臣主审本案，更为妥当。奏销案早已结束，原审各官继续审理此案，未尝不可。”苏克萨哈说。

“苏大人所言颇有道理。微臣以为，此案非同小可，请安亲王出面督审此案，是否更为妥帖？此事关系重大，请皇上定夺。”索尼说。

鳌拜脸露怒色，一言不发。

玄烨俯视殿下，正色说道：“各位卿辅竭忠效力，匡扶朕躬，朕心甚安。反书一案，卿辅自行安排。审案诸臣，尤当振扬律法，以实论罪，使情法允孚，无枉无纵。如若罪得其实，必惩不宥。”

……

散朝之后，大臣们各怀心态，先后走出乾清门。苏克萨哈如愿以偿，喜形于色。和他并行的鳌拜却是脸色铁青，怒气未消。苏克萨哈和他主动搭讪，他却嗤之以鼻。鳌拜心想，奏销案审结以后，他的亲信朱国治不但没有得到任何好处，反被革职查办，使他好生气恼。和辅臣商议，索尼不置可否，唯皇命是从；苏克萨哈心怀鬼胎，幸灾乐祸；遏必隆吞吞吐吐，毫无主见。他又身居辅臣末位，没有其他三位辅臣点头，他即有翻案之心，却无回天之力。向老佛爷和皇上请命，老佛爷和皇上对此案结局却是赞赏有加。鳌拜心中恼怒，又不便发作，只有忍气吞声，暂且作罢。今日朝会，苏克萨哈启奏鞫审反书一案，正合他意。他也想趁此机会，杀几个汉人，出出心中恶气。不想苏克萨哈又提出让审理奏销案的原班人马审理反书一案，索尼又出面支持，小主子也顺水推舟，予以应允。事已至此，木已成舟，鳌拜便把一腔怒气集于苏克萨哈一身，见他嘻皮笑脸的样子，便强压怒火，心中恨道：总有一天，我要独揽朝政，我也会让你死无葬身之地！

回家的路上，魏裔介眉头紧皱，闷闷不乐地坐在轿中，心下思忖：轰动一时的奏销案虽已审结，几位亲王和四辅臣对审判结果却十分不满，耿耿于怀。魏裔介心里明白，自己作为奏销案的主审官，他们自然不会轻易放过，一定寻求时机，报复陷害。今日朝会，辅臣将反书案的审判大权，交给审理奏销案的原班人马，明是委以重任，实际上是暗藏杀机。稍有不慎，轻则丢官罢职，重则会引来杀身之祸。然而，自已身负审判之职，只要谨慎从事，据实审理，依律定罪，何惧之有？本案关键在于《明史辑略》本身，既为明史，词语偏颇在所难免，只要不触犯朝廷大忌就好。如果书中确有反词讳语，那么本书作者只能是自作自受，难逃其罪了。作为审判之官，对于罪有应得之人，即使有挽救之心，也就爱莫能助了。但决不可以冤枉无辜，制造冤狱。好在安亲王位高权重，又以淳德贤能著称，有他督审此案，多与他沟通协商，就会减少许多纠葛。想到此，魏裔介心中坦然了许多。

魏裔介的轿子没有回家，而是顺着东长安街，朝安王府走去……

# 三三、巧审明史案

依照安亲王岳乐的部署，刑部和都察院各派一名官员，亲赴潮州详细调查明史案的来龙去脉，细微末节，并将吴之荣所告人等羁押来京，接受鞫审；都察院负责初审控方吴之荣，将其诉状及所述案情记录在案；刑部负责审阅反书《明史辑略》，将书中涉及违逆忌讳的反文逆语抄录整理，以备案用。

一个月后，刑部主事罗多和都察院督察官欧阳洵回到京师，并将被告庄允城和朱佑明等案犯押解回京，投进刑部大牢。

经各方调查汇总，明史案案情已基本查明。

经罗多、欧阳洵赴潮州深入考察，业已查明：

《明史辑略》为浙江湖州乌程县的富商庄允城之子庄廷龙所著。其实本书原稿系前明大学士、礼部尚书朱国祯（署名朱史氏）所著《明书》，没等此书刻印发行，朱国祯便与世长辞。朱国祯死后，家道败落，后人便把《明书》书稿以一千两价格卖给了庄廷龙。庄廷龙根据书稿记载的史实资料，参考了大量书籍，又增加了崇祯一节，编纂成书，取名《明史辑略》。不等出版，庄廷龙一命呜呼。后来，庄廷龙的父亲庄允城出面，邀请已致仕的礼部侍郎李令晳为此书作序，还将参与修订的当地文坛名人，如查继佐、范骧、陆圻、潘柽章等人的名字列入此书前页。定稿之后，此书的刻印装帧由庄允城和富商朱佑明共同出资，才告完成。

《明史辑略》发行之后不久，范骧接受了他的好友——罢职还乡的周亮工的提醒，找到查继佐和陆圻商议，言称：此书中有些词句触犯了清廷大忌，属反书无疑。三人姓名列入其内，一旦朝廷追查下来，咱们吃罪不起。于是三人联名呈状，以“未经本人同意，又未见过书稿，擅自列名”为由，将庄家告到湖州府衙。湖州知府陈永命立案调查。

在湖州府学任职的赵君宋，听说上面正在调查庄廷龙的《明史辑略》，为抢头功，赶紧用六两银子买了一本《明史辑略》，从中摘出十数条忌讳字句，上报府衙。不料庄允城得知此事，为了先发制人，一纸诉状，将赵君宋告到府衙。陈永命接了诉状，又收了庄允城所送重金，遂以“诽谤之罪”将赵君宋收监，并加以传看淫秽之书罪，押往京师刑部大牢。

原归安县令吴之荣因贪赃获罪，判终身监禁。顺治十六年，朝廷大赦天下，被释放回家。从朋友那里弄到一本《明史辑略》，他知道此书已闹得满城风雨，便静下心来，翻阅一遍。旗人出身的吴之荣，自然清楚满人的忌讳，发现书中确有反语。穷困潦倒的他，为了敲敲竹杠，弄几个钱花，便到庄允城府上，开门见山，说明来意。庄允城财大气粗，根本不把敲诈钱财的吴之荣放在眼里，对他置之不理。

吴之荣勒索不成，便向浙江守将柯奎告了庄允城的状，并暗示“庄家巨富可扰”。言外之意，庄允城必然行贿，柯大人不要忘记我吴之荣的一份。不出所料，传票一下，庄允城便送给柯奎许多厚礼。柯奎却没有与吴之荣分享之意，只把书本掷还吴之荣，说：“此系武职衙门，书籍之事不归我管。”将吴之荣拒之门外。

吴之荣没有办法，只好厚着脸皮来到庄家，声称只要庄允城给他些银两，让他挽回面子了事。庄允城有恃无恐，觉得吴之荣实在可恶，遂向守道控告吴之荣敲诈勒索，守道派人将吴之荣押送出境。

无奈之下，吴之荣找到与庄允城合资出书的富商朱佑明。朱佑明购买了一处大宅，并买下朱国祯家的“清美堂”匾额一块，挂在家中正堂，自为得意。朱佑明对吴之荣的到来不屑一顾。吴之荣恳求再三，朱佑明置之不理，吴之荣以告御状相要挟，朱佑明怂恿丫环、女佣对吴之荣辱骂厮打，将吴之荣赶出家门。

吴之荣当初本意只是以《明史辑略》为要挟，弄些银子花花，并不想把事情搞大。谁承想，庄家不买他的账，官府对他置之不理，朱家不但不给银子，反而唆使妇女对他又打又骂。使他到处碰壁，受尽侮辱。吴之荣脸面丢尽，恼羞成怒，一气之下，决心进京告状。于是，从书中摘取违逆字句，并将序言中“朱史氏即朱国祯”改为“朱史氏即朱佑明”，并将此页重新刻印换补，意欲嫁祸朱佑明，以雪受辱之恨。他看到李令皙的序言后面，有一页是参与本书修订的若干名人的姓名，其中有他的两个弟弟之镛、之铭，还有他的好友陆圻。吴之荣不想加害他们，便把此页撕下。后以庄允城、朱佑明编著逆书之名，写成诉状，日夜兼程，赶到京师，将诉状呈交刑部。刑部满尚书雅布兰又将此事呈报苏克萨哈。苏克萨哈便借朝会之机，提出严审此案，想以此大做文章，达到他不可告人之目的。

经刑部对《明史辑略》一书的审阅，查明本书出现违逆忌讳词句多处，实属违禁逆书。对违逆词句综合分类，可分为以下三种：

一，大不敬。书中对大清先皇先祖不加尊称，直呼其名讳。如直呼太祖皇帝之名讳——努尔哈赤，直呼太祖之父、显祖宣皇帝之名讳——塔克世。仅此一项，便是死罪。

二，反词累篇。对于太祖皇帝在辽东之崛起，应称其为“龙兴”而《明史辑略》中却称其为“滋患”，称大清的先祖为“贼”，称大清的官兵为“夷”，为“寇”。

三，反句迭出。书中对于明军与后金之战，称之为“伐金之战”，对明朝兵部尚书杨镐兵败萨尔浒，描写为“悲壮”“悲凄”，惋惜之情，跃然纸上；把太祖皇帝兵败宁远，描写为“袁崇焕率军守城，力挫金贼，贼首努尔哈赤重伤后逃窜”。

经都察院初审原告吴之荣，吴之荣口述与诉状内容基本一致，坚持只告庄允城、朱佑明二人，不涉及旁人。满左都御史宁古礼提出：据罗多和欧阳洵考察得知，参与修订此书的查继佐、范骧、陆圻等人的名字，也在书中列出，本应列入被告。魏裔介以为：刑部通过审阅吴之荣提交的《明史辑略》，言明书中并无参与修订的姓名一页。再者，大清刑律规则之一是“不告不理”，都察院何必多此一举？宁古礼同意魏裔介意见，没再提出其他异议。

康熙元年八月底，明史案在刑部大堂正式开堂问案。吴之荣、庄允城、朱佑明、李令皙被押上大堂。

审讯官命吴之荣读控词，吴之荣认为时机已到，恨不得将几个月来郁积心中的羞辱、怒气一古脑倾泻出来。他已经把诉状背得滚瓜烂熟，一口气讲完。随后指着庄允城和朱佑明的鼻子，大声叱责：

“庄允城一向仇视大清，一心想着反清复明。唆使其长子庄廷龙编写反书，就是铁证！朱佑明是明朝皇家后裔，对大清国恨之入骨。和庄家狼狈为奸，沆瀣一气，和庄廷龙共同编著反书，并与庄允城一起刻印、出售、散发，妄图以此煽动民心，引起民变，其造反之心昭然若揭。对这样的人若不千刀万剐，必是后患无穷！”

庄允城本是商人，平时只和银子打交道，自己刻印《明史辑略》，只是为了完成儿子的遗愿，什么反清、造反，他连想也不曾想过。大堂的森严，吴之荣的指控，早已把他吓得屁滚尿流，浑身酥软，瘫在地上，翻起了白眼。

比起庄允城，朱佑明倒显得冷静了许多。他强打精神，据理抗辩：“吴之荣本是戴罪之人，因贪赃枉法被判终身监禁，遇大赦才被释放回家，他的话绝不可信！他告我编刻反书，实属诬告，小民实在冤枉。当初，庄允城找我，说是合资出书，盈利对半分红。我并不晓得出啥子书，见有利可图，便应允下来。我只是出些银两，对此书的书名，内容一概不晓得，说此书是我和庄廷龙共同编著，更是无中生有。吴之荣诬陷之辞，小民断不能接受，望老爷明察！”

“吴之荣，你指控朱佑明和庄廷龙共同编写《明史辑略》，有何证据？”魏裔介问。

“回大人，小的所言，均有实据可以佐证，决无半句不实之辞。如若不信，我已呈交刑部的反书便可作证。”吴之荣答。

刑部满尚书雅布兰将吴之荣呈交的《明史辑略》递给身旁的主审官魏裔介。魏裔介翻开此书，看到序言中有这样一段话：

……先秦左丘著《国语》，自称“瞽史”。子襄（庄廷龙字）效法先贤，编《明史辑略》一书，冀以流传后世，了其一生所愿。《明史辑略》集朱史氏之《明书》、无名氏之《明末启祯遗事》，编辑成书……

“朱史氏”下面缀有“即朱佑明”四个小字。

魏裔介用朱笔将“即朱佑明”四字圈定，递给岳乐。岳乐看后，鄙夷一笑，将书还给魏裔介。魏裔介又让其他审官传阅。

“吴之荣，书中有何证据证明此书为朱佑明所编？”魏裔介问。

“回大人，朱史氏就是朱佑明，此书序言中写得明明白白，大人一看便知。”吴之荣答。

魏裔介示意，堂吏将《明史辑略》拿到朱佑明面前。朱佑明看到“朱史氏即朱佑明”几个字，顿时火起，大声说道：

“吴之荣信口雌黄，朱史氏与小民有何相干？分明是吴之荣栽赃陷害！”

“朱佑明，你可写过《明书》？”魏裔介问。

“回老爷，小民不曾写过什么《明书》。小民只是个本分商人，只懂得买进卖出。著书立说本是高贵风雅之事，小民哪有那般本事？”朱佑明答。

“李令皙，你曾任礼部侍郎，又为《明史辑略》作序，想必知道朱史氏及《明书》一事。”魏裔介问。

“回大人，《明书》是明朝天启年间的文渊阁大学士朱国祯所著，朱史氏是他所写《明书》的署名。”李令皙答。

“吴之荣呈交的《明史辑略》中，有‘朱史氏即朱佑明’字样，依你之见，这几个字应作何解释？”魏裔介问。

李令皙看过书页上的一行字，感到莫名其妙。说道：“回大人话，朱史氏是朱国祯，而不是朱佑明。朱国祯乃明朝万历的重臣，于今相距已五十年之久，朱佑明怎能和朱国祯相提并论？纯属无稽之谈！本书之序，是我所写，序中有“朱史氏即朱国祯”一句，绝无‘即朱佑明’四字，必是别有用心之人恣意添加，陷害他人，万望大人明察。”

魏裔介翻开《明史辑略》仔细察看，发现此页与前页相比，墨迹新鲜而不匀，纸张发暗而粗糙，显然是替换之页。魏裔介心中已是明了，问道：

“吴之荣，此书从何而来？”

“是……是我从书铺花五两银子购得。”吴之荣答。

“吴之荣，你告朱佑明参与此书编写，可有其他证据？”魏裔介问。

“有！大人请看，此书每页均印有‘清美堂’三字，朱佑明家的正堂上的匾额，就写有‘清美堂’三字。朱佑明为了标榜自己著书之功，竟把自家正堂匾额上的‘清美堂’三字印之书中每页，这足以证实朱佑明为此书编著之人。白纸黑字，不容他朱佑明狡辩抵赖！”吴之荣捉住了把柄，一副得意之态。

不等究问，朱佑明大声辩解：“吴之荣无中生有，存心加害于我。”朱佑明觉得吴之荣用心险恶，可恶之极，便把他厚颜无耻，找上门来，以反书相威胁，无理取闹，勒索钱财，后被驱逐家门之事叙说一遍。随后说道：

“那块匾额，本是朱国祯府中之物，后来家道中落，后人便要出卖匾额，换取银两，维持生计。我听说匾额上的‘清美堂’三字是董其昌所书，便有意购买。在朋友的撮合下，于今年正月，我以三百两价格将此匾买下，挂在自家修缮一新的正堂之上，以显文雅之气。《明史辑略》已发行两年之久，这与我家牌匾有何干系？”

庄允城受到惊吓，瘫在地上，过了半个时辰，情绪有些缓和。跪在地上，浑身打着哆嗦。魏裔介问道：

“庄允城，此书每页均有‘清美堂’三字，这是为何？”

庄允城打起精神，回答说：“这是我儿廷龙的遗愿。朱国祯的《明书》手稿，是在印有‘清美堂’的文笺上书写而成。廷龙以为，《明史辑略》一书大部史料来自《明书》，将此书每页印上‘清美堂’字样，一来美观时尚，二来对朱国祯亦有纪念意义。廷龙亡故之后，我便按其遗愿，刻印成书，不愿无有丝毫违谬。”

大学士卫周祚端坐堂上，一言不发，静听朱佑明、庄允城二人陈述，对其中案情已然明了。挺起身来，突然发问：

“吴之荣，你前犯贪渎之罪，已判终身监禁，朝廷大赦天下，你才幸免出狱，本当痛改前非，重新做人。不料你竟巧使伎俩，制造事端，敲诈勒索，讹诈他人钱财。想以雕虫小技欺蒙本官，你可知罪？”

一声断喝，吓得吴之荣连连磕头，哆哆嗦嗦说道：“大人息怒，大人息怒。借小的一百个胆子，小的也不敢欺骗大人。”吴之荣说着，抬起头来，指着庄允城和朱佑明，板着面孔说：“此书是他们编写刻印，早已出售发行，刻板印刷之字岂能遂意更改？朱、庄二人为掩盖罪行，胡乱编造，妄图蒙混过关。书在案上，字在书中，此不为证，何以为据？望大人明察！”

各鞫审官员面面相觑，均不做声，大堂出现静场。

“启禀老爷，我有话说。”朱佑明一副胸有成竹的样子，不慌不忙地说。

“讲！”卫周祚说。

“本不想把隐情说穿，可吴之荣贼心不死，步步紧逼，我也不得不说了。”朱佑明瞥一眼跪在身旁的吴之荣，“哼”了一声，说道：“放在堂案上的《明史辑略》，是经吴之荣篡改之后，才交给刑部的。有人愿将此书原本出示大堂，老爷看过，便知分晓。”

“谁人愿意出示原本，如实讲来！”魏裔介说。

“现押刑部大牢的囚犯、湖州府学学官赵君宋。”朱佑明说。

原来，朱佑明被押入刑部大牢，碰巧和赵君宋关在一处。朱佑明知道赵君宋是本案首告之人，为使自己躲过此劫，便求赵君宋为自己掩饰。并答应事成之后，以家产一半相赠。赵君宋为之心动，拿出一本《明史辑略》，翻开序言一页，朱佑明看到朱史氏后面有“即朱国祯”四字，而没有朱佑明的名字，使他喜出望外。又翻到印有参与校订的十五人名字一页，他十分清楚，这十四人均为当地名流，有的与自己沾亲带故，不到万不得已，决不可公开此书。可眼下吴之荣紧追不放，自己已是无路可走。为保全自家性命，也就顾不得许多，便把实情讲了出来。

“带囚犯赵君宋！……”堂吏高喊。

赵君宋被押上堂，跪在地上，不敢抬头。

“赵君宋，朱佑明说你有《明史辑略》一书，可是实情？”魏裔介问道。

“回大人，小的赵君宋确有此书。”赵君宋说着，从怀里掏出一本书，递给堂吏，说道：“此为庄廷龙所编《明史辑略》，请大人察阅。”

魏裔介翻到序言一页，看到“朱史氏即朱国祯”一句。再往后翻，看到刻有参与校订的名字一页，心中猛然一惊。上面除了查继佐、范骧、陆圻三人之外，还有茅元锡、吴之镛、吴之铭、潘柽章、吴炎等十四人姓名列入此页。魏裔介暗自嗟叹：“只此一页书纸，十五名湖州名士性命休矣！”

魏裔介将此书交予各位大人传阅，问道：

“赵君宋，你从何处得到此书？又获何罪，押入刑部大牢？从实招来。”

“回大人话。小的是潮州府学学官，见学生拿一本《明史辑略》传看，小的发现书中有逆语，便将此书没收。从书中摘出十数条忌讳字句，上报府衙。不知何故，知府陈永命不问青红皂白，竟以‘诽谤之罪’将我收监，并妄加传看淫秽之书罪，将我押解刑部大牢。小的身为学官，见书有逆语，理当知情上报，陈永命非但不立案详查，却治我妄加之罪，小的实在冤枉。望大人详查此案，为小的申冤哪！呜……”赵君宋说着，一把鼻涕一把泪，痛哭起来……

“左都御史魏裔介听旨！”梁九功带领御前侍卫和两个小太监快步走进大堂。魏裔介马上离开座位，跪在堂前。

“奉天承运皇帝诏曰。宣左都御史魏裔介即刻进宫参驾，不得有误。钦此。”

魏裔介行礼接旨，与岳乐点头示意，告别诸臣，随梁九功走出大堂。

梁九功和魏裔介各自上轿，一路小跑，轿子停在五凤楼下。二人下轿，步入紫禁城。过颐和门、新右门、慈宁门，来到慈宁宫。

慈宁宫前，秋菊满院。花匠小心谨慎地侍弄着含苞待放的盆菊，太监、侍女忙不迭地干着杂活。

慈宁宫西暖阁内，老佛爷神态自若地品着香茶，玄烨坐在皇玛嬷左首，嗑着瓜子，汤若望坐在皇上一旁，索尼和遏必隆坐在对面，茶几上放着一沓奏折和公文。

魏裔介随梁九功走进阁内，行礼毕，老佛爷赐座。

“魏爱卿，火急火燎地宣你进宫，有一件大事，惟你才可胜任。案子的事你就不要管了，卿辅们自有安排。”老佛爷说着，端起茶盅，呷了一口香茶，瞧一眼索尼。

索尼干咳一声，说道：“先帝升天已近两载，陵寝之地尚未选定。相堪皇陵乃朝廷大事，非一般人可以胜任。汤大人言称，挑选相堪先帝陵墓之人，非魏大人莫属。老佛爷亦有此意，所以一拍即定。”

“魏大人钻研易学多年，深谙此道，众人皆知。和其理学修为相比，堪称双修双馨，誉满朝野。并精通堪舆之法，又得《葬经》真谛，汤某自愧不如，魏大人能够担当此任，汤某心悦诚服。”汤若望认真地说。

“汤大人过奖。易学玄妙无比，博大精深，裔介只是好学而已，并无多深造诣。既然老佛爷器重微臣，微臣自当穷其所能，不辱使命！”魏裔介起身说道。

“魏爱卿，我听范大人提及，你对皇帝陵寝之事早就记挂在心，已相中一方龙脉之地，可有此事？”老佛爷问道。

“回禀老佛爷，确有此事。当年微臣与范大人侍从先帝出猎，来到蓟州凤台山下。此地平原万顷，群山环抱，河水低回，瑞气升腾，是一方绝好的陵寝圣地。范大人看后，对此风水宝地赞叹不已。先帝对此美景更是赞不绝口，流连忘返。微臣以为，若能在此建造皇陵，大清国隆盛之期可超过历朝历代。国富民强，经久不衰！”魏裔介答道。

“那好吧！”老佛爷喜上眉梢，高兴地说，“魏爱卿，兹事体大，关乎大清将来，此事由你全权办理，人马物资随你调遣，起程日期由你来定，魏爱卿意下如何？”

魏裔介站起身来，躬身施礼，说道：“老佛爷和皇上将此重任交给微臣，微臣荣幸之至，义不容辞。只需派钦天监三人同往，备齐马匹、帐篷、食物，明日便可起程！”

玄烨跳下座位，大声说道：“派二十名御前侍卫护送，一应事务，由索卿辅安排去吧。”

秋高气爽，草绿马肥。

一支长长的队伍，行进在崇山峡谷之中。侍卫们手举黄旗，骑马开路，数辆轿车随后跟进。一路急行，来到蓟州东北的凤台山下。前面灌木丛生，荆棘遍地，挡住了他们的去路。

陈奎扶魏裔介下车，吩咐众人下马，在背风处安置帐篷，支锅造饭。侍卫们手持利刃，披荆斩棘，开出一条小路。魏裔介和李祖白、南怀仁、钦天监属臣杜如预、杨宏亮一起，沿着新开的小路，来到绿树成阴的马兰峪前。几人在侍卫的保护下，跳跃攀爬，终于登上山顶。陈奎紧随魏裔介身后，始终不离左右。大家解开衣襟，已是气喘吁吁，汗流浃背了。

稍息片刻，魏裔介带领大家，登上峰顶，站在一块平滑的岩石上，极目远眺。眼前美景，尽收眼底。

夕阳西下，秋风习习，霞光万道，群山披彩。北面昌瑞山东西走向，正中主峰圆润平缓，两边山梁连绵数十里，主峰两边山脊向南凸起，呈龟抱之状；南面烟墩山和凤台山东西对峙，山峦高耸，挺拔秀丽，如云雀展翅起舞；脚下的马兰峪蜿蜒起伏，如长龙卧虹；对面的龙洞峪，山势柔顺低缓，似驯虎伏地。昌瑞山与烟墩、凤台两山南北相望，遥相呼应；马兰峪和龙洞峪东西顾盼，遥遥相对。

宽阔平坦的草原上，乔灌丛生，绿树成林，飞禽满山，走兽遍地。宽宽的潾河像一条弯弯的飘带，流经烟墩山和凤台山下的狼儿窝，横贯平坦宽阔的草原，流向远方。

“啊……天堂一样的美景。造物主以他博大的胸怀、无边的智慧，赏赐给东方人如此美妙的胜景，怎能不使人陶醉？啊，美丽的东方山水……”南怀仁闭上眼睛，抒发着心中的感慨；伸开双臂，拥抱着眼前图画般的美景。

南怀仁是比利时人，十八岁加入耶稣会，以传教士身份，于顺治十六年入境，抵达京城后，进钦天监，做起了汤若望的副手。他对中国的风水学很感兴趣，便与队伍同行，来到这里。

“南先生，你的老家布鲁塞尔和斯海尔特河畔，可有如此美景？”魏裔介问。

“NO，NO。这样的美景，只有天堂才有，只有中国才有！”南怀仁操着不太流利的汉语，摇摇头说。

“大清帝国，地大物博，中华文化，博大精深。这里不仅秀色可餐，山川峡谷之中还蕴藏着无限的奥秘。你们西方人可就望尘莫及喽！”魏裔介说完，开怀大笑。

南怀仁摊开双手，耸耸肩膀，作出一副无可奈何的样子。陈奎看着南怀仁的怪模样，笑得合不拢嘴。

李祖白、杜如预和杨宏亮均是钦天监精通风水之人。凝视着眼前的山川走势，河水流向，暗暗佩服魏裔介高超的智慧和眼光。李祖白万分感慨，说道："如此绝佳的风水宝地，天下难觅。真是天降祥瑞也！"

"魏大人，《葬经》中说：'葬以左为青龙，右为白虎，前为朱雀，后为玄武。'以此地看来，北面昌瑞山即玄武之位；南面烟墩、凤台二山即朱雀之位；对面龙洞峪即白虎之位；脚下马兰峪即青龙之位。"李祖白说。

"正是。诸位请看，北面昌瑞山主峰圆润平缓，似玄武垂头，如欲受人之葬。主峰两边山脊凸起，呈龟抱之状，如护山下大吉之穴。潾水环流，风至气聚。正如《精华髓》所云：人眠山下龙方住，水注堂心穴自安。"

大家顺着魏裔介的手势，转身向南看去。

"烟墩山和凤台山即朱雀之地，烽火墩高耸入云，好似朱雀翘首；两山山峦高耸，挺拔秀丽，恰如云雀双翅；山峰对峙，如朱雀亮开双翅，翩翩起舞。"

魏裔介的手势指向西面，接着说："对面的龙洞峪，就是白虎之地，山势柔顺低缓，似驯虎伏首；脚下的马兰峪为青龙所在，蜿蜒起伏，如长龙卧虹。《明堂经》有云：龙蟠卧而不惊，是为吉形，白虎弯弯，光净秃山，锟如卧解，圆如今环，虎具此形，乃得其真。玄武、朱雀南北相望，遥相呼应；青龙、白虎东西顾盼，遥遥相对，对中间宽阔平坦之地，形成周山环抱之势。《葬经》有云：气者，遇风则行，遇水而聚。潾河弯弯，河水潺潺，将四方生气聚集龙穴，气脉流动，经久不息。天赐宝地，神助灵光，此乃大清繁荣之兆、中华复兴之象也！"

李祖白、杜如预、杨宏亮远看山脉走势，下观气脉行聚，心情激动不已。杜如预说："杜某一生相地点穴无数，如此形气天成之地，见所未见，闻所未闻。"

杨宏亮说："如此风水宝地，恐怕是走遍天下，再难寻觅了。"

魏裔介远望群山，诗兴大发，随口吟出一首绝句：

旧是长城烽火台，高峰崱屴倚天开。
而今已见真人气，云雾先从龙洞来。

观景生情，魏裔介想起当年和先帝在此行猎的往事，心生感慨，不禁吟道：

叶落平原草尚肥，上公猎骑兢合围。
晚来分得双肩兔，一道寒光照短衣。

夕阳落进龙洞峪山坳，魏裔介等人匆匆下山，向宿营地走去。远远看到两簇篝火熊熊燃烧，一股烤肉的香味随风飘来。大家奔波一天，肚子咕咕叫着，这才觉得饿了。

夜幕降临，山野冷风吹来，使人不禁打起冷战，不远处传来阵阵狼嚎声，篝火上面的铁架上烤着獐子和山羊。大家看着“吡吡”冒油、明光锃亮的烤肉，直流口水。

魏裔介和大家一起走进帐篷。因是八旗将士出征宿营所有，帐篷内军床军被、洗漱用品、杯盏瓢勺一应俱全。侍从端来大盆热气腾腾的烤肉，大家手撕刀削，狼吞虎咽。打开烧酒，开怀畅饮。

酒足饭饱，南怀仁从背袋中取出纸张笔尺，俯在案上绘起了图纸。魏裔介和李祖白等人谈论起了堪舆名著《葬经》。

“现今通用的《葬经》，与元代吴澄所著《葬书》相比，从机理和内容上看，并无多大区别，为何名称不同？”杨宏亮问。

“据《宋史·艺文志》记载，《葬书》为晋代郭璞所著，宋初即有《葬书地脉经》和《葬书五阴》问世。晋代的郭璞、赵载、南宋的蔡元定、元代的吴澄、刘则章为历代方士大家，均称其为《葬书》。直到明朝刻书家毛晋才始称《葬经》。”魏裔介说。

南怀仁边画图边问道：“魏大人，汉族弘扬易学，提倡重视阴阳五行学说，主张天人合一，对风水研究已有千年历史。并有堪舆点穴、阴宅阳宅之说。南某不明白，人死不能复生，其墓穴选址定位，怎会影响生者命运？”

魏裔介莞尔一笑，说：“南先生精通天文历法，对易学尚欠研究。简单而言，金木水火土乃为五行，五行之气，即为生气。虽运于天，实出于地。生气行，则万物发生，生气聚，则融解于山川大地。乾父之精，坤母之血，二气感和，则精化为骨，血化为肉，复藉神气资乎其间，遂生而为人。父母骸骨乃子孙之本，父母子孙，本同一气。气感而应，互相感召。及其死后，神气飞散，血肉消溃，惟骨独存。而上智之上，图葬于吉地之中，以内承生气，则可以复其既往之神，萃其已散之气。神趋则气应，地灵而人杰，以无为有，惜伪显真，事通阴阳，功夺造化，反气人骨，以荫所生。”

南怀仁本来对汉语不太精通，听了魏裔介的一番解释，如堕五里雾中，耸肩摇头，不知所以。收起图纸和笔、尺、规、板，倒身上床，和衣而卧。

翌日，天气骤变，北风凛凛，小雨夹杂着雪糁，淅淅吵吵下个不停。魏裔介等人不敢稍有懈怠，带上罗盘、窥远镜、丈尺、量绳等物，走进雨雪之中。登马兰峪、狼儿窝、龙洞峪，涉潾河，过密林，穿梭于山川草地、卵石流水之间。最后来到昌瑞山主峰南山脚下，划定方圆一里为龙穴范围，只因雨雪天气，龙脉淤滞，地气不畅，无法确定龙穴确切位置，不得不返回驻地。

夜深人静，魏裔介躺在床上，辗转反侧，不能入睡。披衣下床，来到帐外。雨雪已停，几处篝火冒着火苗，照亮四周。几名侍卫值班巡逻。陈奎拿着一件貂皮氅衣，披在魏裔介身上。

魏裔介仰望夜空，浮想联翩。想起了柏乡的家人，想起了夫人王萱儿，想起了远在中原的挚友杨犹龙，也想起了正在审讯的明史案。

吴之荣为满足私欲，不惜诬陷他人，进京告状，引发了震惊朝野的明史案。吴之荣诬告他人，已经堂审得以证实。可四辅臣，尤其是苏克萨哈和鳌拜，对江南文士历来仇视，恨不能将其置于死地。他们一定抓住明史案不放，以此达到他们严惩汉人，压制汉臣之目的。虽然朱佑明有冤，然而《明史辑略》中确有忌讳之辞，像奏销案一样，不知将有多少文人雅士因此获罪，人头落地。自己受皇命相堪陵墓，离开主审之职，对此案已是无能为力了。魏裔介心中布满愁云，久久挥洒不去。

第三天，霞光普照，旭日东升。原班人马，披挂上阵。经过反复勘察、观测、丈量、计算、验土，最后确定了昌瑞山主峰下的龙穴吉位。午正时，将要举行点穴仪式，陈奎从龙穴旁边的草丛里见到了一个闪闪发光的东西，马上交到魏裔介手上。魏裔介擦掉上面的泥土，原来是一只晶莹剔透、光滑圆润的翡翠佩韘。魏裔介猛然想起了当年和先帝到此狩猎时的一幕。

记得那年也是个秋高气爽的日子，魏裔介陪驾来到昌瑞山下，皇上勒马远眺，看到此地山美水美，风景如画，顿时眼放光彩，兴奋异常。对魏裔介说道："此山景色绝美，王气葱郁，可以为朕寿宫！"说着，从手上摘下佩韘，顺手抛出。说道，"佩韘落地之处便为佳穴。"魏裔介说："皇上九灵护体，当万寿无疆！"说完，皇上仰天大笑。

想到此，皇上笑声又在耳边响起。魏裔介心头一震，当初本是一句笑谈，如今果然应验。他和陈奎急忙来到佩韘落地之处，发现此处正是自己所点龙穴之位。魏裔介心潮澎湃，百感交集，双膝跪地，对天长叹："先帝啊！您的龙体终于可以归位了！"

当天夜里，魏裔介在帐篷中秉烛而坐，参考南怀仁的地形方位图，绘制了包括神道、陵门、大碑楼、石像生、龙凤门、神路桥、小碑楼、隆恩门、隆恩殿、方城明楼以及宝城、地宫在内的皇陵建筑规划草图。收笔之时，已是日出时分。早餐过后，收帐装车，班师回京。

# 三四、吏部尚书

康熙二年二月，朝廷举行三年一度的京官考察。魏裔介循例考满，操守、才能、做政、年岁四格均得优等。皇上谕曰：

魏裔介才猷敏练，劳绩素著，著加太子太保。魏裔介谦逊秉正，克勤兢业，九卿科道荐举会推，著补授吏部尚书。

魏裔介自担任吏部尚书之后，励精图治，整肃铨政，杜绝夤缘，满汉同寅协恭。两月内，上《宜定巡方事宜十款疏》、《巡按抚臣职权宜加变通疏》、《停止恣意加派税粮疏》、《衙门办差须定时限疏》、《荐举必有实绩选拔人才不拘一格疏》等九道奏章，力陈现行铨政之弊端，并为严肃吏治，疏通人才献计献策。皇上御览朱批，悉尽采纳。

吏部颁发《内外官员开复之例》、《科道纠参章程》、《荐举奖惩之规》等规章政令十余道，令行禁止，吏治肃然，人才疏通，部政一新。

魏裔介为人襟怀坦荡、光明磊落；为官清廉刚正，不徇私情；为政勤勉务实，雷厉风行。汉臣啧啧称道，满臣暗暗叹服。索尼、遏必隆也对魏裔介赞赏有加，另眼相看。鳌拜和苏克萨哈虽然对他心存芥蒂，但也是难以挑剔，无可指责。老佛爷也对自己慧眼识才，物色如此辅弼良臣而暗自庆幸。玄烨天生睿智，平日里览疏听政，耳闻目睹，对魏裔介励精图治、倾心务政之举，亦是钦佩之至。然而，魏裔介担任总宪之职多年，参劾大小官吏不计其数，势必引起一些朝臣的仇视和不满。魏裔介对此当然心明如镜。他想，自己使命在肩，职责所在，秉公而为，又有何虑！

使魏裔介忧心忡忡的并不在此，而是越闹越大的明史案。

六月酷暑，天气闷热。吏部内院的尚书公房外，烈日炎炎，暑气逼人。大槐树上的知了不停地叫着，直搅得人们心神不宁，心烦气躁。

大学士卫周祚和新任左都御史龚鼎孳，坐在公案对面，满面愁容，生着闷气。刑部尚书高景，心情忧郁地叙说着明史案的进展情况。魏裔介在房中踱着步子，细听案情。

“自从魏大人奉旨离开之后，明史案交由刑部尚书雅布兰担任主审。雅布兰惟苏克萨哈、鳌拜之命是从，对涉案人等不经详审，统统判以重刑。安亲王几次提醒，雅布兰总以‘明史妖言惑众，危害社稷，不判重刑，何以服众’为由，一意孤行。使安亲王左右为难，束手无策。

“庄允城连惊带吓，与堂审当夜死于狱中。雅布兰只听信吴之荣一面之词，对朱佑明、李令皙，以及参与校订、书中列名者潘柽章、吴炎、吴之镛、吴之铭，等十七人，判处凌迟，并将其父母、妻妾、兄弟、子女数百人全部收监，判处死刑。对庄廷龙也不放过，欲将‘毁碑掘墓，开棺碎尸’。更甚者，他们将本案首告有功者查继佐、范骧、陆圻也判处死刑，羁押待斩。不可容忍的是，曾为此书刻板、校对、印刷的工匠，以及买书、看书、存书的一千多名无辜者也被抓获，均判死刑，无一例外。”

魏裔介听后，义愤填膺，以掌击案，说道：

“朗朗乾坤，岂能滥杀无辜？一桩明史案，竟闹得草木皆兵，人人自危。任其下去，不知又有多少江南文士、无辜百姓命丧黄泉。如果对此袖手旁观，置之不理，何以面对世人？”

卫周祚叹息一声，说道：“明史案乃‘文反’之案，历代君主均把此类案件视为‘祸水’，对案犯处罚无所不用其极，当朝亦不例外。如今辅臣当政，他们极力推行旧制，视汉民为隶奴，对他们恣意凌辱，稍有不满便大开杀戒。明史案更是如此，《明史辑略》中确有多处逆语，对案犯处以重刑已在意料之中。想不到的是，他们任意扩大案件范围，将一千多名无辜百姓列入案犯之中，也忒狠毒了些。”

“咳！辅臣一手遮天，雅布兰蛮横无理，汉臣提出异议，雅布兰就以‘包庇罪犯’为由，予以呵斥。就连督审此案的安亲王也是无能为力。看来，此案已无转机，只能如此了。”高景黑着脸说。

龚鼎孳站起身来，说：“满臣无法无天，枉法判案，殃及无辜，长此下去，如何得了？魏大人，我们三人今日到此，就是想请您出面，想想办法，扭转危局，挽救无辜冤民或许还有一线希望。”

魏裔介扬起眉毛，慷慨说道：“匡正祛邪，严肃律法，乃为臣之道；有冤必申，拯救无辜，当义不容辞！各位大人务必放心，裔介立刻书写奏章，即日上疏朝廷。皇上英明，大清律法在握，正义在手，又有诸位大人协力同心，遏止冤狱发生，严格依律判案，才是正道！……”

话未说完，门外传来急促的脚步声。竹帘撩起，梁九功一步迈进门来，两个小太监跟在后面。

“老佛爷懿旨，宣吏部尚书魏裔介、大学士卫周祚、左都御史龚鼎孳即刻进宫，不得有误！”梁九功大声说道。

魏裔介、卫周祚、龚鼎孳领旨后，跟随梁九功出门，乘轿离开吏部，前往紫禁城而来。

魏裔介三人在神武门前下轿，跟随梁九功走进紫禁城，来到慈宁花园的临溪亭下。抬头望去，老佛爷、玄烨分别坐在茶几两边的乌木椅上，旁边坐着安亲王岳乐，四辅臣和雅布兰立在对面。

魏裔介等人登上临溪亭，施礼毕，站立一旁。

老佛爷和颜悦色地说：“各位爱卿，今儿请你们到此一聚，一是慈宁花园绿树成阴，溪水长流，可以消消暑气；二来安亲王与四位卿辅对明史案判词略有争议。我想听听几位爱卿对此案判词有何看法。审案之初，魏爱卿曾担任本案主审，后因相堪皇陵未再参与案件审理。待会儿听听判词，有何意见，不妨提出来，我想，对此案判决不无益处。”

老佛爷说完，梁九功从茶几上拿起判词文稿，递给高景，高景翻开判词，一口气读完。所读内容与高景在吏部所述基本一致。

安亲王说：“魏爱卿，你作为此案原主审官，熟悉案情，对判词有何意见，可以直言不讳，秉公评断。”

老佛爷神态安详地品着茶。玄烨双手扶着椅把，用信任的目光注视着魏裔介。

苏克萨哈眯起眼睛，鼻孔里却喘着粗气。鳌拜瞪着鹰眼，一道凶光向魏裔介直逼过来。

魏裔介扫视一周，思虑片刻，俯身说道：“微臣感谢老佛爷和安亲王的信任，只是微臣已不在本案审官之列，在此议论判词，恐有妄加评断之嫌。”

“此言差矣！”玄烨离开座位，正色说道，“魏爱卿担任左都御史多年，曾主审过许多大案，从未有过错判、误判。再说，你的主审之职并无明令裁撤，怎能说妄加评断？魏爱卿，四位卿辅和诸位参审在此，有何评论，只管讲来！吞吞吐吐，是何道理？”玄烨说着，面露愠色，转身回到座位。

魏裔介跨前一步，倒身便跪，说道：“皇上息怒，微臣遵旨便是。”

老佛爷微笑着说：“魏爱卿免礼，站起来说话。”

魏裔介站起身来，敛气凝神，侃侃而谈：

“《尚书》曰：‘明于五刑，以弼五教。’又曰：‘士制百姓于刑之中，以教祗德。’顺治三年五月，《大清律》成。先帝御制序文曰：‘《大清律》既已刊布，尔内外有司官吏，敬此成宪，勿得任意低昂，务使百官万民，畏名义而重犯法，冀几刑措之风，以昭我祖宗好生之德。子孙臣民，其世世守之。’先帝又多次谕令法司：凡刑狱重案，务必严加详审，令死者无冤。我大清以律法为治国之本，先帝以律法为宪，重视刑案，曾三令五申杜绝冤狱。作为宪臣，凡鞫审刑案，唯恐违背先帝遗训，亵渎律法，不敢丝毫背离刑律条文，更不敢玩忽职守，冤及无辜。

“臣闻明史案判词，实在不敢苟同。一，庄朱两家、作序者李令皙及参与修订者十七人，均判凌迟之刑，有违《大清刑律》五刑之制。二，对十七人之父母、妻妾、兄弟、子女数百人均判处斩绞之刑，有违《大清刑律》株连之规。三，将本案首告者查继佐、范骧、陆圻判处绞刑，有违《大清刑律》‘首告者无罪’之规定。四，对参与刻板、校对、装帧之工匠，以及购书、看书、存书者一千多人也判处死刑，更是违背刑律，枉法裁判，殃及无辜，制造冤狱！”

雅布兰听后，气得脸色铁青，冲着魏裔介喊道：“照你这么说，本案判词一无是处。我看你是吹毛求疵，别有用心！”

安亲王摆一下手说：“雅布兰，话不能这样说。老佛爷和皇上把各位召来，就是让大家各抒己见，为的是公正判决本案。你有不同意见，也可以当众提出，切不可出言不逊，伤了大家和气。”

苏克萨哈侧过脸来，阴阳怪气地说：“臣以为，判词并无不妥。魏大人却口口声声说，判词违背律法，殃及无辜，这也不是，那也不是。审判大臣乃皇上钦定，依魏大人之见，他们的判词都是错的喽！”

“废什么话！让他把话说完，我就不信这判词会有不当之处。哼！”鳌拜愤愤说道。

“魏大人，朱佑明、李令皙等十七人编刻反书，属大逆不道之罪，判处凌迟有何不妥？你却说有违‘五刑之制’，从何说起？”雅布兰问。

“大清刑罚定为五刑，视其情节分别施之。五刑为笞、杖、徙、流、死。死刑分为凌迟、枭首、斩、绞、缢五等。凌迟又称为极刑，非十恶者不可滥用。朱佑明、李令皙乃本案首犯，判处凌迟，虽有牵强，也未尝不可。但潘柽章、吴炎等参与修订者，是为从犯，不在十恶之列，虽同为死刑，当分别处刑，决不可与首犯同判凌迟。若依判词，将十七人均判凌迟之刑，确有违背‘五刑之制’，量刑不当之嫌。”

雅布兰咂咂嘴，接着问道：“对十七人之父母、妻妾、兄弟、子女分别判处斩绞，并无不当，你为何指责判词有违‘株连之规’？”

“大清刑律规定：凡获十恶之罪者，其父亲、兄弟十五岁以上者可判处斩绞；其母亲、妻妾、十五岁以下者，应当分别判处笞、杖、徙、流。判词将株连获罪者数百人，不分男女老幼，统统判处死刑，不是违背‘株连之规’，难道是‘滥用刑罚’？”魏裔介一句话，问得雅布兰张口结舌，无言以答。

鳌拜瞪着鹰眼，怒视雅布兰。他不懂汉文，对大清刑律更是一窍不通。心里只骂雅布兰是个窝囊废物。听着魏裔介慷慨陈词，他却无言以辩，只有站在一边，干瞪着眼，生着闷气。

雅布兰两次发问，都被魏裔介据理驳回，使他在众目睽睽之下，很没面子。他却仍不甘心，调整一下思路，接着发问：

“魏大人，查继佐、范骧、陆圻三人是否书上有名？是否在反书修订者之列？”雅布兰问。

“雅大人所言极是。三人姓名确实列入书中，并写入此书修订者之页。”魏裔介答。

“这不就结了。反书修订者均为本案重犯，查继佐、范骧、陆圻既为修订者，就是本案重犯。对重犯判处绞刑，已是从轻发落了。你敢说他们无罪不成？咹？”雅布兰乜斜魏裔介一眼，嘴角露出一丝冷笑。

“审理刑案，不仅要观其表象，更要了解实情。他们三人姓名虽被列入修订者之中，可他们并未参与此书修订。当初，他们看到书中修订者一页有其姓名之后，三人便以‘庄允城、朱佑明二人慕其名，未经同意，擅将姓名列入参校之中’为由，联名向潮州学道胡尚衡和知府陈永命告状。庄允城、朱佑明、胡尚衡、陈永命证言笔录，以及查继佐、范骧、陆圻三人供述均已记录在案。他们三人均为本案首告，不仅无罪，而且有功。刑律明文规定：‘首告者无罪’。判词不辨是非，颠倒黑白，却将无罪之人列为重犯，判处死刑。如此枉法裁决，将《大清刑律》置于何处？”魏裔介理直气壮，慷慨陈词。

雅布兰的面部抽搐了几下，看到鳌拜和苏克萨哈鄙夷、怨恨的目光，尴尬地低下了头，冷汗顺着脖颈淌了下来，一时忘记了下面的话题。

老佛爷的神态总是那么安详、慈和，她旁若无人地望着亭外垂柳上“唧唧啾啾”的几只黄雀。安亲王脸上露出不易察觉的欣慰之色。坦然说道：

“魏爱卿，你对判词还有什么意见，不妨一块儿说出来，也好让大家作个评断。”

魏裔介继续说道：“《大清刑律》规定：‘刑狱之官依律定罪量刑，勿得任意低昂，枉法裁决。’所谓枉法裁决，一是对有罪之人判决无罪，二是对无罪之人判决有罪。本案参与刻板、印刷、装帧者，他们不是文人，而是工匠。他们为生计而劳作，凭手艺而谋生，他们不识文字，不懂忌语讳句，更不懂反书禁书，只知道辛勤劳作，养家糊口。他们本无罪责，尚属无辜，判词将他们判处斩刑，实属枉法裁决，殃及无辜，为律法所不容！”

一股强烈的义愤之情，在魏裔介的胸中升腾，使他白净的脸庞变得涨红。他环视四周，嘘一口气，稳定一下激动的情绪，继续说道：

“大清以武功得天下，以仁德治天下。先帝崇文尚儒，提倡以科举取士，蔚成文雅之气象，推行礼仪之风节。天下之人，无不以习读书经为时尚，以科举功名为荣耀。据查，《明史辑略》一书早在顺治十八年就已发行出售，地方衙门一无将此定为禁书，查抄销毁，二无张贴告示，禁止出售。其售书、购书、看书、存书之人本无过错，他们一无反心，二无反意，判词竟将他们一千多人处以绞刑，更是枉法裁判，草菅人命，制造冤狱！”

魏裔介舌枪唇剑，慷慨陈词，字字句句，掷地有声，入情入理，无可辩驳。雅布兰哑口无言，窘迫至极。

苏克萨哈暗自思忖：自己本想利用明史案，打击汉臣，寻找时机，将他们加罪免职，以解心头怨恨。谁料想事与愿违，到头来却让魏裔介占了上风。若不设法挽回败局，这帮汉臣就更加肆无忌惮，扬眉吐气了。他看一眼身旁的鳌拜，见他气得青筋直冒，眼珠发蓝。便凑近鳌拜，小声说道：“反了，反了，魏裔介一点儿不把你我放在眼里，也太嚣张了，哼！”

鳌拜再也忍不住了，怒气冲天，大声呵叱：

“魏裔介，你也太张狂了。让你说话，本是抬举你，你却不识好歹，胡言乱语，竟把判词说得一无是处。你口口声声不离什么律法刑法，那都是文人写就，用来束缚手脚的。八旗将士跟随先帝南征北战，没有律法管着，照样打下了大清江山。我偏不信，没有律法，就治不了蛮民。依我看，判词并无不妥，如果有错，那也是律法的错。这样的律法，不用也罢！”

魏裔介听了鳌拜的话，好气又好笑。接过来说：“鳌大人，自古以来，秦皇汉武、唐宗宋祖，哪位君主不制定律法，以图治平？先帝谕曰：‘《大清律》成，内外官吏，敬此成宪，子孙臣民，当世世守之。’大清律法乃治国之本，你却说律法有错，不用也罢，请问鳌大人，你是何居心？”

“你……”鳌拜气得满脸涨紫，一时语塞。

苏克萨哈发话了：“魏大人，你刚才曾说，那些购书、看书之人，一无反心，二无反意。你怎么知道他们没有反心、没有反意？唉？”

魏裔介从容答道：“苏大人，你曾说判词并无不妥，就是说你以为他们是反民，判他们绞刑理所当然。那么，就请苏大人将他们作为反民的证据拿出来吧！”

“这……”苏克萨哈被问得张口结舌，无言以答。

“要什么证据，反书就是证据！要说反叛之心，汉民大有人在，别说杀他们千儿八百，就是杀个万儿八千都不冤枉！”鳌拜气急败坏，恶狠狠地说。

龚鼎孳听了鳌拜蛮不讲理的话，心中有气，站出来说：“鳌大人，大家是在商议刑案，不是战场杀敌。你只知道杀人，如果把天下的汉人都杀完了，谁来向朝廷上缴钱粮赋税？没有银子粮食，你就喝西北风去吧！”

鳌拜哪里受过如此抢白，一对鹰眼冒出凶光，冲上前去，狠狠地给了龚鼎孳一记耳光。

“鳌拜！你身为辅臣，不懂治国之道，不懂律法，蛮横无理，还动手打人，真是一个莽夫！”魏裔介义愤填膺，指着鳌拜，大声指责。

鳌拜转过身来，一把抓住魏裔介胸前的朝珠，大声骂道：“你们汉人没他娘的一个好东西！”鳌拜骂着，举起了手掌……

“够了！”玄烨一声断喝，众人惊呆了。鳌拜举起的手掌停在空中，慢慢放了下来，只听“噼里啪啦”一阵响，魏裔介的朝珠被鳌拜揪断，洒落一地。

玄烨真的发火了。自从今年三月，慈和皇太后——玄烨的生母佟佳氏病逝之后，他悲痛欲绝，额娘在弥留之际说过的话，时常在耳边响起。额娘第一次向皇儿讲了自己的身世。玄烨方才知道额娘一家本是汉人，外祖父佟盛年是因为屡建战功，加入汉军镶黄旗后，才改名佟图赖的。

母亲临终前，拉着玄烨的手说：“皇儿啊，你从小在皇玛嬷身边长大，额娘死后，别无牵挂，只听额娘一句话。大清虽是满人的天下，但是离开汉臣将一事无成。作为皇上，要顾全大局，满汉一体才能使国家强盛。王爷、满臣力求恢复祖制，额娘以为，此路不通，排挤汉臣更是愚蠢之举。皇玛嬷胸怀宽广，足智多谋，今后你要事事处处听她老人家教诲，亲政之后，继承先皇基业，做个仁义之君……”

鳌拜一句辱骂汉人的话，激怒了玄烨。他怒视鳌拜，大声叱责：“鳌拜，你为一品大员，竟辱骂朝臣，动手打人，野蛮无理，成何体统！”

见鳌拜对汉臣又打又骂，又见皇上大发雷霆，苏克萨哈却暗自得意。一是鳌拜侮辱了汉臣，替他出了一口怨气，二来鳌拜嚣张蛮横，激怒了皇上，又得罪了龚鼎孳和魏裔介，谁都不会对他善罢甘休。鳌拜是自讨苦吃。苏克萨哈怎能不幸灾乐祸？

老佛爷不恼不怒，心平气和地说：“刚才听魏爱卿谈论案情，我觉着他说得句句在理，并没有什么不妥之处。我就不明白了，鳌拜你发的哪门子火？闹得大家都不高兴。你惹的事，你自己去了结吧，谁也帮不了你。”

一言不发的索尼说话了：“老佛爷说的是。我说鳌大人哪，你也太鲁莽了。这下可好，惹怒了皇上，又得罪了魏大人和龚大人，案子又没个着落。啧。”索尼说着，瞥一眼老佛爷，躬身说道，“启禀老佛爷、启禀皇上，这案子的事非同小可，不宜耽搁，臣以为，雅大人所交判词，确有不当之处，不如由安亲王最后裁决，再由刑部行文下发。不知可否，请老佛爷、皇上定夺。”

老佛爷不置可否地说：“索大人为辅臣之首，一切事情，你就看着办吧。索大人办事，我和皇上哪有不放心的道理？”

安亲王接过梁九功递来的判词，起身向老佛爷和皇上告辞，众臣行礼告退，大家各怀心态，不欢而散……

十日后，刑部发出明史案判决：朱佑明、李令晢，以及参与校订、书中列名者潘柽章、吴炎、吴之镛、吴之铭，等十七人，判处凌迟；将其父亲、兄弟、子侄五十多人人判处斩刑。其中包括庄廷龙的长兄庄廷鋆和弟弟庄廷钺；对庄廷龙'毁碑掘墓，开棺碎尸'；对查继佐、范骧、陆圻宣告无罪；将一百多名女眷孩童、四十名刻印工匠以及一千多名无辜百姓释放回籍。

行刑之日，宣武门外的菜市口人山人海。行刑台上，身穿红色号衣的刽子手们，袒胸露背，凶神恶煞一般。肩上的鬼头刀，在阳光的折射下，闪着瘆人的光芒。

十七根法桩上被绑的罪犯，将要处以凌迟；绞刑架下跪着的三十名罪犯将要处以绞刑；跪在斩墩后面的三十名罪犯将要处以斩首。

三声炮响，监斩官扔下令牌，行刑开始。

一排鬼头刀落下，人头滚动，鲜血飞溅，一股带着血腥的热浪扑向台下的人群。四个膀大腰圆的刽子手推着缠满绳索的绞盘，绞刑架发出"吱吱扭扭"的声响，罪犯一个个被套上绳索，脚尖离地，眨眼间被吊上半空，一命呜呼。

随着一声声惨叫，人们的目光一起投向正在执行凌迟的木桩。行刑官手持利刃，一刀一刀割着罪犯身上的肉，把割下来的肉一块一块放在一个铜盘里，他们对受刑者极度的恐惧、难以忍受的剧疼和撕心裂肺般的惨叫，好像习以为常，有视无睹。他们像雕刻工艺品的工匠，专心致志地干着手中的活计。他们要从罪犯身上割下九十九块肉，才可使其毙命。受刑者有的惊吓而死，有的剧疼而亡，也有的等到被割下最后一块肉，才一命归天。围观的人们大都闭上了眼睛，对眼前的惨象不忍再看一眼……

菜市口行刑之后，明史案的涉案官员潮州知府陈永命、学道胡尚衡、浙江满将军柯奎等八人，均被罢黜流徙；赵君宋无罪释放；吴之荣因首告有功，官至右佥都御史，并得到庄、朱两家全部财产，可谓官运亨通、大发横财。可是不久，遭雷击而亡。

# 三五、领审天算案

康熙三年六月。

白云飞渡，残阳西沉，暮鸦声咽，马蹄声碎。巨鹿县西城门外的官道上，几匹快马簇拥着两辆双马轿车飞奔而来，后面扬起一条长长的尘浪。

陈奎骑马跑在前面，勒一下马缰，青鬃马嘶鸣一声，慢了下来。魏裔介撩开轿车布帘，看到熟悉的西城门楼，喃喃说道："犹龙兄弟，为兄看你来了……"声音悲怆凄凉，热泪夺眶而出。王萱儿挽过魏裔介的手臂，放下轿帘，劝慰说："犹龙兄弟不幸病逝，你一路叨念，悲悲切切，欷歔不止。切莫过度悲伤，坏了身体，节哀顺变才是。"萱儿说着，止不住的泪水，挂满了腮边。

初闻杨犹龙病逝任上的噩耗，是在尚书房内。当时，魏裔介目瞪口呆，难以自持。巨大的哀恸向他袭来，日夜思念的挚友竟这样离他而去，怎能不使他悲痛万分！他向吏部满尚书交待几句，便乘轿回府，和夫人、小芹一起，换乘马车，带上陈奎及几名侍卫，急行四日，来到巨鹿城外……

车马穿过城门洞，一路前行，来到东大街杨府门前。府门素帐低垂，白幡飘飘。哀乐声声，催人泪下。

魏裔介来到灵堂，悲恸至极，手扶灵柩，痛哭失声。王萱儿泪如泉涌，大声啼哭。孝子、女眷个个悲声大放，亲友、乡邻无不哀痛万分。灵堂内外，哭声一片。

魏裔介止住哭泣，从怀中取出写就的《祭文》，肃立灵前，满怀对亡友的深切悼念之情，悲切切念道：

惟灵萃坤舆之间气，秉恒岳之英华。早掇科名，驰声翰院。雕龙绣虎，世谓足以状其才也；惊鸿掣电，世谓足以状其书也；光风霁月，世谓足以写其襟也；苍松翠筠，世谓足以名其节也。呜呼，是遂足以尽吴友之心哉！……呜呼，犹龙其果死耶，其竟不死耶！

伴随着低沉宛转、如泣如诉的哀乐声，魏裔介读完了《祭文》。他俯身将《祭文》放入灵柩前的焚坛内。燃烧的火苗，顷刻间将几页《祭文》化为灰烬，几片燃尽的灰片随着一缕青烟，升空而起，飘向远方。

魏裔介抬头望着远去的烟云，亡友生前的音容笑貌和件件往事又在他的脑海里闪现。他抚摸着灵柩，想到兄弟此去，再也不能与他同席共饮，赋诗唱和，不由得泪流满面，又生悲情。悲戚戚说道："犹龙兄弟，愚兄赋诗十二首，以告慰兄弟在天之灵。"说罢，哭吟道：

当年曾共赋扶桑，为惜分飞忆远疆。
蜀道峡云纷蜡屐，蓟门边树满秋霜。
鱼龙寂寞音书短，杯斝流连花木香。
我亦天生独立者，感君意气愧王阳。
……
问字宁甘学子云，关西伯起更超群。
濑边吟彻霜钟夜，醉后挥余白练裙。
几处孤寒齐下泪，一时星宿掩高雯。
可怜巨鹿南山畔，大鸟重来马鬣坟。

魏裔介如泣如诉，声泪俱下。字字情，声声泪，人们无不为他对亡友的深情厚谊而感慨万分。

杨履吉、杨徵吉兄弟二人跪在魏裔介面前，抽泣着说："伯伯切莫悲伤过度，伤了身体。"

魏裔介连忙俯下身去，说道："二位贤侄，快快请起。"魏裔介伸手将二人搀起。

申涵光和好友殷岳来到魏裔介面前，申涵光说："人死不能复生，石生兄节哀才是。"

遗孀李夫人拉着王萱儿的手走过来，向魏裔介裣衽一拜，说道："兄长对犹龙如此情深意切，他在九泉之下也会感到欣慰。"李夫人说着，禁不住泪水夺眶而出。她忙拭去眼泪，强压悲痛说："兄长和嫂子一路鞍马劳顿，请到客厅饮茶歇息。"

前来吊唁的顺德知府杜大人和巨鹿知县熊大人向魏裔介躬身施礼，熊大人说道："魏天官不远千里，为杨公吊丧，令在下感激涕零。在下已安排停当，请魏大人和夫人到驿馆用餐、下榻。"

"杨公与我情同手足，闻讣即来，本是情理中事，何足挂齿？今晚为杨公守灵，不劳各位了。”魏裔介说着，手扶灵柩，一声长叹，似有千言万语要向亡友倾诉。

大家陪同魏裔介夫妇来到客厅，分宾主坐定。魏裔介问道：“杨公入川以后，政事繁忙，与我书信来往却从未间断，得病之事他却一字未提。不知是何种疾病如此不得治，竟使杨公英年早逝。”

申涵光起身答道：“石生兄有所不知。杨公入川在任四载，殷岳始终从侍身边，不离左右。今年暮春杨公身患疟疾，却被庸医误诊，错服药剂，不治……身亡……”申涵光悲痛至极，泣不成声。

“大胆庸医，竟然伤及杨公性命，可恶至极，理当治罪才是！”魏裔介一拳砸下，震得桌面上的茶具“当啷”直响。

殷岳慌忙说道：“庸医并非故意，当他闻知噩耗之后，悔恨交加，痛不欲生，当日便跳崖身亡。”

殷岳又将杨公任职以来，呕心沥血，推行新政，百姓逐渐富足，官民额手称庆，以及杨公病重期间，仍然牵挂百姓疾苦之事哭诉一遍。大家都为杨公秉心务政、心系百姓的高风亮节所感动。

申涵光说：“石生兄，吏部公事繁忙，想必不会在此久留，我与殷岳及杨公家人商议，愿及早为杨公撰写墓志铭，能胜任者，非您莫属。此非小事，宜早勿迟。万望兄长应允，切莫推诿。”

魏裔介叹息一声说道：“我怎忍心不铭吾友？拿纸笔来，即刻写来便是。”

申涵光和殷岳将笔墨纸砚准备停当，殷岳研墨，申涵光铺纸，魏裔介挥毫写下“四川布政使巨鹿杨公犹龙墓志铭”几个大字。

魏裔介凝神构思，举笔写道：

公讳思圣，犹龙其字，号雪樵，直隶巨鹿人也。丙午成进士，选翰林院庶吉士。已授编修，纂修实录，升修撰，历任春坊侍读学士。寻出为山西按察使，升河南右布政使，转四川左布政使，以卒。

……公在山西，谳决精敏，累年大案，片言立解，督若抚皆倚办如左右手。其在河南，摄左藩事，革羡额给军饷，以廉洁称。居一年，鉴使者力荐，及迁之蜀。蜀系新造，土荒不治，民与虎狼杂处。时又用兵，军饷旁午，通省榷算，岁所入不过三千缗，无以应也。公至，则悉心综理之，首曰募开荒，立法尽善，计增额至数万，一以输之县官，而民不谓苦。次曰招外商平剂物价，无有奇赢，四方担负而至，蜀渐复故。凡四载，当事交章举卓异。因入觐，赐袍服有差，而病已甚矣。

……天之驷也，而窘以绁。殿之柱也，而短以棨。谁不公卿，而反蘧蒢。胡斯文之则舒，而一官之若拙。爰视大鸟，啾兮徘徊。言告蝼蚁，勿蚀其穴。

办完杨犹龙的丧事，魏裔介一行风尘仆仆回到京师，汤若望等人因天算案被捕入狱的消息，犹如一声惊雷，使魏裔介始料不及，惊愕万分。

魏裔介回到府内，草草收拾一下，便和刑部尚书龚鼎孳、礼部尚书梁清标匆匆来到刑部大牢，专程探望汤若望。

汤若望已患病多日，气虚咳喘，须发苍白，老态龙钟。汤若望见三人来访，挣扎着从杂草中坐起身来，咳嗽不止，说不出话来。

魏裔介俯下身去，握住汤若望的手，沉痛地说："汤大人，您受苦了……"魏裔介扶汤若望重新躺下，站起身来，皱着眉头说："是谁冒天下之大不韪，竟敢状告汤大人。"

梁清标说："咳！是徽州新安的杨光先。他著有《辟邪论》一书，指责汤大人的《时宪历》谬误百出，并向礼部投状，诬陷汤大人宣扬邪教，惑众愚民，企图谋反。"

龚鼎孳说："辅政大臣还以谕旨名义，将汤大人羁押入狱，并命吏、刑、礼三部会审，限期结案。"

魏裔介沉思片刻，皱着眉头说道："他们的矛头所指，并不仅仅是汤大人。杨光先即便刻毒刁顽，也不过是一介布衣，在他背后肯定有大靠山。他们想利用此案整垮汤大人，借此打击我们汉臣，达到其一箭双雕之目的。他们休想！既然让我们三人参与此案，我们就要针锋相对，据理力争，保汤大人平安无事。"

汤若望连咳几声，喘着气说："清者自清，不必为我担心。七十岁了，我还能对谁有威胁？谁还会如此花费心力，去对付一个行将就木的老人。这个杨光先，究竟是谁呢？"

杨光先是徽州新安人。顺治初年在钦天监回回科任职。当时，汤若望深受多尔衮和福临的器重，并委以钦天监监正之职。汤若望上任以后，不仅废除了原来的《大统历》和《回回历》，实行《时宪历》，还撤销了钦天监中的回回科。杨光先等人对此怀恨在心，便纠结回回科职官吴明烜先后上疏，斥责汤若望编纂的新法谬误百出。后经实验测试，证明汤若望的新法准确无误。杨光先和吴明烜被驱逐出京，贬为庶民。

杨光先将此视为奇耻大辱，对汤若望恨之入骨，二十年来，时刻不忘报仇雪耻。玄烨即位后，四大辅臣改弦更张，大权在握。杨光先以为时机成熟，以天算家自居，著《辟邪论》，力斥汤若望及《时宪历》之谬误。并将此书以满、汉两种版本到处散发。西堂耶稣会士利类思、安文思及钦天监监副李祖白等，著《天学传概》予以驳斥。

苏克萨哈和鳌拜视天主教为妖教，欲置汤若望于死地而后快。杨光先将《辟邪论》密送苏府，苏克萨哈看后，拍案叫绝。和鳌拜商议，二人一拍即合。鳌拜把杨光先请进府内，奉若上宾，并以上等徽墨和米芾的远岫奇峰砚相赠。如此一来，杨光先小人得志，更加有恃无恐。遂于七月十六日，将《请诛邪教状》投于礼部。

翌日，辅政大臣以谕旨形式宣布："邪教之诉，乃为国家最重大要案，著吏、刑、礼三部会审。"

七月十八日，天算案在刑部大堂开始首次会审。大堂庄严肃穆，正堂壁画上硕大的虎头怒视堂前，吏卒手握棍杖列队两侧，各种刑具摆列两旁。

魏裔介和龚鼎孳高坐在主审官位上，吏部满尚书阿思哈、刑部满尚书尼满、礼部汉尚书梁清标、满尚书赫维纳端坐两边。

汤若望佝偻着腰身，在南怀仁的搀扶下，和其他几名被告被押上堂。吏卒为他们摘取身上的镣铐。汤若望气力不支，欲跪不能，一下子瘫倒在地。

"汤玛法，你坐在地上就是了。"龚鼎孳说。

"汤若望犯下大逆重罪，你为何还尊他为玛法？"阿思哈质问道。

魏裔介接过来说："先帝便是如此称呼，为人臣子，焉敢不从？再说，汤玛法虽是被告，今天是来接受审讯的，并未定罪，谕旨又没有罢免他的官职，现在仍是朝廷一品命官。叫玛法有何不当吗？"

"阿思哈大人，魏大人说的没有道理吗？"坐在阿思哈身边的梁清标反问道。

"审理案件，被告理应下跪，为何赐座？"尼满大声问道。

魏裔介接过来说："汤玛法年逾古稀，身患疾病，给他赐座也是昭示朝廷仁心。有何不当吗？再者，令他下跪，如果疾病发作，误了大事，谁来承担？"魏裔介说着，吩咐道："来呀！给汤玛法赐座。"吏卒搬来凳子，搀汤若望坐下。

梁清标说："原告宣读诉状。"

杨光先跪在地上，拿起状纸，念道："西洋人汤若望，本如德亚国谋反正法贼首耶稣遗孽，明季不奉彼国朝贡，私渡来京。邦臣徐光启贪其奇巧器物，不以海律禁逐，反荐之于朝，假以修历为名，阴行邪教，延至今日，逆谋渐张。所著《时宪历》谬误百出，误政害民。历官李祖白，造《天学传概》妖书，谓东西万国，皆是邪教之子孙，尽是邪教之法语微言，岂非明背本国，从他国乎？如此妖书，罪在不赦。主谋者汤若望，求序者利类思，作序者许之渐，传用者南怀仁、安文思、潘尽孝、许谦。又布邪党于济南、淮安、扬州、镇江、江宁、苏州……并京师三十堂，伺机谋反。

邪教无君无父，忘祖灭伦。汤若望为邪教首领，各地教堂为巢穴，传教士为同党，十字架等物为暗号。……汤若望在各地广布门徒，只广东澳门一地，集结人马三万人，伺机作乱，妄图倾覆我大清。汤若望借历法以藏身金门，窥视朝廷秘密。若非内外勾连，谋为不轨，何故布党徒于京省要害之地，传妖书以惑天下之人？……汤若望等，阴谋不轨危害国家，诡立邪教煽惑愚民，种种逆谋，非一朝夕，若不速行翦除，实为养虎遗患。”

杨光先读完诉状，将状纸呈上。

“告状人杨光先，你状告汤玛法阴谋不轨，大逆谋反，可有证据？”龚鼎孳发问。

“回大人，《时宪历》上写着‘以西洋新法’五字，分明是汤若望借大清历法以彰西洋，使天下万国都知晓，我大清历法无源，奉西洋为正朔。”

“汤玛法，你有何辩解？”龚鼎孳问道。

“这‘以西洋新法’五字，是上任钦天监，奉先帝御旨列于历书，臣不敢擅自改动。礼部尚有原始记录，请……请大人详查。”汤若望咳嗽着，吃力地回答。

“既是先帝御旨，那自然怪不得玛法。”魏裔介说。

“杨光先，你还有无其他指控？”龚鼎孳继续发问。

“当然有。汤若望污蔑大清，说地球是圆的，大清居丑宫第一百七十度上，而西洋却在午宫第十一度上，午宫皆南方正阳，君之位也，丑宫则是北方幽阴之地，臣之道也。即谓大清是西洋脚下所踹之国，如此说法，实乃大不敬，不可赦。”

汤若望辩解道：“十二地支，子丑寅卯辰巳午未，丑居第二位，午居第七，丑在午之上，依杨光先所说，难道西洋才是大清所踹之国吗？地球是圆的，没有上下之分啊。”

“玛法所说成理。”龚鼎孳说。

“大人，被告所说纯属狡辩。”杨光先说。

“杨光先，你说汤玛法狡辩，你可有凭据？”魏裔介问。

“这……”杨光先一时语塞。少顷又说，“回大人，汤若望身披圣人外衣，实为不伦之辈，以传道为名，试图谋反，现在证据俱在，请容草民与他对质。”

“准。”

“汤若望，你为什么不成亲？这不违背天伦吗？你远离故乡，不养父母，跑到万里之外，岂不是无君无父，不忠不孝，忘祖灭伦吗？”

汤若望说：“天主为救赎人类，被彼拉多钉死在十字架上；普罗米修斯为造福人类，盗取火种，被宙斯锁禁悬崖，遭鹰啄食肝脏，受尽折磨。他们为拯救人类，甘愿牺牲自己。若望背井离乡，远离父母，来到中国，是尊上帝圣意，给人民带来西方文明，怎能说违背天伦？”

南怀仁说：“大人，汤玛法不远万里东来，就是想要大清的皇帝懂得，如何令他的子民心地纯净。”

“当年，孔子也曾逃离故国，四处讲学，难道他也有罪吗？天下僧众何止千万，和尚出家不成亲，不祭祖，只祭佛祖。以杨光先刚才所说，他们也该统统治罪，是吗？”李祖白据理力争。

“李大人言之有理。”龚鼎孳说。

杨光先的指控被一一驳回，心中沮丧，低下头来。随之板起脖颈说：“汤若望借历法阴行邪教，呼朋引类，偷渡而来，散布中国各地，据为巢穴。在澳门已备齐三万人马，企图颠覆我大清，谋反之心昭然若揭，请大人将其治罪。”

“大胆汤若望，胆敢聚众造反，是何居心？”尼满指着汤若望大声叱责。

“尚书大人，仅凭一面之词就可以定罪吗？”龚鼎孳质问道。

“空穴来风必有因，只要用重刑，便可问出一切。来人哪，大刑伺候！”阿思哈拍下惊堂木，大声喝道。

“嗻！”吏卒们齐声应道。

“不必了。”魏裔介说。

阿思哈冷笑一声，厉色说道：“犯人不招，以刑逼之，乃审案之法，魏大人处处维护汤若望，恐有包庇之嫌吧。”

“阿思哈大人，你身为刑部尚书，难道不懂大清刑律？非海盗、杀人成性者，不得使用重刑。”梁清标说。

“汤若望谋反，属十恶不赦之罪，为何不准用刑？”阿思哈说。

魏裔介说：“不是不准，而是不必！”

“什么意思？”阿思哈问。

魏裔介答道：“本官早已查明，澳门乃弹丸之地，居民不足两千，本属广东督抚管辖，断无屯兵三万，朝廷岂有不知之理。”

“阿思哈大人，什么屯兵三万。据本官所知，澳门那个地方，连三万个杯盘都没有，若屯兵三万，这些人只能用手抓饭吃，用手捧水喝了。”梁清标不无讥讽地说。

“大人，据草民所知，汤若望在澳门屯兵三万，确有此事啊！”杨光先看着阿思哈喊道。

“本官再说一遍，澳门属广东督抚管辖，广东督抚是朝廷命官，屯兵三万是何等的大事，为何朝廷不知，广东督抚不知，只有你杨光先，一介草民得知的道理？你说的这些话，除了胡言乱语，还能让本官相信什么？”龚鼎孳指着杨光先大声斥责。

杨光先顿时哑口无言，无话可说了。

杨光先贼心不死，重新翻开诉状，说道：“大人，《时宪历》舛误百出，汤若望制历荒谬透顶，不胜枚举。老朽以为，历书谬误，误政害民，必须予以驳斥，揭露汤若望险恶用心，以此唤醒人心……”

“杨光先，你说历书舛误，可有何凭据？”龚鼎孳厉声质问。

“大人，天佑吾皇，历祚无疆，汤若望只进二百年历，居心何其阴险毒辣。”杨光先竭力辩解。

尼满叱责道：“岂有此理！汤若望，你好大胆子，竟敢诅咒我大清命短，真是居心叵测！”

魏裔介说：“玛法，你有何申辩？”

汤若望慢慢抬起头来，忍着病痛说道：“以新法推算出来的历书，不仅只有二百年的推算，同时，亦有无疆年表，我之所以只呈上二百年的历书，只是为了计算更加准确无误，天算算多了，也只能作个参考，不能以此为准。以此推断大清命运，实属自欺欺人，别有用心。”

“荒谬透顶！”杨光先说，“大人，汤若望所修《时宪历》，老朽只是粗粗翻阅，便已摘出大谬大误达十余处。均列于诉状之上。比方说，顺治十六年，他将春分之时，迟算了一天二时二刻四分……”

龚鼎孳问：“杨光先，先不说算对算错，即使算错了一日半日，那又何以证明他有谋反之心？”

“回大人，四时节令，乃证天地之灵。春分下种，秋分收割，顺应时令，才能收天地相合之功。查顺治十六年，八省失收，实为误算之祸。”

南怀仁说：“诬陷，你在诬陷！”

阿思哈说：“南怀仁，现在审的是汤若望，你不得喧闹公堂！”

杨光先接着说：“大人，国家肇造鸿业，以授时定历为急务，制历明时，帝王所重，汤若望乱我历法，实为祸国殃民之罪魁。汤若望，这十大谬误，你作何解释？”

汤若望一时气淤，咳喘不止，说不出话来。

杨光先见状，心中暗喜，逼问道：“汤若望，要是你没算错的话，那就是老夫算错了？你说啊，说呀！”

杨光先见汤若望不能说话，便提高了嗓音，说道：“怎么样？汤若望没话说了吧。这叫心中有鬼，理屈词穷。他的所作所为，分明是以修历法为名，行谋反叛乱之实，用心歹毒，路人皆知……”

“人犯染疾，不能作辩，今日之审，就此作罢，明日再续。来呀，将人犯带下堂去。”魏裔介宣布退堂。

# 三六、验证观象台

自天算案发，汤若望被捕入狱以来，玄烨心中烦躁，惴惴不安。他心里明白，有人对汤若望心怀叵测，蓄意陷害。他们明里是在整治汤玛法，其矛头却直指父皇的“崇尚科学、满汉一体”的治国策略。他决心挽救汤玛法，以此挫败他们的恶意攻击。于是找来许多有关历法的书籍，如《大统历》、《时宪历》，还有王锡阐的《晓庵新法》，认真阅览，潜心研读。玄烨天资聪慧，虽不能全面理解，有些方面还是读得懂的。

玄烨顺手将《辟邪论》扔在桌上，嘴里嘟囔着：“什么误政乱民，阴谋叛乱，纯粹胡说八道！”他翻开《时宪历》，认真阅读起来。他看到书中有这样一段话：

“太阳、月亮、地球，三点重叠之时，即为日食，俗称之为‘天狗吃太阳’。经测算，甲辰年八月初一日申初二刻十一分，为日全食之时。”

玄烨欣喜若狂，心想：《时宪历》是汤玛法所著，所述日食之期断无丝毫差错，若与杨光先比试日食，杨光先必输无疑。天算案必有转机，汤玛法定会安然无恙。离日食还有四天……玄烨精神为之一振，离开书桌，喊道：“梁九功。”

“奴才在，皇上。”梁九功一步跨进门来，战战兢兢立在那里。

“朕让你探听天算案的审理情况，今儿个是第几天了？”玄烨问。

“回皇上，今儿是第十天了。”梁九功答道。

“汤玛法的病情可见好转？”玄烨问。

“还是那样，又咳又喘，打不起精神。不过还好，魏大人和龚大人每次堂审都给玛法凳子坐，凳子上还垫了厚厚的毛毯。近几次还在玛法的面前放上一只单桌，让玛法趴在上面答辩，还有水喝，比老狗杨光先舒服多了。魏大人和龚大人，还有梁大人，处处向着汤玛法，杨光先提出的问题，一个个都被否决了，阿思哈和尼满干瞪眼，没法子。嘻嘻……”梁九功不懂案子的具体内容，只能禀报这么多了。

“备小轿，刑部大衙。”

玄烨在乾清宫外上了轿子，只带了御前侍卫索额图、梁九功和两个小太监，出神武门，向皇城西的刑部官署走去。

刑部大堂内，天算案会审正在继续。

“杨光先，你还有何诉告，快快讲来。”龚鼎孳说。

“汤若望图谋不轨，肆意篡改《大统历》……”

“皇上驾到……”话音未落，玄烨已站在大堂之内。审官、吏卒、旁听，以及原告、被告，都跪在地上，迎接圣驾。

玄烨走到魏裔介和龚鼎孳跟前，说道：“众位爱卿平身。”

玄烨在主审官位上坐下，摆摆手说：“朕此来只是想听听审案，魏爱卿、龚爱卿，继续审案吧。”

“杨光先，接着说！”龚鼎孳说。

杨光先见是皇上听审，立刻来了精神。提高了嗓门说：“汤若望图谋不轨，肆意篡改《大统历》。紫气乃我朝廷创业之吉祥星宿，而汤若望在紫气、罗睺、计都、月孛四项中，独删紫气，是何居心？汤若望，你删我大清吉星，就是除我大清之庇护，这不是企图谋反是什么？汤若望，你这妖师，披着圣贤的外衣，辱我大清的英名，其狼子野心，大清的子民人人得而诛之！”

“紫气？什么是紫气？紫气是什么星宿啊？”玄烨问。

“皇上，草民知道，紫气就是吉祥星宿啊！”杨光先说。

南怀仁说：“回皇上，紫气就是暂留空中的小彗星，数月后即散，根本就不是什么真的紫气。其在天上，欲测则无象可明，欲算则无数可定，欲论述则无理可据，这些明明都是前人妄加的，所以，汤玛法才没有在《时宪历》中存留。”

“南怀仁，杨光先控诉汤若望，自有汤若望应辩，用不着你来多嘴多舌！”阿思哈怒斥道。

龚鼎孳挥挥手说：“阿思哈大人，汤玛法重病缠身，其心意不能正常表达，南怀仁接受委托，代为答辩，有何不妥？”阿思哈张了张嘴，无话可说。

魏裔介说：“紫气一项，既然无法测算，留而无益，又是妄加，理当删除。汤玛法并无过错，杨光先所控谋反之辞，纯属子虚乌有！”

梁清标说：“杨光先，你还有何指控，讲！”

杨光先说：“满天星宿皆拱天而不动，其中唯有日、月、金、木、水、火、土可动。汤若望却说，二十八星宿动而不在原处，可见，他根本不懂星宿。哼！”

汤若望抬起头来，辩解说：“宗动天自东向西移动，上列十二宫。因此，自古不变。众星天……”

杨光先瞪着斗鸡似的眼睛，大声斥责：“荒谬！你这是邪说，简直是荒谬透顶，荒谬透顶！”

“杨光先不得无礼，让玛法把话说完。”梁清标说。

汤若望咳嗽几声，接着说：“众星天自西向东移动，只是移动甚缓，须经数十年、数百年、数千年，方可察觉。”

“众星宿向东移动，久而久之，自然会于宗动天错开。”玄烨说。玄烨的这句话，说明他钻研历法的工夫没有白费。

汤若望说：“说得好，说得好！皇上学会了很多东西，这便叫‘岁差’。皇上，所谓子午卯酉四宫，则为不动者，星房虔昴则为可动者。”

“哦，我明白了。杨光先，你明白吗？”玄烨问。

“回皇上，小民当然明白。只是……”

“阿思哈，你明白吗？”玄烨问。

“回皇上，微臣不明白。”阿思哈答道。

“车克、赫维纳，你们明白吗？”玄烨问。

“回皇上，微臣也不明白。”车克和赫维纳答道。

玄烨看了看魏裔介等汉臣，笑着说：“你们既然不明白，那怎么能分辨出谁真谁假，谁是谁非？又怎能秉公断案？”

阿思哈说：“臣等对天算确实涉猎不深，案件如何审理，还请皇上明示。”

“岂是涉猎不深，实为全然不晓。其实，要辨真假也很简单，随便找一道天算题目，让各种历法比试一下，不就可以辨出真伪了吗？朕记得，汤玛法的《时宪历》记载，再过四天，就会出现日食，也就是通常说的天狗吃太阳。届时，只要把西洋的《时宪历》和《大统历》、《回回历》这三种历法比试一下，测试日食的准确时辰，自然分出上下高低，比这样争来争去简单多了。”玄烨说。

梁清标躬身说道：“皇上聪明睿智，机敏果敢，微臣钦佩之至。”转过身来，大声说道：“传皇上口谕，八月初一日，观象台观测日食，汤玛法、杨光先、吴明烜各代表《时宪历》、《大统历》、《回回历》，三日内报上各自测试日食准确时刻。皇上届时御驾亲临，以决胜负！”

大堂外，众臣跪送皇上。玄烨坐上轿子，起驾回宫去了……

万里无云秋风爽，丽日当空艳阳天。

观象台坐落在皇城东南角。突兀而起的石台上，摆放着元朝天文学家郭守敬所制的浑天仪、简仪、量天尺等天文仪器。它们经历了四百年的风霜雪雨，依旧挥发着崇高而神秘的光彩。站在观象台上，极目远眺，蓝天碧瓦，红楼绿树，还有那青黛色的西山，使人憋闷的心情豁然开朗，令人心旷神怡。

午时刚过，观象台下已是车水马龙，热闹非常了。王公官员都被请到紫微殿等候，他们三五成堆地唠着嗑，等待观看多年不遇的“天狗吃太阳”。

大殿一角的偏房内，坐着四位辅政大臣。鳌拜一脸的怒气，发着牢骚：“一个谋反案子，还要测试历法、比试什么日食，纯属画蛇添足，制造麻烦。这样拖下去，这案子什么时候是个了？”

“鳌大人切莫上火，杨光先的诉状里，明明写着汤若望的《时宪历》有十大谬误，本来历法天算繁杂玄妙，这些天审来审去，也没有审出个所以然来，倒是把杨光先的控告都给驳了回来。这样一来，搞一次日食测试，也未必不是一件好事。苏大人曾说，杨光先已夸下海口，说是这次测试，他必赢无疑。那只好试试看吧。再说，这次观测日食，本是皇上的旨意，咱们做辅臣的，能有什么法子？”不善言语的遏必隆首先说出了自己的看法。

“这个小主子，全不站在咱们这一边，跟先帝一样，和汤夷一个鼻孔出气。更可气的是魏裔介这帮汉臣，处处维护汤夷一伙。听杨光先讲，审案以来，魏裔介和龚鼎孳，还有那个梁清标，对汤夷不但不严加审讯，还对他敬若宾客，杨光先所提控词被他们一一否决。当初，苏大人提出让他们担任主审，我就不同意。这下可好，砸锅了吧！照这样下去，这个案子非输不可。以我看哪，现在就把他们的主审之职撤掉，另选其人，挽救败局才有希望。”鳌拜忿忿地说。

“鳌大人，话可不能这么说。当初提出让魏裔介担任主审，一是他精通律法，熟悉刑狱，几年来的大案都是他担任主审之职，现在他又是吏部尚书，在满汉大臣中，都有威望，让他主审此案，会减少诸多争议。二是此案为谋逆大案，他们稍有不慎，咱们便可抓住破绽，给汉臣以痛击，一则可以铲除异党，二则可以为我所用。再者，主审人选之事，首辅索大人也是点了头的，又不是我一人所定。”苏克萨哈据理辩解。

索尼说话了：“苏大人所说不无道理，只是你们都忽视了一个重要问题，那就是魏裔介入官二十年，历来深受老佛爷的器重，就连小主子也对他礼敬三分。平心而论，此人在汉臣中论德论才，首屈一指，耿介率直，不同凡类，佐朝理政，当可重用。当初幼主登基，我们四人奉先帝遗命辅佐朝政，首先起用魏裔介，便是此意。如今要想动他，若无老佛爷点头应允，恐怕就没有那么简单了。”

“哼！当初委任与他，是为我所用，想不到他如今对我们却有二心，真是不识抬举！老佛爷器重的汉臣多了，这个不能动，那个不许撤，还要我们几个辅臣干什么？依我看，不如将他和龚鼎孳一起撤职查办，以绝后患。”鳌拜狠狠地说。

“不可，不可。现在撤他们的职，总要有个说辞吧。不如让老夫觐见老佛爷，探探她老人家的口风，再作计较不迟。”索尼胸有成竹地说。鳌拜一脸的不高兴，坐在那里生着闷气。

“索额图拜见阿玛，拜见苏大人、鳌大人、遏大人！”索尼的二公子索额图站在门内，恭恭敬敬地给大家行礼。

“哦，是贤侄来了，快请坐，请坐。”苏克萨哈热情地说。

“索额图仪表堂堂，越来越像他当年的阿玛了。”遏必隆夸道。

“皇上已到山下，请大人觐见。”索额图说。

“啊，皇上也来了？”鳌拜说着，便和大家一起，匆匆走出大殿，来到临时搭建的观测台下。

抬头望去，玄烨头戴皇冠，身着龙袍，腰缠玉带，端坐在高高的御台之上。

“参见吾皇万岁，万岁，万万岁……”

“众位臣工平身。”

王公大臣起身，各自坐下，和皇上一起等待日食测试。

天算案的审官魏裔介、龚鼎孳、梁清标、阿思哈、尼满、赫维纳，负责今天日食测试的监督，他们的座位设在御台之下，一字排开。

醒目的告示牌，高高悬挂观测台右侧的旗杆上，上面写着：

大统历法算定日食时刻为：未正三刻

回回历法算定日食时刻为：申初初刻十分

西洋历法算定日食时刻为：申初二刻十一分

观测台下，杨光先代表大统历法、吴明烜代表回回历法、汤若望和南怀仁代表西洋历法，他们跪列一排，等待着日食时刻地到来。吴明烜神情木然，闭目养神。汤若望身体虚弱，面色苍白，咳嗽气喘虽有好转，却仍是气力不支，呻吟不止。杨光先跪在那里，眯缝着眼，一副稳操胜券，悠闲自得的样子。

礼部职官站在台上，大声宣告：“今日奉旨，在此测试日食，现在已是未时二刻，离杨光先以《大统历》测算日食时刻，还有一刻时间，请皇上、诸位王爷大臣届时测验，以辨实虚真伪，以决胜负。”

钦天监的官员，给皇上及王公大臣每人呈上了一片涂墨的圆形玻璃，他们举起手中的玻璃看天，光芒刺眼的太阳变成了绛红色的小圆球，都觉得新鲜好玩儿。

万事齐备，一切就绪。时刻一点点逼近，人们都屏住呼吸，等待着那一时刻的到来。

“未时三刻到！……”浮漏堂传来报时声。

“未时三刻到！……”晷影堂传来报时声。

报时官喊道：“大统历推算时刻到！……”

台下鸦雀无声，人们举起圆玻璃片，注视着里面的小红球。

时间一分一秒地过去，耀眼的太阳高悬蓝天，看不到半点儿缺蚀的意思。人们慢慢放下玻璃，激动的心情渐渐消失，一阵骚动，打破了沉寂。

苏克萨哈脸色涨红，禁不住一拳砸下，只喘粗气。

杨光先的脸色由黄变白，由白变灰，瘦长的脑袋慢慢耷拉下来，本来就挺不起来的腰身弯了下去，一根灰白色的小辫子在脑后翘翘着，汗水顺着脖颈上的皱纹流了下来。

前来观测的满汉大臣纷纷议论起来：

“看来，大统历的推算不可信。杨光先是靠不住了。”

“杨光先是什么玩意儿！兴师动众地来了这么多人，还惊动了皇上，真是欺世盗名，丢人现眼。”

“洋人也不一定算得准，咱们等着瞧吧。”

人们指手画脚，议论纷纷。鳌拜瞪着眼，一言不发。

玄烨坐在椅子上，眯着眼，一脸的鄙夷之情，嘴角露出浅浅的笑意。

苏克萨哈的脸红一阵，白一阵，看了看面色平静的皇上，大声说道：“回回历推算的时刻会准的，大家耐心等待就是了！”

“申时初刻十分到！……”

“申时初刻十分到！……”

“回回历推算的时刻到！……”

又是一片沉寂，人们有的举着墨镜，有人手打着凉棚，向天上望去。太阳还是那样明亮，还是那么刺眼，天狗跑到哪里去了？

吴明烜扭脸看看垂头丧气的杨光先，又看看痛苦呻吟的汤若望，好像对测试的结果不怎么在意似的，抬头望望天空，低下头来，看着地上的黄土和碎石粒发呆。

人们怀着各样的心态，忐忑不安地默默等待着。高举的墨镜纷纷放了下来，打凉棚的手也都慢慢垂下，天上的太阳依然是圆圆的，亮亮的，那里有天狗的影子？

“啪”的一声响，打破了周围的寂静。一块墨镜被摔得粉碎，鳌拜拍拍手，站起身来，大声骂道：“娘的，天狗呢？杨光先说的都是娘的屁话！”索尼扯了扯鳌拜的袍角，向皇上那边努了努嘴，鳌拜不耐烦地“哼”了一下，重新坐了下来。

苏克萨哈说：“今天有日食，原本是汤若望的西洋历上说的，可见洋人的东西太不靠谱，全是糊弄人的把戏。”

“那还在这儿傻等个嘛劲儿？还不如回去遛遛鸟，打圈儿麻将。”一个王爷把墨镜扔在地上，装满了烟锅，仆人慌忙打着了火镰，一缕浓烟吐出，随风飘走。

“就是，等了半天，什么也没看着，忒扫兴了。要是到西苑打围，也早就兔子山鸡一大串了。”一个贝勒模样的人说。

“什么大统历、回回历、西洋历，全都不可信！还是咱们的萨满神灵验。”

岳乐笑笑，心平气和地说：“大家都别忙，既然来了，就要看个究竟嘛。说不定一会儿天狗就会来的。”

安亲王说话了，大家都闭上了嘴，场面恢复了平静。

“申时二刻十一分到！……”

“申时二刻十一分到！……”

“西洋历推算的时刻到！……”

喊声尚未结束，天上的太阳好像颤抖了一下，阳光突然变得有些发昏。继而，圆圆的太阳被抹去一个小边儿，显得不那么圆了。

不知是谁惊讶地喊了声：“呀！吃了，吃了!看呀，快看呀！”人们抬头望着天空，空气好像凝固了似的，成百上千人的场面，竟是那样的寂静无声。

魏裔介和阿思哈各拿一个窥远镜，认真观察太阳的变化。

太阳的缺边慢慢扩大，一忽儿变成半月形，一忽儿变成玉玦形，一忽儿变成月牙形。太阳越变越小，天空越来越暗。月牙似的太阳越来越小，逐渐消逝，大地一片昏暗。

玄烨握住窥远镜的手慢慢放了下来，紧绷着嘴唇，却掩饰不住从嘴角溢出的得意之情。

魏裔介悬着的心终于落了下来，和龚鼎孳、梁清标的目光相遇，三人点头示意，相视而笑。阿思哈、尼满和赫维纳却是一脸的沮丧，呆若木鸡。

索尼和遏必隆神情茫然，鳌拜和苏克萨哈虽是满脸怒气，却又无可奈何。

南怀仁用力握住汤若望的手，用鄙夷的眼神看着杨光先，杨光先低下的头再没有抬起来。

月牙似的太阳重新显现出来，由小变大，慢慢恢复着以往的光彩，天空亮了，大地亮了。

岳乐站起身来，满脸笑意，轻轻掸掸袍襟，大声说道：“今天的日食果然应验，时宪历推算的时刻太精确了。千真万确，不可辩驳。哈哈哈哈……”

台下又开始喧嚣起来，人们议论纷纷。

“真神了哎！还是洋人算得准，一丝一毫都不带差的，不由你不信。”

“这天上的事能拿捏得这么准，真是不可思议，我看汤若望非神即仙了。”

礼部职官在台上说着什么，苏克萨哈什么也没听见，瞅一眼身边的鳌拜说：“没想到汤若望还真有些神通，竟算得如此准确，真是不可思议。”

鳌拜瞪着鹰眼，浓浓的扫帚眉拧成了疙瘩，愤愤说道：“精通个屁！这个杨光先真他妈的窝囊透了，简直是个废物！”

苏克萨哈奸笑一声，说：“欸！只不过是个日食测试，无关紧要。案子怎能以此下判？回去再作计较吧。”

“计较个屁！今天皇上御驾亲临，日食亲眼所见，和汤夷的历法天算之争，谁输谁赢，不是明摆的事吗？”鳌拜气急败坏地说。

“谁也没有想到，会弄出这么个结果。”遏必隆摇摇头说。

“好了好了。皇上还未起驾，发的什么牢骚？一切事体，回去后再议！”索尼没好气地说。

太阳完全复原了，向大地喷射出无限的光芒，天上出现了几片淡淡的白云，天空像刚刚用清水洗过一样，湛蓝湛蓝的。

“皇上起驾回宫！……”梁九功挥一下拂尘，大声喊道。人们匍匐在地，山呼万岁，叩送皇上起驾。

玄烨离开御座，单手扶着梁九功的手臂，走下观测台，径直来到汤若望面前，高兴地说：“汤玛法神机妙算，你的天算之法果然精确无比，使人不得不服，朕为此感到欣慰。”

汤若望跪在地上，气喘吁吁地说道：“谢谢皇上夸奖，世上万物皆有规律可循，日月星辰更是如此。老夫只是依其运行规律加以计算，并无神妙之处。”

玄烨看一眼跪在一旁的杨光先和吴明烜，嗤之以鼻，随后迈开脚步，朝着停在紫微殿前的御辇走去。

观象台的日食测试，以不可辩驳的事实，证明了汤若望的西洋历法的正确无误，而大统历法和回回历法，却在测试中均遭惨败。杨光先和吴明烜自然是威风扫地，脸面丢尽，更是辅臣们自辅政以来，一次最大、最丢脸的失败。

一连几天，索尼没有到政事堂理事了，说是得了伤寒之症，高热不退，卧床不起。辅臣公案上奏折成堆，好多事务急着要办，尤其是天算案因日食测试卡了壳，如何裁决，没有首辅的意见怎么成？

三辅臣乘轿来到索府门前，下轿登门，家院正好出门送客，见是三位辅臣造访，笑脸相迎，一起走进索府。

苏克萨哈边走便问：“索大人病况如何？”

“回苏大人，老爷病情已有好转，刚刚送走的御医说，再调养一段时间，便可痊愈。”家院说。

“给索大人瞧病的好像是太医院的诸葛医官，他对诊治伤寒病还是有些把握的。”苏克萨哈试探着问。

“不是诸葛医官，是御前医官廖先生。蒙太皇太后洪恩，每日都来亲自把脉开方子。”家院如实回答。

苏克萨哈像喝了醋一样，心里酸溜溜的，对索尼不知是羡慕还是嫉妒，反正心里不是滋味。苏克萨哈的嫉妒不无道理，几个月前，索尼的二公子索额图，从一个乾清门当值的末等侍卫，一下子升为头等侍卫，在御前侍驾。若不是老佛爷对索尼的特别恩宠，索额图纵有再大的本事，也不会如此一步升天的。如今，索尼区区小恙，便派来宫中最负盛名的、专为老佛爷瞧病的御医登门诊治，那是何等的恩宠，何等的荣耀啊！苏克萨哈想着，肚子里一阵难受，一股酸水涌上咽喉。他痛苦地闭了一下眼睛，想到自己的首辅之梦竟是那样的遥不可及。不容他多想，几个人已经走进客厅。

索尼身着圆领便装，由孙女芳儿搀着，从卧房走出。索尼脸色黄瘦，气喘吁吁，一副病歪歪的样子。慢慢地坐在客厅正面的太师椅上。仆人忙前忙后，为客人斟茶敬烟。

"索大人身体一向强健，这次却一病数日。朝中琐事繁杂，我等不敢怠慢，勉强支撑，着实有些力不从心呀。"苏克萨哈的话，听来谦逊，其实他从来都不肯忘记自己是辅臣第二。

索尼放下茶杯，不紧不慢地说："抱歉得很，实在不忍心让各位替我受累。不过，有你们几位佐理朝政，老夫自然放心得下，所以就安心静养几日。人老了，不中用了，观象台登高爬坡，回家就浑身酸冷，发起高烧。"索尼说着，咳嗽了几声，接着说道："疗病期间，对汤若望的案子老是放心不下，你们的意思，此案应如何办理呢？"

"索大人养病在家，如此大案，我们几个怎敢擅作主张？"苏克萨哈说完，看了鳌拜一眼。鳌拜坐在那里，满脸怒气，一言不发。

"此案错综复杂，非同小可，我也为此忧心忡忡。左思右想，总拿不出个万全之策，进也不是，退又不能。咳！……"索尼说完，看着三位同僚，装了一袋烟，吸了一口，猛然咳嗽起来。

"您是首辅，每次遇到难题，您总会想出办法来，我们只能按照您的意思行事。"遏必隆说。

"这次日食测试，汤若望获胜，打乱了咱们的原来的计划。测试结果，天下人尽知，小主子也御驾亲临，大势所趋，咱们也不好逆水行舟，只有顺其潮流，取信于民为好。除此之外，各位若有再好的办法，不妨说出来听听。"索尼磕掉烟灰，静等回音。

苏克萨哈惊讶地问道："什么？索大人的意思是……是就此罢手？那……"

"就此罢手？这不是认输吗？以前的气力就白费了吗？不成！"鳌拜"噌"地站起，攥着拳头，怒目圆睁。

"除非你拿出证据，证实西洋历法的谬误之处，以此推翻汤若望邪教之说。如若不然，要想取胜，谈何容易？"索尼耸着眉头，看着鳌拜，说话掷地有声。

"这……"苏克萨哈有些犹豫，"日食观测，杨光先丢人现眼，汤若望稳操胜券，哪里还有证据可寻？那……那也只得退让一步了。"苏克萨哈说着，又觉得于心不甘，不由得看一眼鳌拜。

“退让？没那么容易！”鳌拜一拍桌子，跳起身来，勃然大怒，指着苏克萨哈的鼻子吼道，“你……你这是临阵脱逃，是死罪！咱们八旗雄兵无敌于天下，靠的是什么？靠的就是勇往直前，永不言败！照你苏克萨哈所讲，要我们向这些洋狗子、南蛮子低头、退让，那就是投降！他们得胜了，咱们的脸往哪儿搁？还有何脸面立朝辅政？啊？”

没想到，自己不经意的一句话，竟然惹怒了鳌拜，劈头盖脸地朝自己发火，苏克萨哈心里自然窝火，又不便发作，压住火气，强装大度，寒着脸说道：

“咱们是在谈论公事，不是发发火，放放炮就能取胜的。你发脾气也不看个场合，这里是索府，不是政事堂！这也不是，那也不行，你倒说出来个万全之策，还用得着咱们在此吵吵嚷嚷，争论不休吗？”苏克萨哈以退为进，几句不冷不热的话，不重不轻地将了鳌拜一军。

正在气头上的鳌拜，决不在别人面前认输，仍然不管不顾地说：“要退你们退，要让你们让，我鳌拜决不退缩，当他娘的逃兵。这个案子，你们不管我来管，倒霉受罚我兜着！汤若望一日不除，咱们就一日不得安宁。我就不信治不了他们。我一准拿出凭据让你们看！你们都别管！”鳌拜说完，顺手拿起茶杯，将一杯凉茶一饮而尽。

索尼眯着眼睛，貌似漫不经心，其实已将二人的争吵一一记在心里。等鳌拜出尽了火气，索尼心里也已有了底数，于是睁大眼睛，郑重说道：“汤若望不是等闲之辈，天算历法，深奥无比，不是你我所能参悟。汤若望有老佛爷和皇上护着，又有一帮汉大臣的支持，你要证实汤若望天算虚谬，必须铁证在手，无懈可击，使人心服口服，才能奏效。”

鳌拜抹一下连鬓虬髯，说道：“你们只管放心，我鳌拜历来不曾服输，只要鳌拜想办的事，没有办不到的！”

“那好吧。这个案子就交给鳌大人主管。鳌大人哪，此案非同小可，必须小心谨慎，切不可莽撞行事，再也不能出现日食测试这样的大闪失。苏大人对此案还要多多过问，决不可掉以轻心。”索尼说完，看一眼苏克萨哈。

“好吧。我盼望鳌大人旗开得胜！”苏克萨哈说。他嘴里说着，心里却在想：“等你鳌拜弄得一塌糊涂，还得让我来收拾残局。哼哼！”

遏必隆没有言语，心里却在敲着小鼓：鳌拜如此火爆脾气，这样的大案交给他来主管，保不住会闹出什么大乱子来……

# 三七、鳌拜露拙

阴霾满天，寒风劲吹，大街两旁的古槐树梢，被风吹得哨儿响。两顶官轿一前一后，轿夫踏着满街的碎叶一溜小跑，脚下发出“沙沙”的声音。眨眼间，轿子走进刑部大门。站岗的侍卫对这两顶轿子并不陌生，和紧跟轿后的陈奎招招手，算是放行。轿子绕过刑部大堂，穿过走廊，停在治事厅前。魏裔介和梁清标各自下轿，向厅门走去。

龚鼎孳走出厅门，抱拳相迎。三人并没有多少客套，一起走进大厅，各自落座。

梁清标摘下顶子，扔到桌上，忿忿说道。“日食测试已经过去半个月了，谁胜谁负，早已定局，辅臣们至今不发谕令放人。汤大人年老病重，仍被关押在刑部大牢，再拖一些时日，恐怕就难以支持了。哼！这帮辅臣老爷，他们还能玩出什么花样？”

龚鼎孳接过来说：“玉立兄不必为汤玛法担忧，大牢那边，我早已安排人手，专门照顾他老人家，还派了御医为他诊治，他的病情虽无多大好转，也无大碍，请二位放心就是。”

魏裔介点点头说：“汤大人有鼎孳兄照顾，我们哪能不放心？不过案子老这么拖下去，只怕是夜长梦多。据说，日食测试之后，索尼以为天算案胜负已决，大局已定，不如就此了结。可鳌拜死活不肯罢手，索尼无奈，只得将此案交给鳌拜主管。鳌拜此人，别看他性情暴戾，内心却又诡计多端。他主管此案已有些时日，一无召集审官，过问此案，二无颁发谕令，继续再审。他的葫芦里到底卖的什么药，我们全然不知。咱们一定要未雨绸缪，早做打算。”

“说的是。”龚鼎孳说，“我将二位请来，就为此事。据线人密报，近日来，阿思哈、尼满、赫维纳频繁出入鳌府，定是为天算案商议对策。我和石生兄是四辅臣任命的主审官，鳌拜撇开主审，与三个满尚书密谋，有违常理。由此看来，天算案定会有大的反复，我们不得不防！”

梁清标说：“反复？还能有什么反复？此案由杨光先告发而起，他控告汤大人的罪状无非有两类，一是历法有误，二是叛逆谋反。日食的测试结果，足以说明汤大人的历法测算精确无误，倒是杨光先和吴明烜的测算谬不可信。杨光先告汤大人叛逆谋反，更是无中生有，蓄意谋害。在过去的会审中早已被逐项驳回，汤大人无罪释放已成定局。以此追究杨光先和吴明烜的诬告之罪，才是正理。鳌拜纵然大权在握，也不敢违背事实、民心，为杨光先翻案吧！”

“人心难测，鳌拜之心更是难以捉摸。石生兄说得对，鳌拜性情暴戾，又诡计多端，不按常规出牌，首辅索大人也不得不让他三分，我们对他及早防备才是。”龚鼎孳说。

魏裔介放下手中的《大清刑律》，望着窗外被大风吹起的树叶和灰尘，说道：“兵来将挡，水来土掩，不必多虑。如今四辅臣之间勾心斗角，矛盾重重，太皇太后和皇上深明大义，处处维护汤玛法，我就不信，难道他鳌拜能翻天不成？”魏裔介说完，转脸瞅着龚鼎孳说，“龚大人，听说近来顾夫人抱恙，卧病在床，可有此事？”

龚鼎孳闻听此言，脸色突然变得阴沉起来，掩饰不住内心的悲伤，声调低沉地说：“咳！天有不测风云，人有旦夕祸福。今年春上，她突染伤寒，请良医寻良方，所服药剂不计其数，终不见好转，如今又是咳血不止，先生说是肺痨，已是无药可救了。只能……”龚鼎孳说着，眼中充满泪水，嘴唇微微颤动，在两位挚友面前，强忍悲痛，将脸扭向一边。这位才华横溢、在宦海沉浮中拼搏数十年的刑部尚书，还是一个重情重义，柔情似海的正人君子。

魏裔介和梁清标望着龚鼎孳微微抖动的肩膀，心情也十分沉痛，三人呆然而立，默默无语。

“龚大人，小的有要事禀报！”声音从门外传来。

“进来。”龚鼎孳双手抚摸几下面颊，尽力从悲情中挣脱出来，转过身，恢复了以往的情态。

龚鼎孳的贴身侍卫走进厅内，呈上一份文件，说道：“这是刚刚收到的礼部文告，请大人过目。”

龚鼎孳接过文告，一段文字映入眼帘：

> 经礼部详审，观象台杨光先、吴明烜、汤若望三派比试日食时刻，均无误差，西洋时宪历更为准确。其他两派只差两刻三刻，实不足以区分优劣，故礼部下判：三派天算历法不分高下，天算案择日再审，以辨真伪。

龚鼎孳看后，眉头紧皱，面色涨红，怒道：“卑鄙至极！”

魏裔介接过文告，看后怒不可遏，拍案即起，呵斥道：“胆大包天，胡言乱语！说什么只差三刻两刻，不分高下，真是掩耳盗铃，指鹿为马，恬不知耻！如此恣意妄为，无法无天，公理何在？”

梁清标将文告摔在地上，大发雷霆：“礼部文告，没有征求我的同意，怎能下发？他们把我这个礼部尚书置于何位？他们的胆子也太大了！简直是违逆朝纲！”

“何止违逆朝纲，而是目无天子！皇上关心此案，即是关心汤玛法，他们如此逆天而行，就不怕皇上震怒？”龚鼎孳极力控制着自己的情绪。

“若按朝规，各部下发文告，必须有满汉尚书签名，再交王大臣会议议定，最后由首辅批准，方可下发。此文告若交王大臣会议议定，安亲王一定不会同意，索大人也不会轻易批准。一定是鳌拜违背朝廷惯例，擅自作主。如果将此事告上朝廷，鳌拜必定无理抗辩，成为众矢之的。”梁清标说。

龚鼎孳皱着眉头说：“玉立兄所说，也有一定道理。只是这样一来，就等于告了御状，动静闹得太大，到头来难以收拾。王爷们又袒护鳌拜，弄不好，太皇太后和皇上为全局利益，对鳌拜听之任之，不置可否，到那时，我们真就骑虎难下了。”

“大可不必！”魏裔介说，“天算案为吏、刑、礼三部会审大案，所发文告，必须加盖三部公印，再有各部尚书共同签名方可有效。鳌拜之所以敢违反朝规下发文告，其真正目的是利用此案，扳倒汤玛法，再回过头来，收拾我们汉臣。在此生死关头，我们何不以牙还牙，按照常规再发一次文告，直接呈送安亲王，是成是败，咱们总要拼搏一次，或许能够转败为胜，保汤玛法不死。”

“这……”龚鼎孳深感事态严重，犹豫不决，一时难下决心。

“这有何难？鳌拜既敢违反朝规，下发文告，我们依例而行，又有何虑？”梁清标理直气壮。

魏裔介走到龚鼎孳面前，语重心长地说：“鼎孳兄啊，汤玛法平时对我们三人情深义重，视为知己，如今他老人家身陷囹圄，危在旦夕，更何况此事关系国家前途命运，我们怎能袖手旁观，只求自保？鼎孳兄向来以大局为重，不顾个人安危，挺身而出，为何……”

“石生兄，不要再说了！”龚鼎孳上前握住魏裔介的双手，心情激动地说，“石生兄，您太小看鼎孳了。我是只求自保的人吗？我只是想此举非同小可，一旦成文，即是向鳌拜下了战表，刀出鞘，箭离弦，有进无退。权衡利弊，稳操胜券，方可出手。”

“咱们有安亲王的支持，又有太皇太后和皇上的恩顾，鳌拜纵有天大本事，能奈我何？”梁清标正气凛然，说话斩钉截铁。

“箭在弦上，不得不发！纵然有千难万险，也要奋力一搏！事不宜迟，夜长梦多，马上就办！”三人有力的大手紧紧地握在了一起……

老佛爷和玄烨坐在慈宁宫正殿的位子上，聆听梁九功读着刚刚送来的文告。梁九功读完礼部文告，站立一旁。

乌兰听完文告，生气地说：“这不是颠倒黑白是什么？明明是汤玛法赢了，硬说是不分高下，他们到底讲不讲理？”

玄烨怒目圆睁，“噌”地站起身来，快步走下御台，从梁九功手里夺过文告，匆匆看了一眼，随手将文告撕成两段，呵斥道：

“什么狗屁文告，一派胡言！观象台日食比试，西洋历法精确无误，杨光先和吴明烜当场出丑，是朕亲眼所见，怎能说不分高下？真是颠倒黑白，胡说八道！礼部官员混账至极，如此下判，就不怕坐牢杀头？”

“皇儿啊，单凭礼部，他们有这么大的胆子吗？”老佛爷问。

“那就是苏克萨哈和鳌拜暗中给礼部撑腰。他们也忒狂妄了！借天算案之名，行残害忠良之实。他们为了恢复祖制，欺压汉臣，不惜置汤玛法于死地。皇玛嬷，汤玛法他可是您的义父、备受父皇爱戴的老师啊！他们之所以这样做，明明是作践父皇的一世英名，是诅咒父皇之过啊，皇玛嬷！”

玄烨的一席话，捅到了老佛爷的痛处。她收敛起和蔼温润的面容，微合的眼睛逐渐睁开，深沉的眸子里射出凌厉的光。

“史记官！”老佛爷的声音不大，在大殿角落忙着记录的史记官却听得真真切切。

“小的在！”史记官慌忙起身，一溜小跑，跪在老佛爷面前。

“去，把礼部文告捡起来。”不等老佛爷说完，史记官就将撕为两段的文告捡起，捧在手中。

“文告上面可有礼部公印？”

“回老佛爷，文告上面盖有礼部公印。”

“可有满汉尚书的签章？”

“回老佛爷，上面只有礼部满尚书赫维纳的印章和签名，没有汉尚书梁清标的印章和签名。”

“上面可有议政王会议的公印，安亲王和康亲王的签章？”

“回老佛爷，上面既无议政王会议公印，又无安亲王和康亲王的签章。”

“如此说来，上面更没有首辅的朱批了？”

“回老佛爷，上面确实没有首辅索大人的朱批，而有辅臣鳌大人的朱批。”

“哦……我明白了，下去吧。”老佛爷虽然不动声色，从她那带有怨恨的眼神中可以看出，她有些动怒了。

玄烨愣在那里，回味着皇玛嬷刚才的问话，已经悟出了她老人家的用心，他以崇敬和信赖的目光，望着自己和蔼可亲的玛嬷。

“禀报老佛爷，禀报皇上，安亲王宫外求见！”梁九功报。

“请安亲王进宫！”老佛爷说。

安亲王兴冲冲走进宫来，见过太皇太后和皇上。皇上赐座。

安亲王捧上一份文件，心情激动地说：“吏、刑、礼三部终于发下文告，判定西洋历法胜出，判定汤玛法无罪！”

“啊，竟有这等事？”玄烨抑制不住内心的喜悦，从御座上站起来说：“叔王，快将文告读来！”

“嗻！”岳乐拿起文告，读将起来：

天算案会审期间，三方各执一词，真伪不易分辨。为鉴别正误，谨遵皇上谕令，在观象台测试日食。测试结果，西洋历计时精确无误；大统历、回回历计时不准。鉴于日食测试及会审结果，经吏部、刑部、礼部议定，天算案拟判如左：

原告杨光先、吴明烜所控被告汤若望、南怀仁、李祖白等历法天算十大谬误，理据不足，予以驳回。原告之历法天算多有舛误，以己之谬，诬告他人，实属可恶。

原告杨光先、吴明烜所控被告汤若望、南怀仁、李祖白等叛逆谋反诸项，会审中已被被告一一驳回，原告之控未有确凿凭据予以证实，故不予支持。

鉴于以上事实，判决被告汤若望、南怀仁、李祖白无罪。

此文告经议政王会议审查、首辅朱批后生效。

康熙甲辰十月二十七日

岳乐读完文告，高兴地说：“这下好了，天算案总算有了结局，汤玛法终于可以得救了！此文告刚刚送到微臣手上，要议政王会议议定，因为事关重大，微臣就先请老佛爷和皇上过目，也免得老佛爷和皇上再为此事忧心。”

“叔王说得对，汤玛法可以保全性命了！不过，既然有三部共同下发的文告，为何礼部还要单独下发文告？”玄烨不解地问。

“什么？礼部单独下发文告？”岳乐突然收起笑容，问道。

“梁九功，将礼部文告呈安亲王过目。”老佛爷说。

岳乐接过礼部文告，细细看过，脸色突变，怒不可遏，愤然说道：“这……这成何体统？简直是越俎代庖，扰乱朝规！礼部竟敢不送议政王会议审查议定，擅自下发文告，他们的胆子也太大了！”

“礼部哪有如此胆量？叔王再往下看，上面不是还有朱批吗？”老佛爷提醒道。

岳乐低头看到御批一栏，有鳌拜的满文朱批，耸着眉头说："这个鳌拜，作为辅臣，难道他不懂朝廷的行文规矩？太不像话了！"岳乐刚进宫时的喜悦心情，被礼部文告闹得早已无影无踪。他离开座位，思索片刻，说道：

"老佛爷，一个天算案，折腾了这么多时日，不见分晓，好在皇上提出日食测试，终于辨出真伪，决出胜负，不几日便可结案。如今却闹出两个截然不同的判决文告，岂非咄咄怪事？以微臣之见，传四辅臣即刻进宫，当着您和皇上的面儿，把事情说说清楚，究竟是谁在捣鬼！"

"不必了。"老佛爷呷一口茶，慢慢将茶盅放在茶盘，胸有成竹地说，"不必传他们进宫，他们一会儿便会自动找上门来。兰儿，给安亲王斟茶。"

"谢太皇太后赐茶。"岳乐刚刚端起茶杯，宫门口就传来禀报声。

"首辅索大人、辅臣苏大人、遏大人、鳌大人宫外求见！"

"知道了。"老佛爷悠闲地摆弄着手上两只硕大的玛瑙戒指，漫不经心地说，"出了事，就知道往我慈宁宫里跑，平时干吗来着？哎……让他们宫外候着吧……"

老佛爷慢慢起身，乌兰上前搀起她的胳臂，走下御台，向东暖阁走去。

玄烨看着玛嬷走进阁门，回过头来，微笑着向叔王点了点头，自顾自地嗑起了瓜子。岳乐会意地笑笑，端起了香茶。

一袋烟的工夫，老佛爷在乌兰的搀扶下走出阁门，玄烨和皇叔不约而同地站起身来，用惊奇的眼神望着老佛爷。

老佛爷的服饰焕然一新：她头戴朝冠，上面的金凤颤颤翘首、珠串儿溜溜低垂、红宝石闪闪发光；身穿深褐色龙纹缯袍服，外罩绣着金黄色全龙的朝褂，褂边儿绣着细腻精制的祥云彩图；脚上穿一双大红缎面绣龙朝靴。无比华贵的服饰，与她深沉秀美的凤眼、丰腴白净的面容相映衬，显得她是那么的神采奕奕，光彩照人。这身盛装，只有在朝廷大典、寿诞之日才穿，今日不年不节的，为何这般穿戴？只有她自己心里明白：四十年前的今天，是她和太宗皇太极的大婚之日。老佛爷是否还有其他用意，别人不得而知。

乌兰和梁九功一左一右，搀扶着太皇太后走上御台，坐上宝座。宝座前，两只青铜仙鹤口衔灵芝，渺渺轻烟从灵芝上方吐出，一股馥郁的沉香香味，弥漫开来。香烟缭绕，大殿中笼罩着一层薄纱似的轻雾，把殿内的气氛烘托得更为庄严、肃穆。玄烨抬首望去，看到高踞宝座、浑身金银绣饰、头戴三重珠顶朝冠、胸前佩戴着彩光闪烁的珊瑚朝珠的皇玛嬷，就像一尊岸然高坐的神佛，活脱脱一个"老佛爷"，禁不住"噗嗤"一下，笑出声来，瞥一眼正襟危坐、一脸庄重的皇叔，马上收起笑容，紧绷嘴唇，挺起腰杆，举手正一下朝冠，捋一下朝珠，板起面孔，俨然一个仪表堂堂的少年天子。

“传他们进来吧。”老佛爷不紧不慢地说。

“传四位大人觐见……”梁九功喊道。

话音刚落，四辅臣低着头走进宫来，向老佛爷、皇上、安亲王一一跪拜。觐见礼毕，退后一步，垂手站立一排。

老佛爷旁若无人地喝着香茶，也不搭话，殿内出奇的寂静，静得让人心里发慌。

“索卿辅，今儿个不时不晌的，你们四人结伴进宫，所为何事啊？”老佛爷终于说话了。

“回老佛爷，微臣进宫，确有要事禀……禀报。”索尼说着，强忍住咳嗽，瘦巴巴的脸憋得通红。实在忍不住了，大声咳嗽起来，花白的胡子不住地颤动。

“索卿辅，你偶得伤寒，又上了年纪，为何不在家多将养几日，等痊愈了再上朝当值？”老佛爷问。

“谢老佛爷关怀！微臣卧病在家，已有好转，但还是下不来床。咳……可苏大人他们来到府上，说是天算案出了问题，咳咳……非微臣出面不可，微臣怕误了朝事，就和三位大人一起进宫来了。咳咳……咳……”索尼气喘吁吁，咳嗽不止。

“给索卿辅赐座，看茶。”老佛爷说。

索尼落座，喝了几口热茶，感觉好多了。

“苏卿辅，索卿辅抱恙在家，朝中之事本该由你处理，什么大不了的事，非要他来出面？索卿辅年老体弱，这么折腾他，弄出个好歹来，你们担当得起吗？嗯！”老佛爷生气了！

三人慌忙跪倒，连声说道：“老佛爷息怒，老佛爷息怒。只是不得已而为之……”

不等苏克萨哈说完，老佛爷问道：“不得已？怎么个不得已，我倒想听听。”

“这……我……这……”苏克萨哈吭吭半天，也没说出囫囵话来，他转脸看看鳌拜，鳌拜朝着苏克萨哈“哼”了一声，向前迈一大步，俯首说道：

“启禀老佛爷、启禀皇上、启禀安亲王，是这么回事，观象台日食比试以后，天算案如何审理定案，须由索大人拍板，索大人卧床在家，不能理朝，就命微臣暂且主管天算一案，此案非同一般案件，索大人所托，鳌拜义不容辞！想不到的是，今日卯时，礼部刚刚下发了确定日食比试胜负的文告，巳时刚过，吏、刑、礼三部又下了日食比试的文告，并且与礼部文告所判定的日食比试结果大相径庭，一个朝廷，竟然同时下发两份内容相反的文告，岂非咄咄怪事？真是乱了套了！嘿！”鳌拜说完，急得直跺脚。

“呵呵呵呵……鳌卿辅说了一大圈儿，不就是两个文告的事嘛，我当是什么大不了事呢。看看哪个文告说得有理，又合乎规矩，就按哪个办嘛，有什么大惊小怪的。索卿辅，这些个事，都归你们辅臣办理，去吧，去吧，都回到你们的政事堂体仁阁去吧，别在这里耽搁了我的诵经拜佛。”老佛爷漫不经心地笑着说。

遏必隆看看鳌拜，鳌拜看看苏克萨哈，苏克萨哈拿不准老佛爷的真实意图，不敢轻易表态，用探寻的眼神看着索尼。

索尼稳稳当当坐在那里，心里却没闲着。他想，自己卧床不起，无奈之下，将天算案暂且交给鳌拜主管，没成想，鳌拜急于求成，竟然私自作主，将日食测试判为平手。参观测试的王爷贝勒、文武大臣、丁勇乡民成百上千，小主子也亲临现场，目睹了日食测试的全过程。众目睽睽之下，汤若望的西洋历法以其精准无误，击败了不可一世的杨光先和吴明烜。事实胜于雄辩，就连对汤若望素有成见的王爷大臣，也不得不跷起大拇指，对他赞不绝口。鳌拜在这个节骨眼上，将他们判为平手，纯粹是自欺欺人，自己打自己的嘴巴！更要命的是违反朝规，擅自下发文告，追究起来，可是欺君杀头之罪，真是浑蛋透顶，愚蠢至极！只怪自己一时糊涂，将此大事交给一个胆大妄为、做事极不靠谱的鳌拜去办，结果捅下了这么大的娄子。咳！自酿的苦酒自己喝吧。再者，鳌拜素来桀骜不驯，从不服输，只有当着老佛爷和皇上的面，他才服软。索尼思虑再三，站起身来，走到玉阶之下，颤巍巍跪在地上，说道：

“回老佛爷，体仁阁是万万回不得呀！天算之案，非同小可，何况同时下发两个内容相反的判决文告，老夫侍奉四朝，此类事件，闻所未闻。下发文告是否违反朝廷定制，尚未可知。再说，发生此事，微臣责任重大，难逃其罪。此事若不弄个水落石出，给大家一个公正的说法，恐怕无法向朝廷交代。微臣虽为首辅，然戴罪之臣，对此事已无权过问。只有请老佛爷和皇上调停此事，孰对孰错，总得有个说法不是？”

“索卿辅平身吧！”玄烨说。索尼所言，正和玄烨心意。

老佛爷笑笑，说：“索卿辅，你的意思是在慈宁宫商议此事，我当然不好推辞了。但是，要我和皇上予以调停，给个说法，我可不能答应。一来我从不参与朝事，二是皇上尚未亲政，都不好出面干预。”老佛爷稍假思索，说道，“索卿辅，你是首辅大臣，命鳌卿辅暂且主管天算案是你的职权所在，并无不妥。至于鳌卿辅所为是对是错，尚无结论，你就以首辅之职，在此过问此事，正好安亲王也在，你们二人共同参与，公正裁决，我和皇上也来听听，也好让皇上长长见识。索卿辅，这样不妥吗？”老佛爷说完，用温和信任的眼神瞅着索尼。

“妥，妥！老佛爷说得妥极了。”索尼站起身来，不住地点头，对安亲王说，“安王爷，您就发话吧！”

“索大人，你是首辅，此事应由你来过问，本王只不过是敲敲边鼓而已。不过，要想弄清此事，须有天算案全体审官在此，才能弄个水落石出。”安亲王微笑着说。

索尼轻咳两声，捋一把胡须，抖擞精神，大声说道：“传魏裔介、龚鼎孳、阿思哈、尼满、梁清标、赫维纳，速来慈宁宫问话！”两名小太监退出宫门，一溜烟儿不见了。

不多时，魏裔介等人匆匆进宫，觐见礼毕，退立一旁。

索尼瞥一眼老佛爷和皇上，耸耸肩膀，开门见山地说：“日食测试以后，礼部发下文告，仅隔一个多时辰，吏、刑、礼三部又下发一份文告，两份文告内容相反，互为抵触，岂非咄咄怪事？为慎重起见，将三部满汉尚书传来，当场对质，把事情的来龙去脉弄个水落石出，判明是非。”

大殿内一片寂静。索尼拿出两份文告，翻看一下，接着说：“礼部赫尚书、梁尚书，你们先将两份文告分别读来，其中内容也好让老佛爷、皇上和安王爷听个明白。”

赫维纳将礼部文告朗读一遍，梁清标将三部文告朗读一遍。老佛爷向殿下诸臣扫视一周，从御座后面拿起一本书，若无其事地看了起来。

索尼问道：“赫尚书，这份礼部文告是你签发，想必对其内容了如指掌。文告中说，日食测定，三方不分高下，那就请你说说不分高下的理由吧！”

“这……”赫维纳看一眼鳌拜，吞吞吐吐地说，“日食在同一天发生，以三方计算的时间只……只差两刻三刻，当……当然难分高下。”

大家面面相觑，沉默不语，大殿出现了静场。鳌拜站在那里，嘴角露出了轻蔑的笑意。

玄烨端坐龙椅，耸着眉头，绷着嘴唇，双手不住地搓着椅把，显然有些生气了。

“为了辨明是非，总要各抒己见，各位有何异议，请讲当面。”索尼说。

魏裔介向前迈出两步，说道：“赫维纳大人有所不知，大凡历法天算，与日常所用时刻大有不同。日常时刻略有误差尚无大碍，然历法天算要求极为精确，来不得丝毫差误，正所谓失之毫厘，谬之千里。我大清现行的《时宪历》，将日分为十二时，将时分为八刻，每刻分为十分，每分分为十秒，每秒分为十微，每微分为十纤。没有如此细微精妙的计算，怎能掌握日月星辰的运行规律？又怎能计算出日食、月食，乃至每年二十四节气的准确时刻？按照天算历法规定，日食时刻计算，不得有分秒误差。由此可见，礼部文告‘只差两刻、三刻’之说，荒谬至极，又说‘不分高下’，更是无稽之谈！”

“魏爱卿说得好！”玄烨高兴地说，“按照赫维纳所说，如果外藩铁蹄入侵，守将迟报两刻、三刻，恐怕敌人的兵马已经攻入京城！到那时，不等你说什么不分高下，你就成为他们的刀下之鬼了！”

默然无语的老佛爷听了孙儿的话，禁不住“噗嗤”一下，笑出声来，大臣们忍俊不禁，笑声四起。

鳌拜的脸霎时间红到了脖根，恼羞成怒，“噌”的一步窜出，狠狠地说：“日食测试，只不过是汤若望故弄玄虚，蛊惑人心。礼部文告如此判定，自有他的道理。魏裔介，你们这些汉臣，和西洋鬼子一个鼻孔出气，处处袒护汤若望，与我们满臣作对。大清有大清的历法，大统历有什么不好？为何偏偏相信西洋鬼子的历法？你们是何居心？”

魏裔介强压火气，理直气壮地说：“鳌大人，话可不能这么讲。先帝曾经说过，打天下靠的是金戈铁马，坐江山靠的是文教科学。从东汉蔡伦的造纸，到宋应星的《天工开物》；从华佗的‘五禽之戏’，到李时珍的《本草纲目》；从托勒玫的《大综合论》，到开普勒的行星定律；从郭守敬的《授时历》，到汤若望的《时宪历》，均证明社会进步离不开科学，安邦治国更离不开科学。科学不分民族、不分国界，优胜劣汰，适者生存。通过日食测试，西洋的历法天算精准无误，不容置疑，西洋历法为何不能为我大清所用？”

“胡说八道！先帝的罪己诏称：‘自亲政以来，不能仰法太祖、太宗谟烈，渐习汉俗，于淳朴旧制，日有更张。’渐习汉俗已是错了，你们汉臣又鼓动皇上，使用西洋鬼子的历法，你们存心不良，罪不容恕！”

玄烨听到鳌拜提起父皇的罪己诏，一股怒火直冲脑门，猛然站起，刚要发怒，看到皇玛嬷严厉的目光，不服气地“哼”了一声，极不情愿地坐回原位。

“鳌拜，你扯得太远了吧！”岳乐厉声说道，“今日召集众位到此，目的是澄清文告之事。你非但不自认其错，反而骂骂咧咧，大吵大叫，成何体统？”

鳌拜气得脸色发紫，胡须奓起，但又无理以对，鼓了鼓嘴，咽了口唾沫，不吭气了。

“苏大臣，朝中各部行文规矩，你可明了？”岳乐问。

“回安王爷，微臣当然明了。”苏克萨哈答。

“那好！本王问你，部衙下发文告，须经那些程序？”岳乐问。

苏克萨哈心里明白，安王爷要给鳌拜难堪了。他幸灾乐祸，心中窃喜，却不动声色地答道：“回安王爷，各部下发文告，须经满汉尚书签章，再加盖各部大印；呈送议政王会议审查议定；再呈送体仁阁政事堂，由辅臣共同商议确定，最后由首辅朱批，发回该部下发。”

“赫维纳，你部所发文告，可有汉尚书签章？”岳乐问。

赫维纳乜斜着眼，看着鳌拜，鳌拜阴沉着脸，不予理睬。赫维纳无奈，胆胆怯怯地说：“没……没有。”

“此文告是否呈送议政王会议审阅？”岳乐问。

“没有。”赫维纳低着头说。

岳乐稍假思索，又问道：“索大臣，此文告是否经过你们辅臣共同商议？”

“回安王爷，微臣卧床休假，其他政务均由苏大人负责办理，商议与否，微臣不知。”索尼站起身来回答。

“苏大臣，照这么说，下发文告前，你们三位辅臣是商议过了？”岳乐锐利的目光，投向苏克萨哈。

“这……我……”苏克萨哈偷眼看去，见老佛爷和皇上的目光都瞧着自己。再看鳌拜，两道凶光直逼过来。心想：“你鳌拜平日里飞扬跋扈，全不把我放在眼里，这次是你自作自受，我让你吃不了兜着走！”苏克萨哈跨前一步，心平气和地说：“回安王爷，礼部单独下发文告之事，微臣从不知晓，微臣只接到三部共同签署的文告。”

“遏大臣？”岳乐看着遏必隆问道.

“不知道，不知道，微臣从未见过礼部文告，只收到吏、刑、礼三部文告。”遏必隆答。

安亲王发火了：“赫维纳，你好大的胆子！竟敢不把议政诸王放在眼里，违逆朝规，擅自下发文告，颠倒黑白，扰乱人心，该当何罪！”

安亲王大动肝火，赫维纳惊慌失措，战战兢兢跪在地上。他已顾不得许多，只想保全自己，哆哆嗦嗦地说：“王爷息怒，王爷息怒。我之所以如此，实在是迫不得已！这……这都是遵命而行，无奈之举呀！”赫维纳惊魂未定，汗流满面。

“遵谁的命？受谁的指使？还不快快讲来！”岳乐怒目而视。

“是……是是……”赫维纳吞吞吐吐，左右为难。心想：“事到如今，不得不说了。”于是，低着头说：“是……是鳌大人。”

赫维纳的一句话，声音不大，却使整个大殿骤然间静了下来。还是索尼打破了寂静，连声不止地咳嗽起来，声音越来越大，不时伴随着痛苦的呻吟声。

“看看，我倒忘了，索卿辅抱病前来，哪里经得住如此折腾？来呀！扶索卿辅回府歇息。”太皇太后说。

上来两个太监，扶起呻吟不止的索尼，退出宫去。

岳乐接着问道：“鳌大臣，赫维纳所说，可是真的？”

“什么真的假的，我鳌拜一人做事一人当，与赫维纳无关。你们如何处置，我鳌拜一人担承！”鳌拜怒气未消。

岳乐挪挪身子，说道：“鳌大臣，这就是你的不是了。朝中规矩你哪个不懂？怎么能做出如此荒唐的事来？你说说，你让本王如何收场？”

“荒唐？有什么荒唐！一个小小的日食测试，还用得着如此大动干戈？一纸文告，批来审去，黄花菜都凉了。芝麻大的事，如此兴师动众，还不是要当众出我的丑？事到如今，当着老佛爷和皇上的面，有些话，我也不得不说了！”鳌拜瞪着鹰眼，面色更加阴沉，虎着脸说，“天算案其实并不复杂，汤若望借传教为名叛逆谋反，早已成为事实，将他判为死罪，易如反掌。让汉臣担任主审，他们处处袒护罪犯，审来审去，汤夷的四条大罪均被免去。他们汉臣之所以胆大妄为，若没有你安亲王幕后指使，给他们撑腰，他们哪来的如此胆量，与我们满臣作对？”

“啪！”岳乐的一双大手，狠狠拍在茶几上，震得杯盘“叮当”乱响。岳乐雷霆大怒，猛然站起身来，指着鳌拜大声呵叱：

“大胆鳌拜，竟敢当面指责本王，反了你了！你身为辅臣，不思报答先帝重用之恩，反而狂妄自大，为所欲为！你弄虚作假，混淆是非，假造公文，欺瞒皇上。并违反朝规，藐视议政诸王，擅自作主，下发文告，并在大庭广众之下叱责本王。你无法无天，已犯下大不敬和忤逆之罪！鳌拜，还不跪下领罪！”岳乐平时文静和蔼，发起怒来，竟是那样凶悍可怕，震耳如雷的喊声，在大殿内回荡……

一阵雷雨般的呵叱，使鳌拜的脑门上沁出了汗珠。安亲王在王爷中辈分最大，资格最老，一人之下，万人之上。就连康亲王也怕他三分。鳌拜一时性起，几句不该提及的话，激怒了他，鳌拜有些后悔。又听安王爷说出了“欺瞒皇上、大不敬”的话，鳌拜着实害起怕来：“若依安王爷的权势，给自己定罪，并不成问题。现如今，索尼老奸巨猾；苏克萨哈幸灾乐祸；遏必隆寸草不驮，自己硬撑下去，安王爷盛怒之下，真的给自己定了罪,那就……”

鳌拜顾不得多想，膝盖一软，“噗通”一声，跪在地上。“永不言败”的鳌拜，终于低头服输了！

玄烨看着跪倒在地的鳌拜，心中一阵痛快。嘴角咧了两下，强忍着没有笑出声来。

苏克萨哈朝着鳌拜鄙夷地一瞥，心中无比畅快，自己总算出了口恶气。

过了一会儿，老佛爷说话了：“罢啦，罢啦！鳌拜一时糊涂，说错了话，办错了事。安亲王大人大量，何必和他一般见识？”老佛爷说着，将目光移向岳乐。

岳乐见鳌拜双膝跪地，气已消了大半，见老佛爷发话，便点了点头，算是应了。

“鳌拜可要记住了，凡事以大局为重，切不可执拗任性，引火烧身。平身吧！”老佛爷说。

“谢老佛爷宽恕。……谢安王爷。”鳌拜说完，慢慢起身，站立一旁。

“岳乐啊，接着谈你们的政事吧。”老佛爷说着，打个哈欠，闭上了眼睛。

岳乐郑重说道：“鉴于礼部文告不切实际，混淆是非，又违反程序，不合章程，命礼部收回文告，宣布无效，自行销毁。吏部、刑部、礼部共同签署的文告，已经本王审阅，此文告……”

“安王爷，微臣还有话说。”苏克萨哈站出来说。

鳌拜当场出丑，苏克萨哈幸灾乐祸。可当他听到安王爷要废除礼部文告，下面的话就是承认魏裔介几位汉臣共同签署的文告了，这怎么成？此文告不仅判定日食测试汤若望胜出，更不能容忍的是，文告驳回杨光先诉状，判决汤若望等八名被告无罪释放，自己苦心谋划的天算案，就这样以失败告终，于心何甘？这样一来，这帮汉臣又该肆无忌惮，耀武扬威了，如何得了？于是，为挽回败局，苏克萨哈不得不挺身而出了。

“苏大臣，有话请讲。”岳乐见苏克萨哈打断了他的话，心里很是窝火。苏克萨哈是辅臣第二，不得不压住性子，听他说话。

“微臣以为，礼部文告确有不妥之处，理当废止。但是，三部共同签署的文告也不是完美无缺。以微臣看来，此文告尚有两点不当之处，应当予以纠正。一是文告上面只有三位汉尚书签章，而没有满尚书任何手迹，岂不是违背朝中定制？二是天算案尚未最后结案，怎能中途判决，有失大清刑律之尊严。再者，依程序而论，此文告既无议政王会议商定，又未经首辅朱批，此文告不能下发！”

“苏大臣，依你之见，此案该当如何？”岳乐问。

“天算案乃重大案件，决不可草草结案。为慎重起见，本案必经殿前预审，方可结案！”

听了苏克萨哈的话，全场震惊。老佛爷睁开了微闭的眼睛；玄烨听说要殿前御审，却高兴得合不拢嘴；鳌拜心想：苏克萨哈，你到底也算说了句人话！

岳乐没料到苏克萨哈会来这么一手，自己又不便否认，于是便问：

“遏大臣，你意下如何？”

“殿前御审当然好喽！我同意，同意。”

“魏大人、龚大人，你二人为本案主审，对苏大臣的意见，有无异议？”岳乐问。

“苏大人所言不无道理，我们没有异议。”

岳乐抖擞精神，大声说道：“那好吧。本王决定，择日举行殿前御审，由苏大臣担任天算案主审，一切审务由你负责。散了吧。”

苏克萨哈心中暗喜，步履轻快地走出了宫门……

# 三八、殿前御审

鳌府内院一间装潢精美的小客厅里，一个年近七十的干瘦老头儿，背着双手，心情忧郁地来回踱着步子，他前额宽阔，高眉骨，深眼窝，两个眼睛离得很近，一撮花白的山羊胡子长在尖尖的下巴上，给人一种精明、聪敏，而又狭隘、狡狯的感觉。他就是掀起轩然大波的徽州官生杨光先。

自从观象台日食测试回来之后，将杨光先奉为上宾的鳌拜，对他突然冷落了许多。以前的每餐八碟两汤，减为三碟一汤；八名仆人变成了两人，以前的美颜舞女也不见了踪影，每日必见的鳌拜也很少到此光顾了。这些变化，使杨光先十分难堪，也为自己的无能感到沮丧。他当然明白，自己只有千方百计地扳倒汤若望，使天算案出现转机，才能恢复主子对自己的信任，挽回自己曾经拥有的面子。为此，他不得不搜肠刮肚、苦思冥想，算计着对付仇敌汤若望的计策……

正当杨光先绞尽脑汁，思谋计策之时，鳌拜旋风似的闯进门来，一脚把镶嵌着山水大理石的红木八仙桌踹翻在地，又抽出腰刀，把客厅内的瓶、罐、杯、盘，砍个七零八落。杨光先被这突如其来的变故，吓得惊慌失措。不等他醒过神来，闪着寒光的刀尖，就逼到他的眼前。杨光先双腿发软，“噗通”一声瘫在地上，只听到闷雷似的吼声在耳边响起：

“你个无用的蠢材，吃白食的老狗！滚！滚滚滚！……”

几名侍卫过来，架起一团烂泥似的杨光先，将他拖出门外，绕过花园、藤廊，把他那骨瘦如柴的身躯，扔在了后门门外。

杨光先被摔得眼冒金星，浑身疼痛难忍。他挣扎着爬起身来，痛苦地呻吟着。他回头望望紧闭的鳌府后门，恨得他咬牙切齿。他恨鳌拜，也恨自己，他悔恨交加，心力交瘁，一阵眩晕，昏倒在地。

一顶早就停在那里的小轿，匆匆赶了过来，轿夫将昏迷不醒的杨光先抬上轿子，几人轿杠上肩，一溜小跑，眨眼工夫没影了……

因为朝中事务繁多，索尼在家静养没多少日子，不等病情完全康复，就匆匆入朝上班了。

从体仁阁通往慈宁宫的石板路上，索尼心事重重地、不急不缓地走着。这条再熟悉不过的路，自己不知走过多少趟。自辅政以来，自己作为首辅——爱新觉罗家族的大管家，国家政事哪有不向主子禀报的道理？所以，拜谒太皇太后，已经成了辅臣们不成文的规矩：每月四辅臣共同叩谒一次，详尽陈述各自办理的政务；每十日，首辅叩谒一次，陈奏大政方略；紧急国务随时觐见，不受此限。今天正是首辅拜谒的日子。

索尼抬头看看明媚的太阳，低头看看自己的影子，一丝悲哀油然而生。老了，腰也弯了，背也驼了，当年太宗皇帝的头等侍卫，气宇轩昂、英姿勃勃的赫舍里·索尼，再也找不到了。

慈宁宫西配殿的御台，不像正殿那样高大，只在御案后面放置了一张雕着龙凤的金黄色御榻。老佛爷今天身着常服，梳着平日的二把头，上面插着不多的钗环珠花，穿一件宝石蓝缎面棉袍，面目慈和地端坐在御榻上，乌兰紧挨着御榻立着。

索尼还没来得及叩拜，门外就传来了梁九功的传禀声：

“皇上驾到……”

话音未落，玄烨一阵风似的，来到御榻前，向玛嬷叩头施礼，恭恭敬敬说道：“孙儿给皇玛嬷请安。”说完，紧挨着玛嬷坐下。

玄烨穿着石青小袍，外罩明黄大褂，头戴六条圆帽，帽子顶端，一颗桂圆大的东珠闪闪发光。

“奴才索尼给老佛爷请安，给皇上请安。”

“起来吧。”老佛爷微笑着说，“给索卿辅赐座。”小太监连忙搬出一只铺着猞猁狲皮坐垫的红木座椅，索尼谢恩坐下。

朝臣的升降罢黜、出缺补缺，向来是朝中大事，索尼首先向老佛爷汇报的，便是此事。他说：“启奏太皇太后，明天的辅臣会议，将要商定朝中大臣的出缺替补之事，奴才今日进宫，先请您拿拿主意，再作定夺。”

索尼说到这里，停顿一下，见老佛爷没有回音，就接下去说：“内秘书院大学士孙廷铨解职回籍，将以内国史院汉大学士蒋赫德补缺，拟以工部汉尚书博惟麟递补内国史院汉大学士缺，以礼部汉尚书……”索尼本想继续陈奏因此引起六部尚书、侍郎的连锁变更，却听到老佛爷轻声念叨着“孙廷铨致仕，内秘书院汉大学士缺……”索尼连忙闭口，不再言语，他想听听老佛爷是什么意思。

自从康熙元年，将内阁恢复为内三院以后，内秘书院大学士独有草拟诏敕、草签奏章的职责，权力最重。所以就安置两名满大学士担当此任。一个是巴哈纳，是十一年前就拜大学士的老资格，康熙元年又兼镶白旗都统，在八旗中颇有威望，只是不大买辅臣的账，跟苏克萨哈尤其不和。他是红顶子觉罗，辅臣也不敢贸然得罪他。另一个是车克，资历也不浅，与辅臣很是亲近，但本事平平，学问、魄力、威信都谈不上。这样一来，对内秘书院的汉大学士的人选，就让辅臣们格外小心了。好在出任内秘书院的汉大学士总是流年不利，金之俊任职的第二年，便因老致仕回乡；成克巩上任不足一年，就因犯事被罢职；孙廷铨供职十个月，又解任归籍。辅臣们现在力主让年老体衰、唯唯诺诺的蒋赫德接替此职，可谓用心良苦。

老佛爷见索尼沉默不语，便和悦地说："早年间，我虽然身处后宫，不涉外事，但太宗皇帝如何行政治国我也略知一二。他求贤若渴，恨不能将天下英杰尽归我大清，他礼贤下士、慧眼识才，所以范文程、宁完我、洪承畴等一批栋梁之才相继为用。开国之业，人才为基，况且国家政体官制，本是满汉一体，不可分割。任人唯贤，国家才能兴旺，唯才是举，政治才显清明。索大臣，我说的是否有些道理？"

"那是，那是。此乃治国之道，安邦之本。老佛爷懿旨，奴才谨记在心……"

"什么懿旨，我不过随便说说而已。我只是想，如今，你们尽心竭力辅佐朝政，辛辛苦苦，功莫大焉。然而，沟河之水不可载舟，匹马之力不能撼树，辅臣纵有再大能耐，离开了贤臣良将，也将一事无成。所以大学士之选，事关重大，切莫掉以轻心。内秘书院乃三院之首，大学士之职位显权重，选择替补之人，更要慎之又慎，来不得半点马虎。可是，前三任的大学士任期都不足一年，不是年老体衰，心力不支，就是作事不端、为官不廉而被罢官回籍，使得如此要职出缺补缺，更替频繁。这难道不是由于用人方面的掉以轻心、马虎敷衍所致吗？"

老佛爷面色和蔼，说话的声音并不大，索尼却是冷汗涔涔，不知如何回答是好。老佛爷话锋一转，单刀直入，扬了扬眉说：

"这内秘书院大学士之职，由吏部尚书魏裔介担任如何？"

听到皇玛嬷要举荐魏裔介，玄烨心里一阵喜悦。是啊，自己登基以后，是他首先奏请，尊皇玛嬷为太皇太后，尊自己的亲生母为皇太后；也是他不辞艰辛，为父皇选择陵地。两个月前，自己送父皇灵柩移祭凤台山皇陵，那里的山色是那样秀美，自己还有些舍不得离开呢。更为钦佩的是，魏裔介主审天算案，坚持正义，处处维护汤玛法，并巧施妙计，二发文告，以毒攻毒，鳌拜的险恶用心不仅未能得逞，而且还当场出丑。这样的忠诚贤良之臣，理当擢升重用！玄烨抬头看着皇玛嬷，心里喜滋滋的。

索尼没有料到老佛爷说话会如此直截了当，心想：自己对魏裔介再了解不过了，以他的才干，担当此任绰绰有余。只是在昨天的辅臣会议上，谈起天算案，苏克萨哈还说魏裔介从中作梗，碍手碍脚，正思谋着找个什么借口，将他外转出京呢！索尼张了张嘴，刚要回话，老佛爷却说在了前头：

“此人识大体，顾大局，为官清正，多有建树，是宰辅之器。由左都御史迁吏部尚书，拜他为大学士，资历也够了。”老佛爷还是那么和蔼，看不出她是否知道魏裔介在审理汤若望时，故意作梗的实情。于是，索尼试探着说：

“启奏太皇太后，天算案三部会审，魏裔介……”

老佛爷好像没有在意索尼说的什么，只是按着自己的思路说了下去：“王宏祚近日守制期满回京还朝，让他就任刑部尚书，有些不妥，此人久在户部，曾修《赋役全书》，劳绩卓著，还应掌管户部为好；龚鼎孳夫人病逝，扶柩回籍，现任礼部尚书的梁清标为前朝老臣，可补刑部尚书之缺；左都御史可由王熙补进……”

索尼听着，心里不由得紧张起来。自他辅政以来，太皇太后从来没有像今天这样出面干预政事。但一听她的语气，索尼就明白了，她的“不预外事”只是说说而已。朝廷内外的人和事，她全都了如指掌、成局在胸。她刚才所说，正是自己将要启奏的内容，只不过和自己的打算竟是南辕北辙。

在朝臣们的眼里，太皇太后一向养尊处优、不闻朝政，其实，她的心中始终装着大清的江山，装着朝廷的大事小情，只是不露声色罢了。现如今，随着辅政会议权力的扩大，辅臣们的傲气、霸气日益膨胀，苏克萨哈为争首辅之职而不择手段、为所欲为；鳌拜为了大权独揽，称霸朝廷，更是毫无顾忌，不惜铤而走险。尤其使老佛爷不能容忍的是，他们对天算案紧抓不放，竟敢对自己的义父、先帝的老师——汤若望不依不饶，欲置其死地而后快。他们哪里还把我和皇帝放在眼里？长此下去，如何得了？

索尼偷眼看一下居高临下的老佛爷，她虽然年过半百，却仍然和几十年前一样，外持静怡之容、内秉风雷之气，沉着冷静、从容不迫。一位多么令人敬畏、多么了不起的女人！

老佛爷对索尼惴惴不安的神色视而不见，嫣然一笑说：“索卿辅啊，我今儿个是不是有些逾分了？本不该说东道西、干预辅政事务。不过我每每静下心来，也常常为朝中的升迁转黜费心劳神。你是三朝元老，又是顾命大臣，与他们不同，有些心里话，我也愿意只说给你听听。你尽可以审时度势，任意取舍，不必当做懿旨，也不必告诉别人，你看呢？”

太皇太后的一席话，亲切婉转，合情合理，像是在和“自家人”拉家常，索尼对此受宠若惊，感激涕零。作为忠心耿耿的大管家，索尼绝不敢也不可能对主子的话有丝毫违拗。他皱纹纵横的面部抽搐了几下，老眼里闪动着泪花，一时不知道该如何回答。

索尼突然想起了天算案的御前大审，问道：“老佛爷，这御前大审将要举行，苏克萨哈他……”

不等索尼说完，老佛爷就说：“哎，这是安亲王和你们早就定好的事情，我怎能随便干涉？不是让苏克萨哈担任督审吗？那就让他当他的督审去吧。我要看看，他究竟想干什么！……不是还有魏裔介吗？他若能拜为内秘书院大学士，论官衔能和苏克萨哈平起平坐，有他掣肘，我就不信，苏克萨哈的尾巴能翘上天去？”

老佛爷的这些话，似有嗔怪之意，但语气不急不躁，还是那样平和。索尼不敢含糊，将老佛爷的话一一记在心里。

老佛爷突然转了话题，称呼也变了，和索尼真的拉起了家常：“索尼呀，你的夫人是个全福之人，修了你这么一位好当家的，还生了索额图这样的好儿子，我们两个投缘得很，脾气也投，回去捎个话儿，就说我想她啦，抽空儿也来宫里坐坐，姐俩说说体己话儿……哎？听说你有个孙女儿，知书达理，聪明得很，让她陪着玛嬷一起进宫，也好让我瞅瞅这个活蹦乱跳的小美人儿噢！……按祖制，再过一年，就是皇上的大婚之年了，内务府就该张罗选秀的事了。你的孙女多大啦？是否有个小名儿？”

这哪里是主子和奴才说话，分明是和老亲家在叙家常。索尼不知是兴奋，还是紧张，脑门上沁出了一层明晃晃的汗珠，结结巴巴地答道：“回太皇太后，孙女小名芳儿，与皇上同……同庚。”

“好啊，太好了！说不准，你的孙女儿还是个皇后的命儿呢！”

索尼自己也闹不清说了几句什么感恩的话，准备告辞出宫。几名俊俏的宫女走上前来，前面几个捧着四个圆形礼盒，里面装着宫中细点，后面几个每人托着一个精致的檀木匣子。匣子都被打开了，两件珍贵的紫貂长袍，一件精美的大红湘绣毛边坎肩，两匣光彩夺目的大粒珍珠。太皇太后笑着说：“将这些东西送给你们夫妇和芳儿，礼轻意重，让她俩抽空儿一定来宫啊！”

璀璨的珍珠直晃索尼的花眼，他再次跪下，颤声说道：“奴才纵是粉身碎骨，也难报老佛爷和皇上的如此恩宠！……”成串的泪珠滴在仙鹤朝阳的补褂上，索尼哭了……

玄烨看着索尼出宫的背影，回头望着略带倦态的皇玛嬷，他为索尼的赤胆忠心而感叹，更为皇玛嬷的超乎常人的驾驭能力而欣慰。他感到皇玛嬷的这次预政，不仅把恩威并施拿捏得恰到好处，有效遏止辅臣擅政的苗头，而且也会有利于他所关心的汤若望案的进展。虽然，他对皇玛嬷和索尼所谈论的朝臣名字，不都那么熟悉，可对魏裔介的印象还是很深的。他主持正义，有勇有谋，并能将桀骜不驯的鳌拜置于尴尬之地，实在是位难得之才。有他继续担任主审，救出汤玛法，就多了几分把握。想到这里，玄烨抿着嘴笑了……

苏府的后花园面积不算太大，却有山有水，有奇石异树、有飞禽走兽。石间树影之中的曲径尽处，还可以看到一幢小巧玲珑、精美别致的小楼。小楼名叫

"梦蝶楼"，傍小湖而建，依假山而立，翠阁飞檐，绿窗朱栏，绣幔低垂，柳影婆娑，黄雀啾啾，鹦鹉啁啁。犹如世外仙境，别有一番情趣。据说这里是前明一位权臣千金的闺房绣楼。因此处幽静素雅，苏克萨哈便将此楼作为他吟诗作赋、密商朝事的场所。

被赶出鳌府、脸面丧尽的杨光先，摇身一变，竟成了梦蝶楼的新"主人"。自从来到苏府，被请进梦蝶楼，杨光先虽然过着随从侍女一大帮、衣来伸手、饭来张口、神仙般的日子，可他总是忧郁寡欢、心事重重，怎么也高兴不起来。也是，天算案经过几次会审，自己控告汤若望的几项罪状，都被驳了回来；满有把握的日食比试，却在众目睽睽之下又惨遭失败，鳌大人为此大动肝火，骂自己是无能的废物，盛怒之下，把自己轰出鳌府。被奉若上宾的他，转眼间竟成了臭不可闻丧家之犬，斯文扫地、脸面丢尽，他如何承受得了？多亏苏大人慷慨仗义，出手相救。万分感激之余，他时刻不忘打赢这场官司，一来为自己报仇雪恨，二来也能报答苏大人的搭救之恩。可是，不论他如何搜肠刮肚、冥思苦想，硬是想不出一着制胜的办法来。眼看着天算案的御前大审日日逼近，急得他像热锅上的蚂蚁，抓耳挠腮，团团乱转。

正当杨光先一筹莫展之时，侍从来报，说是苏大人楼下相请。杨光先慌忙整理衣衫，匆匆下楼。

一楼客厅上，苏克萨哈正在陪着康亲王杰书吃茶聊天，杨光先下跪见礼，呆立一旁。苏克萨哈微笑着让座，杨光先顺从地坐在侧座下首的椅子上。

杰书白了一眼呆坐一旁的杨光先，继续他们的话题。

"御前大审一天天临近，咱们这边还没有个制胜的法宝，怎么得了？这次殿审，再不能稳操胜券，让汤夷逃脱制裁，你作为督审大臣，将如何向王爷们交代？这帮不知天高地厚的汉臣再闹出个什么事来，你们将怎么收拾？到那时候，议政王们要拿你们辅臣是问，你苏大臣可是首当其冲啊！"杰书说着，一脸的抱怨。

"明白，明白。我和杨先生正在琢磨着对付他们的办法，杨先生他……"

"等你们想出办法，殿审早就结束了，汤若望照样是天主堂的神甫！"没等苏克萨哈把话说完，杰书就有些发火了。

"苏克萨哈，你早就说过，天算案之所以不顺利，就是魏裔介几个汉臣从中作梗，你还向我保证，一定要将魏裔介外转出京。可到头来，魏裔介不但没有被降黜出京，反被拜为内秘书院大学士，人家还是御前大审的主审官。不仅如此，和魏裔介一个鼻孔出气的梁清标，也成了刑部尚书。我说你这个辅政大臣是怎么当的？简直窝囊透了！这样下去，本王还有什么理由来保举你的首辅之职？"康亲王的眼睛瞪得大大的，胸脯一起一伏，他真的发火了。

"王爷息怒，王爷息怒。"苏克萨哈赶紧站起来，欠着身说，"事已至此，我是有口难辩哪。不瞒您说王爷，若不是索尼力保，别说大学士，魏裔介的尚书之职也是难保。我就纳了闷儿了，平日里，老索尼虽然对老佛爷和小主子忠心不二，可我和鳌拜的话他还是听得进去的。可这次为了魏裔介的事，他却一反常态，硬说是内秘书院大学士之职，非魏裔介莫属，遏必隆随声附和，鳌拜还在为文告之事生着闷气，对此事竟不置可否，我一个人真是孤掌难鸣，无可奈何呀！”

“魏裔介……”杰书眯起眼睛，皱着眉说，“此人不可小觑。魏裔介脾气耿直，文才出众，足智多谋，能言善辩。难怪先帝在世时，他就备受重用，擢升他为左都御史。现如今，老佛爷对他更是另眼相看，器重有加。前几年，又因相堪先皇陵寝之地立下了大功。如果咱们满臣中有一两个此等人才，咱们也不至于落到如此境地。欤……”

“陵寝之地？……相堪？……”说者无心，听者有意。苏克萨哈的眼珠发呆似的一动不动。突然，眼睛一亮，“啪”地一拍桌子，猛地站了起来，说道：“有了，有了。哈哈哈哈……”苏克萨哈狂笑着，狠狠说道，“有了这个杀手锏，什么西洋鬼子，什么汉臣，统统见鬼去吧！”

杰书见苏克萨哈一反常态，又是说又是笑的，一时发了蒙，不知道他的葫芦里究竟卖的什么药。

杨光先从苏克萨哈的话里，却听出了门道，心里一阵狂喜。起身窜上前去，三人凑在一起，窃窃私语起来……

杨光先不知是喜还是怒，小眼儿瞪得溜圆，脖子上的青筋凸起，攥起干巴巴的拳头，恶狠狠地说：“苏大人太高明了。你们放心，看我的吧！只要我这掌心雷一出手，管叫他汤若望粉身碎骨！”

苏克萨哈眯着眼说：“杨光先，不到最后关头，你的掌心雷可不能轻易出手呃！”

夜幕降临，梦蝶楼廊檐下的一排灯笼闪着幽幽红光，客厅内灯火通明，客厅的窗户，一直亮到深夜……

十一月二十日，惊动朝野的御前大审在太和殿举行。

天刚刚放亮，从刑部通往东华门的大街上，就排满了站岗的持刀兵勇，传令兵骑着高头大马，在官道上来回穿梭。大街两旁，站满了看热闹的市民。

随着铁链碰撞声，戴着木枷、镣铐的囚犯们，在兵勇的押解下，一个接一个地从刑部大门的偏门里走出。汤若望在南怀仁的搀扶下，走在前头，李祖白、利类思，许之渐，安文思、潘尽孝、许谦，跟在后面。他们拖着沉重的脚镣，一步一挪地向前走着。人群中有人咒骂、有人嘲笑，但更多的是怜悯、是不平。人群中有不少人曾是被汤神甫救过命的疟疾患者，他（她）们看着正在受难的救命恩人，有的热泪盈眶，有的失声啼哭……

参加这次御前大审的王爷、贝勒、文武百官，差不多都到了。有二十多位亲王、郡王、贝勒、贝子，九位内院大学士，十二位尚书，二十四位侍郎，八位八旗都统，还有八十多名相关官吏。他们坐在按照品级高低、依次排列的位子上。坐在王爷一排首位的是本案督审——安亲王岳乐和康亲王杰书；坐在内院大学士一排首位的是本案主审——苏克萨哈和内秘书院大学士魏裔介。魏裔介头戴三眼花翎双顶朝冠，身穿崭新的五爪蟒袍，浓眉长目，鼻直口方，一副长髯飘洒胸前，神情肃然，正襟危坐。

“皇上驾到……”梁九功一声喊，大殿内“刷拉拉”一阵响，王公大臣、全体人等匍匐在地，山呼万岁。玄烨身穿崭新的朝冠朝服，步履稳重地上玉阶、走露台、过御路、登基座，最后坐上龙椅宝座。殿下无数顶戴花翎、玉带朝靴、各种补褂、各色朝珠，像五颜六色的花丛，簇拥着龙椅上宝玉一般的少年天子，何等的荣耀，无限的风光！

“带囚犯……”

刑部职官的传呼声、囚犯身上锁链的撞击声，给神圣肃穆的大殿蒙上了一层极不协调的色彩。八名被告拖着沉重的戒具，被押进了太和殿，排成横排，面北而跪。杨光先和吴明烜虽然没戴戒具，也被兵勇押着，跪在被告的前面。

南怀仁是第一次进入太和殿，他为大殿的庄严宏伟感到无比惊讶和赞叹。但将要面临的审判气氛使他心里一阵发紧，他要集中全力，为西洋天算、为汤若望辩护，已无暇欣赏这座举世无双的宏伟大殿了。

汤若望精神萎靡，有气无力，他曾无数次出入太和殿，但如今，他已不再是受人尊敬的国师，而是一名吉凶未卜的囚犯。他用无神的目光扫过殿前的众多官员，也看到许多熟悉的面孔，他们大都避开他的视线，做出一副不屑一顾的样子。他又看到了审案席上的康亲王、苏克萨哈和魏裔介。康亲王无动于衷；苏克萨哈怒目而视；魏裔介面色凝重，朝着汤若望点了点头。汤若望或许感到一点慰藉，他轻轻呼出一口气，疲倦不堪地跪倒在地。

“天算案殿前预审开始！”苏克萨哈宣布。

“除去被告身上枷锁镣铐！”内秘书院大学士魏裔介下令。几个刑吏上前，摘下戒具，退立一旁。

苏克萨哈接着说：“天算案经三部会审，至今没有结果，今日交由殿审。皇上在上，满朝大臣在下，今日必能审出结果。杨光先，今日起告，不得空口妄言，必须有理有据，以证服人。开始吧！”

杨光先发问：“汤若望，我大清历年沿用元朝郭守敬历算，堪称精密，三百多年来，并无舛误。你为什么要修改？”

汤若望答：“中国的历法，以元代郭守敬的授时历最为优秀，可已经过去三百余年，后人没加修改，致使差误层出，老夫这才作了修改，减少了许多计算上的误差，使历法更为准确。”

“历代历法每日十二时，分为一百刻，你西洋新法为何改成每日九十六刻，是何道理？”杨光先问。

“将百刻分为十二时，必有余数，难以计算，将九十六刻分为十二时，则无余数，方便计算。”汤若望答。

“说得对！”玄烨插话了，“《大统历》将一昼夜分为一百刻，再分十二时，每时八刻三十三秒三十三微三十三纤，永无尽数；如果分成九十六刻，每时八刻，那计算起来就容易多了。”

大臣们谁都没有想到，幼冲之年的皇上，对天算历法竟然如此熟悉。杨光先不敢就此话题再问下去，便另选一题，问道：

“你们西洋历法，为什么首重太阳出入、昼夜时刻，而不注重月象？”

汤若望答道：“这是因为，我们人类赖以生存的地球，围着太阳公转，和地球的自转，才形成了白昼和四季，也就形成了中国的二十四节气。二十四节气的变化是与太阳和地球公转的角度的变化密切相关的，而二十四节气又与农时密不可分，着重研究太阳和地球的关系，有利于更好地掌握农时，有什么不好？月亮的望朔圆缺，只影响潮起潮落，对农业丰歉并无多大影响。”

杨光先又问：“罗计自隋唐始有，而新法以罗为计、以计为罗，罗属火，计属土，火土异用，生克制化各有不同，令民如何适从？”

南怀仁见汤若望气力不支，便替他答道：“罗睺、计都之名，原所有之，实因是月之交行所致，罗睺一星自初宫起计算，而计星则从六宫开始计算，首尾交替，交替分明，你为何要将其颠倒？”

“一派胡言！”杨光先说，“你们西洋历法与我中土绝不相合，汤若望与你南怀仁，只是想拿西洋历法，作进身之阶，好混进朝廷，为宣扬你们的洋教垫石铺路，妖言惑众，引起民反！”

“欲加之罪，何患无辞！”南怀仁忍无可忍。

“证据确凿，千真万确！”杨光先咄咄逼人。

“杨光先！”魏裔介说，“我问你三个问题，你要据实回答！”

“一定，一定。大人请问。”杨光先满不在乎。

魏裔介站起身来，正色问道：“无论大清还是西洋，共同的地球、共同的天空、共同的日月星辰；无论西洋历法还是大统历法，无有地域之别，只有天算正误！你说西洋历法与我中土绝不相合，有何依据？”

杨光先支支吾吾，无言以答。

魏裔介继续发问：“你说西洋历法罗计混淆，令民无所适从，有何理据？罗计乃罗睺与计都合称，黄道与白道之降交点为罗睺、升交点为计都，何能混为一谈？罗睺、计都、日月和水、火、木、金、土五星合称九曜。日食、月食的发生，就在这黄白两道的交汇之处。在观象台日食比试中，你的日食计算时刻之所以误差三刻之多，究其原因，是你忽略了其交汇点以十八年零六个月的周期向西移动这一日月运行法则。你的这次天算误差，差就差在你自以为是，误就误在你自欺欺人！你以天算家自居，难道连这些道理也不懂吗？”

杨光先羞愧难当，无地自容。

魏裔介紧追不放：“你还说，被告妖言惑众，引起民反！杨光先你来回答，他说了哪些妖言？迷惑了哪些民众，又引起了哪些民反？”

杨光先理屈词穷，张口结舌。

玄烨看着杨光先丑态百出的样子，心中一阵窃喜。

苏克萨哈面露愠色，站起身来说：“杨光先，你继续下去，不过，必须拿出确凿证据。再不可无凭无据，信口开河！”

杨光先挺了挺身子，抬起了头，继续他的质问。什么颠倒觜参；什么太阴五星陵犯；什么日月交食、天象占验、占星之术。杨光先的提问有些离谱，也有些故弄玄虚，他以为，只有这样，才能够显示自已渊博的天文知识，只有这样，才能够扳回刚才由于魏裔介的斥责而失去的面子。

汤若望已是筋疲力尽，无力辩解了，南怀仁说着并不熟练的汉语，以其历法天算方面的扎实功底，一一驳回了杨光先的提问。问来答去，足足用了一个时辰。

玄烨听腻了，伸一下懒腰，打一个哈欠，不耐烦地说了声：“朕累了……退朝。”说着起身，走下御台。梁九功慌忙喊道：

“皇上起驾！……”

# 三九、冤案昭雪

第二天，殿前预审继续进行。

苏克萨哈站出来说："杨光先，这是殿审，不是用来学术辩论的。没用的话不必再说，没用的事不必再提。你控告汤若望叛逆谋反，可有真凭实据？快快讲来！"

"回大人，草民要控告汤若望，以天算之名，谋害皇室，致使这些年来，皇室多生变故。"杨光先不假思索，单刀直入，使出了他的最后一着。

听来平淡的一句话，却使大殿的气氛骤然间紧张起来。

苏克萨哈眼前一亮，佯装震惊地说："杨光先，你可知晓，你刚才所说，是天大的谋逆之罪，倘若你再拿不出确凿的证据，本官就治你诬陷之罪！"

"此事千真万确，绝对不敢妄言！"杨光先气沉神定，信誓旦旦。

"杨光先，你若有半句胡言，本官定你诬陷之罪，让你人头落地！"苏克萨哈斩钉截铁地说。

"请大人放心，如有半句谎言，小民立死殿前！"

"讲！"苏克萨哈说完，坐回座位。

"先帝四王子荣亲王薨后，汤若望趁选择葬地葬期之机，不用正五行，反用洪范五行，山向、时辰俱犯杀忌。致使数年间，敬端皇后薨逝、贞妃薨逝、顺治爷驾崩。汤若望实施妖术，阴害皇室，由此带来一连串的厄运。"

杨光先的一席话，犹如一声炸雷，举座皆惊，大殿内一片哗然。

杨光先跪着向前挪蹭几下，面朝御座，瞪着发红的眼睛说："皇上，汤若望罪大恶极，十恶不赦，请皇上给他定罪！"

情势急转直下，大殿一片静寂。众人的目光一起投向玄烨。这突如其来的变故，弄得玄烨措手不及。他不懂什么正五行、洪范五行，他只知道杨光先的话非同小可，一下子掐住了汤若望的命门。他扫视殿下群臣，他和安亲王的目光相遇，安亲王眉头紧皱，一脸的恼怒。他向魏裔介看去，见他神情肃穆，稳如泰山，玄烨悬着的心，仿佛有了些着落。静了静心，看一眼匍匐在地、十分憎恶的杨光先，反驳道：

“真是胡言乱语！皇阿玛是病疾而亡，与洪范五行有何相干？岂有此理！”

“杨光先，你好大的胆子！皇室之事，涉及皇家隐私，岂容外人品头论足，说三道四？”岳乐手指杨光先，大声呵叱。

苏克萨哈站出来，躬身说道：“启禀皇上，启禀安王爷，杨光先所说之事，事关皇宫大事，与天算案必有重大干系，且容他慢慢讲来，再作计较。”不等皇上和安王爷表态，苏克萨哈便转过身来，指着杨光先，狠狠地说：

“据实讲来，胆敢说出半句谎言，小心你的狗头！”

“草民不敢，草民不敢！阴阳五行、堪舆之学乃是草民所长，草民愿为皇上和各位王爷细细剖析。若有丝毫差池，光先愿领杀头之罪！”杨光先说完，挺起了腰板，侃侃道来：

“小民祖籍安徽歙县，城东有个北岸村，村里有位黄姓富翁，世代业农，腴田千顷，乐善好施，有求必应。虽年逾八十，仍伉俪白首齐眉，五世同堂，尽享天伦之乐。谁料天有不测风云，人有旦夕祸福。举家四十一口相继染病，十日间，竟有三十九口不治身亡，唯老夫妇独存，孤苦伶仃。黄老托人请我去看风水，来到墓地，大吃一惊。原来，年前黄家一曾孙落地便死，葬时葬地，正是用了洪范五行！急忙寻找那位风水先生，早已无影无踪。后来，真相大白，正是老翁的仇家，借机买通了风水先生，下此毒手，断送了好好的一家人，男女老幼三十九口啊！”

众人目瞪口呆，毛骨悚然！洪范五行太可怕了！洪范五行究竟何物，且不去理会，然而顺治末了几年，朝廷连遭大丧，却是不争的事实！

杨光先瞥一眼瘫倒在地的汤若望，解释说：

“这个洪范五行，流传多年，在前明崇祯年间最为流行，它还有一个名字，叫‘灭蛮经’！”

“灭蛮经”，多么刺耳，多么不吉利的字眼儿！大臣们中间一阵骚动，人们不约而同地睁大了眼睛。

杨光先提高了沙哑的嗓音：“汤若望在前明崇祯年间，参与明朝修历局，掌管堪舆、推算之事，对‘灭蛮经’所知甚多。其险恶用心，不就昭然若揭了吗？”

杨光先得意洋洋，心中无比畅快。可他觉着仍不解气，说出了最后的、也是最为紧要的一句话：

“灭蛮经的‘蛮’，就是指的满洲人！”

这句话一经说出，不亚于向人群投出一颗炸弹，大殿里的满臣愤怒了！他们不顾礼仪地吼叫起来。大多汉臣也加入了喧闹的行列。一时间，人情激愤，喧嚣声在殿堂的藻井和龙柱间回响。

玄烨惊呆了，安亲王无可奈何。康亲王无动于衷，鳌拜怒目而视，苏克萨哈如愿以偿，索尼却坐不住了。

索尼作为首辅大臣，殿审闹成这样，他不能不出面了。刚才杨光先的话，他听得一清二楚，看来汤若望在劫难逃。至于如何向老佛爷交代，只能是走一步说一步了。于是，他站起身来，走到汤若望身边。见首辅要说话了，大家顿时安静下来。

“汤若望，罪证俱在，你还有什么分辩？”索尼问了一句。

汤若望倒卧在地，费力地抬了抬头，嘴唇嚅动着，却发不出声音。南怀仁不顾一切地抢上前去，跪在索尼面前，激愤地说：

“天大的冤枉！他在钦天监只从事科学的历法天算工作，对殡葬风水之事从不过问，从事此项工作的明明另有其人，你们为何将罪名强加于一个七十三岁的老人？”

苏克萨哈大声呵斥道：“南怀仁，你口出狂言，大胆犯上。你说强加罪名，那么，你就说说什么是洪范五行？皇子殡葬的时刻地点是怎样犯了杀忌？”

南怀仁瞠目结舌，难以回答。他对阴阳五行、风水之学知之甚少，不由低下了头。

苏克萨哈看了看高高在上的皇上，又看看坐在自己上首的安亲王，他怕夜长梦多，有些迫不及待了。他抚了抚头上的顶子，顺了顺胸前的朝珠，像一位刚打完胜仗的将军那样，挺起胸脯，清了清嗓门儿，趾高气扬地说话了：

“两次殿审，汤若望等妖言惑众、叛逆谋反的罪行已经查明。汤若望图谋不轨，谋害皇室，已犯下十恶不赦之大罪。因此宣判：汤若望……”

玄烨坐不住了：苏克萨哈你好大的胆子，朕还没有说话，你却耀武扬威起来了，成何体统！

岳乐看着苏克萨哈不可一世的样子，心中窝火。听他的意思，不等审官们共同商定，他一人就要下判了，那还了得？可是，依眼下的情势而言，要想阻止苏克萨哈，必然引起众人非议。岳乐心急如焚，但又无可奈何……

“且慢！”声音不大，可大殿的每一个人都听得一清二楚。是谁如此大胆，竟敢在这个节骨眼儿上打断苏大人的话！人们的目光不约而同地投向这边。

魏裔介慢慢站起身来，面色沉静而凝重，目光锐利而坚毅。他底气十足，出语铿锵：

“大清刑律规定：凡十恶之罪，经三堂会审才可定罪，经三法司会勘后方可下判，交由议政王会议议定，再由皇上朱批下诏。本案虽为殿前御审，然而人命关天，必经程序缺一不可！今日殿审，所有指控仅为原告一面之词，不经勘察取证，不经诸审官拟罪，不经三法司会勘，不经议政王会议议定，现在要当堂下判，苏大人，恐怕与法不合，为时尚早吧！”

魏裔介的一席话，犹如往开水沸腾的大锅里泼进一筲凉水，喧嚣一时的大殿顿时静了下来，王爷们刚要发怒的火气不得不降了下来。苏克萨哈呆在那里，不知所以。

“魏爱卿所言极是！”皇上发话了，“今日殿审告一段落，原告指控，各审官严加勘查详审，拿出确凿证据，方可定案。苏大臣，宣布退朝吧！”

“退朝！……”苏克萨哈极不情愿地大声喊道，“恭送皇上……”

……

紫禁城的东华门内，有一片由文华门、文华殿、主敬殿、文渊宫组成的楼阁群，内秘书院设在文华门里的文华殿内。内秘书院汉大学士的公房，就在文华殿的西配殿。

西配殿里坐满了人。他们是刑部尚书梁清标和尼满、左都御史王熙、大理寺卿梁清远等。魏裔介把内秘书院的满大学士巴哈纳请来，旁听刑部、都察院、大理寺三法司对天算案的勘审会议。

上一次殿审结束以后，为了推翻杨光先控告汤若望利用皇子丧葬之机，谋害皇室的诬蔑之辞，魏裔介下令，从三法司抽调精干人马，兵分三路，展开调查。一路人马直奔安徽歙县，查访杨光先所述黄家罹难之事，是否属实；另一路结合礼部，查封钦天监所有档案，从中查出四皇子荣亲王丧葬之时，由哪个职官负责选择葬期葬地，是否用了洪范五行。第三路由自己亲自出马，赶往玉泉山的荣亲王墓，实地勘察。

从钦天监顺治十四年的档案中查明：当年四皇子的葬期葬地，山向方位，汤若望从未插手此事，均是钦天监监副李祖白选定，并有杜如预、杨宏亮的证言为证。

经过对玉泉山荣亲王墓的实地勘察，虽然四皇子灵柩早已迁往蓟州皇陵，但从墓地遗迹不难看出，确是用了洪范五行。但从墓址方位、山地走向以及已经掌握的葬期和下葬时刻，均为吉时吉地，并且准确无误，绝对不犯杀忌。

一个多月后，也就是康熙四年的正月，赶赴安徽歙县的一路人马回到京师。汇报声称：他们日夜兼程，来到黄山东南的歙县，第二天，赶到北岸村，四处打听，该村没有一家姓黄，也没有家有良田千顷的富户。并有村长和保甲共同出具的书面证明。又到歙县县衙，知县断称，十日间一家病死三十九口，歙县境内，数十年来，绝无此事。并出具证明，盖上了县印。

魏裔介放下手中的案卷卷宗，说道：“从各方提交的案件资料看，杨光先所控之辞多有不实。经三法司多次提审，天算案案情已真相大白。本案结案在即，为慎重起见，下判之前，请各位到此，再行详议。望各位务必畅所欲言，各抒己见。”

“下官以为，杨光先以前所控诸项，早被一一驳回，不必再议。杨光先为挽回败局，提出汤若望图谋不轨、谋害皇室之控词，使各位东奔西忙，大费周折。这样也好，杨光先捏造事实，栽赃陷害，为达到其不可告人之目的，不惜暴露皇家之隐私，罗列罪名，诬告他人，已是铁证如山，不容置疑！”梁清远说。

“杨光先不仅如此，他的更加阴险之处，还在于利用满人的忌讳，把洪范五行说成是‘灭蛮经’，更加激起了王爷们对汤若望的仇恨。如此一来，要想为汤若望彻底翻案，就不那么容易了。”王熙皱着眉头说。

“什么‘灭蛮经’，全是杨光先胡编滥造！”梁清标气愤地说：“从歙县回来的人说，他们在当地也曾问过此事，乡民和县衙的人都说，从未听说过什么‘灭蛮经’。我派人到钦天监查阅了有关洪范五行方面的书籍，也没有查到‘灭蛮经’三字。由此可见，杨光先为陷害他人，捕风捉影，用心竟如此歹毒！”

王熙接过来说：“杨光先之所以肆无忌惮，穷凶极恶，都是因为有苏克萨哈给他撑腰。如果据实定案，咱们三法司就要判处杨光先诬陷之罪，汤若望等八名被告应均判决无罪。三法司下判之后，判词势必落到苏克萨哈手上。苏克萨哈利用杨光先扳倒汤若望，蓄谋已久，为此出谋划策，绞尽脑汁。他以为天算案尘埃落定，汤若望必死无疑。如果他看到内容截然相反的判词，一定不会善罢甘休。”

刑部满尚书尼满一脸的气恼，嘟囔着说：“是啊，你们这样判案，恐怕苏大人那里不好交代吧！……”

“苏克萨哈是什么东西！”内秘书院满大学士巴哈纳一拍桌子，大声说道，“汤若望有什么不好？若不是他送来神药，我的两个孙子早就没命了！说汤若望叛逆谋反，我压根儿就不信！这个苏克萨哈，一肚子坏水，向来不干好事，什么玩意儿！”

巴哈纳素来与苏克萨哈不和，听了几位尚书的对话，更加激起了对苏克萨哈的不满。他接着说：“魏大学士，你不畏权势，伸张正义，我巴哈纳没的说。你们只管下判，我去跟王爷们说，我就不信苏克萨哈能翻了天！”巴哈纳并不是吹牛，他兼任八旗都统，是红带子觉罗，又是议政王大臣会议主要成员，在王爷和八旗中都很有面子，就连索尼和鳌拜对他也礼让三分。

见巴哈纳对苏克萨哈大发牢骚，又对汤若望如此袒护，几个在场的满官都缄口不语，无话可说了。

魏裔介拱手说道：“巴大人驰骋疆场，身经百战，又豪爽仗义，嫉恶如仇，裔介仰慕已久。刚才一席话，明断是非，善恶分明，令在下钦佩之至。这样吧，为答谢巴大人的信任和鼎力相助，你们三法司一定要实事求是，大胆下判，严肃律法，伸张正义。迩之兄执笔行文，三日内将判词交来审阅。各位意下如何？”

“一切听从魏大学士吩咐！”大臣们行礼告退。

转眼到了二月底，近段日子，索尼又感风寒，卧床在家，不能上朝。这天辰正三刻，三名辅政大臣穿戴齐整，一起离开他们的体仁阁政事堂，他们各怀心态，走在通往慈宁宫的石板路上。一名书吏捧着装有判词的折匣，跟在后面。

他们走进慈宁宫正殿，太监和宫女在高高的御基两旁，分列站立，太皇太后和皇上旁若无人地端坐在金光灿灿的雕龙宝座上。

按照君臣之礼，臣见君不得仰视。可苏克萨哈心怀鬼胎，不由自主地朝太皇太后和皇上投去一瞥，他的心里“咯噔”一下，感到事情有些不妙。看来今日觐见，他未必能如愿以偿。平日里，老佛爷弯眉慈目，满面和善，可今天却大不相同，眯着的眼睁大了，弯弯的眉伸直了，神情肃然，目光凛凛。就连皇上也好像长大了许多，那双乌黑发亮的眸子，竟是那样严肃、冷漠。当他匍匐在地的时候，他觉得如芒刺在背，很不舒服。他想得太简单了！出门之前，遏必隆还忧心忡忡，唠唠叨叨，生怕为判词的事激怒了老佛爷，弄得不好收拾。鳌拜却冷笑一声，巴不得自己倒霉碰壁，身败名裂。想到此，苏克萨哈心里不由得紧张起来。又一咬牙，一不做，二不休，如今到了这个份儿上，只能进，却无路可退了。

太皇太后没让平身，更没有赐座，只是用冷峻的目光打量着跪在地上的他们，然后问道：

“你们为了何事，又来求见？”

苏克萨哈抬起头来，说：“回老佛爷，今日觐见，是为天算案的最后判词，请太皇太后过目。”

苏克萨哈双手捧着折匣，向前跪进一步，一字一顿地说：“启禀太皇太后，启禀皇上，这是三法司提交、经议政王大臣会议议定，又经辅臣会议通过的天算案最后判词，请皇上、太皇太后御览！”

“念！”太皇太后大声说。

苏克萨哈打开折匣，拿出判词，郑重念道：

> 天佑吾皇，历祚无疆，汤若望咒我大清，只进二百年历；汤若望图谋不轨，谋害皇室，荣亲王殡葬不用正五行，而用洪范五行，其葬址、葬地、山向、年月、时刻均犯杀忌。因事犯重大，汤若望及钦天监监副李祖白、刻漏科杜如预、五官挈壶正杨宏量、春官正宋可成、秋官正宋发、冬官正朱光显、中官正刘有泰等八人，皆凌迟处死；教士南怀仁、利类思、安文思及职官许之渐、许宝禄、李祖白子李实、宋可成子宋哲、刘有泰子刘必远、汤若望义子潘尽孝俱斩立决；家产、妻、女、媳一并入官……

太皇太后的猜测成了现实，他们真的给汤若望定了罪。可没有料到的是，他们竟敢判处汤若望凌迟之刑，把事情做得这么绝，竟不留一点余地，不留一丝情面！汤若望是自己的义父、先帝的帝师、皇上的玛法。竟如此不顾皇家的脸面，就这么忍心下得了如此狠手？太皇太后的心在隐隐作痛，一股怒火在胸中升腾，两道火辣辣的目光向跪在地上的苏克萨哈直逼过来：你们这不是明明向我和皇上示威吗？

太皇太后将目光收回，慢慢合上眼睛，复杂的思绪在心中翻腾，她沉思良久，胸中的怒气慢慢减退，努力恢复了常态。

她睁大双眼，看了看跪地不起的辅臣们，竟心平气和地说了声："平身吧……"

三辅臣慢慢起身，神色惶恐地退立一旁。

"苏克萨哈，我问你，你要如实回答！"太皇太后开始反击。

"太皇太后，微臣不敢有半句谎言。"苏克萨哈说话斩钉截铁。

"这份判词，真是经过议政王大臣会议议定的吗？"太皇太后问。

"回太皇太后，是……是的。千真万确！"苏克萨哈答。

"千真万确？不尽然吧！我听人说，议政王大臣对三法司判词意见不一，各执一词，至今没有形成决议。你让我听谁的好呢？"

"一定是有人胡言乱语，他们的话怎可轻信？"苏克萨哈说话理直气壮。

"呵呵呵呵……"太皇太后冷笑着说："安亲王，出来吧。"

门帘掀处，安亲王从偏门走出，不慌不忙地坐在事先放好的椅子上。

自从三法司将判词交给议政王大臣会议以后，他们几次召开会议商定此事。以康亲王杰书为首的一部分人，极力反对三法司判决，要求重判汤若望；安亲王岳乐、议政大臣范文程和大学士巴哈纳等人，以三法司判词有理有据，主持正义，极力拥护三法司判决；还有一部分人主张对汤若望从轻判处。其理由，一是汤若望是太皇太后的义父、先帝的帝师，又是小主子所敬仰的人，即使有罪，也要留有余地，从轻发落；二是他们当中，大都因其家属患过疟疾，汤若望对他们有救命之恩，恩人罹难，哪有不帮之理？他们各执己见，互不相让，争来争去，没有定局。

"安亲王，苏卿辅说，议政王大臣会议已将天算案议定的判词移交辅政大臣，可是实情？"太皇太后故意问道。

"一派胡言！"岳乐刚才在内室听到苏克萨哈的不实之词，早就憋了一肚子火，听太皇太后问他，更是火冒三丈，指着苏克萨哈的鼻子喝道：

"你身为辅臣，胆敢在太皇太后和皇上面前胡言乱语？你说议政王大臣会议已将判词交给你们，是谁亲手转交？你把转交的判词拿出来，让本王瞧瞧。如你信口雌黄，本王定你欺君之罪！"

苏克萨哈看到平时温文尔雅，如今雷霆大怒的安亲王，心里一阵发慌，出了一身冷汗。

“罢啦，罢啦。苏卿辅对天算案牵肠挂肚，废寝忘食，审了这么长时间，也没有审出个子丑寅卯来，汤若望还是活得好好的，他还能不着急上火？他之所以越级办理，细想起来，也是求成心切，倒是情有可原。”太皇太后不紧不慢地说。

太皇太后的话，听到苏克萨哈的耳朵里，好像一抔辣椒面儿迎面抛来，使他脸上火炭似的红，火辣辣地疼，羞臊难当，无地自容。

一直静观其变、沉默无语的玄烨，圆睁龙目，拧眉问道：

“苏克萨哈，你说这判词是三法司提交、已经议政王大臣会议议定，你可看过三法司的判词？其内容与你手中的判词是否一致？有无相悖之处？”

苏克萨哈的眼珠飞快地转动几下，低头说道：“回皇上，微臣看过三法司提交的判词，其内容与这份判词基……基本一致，无……无甚相悖之处。”

“好个基本一致！好个无甚相悖之处！”玄烨龙颜大怒，将一份文本“刷”一声狠狠投出，正好落在苏克萨哈的面前。

苏克萨哈脸色骤变，“噗通”一声，跪倒在地。

“这就是三法司提交给朕的判词！”玄烨厉声说道，“史记官，读给他们听听！”

史记官放下手中活计，疾走几步，捡起地上判词，认真读来：

天算案历经三部四次会审、三法司三次提审、三次殿审，又经三法司依律详勘，认定事实如左：

一，原告指控：“汤若望在各地广布门徒，只广东澳门一地，集结人马三万人，伺机作乱，妄图倾覆我大清。”经派员前往该地详查，确无此事，原告所控不实，予以驳回。并有调查笔录及广东督抚、澳门使官证言为证。

二，原告指控：“天佑吾皇，历祚无疆，汤若望只进二百年历，以此推断大清命运，咒我大清。”被告申辩：“只上二百年历，只为计算准确无误，并无其他用意，原告诉我以此推断大清命运，实属自欺欺人，无稽之谈。”申辩有理，驳回指控。

三，原告其他指控，均属历法天算学术之争，与“利用天算历法，叛逆谋反”风马牛不相及，此类指控，均予驳回。

四，原告指控：“汤若望图谋不轨，谋害皇室，荣亲王殡葬不用正五行，反用洪范五行，其葬址、葬地、山向、年月、时刻均犯杀忌。”殿审时，原告又以歙县黄家为例，言洪范五行之危害，又有洪范五行即“灭蛮经”之说。

三法司派员赶赴歙县，查无此人，也无此事，此地更无“灭蛮经”之说。原告指控，实属凭空捏造，子虚乌有。有歙县县令及北岸村村正、保甲书面证言在卷佐证。

经调取钦天监档案，又经钦天监职官作证，查明：荣亲王丧葬堪舆一事，由钦天监监副李祖白操办，与被告汤若望毫无干系。又到荣亲王原墓地勘察得知，此墓选址确用洪范五行，但其墓址、山向、葬期及下葬时刻，均采用旺地、旺时，并准确无误，切无犯杀忌之说。并有钦天监档案、职官杜如预、杨宏量、宋可成、宋发、正朱光显、刘有泰书面证言及荣亲王墓地勘察笔录为证。

五，原告杨光先，捏造谎言，陷害他人；为达卑鄙之目的，不惜暴露皇家隐私，为大不敬。事实俱在，罪责难逃！

鉴于已经认定之事实，拟判决如左：

一，原告之指控，因无证据证明其真实，故判所有指控均为不实之诉，概予驳回。

二，判决汤若望等八名被告无罪。

三，判决杨光先犯诬陷之罪、大不敬之罪，并处斩立决。吴明烜不辨善恶，桀犬吠尧，助纣为虐，罪减一等，处杖刑一百，流徙宁古塔。

史记官一口气读完，将判词交给梁九功，退回原位。

“苏克萨哈！这就是你的基本一致，无甚相悖？以朕看来，却是南辕北辙，背道而驰！你……”玄烨怒目而叱。

太皇太后插话了：“鳌卿辅，苏卿辅所读判词，也是你的意思了？”

呆立一旁、幸灾乐祸的鳌拜，打一机灵，忙说：“回太皇太后，自从苏大人接替天算案主管以后，微臣从未介入此案，判词之事微臣一概不知！”鳌拜回答得干脆利落，把责任推得一干二净。

“遏卿辅，那你呢？”太皇太后摆弄着手上的尖尖的玳瑁指套，心不在焉地问道。

“不不，不！”遏必隆浑身一震，慌忙说道，“微臣只管河道、漕运、户丁、粮赋之事，对刑律、诉讼从不插手。苏大人主管刑案，素常都是他一人作主，微臣从不过问。”遏必隆琉璃球般圆滑，更是寸草不驮。

岳乐发话了：“苏克萨哈，你既不参考三法司判词，又不经议政王大臣会议议定，违逆朝规，越权独断，擅改判词。无法无天，该当何罪？”

苏克萨哈脸色发灰，像没了脊梁骨一样，趴在地上。

“罢了罢了，苏卿辅平身吧。”太皇太后豁然大度地说。

“谢老佛爷……”听了这句话，苏克萨哈恐惧的心，才算有所缓解。耷拉着脑袋，木头似的立在那里。

太皇太后朝狼狈不堪的苏克萨哈瞥了一眼，微笑着说："我说苏卿辅啊，凡事都要有个节制，操之过急，欲速则不达。有些事啊，要留有余地，切莫做过了头。不该摘的桃子摘了，不仅桃子没有到手，还把腰给闪了，不划算噢！"

太皇太后从乌兰送来的茶盘里，端起一杯冒着热气的香茶，呷了两口，突然敛起笑容，提高了嗓音说：

"这样吧。这判词的事，就搁一搁吧！苏卿辅近来为案子的事操心劳神的，也该歇歇心了。听说索卿辅病已见好，不日便可痊愈。案子的事，还是等他上朝以后，再作定夺为好。三位卿辅，你们意下如何？"

"一切听从老佛爷吩咐！"鳌拜和遏必隆一齐答道。苏克萨哈的嘴巴跟着张了几下，谁也没有听清他说了什么。

"散了吧……"太皇太后说着，又端起了茶杯……

弯弯的月牙，悬挂在西天边儿，偌大的京城沉浸在一片漆黑的静寂之中。西山那边，不时传来几声狼嚎。

刑部大院的西北角，一棵黑森森的参天古松，遮掩着石头砌成的城堡似的刑部大牢，大墙上面有一排又高又小的窗子。汤若望和南怀仁就被关押在这座大牢里。

牢房里又冷又脏，充满了霉烂、腥臊的臭味。虽然每天有专人照顾，汤若望毕竟年老体衰，又多病缠身，哪里经得起这地狱般的煎熬和连珠炮似的审讯，汤若望的病情一天天加重，时常呼吸急促，咳嗽不止，痰液中偶尔带有血丝。汤若望却十分乐观，一旦平静下来，就和南怀仁谈天说地，讲古论今，但也少不了说说他们彼此吉凶难卜的命运。

汤若望半躺在南怀仁的臂窝里，不时地呻吟着。南怀仁看着他模糊的、分不清胡须还是头发的脸庞，心中不禁一阵发酸。

"这么多的痛苦您毅然忍受，您是坚强和勇敢的化身，万能的主也会为您感到自豪的。让我们为自由祈祷吧！"南怀仁说着，突然挥着一只胳膊咬着牙说道，"这个野蛮的国度！这些不辨是非、没有心肝的人们！上帝啊，为什么不降罪他们？为什么不惩罚这些可诅咒的家伙？"

"不，不！费迪南特，你完全错了！"汤若望说，"这是一个了不起的民族，一个伟大的民族，足以同欧洲古老的罗马帝国相媲美。它的文化之博大精深，它的伦理道德之完整牢固，是难以想像的。你所看到的那些邪恶和残酷的人，恰恰不是这个民族的代表和精华。"

"我明白，您是说那些汉官。"

"对！范文程、魏裔介、龚鼎孳、梁清标等，他们善良、智慧、才气超群，他们才是这个民族真正的代表和精华！从他们的眼神和行为中不难看出，他们的心是多么的善良、慈爱，又是多么的坚毅、正直。若不是他们，尤其是魏裔介，不畏权势，巧妙周旋，我这把老骨头恐怕早就归天了！”汤若望说着，眼里闪着激动的泪花。

“您说，我们还能恢复自由吗？”

沉默片刻，汤若望静静地说：“你尚有一线希望，我就不同了，他们一定会置我于死地。你想想，四辅臣权倾朝野，又有王爷们的支持，慢说几位汉臣，就连太皇太后和皇上，恐怕也难有回天之力了……”

南怀仁想说什么，听到牢外走廊上一阵响动，一团明亮的烛光慢慢朝这里移动，后面跟着几个人一起朝这边走来。

一阵开动铁锁的声音过后，沉重的牢门慢慢打开，两名狱卒举着明亮的蜡烛，小心翼翼地走进门来，恭恭敬敬地站立两旁。

顺着烛光，抬头望去，从门口进来一人，红帽、红鞋、红斗篷，啊！是一位端庄俊俏的少妇。汤若望和南怀仁的脸上都露出十分惊讶的神色。

少妇走到汤若望面前，摘下毛绒帽子，露出一张秀美的脸庞，微笑着问道：“汤神甫，您不认得我啦？”

汤若望由南怀仁搀着，跪起身来，睁开昏花的眼睛，看着面前这位似曾相识的少妇，怎么也想不起来在哪里见过，耸着眉摇了摇头。

“您忘啦？高粱桥边……”少妇眨了眨眼睛说。

汤若望定睛望去，眼前一亮，惊讶地说：“啊！是你？萱儿姑娘……不，尊敬的王夫人，你……”

王萱儿向汤若望深施一礼，说道：“汤神甫，您吃苦了……”

王萱儿慢慢抬起头来，端详着眼前这位须发脏乱、重病缠身、老态龙钟的囚犯，和十几年前慈祥持重、神采奕奕的汤神甫相比，真是判若两人。王萱儿的心里一阵发酸，泪水顺着面颊流了下来。

汤若望的嘴唇颤抖着，激动地说：“谢……谢，谢谢你还惦记着我。”

陈奎守着牢门，心宝和翠珠先后走进牢房，把一个大包袱和一个精美的食盒放在他们面前。

翠珠上前，打开食盒，一股馋人的香味向四周弥漫开来，顿时压住了牢房的恶臭。食盒里装着各种各样精美的食物，有糕饼饽饽、面包香肠、熏肉馅饼、烧鸡酱牛肉，还有两瓶法兰西葡萄酒。南怀仁睁大了眼睛，望着这些久违了的美味佳肴，看一眼汤若望，露出了一年来少有的笑容。

心宝打开包袱，拿出两块厚厚的羊毛毡垫褥，打开垫褥，露出一部装帧精美的《圣经》，还有几本其他圣书。汤若望的眼睛里顿时迸发出异样的光彩，南怀仁高兴得站起身来，向王萱儿深鞠一躬，发自内心地说着：“谢谢，太谢谢了！……”

心宝把用来隔潮保暖的垫褥铺在杂草上，王萱儿上前，和心宝一起，将汤若望搀扶到垫褥上坐下，王萱儿拿起一本《圣经》，送到汤若望面前，小声说道：

“这本《圣经》还是十几年前您在高梁桥送给我的。我知道您离不开它，就给您拿来了。”

汤若望伸出颤抖的双手，小心翼翼地接过《圣经》，像接过失而复得的婴儿一样，把它紧紧地抱在胸口，慢慢地闭上了眼睛，沉浸在自我陶醉之中。

“呀！……”翠珠惊叫一声，大家顺着她的眼神望去，在昏暗的烛光下，几只老鼠“叽叽”叫着，顺着墙根，惊恐地窜来窜去。

“大惊小怪的，我当是条蛇呢，吓我一跳。”心宝抱怨地说。

汤若望睁开眼睛，认真地对大家说：“这不是一般的耗子出洞，这是地震的前兆，是动物对地震来临前的本能反应，大家不足为怪，只是小心为妙。”

“地震……”大家重复着这个生疏的字眼，但谁也没有把他的这句话当回事。

翠珠拿出随身带来的药包，递给王夫人，王夫人打开药包，为汤若望的手腕和腿腕被镣铐擦伤的伤口，全神贯注地涂抹着药膏。

汤若望看着眼前这位为自己腐烂发臭的伤口敷药疗伤、亲如家人的王萱儿，心中不胜感慨。她贵为一品诰命夫人，竟然不避权臣耳目，毅然来到这肮脏之地，探望一个身处异国他乡、生死未卜的重案囚犯，何等的侠义胸怀，何等的慈悲心肠！一股热流涌上心头。这位一年来惨遭陷害、受尽凌辱而勇敢面对、坚贞不屈的老人，再也按捺不住潮水般的感情，他老泪纵横、泣不成声。他哭了，孩子般的哭了，哭得那样的伤心，哭得那样的痛快。

王萱儿蹲下身来，含着泪安慰道：“汤神甫，不必过于悲伤，苦日子就要熬出头了。”

汤若望忍住悲痛，用慈父般的眼神看着王萱儿，慢慢说道：“谢谢你，谢谢你那颗圣母般善良的心灵。我身为教士，肩负圣职，唯有静候主的处置。我为你祈祷，愿你像夜空中的一轮明月，照亮大地，照亮人们的心田，也照亮你自己。”汤若望说着，闭上双眼，在胸前画着十字，无比虔诚地为她祈祷。

王萱儿贴近汤若望的面颊，小声地说：“真的，汤神甫，您的性命金子般宝贵，世上谁都无法剥夺您的生命，您那万能的主拯救了您！请你相信我的话。”

汤若望慢慢地睁开眼，回味着环绕耳边的、婉转动听的天籁之音，好像在漆黑一片的夜晚，眼前突然出现了一盏明灯一样。从他那双黯淡无神的眼睛里，突然闪出一道闪亮的光芒。

她走了，悄无声息地来，又悄无声息地走了。汤若望和南怀仁对视一眼，静静地、默默无语地坐着，一直坐到小窗发白，一直坐到窗外传来“唧唧喳喳”的鸟叫声……

三法司早已提交上来的天算案判词，议政王大臣会议为汤若望的生死，争执不下，久拖不决。在苏克萨哈和康亲王的恶意串通下，主张判处汤若望等斩立决的王大臣占了上风。于是，议政王大臣会议彻底推翻了三法司的判词，判处所有案犯死刑。

三月初一午时三刻，随着一阵阵闷雷似的轰鸣，大地震怒了，剧烈的地震发生在顷刻之间。京城内房倒屋塌，狼烟四起，人们的惊叫声，大地的轰鸣声响成一片。紫禁城内的宫殿楼阁也在地震中剧烈震颤，摇摇欲坠。五凤楼外的广场上裂开了一道三尺宽、冒着白气、深不可测的地缝。侍卫和太监们将太皇太后、皇上以及后宫的嫔妃们从宫殿中救出，在太和殿外的广场上搭建了大小十几个临时帐篷，作为他（她）们临时栖息之所。

午后，地震停止，混乱一时的紫禁城安静下来。安亲王、康亲王和四辅臣一起，匆匆来到太和殿前的一座大帐篷内，探望太皇太后和皇上。太皇太后和皇上坐在临时搭建的、稍微高出地面的宝座上。他们见太皇太后和皇上都安然无恙，悬着的心终于放了下来。地震给他们带来的恐慌尚未完全消去，他们战战兢兢地跪在地上，等待太皇太后的训示。

“你们的家眷可都安好？”太皇太后问。

“谢老佛爷牵挂。亲王、郡王及大臣们的家人均无伤亡，请老佛爷和皇上放心就是。”岳乐答道。

太皇太后一改往常慈蔼和善的面容，眉头紧皱，秀目圆睁，满腔的怒气终于发泄出来：

“一个天算案，没完没了地审来审去，三法司早已呈交给你们议政王大臣会议的判词，为何至今仍未商定？你们为何对一个行将就木老头子紧追不放，步步紧逼？你们这是违逆天意！上天示警了，发怒了！岳乐、杰书，你们身为皇叔，竟敢如此恣意胡为，逆天而行，是谁给了你们这么大的胆子？”

“老佛爷息怒，老佛爷息怒。在下知罪，罪该万死！……”老佛爷的怒斥，不亚于地震带来的惊恐，康亲王和安亲王满面惶恐之色，不住地磕头。

“罪该万死？说得轻巧！你们的一意孤行，招致天怒，天下臣民遭此天灾，死伤无数；皇宫民居惨遭毁坏，损失巨大，大清江山也会因此元气大伤。你们的几条命，能挽回这天大的损伤吗？……”太皇太后说完，怒气消了大半。拂一下袖子，怏怏地说：

“都下去吧,该干吗干吗去吧！……”

王爷、辅臣慌忙起身，灰溜溜退出帐篷……

三月初九，议政王大臣会议向辅臣递交了修订后的判词。判词大意是：“皇子殡葬一事，汤若望并未与闻，所以情有可原，死罪应予赦免；李祖白等五人罪情重大，不赦。”

这份判词，即挽救了汤若望的性命，又保全了辅臣和王爷们的面子，不失为一份折中的判决。即使如此，辅臣却仍然不愿接受，批复迟迟不下。

地震又一次来临，刚刚搬回居所的人们，不得不又一次逃出避难，安静没几天的京师又回到一片恐惧和混乱之中。不仅如此，紫禁城里皇太后居住的寿康宫和皇上的书房无故起火，烧毁房屋四十余间。

太皇太后降下懿旨，严责辅臣：“上天还在示警，汤若望为何迟迟不予赦免？意欲何为？”

翌日，赦免汤若望的谕旨终于宣告天下：

> ……汤若望效力多年，又复衰老，故予恩赦；李祖白等五人所犯情实，恩赐斩首，子孙免死，各杖四十，终身流戍宁古塔；其余被告皆予恩赦。

四月初三，为李祖白等五人处斩之日。汤若望、南怀仁等也在当日被释出狱。身体极度虚弱的汤若望躺在担架上，由成群结队的同情者簇拥着，回到了他居住了二十多年的教堂门前。南怀仁扶持着汤若望撑起身子，向众人致谢。此情此景，使汤若望百感交集，呜咽着说不出话来。

汤若望在南怀仁的搀扶下，慢慢走到门前的一座大理石碑前，伸出颤抖的手，轻轻抚摩着洁白光滑的碑体，抚摩着一行行精雕细刻的满汉碑文。这是十一年前顺治皇帝敕封汤若望为通玄教师的诏书，因汤若望格外珍爱而特意镌刻的。

南怀仁为汤若望小声读道：

> 国家肇造鸿业，以授时定历为急务。羲和而后，如汉洛下闳、张衡，唐李淳风、僧一行，于历法代有损益，元郭守敬号为精密，然经纬之度尚不能符合天行，其后晷度遂以积差。尔汤若望来自西洋，精于像纬，闳通历法，徐光启、范文程特荐于朝，一时专家治历如魏文魁等，实不及尔。但以远人，多忌成功，终不见用。朕承天眷，定鼎之初，尔为朕修大清时宪历，迄于有成。又能洁身持行，尽心乃事。今特赐尔嘉名，俾知天生贤人，佐佑定历，补数千年之阙略，非偶然也……

南怀仁还没有读完，汤若望一阵眩晕，仆倒在碑前。南怀仁强笑着安慰说：“天主慈悲，终于解救了我们，你能活下来，这是奇迹！以后一切会好起来的，会的，一定会好起来！”

汤若望艰难地抬起头来，看了看南怀仁，他以自己深厚的人生阅历，否认了南怀仁的话。他摇了摇头，悲哀地说："不！不会的！过去的时光一去不复返了！"

大街上一阵喧嚣，一群人径直朝教堂走来。领头的是新上任的钦天监监正杨光先和监副吴明烜。在两名礼部官员的陪同下，带着大批劳役，闯进了教堂。得意忘形的杨光先一声令下，劳役们便疯狂地冲进教堂，大肆打砸物品，毁损了大量的圣像、圣器、匾额等物。教堂内传出的巨大声响，像一支支利剑，刺痛了汤若望那颗颤抖的心。他痛苦地闭上了眼睛……

"哈哈哈哈……"一阵狂笑，使汤若望睁开了眼睛，他所看到的是杨光先一张狰狞的面孔。

"汤若望！你所崇拜的天主、圣母都已碎尸万段，你逃脱了凌迟之刑，那就让你的牌匾、石碑替你享受千刀万剐的滋味吧！"杨光先说着，扭过身来，喊道："给我砸，给我烧！……"

这彻骨般的侮辱，汤若望平生未遇，他闭目而卧，一言不发，他的心在颤抖！

"汤若望，你听着，"杨光先厉声喝道，"天主教已被谕令取缔，你的私有财产已被没收入官，这教堂是公产，是钦天监监正的住所，这里已经没有你的立身之地，滚吧！"

南怀仁立起身来，要和他们争辩，被躺在地上的汤若望阻止。南怀仁忍住怒火，想把汤若望搀起，离开这个令人留恋，又令人生厌的地方。这时的汤若望已是筋疲力尽、气息奄奄，南怀仁的一人之力，已经无法将汤若望搀起。杨光先一伙看着他们二人的窘态，哈哈大笑起来……

"笑什么笑！有什么好笑，狼嚎似的！闪开！"一个武官模样的人一跃下马，一阵风似的走过来，一只手握着腰间的剑把，一只手朝天挥着，闷雷似的呵叱着。来者不是别人，是奉命前来搭救汤若望的陈奎。

劳役们见来者不善，纷纷躲避。杨光先挥舞着干柴似的手臂刚要说话，被陈奎一晃臂膀，将杨光先弄了个趔趄，倒退几步，倒在地上。

不知何时，教堂门口停下两顶轿子，几名家丁模样的人，小跑着来到汤若望身边，将他稳稳当当地抬起，放进一顶小轿，南怀仁也被让进轿子，他把汤若望紧紧抱在怀里，家丁慢慢放下轿帘。

后面的轿子里坐着王萱儿，她撩开轿帘，见汤若望已被安全抬进轿里，便放下轿帘，说了声"起轿！"陈奎上马，两顶轿子抬起，一溜烟出了教堂大门，眨眼间消失在大街尽头……

# 四十、心系民生

随着西南疆域的逐步稳定，大清政权日益巩固。朝廷内外，尊儒重道、崇尚理学之风，悄然兴起。这与魏裔介多年来致力于对程朱理学的研究、宣扬“以性善为宗、以践履修身为要、以异端为戒”的理学思想至关重要。于是，继魏裔介之后，如魏象枢、李光地、熊赐履、陆陇其等一批理学名家相继涌现出来。

自康熙四年天算案结束、汤若望被释出狱之后，魏裔介利用朝事冗迫之余，潜心研究儒家圣学及程朱理学，并著《圣学知统录》、《圣学知统翼录》和《致知格物解》。

三部书籍刻印发行之后，备受理学界人士所推崇。容城孙奇逢寄书赞曰：“穷理尽性至命，一以贯之。”江南大儒陆世议对魏裔介格外赏识，亲送其四徒沙一卿、周鼎新、郁植、曹禾来京，向魏裔介拜师从学。沙一卿读《圣学知统录》后大有所悟。慨然道：“天者性所从出也，性至善者也，性无不善，其有不善者，气质耳。此孟子之所谓性，非诸儒所可及也。是录出，而前千百年授受之统于此而定，后千百年教学之统亦于此而定亦。”

崇尚理学的汉臣们争相传看《圣学知统录》，对魏裔介的理学思想大加赞誉。江南的龚鼎孳也寄来书信称：“《知统录》诸书，主张实践，摈弃空言，难能可贵。”安亲王岳乐对魏裔介的理学著作更是爱不释手，赞道：“此书承继程朱，亦有阐拓，提倡学以致用，实乃治国、修身之要诀，君臣之必读。”朝臣魏象枢、熊赐履、陆陇其等一些理学名家，也交口称赞，推崇备至。

一时间，朝臣读理学之书，论理学之道蔚然成风。所印一百套《圣学知统录》、《圣学知统翼录》和《致知格物解》，除馈赠以外，其余书籍均被求索一空。礼部命书馆加印三百套，以满足读者之需。

康熙五年春，魏裔介请假回籍，省视坟墓。安亲王在府上设专宴为魏裔介饯行。魏裔介出京之日，阜成门外送行车轿数百乘，朝臣杜立德、傅以渐、梁清标、梁清宽、梁清远、李霨、王熙、魏象枢、熊赐履等及京师缙绅，送魏裔介夫妇至阜成门外，依依惜别。

魏裔介夫妇回到柏乡，住进位于秀才营街路北新宅。魏家在外居官者均已返乡，举家团圆，欢聚一堂。是时，七叔魏檵祥任广东潮州知府，长兄魏裔鲁任四川陇安郡守，三弟魏裔讷任江南桃源县知县，四弟魏裔懿从山西平遥县知县，迁升浙江温州府同知。

清明之日，魏裔介同二叔魏杏祥、三叔魏梅祥、四叔魏松祥、五叔魏桂祥、六叔魏槐祥、七叔魏檵祥、长兄魏裔鲁、三弟魏裔讷、四弟魏裔懿、五弟魏裔侗、长子魏勷、二子魏嘉孚以及堂兄弟、侄，一起赶往圣德村村北祖茔，祭扫墓地，封墓建碑，摆供焚香，拜祭祖考。

从县城往返祖茔，必经午河。河上一座木桥，桥柱腐朽，桥梁断裂，桥面塌陷，早已不能通行。午河是槐河支流，冬春之时，水流较小，人和马车可以蹚水而过，雨水季节，河水猛涨，行路阻隔，遇到山洪暴发，河水冲破河堤，淹没庄稼、村庄，冲走孩童、牲畜、猪羊不计其数。所以当地百姓都称午河为“连河”。

魏裔介的马车刚走到河心，车轮被河中的泥沙所阻，人们纷纷下水奋力推车，不料车轮越陷越深，动弹不得。魏裔介下车，吩咐下人弄来一捆花柴塞进车轮底下，车把式一声喝，人马一起用力，马车才拔出泥潭，顺利上岸。

魏裔介挽着裤腿，来到北岸，回望河中艰难跋涉的家乡人，心中不胜感慨：“风调雨顺之时，家乡百姓就如此艰辛，如遇洪水泛滥，其惨景可想而知。自己身在京师，竟不知乡民如此困苦，自己身居高官，而撒手不管，还有何颜面面对家乡父老？午河之患必须根除，固堤建桥势在必行，变害为利，造福乡民，才是为官之本。”魏裔介想着，一个固堤建桥的计划，已在心中形成。

魏裔介每次回乡，文庙朝圣是他的必办之事。清明节的第二天，他们夫妇二人，一起来到东街路北文庙的至圣先师殿，面对孔子圣像，燃烛焚香，顶礼膜拜。

夫妇二人拜祭完毕，站起身来。魏裔介望着表皮脱落、色彩斑驳的孔圣人塑像和破败不堪的殿堂庙宇，眉头紧皱，心中顿生悲凉凄楚之感。

回到府第，前来拜望的直隶总督朱昌祚、巡抚王登联、顺德知府杜之功、赵州知州许文和柏乡知县熊开泰正在大客厅就座，魏杏祥等六位叔父及魏裔鲁、魏裔讷、魏裔懿作陪。大家见魏裔介回府，忙起身相迎。一番寒暄过后，各自落座。

王登联起身，对魏裔介拱手道：“登联拜读中堂大人雅作《圣学知统录》，开启茅塞，受益匪浅，总督府衙官员争相拜阅，一睹为快。”

“闲暇之余为之，何须挂齿。程朱理学以性善为宗，以治国、齐家、修身为旨，以躬行实践为要。公务之余，多读圣学之书，对修身养性、怜民惜民、为民执政大有裨益。”魏裔介说。

朱昌祚欠身说道：“中堂大人爱民之心，为臣民所称颂，下官崇敬之余，唯有秉心效法才是。可……”朱昌祚欲说又止，似有难言之隐。

“你为三省总督，有何言语不便启齿？本官又不是外人，请畅所欲言，但说无妨。”魏裔介说。

朱昌祚舒展一下眉头，说道：“前几日，户部发文，命圈换黄、白两旗土地，辅臣已派遣八旗都统、户部满汉侍郎、都察院左都御史及满左副都御史、六科给事中，前往畿辅各县查勘。近年来，饱尝圈地之苦的各县乡民刚刚得以喘息，又要颠沛流离，吃尽苦头了。”

魏裔介站起身来，一脸愤慨之色。继而恢复常态，安慰道：“眼下朝廷不乏匡扶正义、忠君爱民之臣。况且皇上亲政在即，辅臣专权擅政之期即将结束。圈换土地害国殃民，他们的卑劣用心不会得逞。你二人身为总督、巡抚，是直隶百姓之父母，又是仁义爱民之楷模，此事将如何应对，想必心中早有定数了吧。”

朱昌祚和王登联一起起身，王登联抱拳说道：“中堂大人尽管放心，为保直隶百姓免遭苦难，家业平安，下官决计冒死上疏，力陈圈地之弊，为民请命。只要辅臣收回成命，百姓安居乐业，纵是罢官杀头，又有何惧！”

王登联，字揭轩，汉军镶红旗人。由贡生授河南郑州知州，由于政绩优异，擢山东济宁道，又升大理寺卿。顺治十七年，皇上亲授为直隶巡抚。到任以来，勤于政事，宽以待民，严以缉盗，直隶境内才有一番太平景象。他年富力强，精明能干，大有作为，前途无量。可这次圈换土地必将给他带来许多压力，诸如田赋锐减、百姓流离失所、盗贼蜂拥而起等等，怎能不使他焦虑万分？

朱昌祚，字云门，汉军镶白旗人。以宗人府启心郎出身。顺治十八年以工部侍郎巡抚浙江，康熙二年，迁升直隶、山东、河南总督之职。

魏裔介摇摇头说：“国为民之靠山，民为国之基石，为民请命，何罪之有？望二位审时度势，做到有备无患。争取朝臣支持，切莫孤军作战，不动则已，动则必胜，力挽狂澜，救生民于危难之时！”

“大人嘱咐，肺腑之言，下官当谨记在心。”朱昌祚说。

魏裔介转过身来，对熊开泰说：“熊大人，城南玉皇阁外午河两岸，河堤失修，若遇山洪袭来，到处决口，势必祸及两岸乡民。午河乃出城入城必经之处，至今尚无桥梁，冬春之季尚可勉强通过，夏秋多雨季节，南北阻隔，百姓之交往贸易无法进行。为官者急民所急，解民所困，看来，固堤建桥才是柏乡当务之急呀！”

熊开泰刚要答话，魏裔介抬手制止，接着说：“当今圣上尊崇孔孟之道，以仁德治国，曾谕令各省修缮文庙，供官民朝拜。适才与夫人到东街文庙祭拜至圣先师，见庙堂内外破败不堪，圣像陈旧有损，人迹寥寥，一片苍凉。东寺崇光、西寺神应，还有关帝庙、马神庙，均是香烟缭绕，诵经击鱼声连绵不断，求签问卦者接踵而至。为何唯独文庙萧条冷落，香火俱无？相比之下，心中好不凄楚……”魏裔介说着，一脸沮丧、懊恼之色。

杜之功、许文、熊开泰神色惶然，连忙起身。熊开泰说：“固堤架桥、修缮文庙，乃在下分内之事，让中堂大人如此费心，实属失职。在下已任职三年，早已将此事定为急办之大事，只……只是……”熊开泰说话吞吞吐吐，似有难言之隐。

“熊大人不必自责。柏乡并非富庶之地，近年多遇旱涝之灾，县库银两并不宽绰，况且此工程耗资巨大，单凭县库之银，远远不及十之一二。架桥修庙，利国利民，功德无量，不可不为。天下之难，难不过一个‘钱’字，何不将两项工程造一预算，所需银两，县筹一些，州、府、省资助一些，富商、缙绅捐献一些，剩余欠缺资金，由本官申请户部予以拨补，保证足额到位。如此这般，诸位意下如何？”

“魏大人身居相位，为柏乡之事如此牵肠挂肚，劳心费神，体谅下属，对下情又了如指掌，令在下感激涕零。有此良策，当然可行。”熊开泰说着，从怀里拿出一份文件呈上，激动地说：“在下已将工程预算整理成册，请中堂大人过目。”

魏裔介接过文册，喜形于色，瞥一眼熊开泰，诙谐地说：“呵呵，听人说，熊大人办事，大胆谨慎，业绩非凡。今日得见，倒不如说，郑大人办差，精明强干，见缝插针，从无疏漏。名为来府探望，想必是另有打算，早有准备喽！”

魏裔介的话似是调侃，实为褒奖。熊开泰听后，两鬓泛红，心中窃喜。几人听后，都笑出声来。拘谨的气氛顿时变得融洽、随和起来。

“魏大人，午河大桥长六十六丈，宽一丈八尺；两岸河堤三十里，建桥固堤工料费，共需现银八千七百五十两。文庙修缮需银五百两，共计需银九千二百五十两。可……可县库现存只有一……一千八百两……”熊开泰嗫嚅着说。

“赵州资助现银一千两。”许文说。

“顺德府出资一千五百两。”杜之功说。

王登联说：“直隶总督衙门拨付专银两千两。”

“欸！堂堂直隶巡抚，也太小家子气了，建桥固堤乃百年大计，少说也要出三千两嘛！”朱昌祚眯着眼，笑着说。

“那好吧！那就拨付三千两！”

熊开泰欣喜若狂，忙不迭地作揖致谢：“各位大人慷慨相助，为柏乡造福，令在下感激万分！开泰谨代一万三千六百名柏乡父老，给各位大人磕头了……”

熊开泰刚要下跪，朱昌祚说话了：“且慢且慢。熊大人，莫要高兴得太早了，你那一千多两的兜底银，还是留作他用吧。”朱昌祚说着，朝魏裔介努努嘴，“还有五千两缺空没有着落，你磕的哪门子头啊？”

熊开泰弯着腿，跪也不是，立也不是。魏裔介看着熊开泰的尴尬之态，微笑着说：“等银子到手，再谢不迟。熊大人只管筹备动工事宜，所需银两不必你来操心。至于欠缺之资，等捐献银两到位，敲定实缺银两之后，再向户部申请，亦不为晚。”

二叔杏详开口道：“等什么等，我们弟兄六个已经商议停当，每人捐助一百两。”

魏裔鲁不甘示弱：“我们弟兄五个，除二弟外，每人也捐献一百两。二弟……你？……”魏裔鲁瞅着魏裔介，欲言又止。

魏裔介刚要答话，王萱儿撩开门帘，从里间走出，大声说道：“长兄，你二弟的捐银早已准备停当，捐助现银四百两。”

大家拍手叫好。王萱儿接着说：“午河桥即将动工，总得起个名字吧。”

熊开泰接过来说：“王夫人所说极是。中堂大人鸿骏魁杰之才，大桥命名之事，那就有劳中堂大人了。”

魏裔介笑一下说：“熊大人如此说，我也不好推辞，那就叫‘通济桥’如何？”

王登联兴奋地说：“‘通济桥’，济世济民，四海通达，好名字！”

朱昌祚站起来说：“中堂大人对此事如此用心，建桥修庙大功必成！诸位大人，竣工之日，咱们一定再到柏乡，共贺桥通之喜，同饮庆功之酒！”

“一定，一定。”大家齐声附和。

建桥修庙告示一经张贴，柏乡民众欢呼雀跃，额手称庆。到县衙捐献银两者接踵而至，争相报名的义工络绎不绝，县衙的职官、吏卒应接不暇。省、府、州资助资金足额到位，各项筹备事宜业已就绪。

四月初八，正值玉皇阁庙会。玉皇阁外的通济桥工地上，锣鼓喧天，人欢马叫。大块石料陆续运到，民工、石匠摩拳擦掌，在礼炮轰鸣、一片欢呼声中，午河大桥破土动工。文庙的修缮同时进行。

魏裔介身穿便装，在熊开泰的陪同下，带领陈奎、心宝，穿梭来往于大桥和文庙两个工地之间，并吩咐家人，套上装满慰问物品的马车，赶着猪羊，犒劳工地上辛苦劳作的乡民和工匠。

端阳之日，户部派专员送来资银四千两，熊开泰领鼓乐班，到北门外三里亭，隆重迎接朝廷官员。街道两旁站满了看热闹的男男女女，迎接队伍吹吹打打，直到县衙。

魏裔介假期将尽，因建桥修庙尚在关键时刻，不愿就此离开，意欲迟延回京。于是修书一封，托户部官员捎至体仁阁政事堂。

事隔半月，辅臣寄来回书："魏中堂关切家乡民生，无可指责。既施宏谟，善始善终，勿思回京，明春归朝即可。"魏裔介看完书信，心下安然。

魏裔介虽然每日忙于建桥修庙，对朝中之事却始终挂在心上。尤其对镶黄、正白两旗圈换土地之事，时刻不曾忘怀。

一日，魏裔介接到礼部尚书梁清标、吏部侍郎梁清宽、大理寺卿梁清远合寄书信，信中言道：

> ……黄白两旗圈换土地一事，已无回旋余地，京师东北之顺义、密云、怀柔、平谷四县已圈拨完毕，近京之蓟州、遵化、迁安、延庆、玉田、丰润等十州县土地正在圈量，不出两月，保定周围之地亦将不保。京东各州县一闻圈丈，无论旗人、百姓，恐其旧业难守，周围五百里，尽抛荒不耕，纷纷逃离故土，流落他乡……

魏裔介放下书信，眉头紧皱，心情无比沉重，背着双手，在厅堂来回踱着步子，暗自思忖：圈换土地，明是两旗相斗，实为鳌拜和苏克萨哈权势之争。天算案中，鳌拜急于求成，假造礼部文告，弄巧成拙；苏克萨哈急功近利，出尽风头，打不住狐狸，反惹了一身臊。苏、鳌二人素有不和，利用天算案相互拆台，从此便结下仇怨。

黄、白两旗之争，由来已久，魏裔介对此了如指掌。顺治之初，多尔衮将圈占土地，依照左右翼次序分给八旗，多尔衮自领正白旗，擅将永平府一带镶黄旗应得之地给予正白旗，而给镶黄旗于右翼之末的偏远贫瘠之地。四辅臣中，索尼、遏必隆和鳌拜，均为镶黄旗人，唯独苏克萨哈是正白旗。鳌拜欲借圈换黄白两旗土地之机，将苏克萨哈置于死地。

魏裔介想，此次圈换土地虽是辅臣内部之争，但是，深受其害的便是饱受圈地之苦、刚刚安于生计的畿辅百姓。辅臣之中，遏必隆一向无有主见，不能立异，总是随声附和；索尼虽然心系朝廷，顾全大局，但他属镶黄旗，和正白旗圈换土地，当然求之不得。他对苏克萨哈素有积怨，加上孙女被册立皇后之前，苏克萨哈以赫舍里氏与皇上年庚不和，从中掣肘，又添仇隙。所以对鳌拜借圈换土地之机，整治苏克萨哈之举，心下默许，暗自支持。皇上又未亲政，太皇太后又不便干预朝政，难道这圈换土地、祸国殃民之举就无人过问？数十万百姓又遭圈地之苦竟无动于衷？自己作为朝廷重臣，辅臣如此依仗权势，胡作非为，焉能不闻不问，袖手旁观？何不趁此机会，上疏皇上，陈换地之弊端，解万民之倒悬！再者，朝中忠义之臣对此断不会等闲视之，皇上亲政在即，太皇太后又以民生为重，对此事出面干预，未尝不可。辅臣慑于压力，收回成命，也不无可能。

想到此，魏裔介奋笔疾书，将《请罢圈换土地疏》、《恳祈皇上亲政疏》两道奏章一气呵成。

《请罢圈换土地疏》写道：

……夫土地人民者，乃皇上之大宝。皇上统辖万里，咫尺之土亦为君土，匹夫之夫亦为君民，此乃天经地义、定而无疑之理矣。然今圈占之地，既非皇上之地；投充旗下之人，亦非皇上之人。多圈给旗下一地，皇上则减少一地之赋；多投充旗下一人，皇上则少一人之税，岂非有悖大义乎？况且地多圈占，人效投充，以一切找买喂养之役，尽责之现存孑遗之民，必将相率逃徙，流离失所。更有铤而走险，相以为盗，穷民将何以为命？

《恳祈皇上亲政疏》结尾写道：

……伏念世祖章皇帝于顺治八年亲政，年登一十四岁。今皇上即位六年，齿正相符，恳乞择吉亲政。

奏章写成，又写书信一封，叮嘱梁清标，将此奏章亲呈太皇太后。密封停当，交给陈奎，命他带两名侍卫，即刻赶往京城梁府，亲手交给礼部尚书梁清标……

转眼到了腊月，通济桥和文庙同时竣工。腊月初六，通济桥上披红挂绿，张灯结彩，锣鼓喧天、鞭炮齐鸣，午河两岸站满了观看新桥的男女老幼。

魏裔介、熊开泰同前来祝贺的州府官员，一起登上南关外的玉皇阁。凭栏望去，通济桥像一座长虹，飞架于午河之上，使亘古以来崎岖不平的河床故道变为通途。桥面中部建起一座木制长廊，蓝瓦红柱，斗拱翘檐，彩额绿棂，美如画舫。

他们看到大桥、长廊美景如画，又看到老百姓个个欢欣鼓舞，喜笑颜开，哪个不心情激动，感慨万千！

“通济桥犹如长虹卧坡，叫虹桥倒也不错。”杜之功说。

魏裔介高兴地说：“我也正有此意，观其形态气势，称它虹桥更为妥帖。那就也叫它虹桥吧！”

通济桥模仿赵州安济桥样式而建，桥中间一个大拱，两端各留一小拱，像安济桥一样，给人以空灵、剔透之感。桥面呈弧形，中间高两端低，宽阔平缓，桥上石栏为大青石雕凿而成，上面的兽头、花鸟图案，均出自能工巧匠之手，做工细腻，惟妙惟肖。

魏裔介、熊开泰等人来到通济桥桥头。周围的百姓越集越多，不知是谁喊了一声：“那位就是魏中堂魏大人！”魏裔介虽然身着便服，还是被认了出来。

一位老伯被儿子搀着，从人群中走出，来到魏裔介面前，激动地说：“我是西刘村的，姓陈，这是我的儿子大创。魏大人，在此建桥，是俺几辈人的心愿，想不到这通济桥在您手上建成，您为咱柏乡老百姓谋了大福啊！为答谢您的大恩大德，俺给您跪下了！”老大伯说着，双膝跪地。

周围的一大片百姓，纷纷跪倒在地。魏裔介见状，慌忙上前，双手搀起老伯，万分激动地说：“使不得！使不得啊大伯！您这把年纪，晚辈怎能承受得起？”

魏裔介把陈老伯搀起，对他的儿子说：“你就是出工不拿钱的义工首领陈大创？我代柏乡父老谢谢你了！”魏裔介说着，上前将一位老大娘扶起，嘴里说着，“您们折煞晚辈了！快快请起，快快请起！”

魏裔介站起身来，大声说道：“乡亲们哪！切莫这样！都请起吧！裔介微不足道，该谢的是咱们的当今圣上。该给您们下跪的是我魏裔介！裔介虽在京城为官，可我也是喝咱柏乡的水、吃咱柏乡的粮长大的！对咱柏乡的父老乡亲时时刻刻不曾忘怀。咱柏乡人祖祖辈辈实诚厚道，这次建桥，如果没有咱们老百姓的支持，是难以建成的。据我所知，建桥用工，一半以上出自义工。乡亲们深明大义，慷慨相助，为建桥省下工银一千余两，裔介在此感谢大家了！”

魏裔介说着，向乡亲们深鞠一躬。接着说道：“咱们的父母官熊大人体恤乡民，知道大家勉强生计，家里并不宽裕，准备将义工工银全部发给大家，以谢乡民！”

百姓们激动不已，人群中欢声雷动。

魏裔介一行，告别了乡亲父老，驱车进城，来到了学宫内修缮一新的文庙前。

抬头望去，大庙顶部残缺不全的灰瓦，换成了明光锃亮的绿色琉璃瓦，大庙前山的绿窗、红门、红柱鲜亮无比，殿檐下的赭石色斗拱和檐板上画匠们精笔细描的三字经故事和花鸟图案栩栩如生，整个庙宇显得典雅肃穆，生气勃勃。

众人来到至圣先师殿前，殿门两旁的一副对联引起了大家的关注。上面写道：

江汉秋阳，肖圣心之体，叹意必固我之绝无，湛然太虚，本性万年未发；

金声玉震，备至德之全，惟仕止久速之各当，浩乎元气，斯文千古在兹。

熊开泰介绍说：“此联为中堂大人亲撰亲书，在下从邯郸府请来高手，耗时七七四十九天，精雕细刻而成。”

“妙联、好字、真功夫！实乃‘圣心存方寸之中，浩气发千里之外。’”许文品味着绝妙的对联，不禁感叹起来。

大家走进大殿，殿内装饰一新，孔夫子的描金全身塑像，矗立于高高的、雕着图案花边的木质圣台之上，黑髯拂胸，慈眉善目，和蔼可亲。塑像两旁，有一对联，联云：

修其天爵；

教以人伦。

圣台前的条儿上，无数支点燃的蜡烛，映照着殿顶、明柱，使大殿更加辉煌明亮。

大家站立一排，各自接过点燃的线香，举香于额，向圣像行叩拜之礼。

魏裔介一行拜祭完孔圣人，从文庙走出。魏裔介说：“书信寄出已逾半月，定于今日设宴庆功，天已近午，总督、巡抚二位大人为何迟迟不到？”

熊开泰说：“定好的事，他们不会不到。说不定就要到了。县衙饭堂已备下酒菜，咱们就到那里等他们二位吧。”

“在敝舍设宴庆功，今春已经商定，岂能更改？夫人在家早已准备停当，咱们只管赴宴便是。”魏裔介说着，和大家一起走出学宫后门，来到秀才营街，没走几步，便到了魏府门前。

大家在客厅餐桌周围坐定，王萱儿吩咐下人，将各色酒菜上了满满一大桌子，心宝提着酒壶给各位把酒满上。出去迎接的家丁回来禀报，仍不见客人踪影。未时已到，酒菜已经热了两次，客人还是不到。魏裔介心下烦恼，端起一杯热茶，呷了一口。

王萱儿神色黯然，手里拿着一封书信，眼里噙着泪花，慢慢走到魏裔介面前，哽咽着说：“不必等了。上午刚刚接到玉立兄的书信，信中说，朱昌祚和王登联二位大人，还有户部尚书苏纳海苏大人，因反对圈换土地，被鳌拜下旨赐……赐死，他们三人早已自……自缢身亡！”

“当啷”一声，魏裔介手中的茶杯掉在地上，摔得粉碎。听此噩耗，犹如晴天霹雳，大家目瞪口呆，心中一片茫然……

原来，圈换土地开始之后，满汉朝臣对此也多有指责。户部满尚书苏纳海，从安定国计民生出发，上疏反对圈地。鳌拜对此置之不理，我行我素。正当此时，收到魏裔介请示续假之书，鳌拜为孤立对手，减少麻烦，对魏裔介所请，当然求之不得，欣然应允。

太皇太后对辅臣圈换土地，早有不满，收到魏裔介两个奏章之后，发下懿旨，切责辅臣圈地扰民。十一月，朱昌祚、王登联同日上疏，请罢圈地，历数圈地之敝，并指控：此举并非出自圣谟，因而越职陈奏，据实上闻，仰祈断自宸衷。苏纳海遂即下令撤去圈地官员，以泄怨愤。

鳌拜闻知勃然变色，对太皇太后懿旨置之不理，决心对苏纳海、朱昌祚、王登联予以痛击。于是下旨，谕吏部、兵部将苏、朱、王三人逮捕入狱。十二月，将三人革去官职，交刑部议罪。鳌拜凭借手中代皇上批红之权，拟旨将苏纳海、朱昌祚、王登联三人处以绞刑。后来在众朝臣的指责和太皇太后的干预下，不得不将绞刑改为赐帛。

此次圈换土地，涉及京东北顺义、密云、怀柔、平谷四县，近京蓟州、遵化、迁安等十州县。圈换土地二十万三千垧，拨补土地十一万一千八百垧，旗民及百姓深受其害，数十万人痛失生计，流落他乡。苏纳海三人自缢于牢房之后，消息传出，满汉大臣及旗民、百姓痛惜万分，举哀悼念。

# 四一、理学名臣

时光荏苒，不觉到了康熙六年七月。经朝臣多次奏请皇上亲政，太皇太后谕允。命辅政大臣仍行佐理，礼部选择吉日报闻。

七月初七，东方曙光初露，古老的帝都仿佛还在沉睡，而紫禁城内外却已人头攒动，举国瞩目的亲政大典，即将开始。

金水桥南，早早聚集了成百人的听诏队伍，他们都是京师备受礼敬的耆老士绅。天安门城楼上，宣召台和金凤云朵都已设置齐备，奉命宣诏的朝臣，朝服齐整，恭立候命。天安门里的端门至午门，精神抖擞的武士们排列御道两侧，威严肃穆。

五凤楼外，大辂小辂、大马辇小马辇一字排开，四匹开路大象、四匹宝瓶驮象，整齐地摆成左右分列的队形，昂首挺立。数百名校尉身着红衣，肃立两侧。

太和殿前，一千多人组成的大驾卤簿摆列完毕，整装待发。卤簿队伍中，斧、钺、瓜、戟等五百多件金银器具，在曙色中闪烁着金彩银光；绣着龙凤云霞，五彩缤纷的伞、盖、扇、旗，在晨风中发出“猎猎”声响。

太和门内东西檐下，摆列着由云锣、方响、大管、仗鼓等乐器组成的丹陛大乐；摆列着由编钟、编磬、琴、瑟、箫、笙等乐器组成的中和韶乐。乐工们束手肃立，等候在侧。

参加大典的朝臣们，头戴辉煌的顶翎，身着鲜艳的朝服，分作两路，源源不断地走进太和殿前的广场。朝鲜、琉球、荷兰、暹罗、安南等国使臣，列队进入，他们特异的服饰和相貌，给朝会大典增添了奇光异彩。

王公大臣、外国使节、宫中侍卫、太监、校尉各就各位。太和殿的丹陛之上，亲王、郡王、贝勒、贝子、公等，按爵位高低排列就绪；三重白玉阶下的丹墀内，御道东西各摆了两行铜制的品级山，上面刻着从正一品往下的各品级共十八座，定了丹墀内文武百官的行礼位置。丝稳不乱的十八列官员，静静肃立，仰望着高高的太和殿丹陛。三重丹陛中的十八只铜鼎、两只铜龟、两只铜鹤，吐着渺渺香烟；龟鹤之侧，日晷和嘉量高高在上。广阔的丹墀之上、雄伟的太和殿内外，所有的人垂手肃立，屏着气息，等待着少年天子的驾临。

三大殿后的乾清门外，王国顺和索额图两位领侍卫大臣率豹尾班执枪立候，另有十名佩刀侍卫站在豹尾班身后。礼部满汉尚书赫维纳和梁清标立在乾清宫外的石阶下，站得笔直，静静地等候着。

时间过得真慢，鹄立的人们望眼欲穿。众多的目光不由得频频投向重重金顶的乾清宫……

“咣、咣、咣——”钟楼上传来三声钟响。

“咚、咚、咚——”鼓楼上传来三声鼓响。

沉重而响亮的钟鼓声，响彻古老的皇宫和京城，悠长的余音震撼着每个人的心。随着“轰隆隆”的响声，乾清宫门被打开了，十六名校尉抬着金圆顶下悬挂着金色行龙、盖檐下垂着明黄缎绣金立龙的礼舆，庄严而徐缓地走出。在这尊贵华美的礼舆后面，内大臣率御前侍卫、乾清门侍卫扈从。

头戴三重红宝石顶冠、身着明黄缂丝单金龙袍、石青绣正龙直地褂、金镶珠松石四块瓦圆朝带、胸前一百零八个东珠朝珠、足登青锻皂靴的康熙皇帝，端坐在礼舆中的金龙宝座上，俨然一位尊贵无比、威严无比的真龙天子。

梁清标、赫维纳两位礼部尚书恭敬地上前引导御辇，缓缓走出乾清门，王国顺、索额图两名领侍卫大臣及豹尾班、侍卫、带刀侍卫等，也都加入扈从队伍，缓缓来到中和殿前停下。侍卫分开辇帷，玄烨下辇，步入中和殿，在宝座就座暂息。在太和殿后阶等候的十名前引大臣及执事各官，一同见驾，行三跪九叩礼。礼毕，玄烨站起身，在众大臣及侍卫们的簇拥下，登上太和殿后阶。太和殿后正中的四扇金扉缓缓打开，金钟玉磬之声扑面盈耳，琴瑟笙箫嘹亮入云，中和韶乐徐缓庄严，铿锵合鸣。玄烨迈着稳健的步履，踏着圆润动听的旋律，走进太和殿，一步一步升上九陛宝座，在九龙髹金须弥座龙椅上坐定，一双明亮的眼睛直视前方。

一阵阵檀香从那掐丝嵌宝的珐琅宝像、甪端、仙鹤、香筒、香炉内溢出，随着缭绕的云烟，飘渺在大殿之中。

执事官们各就各位，中和韶乐停止，銮仪卫官走到中阶下，高声赞道：

“鸣鞭！——”

阶下一名极其剽悍的校尉，手握胳膊粗的静鞭，猛然一抡，鞭身犹如一条蟒蛇，在空中剧烈翻腾一下，“啪！——”一声炸响，划过寂静，震怵人心。

静鞭三声过后，金銮殿内外一片肃静。礼赞官站出来，挺胸凹肚，用他那浑厚响亮的嗓音大声赞道：

“排班——”

丹陛大乐响起，云锣和仗鼓的敲击声，震得脚下“沙沙”颤抖。在震耳的乐声中，王公百官各就拜位，鸣赞官洪亮的声音盖过了丹陛大乐：

“进！——”丹陛、丹墀内的文武百官一起进三步。

“跪！——”丹陛、丹墀内跪到了黑压压的一片。

“宣诏！——”宣诏官手捧诏书，出中门，至殿檐下，丹陛大乐暂停，宣诏官宣读亲政诏书：

“朕以冲龄嗣登大宝，辅政臣索尼、苏克萨哈、遏必隆、鳌拜谨遵皇考章皇帝遗诏辅理政务，殚心效力，七年有兹。今屡次奏请，朕承太皇太后之命，躬理万机。惟天地祖宗付托至重，海内臣庶望治方殷。朕以凉德夙夜祗惧，天下至大政务至繁，非朕躬所能独理，宣力分猷，仍惟辅政臣、诸王贝勒、内外文武大小各官是赖。务各殚忠尽职，洁己爱民，任劳任怨，不得辞避；天下利弊，必以上闻，朝廷德意，期于下究，庶几政举民安，早臻平治。凡我军民，宜仰体朕心，务本兴行，乐业安生，以迓休宁之庆。于戏，政在养民，敢虚天地生成之德？时当亲政，恒念祖宗爱育之心。布告天下，咸使知闻……”

诏书内附恩赦十七条，宣诏官一一宣读完毕，退下。

鸣赞官又赞：“宣表！——”

宣表官手捧贺表出殿，三名辅政大臣同至殿檐下，宣表官宣读贺表，代与会的王公百官、代各省督抚官员、代天下臣民向皇上敬贺，向皇上赞颂。玄烨表情严肃，端坐静听。

宣表完毕，丹陛大乐再次响起，王公百官在乐声中向皇上行三跪九叩礼。之后，引外国使臣就拜位，行三跪九叩礼。礼毕乐止。

玄烨端坐龙椅，凝目下望，环视殿中和陛上的官员。玄烨首先看到的是安亲王岳乐。他冠带朝服，满面喜悦，站在亲王班列的最前面。挨肩而下的是康亲王杰书、庄亲王博果铎、显亲王富绶和简亲王德赛。郡王班列里有显亲王之弟温郡王猛峨、平郡王罗科铎、安亲王之子勤郡王蕴端、信郡王鄂扎、多罗郡王兰布。

贝勒、贝子后面，便是公爵班列，苏克萨哈、遏必隆、鳌拜也在里面。与以往不同的只是三人的顺序有所颠倒，苏克萨哈排到末位，鳌拜却站在遏必隆的前面。玄烨看到苏克萨哈消瘦的面容、沮丧的表情、受尽鳌拜欺负的可怜相，对他不免有几分同情。可是想起几年前他对汤若望穷凶极恶的样子和飞扬跋扈的气势，又十分憎恶，心下暗道：自作自受，活该！

玄烨看到趾高气扬，不可一世的鳌拜，心中一阵不快。几年前，因索尼年老多病，皇帝的朱笔御批，均由鳌拜代办，使野心勃勃的鳌拜大权在握，更加肆无忌惮，擅权专政，朝中几乎无人颉颃。他与内大臣费扬古一向不和，便借费扬古之子侍卫倭赫擅骑御马之名，将其论斩，并定费扬古“怨望”之罪，将其父子四人处绞。为了本旗私利，也为了孤立苏克萨哈，竟对数十万百姓生命财产于不顾，掀起圈换土地的恶浪。并以莫须有之罪名，将内国史院大学士苏纳海和朱昌祚、王登联两位封疆大吏处以绞刑。除此之外，鳌拜将自己的亲信安插在各要害部院，以备唆使。眼下，首辅索尼刚刚病故，鳌拜更为骄恣无忌。看他鹰一般目光四下寻觅，不知哪个又将成为他的口中猎物。好在自己已经亲政，决不允许他再如此横行！

玄烨的目光移向内三院大学士一侧。他看到了坐在首位的内秘书院大学士魏裔介。他是父皇拔识的魁杰之才。他从容不迫、豁然大气的样子，使玄烨的心头升起一股暖意。魏裔介学识渊博、为人正直，又颇具心计、精明强干。天算案中，他不畏权势，击破了苏克萨哈和鳌拜一次又一次的阴谋，成功地保护了汤玛法；他为民请命，首次奏请禁止圈换土地；又是他首先上疏，恳祈自己亲政。近日来，自己阅读了他的理学著作《圣学知统录》、《圣学知统翼录》和《致知格物解》，其以性善为宗、以仁德为本、以践履修身为要的理学思想，使自己深受启发，受益匪浅。想起这些，玄烨不得不佩服父皇和皇玛嬷的慧眼识才。

紧挨魏裔介的是两个内秘书院满大学士，鳌拜的亲信班布尔善和面容黄瘦、体弱多病的车克，嫉恶如仇、性格爽朗的巴哈纳已被撤换。往下是内国史院的大学士巴泰和卫周祚；内弘文院的三名大学士图海、李霨和蒋赫德。图海深沉多智、李霨英敏机警、蒋赫德稳健持重……

銮仪卫官传呼“鸣鞭”的声音再次响起，拉回了玄烨的思绪，玄烨收回目光，恢复了沉稳严肃的神态。

“啪！——啪！——啪！——”阶下静鞭响过，中和韶乐大作，王公大臣、文武百官、外国使臣跪行叩礼，皇上起驾回宫。

玄烨端坐在御辇之中，心里想着两件事情：一是悉心听政，学习理朝。自己亲政伊始，就从今日的乾清门听政开始，决心做一位勤政爱民的好皇帝！二是虚心求教，学习理学。皇玛嬷每每教诲：既已亲政，必须学会治理国家，掌握治国方略。除了经筵日讲之外，还要学会修身养性、虚心正己。只有如此，才能心系万民，实行仁政。于是，她就向自己举荐了理学名家魏裔介及其理学著作。自己何不利用听政之余，聆听魏裔介及一些学者对理学的精辟论述呢？

回到乾清宫后，玄烨用了一些茶点，几乎没有休息，便来到乾清门，恭候阶下的几十名一二品官员慌忙跪倒迎驾，玄烨面色从容、步履端稳地升上御座。

见皇上就座，苏克萨哈、遏必隆、鳌拜依序沿东阶走上乾清门，鳌拜迈开大步，抢在了苏克萨哈的前头，立在了御榻左边最为尊贵的位置。苏克萨哈眉毛拧起，满脸怒气，瞬间又强自镇静，努力咽下了这口气，极不情愿地站在了鳌拜的下首。

鳌拜的一举一动，玄烨全都看在眼里，但他却视而不见，缓缓说道：“自即日起，朕将按朝会定例视朝听政，部院各衙门政事均可面奏。天下至大，政务繁多，非朕躬所能独理，赖辅政诸臣辅佐，谅不至有误。卿傅等以为如何？”

三辅臣连忙躬身谢道：“不敢。”

玄烨接着说道："治国之道，民为邦本，必使家给人足，安生乐业，方可称太平之治。朕闻直隶各省，民多失所，疾苦颠连，深为悯念。或系官吏贪酷，朘削穷黎，抑或法制未便，致民失业，果是如此，何道关切民生？一切民生利弊，应兴应革，尔内外文武等官，念切民依，各抒己见，切毋瞒隐。"

"皇上，奏事各官已准备就绪，这就开始吧！"不等玄烨再说什么，鳌拜便大声奏道。

"启禀皇上。"弘文院大学士图海奏道，"本院侍读学士熊赐履上疏，对民情吏治、朝政得失，侃侃而论，洋洋万言。请圣上御览。"

玄烨瞥一眼鳌拜，又看一下苏克萨哈，说道："熊学士奏疏交苏卿傅，阅后读于朕听。"苏克萨哈连忙将奏折接到手中。

吏部尚书阿思哈启奏："……云贵川桂四省文武官员，近年来全由平西王题补，督抚对此多有不满，是否实行其他省例，由各省督抚负责官员题补？自康熙元年吏部都察院甄别各省督抚后，至今未再考察。眼下京察已毕，是否再次甄别督抚？"

玄烨不慌不忙地说："苏卿傅以为如何？"

"这……"苏克萨哈还在想着受鳌拜戏弄之事，心里窝火，皇上的突然提问，使他措手不及，一时难以答对。

"启禀皇上。"鳌拜说，"老臣以为，平西王乃开国勋臣，威震南疆，题补四省文武官员缺，应照准。京察之后，甄别督抚顺理成章，自然也应照准。"

苏克萨哈抢上一句："皇上初亲大政，熟悉部院京官尚需时日，各省甄别理应暂缓。"

鳌拜的目光，利剑般射向苏克萨哈。

玄烨心想："鳌拜也忒狂妄了！一番京察，你把异己全部换成心腹，部院几乎尽成了你的地盘，这回又想借甄别督抚，把各省通通收入你的掌中……"

玄烨慢条斯理地说："二位卿傅所言各有道理，容朕三思。各部院大臣之名，朕将亲加甄别。"

魏裔介出班启奏："西南平定，而三藩各拥重兵，吴三桂势力最强，并擅自设置地方官吏。长此下去，必生异志。直省钱粮，半为云贵、湖广兵饷所耗。臣以为，滇、黔已平，三藩兵员兵亟待汰减，藩下余丁，散遣屯种，其兵饷自会充裕……"

"苏卿傅，魏大学士所奏三藩之事，你以为应当如何处置为好？"玄烨问苏克萨哈，目光却瞥向鳌拜。鳌拜见皇上如此看重苏克萨哈，心中自是愤愤不平。

苏克萨哈拿捏不准，心下犹豫，于是便说："三藩之事，事关重大，微臣不敢妄言。恳请皇上定夺。"

鳌拜上前一步，奏道："老臣以为，三藩将士浴血沙场，初见平定，便要卸磨杀驴……”

不等鳌拜把话说完，玄烨大声命道：“吏部拟旨：平西王久镇岩疆，总理两省，功劳卓著，朕深嘉之。为解其多年征战劳困，将该藩所管各项事务，交由各省自行处置。责令各省督抚按照各省例加以管理，其大小文官，亦照各省例施行。”

天子一言，重于九鼎。玄烨几句貌似体贴下臣，又简练果断的话，却取消了吴三桂总管云贵和“西选”之权。玄烨虽然刚刚亲政，却对天下大事了如指掌、胸有成竹，下旨又是那样果敢决断，无可挑剔。殿下群臣都为之叹服，钦佩之至。

时已近午，梁九功来到阶前，宣告退朝之后，又道：“魏裔介、魏象枢、熊赐履听宣：今日未时三刻，乾清宫面圣……皇上起驾……”

……

六月的流火，七月的蒸笼。烈日像炭火一样烘烤着紫禁城，青石板砌成的御路上滚烫滚烫的，散发着灼热的气息。

乾清宫的上书房内，凉风习习，暑气顿消。玄烨穿着鱼白色纨丝长衫，趿拉着一双烟色单鞋，坐在漆黑发亮的乌木大书桌后面，他一改上朝时的严肃和拘谨，满面喜悦地浏览着手中翻开的书页。

魏裔介、魏象枢、熊赐履头戴朝冠、身穿朝服，神色紧张地坐在皇上刚刚赐予的椅子上，由于冒着烈日匆匆赶来，汗水顺着面颊、脖颈淌了下来。

玄烨的视线离开了书本，看了看眼前汗流满面而正襟危坐的三位大臣，咧嘴一笑说：“又不是上朝，何必那样拘束，快摘掉顶冠、脱去官服，凉快凉快。”

进来几个小太监，将几块汗巾交给各位，又将脱下来的顶冠、袍服抱走，一个小太监又端来茶水。三人揩去脸上的汗水，只穿一套短衣，被汗水湿透的后背一阵阵发凉，呷一口清茶，顿时觉得清爽了许多，紧张的气氛也缓和下来。

玄烨手中拿着书本，开门见山地说：“魏爱卿的《圣学知统录》诸书，朕已看过。魏爱卿所著之书，是安亲王春上推荐于朕，说是此书阐述治国、修身之要领，为君臣之必读。认真读来，细细揣摩，确有一番道理。”

魏裔介起身说道：“微臣拙劣之作，乃闲暇之余为之，皇上如此夸奖，使微臣汗颜。”

“魏爱卿不必过谦。”玄烨说，“冰冻三尺，非一日之寒，大作即成，非数年之功。魏爱卿研读理学，时日不短了吧！”

“回皇上。”魏裔介躬身说道，“微臣自束发受书，从师尧山徐学宪先生，及聆听其理学绪论，由浅入深，潜移默化。钻研至今，尚未间断。”

“魏爱卿潜心研究理学，矢志不移，终见成就。朕初涉理学，知之甚少，望魏爱卿及诸位不吝赐教，朕当虚心学习。”

三人慌忙起身，双膝跪地。魏裔介说：“微臣不才，皇上天资聪敏，‘赐教’二字，实不敢当！”

“诸位爱卿，免礼平身！”玄烨站起身来，走到魏裔介近前，将其扶起，亲切地说，“听皇玛嬷讲，魏爱卿乃两朝老臣，曾首次提出经筵日讲及逢五视朝，旋为政令，实施至今。并亲自为父皇授课，讲经论史。以此而论，魏爱卿乃先皇帝师。从今往后，除上朝之时，免去你跪叩之礼！”

“如此恩赐，微臣不敢承受……”魏裔介诚惶诚恐。

“君无戏言，魏爱卿不必推辞。”玄烨回到座位，三人重新落座。玄烨拧眉注目，郑重问道：

“魏爱卿，何为理学？何为程朱理学？你为何独尊程朱理学？”

“回皇上。”魏裔介答道，“理学亦称‘道学’，为宋明儒家之学派，因以性命为宗，阐释其义理为主，故得其名。程朱理学，首创者程颢、程颐，史称‘二程’，集大成者朱熹。他们以为：‘涵养须用敬，进学则在致和；穷理以致其知，反躬以践其实。程朱如出一辙，融会贯通，成为理学之主脉，故称程朱理学。至于皇上所问，微臣为何独尊之，理由有二：一是自程子表章《大学》、《中庸》、《论语》、《孟子》为四书，而圣学之精微愈彰；自永乐集诸儒纂修《四书大全》，而朱子之端绪愈著。昔人谓，朱熹之功不在孟子之下，为何？三代以后，天理民彝不至澌灭而不存，百姓犹得与于治安之泽者，皆因程朱理学深入人心之故。所以，微臣独尊程朱理学，以此为终生永修之课！”

玄烨为魏裔介刻苦好学、锲而不舍之精神所感动。接着问道：

“魏爱卿，你研究程朱理学多年，对此必有独到见解。国家当立，必有立国之本；学派当立，必有立学宗旨，朕想知道，程朱理学之立学宗旨何在？”

“微臣以为，程朱理学以性善为宗，以异端为戒，以躬行实践为要。”

“那就请魏爱卿将其宗、戒、要三项一一阐述，朕将洗耳恭听。”

魏裔介听了皇上的话，立刻来了精神，兴奋异常。他谢过皇上，侃侃说道：“程朱理学以性善为宗，是其秉承孟子性善之说而来。欲知性善，必先知性。《礼记·中庸》中说：‘天命之谓性。’程朱以为：‘心即性也，在天为命，在人为性；天之所生为之人，天之所生谓之性。性即理也，自理而言谓之天，自禀受而言谓之性。在天为元亨利贞，在人为仁义礼智，元亨利贞，天道之常；仁义礼智，人性之善。之孟子论性，以为性即仁之端，义之端，礼之端，智之端。’仁义礼智皆为善，于是便有性善之说。”

魏裔介接着说道：“《三字经》说：‘人之初，性本善。’孟子说：‘人之性与生俱来，人之性善，犹如水之就下，人无有不善，水无有不下。’微臣以为，识即知也，知即性也。所谓‘识’，亦是性善之一端。详观四子之书，皆本天言道，以人治人，而非一毫人欲私伪。夫子以授曾子，曾子以授子思，子思以授孟子。《大学》言明德，《中庸》言诚，《论语》言仁，《孟子》言性善，一而已矣。

“天理亦是性善。何为天理？天理即性之理。性即天理，岂空虚浩渺之天理哉！天理何时不在？但为私欲所蔽耳。若能明能断，不为欲之所引、情之所流，而加以戒惧慎独之功，得喜怒哀乐之正，则吾心之中，无时无刻莫非天理流行，而其为圣人不远矣。

“孝亦是性。孝者何？仁也；仁者何？性也；性者何？是天地之至善也！

“微臣崇尚程朱理学，便是崇尚性善。微臣所崇尚之性，便是仁、义、礼、智、识、明德、诚、天理、孝之基础，皆从性善生发出来，圣人所倡导之修身养性、治国齐家，无不为性善所涵盖。正所谓性为百善之源，善为济世之本！”

玄烨禁不住赞道：“好个百善之源，济世之本！魏爱卿如此释解，深入浅出，把深奥玄虚之性善，讲得如水一般清澈，使朕茅塞顿开。如此说来，程朱理学以性善为宗，颇有一番深意。魏爱卿，接着讲来。”

“程朱理学既以性善为宗，所以，凡不主性善者，一概列为异端。自古以来，圣学流派不下百种，异端者混杂其中，微臣便作《圣学知统录》、《圣学知统翼录》，以正肃圣学传承之道统。所谓‘知统’，即是圣学传承之正脉……”

玄烨拿起一本书，插话说：“《圣学知统录》所列圣学传承次序为伏羲、神农、黄帝、尧、舜、禹、皋陶、汤、伊尹、莱朱、文王、太公望、散宜生、周公、孔子、颜子、曾子、子思、孟子、周敦颐、程颐、程颢、张载、朱熹、许衡、薛瑄二十六人。并博征经史，各为记传，引诸儒之说附于各条之下，而衷以己说。自序曰：‘见知闻知之统，具载于此。自孟轲氏既没，圣学晦蚀，火于秦，杂霸于汉，佛老于六朝，诗赋于唐。至宋，乃有濂溪、程、朱继起，伊洛渊源粲然可观。其后为虚无幻妄之说，家天竺而人柱下，知统遂不可问矣。’”

玄烨又翻开《圣学知统翼录》，接着说：“《圣学知统翼录》又开列羽翼圣学者二十二人，为伯夷、柳下惠、董仲舒、李侗、吕祖谦、真德秀、赵复、金履祥、刘因、曹端、胡居仁、罗伦、蔡清、罗钦顺、顾宪成、高攀龙。序曰：自董江都以下至高存之，或材力有厚薄，学问有深浅，时命有隆替，师友有渊源，德业不同，要皆笃志进修，挺然自立，不惑异端，潜心希古，岂非所谓豪杰之士虽无文王犹兴者耶？使得圣人而为之师，其可造又宁止于是乎？以之羽翼圣道，鼓吹《六经》，亦犹淮泗之归于江海，龟凫之济于岱宗也。”

玄烨放下书本，问道：“据朕所知，荀子、陆九渊、王阳明等，均为圣学名家，《知统录》为何未列其名？”

魏裔介说：“皇上所问，正中要点。魏大人、熊大人对此颇有见地，不妨请他们讲来，为皇上解疑。”

魏象枢说："魏大学士所著理学之书，微臣均已拜读。其圣学传承名列，甚为严格。荀子虽名声显赫，但其主张性恶论，与性善论大相径庭，所以不能侧身圣学传承之列。陆九渊主张'宇宙便是吾心；心外无物，心外无理；明本心，致良知；"心"为宇宙万物之根源'。王阳明主张'无恶无善'。陆、王之心学，违背程朱之性善论，自然都不具备列入圣学传承之资格。"

魏象枢，字环极，山西蔚州人。与魏裔介是同科进士，现任光禄寺丞。尊崇程朱理学，亦有著述，与魏裔介私情甚厚。有"制欲非难，无欲为难"之说。魏裔介曾赞曰："先生于圣贤之学脚踏实地者，非以腾口说好辩论为能也。"

熊赐履说："魏中堂以为，人性本善，其有不善者，被异端邪说所惑也。他在《四书偶录序》中说：'今夫凡人之心与圣人之心本一也，其不一者，异端害之耳。'在《四书集说序》中说：'异端邪说，往往起而乱之。战国异端在杨、墨，后世异端在佛、老，佛老眩瞀邪说，更有甚于杨墨者。自朱熹绍述关洛，探赜索微，诸所考定，可为集大成，然后圣学始扬，如日月经天，而异端邪说之猖狂叫呶者，顿息其焰。'

"王学末流，空谈心性，形成空疏学风，对世道人心影响恶劣，尤其王阳明'无善无恶'之说，为孟子性善说之颠覆。魏中堂为此批驳：'无善无恶之说，即为空局，又是顽局，其为世道人心之大害也。'"

魏裔介接过来说："为学之诚，莫如辨明是非。王学无善无恶之说，非也；而其又主于良知，是也。良知何物？心之体也。喜怒哀乐未发之时，全是天理，知正是善，何得谓之无也？而其徒巧为之说曰：'无善乃至善也。'若是，何不说有善无恶心之体？直捷明白，省却天下后世多少葛藤？学者浮慕阳明之说，而不考其差谬之端，流于天竺之学而不自知，故存其良知之是，而辩其无恶无善之非，所谓瑕瑜自不相掩，固不可概以为是，亦不可概以为非也。"

玄烨说："魏爱卿学风严谨，泾渭分明，不失理学大家之风度。"

魏裔介接着说："程朱理学之所以成为圣学主脉，盛久不衰，与其躬行实践至关重要。魏大人对程朱理学践履修身领悟颇深，与微臣多有探讨。"魏裔介说着，将目光投向魏象枢。

魏象枢会意，接过来说："程朱理学主张'穷理以致其和，反躬以践其实。'魏中堂对躬行实践见解独到，论述精辟。其《圣学知统录》中所列之太公望、散宜生，《圣学知统翼录》中所列之伯夷、柳下惠，诸人对圣学贡献虽说不大，但其以身践履圣学，成为展示圣学风范、践行圣学要旨之楷模，故而列为圣人之俦。微臣曾读熊敬庵之《闲道录》，魏中堂为之序中言道：'《闲道录》以性善为宗，以伦纪为准，以穷理为基，以主敬为要，一一步考亭，期于实践，不以妙论为名高。圣贤之学，躬行为急，著书立说其末也。'魏中堂又对明末金伯玉死于节烈，舍身成仁极为赞赏。在其《金伯玉先生语录序》中言道：'余为诸生时，偶见金伯玉先生疏章，侃侃有浩然正气。既而闻其死皇城玉河内，心窃壮之。文山不云乎：孔曰成仁，孟曰取义，唯其义尽，所以至仁。仁义者人之本心，人之天性也。临事失去本心，违其天性，而托圣贤之言以自文，人信之乎！若先生者，言顾行，行顾言，言出行践，无愧圣贤，无愧己心，可与日月争光！'"

魏裔介说："程朱理学承继圣人'知行合一'之说，倡导修身践履、避虚务实之学风。《大学》之'明德，亲民，止于至善'，'齐家、治国、平天下'；孔子之'三纲五常'，'以仁施政，以德治国'；孟子之'以行仁政而王天下'，均为知行合一，学以致用之体现。孔子有'民为邦本，政在节财，厚生养民，仁政德治'之知，又有'轻徭薄赋、轻刑宽罚、奖耕励农，崇礼重教'之行，不愧践履修身、躬行实践之先圣。历代仁君纷纷效法，开辟王道乐土，开创太平盛世。先皇尊崇孔圣，实行仁政，减赋蠲逋、力禁圈地，实行满汉一体，创下大清千秋基业。皇上天性仁慈，崇尚理学，有尧舜之资。微臣以为，皇上继承先皇遗志，践行理学治世之道，实行仁政，亲民爱民，以德治国，定能开创大清盛世，成为一代千古仁君！"

魏裔介的一番话，使玄烨无比激动，心中涌起一股豪情。他面色涨红，双目泛光，大声说道："程朱理学乃圣贤之学、治世之道，朕当效法先贤，励志躬行！"

魏裔介等人一起起身，躬身施礼。熊赐履说道："皇上天资仁厚，以仁德治国，物阜民丰之太平盛世不为远矣！"

玄烨静下心来，缓缓说道："盛世之期，任重道远，非朕一人之力可及。还须诸位爱卿秉心辅佐，鸿业可成。魏爱卿刚才所言，正和朕意。古今之学派，若只泛泛空谈，而不切实际，皆为空洞无物之学，则于世无补。而理学与其相反，朕亦推崇之至。为政为学，同为一理。为政者勤勉务政，求实勿虚；为学者不在多言，务期躬行实践，非徒为口耳之资。道学者非托之空言，必在身体力行，见诸实事，方可知学悟道，济世益民。"

玄烨从案上拿起一本《四书章句集注》说道："此书为理学集大成者朱熹编纂，为传承理学，弘扬其治世之道，今后科考选题必以此书为依据，各私塾公学，必以此书为必修。魏爱卿为朕拟旨，命礼部行文，将朕此意谕令全国。"

魏裔介闻言喜不自胜，躬身答道："微臣谨遵圣命！天子圣明，皇恩浩荡。从此以后，理学将现勃勃之生机也！"

玄烨微微一笑，眼望殿外，眉宇间透着英气，一股豪情在胸中升腾……

# 四二、鳌拜擅权

早霞布满天际，霞光映照着巍峨雄伟的紫禁城，给层次错落、高低起伏的宫顶殿脊、排兽飞檐涂上了一层金色的光环，使古老的皇城更加美丽壮观。

玄烨到慈宁宫给皇玛嬷请安后，坐上步辇，在侍卫、太监们的簇拥下，一路小跑，回到乾清宫后殿门口。玄烨走下步辇，径直走到书房，坐在宽大的乌木御案后面，从一大摞奏章中拿起一份奏折，认真翻看起来。

这些都是朝廷大臣应诏直言所上的奏疏。其中满臣所奏多为微言小意，而汉臣的奏疏中，却有几份颇有分量，玄烨反复详阅，认真揣摩。

有左都御史王熙《变法滋弊祈请更正》一疏。疏中言道：

先帝精勤图治，诸项政务周密详尽。康熙以来，恢复祖制，官吏奉行，任意轻重。言官条奏更改，部院提请更张，请皇上敕下部院诸司详察现行事例，有因变法而滋弊者，悉尊顺治旧制更正。

玄烨阅后，心头不觉一震。他心下明白，这委婉之言背后，分明是在反对辅臣的"变法滋弊"，恳请恢复顺治时期的政体。其中"言官条奏"、"部院提请"均为陪衬，而"会议兴革"才是他指斥的主要目标。会议何指？当然是辅臣——更确切地说——是鳌拜一手把持的议政王大臣会议！王熙之所以对此不直言以谏，自然有他的苦衷。以眼下情势，能如此婉言议奏，已是难能可贵了。

又有魏裔介《怜民间之苦宽逃人之禁》一疏。此疏率言以奏，直截了当：

自去年黄白两旗圈换土地之后，百姓颠沛流离，民不聊生。更甚者逃人之禁，立法严酷，天下嚣然。上干天和，下拂人心。请敕谕各旗，凡家下仆婢，足其衣食、恤其劳苦、减其鞭笞，使各得其所，栖身养命。下人生计有着，自当卖力侍主，逃人自然绝迹。

玄烨暗自感叹："鉴于半年前苏纳海之狱，众臣慑于鳌拜淫威，换地之弊无人再敢提及。而魏爱卿以大学士之身，不顾风险，力谏宽逃人之法，真乃忠臣勇士也！"

梁清标指责钦天监的一份奏章，引起玄烨的注意。梁清标疏言：

> 近年钦天监编制时宪、观测天象，屡有错舛。上年五月之月食、六月之日食，测算误差甚巨。京民多有不平，纷纷请愿，为汤若望鸣不平，频有"杨光先无德无能、南怀仁堪当此任"之呼声。事关重大，请饬吏、礼二部合议……

玄烨放下奏章，想到皇阿玛驾崩、自己登基以来的一系列大案：从哭庙案、奏销案、明史案，到费扬古、汤若望、苏纳海三大狱，还有圈地、迁海、逃人等项政令。朝廷为何如此行政，导致天下震怵，民心失尽？得民心者得天下，失民心者失天下，这是玄烨读书十年来坚定不移之信念；"民为邦本，厚生养民"；"以仁施政，以德治国"，是玄烨自热衷于理学之后，所领悟的颠扑不破的济世之本、强国之道。先皇不就是遵循此道，亲民善政，走富民强国之路的么！父皇所为，上合天意，下得民心，何错之有？为何父皇临终前又写下《罪己诏》，并颁行天下？明知辅臣会恢复祖制，更张朝纲，为何又让其辅佐朝政？为何给辅臣以柄，使他们有机可乘，任其胡作非为，横行霸道，兴风作浪，残害无辜？一连串的疑问，使玄烨迷茫不解，心绪烦乱。

玄烨离开座位，做一套八段锦，用冷水抹一下脸，又回到御案后面，翻开了又一本奏折。

这是苏克萨哈的奏疏。疏中言道：

> 臣才庸识浅，蒙先皇帝眷遇，拔授内大臣，不意恭奉遗诏，名列辅臣之中。臣以蒙昧余生，勉竭心力，冀图报称。不幸一二年来，身患重疾，不能始终效力于皇上之前。兹遇皇上躬亲大政，伏祈睿鉴，令臣往守先皇帝陵寝，如线余息，得以生全……

奏疏不长。玄烨看完，似信非信，又看了一遍。苏克萨哈要求辞政，去为先皇帝守陵墓，确实出乎意料。玄烨自问："苏克萨哈如此所为，究竟想干什么？他是惧鳌拜，还是逼鳌拜？"

玄烨所猜，果然如此。苏克萨哈既惧怕鳌拜，又想以退为进，以此逼迫鳌拜与己一同辞政。

原来，索尼病卒之后，鳌拜更加骄恣无忌，对苏克萨哈步步进逼。又趁皇上亲政大典之机，逾分抢位，使苏克萨哈脸面丧尽，无地自容。苏克萨哈对鳌拜又恨又怕，心情压抑郁闷。回到家中，沮丧已极，茶饭不思。长子内大臣查克旦和族弟前锋统领白尔赫图已得知太和殿苏克萨哈受辱之事，一同来安慰他。可是他总是闭口不谈，摇头叹息。

查克旦忧心忡忡地说："阿玛，咱家和鳌拜毕竟有姻亲之好，他总不至于对您下毒手吧？"

苏克萨哈连连摇头："开国立朝这多年来，哪个不明白？到了紧要关头，谁不是只顾自保，六亲不认？何况是他，与我结怨已深，此人睚眦必报，一旦行事，绝不会善罢甘休！"

白尔赫图说："大哥，你是先皇遗诏托孤顾命大臣，位置在他之上，他若不识好歹，上殿参他一本，让他吃不了兜着走！"

白尔赫图是一员骁将，顺治元年入关，曾击败李自成手下大将唐通，随豫亲王西克潼关，南征江南，又跟郑亲王下湖南，屡建奇功；顺治十五年又随信郡王进征云贵，直至顺治十八年与定西将军爱星阿会师缅甸，擒获南明永历帝，为大清立下大功，进一等阿思哈尼番，授前锋统领。他是武将，对朝廷大员之间勾心斗角之事，知之甚少。

苏克萨哈苦笑着说："鳌拜专横跋扈，又奸诈无比，六部三院均是他的亲信，为兄无权无势，再和他斗，岂不是自投罗网？"

"那好办，我去把他杀了！"白尔赫图一跺脚说。

查克旦小声说："鳌拜戒备森严，近身不得，若论武功骑射，你哪里是他的对手？"

"难道大哥坐以待毙不成？"白尔赫图急红了眼说。

苏克萨哈双目无光，垂下头说："咳，穷途末路，无计可施了。"

"嘿！"白尔赫图大喝一声，"啪！"的一拳，砸在桌子上，震得茶具"叮当"乱响。

查克旦沉思良久，慢慢说道："阿玛，我有个主意，不如奏请辞政，以退为攻。阿玛致仕养老，把鳌拜也拖下马来，无职无权，看他如何横行霸道！"

苏克萨哈听了儿子的话，经过深思熟虑。便写下了这份奏折。

玄烨心想："自己刚刚亲政，苏克萨哈便要辞政，还说什么'如线余息，得以生全'，他究竟安的什么心？首辅已逝，鳌拜专权，苏克萨哈又要辞政，这样一来，二人相互牵制作用尽失，鳌拜将会变本加厉，更加肆无忌惮。此奏折自己应当怎样批复？皇阿玛若遇此事当如何处置？将此事禀告皇玛嬷，她该如何应付？"一连串的问题，使玄烨思来想去，莫衷一是。

突然一个念头生出：何不传鳌拜进宫，探探他对此事的口风，再做定夺。主意已定，玄烨拍一下手，一名御前侍卫应声进来，俯首听命。

“传鳌拜。”侍卫听命，转身向外走去……

玄烨思索片刻，眼前一亮，随口说道：“慢着。”侍卫刚要走出房门，折回身来，躬身听命。

玄烨说道：“宣魏裔介进宫议事。”侍卫领旨，速速出宫去了。

玄烨以为：魏爱卿乃两朝老臣，忠诚果敢，足智多谋。皇玛嬷对他又十分器重，此事先和他商议之后再做定夺，也不为迟。

工夫不大，梁九功进门奏道：“秘书院大学士魏裔介宫外候旨。”

“请他到书房来！”玄烨说着，起身离开御案，眼睛盯着房门，背手而立。

魏裔介走进书房，撩起袍襟就要下跪行礼，玄烨上前，伸出手来，微笑着说：“魏爱卿好健忘。朕早已说过，你为两朝帝师，除上朝之外，免去你跪拜之礼。你当真忘了不成？”

魏裔介忙答：“皇上鸿恩，微臣怎敢忘怀？只是……”

“只是什么？只是这免跪拜之礼者，凤毛麟角，前朝有范文肃公，今朝只有魏爱卿你了！”玄烨说。

如此崇高礼遇，魏裔介本应诚惶诚恐，感激不尽，可当他听到皇上提起了自己的恩师范大人，魏裔介的脸色顿时暗淡下来。他怎能忘记，那年春上，自己从柏乡回京之后，才听到范公八月病逝的消息。他为失去恩师悲痛欲绝，几次到祠堂吊唁，面对恩师灵牌，嚎啕大哭。他听梁清标谈到，范公葬礼极其隆重，十三岁的皇上亲自撰写祭文，遣礼部侍郎谕祭，立碑纪级，谥文肃。皇上又亲笔为其祠堂题了“元辅高风”的匾额。此等恩荣，史无前例，自己也为恩师得此殊荣而感到慰藉……

玄烨见魏裔介脸色有些异样，不禁问道：“魏爱卿神色茫然，心中可有不悦之事？”

皇上的问话，使魏裔介收回思绪，慌忙答道：“不敢不敢。微臣在想，肃公一生，辅佐大清三朝帝业，创下丰功伟绩。犹如汉代萧何，受到三代皇帝崇高礼敬。微臣一介庸才，怎敢与肃公相比？”

玄烨“呵呵”一笑说：“魏爱卿过谦了。肃公优长之处，你均已具备，要说差别，也只有年代之差，岁庚之别。”

玄烨说着，转过身去，坐在御案后面的御座上，小太监搬来一把椅子，放在御案一旁，请魏裔介坐下。

“皇上，传微臣到此，想必与理学有关，皇上有何高见，微臣聆听教诲。”

“非也！今日之事与理学无关。朕有一事不明，如鲠在喉；又为奏折之事，朕亦难以决断。魏爱卿事朝多年，见多识广，必能为朕排解疑难。”

“皇上若有疑问，微臣以己所知，与皇上共同探讨，为皇上答疑解闷。”

玄烨郑重说道：“朕百思不解的，就是父皇的《罪己诏》。”

魏裔介听到“罪己诏”三字，心中一凛，不由自主地站了起来。瞅着书房内的太监摇了摇头。

玄烨会意，对站在一旁的梁九功说：“本宫所有侍卫、大小太监、宫女，统统宫门候旨，无论何人，不得擅自进宫。”梁九功领旨，匆匆走出房门。

玄烨接着说：“鳌拜和苏克萨哈动辄以父皇《罪己诏》相要挟，使朕时常处于尴尬之地，难以应付。朕常想，父皇实行仁政，以德治国，为大清创下千秋基业，父皇所为，上合天意，下得民心，何错之有？为何罪己？听梁九功讲，父皇口述遗诏时，你也在场，《罪己诏》之事到底是虚是实，朕想弄个明白。你为朕之师，又是朕之心腹，必当以实相告！”

皇上所提，事关皇家机密，非同小可！魏裔介的脑门上沁出一层汗珠。他看看皇上极其严肃又迫不及待的眼神，急忙收回目光，缓缓说道：

“皇上刚才所说，确有此事。当时微臣奉先皇笔录遗诏之命，和王熙一同来到养心殿。可后来太皇太后对微臣另有差遣，微臣谨遵懿旨，离开了养心殿，遗诏之事再未参与。皇上若要明白此事，只有去问太皇太后了。”

玄烨咂咂嘴，阴沉着脸说：“朕以为，先皇遗诏只会勉励朕继承其遗志，济民强国，做仁君，创盛世。决不会在遗诏中罪己，给辅臣恢复祖制，更张朝纲以把柄，使他们有机可乘，横行霸道，兴风作浪，残害忠良！”

“啪”得一声，玄烨一拳砸在御案上，脸色涨红，怒气冲天。费扬古、汤若望、苏纳海、王登联的音容笑貌又在他的脑海中闪现……

魏裔介平心静气地说：“皇上息怒。皇上乃九尊之体，切忌盛怒伤身。《中庸》说：‘喜怒哀乐之未发，谓之中；发而皆中节。中也者，天下之大本也；和也者，天下之达道也。致中和，天地位焉，万物育焉。’只有修身养性，心求中和，节制情绪，方能养其性、稳其心、固其位；方能化育万物、润泽万民；方可治国、平天下。”

玄烨看一眼魏裔介，脸上露出一丝苦笑，摇摇头，闭上眼睛，舒一口长气，坐回座位。

魏裔介接着说：“命辅臣辅政、皇上即位以及十四项罪己，均在先皇遗诏之中。臣以为，关键不在于何人辅政，而在于执政方略。当初先皇七岁登基，摄政王辅政……”

说到这里，魏裔介欲言又止，看一眼皇上，二人目光相遇，玄烨坦率地说：“千秋功罪自有后人评说，魏爱卿不必多虑，尽可直言。”

魏裔介接着说：“摄政王辅政，尊崇孔圣，恢复科举，重用汉臣，推行满汉一体，一应政策利国利民，无可指责……”

玄烨接过来说：“可苏克萨哈和鳌拜，同为辅臣，却与父皇执政方略背道而驰。排斥汉臣，制造冤狱，残害忠良。为争权夺势，不顾大清利益，互相倾轧……”

玄烨说着，拿起一份奏折，递给魏裔介，接着说：“苏克萨哈请求辞政，去为先皇守陵墓，其真意何在，爱卿也来揣摩揣摩。”

魏裔介双手接过奏折，翻看一遍，说道：“微臣以为，自苏纳海三人自缢身亡之后，苏克萨哈威风扫地，脸面丧尽，被鳌拜逼入绝境，已无翻身之望。当下隐身而退，一是求得自保，二来以此逼迫鳌拜辞政，达到其一箭双雕之目的。”

“依爱卿之见，此疏朕该如何批复？”

魏裔介看过奏折，笑笑，答非所问地说：“《战国策·燕策二》中有一典故：赵国欲攻燕，苏代以为不妥，谓赵王曰：‘今者臣来过易水，蚌方出曝，而鹬啄其肉，蚌合而钳其啄。鹬曰：‘今日不雨，明日不雨，即有死蚌。’蚌曰：‘今日不出，明日不出，即有死鹬。’两者拼死相争，各不相舍，渔人得而并获之……”

玄烨大笑着说：“以此看来，朕将不用吹灰之力，便可坐收渔人之利了！”

魏裔介的神色渐渐凝重起来，皱眉沉思。玄烨见状，收回笑容，心下思忖：“魏爱卿想必是为苏、鳌之事而忧虑。苏克萨哈辞政，已成定局，朝廷少了他，便少了一个祸害。可鳌拜决非善辈，他绝不会就此辞政，放弃他得之不易的地位和苦心经营的地盘。这样一来，辅臣中又少了一个对手，鳌拜便可独霸朝纲，为所欲为了。这……这个可恨的鳌拜！”

玄烨想罢，恨恨地说：“苏克萨哈的如意算盘打错了！鳌拜决不会着他的道儿，轻而易举地提出辞政。可他大权独揽，一手遮天，对他动又动不得，杀又杀不得，难道就这样放任自流？长此下去，如何得了？……魏爱卿可有良策？”玄烨睁大眼睛，望着对面的魏裔介。

魏裔介舒展眉头，一副胸有成竹的样子。站起身来，抬头看着书房内一个个高大的书橱，缓缓说道：“中国历史源远流长，中华文化博大精深，古人智慧高深莫测，其精华均凝结于这群书之中。书中自有灵丹药，书中自有百宝箱，书可解千难，书可谋万事。”

“如此说来，魏爱卿已是成竹在胸了？”玄烨说着，顺手拿起三枚制钱，说，“素闻魏爱卿精通《易经》，可预测未遇之事。朕作六爻，爱卿以其卦象测之，务以实言相告。”玄烨将制钱撒向御案……

魏裔介观其卦象，思索片刻，缓缓说道：“下为乾，上为坎，乃为需卦。需卦为异卦相叠，即有险象发生。戒心焦气躁，饮食宴乐，方可化险为夷。”

玄烨点点头说：“朕以为，‘险’，即为五鬼作乱，若论天子之卦，即有臣子犯上。此卦之意，朕欲克乱臣，必有忍耐之心，方可渡过险关，克敌制胜。”

“皇上真好悟性。微臣深感欣慰。”魏裔介说着，从书橱上拿下一本《晋书》，边翻边说，“《晋书》有《石勒智擒王浚》一节，皇上可曾记得？”

玄烨答道："记得，记得！说的是西晋末年，幽州都督王浚欲谋反篡位。大将石勒闻而欲擒之。王浚兵强马壮，恐一时难以取胜。石勒欲擒故纵，遣门客王子春献奇珍异宝于王浚，并递书愿拥立其为天子，以得其信任。幽州大水，民不聊生，苛捐杂税，有增无减，民怨沸腾，军心浮动。石勒趁机率兵攻取幽州，生擒王浚。"

少顷，魏裔介又问道："皇上读过《左传》，其中有《郑伯克段于鄢》……"

玄烨接过来说："春秋时，郑庄公为郑国国君，其幼帝共叔段受太后宠爱，桀骜不驯、逾制犯上，不仅有不臣之心，并欲夺位篡国。大臣们屡屡谏言，请郑庄公制止，郑庄公只是视而不见，置之不理。众臣联名上疏，他才淡淡一笑曰：'多行不义必自毙，子姑待之。'直到共叔段于郑邑鄢起兵造反，郑庄公才突发奇兵，一举克之。"

魏裔介说："《老子》第四十五章有言：大直……"

"大直若屈，大巧若拙，大辨若讷。"玄烨紧接下文。

魏裔介又说："苏轼在《贺欧阳修致仕启》中，赞醉翁曰……"

玄烨略假思索说："大勇若怯，大智如愚！"

魏裔介嘘一口气，如释重负，抿嘴一笑，躬身施礼道："皇上已良策在胸，何容微臣置喙！微臣告退。"

魏裔介说完，退后几步，折转身，步履轻快地走出宫门。

玄烨望着魏裔介的背影，嘻嘻一笑，自语道："好一个不露圭角的谋臣！"

玄烨拍一下手，梁九功迈着小碎步走进门来，猫着腰立在那里。

"传鳌拜！……"玄烨昂着头，背着手，一副从容不迫的神态。

……

第三天一大早，玄烨乘坐肩御来到慈宁宫。

"皇玛嬷吉祥！"玄烨快步走进寝宫西次间，向太皇太后跪安。

太皇太后握着手中的笔，抬起头来，微笑着说："皇上过来，瞧瞧玛嬷这字有无长进。"

乌兰连忙铺好一张宣纸，太皇太后饱蘸浓墨，运笔如飞。两行笔力洒脱的字迹跃然纸上，真似龙飞凤舞，行云流水，大有一泻千里之气概：

嗟尔幼志，有以异兮；
独立不迁，岂不可喜兮！

玄烨望着皇玛嬷写就的条幅，记得这是屈原《离骚》中的句子，赞美橘树自幼就有异于众人之志向，有独立之品格，有不变之胸臆。皇玛嬷是在以此激励自己，继承祖业，矢志不移！玄烨顿时热血沸腾，豪气满腔。

玄烨笑着说："皇玛嬷的字越发好了！赐给孙儿吧，让他们用心装裱好了，挂书房去。"

太皇太后把笔放在九龙笔架上，用慈爱的目光注视着孙子，慢慢坐在雕着福寿花纹的紫檀圈椅上，接过宫女呈上的茶盏，呷了一口香茶，问道："皇上心神不定的，像有什么心事。"

玄烨看着皇玛嬷的眼睛，说："您还不知道吧？鳌拜竟将苏克萨哈下了狱，定了二十四项大罪，还要凌迟处死！这……这未免太过分了吧！"

太皇太后呷一口茶，沉静地说："我已经知道了。昨天议政王大臣会议之后，我便听说了。"

玄烨皱着眉头说："前几天，孙儿传过鳌拜，命他将苏克萨哈的奏折交议政王大臣会议具奏。孙儿的意思是投石问路，试探一下鳌拜。并没有要杀苏克萨哈的意思。谁承想……"

太皇太后接过来说："你又没有做错什么事情，用不着这样不安。"

"我本想让他们会议后回奏，鳌拜为何不经奏请，擅自决定？"玄烨皱着眉头说。

太皇太后的语气依旧平和："据说，鳌拜从乾清宫拿了苏克萨哈的奏章，在议政王大臣会议上传达了皇上的旨意：'尔等系受先皇遗诏辅政七年，朕正欲酬尔等勤劳。兹苏克萨哈奏请守陵，说如线余息，得以生全，不知有何逼迫之处？在此为何不得生？守陵何以得生？朕所不解，着议政王大臣会议具奏。'议政王大臣们接此圣旨，立即会议。班布尔善首先发难，提出苏克萨哈二十四项大罪，议政王大臣以此议就回奏：'将苏克萨哈及伊子孙并旗下弟兄俱拿问。'而辅臣们很快就拿到了皇上谕旨。谕旨说：'依议。俱着拿问。'"

"鳌拜假传圣旨，欺君犯上，真是狗胆包天！"玄烨发火了。

太皇太后笑笑说："皇上何必动怒？修身不养性，养性不到心，动辄发火，还谈什么治国平天下？"

玄烨的脸立刻泛起红润，看一眼太皇太后，不由自主地低下了头。

太皇太后接着说："辅臣辅政七年，哪一道圣旨不是由他们代下？你刚亲政八天，他们还有佐理之权，怎么就不可以自传圣旨？"

"我……"玄烨还想分辩几句，太皇太后说："议政王大臣会议议定苏克萨哈的二十四项大罪呢？拿来让我瞧瞧。"

玄烨命小太监呈上折匣，乌兰从中取出一份奏折，递与太皇太后。她从头看下去。寂静的大殿里，只有翻动折子的窸窣声响。

太皇太后看罢，将折子放在案上，喝一口茶，接过乌兰递来的面巾，按按嘴，说："定这二十四项罪名，可谓煞费苦心。可并非全然无理。前面数款实属犯上大不敬之罪。"

玄烨说："苏克萨哈固然有罪，但罪不至死，更不该判凌迟之刑。"

玄烨清楚地记得，第一项大罪便是苏克萨哈怨望，奏请守陵是不愿归政；第二项大罪，是哭送先皇帝梓宫时竟敢乘马；第三项大罪，竟敢用先皇帝陵寝之陵砖砌自家茶房厨房；第四项大罪，皇上狩猎嫌弓软而加硬，他竟在一旁说"我们此人寡嘴琐碎，自作知识"，此恣意欺主，诚为大不敬，有藐视皇上之罪；第五项……

太皇太后转过身来，问道："皇上，依你之见，该当如何处置？"

"孙儿以为，罢了他的辅政，赋闲在家，永不涉政，也就罢了。"

"难道鳌拜他能就此罢休？"

"这……"玄烨突然皱起了眉头。

"你最初要鳌拜传旨议政王大臣会议，是何用意？"太皇太后的眼睛一眨不眨，十分专注地望着玄烨。

玄烨认真地说："当初我想，议政王大臣们都明白，苏克萨哈辞政是由于鳌拜所逼迫，不得已而为之，而他们对鳌拜专横跋扈又多有不满。这样，两人都罢辅政，岂不更好？"

太皇太后笑笑说："孙儿啊，你想得未免简单了些。俗话说，墙倒众人推，苏克萨哈落难，在议政王大臣中，必是孤立无援；鳌拜权倾朝野，他们当中，必是攀附拥戴者众。……看来，苏克萨哈罢辅政已成定局，辅臣中少一个苏克萨哈，也算清除了一个隐患。"

玄烨听太皇太后如此说，心中不禁一阵惊喜。接着问道："皇玛嬷，您的意思……"

"你想啊，如果苏克萨哈得势，其专横跋扈并不亚于鳌拜，或许没有鳌拜锋芒毕露、直截了当，但阴险刁滑的笑面虎更难对付！他们两个都垮办不到，垮一个也是好的。让他们斗去吧！省得你来动手。鳌拜闹得越凶越好，总有一天……"

"英雄所见略同，皇玛嬷果然英明！您和魏裔介的想法如出一辙。"玄烨打断祖母的话，高兴地说。

"哦？……"太皇太后注视着玄烨，看到孙儿由于激动而发红的面颊，好像明白了什么，不禁问道，"你见过魏爱卿了？"

"嗯！"玄烨点点头，便把魏裔介在乾清宫为苏克萨哈辞政之事所讲"鹬蚌相争，渔翁得利"的典故、又为自己辟解爻卦，以及为牵制鳌拜引经据典、暗授机宜的事，一一讲了出来。最后说：

"看来，您和父皇独具慧眼，有伯乐之目！魏裔介学识渊博，对我大清赤胆忠心，足智多谋，又不露圭角，真让人敬佩。孙儿不知您意下如何，特来试探您的口风。听您刚才的话，和他的计策不谋而合，孙儿这便放心了。孙儿有这样的大臣辅佐，又有您坐镇后宫，孙儿还有何所惧？嗯？”玄烨说着，做了个鬼脸。

“咯咯咯咯……”太皇太后笑着，用手指弖点了一下孙儿的额头，故作嗔怪地说：“欸！你这个小鬼头！……”接着又说，“咳。满人只知道弓枪骑射，哪能和智勇双全的汉臣相提并论？”

玄烨收住笑，思索片刻，对祖母认真地说：“皇玛嬷，孙儿想敕封魏裔介为帝师，不知皇玛嬷意下如何。”

太皇太后的目光从玄烨的脸上慢慢移开，深思一会，突然抬头，大声说道：“不可！汤若望的教训还不够惨痛吗？”

玄烨被祖母突如其来的呵斥惊呆了。他细细回味祖母的话，由衷地点了点头。

过了一会儿，太皇太后恢复了以往的沉静，站起身，望着窗外，缓缓说道：“孙儿啊，汉人有句俗话，叫枪打出头鸟，出头的椽子先烂。汉人还有个习惯，也是他们的通病，就是歧视弱者，嫉恨强者。以魏裔介眼下的官职，在汉臣中已为首相之职，若再封他为帝师，对他却是有害而无益。魏裔介品行端正，慷慨大气，绝不会为此计较。皇上，你说呢？”太皇太后说完，回到座位。

“孙儿明白，孙儿谢谢皇玛嬷教诲！”玄烨说着，立在祖母近前。太皇太后像想起了什么，拉过玄烨的手，问道：“刚才你说，魏裔介为你解卦，他是如何说的？”

“孙儿的卦为需卦。他解释说：需卦为异卦相叠，即有险象发生。戒心焦气躁，方可化险为夷。他还说，大智如愚，饮食宴乐，欲擒故纵，大事可成。”

“嗯！上上之谋！”太皇太后瞅着玄烨，笑着说，“照这么说，孙儿只能做个胸无大志，不问朝事的懒散皇帝喽……”

“呵呵……”“嘿嘿……”祖孙二人会心地笑了……

# 四三、苏克萨哈之死

玄烨乾清门听政结束以后，鳌拜随皇上到了乾清宫上书房，呈上一份奏章，说道："这是议政王大臣会议议定的关于凌迟处死苏克萨哈的奏本，请皇上御批。"梁九功接过奏章，放在皇上面前的御案上。

玄烨将奏章推至一旁，不高兴地说："苏克萨哈虽然有罪，但罪不至死，处其凌迟之刑，更为不妥！"

"皇上，苏克萨哈已犯下十恶不赦之罪，其二十四条大罪，每一条都是死罪，处其凌迟法所当然！"鳌拜将二十四项大罪一一说出，大有不批此奏，决不罢休之意。

"……第五，苏克萨哈恃才放旷，曾将中和殿之镇殿之宝御弓抛掷在地，如此蔑视皇家之物，实为大不敬；第六，皇上亲政之前辅臣商议启奏应行之事，伊不愿参与，对皇上亲政庆典所颁诏赦有不悦之语：'如此赦去，牢将空矣'；第七，目无同列大臣，将辅臣共奉之旨，捏称一己奉命；第八，违背先帝令其好生侍奉当今皇上之遗诏，却奏请往守陵寝；第九，违背四辅臣共同启奏之誓言，往往自行启奏；第十，伊前往盛京路过先帝陵寝，却不去恭谒；十一，拒绝参与老臣向皇上敷陈太祖、太宗所行事例之谏议；十二，问其不肯列名之故，答曰：'教导主子之处，各行启奏。'此明系巧捏供称；十三，向伊商议皇上亲政后所奏事宜在何处批理，伊曰：'政务既归于皇上，宣召商议不必去。'此为欺藐皇上之言；十五，有太皇太后谕：'虽已亲政，尔同辅理。'问伊宣召不去是何主意？伊又答曰：'皇上谕旨来召，岂可不去？'十六，起用已被革职之尼堪，收罗别旗那拉氏之同姓者；十七，以索尼染病，朝廷议叙其功，他却假病不予颁给，因以往守陵寝作为要挟……二十四，私向班布尔善等言：'周公辅佐成王，成王至二十余岁方归政务。'伊实有不愿归政之心。"

鳌拜口干舌燥，喝了一口凉茶，接着道来：

"苏克萨哈罪孽深重，本朝无犯此等之例，老臣再次奏请皇上，立将苏克萨哈及其长子内大臣查克旦凌迟处死，其余六子、一孙、二侄，及白尔赫图等三族弟，无论成年与否，皆斩立决；伊等家产籍没，妻孥一并交内务府，充官为奴……”

玄烨手里摆弄着一只翡翠玉麒麟，一言不发，任凭鳌拜喋喋不休地奏请。

鳌拜除了武艺超群，横行霸道，其忍耐力也很了得。他从早到午，现在已是斜阳西坠了，鳌拜还是不罢休，絮絮叨叨个没完。玄烨已经用了两次点心，上了好几回干鲜果品和奶茶，而只赐给了鳌拜一杯清茶和两块松饼。鳌拜早已口渴难耐，饥肠辘辘，可他不达目的决不罢休的劲头却是有增无减。而玄烨更有耐性，将两块鹿肉干放进嘴里，不紧不慢地咀嚼起来，又拿起一本《千家诗》，有意无意地翻阅起来。

他翻到一页，见有朱熹《泛舟》一诗，便认真阅读起来，鳌拜的说话声仿佛也听不见了。诗云：

昨夜江边春水生，艨艟巨舰一毛轻。
向来枉费推移力，此日中流自在行。

玄烨心下思忖：“此诗明为写景，实为以景喻理。一是做事如江上行舟，必遵循自然法则，否则将一事无成；二是厚积薄发之理，与《庄子·逍遥游》‘水之积也不厚，则其负大舟也无力’一句同出一理，和《易经·需卦》‘需，有孚，光亨’亦有相通之处。天下万事之成功，须靠实力，靠积累，靠耐力，且不可急于求成……”

玄烨瞥一眼鳌拜：“我倒要看看你有多大耐性，朕与你奉陪到底。哼！”

“皇上，究竟准奏不准奏？”鳌拜的耐性快到头了。

玄烨仍旧埋头看书，他头也不抬，执拗地说：

“朕不准。”

“难道苏克萨哈所犯之罪，皇上一概不认？”鳌拜又问。

“卿傅，朕已反复说过，苏克萨哈有罪，但罪不至死，罢了他的辅政也就是了，何必做得那样绝？”玄烨说。

“自皇上幼年，臣就时时谏正，凡事不可心慈手软，此事必须斩草除根，不留后患，如皇上这般优柔寡断，岂不是留给他卷土重来的机会？”

“鳌拜的话不是没有道理，但此事此刻，决不可应允！”玄烨翻动着书本，心思却没在书上。

“皇上，苏克萨哈心怀怨恨，大逆不道，其子查克旦招权纳贿，罪在不赦，倘不明典正刑，恐怕天下人都要说皇上枉法徇私了！”

鳌拜的一句重言脱口而出，使玄烨气往上冲，涨红了脸。但他很快恢复了常态，平静地问：

“常言道，兔死狐悲，物伤其类，你与苏克萨哈均为先皇帝顾命大臣，你为何定要把他凌迟处死呢？”

鳌拜极力控制着心火，愤愤说道：“老臣要正国法，为君除奸，一片忠诚可告先帝！”

鳌拜自辅政开始，从自称“奴才”，后来变成“微臣”、“臣”，现在又以“老臣”自居了：

“当初先皇帝龙宾上驭，不以老臣为不肖，面嘱老臣须时时教诲陛下。老臣耿耿忠心，无非为着大清江山，为着皇上的天下……”鳌拜滔滔不绝，又讲起什么敬天法祖，什么先皇遗诏，什么太祖皇帝、太宗皇帝，总之一句话，奏请之事，皇上必须应下！

鳌拜忍着饥渴，不停地进谏，喉咙又干又痛，嗓子发哑。忽然听到翻书的声音，抬头看去，小皇帝竟对他的苦谏毫不理睬，拿一本线装汉书正看得起劲，一股火气升起，顿时勃然大怒，把君臣礼仪抛到脑后，厉声说道：

“你……你刚亲政几天，就不听忠谏，不把我鳌拜放在眼里。我……我……”鳌拜气得浑身发抖，只喘粗气。他想：自己出生入死，拼死搏杀，为皇上打天下；自己厉行严政，被人暗自唾骂，还不是为了你爱新觉罗氏的一统天下？几十年呕心沥血保你皇家，却被你如此轻慢，在你眼里，我鳌拜还不如一本破书！

玄烨似是看书，眼睛却不时瞥向鳌拜。见他恼羞成怒、困兽一般的样子，心里倒有几分得意：你鳌拜再怎么着，还想吃人不成？”

一向极其傲慢自负的鳌拜，哪里受过如此屈辱？盛怒之下，头脑发昏，竟捋起袖子，伸出大椽粗的胳膊和钵盆大的拳头，“腾腾腾”几步向前，朝玄烨逼去……

玄烨抬眼，见鳌拜眼珠血红，满脸青紫，青筋直冒，黑须乍起，挺起魁梧庞大的身躯朝自己逼来。玄烨看着凶神恶煞般的鳌拜，着实吃惊不小，不禁喊了声：“咿呀！”闪电般地立起身子，一步跨到御椅背后，冲着鳌拜喝道：“鳌大臣，你……你要怎样？……”

鳌拜一机灵，顿时清醒过来。刚才他只是激愤过度，失去理智，并无企图，被皇上喝问，一下子呆在那里，一动不动。

门外侍卫们听到皇上的喊声，火速冲进书房。冲在最前面的是索额图和佟国维。索额图纵身一跳，插在鳌拜和皇上之间，手握刀把，厉声喝道：“鳌大臣，请往后站！”

鳌拜听到索额图的呵斥声，头脑顿时清醒过来。他躬身垂手，小声说道：“老臣只是……”

玄烨余惊未消，眼睛盯住鳌拜，一言不发。

鳌拜偷眼看到皇上如剑般的目光，“噗通”一声双膝跪倒，摘下顶子，向皇上连连磕头谢罪，嘴里说着：“老臣气性不好，一时糊涂，惊了圣驾，罪该万死。……老臣实在是赤胆忠心为了皇上，并无恶意！”他见皇上坐回御座，便又迫不及待地说，“这苏克萨哈凌迟之事……”

“凌迟，凌迟。你也不替朕想想，朕刚刚亲政，就杀辅政大臣，于情于理，哪里说得过去？”玄烨不耐烦地说。

“对于那些个欺君犯上、大逆不道的家伙，有一个杀一个，绝对不能留情！”鳌拜说着，火气又冲上来，拳头攥得“咯吧咯吧”响。

玄烨暗想：到火候了。再逗下去，不知鳌拜还要干出什么想像不到的傻事来，就此打住吧。

玄烨佯装畏畏缩缩地看一下鳌拜，小声说：“那依鳌卿辅之意，该如何办呢？一人做事一人当，总是不要杀人太多为好。”

鳌拜点点头说：“老臣自有分寸，那就请皇上下旨吧！”

玄烨看着御案上的朱笔，心下思忖：“自己登基以来，有多少人因辅臣恢复祖制，明争暗斗，排除异己而命丧黄泉？费扬古、汤若望、李祖白、苏纳海、朱昌祚、王登联，他们哪个不是忠臣良将？哪个不是蒙冤而死？每每想起，辗转反侧，彻夜难眠，常为此抱憾，心内歉疚。日月轮流转，善恶终有报，这回该轮到你苏克萨哈了！你罪恶深重，咎由自取，那就怪不得朕了！不过，朕还是给你留个全尸吧！”

玄烨此时，仿佛看到了那只被蚌钳住嘴的鹬和钳住鹬嘴的蚌，又看到了两只拼命厮咬、伤痕累累的老虎，心中一阵激动。立起身来，挥手拿起皇玛嬷亲手赐给的滚龙御笔，饱蘸血浆似的朱砂，掩袖下笔，一行小字批在奏章之后：

“苏克萨哈、查克旦即赐绞，余如议。”

鳌拜一看御批，脸又阴下来，说：“他父子身犯二十四项大罪，是大奸、大恶、大逆，凌迟处死尚轻，怎能改为赐绞？”

玄烨见鳌拜仍不罢休，便正色道：“鳌卿傅，跪安吧！”

鳌拜只得跪下，极不情愿地说：“就依皇上，这就去办，老臣告退。”鳌拜阴沉着脸，退出房门。

“亲政后的第一次御批，就批出了十几条人命！”玄烨想着，一屁股跌坐在御椅上，额头上沁出了一层细小的汗珠……

秘书院大学士的公房内，一张宽大的黑漆公案放在正中，一排高大的文书橱柜矗立在公案后面，左边一只紫檀花盆架上，放着一盆香雪兰，兰叶袅袅，兰花颖颖，清淡的兰香四处飘溢。魏裔介端坐在公案后面的高背靠椅上，看完议政王大臣会议议定的关于苏克萨哈案处理文书，突然皱起了眉头。他慢慢起身，倒背双手，在宽敞的房内缓缓地踱起了步子，不时用手抚摩一下飘洒在胸前的长髯，摇摇头自语道：

“依苏克萨哈所犯之罪，处绞、处斩无一不可，只是这凌迟之刑，也未免太过残忍了。”

陈奎向前走了几步，小声说：“苏克萨哈今天落在了鳌拜手里，哪里还有他的好果子吃？想起当初他对汤若望的狠劲儿，生吃了他也不为过。如今又和鳌拜斗，狗咬狗，两嘴毛，管他处绞、处斩，还是凌迟，反正横竖都是一个死呗！”

魏裔介转脸看一下陈奎，笑笑说：“没那么简单，毕竟是辅政七年的老臣，如果判处凌迟，皇上的尊严何存？”

陈奎点点头，退回原位。

“班大人到！……”门卫传道。话音未落，班布尔善一步跨进门来。

“班大人请坐！”魏裔介拱手道。

“魏大人，打搅了。”班布尔善拱手还礼，将一份公文递上，说，“班某刚才去了政事堂，鳌大人将此公文交于班某，说是让秘书院照此拟旨，还特意嘱咐由魏大人您主笔，呵呵，拜托了。”

“职内之事，理当照办，不必客气。”魏裔介说着，接过文本，浏览一遍，上面写道：

> ……犯苏克萨哈，心怀怨望，欺罔犯上，所犯二十四罪，罪罪属实，罪大恶极，十恶不赦。念其辅政七年，多有劳辛，故恩加宽贷：苏克萨哈、子查克旦处斩；子穗黑、塞黑里、那赛、塞克精额、达器、德器；孙侉克札；侄图尔泰、海兰；族弟白尔赫图、额尔德、乌尔巴，皆斩立决。家产籍没，妻孥入官为奴。另有二等侍卫占布柱等三十七人及王府长史尼龛俱革职为兵丁……

魏裔介放下文本，问道：“班大人，此本可是皇上旨意？”

“是的。鳌大人说，此本按皇上旨意行文，以此拟旨，绝无差错。”班布尔善答道。

魏裔介暗自思忖：“说是皇上旨意，怎不见皇上朱批？”转念一想：“将苏克萨哈的凌迟改为斩刑，也算说得过去，苏克萨哈的子侄，倚仗他的权势，平日里耀武扬威，尤其是其长子查克旦，坏事做尽，死有余辜。可他的族弟白尔赫图本是一员战将，征战江南，屡建奇功，是大清功臣，只因与鳌拜的侄子苏尔玛口角成隙，鳌拜便借此机会，打击报复，将其判为斩刑。这对鳌拜来说，已是司空见惯，不足为奇，可眼看着白尔赫图将要死于非命，自己撒手不管，于心何忍？”

魏裔介说：“班大人，兹事体大，涉及十四条人命，如有半点差池，你我二人怎能担当得起？”

班布尔善干笑一下，从怀里掏出那份奏折，说道：“魏大人，这是经过皇上朱批的奏折，请您过目。”

魏裔介翻开奏折，见到上面写有“苏克萨哈、查克旦即赐绞，余如议”的皇上朱批，心中黯然：“白尔赫图命休矣！……”

魏裔介抬头说道：“皇上朱批赐绞，为何改为处斩？”

“这……”班布尔善眨了一下眼睛，小声答道，“这是鳌大人的意思。既然免了凌迟之刑，赐帛、绞刑还不是同样一个死？留个全尸已是鳌大人的格外开恩了。您说是不是，魏大人？”

魏裔介说：“处绞、处斩一字之差，如不按皇上朱批拟旨，便是欺君之罪，你我怎能担当得起？”

班布尔善心想：“既然凌迟已免，处斩、处绞已无大碍，横竖是个死，自己何不顺水推舟依了他？”于是便说：“好吧！那就按处绞拟旨。”

魏裔介爽快地说：“来呀，备纸墨！”

职官忙铺纸研墨，准备妥当。魏裔介捉笔挽袖，欣然下笔：

“奉天承运皇帝诏曰……”

班布尔善坐在椅子上，慢慢品起茶来……

# 四四、练武场上




七月二十五一大早，王萱儿便催促贪睡的嘉孚穿衣起床。嘉孚穿着一身崭新的衣褂，双手揉着惺忪的眼睛，从卧房里走出。

魏勷和媳妇杨雪从厢房走出，魏勷瞅着弟弟乐了：“呦咳！今儿个咋儿来？嘉孚这么早就起来了？尿炕了吧！”

杨雪捅一下魏勷的胳膊，用嗔道的眼神瞪一下魏勷，上前拉起嘉孚的手，亲昵地说：

“嘉孚好乖！今儿个是姥爷的生日，咱们一起到姥姥家，给姥爷过寿，好不？”

“噢，太好喽！……”嘉孚高兴得一蹦老高，拉着嫂子的手，洗脸去了。魏裔介夫妇站在堂屋抱厦底下，看着嘉孚一蹦一跳的背影，两人都乐了。

“日子过得真快。勷儿今年十八岁了，恩赐荫生也有十年了吧。嘉孚都十二岁了，真是光阴流逝催人老啊。”王萱儿含情脉脉地看着丈夫，低声说。

“是啊，咱们成亲十多年了，一眨眼的光景。人越是上了年纪，就越留恋儿时那无忧无虑的日子，也就越想念柏乡老家。有朝一日，告老还乡，在家乡读书教子，漫步阡陌，作务田园，过个清闲自在的日子，那是何等的优哉快哉！”

翠珠和小芹招呼大家用过早点，心宝吩咐下人将礼品装在门外的马车上。

魏裔介夫妇和魏勷、杨雪、嘉孚各自上轿，心宝一声唤，四名兵勇骑马前行，四顶轿子，一辆轿车，紧随其后，陈奎、心宝骑在马上，紧紧护卫在轿子左右。队伍一路南行。过宣武门左转，向大栅栏街走去。

王家的门楼翻盖一新：灰瓦顶，大翘檐，彩图风板，铜帽红门，门框前一对雕花石鼓，门外左边一对上马石，右边一排拴马桩。唯一没变的是门前的篱笆和篱笆前的菊花。菊花已是枝繁叶茂，大大小小的花骨朵挂满枝头，大远望去，像点点黄星，在微风中轻轻摆动着。

玄烨亲政之后，王国顺以年老为由，向皇上请求辞官回家。玄烨挽留再三，见王国顺去意已决，便欣然应允，谕曰：“王领侍卫谨慎职守，护驾有功，封国威将军，赐御马一匹、金鞍辔镫黄鞦靷一副、大神锋宝刀一把、御酒四坛，并特赐金牌一枚，进宫见驾，任何人不得阻拦。”又奉太皇太后懿旨：“国顺武术绝伦，德艺双馨。虽逾花甲，体魄尤健，精气尚盛。辞官后在家开办武学，广收门徒，传授武功，一则提倡尚武精神，强身健体，二则为大清培养人才，以备时用。赐黄金一百两，以办学之资。”

王国顺卸任以后，谨遵皇上和太皇太后旨意，在自家练武场原有基础上，拓建场地，建房修屋，购置器材，又从畿辅各府县选拔二十名颇具武术天赋的少年英才，齐聚王家，终日习武，已近两载。在王国顺的精心调教下，弟子们的拳掌腿法、刀枪骑射各门武功突飞猛进，已有不凡功底。王家刀法得以传承，王国顺自是欣喜有加。

清脆悦耳的马铃声由远而近，一队轿子车马拐过正阳门街口，朝这边走来。王国顺和邓夫人在大伙儿的簇拥下，走出门楼，来到篱笆墙外。

王国顺精神矍铄，目光炯然，络腮黑须，满面红光。身穿练功服，腰缠铜板带，足蹬武士靴，外套一件宽大的开襟大褂，虽年逾花甲，英雄气概不减当年，走起路来虎虎生风。

大弟子济图和玛尔度紧随王国顺夫妇身后，小徒弟们一个个生龙活虎，穿着整齐的练功服围在他们身旁，踮着脚尖，翘首远眺。不大工夫，四顶轿子在门前落下，魏裔介和王萱儿先后下轿，跨过轿杆，同时向篱笆旁的菊花丛望去，目光中闪着异样的光彩，二人相视一笑，心中涌出一股细细的甜蜜之情。

“姥爷、姥姥！……”嘉孚跳下轿子，径直朝王国顺和邓夫人跑去。

魏勷夫妻俩双双来到王国顺夫妇面前，深施一礼，魏勷说：“今日是姥爷六十二寿辰，勷和雪儿给姥爷贺寿，祝姥爷福如东海，寿比南山。祝姥姥同寿同福！”

王国顺抱起嘉孚，将他举过头顶，嘉孚“咯咯”笑个不停。邓夫人拉着雪儿的手，问长问短，说个不停，倒把女儿和女婿撂在一旁。王萱儿看着父母和嘉孚、勷儿两口子的亲热劲儿，抿着嘴笑个不停。

魏勷和嘉孚虽不是王萱儿所亲生，王国顺夫妇对他们如同亲外甥一般看待，一家人亲密无间，其乐融融。

心宝和陈奎吩咐从人将礼品一件件抬进家门，小芹和翠珠紧随王夫人身后。

魏裔介夫妇一起上前，向二老躬身施礼。王国顺大声说：“自家人，哪有这么多礼节？若按朝规，老夫还要给你魏大学士行礼请安呢！我看哪，都免了吧，啊？哈哈哈哈……”王国顺爽朗地笑着，和魏裔介并肩走过篱笆墙，登上门楼石阶，走进门楼。

“我看这小弟子们，个个晒得黝黑，在您这位严师的训教下，一定吃了不少苦头吧！”魏裔介边走边问。

“那是。学武讲究的是童子功，少时不吃苦，功底不扎实，很难有所成就。太皇太后和圣上对老夫寄予厚望，若不将他们调教得出类拔萃，技高一筹，一来有违圣命，二来也辱没了我王家的一世英名嘛。”王国顺说。

魏裔介看一眼岳父，加重语气说：“圣上和太皇太后深谋远虑，用心良苦。以我之见，时日不长，您的这帮小弟子们就有用武之地了！”

“哦？”王国顺停住脚步，猛然转过脸来，用惊异的目光盯着魏裔介。他从魏裔介刚毅的表情和深沉的目光中，像是明白了什么，深深呼一口气，鬓角青筋凸起，拳头攥得“嘎巴”响，咬着牙说，“好啊！老夫早就盼着这一天了！”

“呵呵呵呵……”魏裔介笑着说，“岳父大人，弟子们的功夫我还不曾见识，可否……”

“这有何难？”王国顺扭头喊道，“来呀！”

走在后面的济图和玛尔度听到喊声，跑步来到面前，济图说：“师父，有何吩咐？”

“传所有弟子，练武场列队比武！”王国顺命道。

“师父，今天是您大寿之日，这……”玛尔度耸着眉头，不解地问。

“啰嗦什么？快去传令！”……

练武场上彩旗飘飘，鼓声阵阵。高大宽敞的阅武厅坐北朝南，一对牛皮大鼓置于亭台两旁的鼓架上；偌大的“武”字悬于阅武厅正中，字体浑厚劲道，格外醒目；“武”字前面摆放着高低两个精工细雕的紫檀刀架，上面的刀架上放着御赐的大神锋宝刀，下面的刀架上放着王家祖传的紫月宝刀，刀架前放一香案，大方香炉上三支粗香燃着，一缕香烟随风飘渺；两边的木架上插满刀枪剑戟，斧钺钩叉；阅武厅前的校武场上白沙铺地，宽畅无比。一眼望去，好大气派！

魏裔介和王国顺端坐在阅武台的座椅上，注视着台下的武术演练。王国顺挥一下手，演练开始。

战鼓“咚咚”，令旗“簌簌”，小武士们排开长队，拉开架势，先走一路拳，再劈一路掌，又踢一趟腿，继而拳掌腿并施，冲劈踹齐上。小武士们精神抖擞，喊声震天，辗转腾挪步伐齐整，拳掌腿肘出收如一，劈砍踢踹虎虎生风。接着改变路法，做一套八旗布库单体招式，又做一套连环动作，揪掀拌摔、直冲斜击、虎伏猿进、腾跃回旋，式式到家，招招制敌。

王国顺看着台下，摸着黑茬茬的络腮胡子，瞥一眼身旁全神贯注的魏裔介，咧着大嘴笑了。魏裔介为小武士们的精彩技艺和扎实功底叹服，频频点头。

集体演练结束，双人对擂开始。

小武士们分为左右两队，每队两组，每组选出一人，双人对打。左右两队对打同时展开。

两对小武士麻利地脱去外褂，握拳蹲裆，拉开架势，眼瞅着一场精彩的对打就要开始，围观的众人个个屏心静气，默默等待着……

“圣驾到……”一声呼喊，人人心惊。小武士们慌忙收起架势，整好衣装，和众人一起匍匐在地，迎接皇上。魏裔介和王国顺快步走下台阶，魏裔介垂手躬立，王国顺跪于地上。

呼声刚落，玄烨已走到阅武厅前。他一无鸣锣开道，二无马队扈从，不骑马、不乘辇、不坐轿，只带索额图、佟国维两名一等侍卫、八名小步库和两个小太监，徒步到此。

玄烨长袍马褂，一身便装，手拿一柄折扇，径直走到王国顺近前，合上折扇，笑着说道：“国威将军这大年纪，快快平身。”

王国顺起身，拱手道：“谢皇上！”

“哈哈哈哈……”玄烨看一眼近旁躬立的魏裔介，高兴地说：

“今天是国威将军寿诞之日，老将军不忘太皇太后嘱托，在此操兵演练，朕深感钦佩。朕本想来此讨杯寿酒，看来……”

“皇上九尊之体驾临寒舍，老朽自是受宠若惊。薄宴早已准备停当，只是不知皇上驾到，此等粗劣菜肴，怎能入得皇上金玉之口？待老朽吩咐下去，重新置办酒席，为皇上接风！”

“大可不必！御膳房的山珍海味，朕早已吃得腻了，民间菜肴倒合朕的胃口。只是王老将军致仕不忘国家，老当益壮，劳苦功高。朕已备下皇宫寿宴，午时即可送到。”

玄烨说着，抬头望天，又转脸看了看阅武厅和跪地不起的小武士们，大声说：“大家平身吧！”

玄烨转过身来，对翁婿二人说：

“时辰尚早，朕听魏爱卿说，这些万里挑一的小弟子在老将军的精心调教下，功夫已是不凡。何不趁此机会和朕的八名小布库对搏一番？也好让朕开开眼界！”

“回皇上，这些弟子懵懂幼稚，功夫尚浅，怎敢和皇上的八旗布库对搏？”王国顺俯身说道。

“此话差矣！天下文武一理，文章优劣，在于比试；武艺高下，在于切磋。八旗布库与汉家武术各有所长，只有相互切磋，取人之长，补己之短，才能有所长进。”玄烨说着，看一眼魏裔介。

“皇上所言，乃为至理。双方对搏，旨在切磋，不为胜负。以此检验弟子们的功夫深浅，正是绝好的机会。”魏裔介说。

“老夫谨遵圣命！”王国顺向皇上深施一礼。转身说道：

“陈奎，传令下去，整装比武！”

王国顺对陈奎武功和人品钦佩之至，早已成为忘年之交。两年来，陈奎一遇闲暇，即来王家练武场，协助王国顺教授弟子们的武功，与济图、玛尔度相互切磋技艺，并时时向王国顺求教，深得王国顺的偏爱器重和大家的衷心拥戴。

鼓声响起，玄烨手拿折扇，风度翩翩地走向阅武厅，登上台阶，坐在正中的座椅上，王国顺和魏裔介紧随其后，坐在了下首。索额图和佟国维挺立在玄烨身后。

鳌拜独霸朝纲，横行霸道，其气焰日益嚣张，其党羽日益丰满，玄烨铲除鳌拜之心也更加坚定。他明白《石勒智擒王浚》，《郑伯克段于鄢》的典故之理，懂得“大勇若怯，大智如愚”的治人之道，也通晓暗度陈仓，欲擒故纵的用兵之法。他处心积虑，别出心裁，从八旗中挑选了八位小布库，每日在宫中摔跤打斗，尽情取乐，不问朝政。一来为了麻痹鳌拜，消除其戒备之心，使其无所顾忌，忘乎所以；二来养兵蓄锐，暗藏杀机，一旦时机成熟，突出奇兵，一招制敌。此外，太皇太后运筹帷幄，向孙儿面授机宜，趁王国顺告老辞官之时，赐其宝刀御马，以彰其功；劝其开办武学，授徒传艺，以备一时之用。

八名小布库列队于左，二十名小武士列队于右。双方身着摔跤服，脚蹬武士靴，个个倒背双手，挺胸凹腹，两脚抓地，目视前方。唯有不同的是，小布库们个个精神百倍，趾高气扬；小武士们人人神情木然，面露怯色：对手是皇上身边的布库，若败了，给师父丢脸事小，若胜了，惹恼了皇上，可不是耍的……

一声号令，两边各有一人出场，两人弯腰屈膝，张开双臂，两手虚握成拳，全神贯注地盯着对方。小布库回旋腾跃，寻找战机。小武士心神不定，进退两难，稍一分神，小布库瞅准时机，一个箭步窜出，伸出双手，紧紧抓住了对方的服襟，左拉右拽，小武士只顾防守，冷不防对方伸出右腿，双膀猛一用力，小武士脚下失力，被小布库摔得仰面朝天。

布库们望着台上观阵的皇上，欢呼跳跃，齐声喝彩。王国顺和魏裔介也鼓掌致贺。玄烨却表情淡然，不喜不恼。

第二对出场，“黄瓜架”跳了没几下，小布库便耐不住性子，一个虎跳直冲过去，一把揪住对方服襟，拧身收腹，弯膝沉臀，一个“力士背山”，小武士猝不及防，双脚离地，小布库顺势一甩，将对方摔倒在地。

小布库们又是一阵喝彩，小武士的队伍却一阵躁动，他们个个攥着拳头，怒目相视，又不敢发作，看看济图和玛尔度，济图和玛尔度又看看陈奎，陈奎倒是沉得住气，两眼直盯台上。

“叫什么叫，你们这些不识好歹的东西！”玄烨猛然站起身来，指着小布库们大声呵斥：“你们以势压人，算什么真本领？”玄烨转过脸来，对小武士们说：“你们的本领远远胜过他们，为何这样扭扭捏捏，躲躲闪闪？双方都使出你们的真功夫，哪个赢了，朕赏银十两。最后决胜者，赐黄马褂一件！”

小武士们一蹦老高，一起欢呼：“皇上圣明！……”

双方士气高涨，重新调整阵容，依次出战。

第一对出场，大家屏住呼吸，凝神观阵。小布库仍不把对方放在眼里，瞅个空档，箭步上前，双手抓住对方服襟，伸出右腿，本想使一招“瘸翁骗马”，摔倒对方，不料小武士早有防备，浑身运力，硬生生挺住。小布库一招不成，又伸左腿，双膀用力，“嘿”的一声，小武士马步蹲裆，稳如泰山。小布库连连失利，两眼通红，使出浑身气力，将对方拦腰抱住，头部直顶对方下颚。小武士避开对方头部，气运双臂，单掌猛击对方前额，顺势一推，小布库脚跟离地，全身后仰，双手奓开，平身挫在地上。

小武士们本想大声喝彩，见陈奎朝他们皱眉挤眼，这才规规矩矩、不声不响地站在那里。

又一对出场，摔跤的起式没走几步，两人便扭在一起。身手矫健的小布库突然来个鹞子翻身，垫步侧转，使一招“双龙探海”，双拳猛力击向对方腹部，本以为此招必胜，哪知小武士更高一筹，缩身一闪，竟如水蛇一般倏然脱身避开，对方双拳落空，身体失控，小武士朝对方后腰单掌推出，“噗通”一声，小布库趴在地上。

又经过三组对打，布库连连失利，胜负已成定局。

最后一个出场的是个大个子布库，十六七岁年纪，却长得高大魁梧，体魄刚健；与他对搏的却是个体形单薄，个子矮小的小武士。看上去，二人强弱悬殊太大，如果角力，小武士绝非对手！台上台下的人都为小武士捏了一把汗。

面对身高马大的对手，小武士却镇定自若，毫无惧色。起式拉开，辗转腾挪间，才显出小武士矫健的身法和扎实的功底。他身手灵活多变，忽实忽虚，忽明忽暗，忽左忽右，忽上忽下，忽而纵身跳起，朝对手肩上猛击两拳，忽而虎伏猿进，猛攻对方薄弱的下三路，弄得对手晕头转向，穷于应付，有力发不出，有招无处使。大个子为了扭转颓势，突然改变套路，转守为攻，蓦地使出一趟旋风脚，欺到小武士近前，伸手抓住小武士的后腰带，与此同时，脚下一个麻利的“铜拐绊马”，小武士双脚离地，眼看要仰面倒下。说时迟，那时快，只见小武士脚尖点地，身体腾空而起，气运双掌，如千斤气力聚于掌心，一声大喝，奋力拍向对手前胸，大个子“哎呦”一声，身子后仰，眼看就要摔在地上，小武士双脚刚一落地，顺势脚掌反弹，使一个“翻山虎跳”，飞身跃过对方头顶，双腿落地，撑开双臂，硬是顶住了即将倒地的布库后背，再轻轻一推，布库便稳稳当当地立在地上。

“噢！……”人们欢声雷动，一起为小武士的精湛技艺和崇高武德喝彩！

“好俊的身手！”玄烨站起身来，满脸喜悦，大声赞道。喧嚣的练武场顿时肃静下来。

“来呀！取黄马褂来，赐予小武士！”玄烨说。

小武士慌忙上前，面向皇上，倒地便跪，说道：“皇上容禀。皇上刚才说过，最后决胜者，赐黄马褂一件。小的和这位布库哥哥奉皇上之命在此对擂，多蒙布库哥哥谦让，才侥幸打个平手，并非胜者，皇上恩赐，小的不敢领受！”

大个子布库见小武士如此说，跑上前去，跪在小武士身旁，大口喘着粗气说：“回皇上，不是那么回事！这位小兄弟的功夫强我十倍，只是为了不让小奴才当众出丑，才出手相救。皇上，是小奴才输了，输得口服心服！”

“你没输，是平手！”

“不是平手，是你赢了！”

二人各持己见，争执不下。

“呵呵呵呵……”王国顺离开座位，摸着浓黑的胡须，乐呵呵地说，“小弟子说得对，布库并未倒地，不能为输。老夫就给你们判个平手吧！”

王国顺躬身说道：“皇上，二人既为平手，我看这黄马褂就免了吧。”

“好吧！就依王老侍卫。”玄烨又对台下的小武士和大个子布库说，“你们两个平身，去领赏银吧！”

大个子布库说道：“启禀皇上，出宫之时，皇上说要让我们见识见识王家武功，这位小兄弟的功夫就如此了得，想必王大人的刀法更是天下无敌了！能否让王大人亮个手段，让我们开开眼界？”

不等皇上发话，王国顺便起身说道：“皇上，老夫年迈，还是让大弟子济图、玛尔度和陈奎先比试一番，也好为皇上耍个乐子。”

玄烨高兴地说：“王老将军博大胸怀，不分满汉，广收弟子，亲授祖传武术，朕深为钦佩！好吧，朕就在此欣赏你们的王家绝技吧！”

陈奎、济图、玛尔度三人，整装出场。

济图和玛尔度抖擞精神，联手出击，合战陈奎。

济图朝玛尔度使个眼色，意思是说：你我二人与陈奎虽然多有切磋，实打实交手尚属首次，小心了！

济图肩宽体瘦，体魄强悍；玛尔度虎背熊腰，力大无穷。二人将辫子盘绕脖子数圈，双脚踏地，气运全身。玛尔度紧握双拳，挫步上前，速收左臂，倏然出拳，直取陈奎面门。陈奎沉着应战，侧脸避过。玛尔度骤然收步，随即右拳冲出，力道之大，呼呼生风，朝陈奎下颚逼来。陈奎伸出右掌，迎拳而上，拳掌相碰，嘭然作响。陈奎纹丝不动，稳如泰山，玛尔度却“啊唷”一声，“噔噔噔”后退数步，只觉右臂关节疼痛难忍。

与此同时，济图挥拳而上，他拳法老道，劲力十足，招招狠辣，拳拳紧逼，功力已是不凡。陈奎出掌相迎，步步后退，卖一破绽，济图虚晃一招，猛冲右拳，直击陈奎软肋，陈奎蓦然转身，左手攥住对方手腕，轻轻一带，随着惯力，济图向前踉跄几步，凭着练就的稳身功力，才没有摔倒。

济图和玛尔度出手失利，有些恼火，加上皇上和师父台上观战，刚才小师弟们又力挫布库，连连取胜，如果不能胜过陈奎，枉为名师之徒！于是，二人同上，拳脚相加，出手狠辣，齐攻陈奎。陈奎本想摆摆架子，走走趟子，并无心真打实斗，更不把输赢胜败放在心上。但见二人来势凶猛，只得应战。闪转腾挪，左避右挡，渐渐处于劣势。

“陈奎，你发哪门子愣怔？人家招招进逼，你却步步退让，你的翁氏拳法哪里去了？”王萱儿站在围观的人群前面，大声说道。

陈奎稍一分神，玛尔度的一拳击在陈奎的腮帮子上，陈奎浑身一震，回过神来，倏然蹲身，就势一个“扫堂腿”，济图和玛尔度慌忙躲过，跳出圈外。陈奎转守为攻，施展手脚，一招“夜叉探海”，奋掌直逼济图面门；一招“八卦连环腿”，直取玛尔度小腹。陈奎接连出招，步步紧逼；二人穷于迎挡，节节后退。陈奎越战越勇，二人气喘吁吁。

恰在这时，从台上跳下两人，飞身来到陈奎面前，不由分说，挥拳便打。来人是御前一等侍卫索额图和佟国维，他们都是大内高手。不由陈奎多想，对手已到眼前。

“你们两个，一起上啊！”听到索额图的喊声，济图和玛尔度犹豫片刻，快步上前，和索额图、佟国维一起，将陈奎团团围住。

“四对一”！从未有过的兴奋，使陈奎斗志昂扬，精神倍增，只见他双腿左右盘旋，双掌上下翻飞，左一个“单掌劈山”，右一个“哪吒探海”，前一个“毒蛇吐信”，后一个“卧虎摆尾”，忽而身体腾空，腿劈脚砍；忽而弯膝沉腰，拳掌齐发。四人轮番进击，奋力应战。五人打作一团，难解难分，直杀得沙土翻飞，遮天蔽日。

“好一个武林雄才！好一幅壮观场景！”玄烨看得兴起，不由地大声赞叹。

一声锣响，搏斗停止。四人一起向陈奎抱拳施礼，齐声称赞陈奎功夫了得。

“难怪魏爱卿正色立朝，坦荡无忌，原来有如此神勇之士护身罩体。魏爱卿，你就不怕朕惜将爱才，夺人之爱？”玄烨看一眼身旁直身端坐的魏裔介，不无调侃地说。

魏裔介连忙离座，拱手俯身，答非所问地说：“手下不才，微臣感谢皇上夸奖！”

玄烨“呵呵”笑着，大声说道：“陈奎听封！”

陈奎听到皇上喊到自己的名字，心下茫然，慌忙跑上阅武厅，双膝触地，跪在皇上面前，战战兢兢地说：“小的陈奎，恭听圣命。”

“陈奎，朕赐你神风宝刀一把，封你为二等侍卫，择期御前侍驾！”

陈奎惶惶然不知所措，偷眼看看魏裔介，见他满脸喜悦，不言不语。陈奎心中七上八下，不知如何是好。

“还不快快叩谢皇恩？”王国顺洪钟般的声音响起。

“陈奎叩谢皇上！”比武场上都不曾淌汗的陈奎，此刻竟是大汗淋漓。

玄烨兴致勃勃，意犹未尽，看一眼王国顺，笑着说：“老将军，今天是你的大寿之日，索性玩儿个痛快！是不是你也该亮亮相，出出手了？”

刚才众人比武，王国顺的手心早就发痒，玄烨的话，正中下怀。又见到台下的女儿朝他挤眉弄眼，他蓦然起身，向皇上躬身施礼：“老夫谨遵圣命！”

王国顺说着，大步迈向刀架，顺手抄起御赐大神锋和祖传紫月宝刀，走到台沿，喊道：“萱儿接刀！”

王萱儿早已脱掉外装，一身红色武衣格外艳丽，飞身上前，跪接御赐宝刀。王国顺精神抖擞，老当益壮，一个小翻儿翻出，稳稳当当落在比武场上。

济图和玛尔度分别来到两个大鼓下面，同时拿起鼓槌，“咚、咚、咚、咚”擂响战鼓，鼓声一阵紧似一阵，催人奋发，使人振奋。

比武场上，父女二人舞刀对阵。王国顺飞身冲出，似一道黑影划过；王萱儿纵身跃起，像一缕红光闪现。刀带风声，呼呼作响；两刀碰撞，“叮当”有声。秋阳之下，刀光闪烁，时而如天女散花，繁星点点；时而像银虹彩带，随风飘舞。王国顺身如猿猴，左伏右突；王萱儿身轻如燕，上下翻飞。王萱儿“白蛇出洞”，挥刀攻上，王国顺旋身抡刀，如银钟罩体，无懈可击；王国顺“蛟龙探海”，逆刀反攻，王萱儿身转刀旋，似玉帛裹莲，无隙可乘。

好一对英雄父女！好一对无敌宝刀！二人你避我攻，你攻我挡，你退我进，你进我防。父女俩越斗越勇，愈战愈强。好一场打斗，好一场厮杀！喝彩声连绵不断，围观者瞠目结舌。直惊得老鸹离巢，直杀得西风乍起……

玄烨坐在台上，看着父女俩的出神入化的刀法和王国顺坚不可摧的英雄气概，壮怀激烈，兴奋不已。此时此刻，他想起了很多，很多。他从比武场收回目光，陷入沉思。利刃的碰撞声、人们的喝彩声，他好像听不见了，脑海里闪现出许多人的面孔：耿直忠勇的苏纳海、圆滑老道的朱昌祚、正直多才的王登联、慈祥博学的汤若望、阴险卑劣的苏克萨哈，最后，鳌拜那狰狞可憎的面孔定格在他的脑海中，挥之不去。

他神色凝重，左手托着下颚，右手食指和中指交替着，不停地弹击着桌面，时而皱眉深思，时而露出狡黠的笑意。一个大胆而缜密的计划，在他的机敏智慧的大脑中已经形成。

魏裔介注视着玄烨的面部表情，从这位少年天子不断变化的表情中可以断定：一个斗智斗勇、惊心动魄的宫廷斗争，即将发生……

## 四五、剑拔弩张

转眼到了康熙八年五月。

鳌府的客厅里，空气混浊，烟雾弥漫，刺鼻的烟味、熏人的汗气、沉闷的气氛和沮丧的面容，使在座的人感到从未有过的紧张和压抑。

鳌拜一手托着脑门，皱着眉头，静坐沉思：十天前，自己因变卖藩田和臣员调遣之事，到乾清宫面见皇上，二人话不投机，引起争执。鳌拜一气之下，以“实不敢供职左右”相挟，愤然出宫。后又上本告病，不去上朝，整日在自家后花园的独门小院里，皱眉沉思，闷闷不乐。刚才下人来报：杰书、德赛两位亲王和几位心腹大臣过府探望，这才走出小院，来到前庭，吩咐下人，把大家迎进客厅。

班布尔善开口道：“鳌公近些日子不曾上朝，可皇上并没有因此惊慌失措，照样每日天不亮就起身，早早往乾清门御门听政，处理朝事。遏必隆事事都依着皇上，从不打半点折扣……”

“啰嗦什么！你就说说朝中的具体政事吧！”鳌拜很不耐烦，瓮声瓮气地说。

“近日来，朝廷发生了几件始料不及的事情，似是不祥之兆。”班布尔善说：“一是被您罢职的原户部尚书王宏祚，皇上以‘系皇考简用之人，效力年久’为由，恢复了原职；二是藩田变价出卖全部蠲除，领差办理此事的部员也全部撤回京城；三是杨光先、吴明煊被革职，南怀仁被起用，并授为钦天监监副；四是皇上亲临太学祭孔、大讲孔孟之道；再就是连日来，御前侍卫、善扑营、九门守军、城外锐锋营调动频繁，似有大动干戈之势！”

坐在鳌拜下首的康亲王杰书忧心忡忡，一言不发。简亲王德赛叹一口气，猛然起身，开口说道：

“看来，崇儒亲汉、排挤满人、摒弃祖制的老路，小主子是走定了。这样下去，在座的各位就成了他的绊脚石、眼中钉。历来宫廷争斗你死我活，残酷无情，以眼下的情势看，已经到了火烧眉毛的地步，你们却是无动于衷，毫无提防。难道就这样束手就擒，坐以待毙不成？”

“你说说，怎么个火烧眉毛？”鳌拜瞪着眼睛，极不耐烦地说。

德赛接着说：“鳌公骁勇善战，驰骋疆场，为大清基业立下不朽功勋。鳌公自辅政以来，大权在握，权倾朝野，谁人不知，哪个不晓？去年皇上又为你加了太师之衔，又给你家公子讷莫佛加太子少师，现如今，你的尊贵地位何人能比？但是你别忘了，物极必反！你应当明白，天下历代君王哪个能容得下功高盖主的大臣？杀戒不开，那是时机不到，一旦皇上羽翼丰满……”

“以你之见，该当如何？”康亲王杰书打断德赛的话，迫不及待地问。

“宜早不宜迟，马上调集兵马，起兵造反！”德赛一字一顿地说。

“德赛！你……”杰书听到德赛之言，浑身一震，剧烈的咳嗽，使他说不出话来。

“别说了！”鳌拜瞪着鹰眼，狠狠地说，“哼哼，真没有想到，此等犯上作乱的话，竟出自你简亲王之口。我鳌拜光明磊落，对我大清忠心耿耿！说我横行霸道也好，权倾满朝也罢，还不都是为了这来之不易的大清基业？要我鳌拜欺君犯上，背一个不忠不义的骂名，我看他是找错了人！”鳌拜吼着，一拳砸在桌子上。

“鳌兄啊，你在疆场杀人无数，眼睛都不眨一下，本王只说了几句话，就让你大发雷霆，令本王大失所望。念在都是大清老臣的分儿上，本王还是要提醒你几句。”德赛凝视鳌拜，认真地说。

鳌拜“哼”了一声，将身子扭向一边。德赛继续说道：“咱们远的不说，今年春天，皇上就任命了三个新总督，命麻勒吉督两江、甘文焜督四川，范文程之子范承谟督浙江，以此取代了你的三位心腹；上月，你的弟弟、内大臣巴哈被差往察哈尔，审理阿布奈之案；你的侄子、侍卫讷莫差往科尔沁草原，解决二旗之争；你的内亲、理藩院左侍郎绰克托差往苏尼特，处理扎萨克事务；工部尚书、都统济世差往福建，缉盗巡海。这样，你的亲信屡屡外迁，鳌兄就不觉得你府上过于清静了吗？”

“什么乱七八糟！我鳌拜的人都在朝廷当差，皇上委以外任，有何不妥？简亲王，鳌拜身体不舒，如果没有其他的事，那就请便吧！”鳌拜嘴里说着，心中却如潮水一般，翻来覆去，一双鹰眼不停地转动。

“鳌兄，忠言逆耳啊！”德赛说着，转过身去，阴阴地笑着说，“本王这就走。不过还有一句话，不吐不快。”德赛瞥一眼鳌拜，接着说，“眼下，九门提督也换上了一等侍卫索额图，城外锐锋营的统帅也换上了国舅佟国纲，还有……”

“够了！”鳌拜气急败坏地说，“鳌拜自有主张，不用你来指手画脚！”鳌拜怒不可遏，若不是看在他亲王的分儿上，鳌拜早就骂娘了！

德赛对鳌拜的动怒置之不理，自顾自地说："还有，皇上将秘书院侍卫陈奎封为御前一等侍卫，皇上还有意起用已卸任的御前领侍卫王国顺为善扑营教头，王国顺武功非凡，鳌兄不能不防啊！"

"哈哈哈哈！……什么善扑营，只不过是一群小布库陪着皇上打打闹闹，王国顺与老夫颇有渊源，他已老迈年高，有什么防不防的，简直是笑话！"没等鳌拜说完，德赛便悄然离去。

杰书踌躇再三，欲言又止。鳌拜乜斜杰书一眼，没好气地说："想我鳌拜，为了咱大清江山，身经百战，出生入死，打打杀杀几十年，身上刀疤无数，什么样的场面没有见过？什么样的险情没有经过？鳌拜从不知怕为何物！康亲王，肚子里有什么话，就痛痛快快地说出来吧，免得憋出病来！"

"鳌公，事到如今，本王不能不说了。"杰书郑重说道，"简亲王刚才所说，虽然有些过分，但他透露的消息却是千真万确，决不可掉以轻心。除此之外，本王还得知，安亲王自去年秋天回他的永福山庄养病之后，很少进京。但前几日突然回到宫中，和庄亲王博果铎、显亲王富绶、信亲王鄂札过从甚密，还和一些郡王、贝勒来往频繁。并与魏裔介、梁清标等汉臣一起，频频出入慈宁宫。种种迹象表明，皇上和太皇太后已经做好了充分准备，这些都是冲你来的。本王劝你，还是早作打算为好！"

鳌拜午前从乾清宫回来，就窝了一肚子的火，刚才德赛的一席话，犹如火上浇油，杰书的一席话，反倒使他冷静了许多。他皱眉沉思，摸着硬茬茬的满脸胡须，在地上来回踱着大步。十天前，在乾清宫中和玄烨的一段对话又在耳边响起：

"皇上，索额图在御前干得腻了，早就想做个高官，老夫曾向皇上提请，要他去做个两广总督，一来他如愿以偿，二来也对得起索公的在天之灵。可皇上却命他担任九门提督，皇上是不是把老臣的话当做耳旁风了，老臣……"鳌拜开始发难。

"索额图是索卿傅之子，又是忠勇之士，九门提督之职至关重要，朝廷安危系于一身，朕如此安排，不知有何不妥？难道朕提拔一个二品官员也要你鳌卿傅允准吗？"玄烨反唇相讥。

"这……"鳌拜无言以对。

"鳌卿傅，你现在张口一个'老臣'，闭口一个'老臣'，你以为朕的年龄太小了吧！"玄烨目光如电，直逼鳌拜。

鳌拜心下一惊，慌忙说道："鳌拜冒犯了皇上，鳌拜知罪。"

"朕和你开个玩笑，鳌卿傅何必当真？"玄烨大大咧咧地"呵呵"一笑，恢复了常态。

"启禀皇上，户部尚书马迩赛病故，求皇上赐谥。"鳌拜说。

玄烨何曾忘记，在一次朝会上，鳌拜提出将已废藩田变价出卖给农户，户部尚书王宏祚为维护百姓利益，提出反对意见，却遭到鳌拜严厉呵斥。王宏祚理直气壮，据理力争。鳌拜一气之下，以“心恶骄狂，顶撞辅臣”之名，将王宏祚罢职。户部尚书之职由他的亲信马迩赛取而代之。现在马迩赛已死，鳌拜又提出为他赐封谥号，真是贪得无厌，得寸进尺。于是说道：

“部议赐谥的奏文朕已看过，部拟‘恪、忠、勤、敏’四字供选，朕已批回奏文：其供职时短，亦无显功，不宜赐谥。”

鳌拜好像没有听清皇上的话，接着说道：“臣以为，赐谥‘忠恪’二字正为合适，马迩赛泉下有知，必定对皇上感恩不尽。”

玄烨心中微微一震，不露声色地望着门外摔跤打斗的小布库们，面色平和地说：“既是卿辅要给他赐谥，那就由卿辅恩赐好了，何必又来问朕？”

鳌拜听到皇上话中带刺，抬头又见皇上满脸带笑，并不介意，也就没说什么。随后又问：

“皇上，微臣几日不上朝，皇上怎么就把畿辅各县将藩田变价卖出之事全给否定了？”鳌拜继续发问。

玄烨兴致勃勃地看着外面的布库打斗，高兴地说：“卿傅快来看呀，朕的小布库把那个大布库摔了个仰八叉！”见鳌拜没有回音，玄烨回过头来问道：

“鳌卿辅，刚才你说什么来着？”

鳌拜心中有火，愤愤说道：“说藩田变价之事！”

“哦，是那件事。”玄烨漫不经心地说，“是啊，朕将它蠲了。”

“合情合理之事，皇上为何蠲免？”鳌拜强压火气。

玄烨转回身子，心平气和地说：“朕以为，既然征了农家额赋，又将其田作价强制变卖，百姓要出双份钱粮，他们哪里承受得了？朕为民所想，便免了变价，将藩田分给原户，给其耕种，照常征赋纳粮，以副朕爱养生民之意！”

鳌拜猛然一惊，心中叹道：“乖乖，你的一句话，使我即将到手的几百万两银子化为灰烟！”鳌拜想着，心中越发愤怒，“皇上怎能瞒着老……微臣，将如此大事轻易改变！”

玄烨眉毛一竖，目光如电：“这是什么话？你不上朝，朕就不能处理朝政了吗？只听说奴才瞒着主子是不忠，从未听说主子事事要和奴才商量，岂有此理！”

鳌拜像吞进一个熟鸡蛋，咽又咽不下，吐又吐不出，直噎得他脸色涨紫，眼冒金星。玄烨收敛起威严的面孔，和颜悦色地说：

“鳌卿辅，先贤曾说：得民心者得天下，失民心者失天下。又有人说：为君者应不以一己之利为利，而使天下受其利；不以一己之害为害，而使天下受其害。此乃至理名言，为君之道，朕当身体力行。”

玄烨的话，鳌拜虽不能句句听懂，大意却是听明白了。脸上青一阵紫一阵，蓦然起身，愤愤地说：

“那是南蛮子的胡言乱语，微臣视为歪理邪说。皇上一味崇儒亲汉，拿南蛮子的鬼话当神符，微臣实在为皇上担忧，为大清担忧！”

玄烨敏锐地感到，自己刚才所说，不仅是对牛弹琴，更是为狼诵经。不禁问道：“卿辅担的什么忧？”

鳌拜大声说道：“先皇遗诏：纪纲法度、用人行政都应仰法太宗、太祖皇帝，不可近汉制、习汉俗。如今皇上违背遗诏，老臣受先皇帝顾命之恩，不得不向皇上进谏……”

“够了！”玄烨听到鳌拜又拿先皇遗诏相要挟，顿时火起，将手中的茶盏往御案上用力一蹾，大声喝道：

“什么不可近汉制、习汉俗！你可知道什么叫与年俱进！”

玄烨强压火气，耐心地说：“彼一时此一时也，旧制新规不可同日而语，老俗新道岂能相提并论？朕平日对你如何尊崇礼让，你却对朕日加不敬，朕倒要问你，你如此而为，可对得起先皇？可对得起太祖太宗皇帝？”

鳌拜用发蓝的眼珠看着眼前的玄烨，心下思忖：“皇上已经不是以前那个幼稚贪玩的玄烨了，自己有眼无珠，真是小瞧他了。”鳌拜瞪着眼睛，粗声粗气地说：“皇上拒纳忠言，妄斥先帝顾命重臣，臣实不敢再供职左右，唯有痛哭于先皇帝及太祖太宗皇帝陵寝！”

鳌拜说罢，朝玄烨一个跪拜，转身走出了上书房。当他走到乾清门时,后面传来了玄烨和小布库们的打斗嬉闹声。他愤怒之余，心中发懵，全身如堕五里雾中……

“鳌大人，你好自为之，本王告退。”杰书的脸上布满愁云，沮丧地说。

鳌拜一机灵，回过神来。看着康亲王离去的背影，深深地叹了一口气。

“伯父，简亲王说得在理，玄烨的刀已经架在您的脖子上，若再犹豫不决，必遭其害。咱们这就反了吧！”

鳌拜正在生着闷气，无处发泄，侄子的一句话，使他勃然大怒，抡圆蒲扇般的巴掌，朝塞本得的脸上掴去，嘴里骂道：

“你个混账东西！皇上的名讳你也配叫？”

一掌下去，塞本得的嘴角淌出了血，左脸开始肿胀起来。鳌拜怒气未消，瞪着眼睛说道：

“我鳌拜受先皇帝遗托，为顾命大臣，辅政七年有余，操心劳神，兢兢业业，恐有懈怠误了朝纲。皇上年少，为防他误入歧途，犯颜直谏，乃是辅臣应尽之职，即使有些过分，也是为大清着想，鳌拜当之无愧！无论何人，对此不得置喙。不过，哪个要我弑君造反，陷我于不忠不义，真是瞎了他的狗眼！”

鳌拜虽然如此说着，然而心中却是七上八下，忐忑不安，低下头来，暗自思量。

“鳌公，请息怒。”兵部尚书噶褚哈站起来说：“恕臣下直言，以当下情势，皇上的确已有准备，说是箭在弦上，也绝不是危言耸听。恳请鳌公及早筹划，免得到时束手无策。”

吏部尚书阿思哈说：“噶尚书此话有理。未雨绸缪，鳌公还是早做打算为妙。”

鳌拜抬起头来，对班布尔善说道：“尔善，你在满臣中最有心计，你对此可有善策？”

班布尔善站起身来，郑重地说：“鳌公眼下有两条路可走。一是退，二是进。”

“直说快讲，退如何退，进如何进！”鳌拜没好气地说。

班布尔善接着说：“退，即是辞去辅臣之职，回家赋闲。眼下六部三院、文臣武将、各省督抚，均有您的臂膀亲信，以您的权势，即便退下来，在下诸臣还是任您唆使，言听计从，朝廷局势仍在您的操控之中……”

“笑话！退即是降！我鳌拜东拼西杀，南征北战，凶险场面历经无数，从未想过一个‘降’字。如今皇上悖弃祖制，崇儒亲汉，要我辞职回家，对此置之不理，听之任之，那和弃刀投降有什么两样？”鳌拜说着，一拳砸在桌面上，茶盏“叽哩咯嚓”滚到地上，摔个粉碎。

鳌拜这一怒，吓得班布尔善出了一身冷汗，顿时目瞪口呆，话到嘴边，又咽了回去。

“此路不通，另有大道可走，岳父大人何必动怒？”静坐一旁、一言不发的敬谨亲王兰布说话了。

鳌拜的女儿自从嫁给多罗郡王兰布以后，兰布又被赐封为敬谨亲王，他对鳌拜这位泰山钦佩有加，言听计从，鳌拜对他也是又亲又敬，十分偏爱。

兰布离开座位，来到鳌拜面前，躬身说道：“班大人精通汉学，足智多谋，适才所说那个‘进’字，其中大有文章可做。”

“哦？”鳌拜抬头看着贤婿，问道，“那你来说说，怎么个进法！”

“此计为班大人所出，自然由他解释喽。”兰布说。

班布尔善见敬谨亲王抬举自己，目光一闪，恭恭敬敬地说：“臣下不才，不足为计，只不过为鳌公出出主意罢了。”

“什么酸不溜丢的，老夫最烦那一套！痛痛快快地说！”鳌拜心浮气躁。

“这‘进’不是反，而是谏，是兵谏！”班布尔善的一句话，使鳌拜心中一凛，鹰眼中射出一道寒光，直逼班布尔善。班布尔善干咳一声，接着说道：

“昔日伊尹放逐乱政误国的国主太甲，商汤旧制旧法得以维护，国家政权日益巩固；曹操胁迫汉献帝迁都许昌，‘挟天子以令诸侯’，终成霸业，一统天下。伊尹、孟德英雄盖世，万古留名！如今我大清天子亲汉背满，悖弃先皇遗诏，已入歧途，大清江山危在旦夕。鳌公何不效法古人，救大清于水火？”

鳌拜平时最忌恨别人咬文嚼字，谈论汉人文化，可当他听到班布尔善的一席话，细加琢磨，觉得有些道理。于是问道：“怎么个救法？快快讲来！”

“举行兵谏，逼玄烨逊位！”兰布不慌不忙，一字一顿地说。

“大清不可一日无主，拿下玄烨，谁来即位？”鳌拜问道。

“除了伯父您，还有哪个？”塞本得忙答。

“胡说八道！鳌拜拼上老命，也要护卫我大清基业！至于皇位，鳌拜从无摄取之心。哪个再提此事，小心他的狗头！”塞本得吓得脸色蜡黄，吐了吐舌头，再也不敢做声。

“这皇位本来就是康亲王的，那半张诏书，却被太皇太后篡改，皇上却成了玄烨。让他逊位理所当然，将康亲王扶上皇位才是名正言顺。”班布尔善说。

“不可！决不可以！”鳌拜说着，慢慢站起身来，“康亲王生性懦弱，胆小怕事，又疾病缠身，怎能堪当此任？”

鳌拜说完，扭头看了看正襟危坐的爱婿——敬谨亲王兰布，突然目光闪亮，心跳加快，一个新奇而大胆的想法在他的大脑中形成。他马上恢复常态，不露声色地说：

“大清的江山属于咱满洲八旗，更属于爱新觉罗家族，即位者必须是爱新觉罗的子孙！兵谏也好，逼宫也罢，都是为了大清的基业。兹事体大，必须严守秘密，深思熟虑，切不可莽莽撞撞，坏了大事。一旦成功，是咱大清的福分，如有不测，由我鳌拜一人担承！”

“为了大清，赴汤蹈火，在所不辞！”大家站起身来，齐声说道。

鳌拜摆了摆手说：“用不着如此信誓旦旦，到时听从指挥便是。”鳌拜说着，倒背双手，踱着步子，皱眉沉思。

“兄长在家养病已有多日，皇上早应御驾亲临，前来探视，至今却毫无音信，莫非……”穆里玛咂咂嘴说。

“不急！再等一日，今天玄烨不来，明日调兵！”鳌拜黑着脸说。

“岳父大人说得是，此事宜早勿迟，应当机立断，及早部署为好！”兰布迫不及待。

鳌拜刚要说话，门卫忽报：“御前侍卫苏尔马到！”

苏尔马一脚跨进门来，走到鳌拜身前，躬身便拜：“叔父，皇上午后将御驾亲临，探望叔父病情，皇上吩咐小侄回府告知，皇上还嘱咐，御驾到时，不必拘礼铺张，安心静养为是。”

突如其来的消息，使在座的人都为之一惊，客厅的气氛顿时紧张起来。这个消息，似在鳌拜意料之中，又好像出于意料之外。他眉头紧皱，两手扶膝，闭口不语。

“大哥，事情紧急，你要早拿主意！”都统穆里玛着急地说。

“玄烨此来，凶多吉少，岳父大人务必小心，万万不可疏忽大意！”兰布走到鳌拜面前，着急地说。

鳌拜深深嘘一口气，抬起头来，扫视大家一周，闷声说道：“皇上对我已有猜忌之心，今日探病，吉凶难料。倘若他背信弃义，另有企图，我鳌拜也绝不会束手就擒！”

“伯父，快下命令吧！”塞本得说。

“你们听着！”鳌拜命道：“皇上此来，所带侍卫兵勇一定不少，穆里玛，召集家将，备好弓箭刀枪、甲胄马匹，集结暗处，严密提防。一旦有变，听我号令，一起出手，我让他有来无回！”

“大哥尽管放心！”穆里玛领命。

“噶褚哈，传我命令，命镶黄旗图必泰、正黄旗阿南达等都统、副都统，各领亲信兵马待命，一生变故，马上出兵接应。”

各人领命，匆匆离去，客厅内剩下鳌拜和兰布翁婿二人。兰布默不作声，不时偷眼看一下岳丈的神态和举动。

鳌拜像一只铁笼中的困兽，在地上不停地来回走着。他倏然猫身，从靴筒里拔出一柄尖刀，目光汹汹，凝视着寒气逼人的刀光……

未时三刻，御驾浩浩荡荡来到鳌府门前，几百名带刀侍卫和手握长枪的亲兵，站满了门前宽阔的广场。御前侍卫开路，豹尾班随后，玄烨乘坐的御辇，停在府门阶下。

皇上的贴身侍卫佟国维、陈奎、尚之信、苏尔马，以及内大臣噶布喇、噶都、巴尔泰先下了马。鳌拜的兄弟子侄穆里玛、卓布泰、那摩佛、塞本得等，在大门外跪接圣驾。

“启禀皇上，鳌拜有病不能起身，特命奴才们在此迎接圣驾。”穆里玛叩拜道。

玄烨慢慢走下御辇，穆里玛、卓布泰前面引路，侍卫和内大臣前呼后拥，走进大门，左转右拐，来到鳌拜养病的后花园小院。

玄烨走过布满藤蔓的廊子，停住了脚步，看着清雅别致的园中庭院和葱郁清幽的奇花异草，嗅着四处飘逸、馥郁芬芳的花香，微微一笑说：“此处好景美不胜收，好似世外桃源一般，鳌卿傅选在此处养疾，病情先自好了一半。”说着，迈步跨进了门槛。

鳌拜满面病态，躺在床上。见皇上进来，慌忙撩开锦被，挣扎着跪在床边，一边叩拜一边说："微臣贱病，怎敢劳圣驾亲临探视，未能远迎，罪该万死！"

"鳌卿辅有病在身，不必拘礼，快快躺下，与朕叙话。"玄烨笑容满面，来到鳌拜床前，在紧挨病榻的椅子上坦然落座。佟国维、陈奎、尚之信、苏尔马等御前侍卫握刀直立，环侍左右；穆里玛、卓布泰、那摩佛、塞本得、巴尔泰立于病榻的对面。

"鳌卿辅果然气色不佳，还须耐心静养一些时日，方可痊愈。"玄烨说着，仔细观察鳌拜的面色。

"臣不中用，让皇上如此挂念，甚是惭愧。"鳌拜满脸灰黯，低头答道。

"鳌卿辅数日不在朝，朕如缺了臂膀，诸多朝事，顾此失彼，颇为吃力。朝中事务，着实离不得鳌卿辅啊！"玄烨说着，目光始终不离鳌拜面部。

鳌拜忽而满脸通红，忽而变得煞白，努力避开皇上锐利的目光，不住地用眼角打量着周围的情势，暗自思量：门外各处想必早已站满了侍卫兵勇，若以眼下情势，双方实力，孰强孰弱，尚无可判定。噶布喇拳术精奇，巴尔泰又是满洲有名的力士，再加上魏裔介原来的贴身卫士、身手不凡的陈奎，家中的兄弟子侄一起上，也不是他们的对手。自己虽是身经百战，常胜不败，但毕竟年老，不比当年。皇上的五名御前侍卫一起上，自己能不能招架得住，也很难说。皇上的话，好像不是在打诳语，对自己似有歉意……

鳌拜想着，左手不由自主地摸了摸枕边，又慢慢缩了回去，嘴里应道："皇上对微臣如此倚重，微臣粉身碎骨，难以报答！"

玄烨扭过脸来说："陈奎，将补品赐给鳌卿辅。"

陈奎捧出两个精制的紫檀匣子，上前一步，将匣子打开，里面是一对摆放齐整、根部还沁着鲜血的鹿茸；另一个里面装着一只雪白的、重逾半斤的人参。鳌拜从来不曾见过如此珍贵的奇参，一时心里感动，慌忙翻身屈膝，爬起身来，趴在枕上，向皇上叩头谢恩。

玄烨笑道："鳌卿辅对大清忠心耿耿，大功累累，些许薄物微不足道，不能酬卿辅辛劳之万一！"

鳌拜接过匣子，转交穆里玛收起。穆里玛刚要退下，被玄烨叫住："穆里玛，朕有差事，要你去办。"

穆里玛放下匣子，慌忙跪下："奴才听皇上吩咐！"

玄烨眨眨眼皮，微笑着说："眼下清明节临近，朕要遣大臣往祭永陵、福陵、昭陵、孝陵。讨此要差的大臣甚多，可朕以为，你当此任最为妥当，不知你意下如何？"

穆里玛一听此言，骤然间紧张起来。若在平时，奉皇命前往奉天祭陵，便是钦差，户部发放祭银、差费，沿途有司、缙绅迎送馈赠，一来一往，比起自己在京师做个都统的收入丰厚数十倍，况且自己又是鳌拜之弟，风风光光不说，外快岂不更多？此等美差，求之不得！可眼下情势如此紧张，大有一触即发之势。若应下皇上，大哥身边又少了一个帮手；若不应皇上，天子之命，岂能违逆？穆里玛左右不是，进退两难，便斜眼撇向鳌拜……

鳌拜听了皇上的话，稍微放下的心，猛地悬了起来：玄烨差遣弟弟奉天祭陵，分明是别有用心，有意削弱我方势力。看来玄烨刚才所说都是假情假意，故弄玄虚。你玄烨小小年纪，也太小瞧我鳌拜了！此间再不动手，但等何时？擒贼擒王，必须先将玄烨擒住，侍卫再多，也将无济于事，等援兵一到，再作计较不迟！

鳌拜想罢，向穆里玛点了点头，一双粗壮的大手，慢慢向枕边摸去……

穆里玛向皇上叩谢："奴才谢皇上恩典！"

陈奎犀利的目光，始终注视着鳌拜的一举一动，见鳌拜脸色突变，鹰眼中射出凶光，青筋凸起、微微颤抖的手，向前慢慢移动……

陈奎一个箭步窜出，以迅雷不及掩耳之势，挡在鳌拜和皇上中间，倏然掀开枕头，一柄抽出半截的带鞘短刀赫然在目，刀鞘华丽无比，刀锋寒光逼人！

满屋子的人一下子都惊住了，只听到"唰唰唰"抽刀的声音。其他三名侍卫和噶布喇、巴尔泰冲上前去，将鳌拜和皇上团团围住，穆里玛目瞪口呆；卓布泰、塞本得等人手无寸铁，傻瞪着眼，木桩似的戳在那里；鳌拜面如死灰，拳头紧紧攥着，骨节"嘎巴"作响，面部肌肉剧烈抖动。

面前的一切，发生在一刹那间。玄烨不惊不诧，镇定自若，趁大家一惊之瞬间，拧身而起，闪电般将床上短刀拿在手中，"唰唰唰"的一声，抽刀出鞘，一道寒光射向鳌拜脸上。

客厅内顿时寂静下来，只听到"呼哧呼哧"的喘气声。

在这剑拔弩张、千钧一发之际，玄烨倒显得十分冷静。他旁若无人、全神贯注地把玩着这柄锐利无比、华贵耀眼的短刀，欣赏着用米珠和红蓝宝石绿翡翠镶嵌而成、精美绝伦的刀鞘。将短刀慢慢插入刀鞘，对着这把价值连城的宝刀，脸上露出无限爱惜之意。

性情火爆的内大臣巴尔泰厉声说道："禀皇上，皇上亲临探视，他却暗藏利刃，是何居心？理应治罪！"

巴尔泰的话，犹如火上浇油，使本来紧张的气氛，变得更加强烈，看来一场恶战，已是不可避免！

玄烨突然抬起头来，看着众位握刀在手，如临大敌的样子，淡然一笑说："什么暗藏利刃，理应治罪，鳌卿辅是享誉满洲的巴图鲁，他爱刀如命，谁人不晓？刀不离身又是咱满洲武士的历来习惯，有什么大惊小怪的？"

侍卫们慢慢收回腰刀，插入鞘中。皇上的一句话，使一触即发的紧张气氛顿时缓和下来。鳌拜惊恐失色的面容，也在慢慢恢复。

玄烨漫不经心地说："鳌卿辅，这把短刀乃天作之物、无价之宝，是祖上传下来的吧？"

鳌拜茫然答道："嗯，是……是的……"

穆里玛见大哥说话含含糊糊，接过来说："皇上，这把短刀，确是祖上遗传的宝物，大哥他……他早就有意敬献皇上，今天……"

鳌拜醒过神来，连忙答道："今天皇上驾临鄙府，鳌拜愿将家传宝刀献给皇上，皇上若不嫌弃，奴才当感激不尽！"

"哦？卿傅知道，朕也是爱刀如命的。鳌卿傅果真要献，朕就不客气了，你们可不要反悔噢？"玄烨认真地说。

"奴才岂敢，奴才岂敢！"鳌拜的兄弟子侄们说着，齐向玄烨跪了下去。

"鳌卿辅，多多保重身体，安心静养，如有要事，朕自会差班布尔善来与卿傅商议。朕去了。"玄烨说着，站起身来，拿着宝刀，刚要起步，又说，"苏尔马，你就不必回宫了，在家好生侍候你的伯父，也好尽你的一番孝心。"玄烨说着，人已走出了房门……

鳌拜连忙爬起，跪在床头叩送圣驾。院子里的谈笑声、口令声、刀枪撞击声，慢慢消失。

鳌拜浑身顿时觉得酸软无力，四仰八叉地躺在床上，衣服早被汗水浸透，后背凉凉的，直打寒战。可他的头脑却很清醒，刚才那一幕幕惊心动魄的场景，又在他的脑海里闪现。他躺在床上，闭目沉思：

"皇上亲临探视，从他的言谈举止，似乎并无恶意。那句'鳌卿辅数日不在朝，朕如缺了臂膀，朝中事务，着实离不得鳌卿辅'的话，倒是合情合理，也像是发自内心。就连他发现了暗藏在自己枕下的利刃，也毫无戒备之心，像小孩子一样把它拿在手里，高兴地玩来玩去。咳！十五六岁，毕竟还是个孩子，只是贪玩淘气些罢了。他刚刚亲政，小小年纪，哪里离得了辅臣？再说了，倘若皇上心术不正，明知此来凶多吉少，为何他敢冒如此风险，亲临探视？说他有疑心，尚有可能，要说他有杀我之意，看来是太过多虑了！如果真有此意，刚才以'暗藏凶刃，以图弑君'之名，将自己擒拿，也不为过。就算自己被当场处死，也无话可说。可他并没有这样做，只是哈哈一笑，一言避之。哎……过虑喽。皇上既然如此，自己又何必费心巴力地再将兰布推上去呢？"

想到此，鳌拜的心情一下子舒畅起来。当他想起自己刚才伸手摸刀，要杀玄烨的情形，倒有些后怕起来。他苦笑一下，摇了摇头……

"大哥，皇上命小弟奉天祭陵，小弟去还是不去？"穆里玛问道。

"笑话！皇上差遣，你敢违抗吗？"鳌拜淡淡地说。

兰布走过来，郑重说道："岳父大人，非常时期，还是多加小心为妙。您又在病中，朝中那么多大臣，为何皇上单派穆里玛出关？苏尔马御前侍卫干得好好的，为何又命他离开皇宫？”

“啰里啰嗦，皇上差遣，哪有那么多‘为何’？”鳌拜有些不耐烦。

“您想啊，您的兄弟、侄儿、亲信巴哈、讷莫、绰克托、济世纷纷遣往外省，今日又命穆里玛出关，苏尔马离宫，您身边的人还剩几个？还有善扑营、九门守军、城外锐锋营的频繁调动，您觉得这些正常吗？”兰布耐心地说。

鳌拜睁大眼睛说：“你们是不是多虑了？皇上若有异心，他还敢冒凶险，亲临探视？他若有杀我之意，为何不借短刀之事，置我于死地？”

兰布耐心地说：“岳父大人，鳌府有多少家将兵丁，玄烨他一清二楚。他今日亲临府上，探视病情是假，察看动静，探听虚实，才是他的真正目的！您说他为何不借短刀之事，大动干戈？他是想，在这方寸之地动起武来，刀枪不长眼睛，恐有闪失，伤了自己。他又借您献刀之名，将宝刀带回宫中，将它作为您‘弑君’的铁证，以此治你死罪，易如反掌！你纵有一千张嘴，也难以说清你无弑君之罪！”兰布由于激动，脸色越发涨红。

鳌拜心中一阵震颤，“噌”地坐起，头上又出一层冷汗。他阴沉着脸，微闭的鹰眼中冒着绿光，玄烨的笑脸又在他的眼前晃动……

“我鳌拜又被他耍了！若不是兰布提醒，我还蒙在鼓里。玄烨成竹在胸，深藏不露，几次被他愚弄，自己竟浑然不觉。那我鳌拜真是瞎了眼睛，太小看他玄烨了！……不行！想我鳌拜身经百战，所向披靡，怎能败在一个乳臭未干的小孩子之手？”

鳌拜想着，额头青筋凸起，双手颤抖，宽厚的嘴唇连同胡须也抖动起来。他“呼”地撩开锦被，倏然下床，在地上走了几个来回，坐在椅子上，闷声闷气地说：

“看来，玄烨真的要动手了！据我估计，应该是在几天后祭天之时。听我部署，将计就计。”

“岳父大人，您就下命令吧！我们决不可坐以待毙。”

鳌拜命道：“穆里玛，玄烨不是差你前往奉天祭陵吗？你马上动身，带上我的密令，去见关外大将军，让他带两万兵马，日夜兼程，三天之内，进京兵谏，逼玄烨退位，重振我大清朝纲！”

“嗻！”穆里玛领命，走出房门。

“卓布泰，举事当天一早，你去兵部找噶褚哈，接领御林军统领一职，并把紫禁城内御林军的将领，统统换上我们的人，听我调遣。”

“嗻！”卓布泰领命，站立一旁。

鳌拜接着命道：“班布尔善，这城外锐锋营的统领佟国纲对皇上忠心耿耿，你去找噶褚哈，带上兵部的手谕，牵制住他，如果他敢反抗，立即将他杀掉，不留后患。”

班布尔善说："嗻！"班布尔善迟疑一下，说："不过，这护城的兵马，可都在九门提督索额图的手里，万一……"

"不必多虑，这紫禁城内外都是我的兵马，等关外援兵一到，对他们里外夹击，索额图的三千精兵又算得了什么？我让他们插翅难逃！"鳌拜说。

鳌拜虎着脸，眼球滴溜儿转动几下，继续命道："佛伦、赖虎，你二人带五百家将兵勇，兵分两路，赖虎一路，闯安王府，手刃岳乐；佛伦一路，带上我的令牌，进紫禁城，包围慈宁宫，生擒太皇太后！"

"嗻！"侄佛伦、婿赖虎领命，退立一旁。

"皇上那边……"兰布瞅着鳌拜，欲言又止。

"皇上那边，由我独自进宫，面见皇上，外面有御林军把守，只要把宫外的侍卫和亲兵擒住，皇上的几个贴身侍卫不在话下。大家各司其职，听从号令，大功便可告成！玄烨退位，我鳌拜就要翦除异己，重整朝纲！哈哈哈哈……"

鳌拜的笑声从窗口传出，越过庭院的围墙，惊飞了树上的小鸟……

# 四六、智擒鳌拜

夕阳红似火，紫禁城上空却阴云密布。一声闷雷，豌豆大的雨点“噼里啪啦”地下了起来，一阵紧似一阵。雨水顺着殿檐的瓦口冲到地面的石板上，水珠高高溅起。一阵凉风吹来，云也走了，雨也停了。夏至前的天气就是这样，难怪刘禹锡有“东边日出西边雨，道是无晴却有晴”的诗句。雨过天晴，凉飕飕、湿乎乎的空气，使人感到温馨宁谧，心清气爽。

每到夏至时节，慈宁宫内鲜花盛开，被称为“三白”的茉莉、晚香玉、夜来香花香四溢，馥气袭人。上千盆的“三白”摆满了庭院、玉阶、檐下，绿叶葳蕤，繁花点点，宫女们像一朵朵红云，穿梭在花丛间，整理着被雨水滴过的枝叶。这香气、这美景，使人陶醉，使人流连。搁以往，玄烨每每进宫，常在花中逗留，可今儿是怎么了？一跨进慈宁门门槛，对满院花枝招展的“三白”和跪满两旁的太监、宫女看都不看一眼，大步匆匆地走进了宫门。

西偏殿内，太皇太后正在和安亲王岳乐、九门提督索额图、锐锋营统领佟国纲打着麻将，见皇上进来，岳乐三人起身施礼。

“免了免了，明日便是夏至，大事在即，你们倒有雅兴，在此玩儿起了麻将。”玄烨说着，坐在了正中的椅子上。

“谋大事者，理应平心静气，切勿心浮气躁。司马懿兵临城下，来势汹汹；诸葛亮沉着镇静，琴音不乱，方能吓退十万大军。激浊扬清，替天行道，又有何惧？”太皇太后说着，站起身来，走到一堆礼盒跟前，命人一个个打开。缓缓说道：“这是安王府、索府、佟府送来的夏至节礼品，皇上过来看看吧？”

打开安亲王的大礼盒，一盒盛着两只烧鹅、十只烧鸭，另一盒里盛着十只烤鹅、十只烤鸭。太皇太后和玄烨心里明白，这意味着两红旗十参领、两黄旗十参领已在自己掌控之中，其他各旗自然不必担心。

又打开索额图送来的礼盒，里面是青豌豆围着的一只油光喷香的烤全羊，意味着万事俱备，鳌拜已是囊中之物。佟国纲送来的礼品是时鲜水果，有密云大香瓜、深州水蜜桃、道口红杏、曲阳李子、广东脐橙。寓意瓜熟蒂落，水到渠成。

“康亲王宫外候旨！”慈宁宫领班太监李谙达禀道。

太皇太后心中微微一动：想这杰书，历来主张恢复祖制，反对崇儒亲汉，和鳌拜素有来往。若无大事，很少到这慈宁宫里来。为何在这紧要关头突然来此？是察看动静？还是心有幡悟？她和玄烨对视一眼，坦然说道：“传康亲王进宫。”

杰书走进宫来，礼毕，向外招一下手，两个太监拎来两个礼盒，打开盒盖，是一个篦盖大小、雪白的肉馅大馒头，粉红的莲瓣围满四周，馒头顶部点一个圆圆的胭脂红；另一个用黄、绿、白三色珍珠串联而成的向日葵。太皇太后看过，这分明是在表示其“心向皇上，忠心不改”的心迹。呵呵一笑说：“康亲王别出心裁，忠心可嘉！”

“谢太皇太后夸奖。天色已晚，微臣告退。皇上、太皇太后，夏禾郁郁葱葱，小心蝼蝼蛄蚀根呶。若有差遣，杰书定效犬马之劳！”杰书说着退出门去。太皇太后看着他的背影，点了点头，自言自语地说：“迷途知返如疾风劲草，关键时刻能幡然醒悟，难得他一片忠心。”

“遏大人宫外候旨。”太监禀道。

“宣遏大人进宫。”太皇太后说。

遏必隆走进宫来，太皇太后赐座、赐茶。

太皇太后摆一下手说：“你们都下去吧。”太监、宫女匆匆退去。

太皇太后看着遏必隆拘拘束束的样子，微笑着说：“遏必隆啊，你女儿昭妃身居翊坤宫侍候皇上，去了君臣礼数，咱们是亲家，你不必这么拘谨。”

“是，是。”

“你们镶黄旗钮祜禄氏一族，对大清、对皇家忠心耿耿，舍己忘身。你家老四、老五、老七、老十五战死疆场，老六、老八、老十、老十一，还有你老幺十六，都是开疆拓土的战将功臣。你的父亲宏毅公额亦都大义灭亲，亲手杀死蛮横无理的二子达启。如此大忠大义，何人能及？”太皇太后激动地说。

遏必隆郑重答道：“奴才世代受皇家厚恩，当子子孙孙，没齿不忘。唯以忠心，仰答天恩！”

“知道你不会对皇上有异心，所以连夜召你进宫，事先向你通个消息。”太皇太后说。

遏必隆听到“异心”二字，心中大惊！慌忙离开座位，跪倒在地：“奴才对皇上忠心耿耿，如有二心，天打雷轰！”

“咯咯咯咯……”太皇太后笑着，突然绷起脸来，说：“如果有人要谋害皇上，你当如何？”

遏必隆突然抬起头来，瞪着眼睛说：“奴才就是拼了性命，也要将他置于死地！”

太皇太后点了点头，从抽屉里拿出一把短刀，递给遏必隆，说："这把短刀，你可曾见过？"

对这把华贵无比的宝刀，遏必隆再熟悉不过了。他脸色煞白："莫非是鳌……鳌公？"

"呵呵呵呵……"太皇太后冷笑着，"什么鳌公！他是罪大恶极的谋逆之人！"太皇太后说着，轻咳一声，进来一人。遏必隆一眼看出，正是侄儿、十哥伊尔登的长子、内大臣噶都。

"叔父，鳌拜欲图弑君谋反，是侄儿亲眼所见！"噶都瞪大眼睛说。

侄儿的话，惊出遏必隆一身冷汗……

"梁九功！"玄烨一声唤，梁九功弯腰进来："奴才在。"

"魏裔介，梁清标朕已传唤多时，为何还不进宫？"

"二人早已候在宫外，没有老佛爷和皇上的话，奴才……"

"快去，传他们进来。"

"嗻。"梁九功匆匆退去。

魏裔介、梁清标走进门来。礼毕，玄烨赐座。

"魏爱卿，为明日之事，朕连摇两卦，对卦象不甚明了，魏爱卿为朕详加释解，预测吉凶。"

"请皇上说出卦象。"魏裔介说。

"一为艮下坎上，一为坤下艮上。"

魏裔介说："一是艮下坎上，乃为蹇卦。坎为水，艮为山，其意为往来皆难，困难重重。以兵法论，若遇强敌，诱其离开巢穴，使其丧失优势，出其不意，将其置于死地。二是坤下艮上，乃为剥卦。艮为山，坤为地，其意为有所往则不利。以兵法论，对敌切勿穷追远袭要先围困而后歼之。蹇卦与《三十六计》之第十五计相合，剥卦与第二十二计相合。微臣观其卦象，皇上若举大事，宜先施调虎离山之计，而后则关门捉贼，方可一举成功！"

"魏爱卿精通预测之学，具有先知先觉之功，朕甚为钦佩！如果应验，朕以后必修此课！"玄烨高兴地说。

魏裔介不以为然："微臣并无先知先觉之功。只不过是研读《易经》之心得罢了。天地世间之万事万物，均为《易经》之五行八卦所囊括，其范围广阔无垠，其奥妙深不可测。裔介学问尚浅，仅知其十之一二，微不足道。"

岳乐说道："魏中堂过谦了。刚才所出二计，将如何运用，还望魏中堂为皇上指点迷津。"

"皇上乃九尊之体、百灵护身，天生睿智，心有灵犀。凭皇上之智慧，明日之事，虽有波折，皆可化险为夷，稳操胜券！如若不信，皇上已近盛年，气血充沛，请皇上将桌上骰子一掷，可见分晓。"魏裔介说。

玄烨兴致勃勃地来到桌前，顺手拿起六枚骰子，轻轻抛下。几人走到桌前，睁大眼睛看着。骰子蹦跳几下，稳稳当当地躺在桌上。

“看呀！一二三四五六，同花儿顺！……哈哈哈哈……”太皇太后一改以往的端庄矜持，竟像年轻人一样大笑起来，笑得那样开心，那样无拘无束。

玄烨却没有笑，他满面涨红，嘴唇紧闭，慢慢回到座位，好不容易定下心来，眨几下眼皮，忽而拿起一份奏折，走到皇玛嬷面前，凑到她的耳边，小声嘀咕了几句。太皇太后“咯咯”笑了两声，点了点头说：“皇上的事，皇上自己拿主意好了，玛嬷信得过！”

玄烨重新入座，端端肩膀，郑重说道：“遏必隆。”

“奴才在！”遏必隆慌忙起身。

“这是钦天监监副南怀仁奏请为汤若望平反昭雪的奏折。明日一早，你将此奏折送往鳌府，亲手递给鳌拜。就说朕已同意此请，明日祭天之后，便要下旨。鳌拜闻知，必定发怒，你就和他一起到乾清宫见朕。只要鳌拜走进宫门，你的使命即已完成，一切事体由朕处置！”

“嗻！”遏必隆接过奏折，退立一旁。

“梁清标。”

“微臣在。”梁清标连忙起身。

“朕封你为兵部尚书，即刻赴任。朕赐你御令金牌，密切注意满尚书噶褚哈动向，一有异动，立即擒拿！”

“嗻！”梁清标接过御令，退立一旁。

“噶都。”

“奴才在！”噶都快步上前，跪倒在地。

“明日一早，你接任御林军统帅一职，和梁尚书一起赶往兵部衙门，办理交接。紫禁城内外防务由你负责，有违令者，先斩后奏！如有半点差池，拿你是问！”

“奴才忠心护卫皇上，万死不辞！”噶都信誓旦旦。

“索额图、佟国纲。”

“奴才听命！”二人上前，双双跪地。

“你二人为九门提督、锐锋营统领，皇城安危均系二人之身，务必谨慎把守，做到万无一失！”玄烨道。

索额图抬头说道：“皇上，鳌拜之弟穆里玛早已秘密离京进关，恐他调遣关外军队，奔袭京城。城外锐锋营和九门护军兵力有限，祈望皇上加派军队，驻防城外，以防北援之敌来袭。”

“索额图不必担忧。朕早已遣内大臣噶布喇赶往直隶总督府，调遣保定、徐水、涿州驻军，驰援京城，明日一早方可到达。”玄烨神色安然，踌躇满志。

太皇太后瞅着孙儿，见他不急不躁，沉着自信，心中一阵欣喜，微笑着说：“古人有云：白云苍狗，百密一疏。意思是说：世事变幻莫测，瞬息万变，再周密的计划也会出现纰漏。明日之事，事关大清命运前途，一着不慎，满盘皆输！大家集思广益，务必细加斟酌，堵漏补遗，防患于未然。安亲王、魏爱卿，还有各位，直说无妨。”

安亲王看了看身旁皱眉沉思的魏裔介，说：“魏中堂足智多谋，又精于用兵之道，为稳操胜券，还是你来说吧！”

魏裔介站起身来，躬身说道：“臣以为，不战则已，战则必胜。百足之虫，死而不僵。鳌拜党羽甚多，除恶务尽，必须斩草除根，不留后患。鳌拜心性狡诈，诡计多端，必须小心谨慎，严加提防！以臣之见，慈宁宫亦为要害之地，鳌拜极有可能派兵侵袭，请皇上派遣精兵强将把守宫门，敌人胆敢进犯，定斩不饶！”

魏裔介看了看正襟危坐的安亲王，接着说道：“安亲王，以臣之见，安王府也要加强戒备，以防万一。”

“魏爱卿说得对！”太皇太后高兴地说，“以我看哪，为防万一，安亲王的家眷老小，今晚就搬到慈宁宫来住，也免得宫内冷冷清清。安亲王明日一早，带二百亲兵，召集诸亲王、郡王、贝勒到中和殿，见机行事，擒拿德赛、兰布等人，鳌拜死党，一个不留！”

太皇太后端起茶盏，慢慢呷了两口茶，笑着说：“说到慈宁宫，我看不如这样，让魏爱卿夫妇一起进宫，陪我品茶、下棋、聊天，也省得我寂寞无聊。至于防卫嘛，也不需要什么重兵把守，只派王国顺带上他的大小徒弟们过来，加上宫内亲兵，就足够了！只要有王国顺父女在我身边护着，我还怕他们几个虾兵蟹将不成？”太皇太后说完，先自笑了……

慈宁宫内的灯火，彻夜通明。

旭日东升，霞光千道，照亮了万里晴空，映红了宫殿楼阙。

五凤楼上的卫兵打着眼罩，大远地看到两顶官轿进了端门，风风火火地朝午门这边走来。两名侍卫急急下楼，向紫禁城内匆匆跑去。

轿子走到午门口停下，鳌拜、遏必隆各自下轿，鳌拜一双鹰眼，四下张望，见无异常动静，便放下心来。二人进午门左拐，出熙和门，过虹桥，径直向里走去。

鳌拜病态全无，快走如飞，遏必隆紧追慢赶，却被落下老远。鳌拜边走边想：遏必隆来得真是凑巧，自己本想和他一起进宫，逼玄烨退位，可他拿来了南怀仁的奏折，这下更好，进宫便有了说辞。好在四下早已准备停当，关外兵马辰时便可到达城外。这个南怀仁胆大包天，竟敢为汤若望喊冤，要求平反。玄烨竟要下旨，准其奏请，这还了得？这不翻了天吗？看来逼宫这条路真是走对了，不然的话，后果可就惨了……

鳌拜一路想着，不觉过了崇楼。鳌拜放慢脚步，和遏必隆一起走进隆宗门，来到乾清门前。见两扇大门敞开，只有两名亲兵把守，鳌拜悬着的心，慢慢放了下来，迈上玉阶，向里走去。顺着御路，来到乾清宫的玉阶下，抬头观望：宫门紧闭，几名侍卫和往常一样，在宫门前的月台上走来走去，并无戒备之态。宫门内传出了布库们摔跤打斗的声音，还听到了玄烨的笑声。鳌拜紧皱的灰眉舒展了，紧闭的嘴唇松开了，露出了一嘴白牙，露出了一丝冷笑。

梁九功从乾清宫侧门走出，见鳌拜和遏必隆立在阶下，匆匆走下玉阶，来到二人面前。

“不知二位大人驾到，失敬失敬。小的这就去向皇上禀报。”梁九功说着，转身要上台阶。

“站住！”鳌拜一声低喝，梁九功停住脚步，转过身来，见鳌拜阴沉着脸，忙说：“鳌大人有何吩咐？”

“这般时候了，为何紧闭宫门？”鳌拜问。

“皇上在和布库们摔跤，不愿让外人看见，所以……”

“怎么说话呢，我是外人吗？皇上整天玩耍打斗，他就不怕耽误了朝政？”鳌拜瞪着眼说。

“二位大人稍等，我这就去禀报。”梁九功说着，快步走上玉阶，立在宫门外，大声说道，“禀皇上，鳌大人、遏大人宫外求见！”

“朕今日不见下臣，让他们回去，明日再来！”宫内传出皇上的声音。

梁九功回头看看怒目而视的鳌拜，接着说道：“鳌大人有要事求见皇上，已在宫外等候多时了。”

沉重的宫门“吱扭扭”打开，玄烨一身布库打扮，挺立在宫门内，眯着眼睛说：“传他们进来吧。”

鳌拜、遏必隆拾阶而上，走进宫门。两个布库过去，将宫门紧紧关上，并上了门闩。

鳌拜环视四周，见玄烨坐上御座，佟国维、尚之信立在玄烨两旁，十几个威风凛凛的布库将鳌拜围在中间，背手叉腿，怒目而立。鳌拜心想：自己确实小看了玄烨，原来他早有准备！不过，单凭你身边的几个侍卫和布库，就能制得了我鳌拜？哼哼，笑话！鳌拜轻蔑地一笑，鼻子里“哼”了一声，扭头看去，却不见了遏必隆。这个胆小怕事的家伙！鳌拜心里骂着，向前迈了一步，质问玄烨：

“皇上接见大臣，却紧闭宫门，这是哪朝的规矩？皇上想干什么？”

“这乾清宫是历代皇朝议政之地，在此摔跤打斗，有违朝规，朕只不过不想让别人知道罢了。鳌卿傅，你二人急着进宫见朕，说有要事求见，那就说出来，让朕听听。”玄烨说。

鳌拜也不下跪，挺身直立，继续质问皇上：“鳌拜听说南怀仁奏请……”

“鳌拜，你作为辅政大臣，为何不行君臣之礼？”玄烨横眉冷对，打断了鳌拜的话。

鳌拜狠狠瞪了玄烨一眼，弯膝跪倒，继续说道：“南怀仁奏请皇上，要推翻天算案，为汤若望平反，听说皇上准其奏请，并要下旨，为汤若望昭雪，可有此事？”

“杨光先、吴明煊任职钦天监后，以《大统术》治历，节气不应，舛误层出。杨光先以‘身染风疾，不能管理’为由，卧病不起。起用南怀仁后，仍沿用汤若望的西洋历法，制历准确，从无误差。由此可见，杨光先对汤若望的控诉纯属诬告，致使汤若望含冤而死。有误必纠，有冤必申，为汤玛法平反有何不妥？”玄烨义正词严。

“皇上悖逆祖制，将先皇遗诏置之脑后，崇儒亲汉不说，还称汤夷为玛法，视洋人为神圣。你身为一国之君，任性贪玩，沉迷于布库之戏，不顾朝政，恣意胡为，我看这大清江山就要毁在你的手里！”鳌拜越说越气，浑身发抖。

玄烨强压火气，低声质问：“你想怎样？”

鳌拜，怒视玄烨，一字一顿地说：

“鳌拜恳请皇上禅位！”

鳌拜的一句话，声震大殿，众人皆惊！

“哈哈哈哈！……”玄烨仰天大笑。鳌拜所为，早在玄烨意料之中。他低下头来，直视鳌拜，问道：“你是来逼宫的吧！你就不怕朕治你谋反之罪，要了你的性命？”

鳌拜“嘿嘿”一笑说：“怕？怕就不来了！老夫南征北战，东拼西杀，攻城陷阵，杀敌无数，何曾有过怕字！老夫今日所为，都是为了大清帝国的江山社稷。”

“哼哼，你让朕禅位，是想让朕将这大清江山拱手让给你鳌拜？”玄烨冷笑着说。

“不！我鳌拜对大清忠心不渝，只为臣子。至于皇位，鳌拜从无奢求！”

“朕若禅让皇位，谁来继承？”

鳌拜的眼球转动几下，瞪一眼玄烨，狠狠地说：“即位之选，自有王大臣会议公决！你尽可与布库们任意玩耍打斗，朝中之事，以后不劳你来费心！”

玄烨笑了笑说：“朕若不依，你该当如何？”

“嘿嘿！你若执意不从，那就休怪鳌拜无礼，老夫要实施兵谏，逼你退位！现在关外两万八旗精兵已将京城团团包围；兵部大衙、御林军、善扑营都在我的掌控之中；你的叔父、对你忠贞不贰的安亲王岳乐，恐怕此时已成刀下之鬼；就连太皇太后也在我的监控之中！老夫劝你，还是乖乖就范，让出皇位，免受兵乱之苦！”

“混账东西！”玄烨厉声质问，“你也不拍拍胸脯想想，当年先皇对你是如何重用，将你由一等侯晋二等公，赐你两次免死，命你为领侍卫内大臣、议政大臣，并在临终前加封你为辅政大臣。可现在你却恩将仇报，公然谋反，你怎对得起先帝、怎对得起列祖列宗、怎对得起天下？你今天又来逼宫，左一个‘禅位’，右一个‘兵谏’，如此叛逆之举，你的忠心何在？”

鳌拜皱皱眉头，愤愤说道：“想当年，老夫为了夺取大清天下，浴血疆场，九死一生；如今为保大清基业，舍生忘死，冒死直谏。皇上，你说我鳌拜是忠，还是不忠？这些年来，你悖逆祖制，尊儒亲汉，让祖宗蒙羞，让八旗受辱，是你对不起列祖列宗，对不起先帝，对不起天下！”

“一派胡言！”玄烨怒不可遏，“你当着朕的面，说出了这么多叛逆之言，还有什么脸面把忠义二字挂在嘴边？你着实是个胆大妄为，不忠不义的逆贼！”

“皇上，你认为我这么做，是我一人所为吗？就连王爷贝勒也都认为皇上你无德无能，都赞成皇上禅位。众怒难犯，老夫劝你还是让出皇位，免得……”

“住口！……”玄烨大喝一声，猛然站起，怒视鳌拜……

噶都和梁清标遵照皇上密旨，带领二十名亲兵，一大早就赶到兵部大衙。两名兵部职官将二人领进尚书公堂，亲兵们却被挡在门外。二人走进房门，堂内却空无一人。二人正在犹豫，从侧门窜出十几名持刀卫兵，将二人团团围住。噶都见势不妙，抽出腰刀，刀光闪处，两名卫兵应声倒下。梁清标从地上拾起一把钢刀，奋力自卫。卫兵们疾步上前，挥刀便砍；噶都揉身直上，挥刀相迎，前突后挡，左劈右剁，几名卫兵中刀身亡。其余卫兵连连后退，不敢上前。噶都和梁清标背靠着背，握刀而立，严阵以待。

院内待命的亲兵听到堂内兵刃碰撞的声音，情知不妙。刚要冲入，不料大院四周，突然涌上一百多名手握钢刀的丁勇，将亲兵围在中间。亲兵握刀对峙，丁勇步步紧逼。亲兵头目一声大喝，亲兵们举刀相拼，几个丁勇倒下。丁勇们挥刀齐上，亲兵们奋力拼杀。丁勇人多势众，亲兵纷纷倒在丁勇的刀枪之下……

“呵呵呵呵……”随着一阵阴阴的笑声，卓布泰和噶褚哈一前一后，从公堂内的侧门走出。

“你们有几个脑袋,竟敢携带利刃，带领众兵，擅闯兵部大衙！”噶褚哈对二人大声呵斥。

“大胆噶褚哈！我和梁尚书带有皇上旨令，你们唆使卫兵，刺杀皇上钦差，你们要造反吗？”噶都怒不可遏！

卓布泰朝卫兵使个眼色，卫兵上前，从二人怀中掏出两份文件，呈上。噶褚哈接过文件，看了两眼，“噌噌”两下，将文件撕得粉碎，扔在地上，“嘿嘿”一笑说：“什么皇上！恐怕他早已成为鳌大人的阶下之囚了。”噶褚哈说着，脸色一沉，大声命道：“给我拿下！”

噶都刚要举刀，卫兵们一拥而上。噶都单刀落地，二人终被生擒……

中和殿的会议大厅内，王公大臣、贝勒、贝子陆续赶到，大家各就各位。厅内响起了火镰的“嚓嚓”声，顿时烟雾弥漫，咳声不断。人们各怀心态，吸着闷烟，默不作声。

坐在主位的岳乐和杰书对视一眼，岳乐说道：

“各位，本王奉皇上旨意，召集大家到此，向各位传达皇上口谕：辅政大臣鳌拜，居功自傲，横行霸道，欺君犯上……”

“住口！”德赛一拍桌子，立起身来，手指岳乐，大声说道：“安亲王，你少在这里装模作样，用皇上口谕来吓唬谁呀！”德赛扭过头来，说，“各位王爷、贝勒，趁此机会，本王也要宣布一件事情，那就是在座各位联名上疏，请皇上退位！”

德赛的话，使在座的人瞠目结舌，惊愕万分。德赛接着说：“当今皇上，年幼无知，贪图玩乐，违背先皇遗诏，悖弃祖规祖制，不顾满洲八旗利益，恣意胡为，一意孤行，任此下去，大清危矣！在座的都是大清的忠臣卫士，不能眼瞅着来之不易的大清基业毁于一旦！”

“大胆德赛！你在此猖狂无忌，口出妄言，你想谋反不成？”岳乐满面怒容，挺身而出，走到德赛面前，大声呵斥。

德赛冷笑一声，说：“谋反？什么谋反！在座的谁人不知，原本坐这皇位的就不该是他玄烨，大清皇帝应是康亲王……”

“你……你竟敢在此胡说八道，诬蔑本王！……”杰书怒气冲天，几步冲到德赛身边。

“德赛，你已犯下谋反之罪，还不就此罢手，束手就擒！”岳乐横眉冷对，怒斥德赛。

德赛说：“岳乐，你身为亲王，却背弃祖训，纠结汉臣，纵容皇上，背满亲汉，无恶不作！你才是犯下弥天大罪的逆臣！来呀，给我将岳乐绑了！……”

“你敢！”显亲王富绶大喝一声，几步抢到德赛面前，呵斥道：“德赛，你和鳌拜串通一气，狼狈为奸，残害忠良，坏事干尽。如今又要鼓动谋反，又要加害安亲王，你罪恶滔天，本王岂能饶你？”富绶说着，伸手抓住了德赛的脖领。

“对！德赛早有反心，还不杀了这个罪大恶极的叛贼！”庄亲王博果铎举着拳头，大声说道。

“杀了他，杀了他！……”郡王、贝勒们举起拳头，呼喊着。

兰布猛然起身，想为德赛说几句话，扭转局势，可他看到一个个激愤的面孔，心知局面已是不可逆转，叹一口气，慢慢坐了下来。

杰书抽出腰间短刀，咬紧牙关，一刀刺进德赛后心。德赛惨叫一声，慢慢扭过头来，怒视杰书，抬起右手，指着杰书说："你……你……"德赛说着，口中喷出鲜血，瞪着双眼，直挺挺地倒下,一命呜呼。

东直门外，是锐锋营的宿营地。一座座白色帐篷散布在丘陵之间，佟国纲头戴铁盔，身披斗篷，站在土岗上，翘首远望。兵士们手握刀枪，随时准备出击。城门楼上，士卒们刀出鞘，箭上弦，严阵以待。索额图威风凛凛，注视着远方。

远处的大道上，一溜狼烟泛起，一眼望不到边的兵马长队，急匆匆地向城门奔来。

两匹战马跑到城门楼前，骑在马上的穆里玛和一位将军猛勒马缰，战马一阵嘶鸣，停在那里。

佟国纲一声令下，兵士们冲上前去，将他们团团围住。

穆里玛看一眼佟国纲，冷笑一声，抬头喊道："城楼上的兵将听着，关外图大将军有紧急军情，要进城面见圣上，请马上打开城门！"

索额图大声说道："皇上有旨，没有手谕，无论何人，均不得进城！"

穆里玛说："我手中有兵部令牌，又有鳌大人密令，军情紧急，不可延误！"

"没有皇上手谕，要我放你们进城，休想！"索额图说。

"就凭你们几百锐锋营，就能挡得住我的八千将士？本将军奉鳌大人之命，进城兵谏，要是误了大事，小心你的性命！"图尔加恶狠狠地说。

佟国纲大喝一声，喊道："鳌拜企图谋反，已被皇上拿下，你们若是缴械投降，本将免你不死！"

"废话！小的们，给我冲！"图尔加命道。

佟国纲带领兵士，横刀立枪，护住城门。图尔加指挥士卒，将锐锋营紧紧围住，一阵厮杀，锐锋营兵士奋力抵挡，终因敌我兵力悬殊，死伤无数，节节败退，佟国纲被擒。

图尔加命士卒抬来大粗圆木，猛撞城门。随着沉闷的撞击声，城门"吱呀"作响，两道门闩被撞折一根，眼看城门将被撞开……

在这万分危急之时，远处传来了疾驰的马蹄声和兵士的呐喊声，抬头望去，成千上万的兵马，铺天盖地地杀来。

索额图从兵士的手里夺过弓箭，拉满弓弦，一支飞箭带着"嗖嗖"风声，刺中了图尔加的咽喉，图尔加一声没吭，滚落马下，当即毙命。索额图又射一箭，命中穆里玛左臂，穆里玛大叫一声，落下马来。

佟国纲奋力挣脱绳索，从士卒手中夺过钢刀，跳上土岗，大声喊道：“关外的士兵弟兄们，图尔加欲图谋反，索提督为国除奸，已将他射死。皇上援军已到，你们还不快快缴械投降！”

关外士卒纷纷丢弃刀枪，举手投降……

慈宁门大门敞开，门内的角落里、院内的花丛中，刀光闪烁，到处隐蔽着侍卫和亲兵。

慈宁宫内，王萱儿和乌兰饶有兴致地摆弄着一株鲜花盛开、喷香吐馥的白茉莉；巴尔泰和王国顺坐在茶几两旁，悠闲地饮茶聊天；魏裔介陪着太皇太后，一边说话，一边下棋；慈宁宫总管太监李谙达，垂手躬立一旁，全神贯注地注视着棋盘。

“听大臣们说，汉臣中，除了范爱卿能和你杀个平局，其他人都不是你的对手。如此看来，我也要小心应对了。不过，围棋不欺，你可不要故意谦让哦。”太皇太后一边说着，抬手放上一枚白子。

“太皇太后过誉了。棋局如战局，稍有不慎，满盘皆输。太皇太后棋艺精湛，无人可比，微臣专心致志，唯恐败下阵来，哪敢有半点疏漏？至于谦让，太皇太后未免过于抬举微臣了。”魏裔介说着，从子钵里取出一枚黑子，拿在手中。

棋盘上，黑子攻势猛烈，白子左注，黑子左挡；白子右填，黑子右堵，几乎不给白子的喘息机会。太皇太后看着自己出师不利的棋局，思考着对策……

突然，兵部密探慌慌张张，进宫禀报：“太皇太后，大事不好！”

“慌什么，慢慢说。”太皇太后手里搓着棋子，镇静地说。

“启禀太皇太后，噶大人和梁大人一进兵部尚书公堂，便被噶褚哈和卓布泰擒住，所带护兵死伤过半！”

“知道了，退下吧。”太皇太后说着，将一枚白子放上棋盘。

又一名探子跑进宫门，倒身便跪，大声禀报：“启禀太皇太后，关外兵马已到城外，锐锋营将士拼死抵挡，寡不敌众，统领佟国纲被擒，敌军来势凶猛，正在攻城，情况万分危急。”

“直隶援军还没到吗？”魏裔介问。

“闹吧！让他们闹够了，援军必到！咱们操的什么心？魏爱卿，该你走了……”太皇太后不慌不忙地说。

突然，宫外传来了“嘁哩喀喳”的刀枪碰撞声。王国顺飞身一纵，跳到窗前，一个虎跃，飞出窗外。王萱儿箭步出宫，脚尖点地，一个小翻，腾空而起，稳稳当当落在父亲右首，父女俩并肩而立。

慈宁宫的侍卫亲兵纷纷出手，没有几个回合，就将几十名鳌府的家将护兵制服。苏尔马见王国顺紧攥双拳，铁塔似的站在自己面前，使他心惊肉跳。王国顺的武功他是再清楚不过了。他心里发虚，又不得不战，牙关一咬，一个“黑虎掏心”，双掌齐出，直取王国顺前胸。王国顺就势一蹲，一个“天王托塔”，顺势抓住苏尔马的腰带，将他举过头顶，旋转两圈，“嘿”得一声，将他甩出，“扑通”一声响，苏尔马被重重地摔在地上。

外面的激战结束，宫内的对弈仍在进行。太皇太后面对黑子的长驱直入，泰然处之。先在黑子攻势最凌厉的地方，注入几个关键的白子，挡住了黑子的进逼。随后，她左放一子，右挡一子，随心所欲，毫无章法。魏裔介对太皇太后的招数感到莫名其妙，无法应对,一时乱了阵脚……

乾清宫内，硝烟弥漫，剑拔弩张。

玄烨看着眼前穷凶极恶的鳌拜，嘴唇颤动，痛苦地闭上了眼睛。盛怒之下，心中又一阵阵发寒。他沉痛而无奈地说：“朕亲政之后，让你继续辅政，本打算你能为朕尽心竭力，忠心保国。可你却居功自傲，横行无忌，广植党羽，胡作非为。朕念你为三代老臣，军功卓著，曾多次给你机会，本以为你能幡然醒悟，悬崖勒马痛改前非。朕之良苦用心，你却茫然不知。不但不改过自新，反而变本加厉，闯宫逼宫，网络同党，逼朕退位。是可忍，孰不可忍？朕岂能饶你！事到如今，你就怪不得朕了，一切都是你咎由自取！自作孽，不可活！”

鳌拜冷笑一声说：“皇上，还啰嗦什么？老夫知你心智过人，深藏不露，对我鳌拜早有提防。那好吧！你有什么本事，统统拿出来吧！我鳌拜矢志不移，誓死奉陪！”

御前侍卫佟国维、陈奎、和托、尚之信，握刀护在皇上身边。玄烨挥一下手，十几个大小布库一拥而上，齐战鳌拜。鳌拜哪里把他们放在眼里？一双钵大的拳头迅雷般冲出，布库们个个身着重拳，纷纷倒地。鳌拜心稳气宁，用手轻轻掸去袖子上的尘土，嘴角露出轻蔑的冷笑。心里说：“老子陪你们玩儿玩儿！”

“操刀！”陈奎命道。

布库们取出“小神锋”，六人一拨，轮番攻上。刀光闪处，鳌拜闪展腾挪，从容应对。一名小布库欺到鳌拜近前，跃身而起，挥刀向鳌拜面部砍去，鳌拜手疾眼快，头部回缩，只觉一股冷风扑面而来，一道寒光擦脸而过，刀锋过处，一缕胡须落下。与此同时，鳌拜一掌击出，小布库胸部中掌，平身飞出一丈多远。

鳌拜见自己胡须被刀削去，惊愕之余，怒火升腾，大叫一声，气运全身，拳掌并发，痛下杀手。布库们接连受伤，败下阵来。第二拨挥刀齐上，鳌拜左掌右拳，一阵猛击，六名布库都被击中，趴在地上，呻吟不止。第三拨冲出，挥刀向鳌拜砍去。鳌拜杀得性起，猛拳重掌，腿脚并用。布库们的手腕纷纷中掌，宝刀“叮当”落地。鳌拜出招狠辣，被击中者，轻则腿折臂断，重则口吐鲜血，一命呜呼！

四名御前侍卫看着倒在地上，痛苦不迭的布库们，心里一阵紧张。杀红了眼的鳌拜，额头青筋凸起，腮边剧烈颤抖，攥着拳头，一步步向玄烨逼来……

"哐！哐！哐！……"砸门声骤然响起，宫门剧烈颤动。宫内的人顿时大惊，个个屏住呼吸，细听宫外动静。

门外传来了卓布泰的叫声："兄长，我和噶大人带领御林军前来接应，现在紫禁城内外都是我们的人。快快开门，我来助你一臂之力！"

"退下！"鳌拜大声呵斥，"宫内之事，我鳌拜一人便可拿下，岂用你来多事？你们守住宫门即可！"

鳌拜转过脸来，唾一口唾沫说："玄烨，你的大势已去，老夫再劝你一句，还是乖乖就范，免得……"

"闭嘴！"玄烨怒视鳌拜，高声呵叱，"鳌拜，你死到临头，竟敢口吐狂言，给我拿下！"

佟国维、和托、尚之信飞身冲下玉阶，挥刀齐上，围住鳌拜，一阵砍杀。鳌拜慢慢后退，瞅一空当，伸手一掌，剋向和托右腕，和托"哎哟"一声，手腕断裂，宝刀"叮当"落地。佟国维和尚之信挥刀砍下，鳌拜就势缩身，躲过尚之信的一刀，猛然伸出左拳，猛击佟国维右臂，佟国维右臂中拳，拿握不住，宝刀落地。鳌拜蓦然蹲身，一个"扫堂腿"扫出，佟国维上身不稳，仰面朝天，倒在地上。尚之信大吼一声，飞身跃起，刀尖直指鳌拜面门。鳌拜骤然旋身，躲过致命一击，就势伸出双手，抓住尚之信的脚踝，用力一扯，尚之信的整个身子旋转起来，鳌拜猛一撒手，尚之信身体飞出，摔在地上。

鳌拜连克数敌，面不改色，气不发喘，拍拍双手，扭脸瞅着陈奎。好像在说："小子，就剩下你一个了，识相点，靠边站吧！"

陈奎看着玄烨，玄烨点点头。陈奎收腹弯膝，一个"虎跳"翻出，眼看就要落在鳌拜面前，鳌拜收回右臂，猛力出拳。谁料在即将落地的一刹那，陈奎脚尖点地，二次腾空跃起，一个"燕子点水"，身子轻轻落在鳌拜身后，气运双掌，狠狠地向鳌拜后心拍去。鳌拜见对手一晃即没，收拳不住，背后又遭重掌袭击，身体猛然前倾，鳌拜"噌噌噌"向前踉跄几步，险些摔倒。

鳌拜立稳脚跟，倏然转身，注视着眼前的对手。陈奎矫捷的轻功和沉重的掌力，使鳌拜着实吃惊不小：难怪皇上选他作了贴身侍卫，功夫还算可以。哼哼，偏偏遇着老夫，我让你筋断骨裂！

陈奎疾步上前，挥拳打来，鳌拜奋臂相迎，频频出手。陈奎出腿横扫，鳌拜跃身躲过，顺势一个"旋风脚"，直踢陈奎下身。陈奎旋身避过，揉身直上，跃过鳌拜头顶，一招"金莲击水"，脚尖踢出，正中鳌拜眉心。鳌拜疼痛难忍，"哇哇"大叫，几步冲上前去，左拳虚晃一下，右掌疾出，一招"力推华山"，直击陈奎前胸。陈奎伸掌接住，只觉一股劲力袭来，右臂剧痛，胸口憋闷，不禁后退一步。鳌拜跨步上前，双掌齐发，击在陈奎前胸。陈奎倒退几步，倒在地上。

恰在这时，宫外一阵躁动，紧接着，传来了士卒的喊杀声和兵器的碰撞声。

鳌拜看了看躺在地上的布库和侍卫，又看了看呆立一旁的玄烨，心里一阵狂喜。鳌拜心想：玄烨已是囊中之物，大清的江山又回到了我鳌拜的掌控之中！

“哈哈哈哈……”鳌拜狂笑着，拳头攥得“嘎嘎”响，一步步向玄烨逼去。

玄烨怒视着慢慢逼近的鳌拜，脑门上豆大的汗珠淌下，一步一步向后退着……

鳌拜离玄烨越来越近，鳌拜眼睛里闪出凶光，一只大手向玄烨抓去……

“住手！”一声闷雷似的怒喝，使鳌拜大吃一惊。竟像木桩似的戳在那里，一动不动。

玄烨蓦然回首，见王国顺铁塔似的站在偏殿侧门外。玄烨来不及多想，趁鳌拜愣神的一刹那间，伸出右腿，狠命向鳌拜的小腹踢去。鳌拜毫无防备，“嗯呀”一声，向后退去。

鳌拜收住脚步，倏然转身，见王国顺已经站在自己面前，心里“咯噔”一下，先自凉了半截：想当年，先帝塞外狩猎，自己曾与他交手，他的功力绝不在自己之下！眼瞅着胜券在握，偏偏遇上了他！一不做，二不休，只有以死相拼了！

鳌拜脱下朝服，摘掉朝冠，统统扔在一边，又将辫子盘起，攥紧拳头，怒视对方，要与王国顺决一死战！

王国顺神态自若，不慌不忙，双膝微曲，气沉丹田，双掌下压，力贯双臂。

鳌拜冲前一步，又一招“力推华山”，双掌齐发，一股强劲的内力，裹带着“呼呼”风声，向王国顺的胸口逼来。王国顺不躲不避，伸出双手，迎掌而上，四掌相碰，双方都把内力集于掌上，暗自运气，力发掌心，内力的较量在不声不响中进行。

鳌拜的臂膀开始发抖，一股锐不可当的内力通过双臂，慢慢逼向自己的胸口。鳌拜大喝一声，猛力推掌，双掌离开。二人猝然后退几步，立在那里。

王国顺感到双臂发麻，对鳌拜深厚的内功，暗自佩服。鳌拜臂膀酸痛，胸口憋闷，呼呼喘着粗气。瞅着气色如常、四平八稳的敌手，心里一阵阵发毛。

王国顺不给鳌拜喘息机会，疾步如飞，腾空跃起，一招“采和点浪”，两脚猛击鳌拜额头。鳌拜眼冒金星，无法还手，立身不稳，仰面倒地。王国顺从空落下，顺势收回双臂，猛推双掌，击向鳌拜前胸。鳌拜手疾眼快，气运双臂，一招“天王托塔”，双掌推出，力大无比，王国顺前胸受掌，身体腾空而起，王国顺空中一个“鹞子翻身”，稳稳当当落在地上。王国顺按一下胸口，一阵剧痛向他袭来。

鳌拜纵身跃起，见王国顺双脚落地，步态沉稳，心中不免发慌：自己刚才用尽全力，猛推一掌，少说也有千斤之力，一般人必定心肺俱裂，小命休矣。可他却心平气宁，四平八稳。一种从未有过的恐惧，掠过鳌拜的心头……

“哐哐哐……”激烈的砸门声又在响起，门外的嘈杂声越来越大。倒在地上的布库和侍卫，瞪起眼睛，静听着外面的动静。

鳌拜横下一条心，胜败在此一举，他顺手从地上抄起一把刀，要与王国顺决一死战！

“接刀！”陈奎喊着，将御赐宝刀“大神锋”抛出，王国顺伸手接过，握刀在手。

鳌拜疾步上前，挥刀向王国顺杀来。王国顺不急不躁，沉着应敌，一路凌厉的王家刀法使出，刀光闪烁，“呼呼”生风。鳌拜渐渐处于劣势，眨眼之间，只听“当啷”一声，鳌拜手中的钢刀落地，心中一凛，大感不妙！

王国顺将宝刀放在地上，搓搓掌，气运周身，一个箭步上前，欺到鳌拜近前，虚晃一招，躲过鳌拜一拳，倏然蹲身，右掌用力击向鳌拜软肋，鳌拜“咳呀”一声，强忍剧痛，又出一拳，被王国顺左掌拨开，王国顺腾出右掌，使出全力，向鳌拜心口击去！随着一声闷响，鳌拜仰身向后退去……

一道白光闪过，小布库飞身跃到鳌拜身后，揪住鳌拜的辫子猛力一拽，“噗通”一声响，鳌拜重重摔在地上。说时迟那时快，陈奎从地上一跃而起，飞身上前，弯起右臂，抬肘磕向鳌拜心窝。鳌拜嚎叫一声，鲜血从口中喷出……

“哐当”一声响，宫门被撞开。侍卫和布库们冲到皇上跟前，持刀护在皇上周围。王国顺和陈奎冲到门前，准备迎战来敌。

第一个冲进来的是九门提督索额图。紧接着，锐锋营统领佟国纲、直隶大将军济图也冲进门来，见鳌拜被擒，皇上安然无恙，都放下心来。几人慌忙跪倒，向皇上叩拜：“奴才救驾来迟，请皇上赐罪！”

“众位爱卿，你们各司其职，何罪之有？快快平身！”玄烨余惊未消，激动地说。

说话间，众将士将卓布泰、苏尔马、噶褚哈等人押进宫来。他们见皇上神态安详，端坐龙椅，又见鳌拜满脸是血，跪在地上，他们就像霜打了的黄瓜，一个个瘫软在地。

原来，关外军队投降后，索额图听到卓布泰和噶褚哈带领御林军冲进乾清宫的消息，便和直隶的增援部队、佟国纲的锐锋营、九门护军一起，浩浩荡荡，赶赴乾清宫救驾……

鳌拜看着自己的兄弟、亲信都被玄烨所擒，一声长叹，万念俱灰，慢慢地低下了头……

慈宁宫内，一盘围棋，鏖战正激。太皇太后见黑子攻势凌厉，步步紧逼，突然改变棋路，左放一子，右挡一子，东堵西闯，好似乱了章法。黑子穷于应付，不知所以。太皇太后接连注子，局势渐趋明朗，他的白子已相互接应，将黑子分割开来，使黑子顾头不能顾尾，前后左右呼应不上。更糟糕的是牵一发而动全身的西北角，恰恰是黑子最薄弱的地方。黑子为了挽回败局，急忙经营活眼，但是为时已晚，黑子败局已定。

魏裔介将手中的黑子放入钵内，搓搓手说："太皇太后数招之下扭转乾坤，败中取胜，果然棋法非凡，微臣自愧不如。"

"魏爱卿名为走棋，实为观棋。棋局如战局，白子不胜，难道拱手让给黑子不成？咹？"太皇太后诙谐而郑重地说。

李谙达匆匆跑进宫来，走到太皇太后面前，激动地说："皇上赢了，皇上赢了！"

太皇太后慢慢转过脸来，绷着脸说："不对！什么皇上赢了？皇上从不服输，分明是大清赢了！"太皇太后说完，看一眼对面的魏裔介，二人开心地笑了……

鳌拜谋反一案，案情重大，涉案人等三十余人。皇上下旨，命议政王大臣勘审此案，并列举鳌拜罪状：

一，徇情补用官员，通同结党，以欺朕躬；二，于朕前办事不求当理，稍有拂意之处，即将部臣叱喝；三，引见时在朕前施威振众，高声喝问；四，科道官员条奏，鳌拜屡请禁止，恐身干物议，闭塞言路；五，文武各官，尽出其门下，内外用其奸党，大失天下之望；六，凡事在家定议，然后施行，且将部院衙门各官于启奏后常带往商议；七，倚仗凶恶，弃毁国典，与其相好者荐拔之，不相好者陷害之。鳌拜上违君父重托，下则残害生民，种种恶迹，难以枚举。

康亲王杰书遵旨领审，勘问鳌拜罪状三十条，依大清刑律，议处鳌拜革职立斩；其子侄、兄弟立斩；妻、孙为奴，家产籍没。勘问遏必隆罪状十二条，认为其欺君误国，审问时不以实供，将一应罪行尽行推诿于苏克萨哈、鳌拜，单称自己软弱不能劝阻，议处遏必隆革职立绞，妻子为奴。勘问班布尔善罪状二十一条，议其立绞，妻子为奴。议处卓布泰、穆里玛、苏尔马、塞本得凌迟；吏部尚书阿思哈、兵部尚书噶褚哈、户部尚书马迩赛、吏部侍郎泰必图、内大臣巴哈立斩；鳌拜之子那摩佛、侄讷莫、佛伦以及党羽希福、阿林、刘之源、刘光、插器、阿南达、布达礼、济世、迈音达、吴格赛、额尔德黑、郭尔浑等立绞，妻子为奴，家产籍没。马迩赛已故，抛尸示众。

岳乐和杰书将议政王大臣议案上奏皇上，皇上亲览，不置可否。又亲临刑部大牢召见鳌拜，并面加鞫问。鳌拜自知罪恶深重，希冀免死，恳请皇上看其当年为救太宗皇帝所留伤疤。玄烨凝视良久，一言未发。

玄烨回到乾清宫上书房，时而来回踱步，时而托腮沉思。后命梁九功传魏裔介进宫议事。

魏裔介进宫后，玄烨赐其文房四宝，玄烨口述谕旨，魏裔介奋笔疾书：

> 鳌拜罪情重大，本当依议处分，但念鳌拜累朝效力年久，且皇考曾经倚任，朕不容加诛，姑从宽免死，革职籍没，仍行拘禁。子那摩佛、侄讷莫、佛伦、婿赖虎等处斩，妻子为奴……

翌日，圣旨颁布，告谕天下。举国称庆，万民欢腾！当日午后，鳌拜长号一声，鲜血从口中喷出，猝然倒地，一命呜呼！

鳌拜死后，玄烨总揽朝廷大权，励精图治，关注民生。宣布永远停止圈地。平反明史案、天算案，为汤若望、苏纳海、朱昌祚、王登联等昭雪。鼓励百官上疏言事，并重用汉臣，消除满高汉低之定策，满汉官员若职掌相同，则品级划一。开博学鸿儒科，以程朱理学为必修之课。招揽天下有才之士，不拘一格选拔真才。以天下百姓为重，承诺永不加赋。并在乾清宫柱子上写下“河务”、“漕运”四字，作为首要解民所困之事。一时之间，海内升平，天下大治！

# 四七、主考会试

流年似水，转眼到了康熙九年。春暖花开，万物复苏。

二月初五，皇上视朝。文武百官齐聚乾清宫，纷纷出班奏请。

工部侍郎罗多奏道："微臣奉旨督修卢沟桥，现已竣工告成，请皇上御赐碑文。"

户部尚书王宏祚出班奏道："去年江南江宁等四卫及高邮、兴化等四州县，河南睢州、陈留等十三州县，陕西郑县遭受水灾；湖广黄梅县旱灾；直隶无极等六县，山西汾西、寿阳二县雹灾。灾情略重之地，歉收五成之多，尤重之地颗粒无收。地方官吏报请户部，请求减赋，诚请皇上定夺。"

玄烨说："爱养生民乃治国之本，灾区之赋税户部酌情减免。另选派钦差，奔赴各灾区，抚慰灾民，沿途赈济，勿使其颠沛流离。以后各地再遇涝旱，尊此执行便是，不必奏请！"

新任刑部尚书梁清标奏道："启禀皇上，去年腊月，流徙尚阳堡、宁古塔之罪囚，因关外严寒酷冷，途中冻毙者十有七八。入监罪犯，或因诬引株连之误判、或因吏卒滥用刑罚，致犯人伤残；或因监禁，逾期限不行速审，以致毙狱者甚多。为人道计，罪犯流徙迁转之期不应设在寒伏两季，以防妄伤人命；为慎刑计，非恶犯狂囚、十恶不赦之徒，不得动用伤骨毁面之重刑，以防致残、当场毙命；为严法计，严格审限，因逾期不行速审，致罪犯毙狱者，应严加惩处。"

玄烨点点头说："狱中囚犯罪有重轻，各犯自有应得之罪。未死于法，先死于狱，或死于徙，殊非慎刑之意，朕心深为不忍。梁爱卿初掌刑部，须革新图治，严法慎刑。一应措施，即成条例，上下遵行，如有违反，严惩不贷！"

……

诸臣启奏完毕，玄烨耸耸肩膀，打起精神说道："会试之期即到，各省才俊鳞集京师，盛况空前。明天即是入闱之日，朕命内秘书院大学士兼吏部尚书魏裔介为庚戌会试主考官；命礼部尚书龚鼎孳、刑部左侍郎王清、内国史院学士田逢吉为副考官。各位即期入闱锁院，打理考务，不负职掌，谨言慎行，为朕荐拔真才。朕求贤若渴，赐宴中和殿，为众位爱卿饯行。”

魏裔介等人向皇上行叩谢礼，礼毕退朝。几人同会试各考官共十八人，一起来到中和殿，各自入座。安亲王、康亲王主席，与大家举杯共勉，开怀畅饮。宴罢，御赐金花、彩缎、表裹花红……

傍晚，魏裔介乘轿回府，轿子在大门口停下。魏裔介走下轿子，转身走上台阶，忽然驻足，扭过头来，见一顶轿子停在大门斜对面的墙根下。他迟疑一下，转身进了家门。吩咐心宝说：“将大门闩牢，任何人敲门，不得放入。”说完，便迈开大步走了进去。

魏裔介走进客厅，脱掉官服，接过翠珠递来的面巾，擦了把脸，坐在椅子上，刚刚端起茶杯，心宝匆匆跑来，着急地说：“湖广道御史李之芳说有要事求见……”

“不是告诉你了吗？今日闭门谢客，谁都不见！”话音未落，李之芳却破门而入。

“魏中堂，李某身在远疆，不曾登门拜访，今有要事相求，不会不给面子，下逐客令吧！”李之芳说着，走到堂前，将一个礼盒放在桌上。

“李御史，魏某明日一早就要进贡院主考会试了，有什么事，等闭院之后再说不迟！”魏裔介怏怏说道。

“李某正是为此事而来，请魏中堂不要推辞！”李之芳笑着说。

“你……”魏裔介怒目而视。

“魏中堂，人在尘世中，何事不求人？家有小侄锡有，有幸参加此次会试，万望魏中堂格外开恩，通个关节，使他榜上有名易如反掌，若能如愿，您就是锡有的再生父母！”

李之芳说着，打开礼盒，从礼盒中拿出礼品，取下蓝色锦缎封套，露出两轴字画，他说：

“这是赵孟頫的《洛神赋》和管道昇的《墨竹图》，世称‘鸳鸯之作’，价值连城！夙闻魏中堂对墨宝情有独钟，李某将此献上，想必大人不会推辞吧！”李之芳瞅着魏裔介的脸色，笑眯眯地说。

“好个不知廉耻的家伙！”魏裔介心里骂道。指着画轴大声说，“李之芳，快把它拿走，莫要玷污了文敏公的一世英名！令侄之事，恕魏某爱莫能助！”魏裔介说完，狠狠瞪一眼心宝，大声喝道：

“送客！”

魏裔介一甩胳膊，走进里间。

李之芳听到喊声，愣在那里。顷刻间回过神来，伸手将画轴放入盒中，拿起礼盒，灰溜溜地走出房门……

东方欲晓，高大雄伟的祈年殿清晰可见。一顶官轿在大街上匆匆地走着。忽而右拐，朝着贡院的方向走去。

魏裔介撩开轿帘，美景如画的龙潭湖就在眼前。轿夫停下轿子，魏裔介从轿中走出，站在龙潭湖畔，极目远眺，浮想联翩。想当年丙戌会试前夕，和杨犹龙、梁家弟兄游玩龙潭湖的情景又浮现在眼前：

他们风华正茂，踌躇满志，望着龙潭湖水，谈笑风生。微微春风拂过湖面，深绿色的湖水荡起层层涟漪。野鸭成群结队，自由自在地游着。两只鸳鸯浮在水面，悠然自得。几只春燕飞来，忽而轻拂湖面，忽而飞向湖边，瞬间衔起一块黑泥，飞向远方。一叶小舟从湖面深处缓缓划来。湖西岸垂柳成行。一条条柳枝含润吐翠，垂向湖堤。隔岸远眺，犹如一层淡绿色的轻烟，随风飘忽。北岸的桃树林，树树桃花盛开，一眼望去，像一片片粉红色的云彩，漂浮在湖水之上……

二十四年过去，弹指一挥间。当年的年轻书生，如今已是黑须飘胸，已过天命之年。他望着湖水，除了几处新建的水亭楼阁外，湖面上没有野鸭，没有鸳鸯，也没有春燕，更没有挚友在身边。只有一只小木船孤零零地停在湖心。

凉凉的晨风吹拂着他的长衫，他呆呆地站着，静静地想着，他想起了自己的知己弟兄——杨犹龙，一阵痛苦的思念掠过心头，一股升腾的热浪涌上胸口，几滴热泪夺眶而出……

轿子穿过重兵把守的贡院大门，过仪门、龙门，穿过明远楼、至公堂，停在戒慎堂前。

魏裔介走进戒慎堂门，龚鼎孳、王清、田逢吉，以及受卷、弥封、誊录、对读、收掌、搜检、印卷、督牌、巡墙、巡绰、供给等职官，均已到齐，一起起身，躬身迎接主考大人。

魏裔介拱手谢过，郑重说道："值此会试，为国选才，乃朝廷大事。诸位奉皇命管理考务，必恪尽职守，洗心砺志，切勿重蹈徇私获罪之覆辙。为明其志，摆案焚香，对神宣誓！"

侍从在神像前摆上香案，点燃蜡烛。魏裔介上前，焚香叩首，宣读誓言：

"神明在上，裔介荣受天命，任庚戌会试主考一职，期为朝廷遴选真材，不为身家营谋私窟，期诸同事各矢此心，倘或为己营私，徇情欺主，明正国法，幽伏冥诛，甘受妻孥戳辱之惨，必膺子孙灭绝之报！"

龚鼎孳宣誓道："……鼎孳如其寸衷有昧，循人贿托，废弃真才，神灵有知，允当罚殛！"

王清宣誓道："……如或心存暗昧，遏抑真才，循一人之情面，受一人之贿托，通一字之关节，神夺其算，鬼褫其魄，五刑备其身，三木囊其头，刀斧分其尸，乌鸢攫其肉！"

众人宣誓完毕，各自落座。魏裔介面对考官，语重心长地说："当今帝道鸿鬯，经制方新，皇上崇儒尚文，求贤若渴。诸位当不负重托，以尽其职。骅骝隐于凡马，伯乐过之，然后知其俊；豫章杂于群卉，大匠顾之，然后知其干。诸位当有伯乐、大匠之目，视良驹，选俊才。勿采春华忘秋实，勿工文艺薄气质，勿金玉其外败絮其中，勿兰芷其名萧艾其质。要紧的是，循其先资自献之言，而勿忽其自立之质。为国选才，宁正言匡时，勿曲学阿世；宁选时务通达、朴实无华之诗文，勿呈迂阔无用、华而不实之词章；宁举正直忠厚之士，勿荐儇薄佻巧之辈！”

考官们择耳细听，频频点头。

魏裔介接着说：“今日科目之制，略为转移，寓变与不变之中。如进策问为第一场，论经传者，禁比偶，绝蔓词，务明断。可以革士风，障国是，以抑无用之末学。兼出诏诰题，益于考生习作典制之文，一反掌间，耳目不惊，而陋习尽革。为何？大凡对策之文，不同于经义，可以抄窃。如测天文，问交食，必不可以合朔对；问七政，必不可以恒星对；问日躔，必不可以节气对。一展卷，而宿学有本之士与浮陋无根之徒，洞若观火，已决人才之用。问以经，而义理之士可得；问以史，而倜傥之士可得；问以六曹之务，而从政之士可得；问以刑狱钱谷，而郡县之士可得；问以政事缺失，而直节之士可得；问以势之险要，而将领之士可得。如果置时文于此，虽使探精抉华，极组绘之能事，但无以辩其日后莅政之能否。

“圣上建中和之极，备经纬之盛，欲使天下湔洗鄙陋之风，抒发光昌之气，故允臣请，革新旧典，以得真才。历来考官好取青年门生，故择文字秀嫩者入选。殊不知积学之士，困苦一生，其文必出经入史，或命意高远，或标新立异。若不加以搜索，则他们终无出头之日，将真才实学者弃于龙门之外，确非诸位之所为也！明日士子入闱，诸位振作精神，各司其职，各尽其责，效汉唐之遗风，拔旷世之英才……”

夜深人静，万籁俱寂。贡院的大门紧闭，门前有重兵把守，戒备森严。大门两旁高高的岗楼上，哨兵持枪肃立。贡院四周竖起一根根挂着灯笼的高杆，高杆下面的荆棘屏障排成长阵，将贡院紧紧包围。一队队兵勇挎着腰刀，不停地穿梭、巡逻于贡院四周，远处的口令声、吆喝声不时传来。

贡院的内帘门紧锁着，院内布满明岗暗哨，兵器的反光在黑暗中时隐时现。聚奎堂左侧的主考官公房内，灯火通明。魏裔介坐在公案后面，看着一纸信页。龚鼎孳坐在对面，王清、田逢吉坐在一旁。

信中言道：

主考大人钧鉴：

天下人之苦，莫过于闱中士子。小生乡试侥幸中举，想起闱中之事，如梦魇一般。如今进京会试，途中偶得一杂文，描写考生穷形尽致。小生誊录下来，冒昧呈上，万望主考大人怜惜士子之苦，嘱咐下属对考生以仁相待，少加辱骂断喝。别无他求，如此足矣！杂文如左：

士子入闱有八似：初入时白足提篮似丐。唱名时官喝隶骂似囚。归号舍孔孔伸头、房房露脚，似秋末之冷蜂。斗室之间，排泄之溲物随处可见，似粪中之蛆虫。出闱场神情惝恍，天地异色，似出笼之病鸟……

田逢吉气愤地说："此人定是刁钻泼皮之辈，却混个举子入闱应试。依我看，布置下去，查出此人，将他驱逐考场，一生不得入闱！"

龚鼎孳看了看魏裔介，笑了笑，说："不可！田大人，你我都是过来之人，信中之言虽有些夸大其词，也绝非不是实情。以我之见，切莫为区区小事，葬送了他来之不易的前程。"

王清点了点头，没说什么。

魏裔介仔细端详过信页，抬起头来，说："龚大人说的在理。士子求功名，其艰辛不言而喻。俗话说'字如其人'，看这字体，遒劲端庄，并非常人可比。此人能写得一手好字，岂是浮陋刁滑之人所为？信中所述，大致可信，均是闱中弊端陋习，士子对此早已深恶痛绝，敢怒而不敢言。此人对此毫无隐瞒，以实情相告，为士子鸣不平，倒有侠义心肠。并挺身而出，敢冒被革去功名之险，向世俗挑战，其无私无畏之精神，甘冒风险之胆气，恰恰是当今文士所欠缺。"

魏裔介说完，三人点头称是。

魏裔介说："明日初九，是会试的第一场第一日，革除考场陈规陋习，自明日始。传令下去，各室房堂所，各考场号舍，对考生检查搜身，要文明有礼，不得呵斥谩骂；改善考生饭食，禁止凉粥馊食送往号舍；保持号舍清洁，对号舍污秽之物一日一清……将所定规程写成告示，各出入处张贴，广泛告知。贡院所有差吏严格遵守，违者重处……"

龚鼎孳三人走后，魏裔介拿起所呈题卷，思考片刻，提笔拟作三篇，仔细阅审，唯恐有一字遗漏。

心宝和衣而卧，一觉醒来，见老爷仍在伏案而作，连忙起身，沏茶倒水。

梆打五更，鸡叫三遍。魏裔介放下纸笔，伸伸懒腰，打个哈欠，接过心宝递上的热面巾，擦了把脸，打开房门，走到院中。朦胧的夜色尚未散去，考官差吏们却来去匆匆、大呼小叫地开始忙碌起来。

魏裔介走出公房，向内帘门走去，心宝紧随其后。二人走出内帘，穿过戒慎堂、致公堂，来到龙门后面的明远楼前。

明远楼为六角六层重檐楼阁，红柱绿棂，斗拱飞檐，十分壮观。与东面的祈年殿、北边的左安门和西北的角楼遥相呼应，为京城西北角一景。

魏裔介抬头看看高耸的楼身，便走进楼内，拾级而上，一直登上顶楼。凭栏而立，举目远眺。

雄鸡高唱，东方欲晓。天际上灰色的云层像涂上一层殷红的边儿，红边儿慢慢变宽、变亮，灰色的云层变成了梦幻般红色的云朵，一缕缕霞光从云朵边射出，顷刻间彩云千里，霞光万道，旭日缓缓升起，映红了天，映红了地，映红了远处的塔顶殿脊，宏伟的祈年殿也笼罩在一片金红色的霞光里。

看着眼前的大好景色，魏裔介激动不已，双手紧握栏杆，欣赏着京师所独有的日出美景。

“石生兄好雅兴！如此良辰美景，怎好在此独享？”转身看去，龚鼎孳已站在面前。

“哦？孝升兄，你来得正是时候。”魏裔介上前，将龚鼎孳一把拉过来，高兴地说，“裔介在朝多年，忙忙碌碌，明远楼观日出尚属首次。原来这京师日出与泰山日出相比，倒是别有一番情趣！”

二人并肩而立，居高远望。

魏裔介激动地说：“因天算案，孝升兄被迫退居江南。鳌拜死后，皇上统揽大局，整肃朝纲。调你回京，任你为礼部尚书。谕令天下，永停圈地，永不加赋；整顿吏治，满汉划一；尊儒尚文，重振科举；以仁治国，天下归一。大清得此圣主，君明臣贤，政令畅通，百姓安居乐业指日可待，国家繁荣昌盛为时不远。真乃大清之福，万民之福啊！”

“是啊！今年会试，天下士子云集京城，参加会试的举人已逾万名，超过历朝历代，士子群情振奋，盛况空前！”龚鼎孳兴致勃勃地说。

一轮红日喷薄而出，漫天红遍。旭日的光辉映在他们的脸上，他们心潮澎湃，精神焕发。

二人俯首望去，明远楼下的东西考场，地域广阔，号舍长廊鳞次栉比。贡院大门外宽阔的广场上，早已是人头攒动，熙熙攘攘。贡院内兵丁林立，东西考场的各号巷栅门前，职官手捧册簿，司吏整装立定，各项考务早已准备就绪。

卯正时刻，钟楼、寺庙的钟声响起，长长的余音在京城上空回荡。贡院大门的岗楼上传来三声炮响，震耳欲聋。随着“隆隆”的声响，贡院沉重的大门慢慢打开，应试的考生手举考篮，蜂拥而入。

考生们像一群搬家的蚂蚁似的向前涌动。他们并不慌乱，随着人流的缓缓推进，自觉地分支成行，依序前行。他们走到各自的号门前，排成一队，接受检查。喊号声此起彼伏，连绵不断。司吏们各司其职，各尽其责，对考生和颜悦色，彬彬有礼。考生顺从地接受各项检查，依次通过。他们走进各自号舍，放下考篮，取出笔墨，准备停当。放卷官走进号门，分发试卷。考生接卷在手，开始审题答卷。喧哗的贡院顿时安静了下来。

魏裔介和龚鼎孳站在明远楼上，观察了考生入场的全过程，看到考场秩序井然，各项工作有条不紊，心下安然。二人对视一笑，慢慢走下楼来……

日出日落，夜去昼来。二月十一日午后，第一场顺利结束；十四日午后，第二场结束，相安无事。考生们交卷出场，搭伴结伙，走出贡院。

入夜，主考官公房内，明烛高挑，亮如白昼。魏裔介将各房考送来的试卷，认真审阅。他翻开一份试卷，上有“史论”一题，题目为《管子内政寄军令论》。考生答曰：

> 管子相桓公，作内政寄军令以强齐国。呜呼，仲可谓善审权变，而为救世之才矣……

魏裔介看着试题，忽然眉头一皱，仔细地端详起试卷的字体来。这份试卷卷面整洁，格式正确，文风朴实无华，毫无造作之感，又见解独到，立意新颖；字体端庄遒劲，功底深厚，颇具颜体之风。看来看去，总觉着字体有些面熟。他猛然拉开抽屉，拿出一页信纸，和试卷上的字体相比较。魏裔介一拍桌子，说道：“对！就是他！”

魏裔介的举动，把侍立一旁的心宝吓了一跳。心宝忙问：“老爷，您这是……”

“好个有胆有识的才子！”魏裔介说着，心下思忖：此人虽然不曾谋面，然而从他的所作所为和试卷的字里行间，不难看出他的品行和秉性。他的一举一动和年轻时候的自己多么相似！将这等具有真才实学，又不拘俗套、敢作敢为的难得之才选为贡士，责无旁贷！此人姓甚名谁？家住何方？如有机会，定要约来一见。

魏裔介想着，顺手打开了卷额，一行小字映入眼帘：

——东文场闰字号六十五舍福建安溪李光地

……

十七日午后，李光地答完第三场的全部试卷，伸伸懒腰，打个舒畅，看一眼朝夕相处的号舍，收拾好考篮，走出号门，来到东侧门前。

“晋卿兄。”李光地听到有人喊他的名字，忙回过头来，见是结伴来京、又同住一室的江南昆山考生徐乾学和浙江德清的蔡启僔，便高兴地迎上前去。

“健庵兄，考题答得如何？”李光地问。

“不瞒你说，比乡试答得还好。除了四书五经、八股文外，史论、政论、策问各题可以不拘旧套，尽情发挥，才思敏捷似泉涌，欣然下笔如有神。三场考下来，自我感觉良好！”徐乾学满有信心地答道。

“晋卿也有同感。以往测试，考题老式俗套，答题千篇一律，给不学无术、投机钻营之辈可乘之机。这下好了，题无定式，临场发挥，真才实学者便可无拘无束，大发感慨了！如此看来，你我榜上有名，想是不必担忧了吧？”李光地说。

“那也未必。这就要看考官们的眼力了。”徐乾学看一眼李光地，接着说，“会试就是会试，和乡试相比，真有天壤之别。贡院门口还张贴了不许虐待考生的告示，号卒、监考、卷官、兵士，对考生以礼相待，一团和气。看来，你我原来的忧虑担心，怕是多此一举了。健庵兄，咱们递给号卒的信，主考大人不知收到没有，但愿此信不会给咱们带来什么麻烦。”

“好在是匿名信，就是追究起来，一万多名考生，他们怎好晓得是哪个所为？”李光地说。

“人的笔体终生不变，考官中尽是博学之士，何况主考大人？想查出写信之人，并不是多难的事。”徐乾学说。

“咳！既已为之，是好是坏，是福是祸，由它去吧！”李光地大大咧咧地说。

二人边走边谈，不觉来到贡院的大门口。

“二位慢走！”徐乾学和李光地听到背后的喊声，猛然一惊。回过头来，见一位士官模样的人站在他们身后。李光地忙问：“大人有何吩咐？”

“请问哪位是福建考生李光地？”士官问。

“小生便是。”李光地说。

“那好，请随我来，主考官魏大人戒慎堂有请！”

李光地心下一惊，和徐乾学对视一眼，暗想：主考官命人来传，想必是事情闹大了。是福不是祸，是祸躲不过。我做事历来光明磊落，从不遮遮掩掩。如果主考大人怪罪下来，李光地任凭发落！

李光地把篮子往徐乾学的手里一塞，跟着那位士官大步走去。徐乾学不知如何是好，一手提着一只篮子，愣在那里……

戒慎堂前，四名兵丁把守。李光地跟着士官跨进堂门，见两位大人紧绷着脸，坐在大案后面，两边站着几个威风凛凛的侍卫。

“你可是闰字号六十五舍考生？”龚鼎孳问。

“回大人，小生福建安溪李光地是也。”李光地从容答道。

“那张写有士子入闱八似之文的匿名信，是否出自你手？”龚鼎孳又问。

李光地暗自想道：“看来此事已经败露，瞒是瞒不过去了。大丈夫敢作敢为，有什么大不了的！”于是答道：“正是小生所为！”

“一介书生，不循规蹈矩，照章行事，却卖弄斯文，大发牢骚，大有煽动考生，寻衅滋事之嫌！本主考官为正法纪，将你除名，并逐出京城，终生不得参加会试！”魏裔介站起身来，对李光地大声斥责。

李光地听到要将自己除名，心里着实有些发慌。但转念一想，自己不吵不闹，只是以实相告，何罪之有？于是申辩道：

“小生一无卖弄斯文、大发牢骚；更无煽动考生、寻衅滋事。为何将小生除名？”

“大胆！小小年纪，竟敢顶撞主考大人！”龚鼎孳喝道。

“大人息怒……”随着话音，从门口闯进一人，朝前深施一礼，大声说道，“小生徐乾学，八似之文本是小生所作，李光地只是照此抄写而已。如果大人追究此事，乾学自愿一人承当，与晋卿兄毫无干系！”

“不！不不！此事是光地一人所为，任何处罚由我一人承受，与你无关！”李光地大声喊道。二人各执一词，互不相让。

龚鼎孳朝魏裔介挤一下眼睛，二人掩面而笑。龚鼎孳拍一下桌子，喝道：“戒慎堂乃贡院重地，在此喧嚣，成何体统！”

听到呵斥，争执声戛然而止，二人一动不动，愣在那里。

龚鼎孳接着说：“既然你们都承认是自己所为，本官就成全你们，将你二人一齐除名，你们有无怨言？”

李光地咬了咬牙，狠狠地说：“大权在你们手里，随你们处置好了！不过，有些话不吐不快。”李光地看了看徐乾学，接着说，“进京后，听说秘书院魏大学士担任本次会试的主考官，还听说魏大人为官清廉，主持正义，刚直不阿，考生谁不拍手称快？为让主考大人了解士子们所受的闱中之苦，使他们得到公正待遇，免受凌辱，便写下了匿名信。想不到，如此良苦用心、善良之举，不仅没有得到大人的理解，却遭到除名之处罚，真叫人寒心哪！本打算鱼跃龙门，皇榜高中，大展报国济民之抱负，如此看来，一切艰辛将付诸东流，一切愿望将化为灰烟。魏大人的手下尚且如此，即使得了功名又有何用？……”

徐乾学接过来说：“不要说了！殊不知，阿谀奉承堂上坐，口吐真言阶下囚。此处不留人，山中自逍遥。晋卿兄，咱们走！”

二人一甩袖子，转身向门口走去……

“呵呵呵呵……”“哈哈哈哈……”魏裔介和龚鼎孳突然大笑起来。

听到笑声，二人回过头来，见二位大人捋着胡须，大笑不止，感到莫名其妙，站在那里，发起了愣怔。

龚鼎孳走到二人面前，热情地说：“二位果然胆识过人，不同凡响！本官适才所言，只不过是试探而已，二位何必当真？来来来，这位便是主考官魏大人。”

二人投眼看去，见魏裔介浓眉长髯，仪表堂堂。便一起走向前去，跪倒在地。李光地说：“不知魏大人在此，多有冒犯，请大人恕罪！”

"你们无私无弊，以实相告，何罪之有？二位有胆有识，敢为天下士子鸣不平；侠肝义胆，关键时刻见真情。士子中能有如此敢作敢为的侠义之士，难能可贵！二位请起。"魏裔介说着，伸手将二人扶起。安慰说，"三场下来，乏力困盹，早些回馆舍歇息去吧。不日便是放榜之期，二位若是高榜得中，可别忘了请我和龚大人喝你们的喜酒啊！"

李光地和徐乾学向二位大人深鞠一躬，说声"大人保重，后会有期！"转身走出堂门。

二月二十五为放榜之日，贡院大门前的高榜前人山人海。榜上有名者三百零八人。江南宫梦仁名居榜首，李光地、徐乾学、蔡启僔、孙在丰、何金兰、张鹏翮、郭琇、赵申乔、王掞、李振裕、陆陇其、邵嗣尧等，皆高榜中式。

三月五日，在太和殿举行殿试，皇上临轩发策。经策试，选新科进士二百九十二人。

三月六日，传胪大典仍在太和殿举行。彩亭御仗、卤簿法驾陈列太和殿前，中和韶乐、丹陛大乐齐奏庆平之章。大典庄严隆重，盛况空前。新科进士们身穿新进士朝服，头戴三枝九叶朝冠，依序立于东西丹陛之下。状元蔡启僔、榜眼孙在丰、探花徐乾学、传胪何金兰、会元宫梦仁立于队列前排……

三月十五日，内秘书院奉旨，会同吏礼二部，举行朝考，选新科进士六十人。皇上亲临面试，钦定二十七人为庶吉士，进翰林院庶常馆接受教习，庚戌科试宣告结束。

# 四八、不实之参

端午之日，卯正时分，文武百官肃立于御道两厢，玄烨端坐龙椅，听政乾清宫。

值殿官道："宣葡萄牙使臣上殿！"

外国使臣从殿门惶惶而入，走到丹陛之下，按照大清礼节，向皇上行三拜九叩之礼。礼毕，启奏：

"葡萄牙国使臣玛讷撒尔达聂奉国王之命，具表进贡。祝大清国民丰国泰，祝皇帝万寿无疆！"

玛讷撒尔达聂将葡萄牙国王亲笔信函呈上。随从抬来贡品，护贡官将贡品盒一一打开，琳琅满目的奇珍异宝呈现在众臣面前：有国王画像、金刚石、饰金剑、金珀书箱、珊瑚树、珊瑚珠、琥珀珠、伽楠香、哆啰绒、象牙、犀牛角、乳香、苏合油、丁香、金银乳香、花露、花幔、花毡、大玻璃镜等。

玄烨道："西洋地居极边，初次进贡，具见慕义之诚。可以从优赏赉。"

玛讷撒尔达聂谢恩后，退出殿去。

大学士李霨出班启奏："禀皇上，庚戌科试已告结束。会试期间，各项考务周详备细，贡院秩序有条不紊，营私舞弊之事闻所未闻；职官、差吏善待士子，落榜、中士者齐赞考官公正无私；万余名考生无一人投诉。选才之盛，为历次科考所仅有。微臣以为，之所以如此，是因为皇上慧眼识人，主考官尽职尽责之故。鉴于此，祈请皇上为正副主考予以嘉奖，以示皇上惠顾之恩。"

玄烨高兴地说："李爱卿所请，正合朕意。魏爱卿等，主掌庚戌会试，标新立异，起数十年之衰，如欧阳修之主考，文体一变，典雅高古，相得益彰，才俊辈出，得人最盛。魏爱卿劳绩卓著，从优奖励，以示表彰！"

湖广道御史李之芳出班启奏："启禀皇上，陛下大臣中，有欺蒙圣上、徇私枉法者。微臣谨遵皇上'直陈勿隐'之圣谕，上疏举劾。"

玄烨皱了皱眉头，问道："你欲举劾何人？"

李之芳手捧奏折，大声说道："秘书院大学士兼吏部尚书魏裔介！"

话音即出，众臣大惊。人们的目光齐刷刷地投向魏裔介。见他昂首挺胸，肃立前排，一副无所畏惧的样子。

值殿官接过李之芳手中的奏折，双手呈于皇上。

玄烨翻开奏折，看了一眼，阴沉着脸说道："凭空捏造，诬陷大臣，即有诬告之嫌，依律反坐，你可明白？"

"微臣明白！微臣既敢举劾显名大臣，必是铁证如山，魏裔介罪责难逃！"

"讲！"玄烨喝道。

李之芳干咳两声，说道："魏裔介沽名钓誉，徇私枉法，微臣列举三大罪状：一，以权谋私，暗通密信。此次会试期间，其派家人向已取上卷的二十四人通风报信，以透露消息而窃福，企图网络门徒，私结同党。二，朋比相依，擅权害政。其曾党附鳌拜，于反臣班布尔善相互勾结，违反朝规，擅拟皇上谕旨；越格优叙，用私人为实录馆纂修提调官。三，倚仗权势，擅谋私利。其任吏部尚书时，擅将其兄魏裔鲁从四川龙安郡守，升迁为山东盐法道运使，并私自增改敕书汉文，令知府属其统辖，使其总理山东盐运使司；又以欺蒙之手段，擅将其三弟魏裔讷，从陕西定边知县改补为江南桃源知县；又将其四弟魏裔懋由山西平遥知县，迁升为浙江温州府同知，其巧图回避莅职穷县而获改美任，有不行驳正之私；其在前遇恩诏时，候缺未补，其子嘉孚蒙混得荫监生。以上所述罪行，句句得实，无一妄加，乞请皇上明鉴！"

龚鼎孳、梁清标、李霨、图海、巴哈纳等满汉大臣，纷纷上殿启奏，指责李之芳捕风捉影，诬陷忠良。

李之芳态度强横，厉言相争。

玄烨龙颜变色，大为气恼。厉声喝道，"据实参劾，无可指责，无凭无据，肆意搅闹，成何体统！"玄烨舒一口气，静下心来，说道，"彼此举证，双方对质；吏部、都察院会勘；安亲王、康亲王督审。以实据，澄清浊、辨忠奸，察明真相，议政王大臣会议具奏！"

玄烨说完，猛然立起，快步走下御阶。

"退朝……"梁九功喊着，尾随皇上而去……

吏部大堂内，庄严肃静。安亲王和康亲王端坐公案正中，大学士、吏部尚书图海、左都御史王熙坐于左右两侧。大堂无兵丁把守堂门，无吏卒站立两厢。公案前放两只小桌，满、汉书记官各坐一旁，握笔待录。

堂前左右各放一案一杌，李之芳、魏裔介分坐两旁。

岳乐耸耸肩膀，开口说道："本王奉上谕督审此案，每举一事，彼此双方必须出示证据，以印证其言。禁止以恶言恶语相加，滋扰堂审秩序。"

杰书厉声说道："李之芳，据实讲来！"

李之芳站起身来，将所参魏裔介的三大罪状复述一遍，最后说道：“两位王爷，之芳所参之事，句句属实，魏裔介难逃其咎，望祈明察！”

魏裔介沉着冷静，不慌不忙地问道：“李之芳，你说我以权谋私，暗通密信，并说我派家人向已取上卷的二十四人通风报信，那我问你，我的家人不止一人，不知你所指哪个？”

李之芳说：“还能有谁？就是你的贴身侍从，叫……叫心宝！他和你一同进入贡院，你还想抵赖不成？”

魏裔介问：“心宝确是我的贴身侍从，也确实与我一同进入贡院。可你如何证实是他通风报信？我二月初六入闱，二月二十五日放榜，在此期间，他和我形影不离，从未离开贡院半步。他是何日何时走出贡院，手中可拿密信？去往何方？你可有物证？可有人证？你要当着两位王爷的面，讲个明白！”

“你身为主考官，放个把人出闱，那还不是举手之劳？”李之芳说。

“李之芳，凭空捏造，胡乱猜忌，算什么证据？你一无物证，二无人证，休得胡言！”图海大声呵斥。

魏裔介接着问道：“你说他向已取上卷的二十四人通风报信，那你就说说那二十四人，姓甚名谁？宿于京城何处？”

李之芳说：“其中有福建安溪李光地、江苏昆山徐乾学。那日，你和龚鼎孳将他们二人传到戒慎堂，暗通情报。有人亲眼所见，休得抵赖！”

魏裔介呵呵一笑说：“无私无弊，还怕见人不成？”魏裔介把李光地递送书信，希望善待考生一事叙述一遍，岳乐等审官点头称是。

魏裔介接着问道：“李之芳，你所说戒慎堂暗通情报一事，是在何日何时？”

“十七日未时。”李之芳说。

“这就对了！十七日是第三场的最后一天，酉时收卷，未时时分，考生尚未走完，试卷尚未收齐，上中下三卷未分，怎能说向已取上卷的二十四人暗通情报呢？岂不是无中生有，自相矛盾？”

李之芳嗫嗫嚅嚅，无言以对。

杰书说：“李之芳所参魏裔介派家人向已取上卷的二十四人通风报信一事，无凭无据，纯属捏造。至于网络门徒，私结同党之罪名，更是无中生有，无稽之谈！”

此事被否决，李之芳并不在意。他挺了挺胸脯说：“魏裔介党附鳌拜，于反臣班布尔善相互勾结，违反朝规，擅拟皇上谕旨；越格优叙。用私人为实录馆纂修提调官。事实俱在，不容辩驳！”

“李之芳，此事非同小可，拿不出证据，休怪本王不予认可！”岳乐说。

“李之芳，你举劾魏裔介与班布尔善相互勾结，违反朝规，擅拟皇上谕旨，此事从何说起？”图海问。

“回图大人。当年因苏克萨哈案，皇上赐苏克萨哈斩刑，可魏裔介篡改圣意，将斩刑改为绞刑。如此擅拟皇上谕旨，该当何罪？”

岳乐问道：“你如此指控，可有证据？”

“证据在此，请王爷审阅。”李之芳说着，将一页文件递给岳乐。岳乐接过文件，详细验看。上面印有“政事堂”字样，于是问道：“此文件乃辅臣专用文纸，你从何处得来？”

“这份文件是从吏部刑事档案中取出，千真万确，不容置疑！”李之芳说。

岳乐看着文页，上面写道：

“……犯苏克萨哈，心怀怨望，欺罔犯上，所犯二十四罪，罪罪属实，罪大恶极，十恶不赦。念其辅政七年，多有劳辛，故恩加宽贷，免其凌迟之刑。苏克萨哈、子查克旦处斩；子穗黑、塞黑里、那赛、塞克精额、达器、德器；孙侉克札；侄图尔泰、海兰；族弟白尔赫图、额尔德、乌尔巴，皆斩立决。家产籍没，妻孥入官为奴。另有二等侍卫占布柱等三十七人及王府长史尼箴俱革职为兵丁……”

岳乐看完文件，皱起了眉头，暗想：“这分明是皇上旨意，上面明明写着‘苏克萨哈、子查克旦处斩’，自己何曾忘记，当时的圣旨上却明明写着‘处绞’二字，苏克萨哈的确是处以绞刑，莫非……”

岳乐看了看魏裔介，质问道：“魏裔介，你是专拟圣旨的秘书院汉大学士，这上面明明写着‘处斩’二字，为何苏克萨哈却被处以绞刑？你作何解释？”

“安亲王，你手上所拿的文件，是鳌拜预先写下的旨文。当时班布尔善就是拿着这份文件，让在下照此拟旨。上面没有皇上朱批，微臣怎敢擅自照此拟旨？”魏裔介说。

岳乐又问：“照这么说，你所拟谕旨一定是经皇上御批的喽？”

“安亲王说的极是！皇上朱批在此，请二位王爷审阅。”魏裔介说着，将一纸公文递上。

岳乐接过公文，见上面除了有相同的旨文以外，还加了一行朱批的小字，确是皇上的字体。上面写道：

“苏克萨哈、查克旦即赐绞，余如议。”

岳乐将此朱批交予杰书及图海、王熙查看。杰书阅罢，厉声问道：“李之芳，魏大人依照皇上朱批拟旨，何罪之有？”

“这……这……”李之芳支支吾吾，无话可说。过了一会儿，李之芳又说，“魏裔介越格优叙，用私人为实录馆纂修提调官。请大人明察。”

魏裔介冷笑一声说：“在座的王爷、各位大人，哪位不知实录馆为国史院所掌管，任用纂修提调官也是国史院职权所在。在下任职于秘书院，对国史院之事无权出面干预，况且国史院一向被鳌拜所操控，就连皇上也难以插手，何况在下？李之芳所参，纯粹是子虚乌有，嫁祸于人！”

“哼！谁不知三院六部长官相互利用，互为安插私人、亲信？你魏裔介并非不食人间烟火，岂能对此麻木不仁，独善其身？”李之芳说。

“依你所说，我将私人安插为实录馆纂修提调官，那你就把此人的名字当堂讲来！”魏裔介说。

李之芳板着脸说：“原任户部清吏司笔贴式，现任国史院实录馆纂修提调官，赵州人氏张光昌是也！他与你为三代世交，感情深厚，这，你不能不承认吧。啊？”

魏裔介心下一惊，暗自思忖：“好一个李之芳！为借端报复，将自己置于死地，不惜栽赃陷害，真可谓绞尽脑汁，煞费苦心！”魏裔介转过脸来，质问道：“张光昌与我确为世交，关系非同一般，此事从不隐瞒。你的意思是我越格优叙，将他调实录馆任纂修提调官？”

“事实如此，岂容狡辩？哼！”李之芳说着，扭过脸去。

“既然你口气如此强硬，那么，我是如何越格优叙？托请何人？你可有人证？可有物证？哪怕是拿出只言片纸，我也毫无怨言！”

“你和张光昌的关系非同一般，若不是你徇私舞弊，暗中操控，他一个小小的笔帖式，能有那么大的能耐？”李之芳说。

“哈哈哈哈！如你所说，凡有升迁者，都是有其亲属、故交徇私舞弊、暗中操控？那么，我与梁清标是世交，他的尚书之职，梁清宽、梁清远的侍郎之职，也都是由我暗中操控喽？以此推论，新科探花徐乾学是顺治己亥科状元徐元文之胞弟，难道徐元文也有徇私舞弊之嫌？如此胡叼蛮咬，恐怕朝臣均无清白之身了。真是滑稽可笑，荒唐至极！”

“你……你你……”李之芳结结巴巴，说不出话来。

“你无凭无据，无端猜忌，举参不实，本王予以驳回。”岳乐指着李之芳，大声说道。

李之芳本想以“党附鳌拜，勾结班布尔善，篡改谕旨，徇私枉法”之罪名，使魏裔介重罪加身，英名扫地，达到其泄愤报复之卑劣目的。没有料到魏裔介心平气定，沉着应对，并以无可争辩的证据和理由予以反驳，再加上两位亲王维护正义，主持公道，使他处于极其被动的尴尬局面。他感到四肢乏力，头晕目眩，手抚前额，不能自持。

杰书看一眼瘫软无力的李之芳，随后说道：“李之芳精疲力尽，堂审不能继续，明日再审。退堂！”

李之芳脸色煞白，慢慢站起身来，踉踉跄跄走出大堂。

杰书站起身来，伸了伸懒腰，朝李之芳的背影投去一瞥，鄙夷地说：“一个小小御史，竟敢参劾魏大学士，真可谓蚍蜉撼树，螳臂挡车。魏大学士德高望重，正色立朝，又是皇上股肱，李之芳此举，岂不是自讨苦吃？”

“欸，圣上有旨：各大小臣工，直陈勿隐。李之芳举劾大臣，也是奉旨行事，我们据实鞫审，依律判案，不枉不纵，也就是了。”岳乐说着，朝魏裔介看去。

魏裔介神色黯然，沉默无语，扭转身去，大步朝堂门走去……

第二天，岳乐、杰书、图海、王熙端坐公案之后，堂审继续。

“李之芳，还有何举参，据实讲来！”王熙说。

李之芳打起精神，将所参之事一一说出：

“魏裔介以权谋私，违法乱纪，巧施手段，为其兄、弟、子四人谋得私利。其一，魏裔介任吏部尚书时，擅将其兄魏裔鲁从四川龙安郡守，迁升为山东盐法道运使，并私自增改敕书汉文，令知府属其统辖，使其总理山东盐运使司；其二，以欺蒙之手段，擅将其三弟魏裔讷，从陕西定边知县改补为江南桃源知县；又将其四弟魏裔懿由山西平遥知县，迁升为浙江温州府同知。其巧图回避，莅职穷县而获改美任，有不行驳正之私；第三，其在前遇恩诏时，候缺未补，其子魏嘉孚蒙混得荫监生。以上所述罪行，句句得实，无一妄加，乞请……”

“打住，打住！”杰书打断李之芳的话，不耐烦地说，“啰里啰嗦，本王哪里记得清楚？一事一断，才能审得明白。先说其一，再说其二。”

“四川龙安州，穷山恶水之地；山东盐运使，百官垂涎之差。魏裔介利用吏部尚书之职，将其兄……”

不等李之芳说完，魏裔介便开口问道：“请问李大人，长兄裔鲁调任山东，是在何年何月？本人任吏部尚书，又在何年何月？”

“何年何月？这……这在下怎能记得清楚？反正是你任吏部尚书期间。吏部的《大臣职官升降迁转档案》中记得明明白白，你休得抵赖！”李之芳说。

“记不清调任准确时间，怎能据实纠参？你记不清楚，我来讲给你听。”魏裔介说，“长兄裔鲁从四川龙安调任山东济南，是在康熙元年正月；本人起任吏部尚书，是在康熙二年二月。长兄调任在前，裔介起任在后，时间相隔一年之久。我未任其职，岂能利用吏部尚书之职，为长兄获任美差？未任其职，岂能擅自增改敕文汉书？哼哼，如此栽赃陷害，其手段也太过拙劣了吧！”魏裔介理直气壮，反唇相讥。

李之芳哑口无言，一副窘态，有口难辩，心下窝火：自己稍微不慎，却让魏裔介钻了空子，弄得自己骑虎难下。一不做，二不休，将所参之事一一亮出，看他如何应对！

李之芳挺了挺脖子说：“魏裔介，你倚仗职权，擅将你的三弟魏裔讷，从陕西定边知县改补为江南桃源知县；又将其四弟魏裔懿由山西平遥知县，迁升为浙江温州府同知。你采取欺蒙手段，巧图回避，将他们莅职穷县而获改美任，有不行驳正之私。这些官员迁转之事，均由吏部记录在案，有据可查！任凭你百般狡辩，想要蒙混过关，恐怕就没那么容易了！还有，你在以前遇恩诏时，候缺未补，你的仲子嘉孚却蒙混得荫监生，如此欺君之罪，你能脱得了干系？痴心妄想！”

李之芳一口气说完，心想：其中只要有一事得实，就难逃其罪！他哼了一声，乜斜着眼，架起了二郎腿，一副稳操胜券，小人得志的样子。

听完李之芳的指控，岳乐和杰书对视一眼，都为魏裔介捏了一把汗。

“哈哈哈哈……哈哈哈哈……”魏裔介看着得意忘形的李之芳，突然大笑起来。李之芳心里发毛，不知所措。

魏裔介指着李之芳说：“李大人，你好健忘！你刚才就不记年月，犯了举参大忌，现在你又故伎重演，分明你是输定了！”

“你……我……我看你如何狡辩！”李之芳语无伦次。

“李之芳，我再问你。”魏裔介正色说道，“裔讷是何年何月由陕西定边知县，改补为江南桃源知县？裔憨又是何年何月由山西平遥知县，迁升为浙江温州府同知？”

“都是你任吏部尚书期间！这还用问？”李之芳板着脸说。

“一派胡言！”魏裔介理直气壮地说，“你懵懂无知，还想嫁祸于人，真是枉费心机，作茧自缚！我来替你说个明白。三弟裔讷于顺治十八年中式，同年五月补江南桃源县知县；四弟裔憨，顺治十四年中举，次年补山西平遥知县，因仁廉勤勉、政绩卓著，顺治十七年八月，迁升浙江温州府同知。你刚才所说，裔讷、裔憨改补升迁都是我任吏部尚书期间所为，是不是？”

“是，是，正是！”李之芳点头说。

魏裔介转过身去，说道：“安亲王、康亲王，二位可曾记得，在下因参劾刘正宗，顺治十七年六月被罢职达两年之久，裔讷、裔憨改补升迁之时，我正赋闲在家，无职无权，怎能说我利用吏部尚书之职，为兄弟谋取私利呢？再者，子嘉孚为岁贡生，经廷试选入国子监。李之芳却说嘉孚蒙混得荫监生。如此罗列罪名，栽赃陷害，其险恶用心，昭然若揭！”

图海说：“魏大人所辩，不无道理。李之芳，你还有什么话可说？”

李之芳暗惊：两项罪名均被魏裔介驳斥，最后一项若再被否定，自己的举劾将前功尽弃不说，恐怕还要背上一个诬告的罪名！李之芳的嘴唇微微抖动，壮着胆子说：

“魏裔介刚才所言，纯属狡辩！妄图逃避罪责，蒙混过关。你们切莫受他的蒙蔽，为他开脱罪责！”

“大胆！”杰书拍一下公案，呵斥道，“如何断案，本王自有分寸，用不着你来指手画脚！李之芳，你若再拿不出确凿证据，本王将判你诬告之罪！”

“不！不不！”李之芳的心里“怦怦”乱跳，他强装镇静，硬着头皮说道，“王爷、大人，在下所参句句属实。魏裔介为裔鲁、裔讷、裔懋、嘉孚谋取私利之事，均有据可查！他们的改补、升迁、受荫所有资料，已记录在案，均在吏部、礼部封存，一查便见分晓！”

岳乐和杰书交换了一下眼色，随后对王熙说：“王大人，那就请你将魏裔鲁四人有关涉案资料，详细阅读。李之芳，你可听仔细喽！”

王熙拿出一沓文件，从中取出一份资料，刚要阅读，李之芳说话了：

“请问王大人，这些文件从何而来？”

“是从吏、礼两部所存档案中调出，怎么？你对此还有异议？”王熙问。

李之芳摇了摇头，不说话了。

王熙读道：“魏裔鲁，字竟甫，号曦菴，直隶柏乡人氏，顺治二年，乙酉科乡试中副车，授予山东兖州费城知县；顺治九年，补建昌知县；十一年升淮安府河防同知，分守徐州；十七年，升四川龙安知府；康熙元年正月，迁山东盐法道运使。”王熙读完，说道，“文中记录魏裔鲁调任山东盐法道运使时间，与魏裔介所述一致。李之芳，你对此有何异议？”

李之芳看过资料，说了声“没……没有异议。”便在书记官递来的《堂审笔录》上签字画押。

王熙接着念道：“魏裔讷，字辩若，号遽菴，直隶柏乡人氏。顺治十一年乡试中举人，十八年会试中进士，同年五月补江南桃源县知县。

“魏裔懋，字涵一，号存菴，直隶柏乡人氏。顺治十四年中举，次年补山西平遥知县，因仁廉勤勉、政绩卓著，顺治十七年八月，迁升浙江温州府同知。

“魏嘉孚，字鸿衎，康熙七年为岁贡生，康熙八年，经廷试遴选，入国子监。”

王熙读完资料，继续说道：“以上魏裔讷、魏裔懋、魏嘉孚三人简历所记载，与魏裔介所述一致。李之芳，你对此有何异议？”

李之芳耷拉着脑袋，半天不说一句话。忽然昂起头来，喊道：“他魏裔介明明是鳌拜同党，又和班布尔善朋比相依，擅权害政，你们亲王大臣不仅不严加审讯，却偏听偏信，避实就虚，大加袒护！你们……”

“李之芳！”杰书拍案立起，大声呵叱，“你也太嚣张了！竟敢咆哮公堂，指责本王！若不是看在你是奉旨参劾的分儿上，本王早就给你动了大刑。你无凭无据，自作自受，还不低头认输？本王回禀圣上，也好免你诬告之罪！”

“谁说无凭无据？事实俱在，铁证如山，不容诋毁！”李之芳的目光中充满敌意，无所顾忌地说，“魏裔介因参劾刘正宗，被先帝削职罢官，辅臣辅政以后，鳌拜当权，将他重新起用，并升任吏部尚书，不久便拜为秘书院大学士。谁不知道，鳌拜排斥异类，擢升同党？他若不是鳌拜同党，如何能连升高位？还有，当年，鳌拜为了圈换土地，将苏纳海、朱昌祚、王登联打入大牢。魏裔介不但不主持公道，出面干预，竟不顾朝政，躲回老家，逍遥自在去了。致使苏纳海三人含冤而死！换地大案，世人皆知，这难道不是证据？"

魏裔介蓦然起身，长眉竖起，怒目圆睁，一股火气在胸中升腾。他看到安亲王平和的目光，强压怒火，厉声说道：

"李之芳，你如此不择手段，恶语伤人，其卑鄙用心已暴露无遗！裔介看你年纪轻轻，对你一让再让，一忍再忍，你却不知好歹，变本加厉，栽赃诬陷，无所不用其极！那就休怪魏某不留情面！有些话，我也不得不说了，这都是你自作自受，咎由自取！"

魏裔介转身说道："安亲王、康亲王、诸位审官，裔介蒙先帝恩顾，任总宪之职数年之久，弹劾贪官佞臣以十数计，其党类对我恨之入骨，挟仇诬构，伺机报复之心久矣！李之芳便是其中之一。当年，刘正宗蠹国乱政，我奉旨具疏参劾，李之芳与刘正宗为山东同乡，刘正宗托其登门求情，被我拒绝，他从此便怀恨在心。今年会试，李之芳又登门拜访，称其侄李锡有参加会试，求我为其通个关节，保其中式，并拿出赵孟頫的《洛神赋》和管道昇的《墨竹图》，企图行贿，又被我当场拒绝。李锡有名落孙山，李之芳对我更是视如仇敌，便罗列罪名，栽赃诬陷，借纠参弹劾之名，行报复陷害之实。"

向考官行贿，便是杀头之罪。李之芳见魏裔介揭了他的老底，心中大骇！转念一想，他拿不出证据，能奈我何？便挺着胸脯说道："魏裔介，你血口喷人！李之芳绝不会干出如此徇私枉法的勾当！"

魏裔介冷笑一声说："不拿出真凭实据，量你也不敢承认。郧园先生，睁开你的眼睛，看看这是什么！"魏裔介说着，将一个蓝色锦缎画轴封套扔在了李之芳的眼前。李之芳将封套拿起，见到上面的"郧园收藏"四字，大张着嘴巴，说不出话来……

御花园内，绿荫丛丛，溪水潺潺。凤仙花、栀子花、石榴花，争相斗艳；茉莉、米兰、香玉，芳蕤袭人。莺啼鸟啭，猿跳鹿鸣。宫娥、侍女绿衣红裳，游戏于花草丛中；太监、侍卫皂衣皂靴，肃立于万春亭下。

万春亭上，玄烨立于书案旁，聚精会神，挥毫疾书。芳儿皇后站在玄烨身边，凝目观赏。

玄烨一气呵成，一首辞赋跃然纸上：

对酒歌，太平市，吏不呼门。王者贤且明，宰相股肱皆忠良。咸礼让，民无所争讼。三年耕有九年储，仓谷满盈。班白不负戴。雨泽如此，百谷用成。却走马，以粪其土田。爵公侯伯子男，咸爱其民，以黜陟幽明。子养有若父与兄。犯礼法，轻重随其刑。路无拾遗之私。囹圄空虚，冬节不断。人耄耋，皆得以寿终。恩泽广及草木昆虫。

玄烨将笔放回笔架，回过头来，笑眯眯地看着芳儿。芳儿端详着刚刚写就的辞赋，说："这是《相知歌·相和曲》中的《对酒》一篇。皇上什么时候对曹操的辞赋也产生了兴趣？"

玄烨说："皇后有所不知，曹操虽非君王，然其治国韬略不亚于君王。他二十岁举孝廉，后为议郎。又招募兵马，讨伐董卓、招抚逆军，势力逐渐雄厚。击败袁绍后，以'相王之尊'，挟天子，令诸侯，成就了一番大业。他严肃军纪，体恤百姓，有'马踏青苗者斩'之美誉。他求贤举士，唯才是用，外定武功，内兴文学，对君明臣贤、百姓安居乐业之盛世极其向往。这篇《对酒》，便是他勃勃雄心之表露。"

皇后说："曹丕受禅让登基之后，在位五年，虽轻刑薄赋，诗文成垂，除此之外，便无建树，政绩平平。曹操虽为一代雄杰，志向远大，其雄心宏愿却付之东流。今我大清，皇上拨乱反正，励精图治，疆域平定，百姓安居，君明臣贤，政令畅通。臣妾以为，《对酒》辞中所描绘的盛世景象，已为时不远了，皇上。"

玄烨摇了摇头说："非也！如今江南水患频仍，黄河山东段决口，连日暴雨造成淮、黄并溢，撞卸洪泽湖东岸石坝六十余段，其状岌岌可虞；湖广竹山县火灾严重，兵民栖止无所；山东大地震，灾民亟待赈济。河务、漕运仍为急务，天下百姓仍需抚慰。太平盛世，朕梦寐以求，然而任重道远，并非招之即来、一蹴而就之易事。还有……还有三藩之隐患……"

"皇上，安亲王、康亲王乾清门外候旨！"梁九功亭下禀道。

"知道了，传他们万春亭见朕。"玄烨说。

不大一会儿，岳乐和杰书一前一后，来到亭上。礼毕，赐座，赐茶。

"李之芳举参之事，进展如何？"玄烨问。

"回皇上，微臣正是为此事而来。魏裔介与李之芳对质、吏部和都察院鞫审已告结束。微臣与康亲王写下判词，交议政王大臣会议后，具疏奏上，请皇上御览。"岳乐说着，将一份奏折呈上。

玄烨打开奏折，见疏中写道：

……鉴于以上事实拟判如左：

一、李之芳所参，皆无实据，实为妄加之辞。为一己私利，借端陷害；又有行贿一事得实。故判诬告、纳贿二罪；革职监禁，永不叙用。

二、魏裔介终以直道，并无过失。且不图私利，摒情托，拒贿赂，清廉秉正，无可非议。通告百官，以正其名……

玄烨放下奏折，笑了笑说："魏裔介刚正不阿，为官清廉，无可指责。前朝任总宪之职，参劾贪官佞臣不计其数，衔恨报复之人在所难免。然而，李之芳参他党附鳌拜，勾结班布尔善擅权害政，言过其实，确有诬陷之嫌。他任吏部尚书，本是太皇太后及首辅索尼之意。当时鳌拜为四辅臣之末，羽翼未丰，大权尚未操控，怎能说是鳌拜所为？魏裔介张弛宽猛，调剂异同，单辞片语，解定决策。并主持正义，巧为周旋，立有匡正之功。说他党附鳌拜，擅权乱政，实属无中生有。又说他在换地案中隐身回避，致使苏纳海三人含冤致死，更是无稽之谈！朕作为一朝天子，尚且不能把握朝政，魏裔介作为下臣，岂能左右大局？"

杰书说："皇上所说极是。那么，若依判词所拟，追究李之芳诬告之罪，不知当否？"

玄烨沉默片刻，说道："李之芳虽有诬告之嫌，然不究其罪方为上策。如果将他判罪，下臣投鼠忌器，不敢纠参，岂不有碍大体，事与愿违？"

玄烨拿起朱笔，在判词上方写下一行小字：

无枉无纵，勿纠勿判。

岳乐接过梁九功递来的判词，施礼告退，和杰书一起，走下亭台，渐渐消失在树荫花丛之中……

八月，皇上下旨，复改内三院为内阁。魏裔介由秘书院大学士兼吏部尚书，改为保和殿大学士兼礼部尚书。

# 四九、急流勇退

刚入十一月，就迎来了京城的第一场雪。柳絮一样的雪片飘飘洒洒，下个不停。廊前的玉兰树和丁香树的枝杈上积着白雪，像两棵玉树，挺立在金鱼池两旁。高耸的太湖石上也蒙了一层厚厚的雪，雪花落在金鱼池的水面上，一触即化。鱼儿们很少游动，偶尔摆动一下尾巴，安闲自在地停在那里，一动不动。

魏裔介立在窗前，王萱儿挽着他的手臂，二人一起欣赏着窗外的雪景。

魏裔介看着窗外的雪花，飘飘忽忽的思绪，将他带回了柏乡老家。他仿佛看到了南门外被大雪覆盖的玉皇阁、马鞍山、通济桥，还有魏家坟茔；又仿佛和家人、挚友漫步在故乡的雪花飘舞的街巷……一股不可言状的乡愁向他袭来，他痛苦地闭上了眼睛。

王萱儿摸一下自己高高隆起的腹部，抬头看看丈夫异样的表情，抚摩着他的臂膀，心疼地说："哪儿不舒服？该不是又想家了吧。"

魏裔介睁开眼睛，看了看萱儿，勉强笑了一下，点了点头。

萱儿瞅着丈夫的脸说："记得当年你赋闲在家，思亲心切，曾写《思乡》一首，诗中写道：'连岁领乌台，忧伤顿欲老。故人多隔绝，不得相倾倒。日月如逝波，但见原上草。子女稍长成，兴可慰怀抱。有兄在彭城，有弟淮阳道。霜月动乡思，月白纷浩浩。'凄凄的思乡之情，曾使萱儿流下泪来。如今离上次请告归里，又隔五年，想必是越发想家了吧！"

魏裔介苦笑一下说："日月如逝波，现在果真是老了，思乡之情愈来愈浓。不由使我想起陈抟的一首诗……"

萱儿接过来说："如果没有猜错的话，一定是陈抟的《归隐》诗了。"萱儿深情地瞥了丈夫一眼，缓缓吟道：

十年踪迹走红尘，回首青山入梦频。
紫绶纵荣争及睡，朱门虽富不如贫。

愁闻剑戟扶危主，闷听笙歌聒醉人。

携取旧书归旧隐，野花啼鸟一般春。

魏裔介叹一口气说：“陈抟上有宋太宗所赐‘希夷先生’之封号；又有《无极图》、《先天图》等传世之作，可他的眼里，高官显爵只是南柯一梦，雕梁画栋不如蓬门茅舍，义无反顾地归隐青山，与野花啼鸟为伍，其情操是何等的高雅脱俗！”

他的所思所想，她何尝不知？萱儿深情地望着丈夫，嫣然一笑说：“莫要唉声叹气了。等孩儿生下来，萱儿陪你一起回柏乡老家，著书教子，漫步田垄，安闲度日，厮守终生！”

魏裔介蓦然回首，用感激的目光瞅着妻子，看着她高高凸起的腹部，心中一阵喜悦，忙说：

“你分娩在即，快别站得太久，伤了胎气。”魏裔介说着，小心翼翼地把妻子搀到床边。萱儿坐在床上，忽闪着长长的睫毛，朝着丈夫莞尔一笑，亲昵地说：“早着哪！还有一个月的光景，看把你慌得什么似的。”

萱儿将丈夫一把拉来，让他和自己并肩坐在床边，她的头斜靠在他的肩头，拉过他的手，按在自己的大肚子上，轻轻地抚摩着。慢慢地闭上了眼睛，脸上露出了甜甜的笑容。

裔介弯过手臂，将萱儿拦在臂弯内，看着她眼角细细的鱼尾纹，爱怜地说：“多少年来，你含辛茹苦，对勷儿、嘉孚亲生一般呵护，将他们教育抚养成人，说来真是不易。这下好了，过不了多少日子，你就要做真正的母亲了！”魏裔介说着，紧紧搂住了萱儿的肩膀。

萱儿的脸上泛起阵阵红晕，咧开嘴笑了。她突然睁大了眼睛，像想起了什么似的，说道：“萱儿昨晚做了一个怪梦，你猜猜，萱儿梦到了什么？”

裔介看着萱儿的眼睛，慢慢地摇了摇头。

萱儿眨巴着眼睛说：“好像是一个繁星点点的晚上，萱儿梦见咱家的院子正中，突然竖起一根高高的长杆，杆上挑着两盏大红纱灯，闪亮的灯光映红了天空，照得整个庭院红彤彤一片……”

“对对！裔介昨晚也有一梦。”裔介惊喜地说，“梦见院里红光闪过，一只仙鹤翩翩飞来，口里衔着一串荔枝一样、闪着红光的宝物，在房内盘旋一圈，慢慢落在房梁上，像是要在房梁上筑巢。一觉醒来，原是一梦。”

萱儿心里一阵喜悦，瞅着丈夫说：“你我二人心心相印，息息相通，就连做梦也是如此相似。一个是吉星高照，一个是仙鹤送子，两个梦均为吉祥之梦，如意之兆。如此看来，肚中的孩儿一定会平安降生的。”

裔介点了点头，没有说话，深情地看着妻子。萱儿拉过丈夫的手，含情脉脉地瞅着丈夫的眼睛，二人默默无语，静静地坐着，对视良久……

腊月初六一大早，邓夫人就请来了收生婆辛妈。全家人出出进进，忙忙活活。随着东厢房里传出婴儿的第一声啼哭，一个新的生命降临人世。

辛妈一边忙活着手中的活计，一边大声地说着："王夫人真好福气，生了个白白净净的大胖小子！咦？这孩子奇了，一生下来就睁开了眼睛。多俊的孩子！瞧这小模样儿，眉清目秀的，真喜煞个人儿！"

邓夫人坐在女儿的头起，接过小芹递来的面巾，拭去女儿满脸的汗水，用指尖理顺着贴在女儿前额、脖颈的湿发。萱儿瞥一眼母亲，有气无力地说："果真是……是个男孩儿？"邓夫人笑着点了点头。

"哇……哇哇……"婴儿不停地哭叫着……

"是个大胖小子！哪会有错？"辛妈边忙活边说，"待会儿拾掇好了，我把您的儿子抱过去，让您瞧瞧，啊。"

辛妈用一块大红绒毯将婴儿包起来，又裹上一层小锦被。将婴儿抱起，慢慢地放在萱儿的枕边。萱儿伸出手，抚摸着儿子红扑扑的小脸蛋儿，一股浓浓的母爱涌遍全身。

小家伙儿仿佛看到了母亲，哭声戛然而止，眨巴着长长的睫毛，目不转睛地看着母亲的脸。小嘴唇儿嚅动着，像是要吃奶，又像是要说话。

裔介撩开门帘，快步走到床前，掖了掖萱儿身上的被子，小心翼翼地抱起襁褓中的儿子，儿子看着父亲的脸，张开小嘴儿，"咿咿呀呀"地叫着。

邓夫人笑着说："多好的大胖小子。做父亲的，也该给儿子起个名字了。"

裔介端详着儿子，又看了看妻子，郑重其事地说道："那好。就叫荔彤如何？荔枝的荔，红彤彤的彤。"萱儿笑着，用力点了点头。

"多好的名字！……"大家齐声赞道。

裔介把荔彤放回枕边，萱儿侧过脸去，和荔彤的小脸蛋儿紧紧地贴在一起，慢慢地合上了眼皮，几滴泪水从眼角淌出，脸上露出甜甜地笑……

康熙十年，早春二月，春意盎然。紫禁城内，花草吐翠，一派生机。

安亲王岳乐和魏裔介，应召来到乾清门前，跨过高高的门槛，在梁九功的引领下，登上乾清宫前的玉阶，走上月台左拐，来到了西暖阁——弘德殿。

弘德殿为皇上新选经筵之所。装修一新的殿堂宽敞明亮，摆设质地考究，文雅大方。东西两边，摆满了高大的书橱，里面陈列着中外各类书籍；北方正中设一御台，御台上放着黑檀雕龙鎏金御座；御座对面设讲官席，讲官席后面放着几排红木座椅，为侍讲学士及侍讲大臣的座位；殿堂正中放一青铜铸龙香炉，炉口紫烟渺渺，清香满堂。

觐见礼毕，玄烨在太监的搀扶下，缓缓走下御台，环视殿内一周，欣然说道：

“魏爱卿，你是前朝首请开举经筵日讲之臣，曾为先帝讲经论史，阐述治国之道，又为朕讲史论今，解问答疑，堪为两代帝师。而今又掌礼部，疏请大举经筵，慎选讲官。朕采纳魏爱卿奏疏，于太和殿肇举经筵大典。然只春秋两讲，难弥课余，为期阔疏，朕欲开日讲。朕已将日讲官人员名册拟定，请魏爱卿过目，为朕拾遗补漏。”

梁九功将一份日讲官名册递上，魏裔介翻开名册，见上面写有经筵讲官十二人：吏部尚书黄机、刑部尚书冯溥、工部尚书王熙、都察院左都御史明珠、礼部左侍郎常鼐、户部右侍郎田逢吉、翰林院掌院学士熊赐履、侍读学士宋德宜等。

魏裔介将名册合上，拱手说道：“回禀皇上，名册所列之臣，均为饱学之士，堪当此任。然开举日讲，仅此十二名讲官，人数尚少。历次科举，后起之秀脱颖而出，翰林院人才济济，不乏德才兼备、学问优长之才。另外，起居注官，也应从翰林院中选拔，以胜其任。”

玄烨说：“魏爱卿若有中意人选，不妨列出名单，朕即补任。至于起居注官，日后再作安排。”

魏裔介走到讲案前，铺纸蘸墨，写下四个人的名字：叶方蔼、蔡启僔、徐乾学、李光地。

玄烨看过梁九功呈上的名单，高兴地说：“叶方蔼满腹经纶，蔡启僔、徐乾学又是后起之秀，让他们任日讲官，使得，使得。”

玄烨放下纸页，沉下脸来，对岳乐说：“安亲王，朕近日听说，几个年幼郡王不学无术，常常恃威滋事，这对他们有何益处？无益之威逞之何用？他们皆为朕之懿亲，人自敬畏，何必恃贵骄纵，兀自逞能？他们理应娴习骑射，熟读诗书，毋徒溺于嬉戏，虚度一生。安亲王，你在诸王中，以齿则高，以行则长，若他们恣意妄为，你即代朕严加训饬！”

“微臣记下了。”岳乐说。

梁九功走进宫来，俯身说道：“皇上，刀弓猎装、护兵马匹早已准备停当，只等皇上移驾西苑了。”

“嗯。”玄烨应了一声，对岳乐和魏裔介说，“猎场春光明媚，草嫩羊肥，你二人陪朕跑马围猎，解解春乏如何？”

魏裔介躬身说道：“微臣还有一事，乞请皇上允准。”

“魏爱卿有事只管讲来，何必拘谨？”玄烨说。

“启禀皇上。”魏裔介俯首说道，“裔介身有疾病，请求辞职归里。”

“什么？”玄烨猛然一惊，“爱卿年纪尚壮，精力充沛，为何遽萌是念？”

“皇上……”

“不要说了！”玄烨满脸不悦地说，“你为朝廷重臣，又是朕之股肱，朝廷正在用人之际，你却要辞朝归里，朕岂能应允？”

“皇上。”魏裔介说，“仕宦岂有定期？昔唐李日知为刑部尚书，屡请辞归里，唐王许之。将请，不谋于家，归乃治行。明章枫山四十一岁便乞致仕。知止不辱，知足不殆，为古人所崇尚。裔介病疾已深，岂可久居私寓以误国事！”

“你若有病在身，回府调养即可。如再请辞，朕只不允！”玄烨显然有些气恼。

“皇上！”魏裔介说着，拿出一份奏折，双膝跪地，举起奏折说，“裔介上疏请辞，请皇上务必恩准！”

岳乐见魏裔介具疏力辞，无奈地摇了摇头，没有说话。

梁九功接过魏裔介手中的奏折，瞥了皇上一眼，惮惮怵怵地说：“皇上，这西苑行猎……”

没等梁九功说完，玄烨不耐烦地说：“什么西苑行猎，回上书房！”玄烨说着，大步走出弘德殿……

回到上书房，玄烨翻开魏裔介的奏折，看到疏文措词恳切，语气坚定。玄烨叹一口气，将奏折合上，离开书案，背着手，在房内踱起了步子。他摇摇头，重新回到座位，拿起笔，在奏疏上方写道：“卿才品优长，简任机务，正资赞理。览奏患病，情辞恳切，准辞任回籍调理，病痊起用。”

玄烨将笔放回笔架，面色疲倦，神情忧郁，身子斜靠在椅背上，抬手轻轻地揉着鬓角，慢慢闭上了眼睛……

四月的早晨，凉风习习。西直门外的官道两旁，青草茵茵，垂柳成行，成群的麻雀“唧唧喳喳”叫个不停，在绿树间飞来飞去。远处传来了几声鞭响，几辆马车急驶而来。

“吁！……”车夫紧勒马缰，辕马打着响鼻，坐紧后鞧，收住马蹄，车子在高梁桥前骤然停下。

心宝赶忙跳下坐骑，跑到马车前，将车凳放在车旁。王萱儿撩开车帘，先自下车，转过身，拉住魏裔介的手，将他扶下车来。

魏裔介身穿深蓝色长衫，一副长髯飘洒在胸前，神情肃然；王萱儿身着常服，面色平静，毫无粉饰。她挽着丈夫的胳膊，向高梁桥上慢慢走去。

二人站在桥上，对视一眼，微微一笑，扭头向远处望去：

蔚蓝色的西山、黛绿色的玉泉山清晰可见。玉河像两条白亮的带子，从玉泉山和昆明湖的方向蜿蜒而至，汇于高梁桥下。河水顺着宽宽的河床急流而过，经西直门前，流向德胜门水关。脚下宽宽的桥面，横架于双河之上，两水夹堤，岸柳成行，丝垂到水。桥下水流湍急，却清澈见底。水中游鱼，鳞鬣可见。两岸丹楼灰塔，窈窕绿树，倒影水中。河南岸以翠竹、海棠闻名的齐园、巡河厂、广通寺，和北岸的乐善园、滋献寺、极乐寺，相互对映。亭台楼榭，清颖别致。远山近景，红墙绿树……

眼前如画的美景，勾起了二人对往事的回忆。

萱儿抬头看着丈夫，问道："当年咱俩在这儿踏青赏景，你可曾记得？"

魏裔介说："往事如烟，好多事都淡忘了。唯独那次与你桥上重逢，裔介终生难忘！"

王萱儿笑了笑问："哎！京城如此之大，那时你是如何知道，萱儿会在高梁桥等你？"

魏裔介不假思索地说："你我二人息息相通，你在哪里等我，裔介自然明白喽！"

"时光荏苒，一晃十九年过去了，总觉得那次相会如在昨日。萱儿每当想起此事，就止不住心跳，心中像蜜糖一般甜蜜。咳！此次离去，不知何日才能返京。"萱儿小声说着，看着远处高高的城墙和周围的大好景色，心中平添了几分惆怅。

"悠悠往事，如过眼云烟。世上美景数不胜数，怎比得上家乡故土的一草一木，一山一水？岳父、岳母尚留京城，你我做儿女的，总要回京探望的。到那时，只有咱俩，双双漫步在高梁桥畔，共享这秀丽美景，那是何等的惬意！"魏裔介看着妻子的脸，动情地说。

萱儿抬头看着丈夫，莞尔一笑说："但愿吧。"

一阵马蹄声传来，一匹马和一辆马车停在桥下。陈奎下马，将王国顺和邓夫人扶下车来。裔介夫妇连忙从桥上走下，来到二老面前。

邓夫人从翠珠怀里接过小荔彤，亲个没够。小荔彤看着姥姥，"咯咯"笑个不停。邓夫人压抑着离别的悲情，几滴泪水扑簌簌地落在了小荔彤的脸蛋儿上。

萱儿挨在父亲身边，哽咽着说："爹爹，萱儿不能在您身边尽孝，您和母亲要保重啊。"王国顺摸着花白的胡子，笑着说："你爹身板儿硬朗着哪！我和你娘都不用你们惦记，啊。"

王国顺说着，从仆人的手里接过一个包袱，对女儿说："这是你娘给小荔彤做的几件衣服，匆忙间忘了带，也省了你一番忙活。"

萱儿含着热泪，双手接过父亲手中的包袱，递给了身旁的小芹。

陈奎走到魏裔介面前，恋恋不舍地说："陈奎不能跟随您一起回老家，侍奉在您的身旁，我……"

"欸！你还年轻，又在皇上身边，责任重大，侍奉好皇上才是大事。小陈缘自幼聪慧，如今已考中秀才，大有前程。希望他苦读诗书，再接再厉，鱼跃龙门，光耀门庭。"

陈奎含着眼泪，重重地点了点头。

又是一阵马蹄声，眨眼间，几匹快马已经停在他们面前。梁清标、梁清远、梁清宽三兄弟，跳下马来，径直走到魏裔介面前。

“石生兄，今日离京，也不和弟兄们言语一声，你让我们追得好苦！”梁清远手里拿着马鞭，一边喘着粗气一边说着。

魏裔介不好意思地说：“你们整日忙于朝政，怎好为了区区小事，耽搁你们的宝贵时光？”

“石生兄，您往那儿看！”梁清宽用手指着远处，大声喊道。

人们扭头看去，官道上滚起一层尘浪，马蹄声、车轮声由远而近，几十匹快马和近百辆马车疾驶而来。

一股白色的尘烟热浪似的迎面扑来，十几匹骏马在高梁桥前戛然收蹄，龚鼎孳、王熙、李霨、魏象枢、范承谟、熊赐履、徐乾学、李光地、陆陇其等人跃身下马，扔掉缰绳，直奔魏裔介而来。

龚鼎孳上前握住魏裔介的双手，凝神良久，激动地说：“石生兄，鼎孳为天算案不得不退隐江南，现已复任回京。如今鳌拜已除，当今皇上励精图治，朝廷上下协力同心。本打算与您携手共事，同理朝政，为皇上千秋大业贡献薄力，为百姓安居乐业尽其所能。你不畏艰难险阻，在惊涛骇浪面前方能奋不顾身，挺身而出，如今阴云散尽，风平浪静，你是两代重臣，又身为相国，人心所向，众望所归，你却在此时称病辞归，我……”龚鼎孳眼含泪花，说不出话来。

魏裔介拉着龚鼎孳的手，摇了摇头说：“此一时彼一时。如今君明臣贤，后起之秀层出不穷，辅国弼政后继有人，裔介甚感欣慰。东坡诗云：‘火色上腾虽有数，急流勇退岂无人！’裔介效法宋相程杰急流勇退，孝升兄深明大义，应当为此高兴才是。”

魏裔介说着，拿出一封书信，递给龚鼎孳说：“孝升兄，裔介的心里话都在这封信中，回京后一看便知。”

龚鼎孳接过书信，激动地说：“信中必是肺腑之言，鼎孳当以珍宝惠存。”龚鼎孳将信件收起，拿出一本册子，递给魏裔介，语调凄怆地说：

“别无馈赠之物，这是上月在辞行宴上，同事们为您吟诵的诗稿。鼎孳受诸位的委托，整理誊写，装订成册。惜别之情尽在字里行间。请您将它带回故里，闲暇之时，假此消遣吧……”

随着一阵车轮声，几十辆轿车停在路旁。杜立德、图海、索额图等满汉大臣下车，疾步朝这里走来。

图海来到魏裔介面前，大声说道：“魏大人，朝臣们得知你今日南下归里，便放下手头政务，急匆匆赶来。若迟到一步，想见君一面可就难了。”图海说着，拉过魏裔介的手，不无感慨地说，“此行一别，不知何时再能相会。兄弟特备酒宴，就在这高梁桥头把酒话别，为你饯行！”图海转过身去，见随从们已将长案及酒具摆好，拱手说道："魏大人，请！"

"魏大人请！"众人躬身说道，同魏裔介一起来到长案前。魏裔介将图海递上的酒杯高高举起，面对朝夕相处的朝臣们，大声说道："承蒙众位大人出城相送，裔介感激不尽。裔介先干此杯，以表谢意！"魏裔介端起酒杯，刚要喝下，官道上传来了一阵锣响，众人一起向远处望去，原来是一队仪仗，朝这边走来。

前头开道的是顶马、清道，清道后面是两面二人抬的大筛锣，紧跟着旗枪八骑、金黄棍二骑、圆金青扇二骑、回避牌两面、肃静牌两面。一柄杏黄伞下，一位王爷端坐在一匹满身红紫璎珞的五花青骢马上，几十名带刀侍卫卫护四周。仪仗在高粱桥头停下，众人定睛看去，那位王爷竟是安亲王岳乐。

岳乐下马，径直朝魏裔介走来。众人慌忙跪地，迎接亲王。魏裔介刚要下跪，岳乐疾步上前，将魏裔介搀起。

岳乐嗔道："魏公今日归里，不辞而别，有失礼数。此番离京，不知何时再能相见，你……你让本王追得好苦！……"

魏裔介说："裔介既已辞官，便为庶民，些许小事，怎敢惊扰王爷？"

岳乐说："多年来，本王与你志同道合，如同知己。辞官归里如此大事，你为何不与本王商议？不仅如此，你辞归之意，何曾向本王透露过只言片语？你自作主张，上疏力辞，如愿以偿。可你是否想过，本王为此却忍受着断臂之痛！"

听了岳乐的肺腑之言，魏裔介甚为感激。他望着眼前这位德高望重、神情肃然的安亲王，坦然地说："王爷，您对裔介的厚爱之恩，裔介没齿不忘！诗云：春风催草绿，江水逐浪高。如今朝廷上下人心所向，栋梁之才大有人在，后起之秀风起云涌，辅国良臣后继有人。裔介……"

岳乐正色说道："魏裔介听旨！"魏裔介和众人一起跪地。

岳乐展开圣旨，朗诵道：

"太皇太后懿旨：魏裔介德淳才俊，辅国襄政，懋佐鸿猷，独秀中皋。未耆而退，高风亮节。赐御用文房四宝一套，自书横幅一帧，以示褒奖；赐黄金百两、白银千两，为周济乡民、著书兴学之资……"

魏裔介双手接过懿旨，站起身来。岳乐打开黄色锦绣礼盒，取出一副字画，慢慢展开："大璞不琢，真金不镀"八个端庄圆润的大字赫然在目。

魏裔介接过礼盒，激动地说："太皇太后恩深似海，所赐之物，裔介视为无价之宝。裔介受皇上俸禄多年，尚有节余，太皇太后所赐金银，裔介不能……"

"如若不受，即为抗旨。魏大人万万不可推辞！"岳乐说完，朝马车走来。王萱儿弯膝一拜说："民妇见过王爷。"

"王夫人说哪里话。你为名门之后，又是诰封一品夫人，忠孝贤淑，智勇双全。太皇太后常夸你'明大义，辨忠佞'，难能可贵。魏公能有如此成就，离不开夫人的持正之功。"岳乐说着，从王萱儿怀里抱过小荔彤。小荔彤眨巴着眼睛，瞅着王爷的脸，咧开小嘴儿笑了。岳乐高兴地说："多俊的孩子！额阔颏圆，眉清目秀，将来一定大有作为！"

"承蒙王爷夸奖，多谢王爷吉言。"王萱儿接过孩子。岳乐看着停在路边的几辆马车，不禁问道："王夫人，此番归里，几人护送？几乘车轿？"

王萱儿答道："一无金银财宝，二无绫罗绸缎，哪用什么护送？几床被褥，四季衣装，剩下的便是书籍纸张，三辆马车便可装下，王爷不必为此操心。"

岳乐皱起眉头，走到马车前，依次掀开了三辆马车的布帘，仔细观看。转过身来，沉着脸问道："车上装的物件，就是你们的全部家当？"

魏裔介郑重地点了点头。

岳乐神色黯然，摇了摇头说："魏公为官二十五载，堂堂一品相国，竟如此寒酸……本王心中……"

"哈哈哈哈……"魏裔介爽朗地笑着，满有兴致地说，"当年进京赴试，只身一人，如今辞任归里，携妻带子，满载而归，裔介心已足矣！安亲王不必为我挂心。"

岳乐看着即将离去的良臣挚友，惜别之情油然而生，不禁吟道："海内存知己，天涯若比邻。无为在歧路，儿女共沾巾。"

魏裔介见岳乐如此深情，心存感激，随即吟道："海日生残夜，江春入旧年。乡书何处达，归雁洛阳边。"

岳乐吟道："莫愁前路无知己，天下谁人不识君。"

魏裔介吟道："茅檐长扫净无苔，花木成畦手自栽。一水护田将绿绕，两山排闼送青来。"

"拿酒来！"岳乐一声唤，随从托案上来。岳乐先取酒一杯，递给魏裔介，自取一杯，端在手上。无限感慨地说："千言万语，尽在酒中。你我同干此杯，祝你一路平安！"二人举起酒杯……

突然，从南面传来了一阵喧嚣声。众人转脸看去，见大慧寺方向的大道上，黑压压的人群，向这边急奔而来。顷刻间，人群已经拥上官道。侍卫们急忙上前，挡在了他们的面前。

人群前面，是两辆马车。两名年轻后生从车上搀下一位老翁。老翁拄着拐杖，颤巍巍地朝这边走来。一位中年汉子喊道：

"各位老爷，我们是附近的乡民，听说魏大人辞官归里，全村人都赶来相送。求大人行个方便，让我们和魏大人见上一面吧！"

岳乐走上前去，问道："你们是哪个村的？你们和魏大人是沾亲，还是带故？"

老翁说："您是王爷吧！小老儿给您叩头了。"老翁说着，手扶拐杖就要下跪。岳乐急忙上前，将老翁搀起。说道："使不得，使不得。快快请起！"

“回王爷话，我们都是魏公村的。和魏大人一不沾亲，二不带故。可魏大人是我们全村人的救命恩人哪！”由于激动，老翁的嘴唇和胡子不住地抖动，拄着拐杖的手也开始颤抖起来。

听了老翁的话，众人慢慢围拢过来。

“老伯有话，请慢慢讲来。”岳乐说。

“十三年前，我们都是京城打磨厂南的居民，因为此处是前明的皇家蔬地，户部强令我们搬迁。是魏大人急人所难，从中调停，使户部收回成命，几千口子才免遭颠沛之苦。后来朝廷要在此地建皇家花圃，又是魏大人出面斡旋，为我们筹得地亩银两，帮我们建起了新家园。全村人搬进新村，安居乐业，时刻不忘魏大人的救命之恩。为子孙后代不忘他的大恩大德，就在村头立下了‘功德碑’，并将我们的新村定名为‘魏公村’。听到魏大人辞官归里路过此地的消息，全村男女老幼一呼百应，匆匆赶来，一起为魏大人辞行。”

老翁说完，抬头向前看去，一眼就认出了站在人群中的魏裔介。颤声喊道：“那位就是咱们的救命恩人，都过来，给魏大人磕头啊！”

老翁一声呼唤，村民们一拥而上，随着老翁走到魏裔介面前。

“恩人在上，小的们给您磕头了！”老翁说着，扔掉拐杖，“噗通”一声跪在地上。全村男女老幼一起跪倒在地。

魏裔介顿时慌了手脚，急忙上前，伸出双手，托着老翁的胳臂，动情地说：“大伯，您老这大年纪，裔介哪里承受得起？搬迁之事，本是应尽之分，怎能劳您和大家如此记挂。如今乡亲们居有定所，丰衣足食，是当今皇上体恤万民之隆恩！快快请起，和大家一起回家去吧。”

老翁摇摇头说：“魏大人，您要应我一件事，我便起身。”

“应得，应得。莫说一件事，只要是您老的事，十件也应得！”魏裔介说。

魏裔介将老翁慢慢搀起，又拾起地上的拐杖，递到老翁手中。老翁握着魏裔介的手说：“魏大人，您为全村的事，劳心费神，酒没喝过一杯，饭没吃过一口，老儿思想起来，心中有愧呀！”老翁说着，几滴老泪淌出。哽咽着说：“恰逢今日，您辞官归里路过此地，乡亲们为您准备了家产的礼品，还带来了自酿的黄酒，就在这高粱桥头设下便宴，为恩人壮行。乡亲们别无他求，哪怕您喝上一杯酒，尝上一口菜，也算遂了乡亲们的心愿。您……您可万万不要推辞呦！”

“这……”魏裔介左右为难，不知如何是好。

“那好吧！”岳乐大声说道，“那就依了老人家，摆案斟酒，为魏大人饯行！”

老翁转过身来，吩咐道：“抬酒上来！”

乡亲们挑着篮子走上前来，陆续将几百只篮子放在一起。几人将盖巾掀开，大家低头看去，篮子里装有红枣、核桃、花生、毛栗，还有茶蛋、腌肉、熏猪头，烧鸡、煎饼、酱牛肉，酒肴饭食，应有尽有。

几个壮小伙子从车上抬下两个酒坛、几张方桌和一箩筐盘碗，一起放在路边。大伙一阵忙活，酒宴摆好。

老翁端起一碗酒，双手捧到魏裔介面前，颤抖着嘴唇说："我已是行将入土的人了，此生能遇上您，是我的福分。就是死，也会笑着闭上眼睛的。恩人此番离去，此生再难相见，全村人的情义都在这碗酒中，您就……"老翁哽咽着，说不出话来。

魏裔介双手接过酒碗，无比激动地说："乡亲们的深情厚谊，裔介永记心间！"

老翁吩咐村民，将斟满的酒碗送给各位送行的大臣。老翁又端起一碗酒，亲自送到岳乐面前，大声说道："小老儿虽然年近八旬，可我心里明镜似的。凡是前来为魏大人送行的，都是好官！魏公村的几千口子敬你们啦！"

岳乐接过满满的一碗酒，看到村民如此盛情，场面如此热烈，心情激动，感慨万千。他清了清嗓门，大声说道："盛情难却！魏大人就不要推辞了。本王借酒献佛，大家一起喝个痛快，为魏公壮行！"

众人端起酒碗，仰起头来，一饮而尽。村民搬起酒坛，给众人一一满上。大家互致问候，开怀畅饮，直到日头西斜，酒筵方停。

魏裔介走过来，见小荔彤躺在姥姥的怀里睡得正香，王萱儿含着热泪，正在恋恋不舍地与父母话别。她从母亲怀里抱起孩子，和丈夫一起向年迈的父母深鞠一躬，慢慢转身，向轿车走去。王国顺夫妇强忍离别之痛，目送他们离去。

人们簇拥着魏裔介一家数人，送他们上车。众人闪开一条道路，三辆马车从众人面前慢慢走过。魏裔介掀开轿车窗帘，向送行的人群招手致谢。

车子走上宽阔的弧形桥面，走过桥的中段。一声清脆的鞭响传来，马车顺着缓缓下坡，向前急驶。

老翁拄着拐杖，在后生的搀扶下，和众人一起拥到桥上。老翁双膝跪在桥面，大喊一声："恩人慢行，一路平安！……"众人一齐跪倒，口里不住地念叨着："恩人慢行，一路平安……"

岳乐、龚鼎孳、梁氏弟兄等众位大臣骑在马上，激动的心情久久不能平静。他们策马上桥，翘望着远方。

路上的马车越走越远，慢慢消失在官道的尽头……

# 五十、献策平藩

又是一年春三月，水绿草青花自开。

初八是柏乡城里神应寺的庙会，赶会的人早早聚集在城门外，等候进城。随着“轰隆隆”的声音，城门慢慢打开。推车的、挑担的、扛篮子的、背褡裢的，你催我赶，蜂拥而入。

走进南门，一眼望去，几座雕刻精美的石牌坊由近及远，依次矗立在大街上，给这座古老的县城平添了几分典雅之气。大街两旁，招牌幌子比比皆是，各色店铺顾客盈门。街两旁的便道上，摆满了摊位：剃头的、修脚的，咕噜锅的、攒笸的，五花八门；麻糖、煎饼叶儿，豆沫、饸饹、肉杂拌儿，应有尽有；西洋景、拉洋片儿，琉璃嘣儿、猴儿爬杆儿，瞧嘛有嘛。卖豆腐的敲着梆子，卖馍馍的吹着牛角，孩子们尽情地追逐嬉闹，商贩们起劲地招揽生意。喧闹声、叫卖声，炸油味、饭香味搅和在一起，汇成了乡下庙会的独特韵味。

街西一个卖洋针的摊位前站满了人。卖洋针的轻轻一甩手，一溜儿明晃晃的钢针齐刷刷地钉在一块木板上，围观的人们啧啧赞叹。卖洋针的来了劲儿，唱起了好听的吆喝腔：

卖洋针，卖洋针，一根洋针定乾坤。
洋针能作绣花鞋，洋针能绣鸳鸯枕。
能给女婿纳鞋底儿，能给婆婆缝衣裙儿。
都夸大姐营生好，美美满满过日子儿。
十根洋针一个钱儿，卖完收摊儿不等人儿。

赶集的大姑娘、小媳妇呼啦啦围了上去，眨眼工夫，十几包洋针出了手。

对面的摊子是个买五香面儿的，他见自己的摊前没了人儿，顿时扭了眉，挽起了袖子敞开怀，把小石磨摇得忽忽响，吆喝腔唱得抑扬滑润，越发动听：

小拐磨儿，磨五香，呼噜噜噜俺开了腔，
花椒大料小茴香，还有肉桂和良姜。
烙大饼、焖大鱼，调馅儿炒菜做肉汤。
撒一捏儿，喷儿喷儿香，一顿不吃馋哩慌。
一个子儿俺给两包儿，再送一包您尝尝儿。

人们一下子围拢过来，争着抢着要买他的五香面儿。卖五香面儿的心花怒放，朝着对面儿卖洋针的挤眉撇嘴儿，昂起头，扯开了嗓门又唱了起来：

皇宫里御厨是俺舅，御膳房秘方俺家中藏。

卖五香面儿的朝人们“咯唧”一下眼儿接着唱道：

这五香面儿本是御方配，娘娘用它做羹汤……

“打住，打住！”一个愣头汉子瞪起了眼睛，“御厨哩外甥儿卖五香面儿？吹吧你就！”汉子说着，“啪”的一声，把手里的包包儿摔在了摊子上，扭头走开。围摊儿的人们愣怔一下，也把手里的包包儿扔了出去，嘴里嘟囔着：“糊弄人吧你！”纷纷离开。卖五香面的双手一摊，嘴里嘟噜着：“看……看……看这看这……”登时傻了眼。对面儿卖洋针的却捂着肚子，笑弯了腰……

神应寺在西门里路北，山门门楣上挂上了随风飘舞的大红绸子，山门前的空地上，停满了大小轿车、四轮车、太平车。卖山里红、酸枣面儿的；卖面老虎儿、捏面人儿的忙着生意，善男信女手拿佛香，成群结队，走进了神佛大殿。大铜香炉烟雾缭绕，铜磬声、木鱼声、诵经声响成一片。

出神应寺往东不远，是城隍庙，城隍庙对面是戏楼。戏楼前人头攒动，丝弦戏《卷席筒》的悲苦情节和演员高超的演技，使台下的不少人流下了眼泪。

十字街往东是县衙，县衙往东是文庙，文庙对面是书场，书场往南是泮池。宽敞的书场上，有大鼓书、四股弦，还有武安落子、河南坠子。他们各搭各的场子，各守各的行规，各唱各的调儿，各收各的钱。好听书的早早进了城，一头扎进书场里，一蹲就是一天。遇上整本的《小八义》、《回龙传》更不必说，一旦上了瘾，女的不顾营生活儿，男的忘了庄稼地，书场里一呆就是半个月。

轻风吹拂着泮池岸边的白杨垂柳，雪花一样的杨花柳絮伴随着古朴优雅的书场音乐，飘浮在古城的上空。

魏裔介也来过书场听书，看这漫天飘舞的杨花，曾吟《咏杨花》一首：

袅袅晴空轻似雪，依依书场薄如绵。

无人知是池边柳，占尽春光雨后天。

十字街北面，有个小十字街。小十字街往西是官驿街，县衙驿馆临街而建，大门坐南朝北。驿馆前面是片洼地，人称“官驿坑”。冬春无水成集市，雨季水满可撑船。每逢庙会，这里就成了孩子们的乐园。耍猴儿的、变戏法儿的、拉洋片的大呼小叫；锣鼓声、吆喝声、嬉笑声、嗔骂声响成一片。孩子们开了眼，尽了兴，大人们却掏空了钱袋子。难怪人们都称这里叫“眼子坑”。

小十字街往东，便是秀才营街。魏裔介出资兴建的“槐阳书院”，历时一年，终告落成。书院门前张灯结彩，锣鼓喧天，赶会的人们蜂拥而至。大家抬头看去，红木匾额端挂在门楣之上，魏裔介亲书的“槐阳书院”四个大字墨光闪闪，知县章金牧撰写的一副对联豁然醒目。上写道：

笺疏训诂，六经于易尤专，阐义文周孔之遗，名相风流推后起；

节义词章，终古以儒为准，继濂洛关闽而起，大儒理学有真传。

魏裔介、魏裔鲁、魏裔讷、知县章金牧、先生张元裕、李跻如、白见先，以及县衙的职官衙役、缙绅、学子，齐聚门前，共贺槐阳书院开学典礼。

一阵鞭炮响过，唢呐笙箫齐鸣。魏裔介在众人的簇拥下，进入书院前庭。书院为两进院，前院为课堂，后院为先生居所。课堂阔九间，垂檐抱厦，白墙绿瓦。堂内宽敞高阔，窗明几净。章金牧将三位先生请进课堂，张元裕、李跻如、白见先走上课台，端坐在椅子上。他们面前摆着香案。三十名少年学子，身穿崭新的蓝衫，列队走进堂，躬身立正，向先生三拜九叩，行拜师大礼。拜师礼毕，先生自《千字文》开讲，学子们背手聆听。朗朗诵诗声从课堂的窗口传出：

“天地玄黄，宇宙洪荒。日月盈昃，辰宿列张……”

槐阳书院往东不远，便是魏裔介的府第，人称“阁老府”。阁老府坐北朝南，大拱圆拳门洞，黑漆椿木大门。门口两边各放一尊雕花石鼓，左首上马石，右首拴马桩。大门里是一面陶瓦盖檐的砖雕山水影壁。

绕过影壁，便是宽敞的大庭院。正房是六开间的单檐抱厦二层小楼，蓝色砖墙、赭色明柱、黑漆门窗，古朴典雅，简洁大方。小楼前，春光明媚，满院生辉。一架藤萝嫩叶吐翠；两棵石榴树含苞待放。几树桃花将谢，春风吹过，粉色的花雨飘下，洒满了庭院。

庭院的两边是灰色陶瓦起檐的白墙，白墙北端各有一个月亮门。东面的月亮门内是几间车棚、马厩、草料房，西面的月亮门里是一个清雅别致的小花园。

魏裔介从槐阳书院回来，喜悦的心情久久不能平静。王夫人见丈夫神情愉悦，满面笑容，便吩咐小芹沏茶。心宝连忙搬来两个藤椅，放在藤萝架下的石桌旁，魏裔介夫妇对面坐下。小芹端壶斟茶，一股清香扑鼻而来。

“好香的茶！你闻到了吗，小荔彤？”翠珠一边抱着小荔彤，一边和他说着话。小荔彤被“爷爷儿”晃得睁不开眼睛，扑棱着脑袋，闹个不停。

魏裔介呷一口茶，高兴地说：“好茶！地道的鸡公山明前茶。”

“是的。这是李老先生从信阳带来的新茶。”王夫人尝了一口茶，心疼地对丈夫说，“一年来，你为筹建槐阳书院东奔西忙，操心劳神，眼下书院已经开堂授课，你的心愿已遂，了却了一桩大事，也该歇歇心了吧。”

魏裔介点点头，想起午前槐阳书院的热闹场面，心情激动，诗兴大发，喜而咏之：

罢相归来问芰荷，故园老屋映庭柯。
文章应许如班马，诗赋还应拟李何。
偶向高斋寻寂乐，时烹香茗对藤萝。
春来桃李争先发，喜见乌衣磊落多。

时近黄昏，县衙职官来报：朝廷钦差已到县衙，专抵贵府传达皇上旨意，望贵府做好准备，迎接圣旨。

王夫人吩咐：全府上下大小人等，齐聚正房客厅，迎接钦差。

不大工夫，章金牧引领钦差走进府门，来到客厅。钦差手捧圣旨说道：“保和殿大学士兼礼部尚书加一级魏裔介听旨。”

魏裔介夫妇、子女及魏府全体人等，一起跪倒在地，聆听圣旨。

钦差宣道：“奉天承运皇帝诏曰。《世祖章皇帝实录》告成，克昭一代之典章，永垂万世之模范。魏裔介任实录总裁官，董率纂修，著有劳绩。加太子太傅。赐云缎七表里、青马一匹、鋄金鞍辔一副、白金一百两，以此宠锡。钦此。”

魏裔介双手接过圣旨，说声“有劳钦差大人”。话音未落，钦差却朝魏裔介一揖，倒地便跪，战战兢兢地说：“门生孙在丰叩见恩师大人！”

魏裔介脸上露出惊诧之色，连忙上前，将钦差扶起。端详片刻，说道：“原来是屺瞻奉皇差来此，令老夫好生惊喜。……庶常馆散馆之后，你……”

孙在丰连忙答道：“回恩师，学生现在翰林院任编修。您的门生徐乾学、李光地、宫梦仁、赵申乔、陆陇其、王掞、李振裕等，均在翰林院任职。”孙在丰说着，吩咐两名随从，将吏礼二部册封公文及皇上所赐物品抬进客厅，放在客厅正位的条案上，燃烛焚香，大礼叩拜。又转身走出客厅，将头戴红花的皇赐御马请进打扫一新的马厩。大家看着英武神骏的御马，赞不绝口。

“各位请进客厅叙话。”魏裔介说。

几人分宾主坐定，孙在丰拿出一封信笺递上，谦恭地说：“这是二十七名庶吉士联名给您的书信，祝愿恩师心爽体康，并祈望早日拜读恩师的经世之作。”

魏裔介抚摩一下胸前的长髯，“呵呵”笑着说：“老夫辞官回乡之后，多有闲暇，作《孝经注义》、《琼琚佩语》两篇。屺瞻乃翰林院词林新秀，在敝舍小住几日，为书稿多加斧正，以求无疵。”

孙在丰说：“不敢不敢。学生才疏学浅，能够拜读恩师大作，已是学生的福分了。”

康熙十三年正月。

槐阳书院的大讲堂内，学生们凝神端坐，聆听魏裔介讲授《四书》之课。张元裕、李跻如、白见先三位先生也坐在堂下静听。

魏裔介说道：“今讲《尚书》中《尧典》一篇。文曰：‘曰若稽古帝尧，曰放勋，钦、明、文、思、安安，允恭克让，光被四表，格于上下。克明俊德，以亲九族。九族既睦，平章百姓。百姓昭明，协和万邦。黎民于变时雍。’其意为，查古时传说之帝尧，其名放勋，处事敬谨、明达、文雅、智谋、温和，诚实恭谨、推贤让能，因此其光辉照耀四海，感动天地。他弘扬美德，使其家族和睦融洽。家族既已和睦，便又辨明官员职守；官员职守既已明确，便使天下各国协调和顺，民众愈加融洽……”

“魏公，魏公！……”新任知县谢廷瑞在槐阳书院门前下轿，一溜小跑，来到书院前庭。

魏裔介听到喊声，走出讲堂，见是谢知县，问道：“谢大人这般风风火火，莫非有何急事？”

“魏公有所不知，皇上派钦差，前来拜谒您老人家。他们已在贵府客厅等候！”谢廷瑞气喘吁吁地说。

魏裔介向张元裕等三位先生告辞，和谢廷瑞一起走出书院大门。谢廷瑞将魏裔介让进自己的官轿，东行不远，便到了阁老府门前。

魏裔介和谢廷瑞走进院内，一位身穿朝服的官员从客厅迎出，走下台阶，对魏裔介躬身施礼道：

“在下中书舍人余说，奉皇上之命，特来贵府拜谒相国大人。”

魏裔介拱手说：“皇上日理万机，不忘故旧，裔介感激不尽。不知余大人光临敝府，多有怠慢，快请客厅叙话。”

几人客厅落座，余说说："近年来三藩作乱，朝廷选派大将带兵出征江南，并派在下随军南征。皇上挂念相国身体，钦命在下抵柏乡，特致慰问。赐高丽老参两支、宫中八宝两盒、大东珠两颗，貂帽、貂裘、狐袍各一件，以示皇上体恤之心。"

余说说着，吩咐随从将礼品抬至客厅，放在堂桌之上。魏裔介命全家人来到堂前，叩首谢恩。

余说坐定，品一口茶说："早在去年三月，平南王尚可喜听从幕僚金光的劝告，上疏请求告老回辽东，皇上依然允准。平西王吴三桂和靖南王耿精忠闻讯后深感不安。为试探皇上意图，二人先后上疏，请求撤藩安插。皇上将撤藩之事交由议政王大臣会议讨论，反对撤藩和力主撤藩者各持己见，争执不下，请皇上裁决。皇上以为，吴三桂等反叛之心蓄谋已久，不早除之，养痈成患，何以善后？况其势已成，撤亦反，不撤亦反，不如先发制之。八月，皇上谕令撤藩。差礼部左侍郎折尔肯、侍郎傅达礼往云南，户部尚书梁清标往广东，吏部右侍郎陈一柄往福建，督理各藩撤兵起行之事。"

魏裔介说："关于此事，梁清标前往广东途中路过柏乡，老夫与他曾有短暂会面，谈及撤藩之事，均以为皇上决策英明果断，早晚会有一战，宜早不宜迟。"

"以后之事，正为相国所言中。"余说接着说道，"去年十一月，撤藩使臣折尔肯抵滇，吴三桂大失所望，与部将密谋叛乱，派重兵扼守关隘，并将折尔肯扣押。随即传檄四方，举兵反叛。致书平南、靖南二藩，及贵州、四川、湖广、陕西将吏，四下群起响应。吴三桂亲率大军举兵东进。云贵、湖广督抚惧怕三藩势力，纷纷归降藩军。独有云贵总督甘文焜忠勇不渝，力敌叛军。贵阳失守，甘文焜遂令家室父女自缢，率儿子国城，疾驰咽喉重地镇远，以图堵截敌军。不料镇远守将江义反戈相待，甘文焜不得不挥鞭渡河，在吉祥寺被叛军所困，他下马叹息：'过此则非封疆之地矣！'遂整衣冠，望阙再拜，拔剑自刎，年仅四十二岁，子国城随同殉难。"

魏裔介心情无比激动，慨然道："封疆之臣，义死封疆，悲壮英烈，遗馨千秋；敌前降将，苟且偷生，卖国求荣，遗臭万年！"

余说接着说："吴三桂重兵压黔，贵州官吏非降即逃，如入无人之境，然后直指湖南。消息传入京城，举朝震惊。索额图请诛主张撤藩诸臣，皇上谕曰：'此出自朕意，他人何罪？'遂决定出兵平叛。朝班之上，皇上要求群臣献出制敌方略，朝臣们大都噤若寒蝉，只有二三大臣献计献策，或进退或攻守，莫衷一是。大学士图海出班启奏：'布兵之计，早有定策。早在十二年前，左都御史魏裔介为大清安危计，就曾提议'荆襄乃天下腹心，西连巴蜀，东通吴会，南接粤西，北达秦豫。自古为四战之区，三国必争、天下要害之地。今郧西诸山及夔门一带，尚有贼党余氛，未尽削平。伏祈皇上择一大将，领满兵数千，常驻其地，无事则控扼形势，可以销奸宄之萌；有事而提兵应援，可以据水陆之胜。往年海寇入犯江南，荆州大兵顺流而下，一举获胜。故驻兵荆州，乃百年久远之计，而非今日一时之谋也！’此请当时若被采纳，也不至于今日仓皇应敌。可鳌拜却极力反对，口称荆州无须布防。魏裔介不为鳌拜淫威所惧，再三陈明利害，据理力争。请将驻守武昌的湖广总督移驻荆州，以控制要害。其他辅臣均为赞许，鳌拜这才勉强接受。臣以为，魏裔介派劲旅固守荆州之计，进可攻，退可守，实为用兵良策。眼下湖南、湖北各地接连陷落，吴三桂叛军企图北犯，恳祈皇上，速派大将驰奔荆州，重兵扼守，以切断叛军南下之路。’图海奏请，皇上欣然允准，遂命都统巴尔布、护军统领伊尔度齐、硕岱、额司泰为前锋，率护军骁骑，日夜兼程，驰赴荆州。皇上又命在下随军南下，前来柏乡，再讨相国御敌良策。相国虽退居林下，忠义爱国之心，人人皆知。祈望相国慷慨献策，在下当不胜感激。”

魏裔介呵呵一笑说：“余大人太客气了。你的一番话，使老夫对目前战况更为明晰。抗击反贼，匹夫有责。献策倒不敢当，只是略述拙见而已。朝中不乏精于战事之将，他们对当前战局有何方略？”

余说答道：“他们以为，眼下贼锋正锐，宜于守。”

魏裔介说：“这就好！避其锋芒，扼守荆州要塞，既可保存我方实力，又可阻止叛军北犯。调整兵力，养精蓄锐，择机出兵，后发制敌，方可稳操胜券。”

余说点点头说：“三藩实力不可小觑，平叛之战决非一时之功，以相国之见，除避其锋芒，扼守要塞之外，可有其他良策？”

魏裔介沉思片刻，站起身来说道：“纵观南方局势，吴三桂单兵北上，虽有声势，毕竟兵力有限，如果我方用兵得法，尚不足为患。若吴三桂与广东、福建三藩联手进犯，势必对我军不利。以当前敌我情势，耿精忠、尚可喜尚未出兵反叛，仍持观望态度，我方应审时度势，分化三藩，稳住粤闽之敌，孤立云南叛军，集中兵力，抗击吴三桂。而后各个击破，分而歼之。再者，叛军北犯，贯以轻装简行，便于行军速进。我军固阵坚城，以守为攻，宜用铁炮还击来犯之敌。奏请皇上，谕令兵部武器制造坊赶造轻重大炮，多多益善，备足火药球砂，运往南方阵地，一门大炮可抵百名兵勇。叛军进犯，有来无回……”

二人只顾谈话，不知不觉间已过黄昏。余说起身，向魏裔介躬身一拜说：“多谢相国献计献策，为国分忧。军情紧急，不便久留，在下这便动身，回京复命。在下告辞，相国大人多多保重！”

余说说完，不顾主人挽留，起身走出客厅。两名随从已在厅外备好马匹。魏裔介将余说送至府门外，余说接过缰鞭，翻身上马，转身拱手谢过，一甩马鞭，坐骑奋蹄窜出，两名随从飞身上马，紧随而去，转瞬间消失在夜色之中……

二月二，龙抬头，柳条绿，槐水流。槐河两岸，杨柳吐翠，春草发芽。槐河水清澈见底，自西向东，顺流而下。水中鱼儿梭梭，树上黄雀啾啾。北岸渡头往东，是个执竿垂钓的好去处。

一辆轿车停在那里，马儿悠闲地啃着刚出土的青草，车把式老杨头儿坐在车辕条上，吸着烟袋。魏裔介长髯飘胸，神态自若，手握钓竿，盘膝坐在蒲团上，凝神注目水上漂。忽而，鱼竿负重，鱼漂下沉，魏裔介压肘抬腕，鱼竿上挑，一条斤来重的鲢鱼被钓出水面。书童冬儿惊呼一声："好大的鲢子！"急忙上前，伸手抓住摇头摆尾的鱼儿，摘下鱼钩，将它放进鱼篓内。

"老爷真好钓法，一会儿工夫，这就钓五条了。"冬儿一边说着，一边从鱼饵罐儿里拿出一条蛐蟮，套进鱼钩，连忙躲开。魏裔介一摆钓竿，将鱼线甩出，鱼漂摇摇摆摆漂在水面。冬儿蹲在一旁，目不转睛地盯着鱼漂，等着鱼儿咬钩。

"嘚嘚嘚……"一阵马蹄声打破了河岸的宁静。一匹快马跑出北城门，踏过槐河石桥，直奔这边而来。

心宝跳下马来，见主人全神贯注地瞅着水面，蹑手蹑脚地走到魏裔介身后。

"心宝风急火燎地到此，可有什么急事？"魏裔介问。

心宝说："急事倒是没有，刚刚收到京城寄来的一封书信，王夫人不知信中何事，便差小的速速送来。"

"书信是何人所寄？"魏裔介转过头来，急切地问道。

"户部尚书梁大人。"心宝答道。

魏裔介一把扔掉鱼竿，站起身来，用布巾擦擦手，接过信件，将信打开。

心宝搬起鱼篓，数着里面的鱼儿；冬儿顺手拿起鱼竿，甩出鱼钩，大模大样地钓起鱼来。

信中言道："石生兄台鉴：清标自去年八月奉旨赴粤，上月谕令迟延撤藩，火速返京。午夜过柏乡，因军情紧急，不敢少时逗留，未曾与兄谋面，甚觉遗憾。知兄甚为牵挂三藩战事，回京隔夜便修此书寄出。

"清标得知，吴三桂举兵北犯，皇上谕令出兵平叛，采纳图海奏请，仍用当年兄长'扼守荆州'之布兵方略，火速派精兵强将驰援荆州。并暗差中书舍人余谠抵柏乡，征询兄御敌谋略。余谠回京后，皇上即封顺承郡王勒尔锦为宁南靖寇大将军、都统赫业为安西将军，命勒尔锦遣骁骑一部速往荆州驻扎。在太和殿举行出师送行仪式，皇上亲送征南大军至西长安门，又遣内大臣、礼兵二部大臣饯于郊外。又急召钦天监正南怀仁、兵工二部满汉尚书进宫，命南怀仁绘图设计轻重红衣炮式样；命兵工二部按图纸赶制轻巧红衣炮一千门、红衣铜炮一百三十门、神威战炮二百二十门。红衣炮制成之日，皇上亲临卢沟桥炮场检阅试放，每炮一连三次中鹄，诸炮齐发，共打一鹄，亦俱齐中。皇上欣喜异常，赐南怀仁御服貂裘袍衣一件。命如数如期造出红衣炮，及早运往战场，杀贼立功。

“满朝文武对兄长辞归林下，心系社稷安危之高风亮节交口称赞，更为您超乎常人的文韬武略所折服。皇上对您的身体甚为挂牵，当夜，皇上便急召我和徐乾学、孙在丰进宫，询问南方战事与兄长归里后的身体及生活状况。皇上对南方战局尤为关注，为掌握战场动态并即时调整御敌策略，封我三人为前线联络使，负责朝廷与勒尔锦大将军之间的联系。并言：‘魏爱卿请辞归里已逾四载，朕甚为思念。柏乡乃九省御路、南北必经之处，尔等路过此地，务必登府探望，代朕问候老相国安好。’清标将不日奉旨南下，与兄长见面已有期矣！”

魏裔介读完来信，满脸喜色，心情无比激动，大声说道：“收竿回府！”

魏裔介说着，转身看去，惊呼一声：“鱼咬钩了，起竿，快起竿呀！……”

冬儿撑起钓竿，又一条鲢鱼被提上水面。心宝伸手抓住，哈哈大笑说：“不到半天工夫，就钓了六条大鲢子，王夫人一定会亲自下厨，做个老爷最爱吃的黄酒煨鲢鱼，给老爷下酒！”

心宝看着主人平时少有的笑模样，大大咧咧地说：“老爷，心宝也爱吃鲢鱼，今天心宝也弄个鱼尾吃吃？”

“都吃，都吃，呵呵呵呵……”魏裔介笑着说。

“冬儿最爱吃鲢鱼头了，我也……”

“去去去，站一边儿去！没豆芽子高，还想吃鱼头？切，美死你！”心宝朝冬儿撇一下嘴，边收拾鱼竿边说。

老杨头儿套上轿车，拉住缰绳，将车倒顺过来，冬儿搬下车凳，心宝扶主人上车。冬儿将鱼篓小心翼翼地放进车里，手拿鱼竿，坐在轿车外首的车帮上，老杨头儿一手逮着缰绳，一手挥一下鞭杆，嘴里“嘚嘚”叫着，辕马支起耳朵，打着响鼻，迈开四蹄，轿车稳稳前行。心宝上马，紧随其后。轿车南拐，走过槐河石桥，直奔北门而去……

几天来，秋雨连绵，整个院子湿漉漉的。风刮云移，“爷爷儿”终于露出了笑脸儿。

院里的石榴熟了，红红的、咧开嘴儿的大石榴挂满了枝头。冬儿和丫环唤月站在凳子上小心翼翼地摘着石榴。翠珠提着篮子站在树下，一个一个地接着。

冬儿一边摘着石榴，一边看着唤月说：“瞧哎，唤月的小脸蛋儿和树上的石榴一般般红，真好看哎！”

“去！没人儿把你当哑巴卖喽。”唤月嘴里说着，心里却甜丝丝的。

冬儿咂一下嘴儿说：“啧，就是一样儿，显得美中不足。红石榴配绿叶才好看，唤月的头发却是黑的，要是唤月换上一头绿头发，配上那红嘟嘟的脸蛋儿，嘿！那才叫……”

唤月的脸一下红到了耳根，嘴里说声“叫你贫嘴！”薅下一把石榴叶，向冬儿的脸上狠狠投去。冬儿脚下踩偏，凳子一侧歪，“咿呀，咿呀”地叫着，摔在地上，捂着屁股直咧嘴。

唤月高兴地直拍巴掌，笑着说：“活该，不屈！摔死你个调皮蛋儿！嘻嘻……”

翠珠看着蹲在地上龇牙咧嘴的冬儿，挤一下眼说：“那好！赶明儿，叫你娘给你寻个长着绿头发的媳妇儿，行不冬儿？”

冬儿捂着屁股，狠辣辣地对唤月说：“今儿个晚上就找个绿头发媳妇儿给你做伴儿，吓不死你！哎吆……哎吆……”

“这是谁在院儿里说鬼话哩？”王夫人撩开帘子，从书房走出。

唤月吐吐舌头，把手里的一个石榴递给翠珠。冬儿做个鬼脸儿，从地上一骨碌爬起来，屁股也不疼了，爬上凳子，接着摘石榴。

篮子里的石榴满了，翠珠扤着篮子走进厨房，将鲜红的石榴装进瓷盘里，端着盘子走进老爷书房。

魏裔介坐在窗前书案旁，专心致志，挥毫疾书，编写《鉴语经世编自序》。《鉴语经世编》是魏裔介自康熙三年以来，详阅《资治通鉴》全书，常苦其浩繁难记，因此摘其重要篇章词句，抄录成帙。归里之后，反复修改，多加增益，每段之下，识其所见而加以论断。前后有十年之力，终定其稿，将付剞劂。

《鉴语经世编自序》写成。魏裔介嘘了一口气，将狼毫放上笔架，抚一把长髯，举起手臂打个舒畅，看看窗外，对书案对面正在誊写《欣赏集总序》的妻子说：“时已近午，也该搁笔歇息了。书写太久，累坏了眼睛，裔介可吃罪不起呀！”

王萱儿搁下笔，朝丈夫嫣然一笑说：“不碍事儿，我哩眼睛好使着哪！哪儿有那门娇气？琉璃咯嘣儿还吹三吹哩。”

魏裔介呵呵一笑说：“嗬！京师来的太太，竟然会说一口地道的柏乡话，难得，难得。”

“自从与你结识的那天起，萱儿立志与你朝夕相伴，厮守终生。也就和柏乡这块热土结下了不解之缘，一生不嫌不弃，生死相依。那年山西乡试归来，是萱儿第一次到柏乡。萱儿当时虽然未被迎娶过门，可当踏进柏乡地界的一刹那间，胸口‘怦怦’直跳，除却一丝羞涩外，似有梦游故土之感。天是那么样的蓝，风是那么样的爽，地是那么样的阔，人是那么样的亲。虽在柏乡只有数日，对柏乡的热恋，已超过生我养我的京城！回到京城大栅栏家中，终日魂牵梦萦，寝食难安。扯不断的情丝，挥不去的眷恋……”萱儿说着，目光闪烁，沉浸在往事的回忆之中。

魏裔介看着妻子为情所动，呆然若失的样子，调侃地说：“看你如此神情，使我想起刘过《四字令》中的一句：‘思君忆君，魂牵梦萦，翠销香暖云屏，更那堪酒醒！’”

萱儿收回思绪，瞅一眼微笑着的丈夫，回敬道：“又跑题了，萱儿为眷恋柏乡热土而魂牵梦萦，怎能与‘思君忆君’四字相牵扯？真是东施效颦，自以为美。哼！”看着丈夫一时的窘态，“噗嗤”一声，先自笑了。

裔介灵机一动，欣然说道：“爱人者，兼其屋上之乌；思君者，兼其乡中之土。”

萱儿笑一下，驳斥道：“《尚书·大传·大战》中，只有上句，而无下句。贸然填上，大有画蛇添足之嫌。想不到堂堂相国，原来是个蹩脚的假圣人。”萱儿说着，转而正色道：

“还是说些正事吧。《鉴语经世编》长达七十二卷，评断上下数千年之成败得失，历经十载，九易其稿。京师、畿辅学士大夫来信索要此书者，不下数十人。萱儿愿你早定其稿，刻印成书，一是了却一桩心愿，再者《希贤录》、《琼琚佩语》、《佳言玉屑》，尚未脱稿；《四书惺心编》、《樗林偶笔》、《卜子夏集》未曾动笔。其任务之重，可想而知。萱儿只能誊写，不可撰文，恨不能多长几只手来，为……”

魏裔介抢先说道：“著书立说，无有捷径可走；经世之作，只能千锤百炼。《鉴语经世编》已做完最后删定，明日便可交付刻印。这下你便放心了吧。”

“老爷，京师来信。”心宝站在书房门外禀道。

魏裔介心头一凛，放下书稿，站起身来说：“送进房来。”

心宝进房，将书信呈上。魏裔介接过信札，见上面写有“徐乾学敬上”几字，忙拆开信封，抽出信笺读来：

恩师台鉴：学生与梁大人奉旨四月抵闽，以招抚靖南王耿精忠。其自康熙十年袭王爵，即处心积虑扩充军力，鸣剑之心已非一日。今年三月，耿精忠将福建总督、范文程次子范承谟诱至藩府，将其囚禁，遂举旗反清。其自称总统兵马大将军，以刘秉政为兵曹尚书，萧震为布政使，白显忠等三人为将军，举兵攻陷福建延平诸府。四月出仙霞关北上，攻陷浙江江山，移师东向，陷平阳。随即浙东四县相继陷落。

五月，消息报予朝廷，皇上大为震怒，遂遣兵渡江御敌。先遣周襄绪、陈嘉猷赴闽，几日后派梁大人及学生离京，直达福州，见机行事。周、陈二人抵达后被耿精忠扣押。见其反心已坚，无可再行招抚，梁大人与学生即从福建返回荆州。梁大人身感伤寒，在大将军帐下歇息调养。预计秋后一起回京，路经柏乡时，必登府拜望恩师……

魏裔介看完来信，心情无比激动。一来与挚友、贤契相见有期；二来皇上终于下定了铲除三藩之祸的决心。魏裔介从抽屉里拿出一张地图展开，仔细阅看。心下揣摩："只要荆州防守严密，北方便可安定。以兵道而论，三藩违人心，挑祸乱，逆天而行，定遭天谴；朝廷顺民意，出义兵，替天行道，必得天助。以战局而论，三藩联合出兵反叛，已成定局，穷凶之敌，其势非弱，朝廷必须调整兵力，派强将精兵镇守各地要塞，力阻叛军兵力蔓延扩展。以双方兵力而言，滇、闽、粤三省地处南疆，地窄人稀，兵员后备不足；而北方幅员辽阔，八旗、汉军数倍于敌，只要用兵得当，部署得法，战败三藩，将稳操胜券。然而，三藩之势断不可轻视，若想速战速胜，也绝非易事……"

王萱儿接过唤月端进来的茶盘，放在几上，斟一杯茶，端到丈夫面前。见他刚才还容光焕发的脸突然间黯淡下来。又见他收起地图，皱起双眉，低头沉思。背起手，慢慢踱起了步子。萱儿心里明白，丈夫又想起了当年为防三藩谋反，为朝廷借箸谋划而被拒绝的往事。萱儿也不搭话，坐在那里，瞅着丈夫。

徐乾学的一封信，勾起了魏裔介的思绪。多少往事，已成过眼云烟。南方战事平息数载，三藩又起祸端，南方数省百姓再遭涂炭。战火何时才能灭熄，黎民何日得以安寝？魏裔介身在书房，心中却牵挂着南方战事，似闻鼓角声声，杀声阵阵，兵刃铿锵，战马嘶鸣。似见火烧村舍，马踏禾苗，百姓扶老携幼，逃奔他乡。他长叹一声，一首七言诗在心中酿成，吟道：

闻道湖湘有战期，连绵霖雨中秋时。
铁衣问夜吹寒灶，征马嘶风狎鼓声。
上将知兵须虑险，谋臣忧国贵争奇。
功成自古归天宠，谁把凌烟姓字垂。

宣尼来谷归侵地，晋国淮西降蔡人。
岂谓书生空袖手，须防肉食善谋身。
师环陇右乌云合，马踏荆山战血新。
帷幄昔年曾借箸，渔竿今钓古槐滨……

# 五一、览胜怀古

玉皇阁晨钟响起，魁星楼霞光染遍。马蹄“嘚嘚”，马铃“叮叮”，几辆轿车走出南门，过便桥、玉皇阁、通济桥，踏上了西南故道。

魏裔介和梁清标坐在头辆轿车内，边走边聊。

“这次南方之行，历经坎坷，你又身染病疾，能够平安归来，身体恢复如常，裔介深感欣慰。”

“在荆州卧病期间，多亏大将军顺承郡王多方诊治和徐乾学的悉心照料，不出十日便得以康复。”梁清标撩开车帘向外看了一眼，转过头来，忧心忡忡地说，“南方战事，瞬息万变，不容乐观；吴、耿联合出兵，其势汹汹，不可低估。大将军勒尔锦率主力镇守荆州，荆州虽可固保，然而除闽、粤、滇三省外，叛军势力已蔓延浙、赣、湘、陕数省，陕西提督王辅臣又起兵叛乱，延安、绥德相继沦陷，西安也将不保。这……”

“玉立兄，出门前几人早已商定，今日不论政务，不谈军事，一心观景览胜，吟诗作赋。一来消除路途颠簸之苦累，又可借此抒发弟兄久别重逢之情怀，何乐而不为？”魏裔介瞅着梁清标，微笑着说。

“那好，那好！今日一意消遣，不谈其他！”梁清标呵呵一笑说：“刚才稀里糊涂上车，且不知此去何方，如此观景览胜，心下不禁有些怅然。”

“欸！观景、览胜，二者大有不同。观景者，游山玩水，徜徉于花草虫鱼之间，只可寓景于乐，赏心悦目；览胜者，观物思古，置身于名胜古迹之中，才能回味历史，大发感慨！前面便有一个好去处，虽已是断壁残垣，却能勾起游者遐思妙想。那就是距今四千多年的遗址——尧城。”

轿车沿官道，过路村、驻驾铺，停在小里村西南的一片土岗下。魏裔介、梁清标、魏裔鲁、徐乾学、魏勷等人陆续下车，几人登上岗坡，举目四望。

岗坡一望无际，足有千顷之阔。高处与平地相差十仞有余，属丘陵高地。西与太行山相连，是太行余脉；东与尧山隔地相望，遥相呼应。岗坡至高处，耸起一道高高的土围，土围顺势而立，连绵数里。土围断开处，大石砌成的围墙呈现城门之状，两边石垛相距两丈之多，高足五丈，厚达三丈余。抬眼望去，城门内数里，有一座高大的圆形土丘，状如祭坛，高如小山。土围内灌木蒿草没人，獾狸狐鼬乱窜。土围外高粱秫黍遍地，叶黄穗垂待收。

徐乾学望着眼前古迹一片，不禁连声叹息，说道："此处为古代城郭，定然无疑。虽已是断壁残垣，荒败不堪，然昔日雄伟之姿断然不同凡响。观其现存之状，与城北鄗城相比，其年代恐怕更为久远。不知此城可有名记，史书可有记载，何朝何代所建？"

魏裔鲁说："此遗址名为尧城，为唐尧时期所建。《尚书·尧典》有'肇十有二州，封十有二山，浚川'之记载。"

魏裔介说："唐尧时期亘古久远，距今已有四千年之久，尚在仓颉造字之前，是时尚无文字记载。《尧典》是周代史官编著，后经圣贤补订而成。据此书记载，尧号陶唐氏，名放勋。尧称帝后，制定历法，治理洪水，推行德教，尊行五典，将华夏疆土设置为十二州，并筑坛祭祀。包括东岳泰山，西岳华山，南岳衡山，北岳恒山等十二座大山，太行山并列其中。尧城为十二州一州之城，故称尧城。此城地处太行东麓，城中之丘便是为祭祀太行所筑之坛。"魏裔介昂首长叹道，"尧城昔年巍巍壮哉！历数千年风雨沧桑，经诸王朝兴衰更替，雄姿虽失，风骨长存！"

梁清标观尧城而思古，心潮翻滚，诗兴勃发，《尧城怀古》一诗已在心中酿成。面对瑟瑟秋风，不禁大声吟道：

柏邑县南小里村，犹存上世旧城门。
尧时建筑石难烂，汉代侯封迹已陈。
处处平原生黍稷，年年古道走燕云。
迄今历史差堪数，屈指四千三百春。

几人面对尧城遗迹感慨万千，乘车之前转首回顾，恋恋不舍，意犹未尽。

几人上车，直奔正东而去。一过陈家庄，展眼东望，一片柳梢绿荫中，露出楼角堂檐，轩廊亭影。在这荒疏村野之中，异景凸起，倒也别有一番新奇。

一行在西汪村北头的柳庄大木栅门前下车，魏裔偶偕夫人赵氏及勔、勍、劭、勅四子出门相迎。寒暄几句，大家一起向里走去。

栅门里面不远，一座两层楼房跨道而建。走过楼房洞门，甬道两旁垂柳夹路。垂柳两边，杨柳成林，树冠参天。再往前走，行百步许，始见园门。抬头看，两棵高柳之间，架以横木，横木上悬一匾额，上书"狎鸥"二字。梁清标、徐乾学走到匾额之下蓦然驻足，仰首观望。不禁连声称好。梁清标赞道：

"妙，妙！'狎鸥'二字，潇洒飘逸，似静若动，神润中寓，功力非凡。有董其昌之遗风。"

魏裔侗说："此字为先父所书，取不异于野人之意。"

"《礼记·曲礼上》曰：'贤者狎而敬之，畏而爱之。'先公村野筑苑，以太行、宣雾为邻，以河鸭、野鸥为伴，雅情怡趣，优哉，惬哉！"徐乾学说。

大家顺路南行，进入南园。曲径两旁，木槿树、秋海棠、桂花树百花齐放，花香四溢；花木林中，"隐睡斋"、"阅耕楼"、"澹惬居"错落有致，时隐时现。花下溪水潺潺；树上黄雀啁啁。

大家登上阅耕楼，扶栏南眺：宣雾山高千仞，白雾、薄云飘绕山尖；俯首下望：楼前沃田三垧，庄稼、蔬地成块成方。田里谷子金灿灿，高粱红彤彤，荞麦紫微微，蔬菜绿油油，五颜六色，相映成趣。与周围的斑斑花丛相比，别有一番景致。

"在这背山临流之地，薄田躬耕，侍弄稼穑，怡然自适，其乐悠悠。他年致仕回乡，我将效法先公，购得耕田十亩，自作自食，岂不优哉？"梁清标激动地说。

魏裔介说："玉立兄喜好书画收藏，躬耕田垄并非为你所长。以我之见，归里之后，建屋九间，用来陈列书画珍品，邀友聚会，共赏同欣，才是……"

梁清标听后，正中下怀，蛮有兴致地说："好哇！筹建藏书之所，清标早有打算。老家现有闲宅一处，欲作藏书之用，只是名称未定，还望石生兄赐教。"

魏裔介微笑着说："私家藏书之所，取'书屋'二字为妥，你号为'蕉林'，以'蕉林书屋'为名，不知玉立兄意下如何。"

"太好了！就叫'蕉林书屋'。到时还要请石生兄亲手书写匾额，您可不要推辞噢！"梁清标高兴地说。

"玉立兄若不嫌弃，裔介自当效劳。"

几人下楼，绕曲径前行，走过一片月季花丛，几处菊花槛栏，过溪水桥，便是北园，亦称"惬园"。前行十余步，眼前豁然开朗：

曲径尽头，突现一泓池水，秋风吹过，水面荡起层层涟漪；池水四周，但见垂柳绕岸，微风拂叶，柳丝飘出层层绿烟。垂柳倒影水中，婀婀娜娜，酷似仙女落人间，抬玉腕湖畔梳妆；喜鹊飞上枝头，唧唧喳喳，恰如媒妁遇佳人，鼓巧舌催嫁凡郎。水上花事已败，莲梗荷叶垂浮水面；水下鲢鲤穿梭，泥鳅鲶鱼躲入泥中。一座竹桥，曲曲折折，东西相连，横架于池水之上；一叶扁舟，飘飘悠悠，丝网撒下，浸没在碧波之中。

池水前面是一座单檐八柱堂厅，名曰"平野堂"，五层石阶为基，堂深且阔，顶与楼齐。

几人踏上竹桥，过水心亭南拐，来到平野堂内。丝丝凉风吹过，一阵冷意袭来。徐乾学抱着肩说道："霜降未到，艳阳高照，此堂中竟如此寒气逼人，若在暑期，在此纳凉避暑，绝不亚于庐山仙洞。"

魏裔侗笑笑说："徐大人说的是！此处便是先父避暑之所。先父《柳庄别墅记》有云：'平野堂，余避暑之地也。堂深五仞，八方零敞，据胡床箕倨其间，见平畴翻浪，孤云入庭，野旷天低。'"魏裔侗挥手一指说道，"平野堂左右各有一座楼榭。东榭为待客休息之所，名曰'雨观'，榭中观雨，别有一番景致；西榭取'莳鹊尾千竿，不可一日无君'之意，名曰'竹安'。"

魏裔侗带领大家走下平野堂，绕竹林，过曲桥，走花径，上石山，登上了园清轩。园清轩建于山顶，轩下积石为山，与平野堂隔水相望。俯瞰轩下，有类影亭、半涛亭、敛照亭半绕山前；花圃菊槛、石影竹丛、藤廊葡架点缀其间。麻雀、山鸡绕飞山前，喜鹊野鸽停落亭脊。抬眼远望：南面宣雾山近在咫尺，清晰可见；西面太行山重峦叠嶂，尽收眼底。

徐乾学感叹道："愜园之中，竟有如此登高观景之处，令人心旷神怡，有飘然若仙之感。在此筑园造景，先公匠心独运，其酷爱山水花木之情可见一斑。"

"是啊！"魏裔介说："先父一生志耽山水。他在《柳庄别墅记》中说道：'今百年将半，齿发欲衰，世故饱尝，名心倍冷。间不快于时，辄向太行岩岫间编纳游履，烦苦纠纷顿如失去。以故见拳石而爱，见勺水而喜，且见似山水者而喜，近山水者而亦无不喜。'并对园清轩专加描述：'轩三楹，不窗不壁，四隅廊然。西扰太行，南揖宣雾，百里内外无不入吾耳目。间与所知，褰裳唫诵泠泠，有御风之想。夕阳欲下，暮山紫翠，万片飞来，苍岩白石以南，熊耳、蓬鹊诸峰，芙蓉朵朵，如在襟袖。已而林端月上，照耀一园，竹籁清疎与远钟相答。此时凭几静对，自谓不在尘境之中。'"

徐乾学不禁赞道："柳庄、愜园美景如画，先公记文声情并茂。景配佳文景更美，文誉美景文愈醇。"

魏勗登上石山，来到父亲跟前，耳语一句，魏裔侗笑着点点头说："时已过午，餐饭已经备好，请诸位澹愜居用餐。"

魏勗前面引路，大家拾阶而下，绕水亭、曲桥，过花栏、菊槛，来到南园的澹愜居门前。

魏裔侗夫妇站在廊下，笑脸相迎。魏裔介陪同梁、徐等人，拾级而上。

"难得二位对柏乡古迹、风景如此上心。看你们个个汗水涔涔的，不知玩儿得是否开心？"王萱儿从内庭走出，站在廊下，微笑着问道。

"开心得很噢！"梁清标饶有兴致地说，"只这柳庄，借太行宣雾、槐河泲水之灵气，集山水花木、轩亭楼榭于一园，汇田园风光、园林风情于一村，令人目不暇接，流连忘返。恐怕方圆百里之内，风景绝佳之处，非此莫属了！"

徐乾学恭恭敬敬地说："乾学陪梁大人游览柏乡名胜，不想却惊动了师母，学生甚感不安。”

王萱儿说：“徐大人见外了。你与梁大人不远千里来到柏乡，又游览到此，我若不来，只怕梁大人要嗔怪了。”

“岂敢岂敢。嫂夫人为诰封一品夫人，却朴实无华，贵而不娇，且仁厚谦恭，礼数备至，清标只有钦佩，哪敢有丝毫嗔怪之意？”

王萱儿嫣然一笑说：“梁大人谬夸。里面饭菜已备妥当，请各位中厅用餐。”几位走上台阶，进入轩内中厅，在大圆餐桌周围各就各位。

魏裔侗起身说道：“敝庄比不得京师繁华之地、南国鱼米之乡，无山珍海味以飨贵客，只有自酿五粮之酒，畜禽池鱼之肴，尽为庄内自生之物，无一市场贸来之品。望二位贵客不要嫌弃。”魏裔侗说着，摆一下手，几位仆人托盘而上。

先上几碟凉菜，有姜末藕片、醋泡花生、白斩鸡块、芥末鸭掌、冰糖莲子、蜜饯芙蓉。

魏裔介端起杯来说：“二位到此一游，若不饮五粮白酒，则枉来柳庄一遭。来，大家同干！”

各位举杯，一饮而尽。徐乾学咂咂嘴说：“此酒浓烈醇香，余味悠长，玉液琼浆也不过如此。”

几道热菜上桌，有红烧茄子、醋溜笋片、生炒鸡块、爆炒虾仁、清蒸鲢鱼、红烧鲫鱼、黄焖野鸽、酱煨鹌鹑。

酒过三巡，菜过五味，徐乾学说：“昨夜拜读恩师近年新作《卜子夏集》、《樗林偶笔》、《琼琚佩语》、《佳言玉宵》和《希贤录》初稿，书中对理性之义、世务之理，深加阐述，学生秉灯夜读，不忍释卷。恩师年逾花甲，仍笔耕不辍，令乾学深为叹服。”

魏裔介淡淡一笑说：“闲来无事，沉浸于笔墨书海之中，自取其乐而已。”

梁清标说：“今年春上，皇上命在廷诸臣及各省巡抚，举荐博学宏词之臣，陕西道御史蕉荣上疏首荐魏公。疏内称：魏老相国履籍翰苑，品行夙著。淹贯经史之学，兼富著作之材。学行兼优，韩、富、文、范之俦，迩来第一篇大文字也。”

魏裔介摇摇头，皱着眉说：“蕉荣此人，我与他素不相识，为何……”

梁清标接过来说：“这有何疑？石生兄著书数十部，读此书者数以千计，怎能够个个相识？正所谓，‘士子识书不识君，只缘见书不见人。’”

又上来一份蟹肉豆腐汤，一份莲子八宝羹。魏裔鲁端起杯来说：“各位难得柳庄一聚，大家开怀畅饮，午后浏览柏乡八景，乘酒兴吟诗应对，请诸位留下不朽诗篇，为八景添彩壮色！”魏裔鲁说完，大家一起干杯。

……

白云飘飘，秋阳西斜。几辆轿车奔走在西路村南的官道上。梁清标坐在车内，向前望去。不远处古柏参天，遮天蔽日；柏荫旁土台高筑，台壁陡峭；土台上古庙耸立，黑檐红墙。

“村野突现柏林参天，苍苍翠翠，再现旧时古景；古庙建于高台之上，巍巍峨峨，似闻古刹钟声。石生兄，想必此处可为八景之一了吧。”梁清标问。

魏裔介点点头说：“是的。上面是一座崔府君庙，因建于高台之上，人称‘高庙’。因时代久远，史书从无记载。此处为八景之一，名曰‘高庙晴云’。”

轿车停在道旁，几人下车，仰头观望：高庙巍然挺立，与蓝天、白云、翠柏相互映衬，不失为一处美景。

魏裔鲁《古庙晴云》一诗在心中酿成，随口吟来：

庙貌崔嵬别有天，萧萧古木下寒鸢。
劳人共眺春山雨，骚客曾寻秋水烟。
对策刘贲甘自老，能诗贾岛亦空篇。
丹房剩有青霞箓，勾漏何年学偓佺。

轿车离开高庙，一路北行，停在西路村村北的一座土山前，几人下车，抬头观望：远处太行山峦叠嶂，眼前一座小山崛起。

梁清标说：“四下平地旷野，此处却有一山凸起，山脊两峰高耸，中间凹下，恰似马鞍一般。竟甫兄，此为何山？是否在八景之列？”

魏裔鲁笑着摇摇头说：“此处人称‘马鞍山’。仅此秃山一座，又无庙宇、古柏相衬，不足为景，所以未列入八景之内。”

徐乾学说：“天上白云飞渡，山似鞍马狂奔。望此山，似听战鼓阵催，战马嘶鸣；观其势，犹入跃马阵中，拉弓挥刀。”

魏勷接过来说：“听老人说：马鞍山原是战国时期烽火台，经多年雨水冲刷，才成现在模样。又听村翁说：此山有神灵之气，南为马首，北为马尾，马首指处，定有战火。山向随天下战事而变。有时呈东南西北向，有时呈正南正北向，当下为西南东北向，以此而论，西南会有战事。”

“这就奇了。三藩叛乱，首起云南。如此说来，马鞍山确有神灵之气！”梁清标说着，几人一起登上马鞍山。

魏勷诗兴来潮，吟诵一首：

西郊遥接古城烟，老树荒台不记年。
鸦噪暮云千嶂合，寺临秋水一桥悬。

黄花爱尔函清露，白雁搔人泻碧天。

愧我登临徒极目，时方多难乏先鞭。

“好个‘时方多难乏先鞭’。”徐乾学夸道，“亮采兄弟忧国忧民，心系南方战事，将来必定大有作为，前程似锦！”

几人驱车东行，过五里铺。大远望去，虹桥如长虹卧波，飞架于午河之上。桥面中部建起一座木制长廊，蓝瓦红柱，斗拱翘檐，彩额绿棂，美如画舫。

轿车停在桥南，几人徒步上桥。

梁清标说：“记得当年石生兄请告归里，曾多方筹措银两，修得石桥一座，名曰‘通济桥’。看此桥规模宏大，想必……”

魏裔鲁接过来说：“此桥便是通济桥。顺德知府杜之功见桥面拱起，如长虹飞架，便起名‘虹桥’。‘虹桥新涨’为八景之一，请各位进长廊一观。”

走进长廊，河浪声似阵阵闷雷滚过，轰隆巨响；俯首下看，石桥礅如一艘河中快艇，破浪前行；抬头望去，午河水像一条白色巨蟒，蜿蜒而来；凭栏西眺，太行山如一幅蓝色长卷，展现天际。

梁清标赞叹道：“远方天山相连，山水一色；岸边黍稷遍野，村舍炊烟；水上虹桥横卧，长廊飞彩；河面白水西来，波涛滚滚。好一幅秀美画卷！”

徐乾学手扶长廊红柱，诗情涌动，面对滔滔河水，大声吟道：

名邦关锁此称雄，帝阁凌霄嵌碧空。

梵刹金铺分鼎足，飞廊水载驾双虹。

霞天一色秋涛外，烟雨千村落照中。

东北神京扼要路，车书一统奕世同。

轿车沿午河北岸西行。岸边高粱红透，谷穗低垂，一派丰收景象。走过任家庄，一片花园式楼亭瓦舍突现眼前。轿车顺斜坡缓缓走下堤岸，来到一座门楼前。

门楼蓝瓦盖顶，蓝砖砌墙，宽阔敞亮，高大气派。门楣上高悬一块匾额，匾额上篆刻“慎斋书院”四个大字。

“吱呀呀”一声响，黑色大门徐徐打开。一位老仆人走出，向魏裔介一行深施一礼，说了声：“老爷请进。”

走进门来，一架挺拔秀美的太湖石山迎门矗立。石山上绿草茵茵，石山下溪水潺潺，石孔中竹影倩倩，四下里鲜花丛丛。

绕过太湖石山，跨过卵石溪水，忽闻朗朗书声，又见靓靓美景。午河堤岸横卧院前，一座书楼临堤而建。读书声从楼中传出，书墨香自窗口飘来。东边的月亮门内果树成林，树上硕果累累，黄澄澄的柿子、红彤彤的苹果、黄澄澄的李子、绿茸茸的核桃；西面篱笆墙里花木似锦，枝头鲜花朵朵，淡绿的木槿花、鲜艳的百日红、乳白的丁香花，殷红的秋海棠。

红楼前有三亭，左为“静怡”，右为“陶然”，中为“谐和”。谐和亭前有个三层小楼，名曰“近月楼”，一楼观奇石，二楼赏盆景，三楼览风景。亭、楼之间有小河穿过，河上两座小桥，小桥大青石桥面，汉白玉雕栏，小巧别致，玲珑剔透。小径两旁，鲜花烂漫，竹影婆娑。美人蕉、月季花、西番莲、夜来香争艳吐芳；凤尾竹、鹊尾竹、潇湘竹、紫薇竹青翠风雅。书楼、亭榭、石山；曲径、鲜花、竹影；拱桥、流水、游鱼；花香、墨香、书声。汇聚成一副书院特有的花园美景，蕴涵着一股淳厚素雅的诗风文韵。

梁清标感叹道：“大凡书院、学馆清雅单调，唯这慎斋书院别具一格。置书院于花木竹卉、山石亭桥之间；寓美景于文风书韵、诗情画意之中。有超于江浙园中书廊，不失为大家人文典范。莫说柏乡小县，即使畿辅各府县书院、学宫，有此雅韵者，也是凤毛麟角。可见创建此院者，慧心独具，不同凡响。”

魏裔鲁笑笑说：“慎斋书院乃高祖所创。高祖名讳谦光，字子观，号慎斋。明嘉靖二十九年任湖广衡山县令，素性简静，不愿宦海沉浮，遂挂冠归里，选此处辟地结庐，研经读史，教书育人。我辈祖孙三代都曾就读于此。二弟石生归里之后，出资修缮，拓地扩景，形成现在规模。”

魏裔介摇摇头说：“裔介仅出薄银略为修缮，与高祖初创之功相比，不及万一。高祖宏远志向，我辈无人可及。”魏裔介深情地望着书楼，吟诗一首：

箕裘司马有家传，草阁风清亦洒然。
种竹栽花留客醉，青竹白石任君眠。
挂冠靖节归恒岳，倒屣中郎着祖鞭。
九踬公车皆不第，学参濂洛继高贤……

夕阳西下，彩霞满天，牛羊牧归，麻雀入巢。魏裔介一行离开慎斋书院，驱车赶到西城门外。

几人来到便桥边，站在两棵枝叶茂密的古槐下，欣赏着一通高大宽厚的明代石碑。碑文系赵南星所撰，碑阴为县令张延庭草书七绝一首：

频年山水匝古城，尽怯危桥不可行。
赖尔忽惊新筑好，怀疑张果是前生。

梁清标说。“碑文系忠毅公所撰，可见此碑价值非凡；碑阴七绝诗好字狂，仅此大草龙飞蛇舞，笔势遒劲，在这冀南之地，也称得上诗字双绝。与其古木、危桥相配，是否也可称为柏乡一景？”

魏勷答道：“是的。此碑为柏乡八景之一，名曰‘左海碑阴’。此碑万历六年为便桥整修竣工而立，张延庭，字左海，山东滨州人，时任柏乡县令，故为其名。”

魏勷见父亲神情悲戚，于是说道：“附近还有一景，名曰‘太行晚翠’，诸位不妨城垛一观。”

几人进西城门，登上城墙，举目西眺，胜景在望：

黄紫相间的道道晚霞，像一幅巨笔重彩、挥洒而就的写意画，布满西边天际；起伏蜿蜒的重重山峦，似一抹横贯南北、绚丽多姿的七彩云，漂浮天地之间。

魏裔介望着太行深处的崇山峻岭，想起了少年时与长兄、三弟，联袂读书于西山桃花洞的情景。回首往事，浮想联翩，禁不住吟道：

绮霞澄霁见崔嵬，千里行山向晚来。
古洞桃花人世外，仙岩石髓翠微开。
白云处处藏愚谷，秋色年年点绿苔。
为忆柴桑晋处士，何时共醉旧家醅。

几人默默地欣赏着西山彩霞，尽情地饱览着天赐美景，久久不忍离去……

第二天一大早，梁清标、徐乾学启程回京，魏裔介、魏裔鲁驱车送行。轿车驶出北门，跨过槐河石桥，又览泲水胜景。徐乾学留《泲水流清》一首，上车北行。诗曰：

潺潺如带绕城流，跨壑虹飞古渡头。
极目烟波迷远岸，会心回濑锁空州。
云深渭水无车载，月落桐江有钓钩。
也可朝宗通北海，时人莫哭久淹留。

辕马奋蹄，车轮飞转，眨眼间来到十五里铺村北的一座石桥前。四人下车，抬头望去，一座高台矗立在路西不远处。台高两丈，纵阔五十丈余，台上残垣断壁，瓦砾遍地。台下一座三间大庙，庙高而阔，庙前十丈许，一个无头石人孑立路旁……

“看眼前庙宇三间，高台矗立，此处可是汉光武帝设坛即位的千秋亭和光武庙遗址？”徐乾学边走便问。

“正是。”魏裔介答道，“《后汉书·光武帝本记》记载：‘光武于是命有司设坛场于鄗南千秋亭五成陌，六月己未即皇帝位，燔燎告天，禋于天宗，望于群神。’说的是更始三年，被更始帝封为破虏大将军、武信侯的刘秀，率大军至鄗城。其好友强华自关中前来投奔刘秀，献上‘赤伏符’，规劝刘秀称帝。符文曰：‘刘秀发兵诛不道，四夷云集龙斗野，四七之际火为主。’并依据谶纬之学，言刘秀称帝乃为天意。又在将军耿纯一的劝说下，刘秀终于被说服。当年六月己未日，千秋亭畔、五成陌边，禋坛高筑，钟鼓齐鸣，燔火缭绕。刘秀在众将的参拜下，登坛即位，改元建武，是为光武帝。并将鄗城作为东汉王朝的临时帝都。十月，光武帝迁都洛阳，光武中兴之治自此开始。”

“记得《后汉书》记载：‘汉章帝元和三年，诏高邑令祠光武即位坛。’眼前这座古庙可是当年所建光武祠？”梁清标问。

“是的！”魏裔鲁答道，“此庙建于汉元和三年，明嘉靖四十一年柏乡知县王楷重修。久经风雨侵蚀，其风光大不如前。”

梁清标作七绝一首，名曰《千秋亭有感》，随即吟来：

河北萧王略地来，千秋王气见高台。
祗今遗庙荒烟里，处处秋风红寥开。

“那边无头石像，可是光武帝剑下石人？”徐乾学突然问道。

魏裔介、梁清标一起扭过头去，魏裔介朝徐乾学笑笑，答道：“不错，这尊石像，正是光武帝所斩石人，人称‘灵石’。”

“请问恩师，刘秀砍倒石人问柏乡一事，史书中可有记载？”徐乾学问。

“史书虽未记载，州县志书均有《灵石》传记：‘帝夜行至州南，道迷闻语，讯不答，剑斩之，失其一，视之，石也。’”魏裔介说着，几人一起来到石像前。见石人惨然无首，身八尺有余，体材魁伟，伸右臂直指正南。身前落一石颅，五官齐全，面容安然。徐乾学手抚灵石，皱眉沉思。

梁清标说：“记得当年您与清标、犹龙等人，各作《灵石吟》一篇，您为之作《灵石吟序》。其序文，清标至今记忆犹新。”

“请梁大人将序文复诵一遍，乾学愿闻其详。”

梁清标思索片刻，朗诵道：

槐水之上，有古鄗城，其南七里，官路砥平，巨石四段，截然分型，耳目具备，头颅峥嵘，血痕尚在，肢体不明……

离开灵石以后，几人乘轿车继续北行。行不过数里，前面出现一座荒城。急催车马，转眼来到南城门下。

几人下车，抬头观望：因年久失修，城门楼面目全非。城门高阔，却墙体剥落、杂草滋生。城墙蜿蜒数里，却残堞断垣，破败不堪。只有城门石额上“古鄗城”三个大字依然醒目。

徐乾学问道：“这座古城虽已破败，然城门高大，城墙足有四里之长。以其规模，非一般城池可比，观其姿势，可想昔日雄姿。如果没有猜错的话，它就是史书所记载的古都鄗城吧。”

“是的。”魏裔鲁答道，“春秋时即有鄗，属晋国。鄗城地处南北干道，为古代兵家必争之地。战国时，为赵国北部边陲战略要地。武灵王四年，中山国攻鄗，鄗城陷落。武灵王废‘博衣大带’及战车习俗，推行‘胡服骑射’，并亲率大军收复鄗城，鄗城从此名声大振。”

梁清标接着说：“史书记载，孝成王九年，秦国犯赵，赵国求救于魏，魏王惧秦，拒不发兵救援。魏国公子信陵君以为，魏赵两国唇齿相依，唇亡必然齿寒，遂窃取兵符，率兵救赵，赵国转危为安。事后，信陵君赴赵，赵王将他奉为贵宾，并将鄗城作为信陵君的汤沐邑，成为供其享受的封地。信陵君喜好结交侠客义士，闻听城内薛、毛二公仁义豪爽，虽然一个好赌，一个卖酒浆，但他毫不嫌弃，与二人结为好友。天下士闻之，争相归附。信陵君居鄗十年，后来秦国攻魏。回魏救国还是继续留鄗，信陵君对此犹豫不决。在薛、毛二公规劝下，信陵君毅然回国抗秦。秦国听到公子威名，不战而退。”

徐乾学听后，大受感动，长叹一声道：“‘窃符救赵’，千秋高义之举；魏信陵君，百代殊绝人物；古邑鄗城，举世瞩目之地。遥想当年，魏信陵君英容犹现；仰望荒邑，景物俱废人去城空。古往今来，会有多少好义君子驻足凭吊，吟咏低回，留下不朽诗篇，世代传唱。”

魏裔鲁说：“原一君说的是。历代豪侠义士、文人墨客，景仰信陵君高义壮举，慕名而至，缅怀英烈，吟咏题诗，以抒情怀。留下许多名篇佳作。高邑忠毅公景慕信陵君大义豪情，曾几何时，漫步于金殿岗上，徘徊于瓦砾堆旁。”

魏裔介眼望高天流云，情调低沉地说，记得当年，同三弟裔讷驱马来此，三弟曾作《凭吊鄗址》一首，其诗云：

堞雉蜿蜒基尚存，人烟数点泄孤村。
信陵往事余衰草，白水遗踪委断垣。

落日悲风闻战哭，寒云急雪见鸱蹲。

凭鞍帐望频搔首，月夜还惊帝子魂。

几人走过城门，沿着城内故道向前走着，两辆马车慢悠悠地跟在后面。

大街之上蒿草片片，人迹寥寥；街道两旁店铺无存，农舍零落；荒巷之中黄面呆目，鸡蔫狗瘦，一片凄凉萧疏之气。

四人来到一座土岗前，驻足观望。岗上荒草丛生，瓦砾一片。魏裔鲁叹口气说："据传，此处便是'信陵宫'遗址。是当年赵王为答谢信陵君窃符救赵之功，专门为其修建的宫殿。遥想当年，信陵君与薛、毛二公在此宫中宽衣敞袖，谈笑风生，吟诗唱和，对酒当歌。论天下英雄，谈世间兴亡，抒侠气豪情，那是何等的壮观场面！如今却是人去宫废，风光无存，落个如此荒败之象，怎不令人搔首顿足，痛惜伤感？"

几人离开信陵宫遗址，漫步出城。梁清标停住脚步，回首看一下北城土门，转过身来，满怀深情地说："送君百里，终有一别。兄长请留步，兄弟就此一别吧。"

魏裔介望着即将离去的梁、徐二人，心下一阵伤感。

梁清标说："石生兄切莫悲哀。清标此去，时日不长，便可再次见面。眼下三藩作乱，朝廷正在用人之际，清标以为，皇上顾念旧臣，依您雄才大略，皇上定会召您回京，重入朝阁，再展宏图……"

魏裔介苦笑着摇了摇头，说道："此一时彼一时。裔介年逾花甲，齿动发白。岸边柳下，以垂钓自娱；庭前屋后，以著述为乐，岂不惬哉！"

梁清标："兄长请留步，清标就此一别吧……石生兄……"

魏裔介看一眼欲言又止的梁清标，淡淡一笑说："昨天只顾游览柏乡胜景，倒把二位的使命给忘了……"

"石生兄说笑了。以您的脾性，此等大事，石生兄是断然不会忘怀的！"梁清标说。

"眼下三藩势力遍及数省，战线不断延长。只靠八旗、汉军出兵作战，兵员明显不足。难道皇上就没有考虑增加我军兵力？"魏裔介问。

"自平叛以来，八旗劲旅和汉军主力大都开赴前线，晋冀鲁豫四省兵力匮乏，已经无兵可调！"梁清标答。

魏裔介说："据我所知，十万绿营兵集结在蒙古以南地区，数年来从未动用。如今前线兵力吃紧，调用绿营增援前线，已经是时候了！"

徐乾学惊叹一声："对呀！绿营兵是朝廷收编的前明军队，常年集结在陕西一带，他们以绿旗为标志，装备精良，以备急用。如果起用绿营兵将，驰援疆场，劲旅突入，如虎添翼，剿灭藩贼将稳操胜券！"

梁清标嘘一口气，如释重负：“石生兄寥寥数语，却为皇上增加十万雄兵！石生兄，后会有期，清标告辞！”

三人挥泪而别，梁清标和徐乾学上车启程。魏裔介走上桥头，目送二人远去。魏裔介望着滚滚东去的河水，心中无限惆怅。

魏裔介的轿车向鄗城缓缓驶去。轿车里传出《将归操》的吟诵声，语调悲怆凄凉：

河之水兮波洋洋，
我不济兮非无梁，
回车东望涕沾裳……

# 五二、悬车济世

康熙二十年秋。

一辆轿车出鄗城南门，过光武庙，进柏乡北门，停在阁老府的大门前。升任刑部贵州司郎中的魏勷走下轿车，疾步向府门走去。

魏裔介夫妇出门相迎。魏勷拜过父母，奉上黄绫包裹着的康熙帝钦赐《日讲尚书解义》一部。

魏裔介命人摆下香案，叩拜受讫。礼毕，魏勷解开黄绫，取出书籍和一封书信，捧予父亲。说道："这是孩儿离京前，皇上写给您的书信。"

魏裔介双手接过，惶惶然读来：

> 相国辞官归里已逾十载，朕时有思念。今赐《日讲尚书解义》一部，以飨故相。尔身居林下，不忘国事，奏疏不断，善策频上，朕为之感动……

魏勷拿出一本《贺寿诗集》，说道："再过数日，便是父亲的六十六岁大寿之日。朝臣踊跃题诗祝贺，儿将赠诗编排整理，装订成册。大学士李垣园为诗集作序，请父亲过目。"

魏裔介接过诗集，认真读来。看过梁清标、梁清宽、梁清远、王熙、熊赐履、李光地、徐乾学、孙在丰、严我斯、李振裕、王掞等故友、门生热情洋溢的贺寿诗，心花怒放，喜上眉梢。

"勷儿，你路途劳顿，好好在家休息，你父亲难得像今天这样高兴。我们出去走走，散散心。省得他整天趴在书案上，累坏了身子。"

魏勷忙吩咐下人套车。

魏裔介说："不必了勷儿，父亲好长时间没出城了，城外的庄稼长成什么样子还不知道呢。今天风清气爽，天高云淡，正是漫步田垄，抚秫赏秋的好时节。"

魏勷笑着点了点头……

魏裔介夫妇并肩走出府门，说着，走着，不觉出了东门。心宝和小芹远远地跟在后面。

王萱儿看着丰收在望的谷子、高粱、豆子、棉花，心头不禁一阵喜悦，高兴地说：“去年秋后发大水，淹了隆平、柏乡、宁晋三县。这里也是一片汪洋。看这庄稼今年的长势，百姓们一年的粮食用不着发愁了吧！”

魏裔介摇摇头说：“就是这般收成，除去上缴的钱粮，乡亲们也只能维持半年的温饱。青黄不接之时，也只能靠谷糠野菜来填饱肚子了。”

王萱儿皱起眉头问道：“去年三县粮食绝收，你为此上疏朝廷，户部不是已将应缴钱粮全部蠲免了吗？今年这么好的收成，怎能说是半年粮呢？”

魏裔介苦笑一下说：“夫人有所不知，全部蠲免的是去年的粮赋，今年只免去三成，明年又要按原数上缴了。”

“照这么说，百姓的生活也太难熬了，长此下去，他们的苦日子何时才能到头啊！”王萱儿说着，脸上布满了愁云。

魏裔介说道：“多少年来，南方烽火连绵，战事不断，近年又有三藩作乱，战火漫延数省，军费开支巨大，朝廷也只能靠加大赋税来维持局面。这样一来，老百姓也就不得不吃些苦头了。不过，皇家有皇家的苦闷，百姓有百姓的乐趣。穷人自有穷人的活法，他们贫而自娱，苦中有乐。”

王萱儿喃喃地说：“敢情是吧……”

魏裔介看着妻子说：“夫人整日忙于家事，很少到田间地垄、农家茅舍，与百姓们促膝交谈，对他们的喜怒哀乐知之甚少。今日不妨陪夫人到地头农舍走上一遭，亲身领略一番农家的生活情趣，也算得上不枉此行吧。”

二人沿着城东故道向前走着，边说边谈。再往前走不远，就到了西刘村的村头。

二人顺着道边的田埂向前走着，来到了一块蔬地旁。地里长着绿绿的韭菜、青青的萝卜。高高的柳树下，一位壮汉正在浇园。他娴熟地摇着辘轳，不时提起栲栳，将水倒入池里，一股清水顺着垄沟流入菜畦。一个男孩儿猫着腰，在井边的豆地里提着笼儿捉蛐子。

王萱儿沿着垄沟，向井边走去。

“爹，又逮住一只，爷爷见了，又该夸俺八狗儿长能耐了。”小男孩儿举着蛐子笼儿，笑着说。

壮汉停住手里的活计，扯下脖子上的布巾擦了擦汗，扭过头来，发现站在垄沟埝儿上的魏裔介夫妇，正在朝着自己点头。他憨厚地笑笑，没有说话。

小男孩儿拿着蛐子笼儿，一动不动地站在那里，有些腼腆地瞅着眼前的两位陌生人。

当王萱儿和孩子的目光相遇的一刹那间，王萱儿的心头抖动了一下，眼睛瞪得老大："这……这不是我的勐儿吗？"

王萱儿快步走到男孩跟前，圪蹴下来，握住孩子的小手，一边端详着孩子的脸庞一边问道："孩子，你……你叫什么名字？"

魏裔介也愣在那里，睁大眼睛看那男孩：瘦瘦的身材，宽宽的前额，大大的眼睛，高高的鼻梁，不是勐儿又是哪个？

"我叫八狗儿。"八狗儿看着王萱儿慈祥而激动目光，怯生生地回答。

王萱儿摇摇头说："不不，你不叫八狗，叫勐儿！对不对？"

"不对不对，俺叫八狗儿，是爷爷起的名字，俺不叫勐儿。"八狗的头摇得播浪鼓似的，认真地说。

王萱儿从手袋里拿出一个观音玉坠儿，对狗儿说："孩子，你看这个吊坠儿，好不好看？"

"嘻嘻，好看！"八狗儿瞅着吊坠儿，咧开嘴儿笑了。

"把它送给你，好不好？"

八狗儿摇摇头说："不好。爷爷说，不能随便要别人的物件儿。"八狗瞅着眼前晃动着的、晶莹剔透的吊坠儿，眨眨眼说，"要不……要不拿我的蛐子给您换？"

"不懂规矩！"八狗爹擦着汗走过来，说，"你个屁孩子，知道这位奶奶手里的玉坠儿值多少钱吗？"

"别吓着孩子。"魏裔介走过来说，"就按八狗说的办，奶奶要你的蛐子，八狗儿收下奶奶的玉坠儿，好不好？"

八狗儿爹要说什么，魏裔介朝他使了个眼色。王萱儿把玉坠儿戴在了八狗的脖子上，八狗笑得合不拢嘴儿，把蛐子笼儿高高举在王萱儿面前，认真地说："给您！笼里的叫唤蛐叫得可好听哩，哑巴蛐一肚子黄子儿，烧了吃咯嘣咯嘣香。"王萱儿笑着接过蛐子笼儿。

"爷爷回来喽！……"八狗儿高兴地喊着，向道边儿跑去。一位老汉把一辆装满瓦盆的独轮太平车停在路旁，将跑过来的孙子一把抱起，踩着垄沟埝儿向这边走来。

八狗拿着脖子上的玉坠，朝爷爷谝："爷爷，你瞧这个好看呗？"

爷爷看一眼玉坠儿，吃惊地问："这么珍贵的东西，从哪儿来的？"

"这是八狗儿拿蛐子跟那位奶奶换的。"八狗儿指着前面的王萱儿说。

爷爷看看站在豆地里的王萱儿，又看看立在田埂上的魏裔介，一下子愣住了。随后快步走上前去，大声说："春儿，这位就是我常给你们念叨的魏阁老魏大老爷。还不跪下行礼，傻愣着干吗？"

春儿打一愣怔，跪在地上。王萱儿走过去，忙把春儿扶起。爷爷放下孙子，刚要下跪，魏裔介赶忙制止，蹙着眉头问道：“这位老哥，您是……”

“阁老大人敢情忘了。”爷爷激动地说，“那年玉皇阁庙会，正是虹桥竣工通行之日，我和老父亲、众乡亲一起赶去，老父亲还和您说了会儿话呢。”

“老哥您贵姓？”魏裔介问。“免贵姓陈。”老者答道。

“哦，想起来了。”魏裔介高兴地说，“您就是陈老伯的儿子、义务修桥的义工首领陈……陈大创！对不对？”

陈大创点了点头，眼睛笑成了一条缝儿。随后说：“春儿，别愣着啦，快回家去，对你娘说，预备饭菜，招待贵客！”

春儿“嗯”了一声，朝魏裔介夫妇笑着点了点头，大步走到太平车前，将揽带套在肩上，推起满满一车瓦盆，走进了紧靠村边儿的家门。

王萱儿朝丈夫摇摇头，使了个眼色。魏裔介笑着说：“陈老兄是当年修桥的功臣，早应该登门拜谢。这回正好撞上，哪有不进家门的道理？”

“阁老大人说得对！俺庄稼人最待见厚道人，您二位不进家吃顿饭，那就是嫌弃俺呗。”陈大创说。

“不是不是，俺是说恁一家人从早忙到晚，怪累的，去了会添麻烦的。”王萱儿抱起八狗儿，不好意思地说。

“外道了不是？恁是贵客，高兴还来不及呢。去年发大水，午河、漳河决口，要不是阁老大人奏明皇上，免去了全年的钱粮，又加固了河堤，老百姓哪能过上这样的安生日子？”陈大创边走边说。

“当今皇上，体恤百姓疾苦，为民请命，乃是我的本分，还是不提那档子事了。”魏裔介说。

陈大创看着魏裔介，乐颠颠地说：“记得那年虹桥落成，在玉皇阁庙会上，您还夸了俺两句，俺这心里呀，别提多高兴了！乡亲们也眼气得不得了。”

魏裔介问：“陈老伯他……”

陈大创说：“俺爹去世多年了。临死前拉着我的手说：‘魏老爷是好人，架桥修庙，为柏乡办了多少好事。他心里装着咱穷人，他的大恩大德，咱一辈子都不能忘啊！……”陈大创说着，眼圈儿都红了。

几人说着，不觉走进陈家的栅栏门儿，来到了院里。看到土坯房四间，西边是间做饭的厦子，土影壁后头两棵梨树、两棵枣树，树上都结满了绿绿的果子。一群家雀儿落在树上，“叽叽喳喳”叫个不停。

一只大花狗跑来，在两位生人的脚上嗅来嗅去，一声不吭，颠儿颠儿地跑了。陈大创摸着胡子，哈哈大笑说：“老爷、太太是贵人，大花狗都瞧着面善。哈哈哈哈……”王萱儿可吓得不轻，心里直打扑腾。

春儿从王萱儿怀里抱下儿子。八狗儿娘挽着婆婆的胳膊从做饭的厦子里走出来，婆媳俩裣衽一拜说：“老爷、夫人好。”

“嫂子、侄媳妇好。瞧恁一家子，亲亲热热，和和睦睦，那才叫好呢！”王萱儿笑着说。

“春儿，爹进城买了俩猪蹄儿，放在车上，再炒几个鸡蛋，今儿个和阎老大人痛痛快快地喝几盅。”陈大创一边放着地桌儿和马扎，一边说。

“什么大人大人的，叫兄弟我爱听。”魏裔介说。

“好好，就叫兄弟！”陈大创把酒坛子放在地桌儿上，招呼客人坐下，高兴地说：“这是俺自个儿酿的黄酒，小米做的，好喝极了，夫人也要多喝几盅。”

八狗儿娘端来猪蹄儿、鸡蛋、炒花生，还有一盘酥山根儿鱼。八狗儿提着两个烧得焦黄的哑巴蚰，来到王萱儿跟前，笑着说：“奶奶，这烧哑巴蚰可好吃呢。两个全给你！”

王萱儿把八狗儿揽在自己腿上，接过一只烧得焦黄的蚰子，和八狗儿脸贴着脸，亲昵地说：“咱俩一人一个，好不好？”公鸡、草鸡，都来觅食凑热闹儿，大花狗跑上来，一窜一蹦地将它们撵走，卫士般地蹲在旁边儿，瞅着有说有笑的主客们出神。

王萱儿一边嚼着“美味”，一边问：“八狗儿，你的哥哥们都去哪儿了？”

“他哪有什么哥哥，就他一根独苗儿。”爷爷笑着说，“八狗儿这个名字还是俺给他起的。他落地儿以后啊，我出门撞运，正好我家那条黄狗下仔儿，刚下了七个，叫他八狗儿，现成的名儿不是？”

“哼！我还有两个弟弟呢。”八狗儿歪着头说。

王萱儿笑得前仰后合，泪都出来了。

魏裔介喝一口黄酒，问道：“八狗儿，你想不想进学堂念书？”八狗儿愣了一下，睁大眼睛说：“爷爷，八狗儿想念书！”

“看你那砢碜样儿，还想念书？做梦还差不多。”娘说话了。

“就想，做梦都想！”八狗儿说着，绷起了小嘴儿。

“那好哇！明天魏爷爷就送八狗儿进学堂。这个学堂的名字叫慎斋书院。我的小儿子叫荔彤，和你一般大，你们两个一起读书，行不？”魏裔介认真地说。

“嗯！”八狗儿重重地点了下头。

魏裔介瞅着那车瓦盆说：“老哥呀，您推车卖瓦盆，每天能卖几个钱呢？”

陈大创啃着猪蹄儿说：“咳！一个盆儿没卖，今儿个是麻子脸儿相亲——白跑一趟。”

魏裔介皱了皱眉头，接着问道：“听说你们刘村有座盆窑，盆儿烧得好。该不是你家的吧？”

一听这话，陈大创立马来了精神：“说起这盆窑啊，还是托兄弟的福哇。那年修桥出义工，桥修好了，县衙照样付给了工钱。俺村里十几户义工商议着，把这几十两银子凑到一块儿，合伙儿干桩买卖，正好俺有烧窑的手艺，说干就干，两个月工夫就把盆窑建好了。几年下来，除了本钱，每家还赚了十几两银子。谁成想，去年的一场大水，把一座好好的盆窑也给毁了……哎！……”陈大创说着，难过地低下了头。

王萱儿听了陈大创的诉说，心里很不是滋味，用手抚摸着八狗儿的脸蛋儿，呆呆地出神。看一眼丈夫，突然眼睛一亮，高兴地说：“陈大哥，您的这车瓦盆，我包下了，保证一个不剩！”

一家人疑惑的眼神一起投向王萱儿，八狗儿也抬起头，眨巴着眼睛，望着这位和蔼可亲、秀气端庄的奶奶……

魏裔介眼珠一转，好像明白了什么，忙说：“对，对对！夫人一定会卖个好价钱！”

“不过，陈大哥可得记住，不能早也不能晚，到了七月二十五这天前晌儿，您一定将这车瓦盆推到我家。嗯……还有,可别忘了带八狗儿一起去哟！”

“哎，哎哎……”陈大创懵懵懂懂地应着，不住地点头。

王萱儿吃着锅贴饼子就咸菜，那叫香噢……

一轮明月升起，照得院里亮亮的。八狗儿倚在王萱儿的怀里，有腔有调地唱起了儿歌：

月亮地儿，明光光，
开开大门洗衣裳，
洗哩白，浆哩白，
寻了个媳妇儿好抹牌……

魏裔介夫妇告辞，走出栅栏门,那辆轿车不知什么时候停在了门前。心宝和冬儿忙迎上前来。王萱儿转过身，看到眼泪汪汪、抽抽泣泣的八狗儿，哽咽地喊道：“孩子，进城那天，可别忘了跟爷爷一起去呀！”

夫妻二人辞别陈大创一家，恋恋不舍地上了轿车。轿车稳稳地走着，后面传来了八狗儿的哭叫声……

王萱儿坐在车里，用丝帕不住地擦着眼泪。魏裔介撩开车帘，看着如同白昼的月夜，回头望望渐渐远去的陈家，突然来了诗情，慢慢吟道：

农家有真乐，归田始得知。
一犁耕初雨，五月织新丝。
墙头梨枣熟，鸟雀莫令窥。
园内蔬菜长，灌溉不失期。

秋成但得半，岂复愁朝饥。
虽曰官租急，幸免戍边陲。
晚黍况已茂，新酿日可期。
入门唤妇子，客至速为炊……

七月二十五日，正是魏裔介六十六岁寿诞之日。阁老府门前张灯结彩，喜气洋洋。众乡邻、妯娌纷纷赶来帮忙，大院内一片欢声笑语。

午前，知县邵嗣尧和魏勷门前相迎。直隶总督府、真定府、各邻县长官，以及柏乡绅衿、乡亲耆老，陆续赶来，登府祝贺。

众宾朋齐聚客厅，魏裔介笑容满面，端坐在主位上，大家互致问候。邵嗣尧致贺词，各位起身行祝贺礼。魏勷捧出京师朝臣们的《贺寿诗集》，宣读相国李坦园为诗集所作的序言：

今上御极之二十年也，七月二十五日，是为柏乡阁老贞庵魏公悬弧之辰……今屈指公在仕版，由中秘居谏垣者十年，为御史大夫者十年，由冢宰即入秉政府者七年。三十年中，不为谏官，即为宰相，以一人之身，兼历二者之任，而独专且久，以展其嘉谟硕画燮理参赞之猷，欧阳修之后，惟公一人而已。

公自给谏以至司宪，刚正蹇谔，知无不言。于生民之利害，社稷之大计，剀切敷奏，殆与魏文贞之十思十渐相上下者。上于是有“才猷敏练”之旨，畀公以铨衡重任，不逾年而特简中台矣。公勤赞庙谟，平章国事，为朝廷计苞桑，为闾阎轸疾苦。每于退食暇，自经史子集，濂、洛、关、闽，百家众说，阴阳兵律，山经地志之书，无不肆力研究，以佐经邦论道之资。皇上方倚公为股肱心膂，不可一日离左右，而公屡疏乞休，情词恳挚，特奉恩纶，予告归里。一时间，公卿大夫设供帐祖道宫门外，京师之能诗者，率为咏歌以张大其事；京郊百姓摆猪羊酒宴于官道旁，乡闾之耆老，捧酒相送以谢其大德。

归里后，杜门扫轨，穷幽探赜，凡所著述，如《知统》、《论性》、《约言》、《读书》、《希贤》诸录，以及《经史》、《惺心》诸编，《清览》、《溯洄》、《欣赏》、《兼济堂》诸集，汗牛充栋，直与身等。若公者，出则为国家之硕辅，处则为作述之大儒，业藏名山而功垂竹帛，可谓古今之伟人矣……

魏勷接着吟诵了父亲的挚友、门生充满激情的贺寿诗。邵嗣尧站起身来，向魏裔介深鞠一躬，满怀深情地吟诵自己撰写的《赞恩师小像诗》：

可舒则舒，可卷则卷，既直而刚，不为懦软。
正色立朝，百僚斯勉，膏泽及民，匪躬蹇蹇。
黄阁直猷，闭邪陈善，我后之德，跻于二典。
有言哓哓，虚公以辩，勇退激流，需沙以衍。
左图右书，鸿文日演，经饱其腹，史取其脔。
文富范韩，荐草焯焯，夫岂誉私，公论不舛。
公像俨然，公心如洗，愿学陆邹，诐淫是道。
古圣之蕴，公开其键。

中午时分，寿宴摆上，亲属宾朋入席坐定，只等寿星坐上主位，便可开席。见阁老迟迟不来就座，大家不免有些诧异……

厨房的师傅心急火燎地问：“我说心宝，都什么时候了？热菜早都准备停当，再不上席，可就凉了！”

“不急不急，老爷吩咐过了，贵客不到，不得开席。”心宝这样说着，心里比谁都急。他跑到大门口，见小芹挽着王夫人的胳膊，踮着脚，焦急万分地向东张望着，等啊……等……

“来啦，来啦！”心宝一跳老高。

大街的尽头，一位老汉推着一辆满载瓦盆的太平车，“吱吱呀呀”地朝府门这边走来，车旁跟着一只大花狗，车上坐一个男孩儿……

“是他们，真是他们……他们真的来了。快……快去告诉老爷！”

大花狗飞跑过来，像是见了离别多日的主人，在王萱儿的罗裙上又闻又舔。

心宝一下子回过神来，几步跑到院里，见焦急等待、在院里踱步搓手的老爷，结结巴巴地说：“来……来啦。陈爷爷和八狗儿都……都来啦！”

魏裔介眼睛一亮，迈开大步朝府门走去……

魏裔介走进席间，喧闹声顿时静了下来。魏裔介说道：“抱歉得很，让诸位久等了。我来向大家介绍一位早年相识，已结兰谱的义兄，他就是当年修建虹桥的义工首领陈大创陈老哥。”

手捧瓦盆、一脸憨厚的陈大创，拘拘束束地走进宴厅，大声说道：“俺是个庄稼汉，不懂什么礼节。阁老兄弟不嫌弃，和俺拜了把子。今儿个是俺大兄弟的寿辰，俺也没吗好送的，这两个红瓦盆是自己窑上烧的，就把它当做礼物，送给我的大兄弟，愿他日子红红火火，长命百岁！”

大家起立，为这样一对特殊的、情深义重的义兄义弟鼓掌、喝彩！

魏裔介亲手接过红瓦盆，交给心宝，吩咐说："给陈老爷回礼四十两！"心宝接过瓦盆，取出两个银锭，放在厅前一个铺着红布的几案上。

魏裔介拉着陈兄一起入席。大家举杯，共贺阁老大人悬弧之辰，同祝寿星松龄鹤寿。

魏裔介道："陈兄一家敦厚实诚，勤俭度日。当年建桥所出义工，县衙如数给付，陈兄及本村十几户义工，将所受银两集中使用，建起一座盆窑，起早贪黑，惨淡经营。凡贫苦人家，不收其分文。微薄利润，一来帮困济贫，所剩贴补家用。不想去年洪灾，平地三尺水，好好的一座盆窑，毁于一旦。所剩瓦盆数十件，陈兄意欲送予诸位做个纪念，以此表达柏乡父老的深情厚谊。在座诸位均是心系百姓，爱民如子的命官，陈兄的一番心意，想必诸位不会推辞吧，啊？"

直隶巡抚于成龙站起来说："谢阁老一番苦心，礼轻义重。于某将此瓦盆捧回，放于公案之上，当时刻牢记阁老教诲、念念不忘百姓疾苦，勤政爱民，不负职掌。"在座各位纷纷响应，各不相让。

魏裔介向心宝点点头，心宝出门，眨眼间，心宝、王栋、冬儿各搬一摞瓦盆进来，放在几案旁边，不大工夫，百十个瓦盆整整齐齐放在那里。官员、绅衿纷纷离座，将银两放在几案上。心宝站在一旁，大声喊着：

"直隶巡抚于大人三十两……真定知府马大人二十两……柏乡知县邵大人二十两……"

这边杯盏交错、气氛热烈，隔壁女眷席上更是欢声笑语，热闹非常。小荔彤一边起劲儿地嚼着八狗儿送来的礼物——嘎嘣儿脆、喷儿喷儿香的烧哑巴蚰，一边和身边的八狗儿说着话。

"荔彤叔叔，这哑巴蚰好吃不？"八狗儿瞅着小荔彤问。

"嗯……好吃，好吃不行！"小荔彤一边应声，嘴里可没闲着。

"今儿个动身前，奶奶就把蚰子烧好了，奶奶不让我吃，说是给城里的小叔叔吃的。小叔叔要是喜欢，八狗儿 天天给你逮蚰子吃，行不？"小荔彤不住地点头。

王萱儿一手往八狗儿的盘里夹菜，一手摸着他的头，亲昵地说："八狗儿啊，恐怕你以后就没有工夫逮蚰子了。从今天起，你就是小学生啦，和你荔彤哥哥一起进学堂，天天读书写字，你愿意不？"

"八狗儿愿意，奶奶，八狗儿不是在做梦吧？"平时活蹦乱跳、调皮捣蛋的八狗儿，不知咋儿来，吸溜几下鼻子，趴在奶奶的腿上，哭泣起来……

席散客归，客厅里只剩下陈大创爷孙俩和魏裔介夫妇。陈大创死活不肯接受大家所赠的银两，说是只收下五两银子的盆儿钱，剩下的一大堆银子，分文不取。

魏裔介耐心地说："老哥呀，咱本分人家，一不偷，二不抢，各位赠送的银子为何不要？退一步讲，帮困济贫总可以吧。我看这样，您把这些银子拿走，送给一些急需接济的穷苦乡亲，剩下的银两，再把盆窑重新建起来，继续做你们的瓦盆生意。你们的日子过好了，我这个做兄弟的也就放心了不是？”

王萱儿接过来说：“是啊大哥，现在城里时兴琉璃盆儿，只是在红瓦盆上涂层釉子，五颜六色的，又光又亮，不愁卖的。我给姥爷去封信，给你们请个京师琉璃厂的师傅，管保你们的盆窑红火发达！怎么样，大哥？”

陈大创皱着眉头，勉强地点了点头说：“也只好这样了。不过……不过八狗儿进学堂念书，又在府上食宿，一个屁事不懂的孩子，成天麻烦你们，我横竖不能答应！”

八狗儿紧紧抱着奶奶的胳膊不松手，生怕和奶奶分开似的。

“您是舍不得孙子？”王萱儿问。

“咳！不是不是。这样的好事，傻子才舍不得！”陈大创着急地说。

“您是怕我们……”王萱儿又问。

“不是不是！我……我是说……”

“大哥呀，这也不是，那也不是，您不让八狗儿留下，到底是为什么呀！”王萱儿好像有些生气了。

陈大创看一眼换上一身崭新衣服的孙儿，还想说些什么，魏裔介插话了：“大哥，您弟妹自打那天从您家回来，成天念叨着八狗儿，夜里挑灯，给八狗儿缝制新衣。她对八狗儿的一片真心，您可不要违拗了呀！”

陈大创猛然站起身来，望着眼前的两位恩人，几滴老泪夺眶而出。哽咽着说不出话来，上前一步，就要下跪，魏裔介急忙搀住，说道：“大哥糊涂了不成？天底下哪有兄长给小弟下跪的礼数？”

陈大创拉过八狗儿，激动地说：“孙子，好好听爷爷奶奶和小叔叔的话，老老实实念书。过两天来看你，爷爷给你们带……带好些个……好些个哑巴蚰来，啊！”

八狗儿点了点头。王萱儿的脸上乐开了花。

陈大创走出房门，向各位告辞，魏裔介夫妇、嘉孚、八狗儿送陈爷爷到府门口。心宝将沉甸甸的银包放进早已停在门外的轿车上，又将陈爷爷扶上车。老杨头一抖鞭杆儿，轿车向东驶去。大家回到庭院，见大花狗立在太平车旁，“汪汪”地叫个不停。心宝走过来，拍拍大花狗的脑袋，笑着说：“俺们把你忘了，你却惦记着陈爷爷的太平车，可怜见的。走吧大花狗，俺送你回家。”心宝架起车子，朝门外走去。大花狗跑到八狗儿身边，舔着小主人的脸蛋儿，八狗儿呼拉着大花狗的脑袋，说声：“花花听话，回家去吧。”大花狗摇摇尾巴，窜出府门，追赶太平车去了。

从此以后，阁老府里添了一名小成员，他的名字叫八狗儿……

# 五三、魂归天国

康熙二十四年，夏日炎炎，酷热难当。魏裔介登楼避暑，不慎行蹶伤齿，又伤暑热，牙疼不止，高烧不退。支持不住，方卧床调治。王萱儿不分昼夜地守在病榻前，悉心照料，百般呵护。经过大夫调治，病虽见轻，因长兄裔鲁病故，余恸未消，其精神大不如前。尽管如此，仍耳聪目明，不知疲倦。以七旬之年，为子弟儒生讲解书义，或批阅诗文，奋笔疾书，目下十行，少年人所不及。灯下读史著述，常至夜半，催促数次，不肯就寝，王萱儿只得相陪左右，三更方歇。

柏乡知县邵嗣尧升为守道，即将离任。知县一职，由山东陆宾接任。二人在县衙将公事交接完毕，一同来到阁老府，拜望阁老魏裔介。

心宝领着二位大人来到主人的书房前。心宝通报一声，魏裔介说声“请进”，手中的狼毫却没有停下，继续他的诗作。

二人蹑手蹑脚走进书房，见阁老聚精会神地写着一首八律诗，题目是《乙丑初秋，偶思闲中之乐，遂成八律》。

魏裔介长舒一口气，将笔放下，笑了笑说：“实在对不起，老夫慢待二位了。二位请坐，陆大人请。”

“阁老大人太客气了。作诗不同于写文章，须平心静气，一气呵成。倒是晚辈打搅了阁老大人。”陆宾说着，和邵嗣尧一起凑到书案前，欣赏起阁老大人的新作来。上面写道：

万金难买此身闲，检点诗篇手自删。
麟阁浮名空自好，蓬莱仙杖不须攀。
静知荏苒光阴易，老觉形容童少艰。
傀儡满前夸线索，息心谁肯下松关。
……

陆宾从书案上收回目光，看着面前这位曾誉满朝野，叱咤风云的宰相大人，感慨地说：“阁老履籍翰苑，才溢词林，诗词文章，仰为当代师表。平日拜读大人诗文，每每爱不释卷，今日欣赏大人新作，以清雅淡漠之心，置身于山林花鸟之间，心系着天下穷苦百姓，那是何等的情操，何等的胸襟！”

“恩师居朝多年，曾为朝廷硕辅、国家栋梁，却如此淡漠名利，视富贵为沙砾，以济民为己任，如此博大胸怀，怎不令学生为之叹服。”邵嗣尧激动地说。

陆宾又说：“大人退居林下十有五年，虽以著书为乐，然以大人宏宏声望、文韬武略，朝中又急需辅政之臣，皇上他……”

“陆大人此话差矣。”魏裔介打断了陆宾的话，摇摇头说，“咳……老喽！人生七十古来稀，况且已叨台阁多年，逍遥林下，平日读书教子，闲暇之余漫步田埂，与老农谈收成，叙家事，倒别有一番情趣，尚有何分外之求？至于朝务国事，朝中贤才良臣辈出，皇上乃勤勉仁义之君，国家中兴有望矣！”

“大人教诲，晚辈心领神会，当铭记在心。”陆宾低着头说。

“前几日，老夫与嗣尧城郊漫步，乡友说我容颜依旧，步履轻稳，并无老态。问我有何养生之道，我说,心态至重，唯有一乐。乡友又问，何以为乐？我便以诗对答。”

邵嗣尧接过来说，恩师以诗答曰：

万事都成假，吾生为最真。
宦情薄似纸，诗兴不无神。
岁月催行旅，云山若待人。
书空咄咄者，小草竟何因。
……

“此身闲”也好，“真乐地”也罢，魏裔介如此说，只不过借此聊表辞官归里后的基本心态而已。可他隐藏在内心深处的幽幽苦衷，除了他自己，又有几人得知？

由于当年李之芳的参劾，虽以“不实之参”而告结束，然而，玄烨对魏裔介的信任和依赖程度便大打折扣，魏裔介由秘书院大学士兼吏部尚书转为保和殿大学士兼礼部尚书；应判诬告之罪的李之芳不降反升。这无疑在魏裔介尚未愈合的伤口上又撒了把盐，使他淳真质朴的心灵受到了重重一击。更何况自己任左都御史多年，参劾贪官佞臣不计其数，其残党余孽对他恨之入骨，定会挟仇报复，借机排挨。由此带来的双重忧虑，不得不使他痛下决心，以“回籍养疴”为由，请辞归里。玄烨虽然在李之芳纠参一事上对魏裔介怀有不可名状的成见，但这样一位忠君为国、又无可挑剔的重臣，将要离开自己的身边，退居林下，当然于心不忍。可在魏裔介执意恳请下，他又不得不忍痛割爱，勉强答应了魏裔介的奏请。即使这样，魏裔介的形象也在玄烨的心目中投下了淡淡的阴影……

魏裔介弃官离京之初，在他写给朝中知己的一封信中这样言道：

> 裔介以庸才，受皇上知遇之恩，未能报答，因病请告，蒙恩休养，得治夙疴，实为深幸。然回首阙廷，何尝不中心徘徊，行行且止也。国家事大，百姓待治如饥子之思哺，所望兄光赞密勿，臻于太平。弟在田间，亦心安矣！

他离京时，在高梁桥头递给龚鼎孳的那封信中这样写道：

> 裔介自驰驱功名之会，言路、宪席，前后十有八年，不敢丧其所学，唯以仁义王道为敷陈。遭值世祖皇帝知人善任，言听计从，亦人臣之奇遇也。迨居冢宰端揆，殊碌碌无奇，然中间救正，亦自不少。正欲待上亲政之后，徐为调剂，不肯枉道以求和。而不悦者众，恐复受今上之知，遂乘机排摈。然时事固难凑手，大位本非易居，况宰相尤关天下利害，自古宰相，得人则治，失人则乱，何取窃位尸禄，以塞贤路？是以请告归林……

归里后，与挚友时有书信来往。信中言道：

> 裔介以著书教子自娱，以漫步田园为乐，每形言咏，不知者以为尽道休官之常语耳，其实麋鹿之性，出于诚然。京师热闹场中，翻云覆雨，不作是梦想也。弟之近况，无足道者。入春以来，著书之余，以河边垂钓、栽花种果为事，性之笃喜，良在于此。虽身病已无，而闻西南藩变，黎民遭殃，身在林，无可奈何，心病则犹昔也！

挚友传书表衷言，只向知己吐真情。信中的寥寥数语，言明了魏裔介请辞归里的原委；道出了魏裔介忧国忧民，并不甘心退居林下、享受安逸的心迹；流露出魏裔介重返朝阁，再展宏谟的意愿。他当然明白，此愿得偿，不会一帆风顺，李之芳之辈决不会袖手旁观。他殷切地希望皇上主持正义，践诺“病痊起用”之旨，实现其夙愿。其结果，事与愿违。当皇上“开列回籍德望大臣起用”之旨发下之后，朝中部臣首推柏乡魏公。可升为吏部尚书的李之芳，为报宿仇，便从中作梗，百般阻挠，并以“魏裔介为人强悍，实好生事”相诬，起用之事遂成泡影……

邵嗣尧看着恩师尚未复元，稍显病态的脸庞，关切地问道："恩师疾病尚未痊愈，还是多多静养，保重身体为好。"

"小小牙疾，不碍事的。上次你和陆大人过府探望，老夫还在病榻静养，多有慢待。今日二位来访，顿觉病痛全消，神清气爽。听说嗣尧近日便要赶赴新任，可喜可贺。中午设家宴招待二位，一为嗣尧饯行，二为陆大人接风，二位万万不可推辞噢！"魏裔介高兴地说。

席间，邵、陆二人频频举杯，同祝阁老身体健旺，长命百岁。魏裔介心情愉悦，倾杯痛饮。谈话间，少不得以"体恤百姓、廉洁勤政、忠君爱国、大局为重"相勉励；以"常读经史，明败亡兴替，崇尚理学，贵在实践"相叮嘱。三人一时兴起，交杯换盏，酒酣方停。

饭后，三人走庭院西行，过月亮门，来到名曰"素秋"的小花园。花园虽小，却有山、有石，青竹绿树、曲廊花栏、小桥流水、荷花池鱼。花园中央有一座小亭，小亭的柱、拱、檐、脊，全由湘竹建成，小巧别致，雅观大方。

三人走曲廊，过石桥，登台阶，上竹亭。陆宾凭栏四望，花园景色尽收眼底。坐在亭中的石桌前，眉飞色舞地说："花园虽小，尽览南竹北菊；池水虽浅，饱涵四季风光。闲来捧卷读史，兴至挥毫题诗，那是何等的惬意！"

魏裔介红光满面，诗情勃发，忙唤心宝取笔墨纸砚来。陆宾研磨，邵嗣尧铺纸，魏裔介挥毫，作《读书叹》：

古之人得时则驾，不得其时则蓬累而行。
况已宦游三十载，洊登台阁与公卿。
以兹挂冠辞魏阙，翩然学作东陵生。
不羡人间万钟粟，不羡凌烟阁上名。
朝餐一溢米，夜发一囊书，灯下细字眼犹明。
汗青得失终纵横，读之三叹卧前楹。
朋侪年来半死生，文章嘐嘐向谁鸣。
不如弃书学躬耕，一犁春雨晚来晴。
宣雾山前白云平，六角黄牛蔽蔓荆。
落日西风短鬓撑，但见旷野与荒城。
归来好共妻孥语，粝食不若梦魂惊。

魏裔介寿辰前夕，朝中相国、部臣、门生，纷纷题诗、制屏，共祝阁老七襄大寿，备极一时之盛。魏裔介均以楮翰一一答谢。

寿辰过后，魏裔介感到身体乏力，精力锐减。自知天命难违，来日无多。入冬后，常在内室静处，不予外事。唯有王夫人陪伴身边，不离左右。夫妻二人终日厮守，朝夕相伴。晴日花园散步，指点冬景；雪天火盆对座，笑谈往事。安然无事，倒也温馨自在。

康熙二十五年大年三十，冬儿和唤月领着嘉孚和小世晋糊灯笼、点炮仗玩儿。魏裔介自书一副春联，命心宝、冬儿贴于堂屋正门。春联写道：

乌头宰相归林下，十有六年，常思乾乾翼翼；
白发书生庆青春，七十一载，宁忘战战兢兢。

魏裔介天心澄澈，早已将生死勘破。自书曾子临终遗言“用师者王，用友者霸，用徒者亡”一语，贴于明柱之上。

王萱儿在书房整理书案，一不小心，一本书掉在地上，书中露出一页诗稿。她将书本拾起，抽出稿纸，一首五言诗映入眼帘：

霜露变，岁云暮，耳目所触，无非凄切，音容之遗，每形梦寐，枕上率成，不觉其哀。

薄宦嗟身世，升沉未敢群。
已甘违画省，终愧隐江濆。
纸上逢青眼，梦中望白云。
高寒兼永夜，先觉晚钟闻。

怙恃悲双失，凄凉独此身。
飘风拂素枕，孤月冷松筠。
尚愧皋鱼死，徒伤孙绰心。
嗟哉承化者，松梓自为邻。

王萱儿看完诗稿，双手颤抖，两眼发直，一种不祥的预感掠过心头，一股无形的恐惧向她袭来。她来到庭院，看到了贴在明柱上的曾子遗言，她什么都明白了。平日里为之担惊受怕、提心吊胆的事，即将成为现实。她看一眼自己再熟悉不过的字体，凝视着一脸病态、却笑容满面，沉浸在过年的喜悦之中的丈夫，难以控制的悲情，潮水般涌上心头，使她晕眩，使她心碎。她强忍悲恸，转过身去，快步走回卧房，倒在床上，整个身子剧烈地抖动着……

几十年来，无论遇到多少艰险困苦，在危难关头，她总能坚强地挺过去。即使两次回京，父母垂危之际，也没有像今天这样悲伤、这样绝望！眼瞅着倾心相爱、厮守一生的丈夫，就要永远地离她而去，生死两地，阴阳相隔，怎能不使她悲痛欲绝？

魏裔介回到卧房，看到夫人的痛不欲生的样子，又看到掉在地上的诗稿，一层阴云从他脸上掠过。他挨着妻子坐在床边，满怀深情地说：

“看来夫人什么都明白了。人生在世，生死本有天定，人类岂能左右？天子尚且如此，何况世间凡人！实不相瞒，裔介早已勘破天命，我之寿数将尽，只怕躲不过今夏。思来想去，终是早些告知为妙，免得夫人悲伤过度，生出事端。所以书写曾子遗言暗喻其意。不想《五言哀诗》夫人也已看过，也罢！早晚也会有此一遭。望夫人度天度人，早摈悲情。如果因此坏了身子，裔介于心何忍？”魏裔介说着，语调有些发颤。

王萱儿慢慢坐起，看着丈夫发红的眼圈和一脸的悲凄，心里一阵刀割般的疼痛。她咬着嘴唇说：“萱儿早就说过，今生今世，与你终身相伴，生死不离！你将弃我而去，萱儿苟活世上，生不如死。夫之殡日，妾之死期，萱儿定当与你同赴阴……”

魏裔介伸手掩住夫人之口，忍住悲痛，颤声说道：“夫人此话谬矣！……”萱儿抬起头来，看一下丈夫略带愠色的眼神，趴在丈夫胸前，失声啼哭。

裔介抚摸着夫人凌乱的黑发，郑重地说：“夫人历来通情达理，深谙世故，今天却说出这般话来，怎能让裔介心安？”裔介缓和了一下口气，语重心长地说：“人活世上，谁个没有坎坷厄运、三灾六难？难能可贵的是直面人生，迎难而上。眼下荔彤年少，世晋尚幼，多少家务需要夫人打理，多少事情需要夫人承办。夫人如果真正体谅裔介，就应该振作起来，去做裔介未尽之事，去走裔介未完之路！”

萱儿抬起泪眼，望着丈夫虚弱而刚毅的面容，慢慢挺起身来，眼里露出倔强而坚定的目光。即将发生的一切，她将勇敢地去面对、去担当……

大年初三，魏裔介犯病，吐血昏眩，少顷方苏。牙疾之初，庸医误投苦寒之剂，致淤血停滞于内，终不得根治。初八日，疾病再次发作，大夫仍认为是痰火所致，遂投以梨藕之汁，反使病情加重。

二月，病情见轻，魏裔介便唤来荔彤等子侄到病榻前，朗诵诗书，讲解词义，他看到孩子们的幼稚情态，听到朗朗书声，魏裔介心下喜悦，病痛大减。

四月初五，病情大作。王夫人急唤魏勷、荔彤等来到榻前。病痛已过，魏裔介睁开眼睛，看到魏勷坐在身边，嗔道：“勷儿不在建昌任上，为何此时回家？”

魏勷忙说："孩儿公假回乡，拜望父母，不想……"魏勷哽咽着，泪水夺眶而出。

魏裔介"嗯"了一声，将头扭向一边。荔彤走上前去，为父亲拭去眼角的泪水。魏勷忍住悲痛，强笑着说："父亲有所不知，皇上时常挂念父亲。大学士王熙王大人曾对孩儿说，去年堂弟魏男考中进士，候选庶吉士，皇上临轩亲点。唱名到魏男，皇上向王大人详细垂问父亲的起居情况，又问：'此人是其胞侄？'王大人说：'他是魏公胞弟温州同知裔慤之子。'皇上遂将魏男选入中秘。"

魏裔介听后，顿时来了精神，慢慢坐起身来，对儿子说："常言道，人活七十古来稀。欧阳修六十五岁即逝、韩愈五十六岁而亡、范仲淹及先祖魏徵都是六十三岁寿终。为父能够活至今日，心已足矣！勷儿啊，为父将不久于人世，你将杨公犹龙的《吊武侯诗》刻于墓石之上，以了为父心愿。"

"孩儿记下了！"魏勷重重地点了下头。

四月九日丑时，北方天际一道火光划过，一块陨石坠落。魏裔介正襟危坐，与世长辞……

魏勷等强忍悲恸，缮录亡父遗疏，与讣告一起，飞报直隶总督府。直隶巡抚于成龙接报后，痛哭流涕。对这位衷心敬仰、誉满朝野的名臣贤相的逝世深感痛惜。遂写《阁臣柏乡魏公病故》一疏，飞马报京。

玄烨闻报，对这位因病归里后，一直未被起用的老臣，愧疚不已。又念其为匡辅朝政、屡建功勋的两朝老臣，欲加恤典。可谗臣以非言相加，恶意诽谤。多亏徐乾学、李光地等朝臣极力申辩，玄烨方才下旨："给予应得恤典，依例祭葬。"

礼部派钦差，同井陉属道周潓一道，赶赴柏乡。依照大清礼制，御祭魏公于府第。葬魏裔介于城南路村之新阡。一通蟠龙墓碑矗立于坟前。碑额为左都御史张士甄篆写，相国李天馥书丹，状元少宗伯题墓表，上刻：皇清诰授光禄大夫太子太傅保和殿大学士兼礼部尚书加一级贞庵魏公之墓。

徐乾学志其墓，铭曰：

从盈必大，始赏天启，参国韩魏，蕃昌施祉。
高乎郑国，频复其始，绵延蕴崇，笃生夫子。
翊我兴运，官用儒起，道弘言传，匡辅燮理。
移病致仕，弗俟年齿，星终甯四，徜徉闾里。
急流勇退，自赞云尔，稽古典学，著厥统纪。
寿考弥性，陨予仰止，赤志商封，铭藏奚委。

宅兆食墨，国安归体，利其后人，绥福百祀。

又以魏裔介遗嘱，将杨犹龙《吊武侯诗》刻于墓石之上。

魏裔介的议谥之典，因谗臣百般阻挠，极尽诽谤诋毁之能事。虽有徐乾学等朝臣的极力抗辩，仍难以定论，随为搁置。

魏裔介归葬之后，柏乡绅衿士子、庶民百姓，公举魏裔介品行夙著，学行兼优，入朝鼎政，功垂史册，堪为配食圣庙。抚臣郭世隆批曰：

相国魏公，德业文章，本部院夙既佩服，准其公举，择吉入祠。

学臣顾藻批曰：

看得已故大学士兼礼部尚书魏公讳裔介，河岳钟灵，珪璋协德，早归鳌禁，学贯天人，晚置凤池，功多启沃。当廷陈奏，不异崇政说书；授笔成文，兼似午桥相国。帝方资乎补充，人尽仰其悬车。绿野平泉，杜门却扫，关铭洛传，殚思穷神，允为理学醇儒，岂特邦家元老。乃赐祭赐葬，已邀殊恩于九天；加豆加笾，未永明禋于千祀。宜从公请，崇祀二丁。

八月一日，柏乡知县陆宾陪同守道邵嗣尧、巡道许兆麟、真定知府马世恩、赵州知州龚崃，来到魏家祠堂，同魏家遗属宗亲及绅衿士子、百姓乡邻一起，送魏裔介灵位、画像于圣庙，供世人瞻仰、朝拜。

入冬，部院奉旨修《三朝国史》，钦差礼部官员来柏乡，征取魏裔介所著书籍。王夫人遂命家人，将魏裔介诗文、奏疏存稿，一并咨送钦差。

魏裔介的不朽著作将永载史册，其千古英名永垂不朽！

# 尾　声

康熙四十二年腊月。

一队皇家仪仗，浩浩荡荡，来到柏乡北城门外。省府州县各级官员列道两旁，跪迎圣驾。仪仗队伍没有停留，继续前行。进北门，过北街，直奔阁老府而来。

玄烨狐帽貂袍、神采奕奕，在扈从们的搀扶下，慢慢走下御辇。王太夫人率领众孙男孙女，齐跪府门外，迎接圣驾光临。

玄烨身在皇宫，念念不忘曾侍驾左右，燮理参赞、运筹帷幄、鞠躬尽瘁的两朝老臣魏裔介。此次西巡山、陕回京，便绕道柏乡，驻跸旧臣府第，借此探望眷属，垂吊故相。

客厅内，火盆正旺。玄烨询问太傅故事及眷属子孙近况，王太夫人叙述备详，奏答尽礼。

翌日，玄烨亲往圣庙，上香于魏裔介灵位前，凝视遗像，沉默良久。既如此，也挥不去他对逝者的隐隐愧疚和深深眷念……

魏裔介逝世后的几十年里，王太夫人时刻铭记亲人的临终嘱托，操持家政，悉心教子，恐有半点差池。魏勷、嘉孚相继升迁，荔彤也已居官理政。每将赴任，王太夫人总以廉谨相诫：“我节俭勤劳，足供一家指食，不愿尔曹寄一钱归家。”魏勷升任建昌知府，分守京口，遂将母亲接到任上，板舆迎养，躬被章服，奉觞上寿，闻者叹为光荣。王太夫人却不以为喜，训诫道：“尔父辅政时，我未尝稍自尊奉，况且眼下官俸淡薄，家计穷蹙，儿能效法尔父，体恤百姓，守志尊节，以成廉吏，母亲方可安心。”荔彤任凤阳郡丞，自备资粮，赈济灾区，活民数万。升任漳州知府后，采米谷以裕民食，建书院以振士风。建桥梁、疏河道、修官署、辑郡志，一应支费，皆以捐例耗羡充办，不动税银一文。官民拥戴，屡获优叙。因忤大吏，上官侵陵，其状不堪。而王太夫人不以为戚，安慰说：“荣悴有时，儿既不为贪，亦不为渎，沮丧何来？效法尔父，以著述为寄，以田园为乐。我先归里，待儿躬耕负米，以终我余年。”

雍正三年，雍正帝下旨，恩准魏裔介灵位入贤良祠，礼行国祭。遣官报予府第，王太夫人接旨。燃烛焚香于亡夫灵位前，卿卿诉说，以告慰亡灵。

一缕冷风吹过，烛尽香灭。王太夫人端坐于亡夫灵牌旁，坦然闭目，溘然长逝。终年八十五岁……

乾隆元年，乾隆帝念及先朝重臣魏裔介功勋卓著，为大清基业呕心沥血，鞠躬尽瘁。逝后多年，未行议谥之典，遂颁诏赐谥，谥号文毅。

乾隆二年四月，乾隆帝谕礼部：修文毅公墓，赐文毅公碑。并亲自撰写碑文：

> 朕唯国家立纲陈纪，必有端亮之臣赞襄辅弼，懋佐鸿猷，用克勋著岩廊，名标史牒，褒崇优渥，典礼攸宜。尔魏裔介天资耿直，学问深醇，初拔帜于词垣，旋腾声于给谏，谠言频上，皆关国计民生；正论时陈，要在褒忠劝学。擢君宪长，益励风裁，遂登鼎鼐之司，允称盐梅之任。年未耆而引退，清范常垂；学至耄而弥纯，嘉言丕著。既酬庸于祀典，更追锡以隆名。表厥生平，谥为文毅。于戏！蹇谔良臣，端属熙朝之梁栋；老成硕辅，卓为庶尹之仪型。膺兹宠渥，不亦休欤。

乾隆帝遣官赶赴柏乡，督修陵墓，督造墓碑。遂将御赐墓碑安放在魏裔介墓前。一通高大壮观的蟠龙御碑矗立在青松翠柏之下、鲜花绿草之中。它将陪伴着逝者的英魂，走过千秋万代、万代千秋。

# 后 记

从打记事起，印象最深的就是放在我家堂屋里的那只又大又笨的黑木箱子。上面成年上着一把大铜锁，非到年关不能打开。铜锁上的钥匙只有三爷爷知道放在哪儿。除此以外，就是屋里当做隔山墙的那些数不清的书版。听三爷爷讲，每当换了县官，或者府、省来人索书，三爷爷就摆好书版，裁纸印刷，装订成册，送予来人。还说那是祖上先人留下的著作，有《兼济堂文集》、《希贤录》、《魏氏传家录》、《魏氏宗谱》什么的。听三爷爷说，宗谱上还有我的名字呢。从那时起，我才知道先人就是魏阁老，是清朝的大官。来人要看先人的画像，几经央求，三爷爷才拿出钥匙，打开箱子，小心翼翼地取出画像。无论是谁，只许看，不许摸。每年过了腊月二十，是我最高兴的时候。三爷爷打开箱子，请出先人的画像、线装书、圣旨、字画，挂在堂屋或摆在院里的大案上。从不让别人沾手，一为晾晒，也供人观赏。画像好多，有先人魏阁老的，有夫人的，有儿子的，还有全家福。我跂跂着脚往箱子里看，里面有玉器、瓷器、铜器，还有金石玉印，我不敢用手摸，害怕看到三爷爷的白眼儿。来我家观赏的人可多了，看到他们惊奇的眼神，听到他们啧啧的赞许声，我高兴得屁颠屁颠的，在人群里窜来窜去，生怕别人不知道我就是这个大院的小主人。

“文化大革命”开始那年，我十三岁，上六年级。记得田里的麦梢黄了，也就是《五·一六通知》下达前夕，公社的武装部长来到我家，说是天津的河北省历史博物馆来人了，要取走魏阁老的画像、墨迹和全部书版。那年月，公社的武装部长就是天！腰里有枪，谁惹得起？父亲拉着我的手，一家人傻呆呆地站在街上，眼瞅着满载书版的几辆牛车缓缓离去。三爷爷没出街门儿，他病了。少年时代的我，知道了什么叫怅惘。

没隔多长时间，轰轰烈烈的“文化大革命”开始了。一伙红卫兵跑到我家，砸开了大黑箱子，砸碎了玉器、瓷器、铜器，烧毁了画像、书籍、墨迹、宗谱、圣旨。三爷爷没出屋门儿，刚见好的身子，又垮了。我瞅着院里的一片狼藉和冒着白烟的灰烬，蹙起了眉头，我不明白，眼前发生的一切，到底为了什么？

这还不算，后来听说红卫兵挖了西路村的魏家祖坟。我作为学校的红小兵，说是学习红卫兵的造反精神，由老师带着，来到了我熟悉而亲切的祖茔——魏家坟。眼前的景象使我惊愕万分：

刻着“魏氏先茔”的大石牌坊被推倒了；一大片古柏林被砍伐了；一排排石人、石马、石兽、望天吼被砸毁了；先人魏阁老的大圆坟丘被掘成了几丈深的大坑；棺椁被砸烂，先人的尸骨散落坑底……

我的腿在颤抖，心在呐喊：“我的先人招谁了？惹谁了？你们竟这样对他！”老师和同学都看着我，我怀着一颗屈辱的心，撇下他们，不顾一切地跑回城里的家，把红小兵袖章薅下，扔进了猪圈，趴在炕上，大哭一场……

随着年龄的增长，我渐渐懂得了那段不寻常的经历是怎么一回事；也从老人的讲述和有限的资料中，对先人的生平轶事逐步有了了解。恩师刘文元以为“具有文学天赋”的我，一直想拿起笔来，写写这位被誉为“天下文官祖，三辈帝王师”的先贤。但由于当时的资料甚少，又忙于工作，一直未能如愿。

到了2007年6月，我的本家兄长，河北省社科院历史研究员、著名史学家魏连科整理点校的先人著作《兼济堂文集》面世，我如获至宝。从厚重深醇、密不透风的字里行间，慢慢理顺了他的人生轨迹，为他耿直刚正的品格和出类拔萃的才学而喝彩，也为他“身居总宪，为国去蠹”的大无畏精神所感动；更为他“赞襄辅弼，懋佐鸿猷”，为大清基业所立下的丰功伟绩而骄傲！看着画像上他那慈祥的面容和坚毅的目光，我不由得潸然泪下。这样一位“熙朝之梁栋，庶尹之仪型”、“正色立朝，誉满朝野”、影响中国历史进程的河北历史名人，为他著书立传，作为他的后人，我责无旁贷！

一种责任、一种自信，促使我拿起笔，全身心地投入到这部小说的写作中来。几经寒暑，三易其稿，终于搁笔了。孤独寂寞的写作氛围、枯燥单一的生活节奏、苦思冥想间的斗室徘徊、灵感来潮时的激动亢奋都已成为过去。像是老农望着即将收获的庄稼，忘记了往日劳作的艰辛一样，使我感到少有的轻松和满足。花山文艺出版社副总编张采鑫先生对作品的首肯，使我激动不已。一是几年的心血没有白流，更使我感到慰藉的是将主人公的一生从厚重的历史资料中托出，以艺术作品的形式展现在更多、更广泛的读者面前，使其形象更为鲜活、性格更加突出、事迹更加感人。在为读者奉献一份精神食粮的同时，也向他们传颂着一位古人刚正不阿、嫉恶如仇的精神，诉说着他力参佞臣、为民请命的故事，传递着一个“彰显古人风范、激励今人奋进”的时代信息，也为河北万紫千红的文苑增添了一叶绿色。

这部作品的问世，得到了诸多领导、专家、学者、同学、朋友的大力支持和帮助。河北省委宣传部王景武副部长十分关注本书的出版和发行。魏连科兄长非常关心这部作品的创作，为此提供了大量史料，为本书的修改提出了中肯的意见；他还为本书作序，并题写了书名。资深编辑康董康先生，文化名人张记山先生、张吉武先生、王喜贞先生、魏焕周先生、魏秀森先生为本书的修改、润色付出了心血，提出了宝贵意见；同学郭瑞、岳占福也在各方面给予了支持和帮助。曾荣获全国第七届书籍装帧设计优秀奖的青年美术编辑胡彤亮为本书精心设计了封面。在此书出版之际，对他们表示衷心的敬意和诚挚的感谢！

魏重阳

2010年10月于石家庄康泰苑